和时音说语

◆上

Judy 侠——著

时代文艺出版社
SHIDAI WENYI CHUBANSHE

图书在版编目（CIP）数据

和月亮说话：全二册 / Judy侠著. -- 长春：时代
文艺出版社, 2024.3
  ISBN 978-7-5387-7068-1

  Ⅰ. ①和… Ⅱ. ①J… Ⅲ. ①长篇小说－中国－当代
Ⅳ. ①I247.5

  中国版本图书馆CIP数据核字(2022)第183287号

和月亮说话：全二册

HE YUELIANG SHUOHUA:QUAN ER CE

Judy侠　著

出 品 人：吴　刚
责任编辑：孟宇婷
装帧设计：布瑞兹艾克斯　陈　阳
排版制作：隋淑凤

出版发行：时代文艺出版社
地　　址：长春市福祉大路5788号　龙腾国际大厦A座15层（130118）
电　　话：0431-81629751（总编办）　0431-81629758（发行部）
官方微博：weibo.com/tlapress
开　　本：880mm×1230mm　1/32
字　　数：434千字
印　　张：19.25
印　　刷：三河市万龙印装有限公司
版　　次：2024年3月第1版
印　　次：2024年3月第1次印刷
定　　价：65.80元（全二册）

图书如有印装错误　请寄回印厂调换

目　录

第一章

　　温星小时候养过一只猫，通体黑色。猫是一位邻居家婆婆送给她的，婆婆说黑猫辟邪，能保护温星和她妈妈江陵。除此之外，婆婆还很热心地劝年轻丧夫的江陵再婚。

　　在温星的记忆里，那只黑猫很凶，不爱亲近人，她养了两个多月，它还经常挠她。江陵说这猫养不熟，它和她们的缘分不会长。温星心想不管缘分长不长，在一起的时候还是要珍惜，所以她小心翼翼地和黑猫相处，但黑猫还是走丢了两次。

　　黑猫第一次走丢，是在暑假开始的第一个傍晚，温星从小区里的补习班散学回来，第一件事是走进闷热的厨房，搬了板凳爬上去，踮脚探身，吃力地推开窗透风。微风吹拂她稚气的面庞，她仿佛在想什么很重要的事情，事实上她只是在想吃什么口味的棒棒冰。

　　温星跳下椅子，打开冰箱，拿出了葡萄口味的棒棒冰，掰成两半后，她唤黑猫的名字："咪咪。"

黑猫从门外转进来，竖着尾巴踮着脚，泛绿的眼睛犀利沉静。

"给你。"温星朝它递了递棒棒冰。

黑猫望着温星没有反应，下一秒它忽然动作，几步轻巧跳上板凳，翻上台面，跃上窗台。

温星惊讶地看着发生的一幕，惊道："你去哪儿？"

黑猫回了回头，随即果断纵身一跃，跳出了窗外。温星家住在三楼，厨房窗户下是小区的绿化带，在猫"跳楼"之时，温星扑过去试图抱住它，但根本不可能，她上半身趴在台面上，看到黑色的小身影像一滴雨落进了绿色树木里。

晚上江陵下班回到家，看到温星坐在客厅的学习桌边看书，问她："宝贝，你在看什么？"

温星转过头喊了声"妈"，说道："咪咪跳楼了，但我觉得它没有死。"

江陵闻言放下包忙走过去蹲在温星身边，惊讶问道："从哪里跳下去的？"

"厨房窗口。"温星说道。

"你看着它跳下去的吗？"

温星点头。

江陵抬手抱了抱温星，问道："你不害怕吗，宝贝？"

"不怕，它跳得很勇敢，一定是很有把握才那么做的。"温星摇头。

江陵哭笑不得，她看到温星在读《鲁滨逊漂流记》，低声说："不怕就好。"

"我明天去找找它。"温星认真说道。

温星找黑猫找了有一个月，她每天去补习班的路上都沿路唤着黑猫的名字。终于，在暑期补习的最后一天，她找到了她的猫。说来奇怪，她就在某一棵树下喊了一声"咪咪"，树上忽然传来一声回应，是猫叫声，她一抬起头就看到了黑猫正猫在树干上。翠绿的树，黑到发亮的猫，一点儿也不难找，虽然她找了一个月，却在此刻觉得真的很容易。

黑猫爬下树，在温星脚边绕，不断蹭着她的裤管。温星弯身抱起它，发现它在离家流浪期间竟长胖了。重新带黑猫回家前，温星抱猫去小区外的宠物店驱了虫洗了澡，小小年纪的她还向店主赊了账。

黑猫重回温星家，像是变了一只猫，前三天它十分亲人，温星在哪儿它在哪儿。温星躺在沙发上看电视，它就躺在温星肚皮上陪着看，她抚摸它，它发出呢喃般享受的叫声。

温星悄悄告诉江陵，她驯服了黑猫。江陵微微一笑，说："嘘，可别被它听见了。"如果被听见了，黑猫会逆反。

第四天，黑猫好像真的听见了温星的话，又变回了以前野蛮的样子，一早它就举爪挥舞，拒绝温星伸来想抱它的手，再次我行我素像秃鹰盘桓在天空一般，在餐桌底下游走。

黑猫第二次走丢是在温星小学毕业要去参加毕业典礼的那天。那个早晨，温星坐在玄关穿运动鞋，她已经开了门，门缝外面透进阳光。

温星系着鞋带哼着歌，感到有东西在推搡她背后的书包，她便转过头，看到黑猫抬着前爪搭着书包站了起来。

"嘿，你想干吗？"温星笑问它。

黑猫瞅着温星，没有拒绝温星抚摸它的头。

"我要去参加毕业典礼了，回来再陪你玩。"温星以为黑猫想和她一起玩。

对此，黑猫回应着叫了声，当温星站起身时，它的前爪落回了地上，目不转睛看着慢慢被拉开的门。

温星没有看到黑猫的样子，继续哼着不成调的歌开了门，冷不防，黑猫从她两脚间像蛇一样窜了出去。她吓了一跳，摔上门喊着"咪咪"追了出去。但黑猫的速度极快，它越过门槛窜下楼梯，当温星追到楼下，已经完全看不到它的踪影。

这一次，温星也在小区里找了很久，久到她渐渐忘了这事。前一天还在树下或者草丛边喊"咪咪"，后一天就忘了，慢慢就不再牵挂这事。温星初中毕业那年，江陵带着她离开了这个破旧的小区，搬家到一个中高档的公寓，彻底放弃了黑猫。

江陵以前是名销售，后来离开了前公司出来创立贸易公司单干，几年来做得有声有色，赚了不少钱。温星上高中的时候，班里同学都认为她从小家境殷实，因为她为人处世慷慨大方。

在温星高三那年，江陵再婚，嫁给了一个企业家。对方也有孩子，一个男孩儿，和温星年纪一样大。

江陵和现在的丈夫赵传雄通过生意认识，他原本是江陵的供应商之一，拥有自己的生产工厂。赵传雄不是岳城本地人，以前生活在周边的小县城合阳县，生意做大后才在岳城买房投资，跟着搬来岳城落户生活，但他的工厂还在合阳，所以总是合阳和岳城两地跑。

赵传雄一开始看中的是江陵的能力，找她是想跟她合作，在岳城开一家贸易公司，将贸易和生产分开，解决工厂过重的生产负担。而江陵在贸易做大之后，也急切地需要整合供应链，承包或者拥有自己的工厂去解决生产问题，于是两人一拍即合，从开始的生意伙伴慢慢发展成为情侣，最后结婚。

不管婚前婚后，江陵都是贸易公司的核心人物，是公司的大股东。婚后，她则开始涉足赵传雄生产企业的管理，赵传雄将自己的生产经营股份分了百分之十给她。这件事情让赵传雄的前妻杜升升很不满，但那年因为某些原因，她不得不低头，而赵传雄也做了让步，在合阳工业区的土地产权股份没有动，将来全数留给儿子。

尽管如此，江陵的存在对杜升升来说始终是很大的威胁，这使得杜升升经常向儿子赵怀远灌输一种观念：江陵野心很大，温星将来肯定会和他"争权夺位"。

赵怀远不喜欢温星，不仅仅是受杜升升教唆的原因，更多的是他本身就不喜欢温星，不喜欢她的优秀。赵怀远十八岁那年没考上国内的好大学，赵传雄送他去了英国，可他的成绩只能读三流管理大学，于是在外自由享受了两三年。毕业之后，赵怀远回国，想在岳城这个大城市的花花世界发展，他想进入贸易公司学习，但赵传雄硬是把他送回了合阳县城，让他在工厂里窝着。

赵怀远一直在工厂里窝着，而工厂所在的工业区"鸟不拉屎"，四周找不到一个灯红酒绿的地方消遣娱乐，于是他经常感到压抑。除此之外，最让赵怀远痛苦和气愤的是，在工厂里，他并没有感到自己是一个有价值的人，他仿佛和工厂里的工人没有什么两样，毫无话语权。工厂的大部分订单是由岳城的贸易公司下过来的，贸易公司作为工厂的大客户高高在上，时常对工厂管理指手画脚，要求他们改进，配合订单需求，所以江陵虽然不在工厂，但是影响力非常大，很多时候，赵怀远的决定会被她远程否决。

在这期间，温星一直生活在岳城，和江陵还有赵传雄生活在一起，她十八岁那年考上了重点大学的英语专业，以后想朝文学翻译的方向发展，打算留校搞研究。赵传雄经常夸奖温星优秀聪明，好几次建议温星再学一门管理，让她考虑来公司帮江陵，他们三个是一家人。

赵怀远经常看到江陵和赵传雄的朋友圈发三人的照片。比如温星周末从学校回来，他们聚在一起吃饭；比如赵传雄陪江陵母女逛街置办新衣；比如温星暑假，赵传雄抽空和两人去旅游，发了很多合照和风景照。而赵怀远窝在工厂里，偶尔一通电话想和赵传雄商量一些事情，都会被父亲不耐打断，让他自己去做决定。可他做了决定，很大可能最终也会被业务端给否定。

这一天是一个周末，温星开车从学校回来，她已经大四了，正在准备考研和申请留校。她到家打开家门，先看到玄关有一双不常见的男生球鞋，球鞋是限量版，价格已经炒到了两万多，在她家里没有人穿这种鞋子，于是她知道来客人了。

温星走进客厅，看到赵怀远，意料之外又情理之中。他几乎不来他们家，但他应该来他们家。客人坐在大沙发上，赵传雄则坐在单人沙发上，两人没有说话，气氛有些紧张。温星回来的动静引起两人的注意，赵怀远抬起头看向温星，眼神犀利冷漠，即便温星对他笑了笑问了声好，他也没有回应的意思，沉默地转回了脸。

赵传雄皱眉看了眼儿子，关心地问温星这周在学校过得怎么样。

"都挺好的。我妈呢，赵叔叔？"温星笑道。

"你妈今天约了客户，去应酬了，晚上没那么早回来。你先休息会儿，迟点儿我们一起和怀远出去吃个饭。"赵传雄说道。

"什么客户挑周末见？"温星多问了一句。

"大客户，你妈约了很久。"赵传雄难掩些许喜色。

温星一笑准备回房间，她的余光看到赵怀远脸色阴沉。刚才温星在玄关处隐约听到赵怀远和赵传雄的谈话，赵怀远这次来是向赵传雄要钱，他想要投资开一家自己的公司。赵传雄同意他出去闯，但不答应给钱，认为现阶段已经给他够多了，让赵怀远不要眼高手低。要求得不到满足，这让赵怀远内心恼火负气。温星则对这个跟她同岁、小她两个月，她法律上的弟弟也没有什么好感，她和赵传雄一个看法。

温星进房间后，赵传雄和赵怀远又谈了一个多小时，谈到最后，父子俩谈崩了。赵传雄生气地骂了赵怀远，骂他工厂里的事情都管不好还自以为是，断言他就不是做事的料，成不了气候。赵怀远则激动地说赵传雄鬼迷心窍太听江陵的话，他说江陵心机重从来没安好心，百般阻挠他进贸易公司防着他，把他安排在工厂管生产，就是不想让他学到东西。

温星在房间里隐约听到外面的争吵声，有一会儿她陷入了沉思，因为她想到了江陵。大概是在高二的时候，她就发现自己的母亲做事目的性很强，慢慢不再是她年幼记忆里温柔耐心的母亲，母亲的一些情感变得很冷漠。去年赵传雄阑尾炎住院动手术，江陵去医院陪了一晚，看似关心，但江陵回到家里却说："早不生病，晚不生病。"

温星以为自己听错了，笑说："生病这事又不能自己挑时间。"

"就他事情特别多，累死人了。"江陵冷声说道。

温星略微诧异地看江陵皱眉的表情，发现她是真的感到不满。温星便说："你别去医院陪床就好了。你不想去，和赵叔叔直接说不就好了吗？"

江陵闻言没作声，她取下肩上的包倒在沙发上，好一会儿才疲倦地说："星星，你帮妈妈倒杯水。"

"我给你泡杯茶。"

温星去厨房烧水泡枸杞茶，她把茶递给江陵之后，蹲下身望着她，认真问："妈，你爱赵叔叔吗？"

江陵微怔，缓缓喝了口茶，看着温星说道："没有什么爱不爱。"

温星不知道该心疼江陵还是该难受，她知道江陵一个人抚养自己长大很不容易。江陵一直很拼命地工作，也努力照顾着她，每一天都如上紧了发条，直到温星考上大学确定了职业方向，她才松了口气开玩笑说："妈终于可以好好休息一下了。再等个几年，等你大学毕业找到一个疼爱你的人，结婚成家之后，妈就彻底可以放心了。"

在温星对自己的规划里，早点儿结婚也是她的目标之一，而她在大三的时候遇到了一个不错的男人，他们交往了一年多，她的确也想结婚了。

傍晚六点多，客厅里吵完消停了，隔了会儿，赵传雄来敲温星的房门，喊她外出吃饭。

三人出了门，气氛略微尴尬，因为赵怀远的脸色过于难看。于是在去餐厅的车上，赵传雄都只和温星说话，他们聊到了温星的男朋友，问她："是不是约了下个周末来家里吃饭？"

"对，到时候赵叔叔你也要在。"温星笑道。

赵传雄被这句话熨帖了心坎，开着车也回头看了看温星，笑说："叔叔肯定在，老早就想见你男朋友了，叫陈泽是不是？"

"对。本来想这周带回来见你们，结果他临时有事被他哥叫去了，就改了下周。不过凑巧，我妈今天正好有事也不在家。"

"你妈也是临时被通知。"赵传雄笑道。

温星笑了笑，看着车窗外，她看了会儿车窗外繁华的灯火，又低头看了看手机里的小世界，陈泽在她消息列表置顶的位置。

最后一条消息停留在他发的：出发去机场接人了，爱你，小星星。

　　岳城的国际机场每天都很忙碌，人来人往。在这么多人当中，陈泽一眼就看到了他要接的人，他兴奋地抬起手，踮脚喊出了那人的名字："杨恭！"

　　人群中，一个光腿穿红色羊绒大衣的女人转过身，她缓缓摘下墨镜，脸蛋明艳，身姿优雅，她踩着黑色细高跟，自信骄傲。

　　女人对陈泽微微一笑，站在原地看着他朝自己跑来，待人跑近，她挑眉问道："你刚叫我什么？"

　　陈泽一时没反应过来，"咦"了一声，随即赔笑抢着拿行李，嘴上说道："杨恭姐，叫姐来着。来，杨恭姐，行李给小弟。"

　　杨恭上下打量了一番陈泽，笑道："两年没见，你倒没什么变化。"

　　"能有什么变化？我十岁那年就定型了，从长相到心灵。"陈泽笑嘻嘻地说。

　　"说起来我第一次见到你的时候，你才十岁。转眼十七年，你都二十七岁了。"杨恭笑道。

　　"奇怪了，怎么我一下就长到二十七岁，杨恭姐你却还是十五岁的模样？了不得，怎么还是这么年轻美丽？"陈泽很爱说笑，总是一副积极热情的样子。

　　"我不吃你这套，欲盖弥彰说我老。"杨恭哼笑了声。

　　陈泽忙换上认真诚恳的表情说："真的，杨恭姐，你一年比一年美丽。"

杨恭笑盈盈抬手拍了拍陈泽的左边肩膀，说道："谢谢你来接我，阿泽。"

陈泽读出了杨恭脸上微妙的情绪，笑道："不客气，姐，我们之间还客气什么？青梅竹马的感情堪比铁打的。哥原本要来接你的，但他临时有事来不了，他人不到，非让我开他的车来接你，也算我们两个人都到了。"

杨恭被陈泽的话气笑了，说："阿泽，你当我不认识梁岩吗？这话怎么可能是他说的，肯定是你想出来的主意！"

陈泽继续瞎扯笑道："哥是不会这么说，但他心里真是这么想的！"

杨恭懒得继续和他扯，戴上了墨镜，嘀咕说："累死了，在飞机上根本睡不着。"

"杨恭姐，你要去酒店还是回家？"陈泽问道。

"先去酒店吧，清静一些。"杨恭说道。

陈泽闻言侧目不着痕迹地看杨恭，脸上的笑容不由渐微。当杨恭转过脸，他又立马笑开说道："这么多年了，你怎么还过得那么孤单啊，杨恭姐？担心孤独终老啊。"

"你小时候不是说过要养我一辈子吗？我就等着你给我养老送终了，好弟弟。"杨恭漫不经心回击道。

陈泽笑出声，闭了嘴。

去酒店的路上，杨恭靠在后座上，依旧戴着墨镜。她的鼻梁不似女子的秀挺，而是有种英气的挺拔，紧抿的唇薄却丰满。她透过墨镜看着岳城熟悉的灯火，内心的寂寞如潮水涌来。她抱着胸，压在手臂下的手紧紧捏起了拳。

"梁岩身边最近有女人吗？"她说话的瞬间，身体放松下来，语调变得轻巧，随意地摘下了墨镜，神色淡然。

陈泽开着车，瞄了眼后视镜，说道："哥最近在忙收购案，哪有什么女人。前两天他忽然问我他是不是应该结婚了，吓了我一大跳，我看他是累了。"

杨恭没说话，心里想：他一定还恨我。

陈泽也忽然收住声没有讲话，他感到自己嘴快话多了，车厢里陷入沉默的尴尬。

打破沉默的是杨恭，她深吸一口气，抬手撩开额前碎发，一边低头把墨镜收进包里，一边问陈泽："听说你有女朋友了，准备结婚了？"

"嗯，的确在考虑结婚的事。"陈泽想了想，回答杨恭，眼睛忍不住看后视镜。

"呵，那很好，想不到你会最先结婚。女朋友多大？从事什么职业？"杨恭轻笑。

"她今年六月份才大学毕业，现在是最后一个学期，在准备考研，以后想留校当老师。"陈泽笑着回答，却感到心里莫名开始有些烦躁。

"是什么样的女孩儿？"杨恭抬了抬眼，笑道，"很难想象你这么吊儿郎当不正经的一个人，竟然想要结婚了，对方一定是个很优秀的女孩儿吧？"

"没有，她就是……蛮乖的。"陈泽说完，烦躁之中起了内疚，脸上的笑有些不自然。

杨恭闻言有些意外，想了想说道："乖？只是乖吗？阿泽，结婚不是开玩笑的事，如果你没有想清楚就不要轻易结婚，害人害己。"

"没有没有。"陈泽又忙解释，一时毛躁得像个少年，他堆砌形容词去形容女朋友温星，"她很可爱，善解人意，漂亮，聪明，优秀。是哥说过她乖，我带她见过哥。"

"乖？梁岩说一个女孩儿乖？"杨恭更为诧异。

"嗯，哥就见过温星一次，温星是我女朋友的名字，我问他怎么样，他就说蛮乖巧。怎么了？"陈泽再次看向后视镜，看见杨恭已经恢复平静。

"没什么。"杨恭笑了笑，她笑自己莫名其妙的直觉，笑自己还是对梁岩的事太过敏感在意，笑自己想太多。

杨恭再次靠回后座椅背，挣扎过后的疲惫让她放弃了抵抗，任由记忆里她和梁岩的事情如潮水慢慢涌现。

杨恭和梁岩是真正的青梅竹马，父母是好友，两人从小认识，都是优秀骄傲的人，小时候比成绩，到了青少年时期成了恋人。有过甜蜜，也经常吵架，吵得厉害的时候，杨恭骂梁岩是垃圾。而骂的时候杨恭真的觉得梁岩是垃圾，他太傲慢强势，永远都是自己对，他从来不解释自己的行为，为什么夜不归宿，为什么总让她跟随却不回头看看她，为什么变心提出分手，为什么在她破坏了他和其他女人的感情，他恨她之后还愿意出手帮杨家。

她恨他让她爱也不是，恨也不是。而她一厢情愿地想，这是他折磨她的方式。

　　酒店的豪华套房努力让居住的客人感到宾至如归，杨恭洗过澡之后，裸身躺在丝绸软铺里，一切都顺滑舒适，这就是寂寞和家的感觉。空荡荡，没有人见证美丽和哀伤，美丽和哀伤便无声无息地从身体和心灵里流失，一切安静、安逸到让人想去破坏。杨恭极度疲倦却无法入睡，她再次想起梁岩说过的话，他曾经说她："杨恭，你根本不知道自己要什么。"

　　很多年过去了，杨恭终于发现他说得很对，她不知道自己要什么，或许只是想要他的爱而已。

　　温星经历着尴尬。她和赵怀远对坐在商场某间咖啡店里已经半个小时了，话不投机半句多。

　　晚上吃完饭离开餐厅，赵传雄开车从地下车库出来，不小心和电瓶车发生了刮碰，报了警，交警正在处理。他让温星和赵怀远去附近找个地方等他，两人便去了咖啡馆。赵怀远原本打算先离开，因为他还要连夜开车回合阳，但他转念一想，难得和温星这个挂名姐姐独处，他想这不失为一个机会。在赵怀远眼里，温星就是个不谙世事的书呆子，她的模样清秀漂亮，人畜无害，很好拿捏。

　　赵怀远收起了内心的冷漠和蔑视，主动带温星去了咖啡馆，他问温星要喝什么，给她点了杯饮料。两人坐下来之后，赵怀远随意和温星聊了两句，他说："认识这么久都没有和你喝过咖啡，你以后有机会来合阳找我玩，怎么说我们也是一家人了。"

"合阳有什么好玩的？"温星问道。

"地方是没什么好玩的，但我爸工厂在那儿，你妈也有股份，你不来看看吗？"赵怀远挑眉故作惊讶，笑问道。

"我对这些不感兴趣，也不懂。"温星不动声色打量赵怀远，面上保持微笑。

赵怀远笑了声，目光在温星脸上逡巡，藏不住的轻蔑，说："也是，你是读书人，做生意这事不适合你，都是铜臭味。"

而温星一副不在状态的样子，纠正他的读音说："是'xiù'，不是'chòu'。"

赵怀远尴尬了一瞬，随即撇过头翻了个白眼，等他转回脸的时候已经又是笑容满脸："哎，对了，我送你个包，当作是迟来的见面礼，以后我们就是朋友了。"

"不用，你太客气了。"温星连忙笑着拒绝。

赵怀远听而不闻，自顾从手机里翻找出一张图片，递给温星看："你看，这个包很适合你。"

温星瞄了一眼，发现是某奢侈品牌的二线牌子，这个牌子走的是轻奢少女路线，价位在五千到一万之间。赵怀远挑选的那个包是一个联名款，粉红色，上面有卡通人物，或许有人很喜欢，但温星并不喜欢，她不喜欢粉红色。

"太贵了，也不适合我，谢谢你。"温星说道。

"贵什么贵，我爸和你妈平时也没少给你买贵的包吧？"赵怀远揶揄温星的假客套，他的重点是在温星说贵，"我已经叫我朋友代购了，直接寄到你家给你。不用跟我客气。"

温星见状没有再说什么，低头喝饮料。她和赵怀远坐在一起就很尴尬，她不想和他交好也不想和他交恶，但他却连基本的礼貌都不会保持。

"你妈约了很久的客户是谁，你知道吗？"赵怀远放下手机，以为自己和温星已经是朋友了，随口问道。

"关于公司的事情，我都不了解。你直接问赵叔叔或者问我妈会比较清楚。"温星回答道。

"你觉得我问你妈，你妈会告诉我？"赵怀远好笑问道。

温星感觉赵怀远更好笑，她心想他是单纯的，说话前不多思考，想说什么说什么。他上一句分明想套话，下一句又间接说出自己的意图，但他自己却还没有发觉。

"为什么我妈不告诉你？"温星表现出不解，反问。

"我不是你妈的亲儿子，她也不是我的老师，她干吗要告诉我这么多？"赵怀远哼了声，说道。

"你觉得我妈有值得你学习的地方吗？如果有，你请她当你老师不就好了？"温星徐徐说道。

赵怀远差点儿直接对温星说出心里话：你是不是傻？不过温星读懂了他的表情，她笑了笑，心想就当是自己傻吧。不过她说的是真话，是她认为能解决他们这个重组家庭人际关系的最好办法，温星虽然已经不太理解江陵的做事方式了，毕竟她只是个学生，而妈妈是个女企业家，经历和眼界差很多，但她相信江陵的人品，如果赵怀远是个好学上进的人，在事业方面江陵会帮他。工作上，江陵奉行有能者得，而非血缘为重。看来赵怀远根本还没有了解江陵，就把她当成敌人，温星对这种做法不太认同，她觉得他会吃亏。

两人又坐了大半个小时，依旧没有什么实质性的谈话内容，只是赵怀远觉得和温星亲近了一些，起身的时候，他还拍了拍温星的肩膀，说："记得来合阳找我玩。"

温星看了他一眼，笑了笑没说话，这让赵怀远感觉她很内向。

赵传雄的事故还没有处理好，电瓶车车主是个五六十岁的妇女，她连人带车被刮倒，小腿被压伤，有骨折的可能。她的女儿赶来了，一个有气质又漂亮的美人。美人陪着妈妈，一个高大英俊的男人陪着美人。

温星走近之后，发现陪着美人的男人竟然是她认识的人。而男人转过头看到温星的时候也认出了她，他略微意外地朝她点了点头。

"认识？"美人问男人。

"她是阿泽的女朋友。"男人答道。他是梁岩，陈泽的表兄。

温星见状顺势上前，万分歉意地对美人说道："抱歉，开车的人是我叔叔，我们一定会承担责任。"

美人没接话，面上有一闪而过的尴尬。

一旁的交警正在协调双方的矛盾，发现原来双方认识，便说："这个不算大问题，你们最好自己协商解决，赶紧先带人去医院做检查。"

美人搀扶着母亲没动，只是低头，皱着眉，她刚才不愿意简单地私了，不仅仅是因为车祸本身，也带了些私人情绪。最终是她身边的梁岩先动了，他低头对老妇人说了什么，老妇人还未反应过来，他已经弯身打横抱起了她。

"如果有什么问题，我会联系你叔叔。"梁岩对温星说道，又看了眼赵传雄父子。

温星忙不迭点头，见梁岩抱着人阔步往路边的车子走去，她也不由跟了上去想帮忙。当她跟到车边，竟发现是男朋友陈泽的车，不由问："陈泽也在车上吗？"

"没有，我们换了车，他帮我去机场接人了。"梁岩说道，示意温星拉开车门。美人跟在他们身后没有上前的意思，她的脸色很差。

梁岩把人放进后座关上门，回身才对美人说："上车。"

"陈泽是帮你去接杨恭吗？"美人不动，冷眼冷声问道。

"这和你没有关系。"梁岩略微皱了皱眉。

"是和我没有关系，那我们的事情也已经结束了。"美人忽然冷笑。

"我们的事情还没有结束。"梁岩说罢，快步绕过车子，拉开后座另一侧的车门，"上车，我送你们去医院。"

接受梁岩的帮助似乎让美人觉得很难堪，她红了眼眶瞪着梁岩，但几秒之后，她还是屈服了，深吸了一口气，走上前快速钻进了车子里。

一旁的温星见梁岩行色匆匆，在他上车之后忙敲他车窗，待他放下车窗赶紧再一次说道："那个，哥，实在不好意思，赔偿的事情随时联系我们。"

"知道了。"梁岩看了眼温星，升起车窗驱车离开。

温星回到事故点，赵传雄问她什么情况。

"赔偿的事情后续会联系我们，那个男的是陈泽的表哥。"温星说道。

赵传雄带着几分遇事后的沮丧，点了点头，随即他调整了情绪和温星道歉："不好意思，星星，刚才肯定吓到你了。"

"没事。"温星摇摇头，反过来关心赵传雄车子的情况。

三人说着话，也回到车上准备离开，赵传雄一面发动车子一面想到了什么，不经意说道："那个陈泽的哥哥看着很眼熟。"

"是吗？"温星漫不经心应道，她低头给陈泽发信息，告诉他晚上发生的事情。

赵怀远一点儿也不关心这个车祸插曲，他认为事情已经解决了，就是赔钱多少的问题，没什么值得关注的。他也低头在看手机，每个人的手机里都有自己的秘密。

温星最近都在忙考研和申请留校的事情，今年他们学校对留校工作的学生要求很高，名额也十分有限。虽然温星在校一直成绩优异，但只在本科生里还算有点儿优势，比起那些硕士博士人才，她的竞争力非常弱，毕竟她没有资历，也没什么学术上的成就。

温星大学四年和他们辅导员的关系很不错，最近她更是经常向辅导员咨询考研留校的一些问题。一来一往，温星才知道原来他们这个其貌不扬的辅导员和学校某个领导有直系亲属关系。而他当年留校其实是走了后门。

辅导员叫赵初迎，在学生眼里一直是个老好人，性格温吞，个子矮小，一米七不到，且模样普通。他在冬天总是穿同一件黑色羽绒外套，不管冷热，很多人在背后议论他家贫或是他为人奇怪不讲究。

温星和赵初迎关系很不错，大学时期温星一直很配合他的工作，温星愿意帮忙的原因是他帮过她。温星大一入学曾被一个名叫毛禹的男生疯狂追求，毛禹有些扭曲的偏执：宿舍楼下摆花求爱，校园跟拍，尾随她回家。温星找毛禹谈过并且当面拒绝了他，但对方不见收敛，反而更执着。

这事困扰了温星一段时间，她没有把毛禹这种过分偏执的行为往精神问题层面去想，于是很难理解他到底想做什么，也不知道该用什么方式去解决。赵初迎得知这事，找了毛禹的辅导员，从那边得知原来毛禹有些精神方面的问题，于是他从中协调解决了这事，而毛禹最终因为无法控制自己的情绪和行为被学校劝退。

从这件事里，温星看出虽然赵初迎老实本分，性格不讨喜，不是那种能和学生打成一片的辅导员，但他是实在做事的人。后来接触下来，温星越发确定这一点，觉得他的人品并不差。

而赵初迎告诉温星他走后门的事是在表达一种态度，他愿意帮温星留校出力的态度。对此，温星感到意外，她也下意识有些警惕，她的处世理念是天下没有免费的午餐，所有的得到都要有付出。因此，温星反倒不再就考研留校的事情去咨询他，这使得赵初迎变得主动，还直接找到温星说很看好她，觉得她各方面能力不错，是个适合留校的人才，很希望有机会能和她做同事。周末结束一返校，赵初迎就找温星谈话了。

两人就在赵初迎办公室谈事情，办公室的门虚掩着，温星背对门坐着，脸上带着笑，说："谢谢您的鼓励，赵老师。其实我也不知道自己有没有能力留校，留校只是我的规划之一，我想每个机会都应该去尝试下。"她的语气中带着几分少女的天真单纯。

赵初迎闻言，双手捏握在一起，显得有些紧张局促，他低了低头，不敢看温星。

温星在这一刻能确定赵初迎喜欢她，她想了想说："赵老师，留校的事情我再考虑考虑，我家里对我也有其他的安排，我和家人还在沟通中。"

"留校对女孩子来说是一条很好的路，工作稳定，环境简单，不然进了社会要吃苦，很累。你以后可以找一个也在学校里工作的男朋友，两个人结婚生子，平平淡淡挺好——"赵初迎劝说温星的时候，耳朵红了。

"我有男朋友了，赵老师。"温星笑着打断赵初迎，语调轻快，好像没有懂赵初迎的意思。

赵初迎仿佛被当头棒喝，抬起头来，忘了掩饰惊讶和失望。

"我们在考虑结婚的事情了。"温星不好意思地一笑。

赵初迎满脸通红，整整愣了五秒钟，才找回思绪，不知所措地说："哦，哦，这样啊，那，要恭喜你……"

"谢谢啊，赵老师。"温星笑道。

"你想留校，我会帮助你。"赵初迎前言不搭后语，说着还看了温星一眼。

温星笑了笑，意外之余心里有点儿感动，说："嗯，好，谢谢你，赵老师。"

从赵初迎的办公室离开，温星回了宿舍。同宿舍好友许明蕊见她神色异样，放下手里的笔，转过椅子问她："赵初迎找你谈什么？"

"就是留校的事情。"温星一边回答一边放下包，在包里翻找手机。

"有戏吗？"许明蕊仔细观察温星的脸色，她和温星从高中相识，已经七八年了。

温星见宿舍里没有其他人，拉过椅子坐下，靠到许明蕊身边说道："要有戏也可以有戏，但我也不是一定要留校，如果麻烦赵老师，我心里挺不舒服。"

"啥意思？赵初迎能让你留校？"许明蕊不太相信。

温星便把赵初迎走后门的事告诉了许明蕊。而许明蕊也很机灵，她立马领悟了，问："赵初迎这事都告诉你，他是不是喜欢你？"

温星没作声，往门口看了眼。

许明蕊一看温星谨慎的样子就知道她猜对了，不由笑着揶揄道："那多好，你想留校不就简单了？"

"开什么玩笑？就这样我还敢欠他人情？我不是非要留校，先找份工作考研也可以，大方向不改变。"温星说着，忽然注意到许明蕊另一侧的脸。

许明蕊发出一声不屑的"啧"，转回身埋首书本里，说："机会到你面前了你说放弃，炫耀呢？我是想争取都没机会。"

温星仿佛没在听许明蕊说话，没有理会她的冷嘲热讽，伸手拍了拍她的肩膀说："你转过来给我看看，你的脸怎么了？"

"我在看书呢。"许明蕊不肯转。

温星拽过许明蕊的胳膊转过她的椅子，看到了她脸上颧骨处有一块淤青。

"你周末不是回家了吗，怎么把脸弄伤了？"温星皱眉问道。上个周末许明蕊是搭温星的车回家的，她和温星保证不会去见男朋友。

许明蕊挣开温星的手，支吾道："不小心撞的。"

"撞就撞了，你心虚什么？黄星棋来找你了是吗？"温星盯着许明蕊，"不要告诉我是他打的。"

"不是！你不要乱想！"许明蕊站了起来，"真的是撞的，他怎么可能打我？"

"所以他的确又来找你了，是吗？又找你借钱吗？"温星问。

许明蕊缓缓坐了回去，低着头说："他想做生意，问我借点儿本金。"

"做生意？找你借一两千去做生意？你确定？"

"你不要这么阴阳怪气，他想借十万块钱，我也没有啊。"

"十万？他疯了吗？"温星一惊，提高了嗓音。

"他这次是很认真地想做生意。"许明蕊面色严肃地看着温星。

"他想做什么生意？"温星努力平复心情，尽量用认真的语气问道。

"还不确定。"许明蕊想了想，皱眉说。

温星冷静了两秒，说："如果有心做事肯定能成功。可惜你现在没有能力帮他。"

"没有钱什么事能做成？你说得太简单了。"在许明蕊眼里，温星顺风顺水，从不缺吃穿，她也曾和温星一样把这个世界想得很简单。

温星没有对此进行反驳，即便她想起自己母亲江陵作为单亲妈妈白手起家，靠毅力坚持获得成功的真实经历，她也只是温和地对许明蕊说："小蕊，既然你知道很难，那你是不是应该为自己考虑考虑？我觉得你不欠黄星棋什么。"

许明蕊沉默着低下头，许久她长长地叹了口气说："你不会明白的，温星。"

温星因为这句话，低下头不再言语。

许明蕊和黄星棋的父母曾经是好友，两人从小是青梅竹马，初中的时候两个孩子就背着父母偷偷恋爱，一直谈到高三。许明蕊一度觉得自己是个非常幸运、幸福的人，可命运和她开了一个大玩笑：她的父亲许荣因为生意坑了黄星棋一家，导致黄家破产。黄星棋的父亲黄景一时承受不了压力和好兄弟的背叛自杀了；黄星棋的母亲赵茉经受不住打击变得疯癫进了精神病院；黄星棋因此被迫在高三辍学，一蹶不振。

许明蕊一直不承认她和黄星棋已经分手了，大学四年一直默默忍受着他的暴躁。黄星棋这四年一直混迹于夜场不务正业，抽烟、赌博、打架，所有善后的事情都是许明蕊在做，他一直问许明蕊借钱，却从来没有还过。

许明蕊大学四年一直在打工，她一面痛恨自己的家庭，不愿意回家要生活费，一面要承担黄星棋的开销，她心里的痛苦不是温星一句她不欠他就能解决的。她当然知道自己也是受害者，也在被迫承受着痛苦，她的人生充满灰暗没有指望，只有她自己知道，可她除了赎罪也不知道自己还能再做什么。她的内心一直充满着恐惧和痛苦，很多时候她觉得崩溃，但想到黄星棋还没有重新站起来，她又咬牙挺住了。

宿舍外有人进来，是一个美丽的女生，打扮时髦洋气，她叫何依依，也住在这间宿舍里。

何依依进门时脸色不太好，精致的妆容也难掩憔悴。而她看到宿舍有人，对许明蕊点了点头，却对温星神色冷漠，一眼扫过。

"你从哪儿回来，依依？你不是周末没有回家吗？"许明蕊恢复笑意，同何依依打招呼。

"嗯，本来没回去，周五晚上我妈出了个小车祸，我不放心就回家了。"何依依说道，语气略带疲倦。

"阿姨没事吧？"许明蕊关心问道。

"小腿有点儿骨裂，需要养一段时间。"

"怎么会出车祸呢？"

"被小车撞了，小车司机全责。"何依依拉开自己的椅子坐下，她的桌子和床铺在温星的对面，两人的椅背对着椅背。虽然两人的位置都挨着阳台，但光照角度不一样，何依依的位置照不到阳光。

许明蕊点点头，又问："那你妈在医院里谁照顾？"她知道何依依的爸爸前两年刚去世，之前为了给她爸治病花了很多钱，她家里的情况不算好。

"我姐。"何依依支起桌面上的镜子，她原本打算卸了妆睡一会儿，但在镜子里她看到温星拖着椅子坐回来，从书架上拿出了书，看样子是准备学习。于是，她迟疑了片刻，盖下了镜子，也从书架上抽出书。她和温星一样都在准备考研以及申请留校。

许明蕊见何依依要学习，不再开口聊天，她应了声也转回来看自己面前的书。

宿舍里出奇安静，只有翻书和写字的声音。温星听了何依依和许明蕊的聊天有点儿走神，拿出手机给赵传雄发了一条信息，关心他那边的事故问题解决好了没有。

赵传雄回复说：还没有，这事你不用担心，叔叔会处理。你好好读书。

温星没再回复，看了看自己的备忘录，看到上面提醒她再过两天是男朋友陈泽的生日，不由嘴角含笑。

温星认识陈泽是巧合，去年陈泽代表他们公司去温星所在的大学电子工程系做内招演讲，地点在大礼堂。温星那天只是路过礼堂看到外面的宣传牌，一念之间走进去听了演讲。听完演讲，温星对陈泽他们公司挺感兴趣，散场后便找了陈泽，想要他的联系方式。陈泽见温星漂亮大方，很难拒绝她，他们两个人对彼此都有点儿一见钟情的感觉。

一年多相处下来，温星对陈泽不仅喜欢，甚至有点儿崇拜。陈泽的工作其实和江陵一样，是负责公司销售营销这一块，他很年轻就当上了经理，手下带出了不少强兵悍将。每次他们在一起约会，温星总喜欢听他讲一些工作上的事情，听他用一种幽默有趣的方式讲工作。陈泽做事很有原则，也不乏侠义慷慨之心，他总是把别人的利益考虑在先，他说只有这样，自己的利益才会真正长远下去。温星眼里的陈泽眼界宽广，心胸开阔，很符合她对另一半的期待。

这次为了陈泽的生日，温星很早就开始准备，给他买了领带和书，还动手折了一罐幸运星，每一颗星星里都有她的美好祝愿。温星在认识陈泽之前不会折幸运星，两人第一次约会吃饭，等待上菜的时候有些许尴尬，陈泽撕下了菜单，给温星折了颗幸运星。温星很惊讶陈泽竟会折幸运星，他便笑着教她折，还告诉她说："我小时候有人告诉我，把愿望写在星星里就都能实现。"

温星因为陈泽难得变得如此幼稚。

除了这件事情，温星还愿意为陈泽学很多事情。陈泽临时把和温星两人的庆生活动改成了大聚会，地点在他新买的小别墅里。陈泽对温星说想多请些朋友热闹，也想温星能认识他的朋友们。

为此，温星第二天去了蛋糕店，动手学做了生日蛋糕，她希望陈泽所有的朋友都能觉得她是个很优秀的女朋友，会很多事情。温星想要尽量做到完美，这是她一直以来的追求，她总是希望一切尽善尽美。

陈泽生日当天，温星打扮得精致漂亮，陈泽去接她的时候都面露惊艳之色。在生日会现场，她更是随和温柔，笑盈盈地站在陈泽身边，乖巧安静，却不会让人忽视她的存在。陈泽向她一一介绍到场的朋友，她很聪明，总能发现别人的一些优点。有几个朋友，温星经常听陈泽说起，她便靠记忆和人笑说陈泽如何和她说起过他们，有些话陈泽可能是玩笑着用贬义词说的，到了温星嘴里也换成了温柔可爱的词。几乎每个人都被温星逗笑了，除了梁岩。

这是温星第三次见到梁岩，所以到了梁岩面前不等陈泽介绍，温星就随陈泽笑喊了一声"哥"，顺便就赵传雄不小心撞伤他女朋友妈妈的事情又道了次歉，还关心地问："阿姨出院了吗？"

陈泽没有想到温星会提这事，之前温星问过他，事故受害者的女儿是不是梁岩的女朋友。陈泽没有正面回答，因为他不太确定梁岩感情上的事，但他猜想那个女人有可能是杨恭最讨厌的一个人：何冰婷，梁岩的前女友，一个在杨恭嘴里非常不堪且狡诈的女人。

陈泽不由去看坐在不远处的杨恭，只见她原本抱胸低头仿佛没听到温星说的话，但下一秒她拿过面前的红酒一饮而尽，脸色不佳。陈泽看着杨恭那样难受，用力拽了拽温星的手。

温星从梁岩复杂严肃的眼神以及现场忽然变僵的气氛里，已经意识到自己可能"踩雷"了。陈泽又拽了拽她的手，使得她一时有些慌乱地微微红了脸，尴尬地看着梁岩，不知道要说什么。

许久，梁岩才缓缓说道："我不是很清楚，这两天比较忙，没有时间管这事。你如果关心，最好问你叔叔。"

温星忙顺着台阶下，笑应道："嗯，好。"随即，她转而向梁岩身边的人笑着打招呼，非常知进退。

生日会上，陈泽喝醉了。虽然他一直很兴奋开心，但温星却觉得他有些反常，觉得他并不是真的开心。散场的时候，陈泽已经醉倒在客厅沙发上睡着了，温星帮忙送完客人，才准备离开，要赶在宿舍锁门前回去。

在所有离开的客人里面，温星印象最深刻的是杨恭。杨恭离开前微醺着过来拥抱了她，一直和她说祝福她和陈泽，还说："阿泽就像我亲弟弟，我从小看着他长大，他这几年很不容易，也很争气。你一定要好好待他。"

温星有些感动，轻轻拍着杨恭的背和她说："杨恭姐，我给你叫个代驾。"

"我没醉。"杨恭松开温星，双手搭在她的肩膀上笑望着她，醉态使杨恭泛红的脸颊美艳诱人。

"不管有没有醉，你已经是酒驾了。"温星劝说道。

但杨恭不听，她推开温星，拎着包笑着往外走，温星急急忙忙追出去拦她，没拦住。杨恭爬上车发动了车子，见温星拍车窗，她放下车窗神态迷离慵懒地看着她笑说："你这个小姑娘怎么那么爱担心人呢？这点倒是和阿泽很像。我说了没事就是没事……"

"我没有和你开玩笑，杨恭姐，你马上下车。酒驾是违法的。"温星生气了，语气非常严肃，丝毫不妥协。

"哟，原来你这么容易生气，看着挺温柔，原来是个暴脾气吗？"杨恭还在继续开玩笑，她还伸手摸了摸温星嫩滑的脸颊。

温星一把抓住杨恭的手，乘机弯身探进车里要找门边的解锁键。温星的动作刺激了杨恭，她用力推搡温星，甚至不管温星的手还在车里就开始升起车窗。

温星险些被夹住手臂，好在有人从背后拉了她一把，她才堪堪避过被夹手的危险。

拉温星的人是梁岩，他把人拉到一边，沉声对温星说："不用管她，她就是个疯子。"这话更像在呵斥杨恭。

杨恭显然听到了梁岩说的话，她好像一下子清醒了，隔着车窗冰冷地注视着梁岩。下一秒，她一脚踩下油门，扬长而去。

"杨恭姐！"温星跳脚，彻底急了，甚至顾不上自己穿着高跟鞋就追了出去，娴静的形象全无。等她气喘吁吁徒劳而返的时候，梁岩的司机已经把车开过来停在一边，而梁岩还站在原地，对她说："我先送你回学校。"好像什么事情都没有发生过。

温星力竭，只能点点头。她请梁岩再等一下，走回屋里又看了眼陈泽，检查好里外门窗才放心出来。

梁岩已经坐在车里，他的腿上放着手提电脑正在看邮件，他头也没抬，对坐在车上的温星说了一句："你做事还挺细心周全。"

温星感到意外，随即谦虚说："习惯而已。"

梁岩没再说话，只对司机说："走吧。"

温星低头看表，她有些担心赶不上门禁，可事已至此，她也只能到宿舍门口再想办法。靠着椅背，温星很轻地叹了口气。陈泽今晚少有地喝醉失态让她心里既担心也很不适，女人的直觉使她第一次有了陈泽离她很远、她不了解他的感受。

"老吴，开快些。"一边的梁岩开始回复邮件，又说了一句。

温星掏出手机给陈泽发信息，嘱咐他酒醒后吃些东西，还有要联系她。杨恭酒驾离去的事情，温星犹豫后先没有告诉陈泽，她自己另外给杨恭发了信息让她到家告知一声，她好能放心。

第二章

梁岩的司机老吴把车开得飞快，也没能让温星赶在门禁时间前回到宿舍。温星便想在学校附近的宾馆住一晚，她晚上也喝了些酒，此刻感到后劲上来头昏脑涨。

梁岩正要问温星晚上怎么打算，手机响了。他看了眼号码是杨恭，便知道发生了什么事。

幸运的是杨恭并未完全丧失理智，没有真的将车驶出停车场。交警正在路口抽查酒驾，注意到杨恭的车，过来询问坐在驾驶座上的杨恭是否喝了酒又是否打算开车，杨恭发了酒疯不肯配合被带走了。交警让她通知家人，她第一个电话打给了梁岩，借着酒疯骂他："喂，浑蛋，你不是很有本事吗？快把我带走！"

梁岩的脸色变得铁青，他说："杨恭，你清醒点儿，不要再丢人现眼。你如果在法国没有待够，就给我滚回去。"

"凭什么你叫我滚，我就滚？你爸同意吗？"杨恭忽然笑起

来，她笑得太大声而尖锐，笑声传出手机外，车上的温星听得发
蒙。

梁岩把手机拿远，皱起了眉头，他准备掐电话，温星忙问
他："哥，你不帮下杨恭姐吗？"

梁岩侧过头看着温星，无情说："我不想帮她。"温星惊讶于
他的直接。

电话那头，交警也感到无奈，他让失态失控的杨恭把电话给
他，最后他拿到了电话，告诉梁岩他们是哪个区的交警大队，让
梁岩过来看看。

梁岩听完什么都没有说，毫不犹豫掐断了电话，转头问温
星："你晚上住哪里？"他周身的冷酷让人不敢靠近。

温星收起了惊讶，看了眼梁岩又撇开脸，低声说："我在这儿
下车，去旁边的宾馆住一晚就行，谢谢哥。"

梁岩看着温星推开车门，他注意到她的手腕很细，骨架偏
小，但她身材秀挺，并没有弱柳扶风的瘦弱之姿，相反刚才看她
一路狂奔倒有一种爆发的力量感。生日会上，很多人对温星的评
价是温柔可爱，梁岩却觉得这个小姑娘不简单，有些八面玲珑。

温星下车之后目送梁岩的车离开，她直觉梁岩真的不会去帮
杨恭。在去宾馆的路上，温星一边走一边掏出手机给杨恭打了两
通语音，但那边一直没有接。站在宾馆门口的温星陷入了沉思，
大概五分钟之后，她伸手拦了辆出租车。

温星打算去交警大队看看杨恭的情况，而当她赶到地方从车
上下来的时候，她看到梁岩的司机老吴已经扶着杨恭从大门口出

来了。温星在原地愣了会儿，赶紧跑上前帮忙。

老吴看到温星很意外，他说："你怎么跑来了？这些事不是你小姑娘的事，梁先生会处理。"

"我以为他不会来。"温星红了脸。

"梁先生就是刀子嘴豆腐心。"老吴笑道。

半靠在老吴身上的杨恭忽然冷笑了一声，她醉醺醺地说道："他明明就铁石心肠，心最狠的人就是他。"

这话让老吴有几分为难："您不要这么说，杨小姐……"

"我不要坐他的车回去……"杨恭在台阶上跟跄了下。

"杨恭姐，你不要再闹了，我送你回去。"温星有些看不下去了，她不管杨恭和梁岩之间有什么仇怨，她只知道再闹下去难看的只有杨恭自己。

"不要，我不要坐他的车！"杨恭推了把老吴企图挣脱他的帮扶。

温星见状赶忙抱住她的腰免得她摔倒，还对老吴说："吴叔，你把杨恭姐抱起来吧。"

老吴闻言对杨恭说了句"不好意思"，弯身一把将杨恭打横抱起来，他快步下台阶，温星紧跟着，跑到车边帮忙打开了门。她看到坐在车里的梁岩脸色很差，老吴刚把杨恭放进后座，他就从另一侧下了车，走到副驾驶座拉开车门坐了进去。温星见状绕到他原本坐的那侧上了车。

老吴最后一个上车，一边系安全带一边问梁岩："梁先生，送杨小姐去哪里？"

梁岩微微皱眉没有回答，显得有几分不耐烦，他在等杨恭自己说。

"我不知道杨恭姐住哪个酒店，不然在附近随便找个酒店吧，吴叔，把我和杨恭姐都放下，我晚上照顾她。"温星说道。她在忽明忽暗的车里，看到杨恭咬了咬唇。

老吴闻言觉得是个好主意，试探地看向梁岩。

"送她们去元江新城。"梁岩却在此刻开了口。

"是杨恭姐的家吗？"温星问道。

"不是，是梁先生的房子。"老吴说。

老吴跟在梁岩身边快十年了，他很了解梁岩的个性，他知道他此刻心软肯定有情感方面的原因。老吴猜想梁岩对青梅竹马的杨恭多少还是有些不一样，元江新城也曾是他们的爱巢。

而温星闻言脱口而出："为什么不去酒店？"

"梁先生已经不住元江新城了，以前杨小姐经常住那儿，多少方便些。"老吴解释道。

温星没再说什么，她看看表已经快凌晨一点了，她实在也不想折腾了，元江新城的位置在学校和这个交警大队之间，不远不近，是个挺好的选择。

杨恭歪躺着占据了后座三分之二的位置，在听到元江新城时，她抬手遮住了眼睛，好像折腾累了。

车子到达目的地，老吴把车停进地下车库，然后下车帮忙扶杨恭。梁岩坐在车上丝毫没有下车的意思，只是放下车窗喊住了温星。

温星站在车边问："怎么了？"语气干脆，隐隐透出一丝不耐烦。

梁岩不由打量温星，几秒钟之后，他才说："开门密码告诉你。"

"哦，好，你说，哥，"温星回神，立马缓和了语气，真诚地说，"谢谢哥。"

梁岩斜了温星一眼，莫名感到些许不爽："你是替你自己谢还是替杨恭谢？"

"都有。"温星想也不想，诚实答道。

"真是多管闲事。"梁岩冷哼了一声。

温星有些尴尬，或许是酒劲让她更清醒，她想了想说："因为我感觉陈泽很在乎杨恭姐。"说罢，她猛然红了脸。

梁岩对这个回答很意外，他看向温星，只见她抬起手用手背遮了遮自己的眼睛，掩饰这一刻的失态，嘴里又慌忙解释自己那句话的意思："她是他姐姐，也就是我的姐姐！"

"111713。"梁岩说道。不等温星再问一遍，他已经升起了车窗。

密码很简单，温星已经记住了，她隔着窗户又道了次谢。

老吴把两人送到家门口就离开了。温星输入开门密码的时候，杨恭靠在她的肩头，冷笑着嘀咕说："密码都已经改了，也不知道这次是谁的密码。"

温星没搭话，打开了门，半搂着杨恭的腰把她扶进屋里。

一进屋，感应灯就亮起来，温星借着这灯光看到所有家具都罩着防尘套。

"很久没人住了。"温星说道。她是说给杨恭听。

杨恭没搭话,她轻轻推开了温星,摇摇晃晃往里走。温星跟着她走进一个房间,只见床上也罩着防尘罩,不由犯难:"这怎么睡?"话才落,身边的杨恭忽然捂着嘴冲到卫生间里,抱着马桶大声呕吐起来。

这天晚上,杨恭吐了之后有点儿发烧,温星找出医药箱照顾她,有些焦头烂额。所幸当她掀开防尘罩发现床是铺好的,不用再整理了。可即便这样,也是到了凌晨三点多温星才能躺在杨恭旁边囫囵睡下。

六点多,生物钟让温星惊醒,她坐起来先看到床对面的大落地窗,窗帘没有关起来,暗淡的晨光正缓缓渗进房间。

身畔的杨恭还在熟睡,发出轻微的呼吸声,温星伸手摸了摸她的额头,确定她已经退烧,不由松了口气,轻手轻脚下床进浴室简单洗漱。

浴室里的洗手台和墙面都是青灰色,黑色金属装饰搭配,有很强烈的男性气息。当温星坐在马桶上的时候,忽觉好笑不可思议,她竟阴错阳差跑到一个男人家住了一晚,而这个男人在温星的印象里还是个不好惹的厉害人物。温星在见到梁岩之前,就已经听陈泽提过很多遍。

陈泽口中的梁岩不仅是个令人崇拜的大哥,更是个纵横商场的精英,头脑聪明、思想前卫,关键是行动力很强。梁氏是做物流发家,历经数十年,到了梁岩手里,他只用了四五年的时间,不仅把梁氏基业物流做强成为行业巨头，更拓宽了梁氏的领域，开发投资影视和科技等产业。梁氏真正名声大噪，从单一的物流公司变成一个上市集团，拓展得高端多元化，都是因为梁岩的布局。这些都完成在梁岩三十岁那年。陈泽总是说没有梁岩就没有他的今天，而他和梁岩之间并不能算是很亲的血缘关系，他们只是远房表兄弟。

陈泽的奶奶是梁岩外婆黄采薇的表妹，年幼时两姐妹关系很好，后来各自成家，十多年没有联系。有一年陈泽奶奶来岳城拜年，两个老姐妹忆往昔抱头痛哭流涕。聊天之中，陈泽奶奶说起孙子陈泽不听话，才读小学就打架逃学，她觉得是因为小城市教育不好，所以她来岳城找门路想让陈泽上好一点儿的小学。黄老太太是个有侠义心肠的女子，她一听姐妹有困难，立马慷慨地出手帮助，她帮忙让陈泽来了岳城读书上学，让他和梁岩做伴一起成长。

陈泽是个生性爱自由的人，来到岳城上学之后，在学业上有一定的进步，但也只坚持到高中毕业就没心思读书了。没有考上大学，读了两年的专科，黄老太太怕他这么出社会被人带坏，便在梁氏给他谋了个类似销售的职位。那年陈泽二十岁，在他进公司半年后，二十五岁的梁岩也进入了梁氏，他把陈泽调来身边带了四五年，教他为人处世，让他打开眼界和格局。就是那四五年，梁岩在梁氏进行整改，将他小叔一家边缘化，稳握梁氏大权。等大局稳定，梁岩任命陈泽为总公司的部门经理。

陈泽在梁氏的发展非常快，若将梁氏比作一个帝国，那陈泽就是"平步青云"的外戚。他备受关注，同时也收获了不少他人的有色眼镜，他有傲骨也因此比一般员工付出更多努力，他用了两三年的时间补上自己学识的短板，考下了 MBA。温星听他说这段学习经历的时候，十分佩服和欣赏他。

温星洗漱完走出浴室整理自己的包，从里面拿出纸笔准备留张纸条给杨恭，以免她完全断片儿忘了昨晚的事情。她坐在地板上就着床头柜写纸条，写完起身前，掏出手机又给陈泽发了条信息问他：醒了吗？有没有头疼？

陈泽没有回复。温星猜想他还没醒，她起身拿着纸条绕过床到杨恭睡的那侧，打算把纸条压在杨恭手机下面。就在这时，杨恭的手机忽然在她手里振动起来，温星一看来电显示是：阿泽。

杨恭昨晚吐完昏睡前不知道给谁疯狂打了几个电话，但对方没有接，她便挂了电话倒头睡着了。温星当时猜想是梁岩，此刻她想应该是陈泽。对于陈泽和杨恭的关系，温星全然不了解，她和陈泽交往一年多，很少听他提起过杨恭，或许他提了，只是她不知道。那些他没有指名道姓却兴奋提起过的人，比如"我有个朋友"或者"我有个姐姐"，可能都是杨恭。

电话响了两次之后才安静下来，温星默默把手机放回床头压在纸条上，背上包悄然离开。回学校的公交车上，温星一直没有看手机，等到了学校她才掏出来看了眼，没有陈泽的信息，他没有回复她的担心和关心。一直到中午吃饭的时候，温星才收到陈泽的回复说自己刚睡醒，有点儿头疼。而在那同时，温星也收到了杨恭的信息：刚睡醒，亲爱的，昨晚真是太麻烦你了，改天请你吃饭。

信息的结尾还有一个红唇，很有杨恭成熟性感的味道。

温星给杨恭回复了一个"好"的表情，又回复陈泽，跳过了他说头疼的信息，重起了一个话题：我妈刚给我打电话又问我们的事情，你确定周末有时间陪我回去吃饭吗？

陈泽秒回：嗯，有。

温星看着这条信息思索两秒之后，决定把自己的猜疑按下。她调整了心态和陈泽说：昨晚杨恭姐也喝醉了，她还被交警带走了，哥去把她带了出来。我有点儿不放心，照顾了她一晚，所以没有回学校。这可能会影响留校考核，周末去我家千万别说这事，我妈会不高兴。

这条信息之后，陈泽打来了电话，温星一接起来就听到他有些难为情地说道："星星，昨天真是抱歉，我不应该喝那么多的，听姐说后来都是你在收拾送客人。"

"是啊，你要怎么补偿我？不要光嘴上说抱歉什么的。"温星故作委屈地笑道。

"无以为报，只能以身相许了。"陈泽也笑了。

"这话你去和我妈说。"温星说道。

"好啊，我这周就去你家提亲。"陈泽柔声低笑。

"嗯。"温星顺势应道。她不爱纠缠细节，很清楚自己渴望什么。

"如果你真的很想留校，我去想想办法。"陈泽能想象到温星此刻乖巧的模样，不由心生爱怜。

"我先争取吧，如果留不下来，我就先找份工作，一边工作一边考研。"温星笑道。

"你喜欢读书就一直读下去，我供你一直一直一直一直读。"陈泽有时候说话会有一种男孩儿的稚气和男人的底气综合在一起的质感。

"嗯！"温星笑着应道，甜蜜又郑重。

"吃饭了吗？"陈泽关心地问。

"中午没什么胃口没去食堂吃，在宿舍吃了泡面，想快点儿吃完睡一觉。"温星说道，"你还没有吃吧？赶紧去吃饭。"

"你吃完先睡觉好好休息，我下午过去找你，带你去吃好吃的。"

"你今天不上班吗？"

"上什么班，昨天都没有好好亲亲你。"陈泽笑道。

"呸。"温星一下红了脸。

陈泽发笑："别害羞。"

温星还是呸他，笑着挂了电话，心里期待着下午和陈泽的约会。

吃完泡面，温星洗漱了一把爬到床上睡觉，她的睡意来得很快很汹涌，很快她就沉沉睡着了。睡眠期间，温星有被吵醒，但实在睁不开眼睛，她听到何依依一直在哭，而许明蕊在安慰她。两人断断续续在对话，隐约中，温星听到何依依说她妈妈死了。

温星感到惊讶，翻了个身又睡着了，她唏嘘想是不是太无常了？她妈妈只是受伤骨裂，不应该到去世那么严重的地步，一定是在做梦。

到了傍晚五点多，温星才睡醒，她摸过手机看了看，发现一个多小时前陈泽给她发了信息，他早就到了，一直在等她睡醒。

宿舍里没有人，静悄悄的，温星开心地爬下床洗漱化妆换衣服。

陈泽一直坐在车上等温星，等多久他都不会觉得烦。和温星在一起之后，因为女友温柔又善解人意，陈泽也变得很温和，觉得没有什么事情值得着急。他曾年少气盛，有过很多奢望和渴望，当这些慢慢被磨平，他也想尘埃落定做自己，珍惜属于自己的幸福。他看到温星远远走来，脸上带着笑意，像早春枝头的白玉兰花。他张开怀抱拥抱这朵娇柔的花，深深亲吻她。

在酒店房间大床上，温星和陈泽紧紧相拥，安静享受着浓情后的温存。

温星搂着陈泽的脖子，听他软声说未来的计划："我们结婚以后就生孩子，再找个保姆帮你带孩子。你可以不留校在家里搞研究做文学翻译，我给你弄个书房当工作室。这样我每天一回家就能看到你和孩子。"

温星蹭了蹭陈泽的脸，娇声说："好，都听你的。"她从小不是爱撒娇的人，但每次和陈泽在一起，她都感到内心柔软，想撒娇想温顺。她的脸庞依旧有几分学生的稚气，干净里透着聪慧，楚楚动人。

陈泽笑了笑，低头亲吻温星的脸庞，从她清澈的眉眼到秀气的鼻梁再到水润的唇，他想用她的美好填补内心的空缺。他吮红了温星的肌肤，贪婪又虔诚，忽然他对她说了句："对不起，星星。"而后停止了疯狂的亲吻。

"没事，不疼。"温星望着天花板微微喘着气说道。

她轻轻抚摸陈泽的头发，让他的头靠在她的胸口。她想她能懂他，所以她在这时问出了自己的好奇："陈泽，杨恭姐和哥是不是曾经是情侣？"

"是。他们要结婚了。"陈泽的声音有些闷，也有些喘。

"那很好。"温星说道。

"嗯，他们门当户对，天生一对。梁家只认杨恭做儿媳妇。"陈泽脑袋微动，又吻了吻温星的胸口，徐徐说道。

"那哥真应该改一改脾气，就像昨晚，他明明关心杨恭姐，偏要说难听的话。何必呢？让两个人都不舒服。"温星笑了声说道。

陈泽也笑了，说："哥一向有这种特权，谁叫他是梁岩。"

"祝福他们，哥要学会谦让一些，他们肯定会很幸福。"温星继续抚摸着陈泽的头发，他的头发浓密又柔软，像他的为人，骨子里是个善良、心思细腻的人。

陈泽仿佛听到了什么笑话，他撑起身子说："你是让哥谦让女人吗？"

"不行吗？"温星不解抬眉，"喜欢不就自然而然会谦让了吗？"

陈泽笑得更厉害，他觉得温星单纯可爱得令人情动，他再次俯下身，她欲拒还迎娇声告饶，气氛便越发情浓。情欲在房间里快速弥漫，温星的手机却在这时响了起来。

一个多小时之后，温星和陈泽出现在医院里，他们在那里意外见到了很多人，原来何依依的妈妈真的去世了，而她妈就是被赵传雄撞伤的那个妇女。

梁岩也在，他陪着那个叫何冰婷的女人，她哭得梨花带雨，十分可怜。

给温星打电话的是赵传雄。

江陵陪赵传雄来医院处理医药费的事情，却不想才到医院就得知了何冰婷母亲的死讯。死者是意外猝死，前两天晨起上厕所，忽感头晕不适，向后仰摔，后脑勺着地重重摔了一跤，脑出血昏迷，抢救了没醒，中午时分离了世。

何冰婷一家把母亲的死归罪于赵传雄，他们中有人认为是脚伤害她摔倒，没脚伤绝对没这事。这种话让人听着不舒服，江陵的脾气就上来了，她面对别人的无理取闹冷冷说道："你们不用和我瞎扯，找个懂道理的来和我说，不然叫律师来谈。再胡说八道，我直接先把你们都告了。"

于是，何冰婷接到家里亲戚的电话，听他们说了事故肇事者对母亲的死毫无内疚，如何嚣张的样子。她向学校请了假赶到医院，而她和江陵的谈话也没有什么意义，她也希望看到江陵他们能有些共情和内疚，但江陵早就失去了耐心，她仿佛就是仗着自己有钱，而摆出一副居高临下冷酷无情的样子。江陵认为何冰婷他们的动机就是想讹钱。

何冰婷听到江陵动不动拿钱说事，还说要走法律程序给他们施压，在他们痛失亲人的伤口上撒盐，她很难过，心里有不甘也有仇恨。恰好梁岩又打电话过来和她说另一件烦心的事情，她便顺势而为说："梁岩，你帮我妈讨回公道，我就让你见一见安安。"

而梁岩到了之后，何冰婷看到他就变得分外脆弱，忍不住悲痛地哭起来。

赵传雄目光如炬，他一看梁岩就知道梁岩是个不好惹的人，而又十分维护何冰婷，不分青红皂白，很冷静地说要打官司就打到底。这让赵传雄有些紧张害怕，他一直劝江陵退一步算了，但江陵寸步不让，站在她的角度，她认为没理由要纵容别人的恶。

赵传雄不想事情真的闹到不可收拾的地步，慌乱中，他想到温星和梁岩认识，便偷偷给她打了电话，让她来劝劝江陵，缓解下眼前的僵局。

温星和陈泽赶到医院的时候，何家亲戚已经散得差不多了，梁岩正拥着何冰婷扶她在休息区的沙发上坐下。老吴买了水送过来，梁岩接过水拧开瓶盖递给何冰婷，说道："我让老吴先送你回去休息，这里的事情交给我。"一副贴心男友的样子。

何冰婷闻言，红肿的眼睛里有一闪而过的警惕，最终她摇摇头，无力道："我再等会儿。"

"那让老吴去买些吃的，你和你妹都先吃点儿。"梁岩又说道。

何冰婷依旧拒绝，梁岩抬起头对老吴使了个眼色，老吴跑去买东西。这样的梁岩让温星和陈泽都很意外，他对杨恭和何冰婷的差别不是一点点。

温星看了两人一眼，越过他们径直向江陵和赵传雄走去。何依依独自站在病房门口，她看到忽然出现的温星很诧异，很快她的诧异变成了愤怒和厌恶，因为她听到温星叫咄咄逼人的江陵"妈"。

温星也看到了何依依，没有和她打招呼，只是和她对视了两秒转开了头，低声对江陵说："那是我室友。"

江陵闻言有些意外，身边的赵传雄忙搂了搂她的肩膀说："我看就算了，江陵，就当我们倒霉，也当做件好事，听听他们需要什么帮助，不要再计较死因了，死者为大，又是星星的同学妈妈……"

"你闭嘴，别开口。如果他们一开始就是商量的态度，不是这样泼脏水，我至于和他们发火吗？"江陵挥开赵传雄的手，看着温星问道："你和这同学关系怎么样？能沟通吗？"

"她就是何依依，我和你提过的。"温星说道。

江陵闻言想了会儿抬了抬眉，越发不喜，冷声说："一家子'奇葩'。"

温星抿着唇在想这事要怎么处理，不自觉地，她把目光投向陈泽。

陈泽一直站在原地，没有走过去和梁岩打招呼，他看向梁岩的表情隐约有几分悲伤。温星捕捉到他的神情，随即也把目光看向梁岩，只见后者安抚地拍了拍何冰婷的肩膀站了起来，走向陈泽。

陈泽略显抗拒地往后退了半步，但梁岩走过去不由分说一把搭住他的肩膀，推着他往外走。

温星见状略感到不安，皱眉想跟过去，江陵拉住她问："那是陈泽？那是他哥？"

温星点点头。

"别去，你去做什么？"江陵问道。

"没什么。"温星嘀咕，有了几分苦恼。

"这事你怎么看？你觉得妈有做错吗？"江陵要温星先拿主意，站自己的立场。

温星睨了眼赵传雄，轻声说："我觉得你没错，妈。"

赵传雄无奈一笑说："叔叔也觉得你妈没错，但这事还是不要闹大了。多一事不如少一事，大家和气，我们退让一步没什么大不了，就是协商多赔点儿钱的事。"

"他们说你开车撞死人，这是什么性质，你知道吗？为什么要认这种罪？他们怎么不说他们自己没有看护好病人，知道脚受伤还没个人陪护？医生都说了如果不是先昏迷，应该不会摔成那样，所以你给我闭嘴，听到没有？"江陵恼火道。

"我的意思是协商到各退一步，他们摆正自己的思想，我们多出点儿钱补偿失去亲人的家庭。这总比大家都难堪好。"赵传雄解释。

"他们给你道歉，我就算了不追究。但，我是不会多赔钱的。"江陵冷脸哼声。

"你啊你。"赵传雄越发无奈，皱眉叹气却对江陵无可奈何。

温星无声笑了笑，她一直对这个继父比较认可，因为她很多时候能感觉到他真的很爱江陵，事事迁就让步。

何依依隐约能听到温星他们的谈话：没错，不追究，不赔钱。他们轻描淡写说着她母亲过世的事情，好像那根本不是一条人命。

何依依瞪着温星，直到温星感觉到而转过脸来。当她们的眼神再次相对，何依依压不住怒火，轻蔑地无声用口型说："杀人犯。"她的眼神里带着恨意。

温星没回应，她移开目光去看一直坐在沙发上的何冰婷，只见她紧紧抱着胸低着头，状态紧绷痛苦，仿佛在极力克制着自己不要崩溃。相比何依依，她的痛苦更真实。温星转回脸，心里不好受，那天何冰婷妈妈受伤的样子，她是看到了的，绝对不会严重到死亡的地步。可是人真的出奇脆弱，世事无常，而活着的人要继续处理接下来的一切，必须忍受着身体和心理上的所有痛苦感受。

何冰婷的眉头紧锁，包里的手机已经振动了好几次，她都没有接，但她知道是谁打来的。而她的手机刚响完，另一边何依依的手机马上也响了起来。

何依依掏出手机一看来电显示，立马看向何冰婷。何冰婷似有感应地抬起头，脸色不太好。

"你要我接吗？"何依依冷漠地问何冰婷。

"你想接就接。"何冰婷回道。

何依依接起电话，慢慢走到沙发边，在跟何冰婷隔了一个位置的距离坐下，对电话那头说："喂，姐夫。"

何冰婷垂下眼帘望着地面，当何依依把手机递过来说"安安要和你说话"时，她深吸一口气接过电话沉默听着，她听到孩子一直喊她妈妈，她好一会儿才柔声安慰说："安安乖，妈妈过两天就去奶奶家接你。"

"妈妈抱。"孩子奶声奶气，大概两岁多。

很快那头的电话被一个男人拿走，他说："你大概什么时候过来接孩子？我妈身体不太好，她还不知道我们离婚的事情，但孩子放在这儿不合适，我妈身材吃不消。"

"我妈今天去世了，姜俊。我处理完我妈的后事会尽快去接安安。"何冰婷说道。

"你妈去世了？怎么回事？"姜俊很意外。

何冰婷想了想说道："因为车祸。"

姜俊沉默了片刻，说道："节哀顺变。这两天天气变暖，你看哪天有空给安安送两件薄外套。要是没有时间，我过去拿吧。"

"谢谢你，姜俊。"何冰婷说道。

这话似乎让姜俊气不打一处来，他"啪嗒"一声挂了电话。

何冰婷把手机递还给何依依，后者一把拿回手机，哼声说："姐夫真是倒霉，遇到你这样的人。"

何冰婷没说话，眼神微沉。

温星隐约听到何冰婷自称"妈妈"，猜想她已经结婚生子，震惊之余，感觉自己明白了陈泽的悲伤，他大概是不明白梁岩为什么和有夫之妇在一起。温星也不能理解，她一瞬间感觉梁岩差劲极了。

医院楼梯间有片吸烟区，梁岩漫不经心地靠在窗边抽着烟，陈泽站在一边等着他先开口，但等了很久也没等到。

于是，陈泽先开了口："哥，你到底在做什么？为什么这么对杨恭姐？"

梁岩吐了口烟，徐徐说道："我本来就没有打算和她结婚。"

"你不是说你想结婚了吗？我以为你……"

"我随口一说而已，怎么当真了？"梁岩打断陈泽，笑了笑说道。

"难道你是说跟何冰婷结婚？你还相信她？她背叛过你，况且她已经结婚了……"陈泽有些激动。

"我没有想和任何人结婚。"梁岩再次打断陈泽，但这一次，他的脸色一沉，声音威严。

陈泽一愣，搞不懂梁岩在做什么。

隔了会儿，梁岩又丢出一句话："她离婚了。"他抽了一口烟，姿态闲适。

"哥，你还喜欢何冰婷？"陈泽困在情感思维里。

梁岩略显不耐地扫了眼陈泽，仿佛不能理解他的思维，停顿了片刻，他说："她的儿子可能也是我的儿子。"

陈泽下意识张了张嘴巴震惊了，脑子一时间一片空白。

"我和杨恭不适合结婚，不能结婚。家里老头子逼得紧想抱孙子，如果何冰婷的儿子真是我儿子，我就得要回来，省去了一大堆麻烦。老头能抱孙子，我也不用被迫结婚。"梁岩掐灭了烟，把烟头甩进垃圾桶。

"你怎么知道她儿子可能是你儿子？"

"这事你别管。现在她把孩子藏起来了，你得先帮我把孩子找出来，再找人做个亲子鉴定。如果是我儿子得想办法接回梁家；如果不是，我也不用再记挂这事。"梁岩说道。

"杨恭姐知道这事吗？"陈泽受到了不小的刺激，心里翻江倒海般难受。

"没必要让她知道。我和她的婚事八字没一撇，你别跟着他们听风就是雨，你哥我可没应过。如果老头这么信那童半仙非喜欢杨恭，让他去娶好了，我和杨恭不可能。"梁岩瞥了眼陈泽，目光犀利，仿佛能看穿他的心事。

"你这么做是不是太伤人了，哥？"陈泽避无可避，尴尬又不安还带着点儿愤怒地质问。

"我不爱杨恭，娶她是害了她，你要她下半辈子都陷在没有感情的婚姻里吗？"梁岩说罢，低头看了看手表，若有所思。

"哥，你为什么这么厌恶杨恭姐？"陈泽不由自主捏了捏拳。

梁岩闻言转过身打量陈泽，他目光犀利地告诫陈泽："你说这话带有太多个人感情，阿泽，我没有厌恶她，我就是不喜欢她，不能接受和她的婚姻。她何必勉强我又苦了她自己？我倒觉得我是为了她好。"

陈泽哑口无言，他一向说不过梁岩，而梁岩眼神中没有说出口的话更让他难堪。梁岩在观察他。

"孩子的事暂时是个秘密，我可以交给你去办吗？"梁岩问道。

陈泽低头。

"温星的家里是什么情况？"梁岩又问道。

陈泽听到温星的名字，深吸了口气平复心情，抬起头说道："星星家境殷实，所以我想这事他们应该会坚持。我之前听星星无意提起过她家也有在忠建的项目上投标，因为她并不太懂，所以我也没有告诉她这个项目梁氏也有参与。"

"那你去办了吧。"梁岩说道。

陈泽怔神，想了想问道："哥，你的意思是让温星家认栽？"

"嗯，我不想这事继续闹下去，免得节外生枝。陪何冰婷把这戏做完就算了。"梁岩离开抽烟区的时候拍了拍陈泽的肩膀说，"哥知道让你为难了，她家投标的事你去出点儿力。"

陈泽一直在出神，直到听到身后的门被带上了，才回神应了一声："好。"

这一天，温家和何家的事情没有解决，大家不欢而散，一副各自回去准备资料要打官司的样子。梁岩抽完烟就带着何家两姐妹离开了，留下陈泽稳住温星一家。

陈泽第一次见到温星家人，人情场面上他处理得很好，他和江陵说："阿姨，这事交给我和我哥先去沟通，能沟通协商解决掉肯定最好。如果实在沟通不了，我们就找律师做咨询，我是支持您的。我哥也能理解，每个人立场不同。"

"这不是立场问题，这就是讲不讲理的问题啊，你哥也太不讲理了。"江陵脸上没好气，心里却气顺了些，至少她对陈泽第一印象不是很差，这个年轻人看上去处事老练，态度诚恳。

陈泽赔笑说："是，是，他……他有点儿恋爱脑。"

温星低声说："那女的结婚了吧？"

"离了离了……哥是有道德底线的人，就是，恋爱脑……"陈泽忙解释。

气氛渐渐缓和了下来。温星笑看陈泽，又看看江陵，然后劝江陵说："妈，算了，我们也先回去吧，错的对不了，对的错不了。就先让陈泽去和他哥沟通吧，实在不行我们就打官司。"

江陵从鼻子里应了声，嘀咕说："这一天天的都遇到些什么事。"

"你那么能干，见多识广，这种事算什么？"赵传雄笑道。

江陵懒得再说，她也感到累了，问温星："你开车来的吗？"

"没有，赵叔叔打电话给我的时候，我正和陈泽在一起，坐他车来的。你们自己回去吧，陈泽送我回学校。"温星说道。江陵便和赵传雄先行离开。

陈泽送温星回学校，一路上他显得有些沉默，这和他在医院的样子很不一样。温星观察到这点，试探问："陈泽，你可以和我说实话，是不是哥那边已经没得沟通，就得打官司了？"

"啊？"陈泽回神看了眼温星，"没有没有，能沟通，应该不用打官司，你放心。我刚在想工作上的事情。"

"哦。"温星拉长声音笑应。

　　陈泽也笑了笑，却再次陷入了沉默。

　　片刻沉默间，温星低头想了想，又一次打破安静，她说道："陈泽，杨恭姐和哥的婚事是双方家里决定的吧？看上去不像他们自己决定的。"

　　"嗯。"陈泽仿佛在听又似没在听，有些漫不经心，"一个有责任心的男人就算不喜欢一个女人，但结婚了，应该也不至于让那个女人过得很不幸福吧？"

　　"这和男女没有关系，如果两个人都互相不喜欢，一开始就是因为某种利益在一起，应该还好。但如果有一方是有感情，那我觉得对有感情的那方挺残忍，不可能幸福。"温星出奇认真地和陈泽讨论这件事情。

　　陈泽闻言若有所思。

　　温星看了眼陈泽，也不再说话，她转开头看着窗外，车厢狭小的空间里有什么在她和陈泽之间悄悄发生改变。

　　何依依因为家里有丧事，这周请假没来学校，但关于温星家里害死何依依妈妈的事情已经在他们学院里流传开来。

　　温星也听到了这些流言蜚语，但她没去争辩，只做她该做的事情，周末带陈泽回家见家长的事也没有变动。

　　温星约了陈泽直接在她家见，时间在周六晚上七点。陈泽大概四五点就告诉温星他准备出发了，可他没有准时到，九点多才到。而在那么多个小时里，他一直没有接温星的电话，温星一度担心得不得了，甚至给梁岩打了电话。

温星的号码对梁岩来说是陌生的，所以当办公桌上的手机响起来，他看了眼没理会，反而端起茶杯站起来走到落地窗前。外面的天已经黑了，城市灯火在人的脚下显得遥远冰冷。

梁岩喝了口茶，拉开领带解开衬衫的头两颗纽扣，这一瞬间，他放空了一直高速运转的思维，无聊地在想今晚怎么度过。

也在这时，手机第二次响起来，响铃在这样安静的空间里显得紧密焦急，梁岩转过身又看了眼手机，一念之间把电话接了起来。他接起电话没说话，那边迫不及待先开了口。一道轻柔急促的说话声，焦虑紧张："哥，我是温星，不好意思周末打扰你。"

梁岩有些意外，随即想到了陈泽，想起今天他说要去温星家见家长。于是他不由沉声问："怎么了？"

"你能联系上陈泽吗，哥？我打了很多个电话，他都没有接，我担心他出事。你有其他联系他的方式吗？"

"你什么时候开始联系不上他？"

温星说了下午和陈泽联系的时间，距离她上一次联系上他已经快四个小时了。

梁岩闻言，安慰温星："你别担心，我先联系看看，如果联系上了，我让他回复你。如果没有，我也会派人去找他。"

"那我再过半小时给你打电话，可以吗？"温星说道。

"等我联系你。"梁岩说道，随即挂了电话。

温星听着忙音，回神想到梁岩在医院里冷酷的样子，她不知道能不能相信他，可她一时也想不到其他能帮她联系上陈泽的人。

另一边梁岩挂了电话，立马打给陈泽，不同于温星的电话一直没人接，他拨过去的电话响了两声就被陈泽接起来。

他第一句话就是："哥，杨恭姐喝醉了，我刚把她送回酒店，你有空的话过来一趟吧。"

梁岩"啪嗒"一声放下手里的茶杯，沉声问陈泽："阿泽，你知不知道自己现在在做什么？"

"杨恭姐喝醉了给我打电话，我不能放着她不管。"陈泽靠着床滑坐在酒店地板上低下头，他捏了捏拳，脸上黯然失色。

"现在才几点钟？她就醉得不省人事，这个疯女人。"梁岩咬牙切齿。

"哥，你能不能过来一趟？杨恭姐想和你好好谈一谈。"陈泽的声音里有些哀求的意思。

"我和她没有什么好谈的，我比你了解她。阿泽，她不需要你的可怜和帮助，她要自我作贱，由她去。"梁岩果断拒绝。

陈泽没有说话，他下意识转过头，看到躺在床上的杨恭不知道什么时候醒了，她的样子好像完全没有醉过，眼神清醒而空洞。

陈泽见状想挂电话，但杨恭扑过来抢走了他的手机点开了免提，电话里清晰地传来梁岩恨铁不成钢的声音："她发疯你跟着发什么疯，阿泽？你知不知道自己今天应该要去做什么？你女朋友重要还是杨恭重要？"

"梁岩！你说清楚，我怎么发疯了？我哪里发疯了？"杨恭对着手机喊了起来。

梁岩一怔，再听那头陈泽和杨恭开始抢手机，他当机立断说道："酒店地址告诉我，我马上过去。"

"不要告诉他！"杨恭怒道。

"岳城南！"陈泽报出了酒店名字。

梁岩开车去酒店的路上又接到了温星的电话，脑子里先闪过不想接的念头，随即想到温星的担心，心莫名一软接了起来。

那头温星真的很着急，单刀直入："哥，你有联系上陈泽吗？"

"联系上了。"梁岩答道。

"他没事吧？为什么不接电话？你是打他手机联系上的吗？"温星忙追问。

"不是，我打的是律师的电话，他的手机坏了，我打了也没有接。"梁岩徐徐说道。

"律师？"温星愣了片刻，随即明白过来，"因为我家的事情吗？"她猜想陈泽是在她和兄弟之间为难了。

梁岩勾了勾嘴角，冷声说道："具体事情我不清楚。"

"那，能不能给我律师的电话？我想联系陈泽。"温星忙说道。

"我让他联系你。"说罢，梁岩挂了电话，前面信号灯绿灯在闪，他一脚油门加速而过。

梁岩赶到酒店第一件事就是把开门的陈泽揪出房间，按在走廊的墙上："你怎么能脑子这么不清楚？"

陈泽从梁岩手上的力度知道他生气了，而自己和他一样怒自己不争气，便一言不发。

梁岩看到陈泽的窝囊样更来气，揪他衣领的手紧了几分又松开，踹了他一脚骂道："滚去做你该做的事！这里交给我。"

"对不起，哥，我只是希望你和杨恭姐能好好谈一谈。"陈泽仿佛没有觉得疼，跟跄了两步，嘴上说道。

"你把事情都告诉她了？"梁岩黑沉着脸，眼神里透出了危险的气息。

"没有。"陈泽立马否认，下意识挺了挺腰板，看起来有些紧张。

梁岩脸色稍缓恢复常色，瞥了眼自动带上的房门，说道："今天要和女朋友见家长，决定要结婚的人竟然这么不守时，想好怎么解释没有？"

陈泽摇头，他也没有料到事情会发展成这样。下午，他在去温星家途中接到杨恭的电话，她说自己一个人在酒店附近的餐厅喝酒，很想醉又醉不了，便问陈泽要不要晚上和她去酒吧喝，还让他叫上温星。

去温星家的路上就会路过杨恭所住的酒店，陈泽打算过去看一下杨恭的情况，结果一见到她孤单失落喝闷酒的样子，就不忍心留下她一个人。这样的心情让陈泽感到很煎熬，他知道自己很对不起温星，他曾想过要编一个借口把今天见家长的事情再推迟一次，但不管谎言编造得多好，他最终不忍心骗温星，于是他一拖再拖，越来越不敢接温星的电话。

梁岩不耐烦地皱了皱眉头，说道："来的途中，我已经让黄医生出了一份就诊记录给蒋律师，余下怎么编靠你自己。"

"哥……你这是……"陈泽很意外。

梁岩抬脚想踹此刻愚钝不懂得衡量利弊的陈泽："你如果想和温星分手就立马告诉她实情！"

陈泽下意识躲开，猛然涨红了脸，他不想和温星分手。

梁岩见状，话锋一转，严厉说道："脑袋放清楚。"

陈泽彻底抬不起头，他见梁岩按了门铃，下意识趋步跟上前去。梁岩毫不客气推了他一把，骂道："赶紧滚。"

陈泽这才讪讪离去，转过身时长长叹了口气。

酒店房间内，杨恭听到门铃声，她知道是梁岩，所以她一打开门就怒道："干什么？"

梁岩面对这样的杨恭，面色波澜不惊，只是眉梢微动。他径直越过杨恭走进房间，还说道："关门。"

在梁岩面前，杨恭的酒劲儿完全过去了，但梁岩一开口说的话让她立马又上头了。

梁岩说："杨恭，如果你不想害阿泽以后就少找他。"

"你这话什么意思，梁岩？你在教训我吗？"杨恭恼羞成怒。

"难道我教训得不对吗？"梁岩微微侧过脸，目光凌厉地落在杨恭脸上，"他是我最器重的弟弟，我绝不允许你打乱他的生活。"

"我怎么打乱阿泽的生活了？他也是我弟弟！"

"你把他当弟弟，他把你当什么，你难道不知道？你少在这里给我装蒜，说你不知道他喜欢你。"梁岩一针见血，点破两人之间那点儿说不清道不明的心思。

杨恭就是恨死了这样的梁岩，她瞪着他词穷了片刻，越发放不下脸面，于是只能无理道："你不要胡说八道！我和他根本不可能！我对他就是姐弟感情！"

"那你就不该利用他对你的感情，如果真的只是姐弟之情，你今天为什么打电话给他？他是有女朋友的人，今天要和女朋友去见家长，他准备结婚了。"梁岩毫不留情，要不是为了陈泽，他真的不想和装傻的杨恭说废话讲道理。

杨恭吃了一惊："我不知道他今天要去见家长……他没有告诉我！"

"他有女朋友这事你总知道，名字叫温星，小姑娘和你非亲非故，上次你喝醉了，她照顾你一个晚上。"梁岩说道。

杨恭看到梁岩就差把厌恶写在脸上了，她也感到委屈，她总是受梁岩误解，感觉她在他心里就是一个自私有心机的女人。

"我说了！我不知道阿泽今天要见温星家长！"

"现在清楚了吗？"梁岩一字一顿问道。

杨恭彻底说不出话，她的内心世界和自我认知总是被梁岩轻易粉碎。原因大概就像梁岩以前说的，他们是完全不同的人。他考虑到的永远不是她会在意的，同样她担心的事情在梁岩看来多半是无稽之谈。

梁岩说完该说的抬脚欲走，不料杨恭忽然从身后一把抱住他。她的脸紧紧贴靠着他的背，颤声近乎哀求道："梁岩，你不要走，你能不能不要对我这么刻薄？我不是你想的那么可恶，我求求你了，不要这样对我……"

梁岩扳了扳杨恭的手，发现她抱得很紧，他要挣脱只能动手，但他不能动手，毕竟杨恭是女人。

"你能不能理智一些，杨恭？"梁岩站着，冷声问道。

"你愿不愿意和我结婚？我不介意你不爱我，我爱你就行了。"杨恭发现自己真的是喝醉了，所以脑子分外放大了自己的渴望，她再次把卑微脆弱的自己敞开在梁岩面前，企图换取他的同情和心软。

但梁岩终究是无情的，他说："如果我们结婚，那我们都不会幸福。"

杨恭感到很痛苦，她紧紧揪着梁岩的西装，很想有什么办法能透过他的衣服和肉身直接进入他的心里。她不知道他要什么，她不懂为什么优秀的自己在他面前一无是处。她只能一遍遍难过地求他："梁岩，不要这么对我……我回国完全是为了你，我求你了……我们好好过下去，我以后一定听你的话，努力理解你，迁就你的脾气……"

"杨恭，你能不能像个正常人？你的生活里还有其他很多的选择，你完全可以过得很好。"梁岩完全不能理解杨恭在执着什么，对他来说绝不会让计划之外的事情干扰他的生活节奏。人生应该是一场自由之旅，人是自己情绪和欲望的主人，而不是奴隶。

杨恭深深受挫，只能放手一搏，她用力拽过梁岩，踮脚吻上他的唇。她一面吻他一面着急摸索着去解他的衣扣，但没几秒，她就被他摔在了沙发上。

梁岩彻底失去耐性，恼火地甩开了杨恭。而他在推倒杨恭之后甩袖一言不发走了，留下杨恭掩面躺在沙发上，许久才放声哭出来。

温星在小区门口徘徊，终于看到陈泽的车出现，她松了口气，站在路边招手。陈泽停好车下来，温星跑过去拥抱了他，关心说道："我快被你吓死了，陈泽……"

陈泽深吸了一口气也抱了抱温星，他笑着从口袋里掏出手机给她看，解释说："对不起，星星，我的手机在医院摔了，屏幕被摔坏失灵了。下午蒋律师难得有空约我聊一聊案子的事情，本来想就去一个小时不会耽误，不想他突发疾病，我便送他去了医院，耽搁到现在。我上去和你妈妈还有叔叔解释，希望他们……"

"我知道，我知道，你没事就好。"温星不让陈泽继续说，抬手捂住他的嘴巴，"不用解释了，我和他们都说过了。"

这样的温星让原本调整好心态选择撒谎的陈泽怔住了神，好一会儿，他低声问："你怎么不质问我，现在通讯这么发达，为什么不用其他方式联系你，却让你担心了这么久？"

温星笑了笑，摇头说："因为我知道你想到了，你肯定对我内疚了。我也知道一边是你哥一边是我，这事让你为难了。如果你哥坚持要和我们打官司，律师让我妈和我叔叔自己去找，你就不要参与了，陈泽。"

陈泽惊讶地看着温星，他有些难以面对温星的赤诚。

温星继续解释说："我找不到你，给你哥打了电话。你哥的态度不是很好，说起你去找律师的事情也蛮反感的，所以我想你们多少闹得不太愉快。"

陈泽无言以对，他知道梁岩替他考虑得很周全，也知道温星对他深信不疑，他却不能做自己的主人，难怪梁岩怒他不争。

温星牵着陈泽的手带他回家，她仿佛已经开心起来，并没有受陈泽迟到的影响，她接纳了发生的所有意外事件。陈泽一直觉得温星是个很乐观、外表温柔、内心温顺的女孩儿，直到他坐在她家餐桌边，才发现温星也有令他陌生意外的一面。

江陵对陈泽迟到的事情很不高兴，因为她认为陈泽在怠慢温星，再加上梁岩是他哥，她已经对他们戴上了有色眼镜。所以，温星领陈泽进门，赵传雄起身相迎，江陵却站起身回了房间，不打算出去相见。温星来敲门，陈泽在门外多次道歉解释原因，说了找律师的事情，她才缓和了脸色，但她从房间出来也是在半个多小时之后了。

待江陵一出来，温星便去厨房热饭菜给陈泽吃。陈泽则和江陵赵传雄坐在餐桌边说话，他找了个时机把投标的事情说了出来："我哥其实也知道这事不能怪车祸意外，但死者为大，他不想那边家人再伤心。因此这事他也会相应做出补偿，你们公司投标的事情，他已经交代我去处理了。"

温星正端了一盘红烧肉出来，听到这话笑了说道："陈泽，你哥在搞笑吗？知道是非对错还想我们认栽，当我们傻子啊？"

陈泽已经明显在江陵和赵传雄脸上看出了神态的松动，这时温星这样说，陈泽看了她一眼，有几分惊讶也有几分担心。

江陵也看了眼温星，沉着脸平静开口说："星星，大人谈事情，你不要插嘴。"

"我说错了吗？"温星反问江陵，她看着母亲，笑意渐微。这场景对温星来说非常熟悉，不知道从什么时候开始，她发现母亲总是心口不一，经常承诺她很多事情，结果却忘记或者更改了承诺。母亲总在企图让她明白，人因为背负着不同责任而必须变通的道理，她也努力在学习，学得很累。温星一直较同龄人懂事成熟，但一遇上江陵的世故，她总像刚刚长大，很难一下子接受。

这一次，江陵再一次挑战了温星的接受能力，正直勇敢善良是她教的，她还教温星做人要有力度，要自我坚持。前两天在医院里，江陵思路清晰，不畏压力坚持原则的样子还在温星心里很清晰，这一刻的她却完全崩塌了。

只见江陵没有搭理温星的话，看向陈泽问："原来你哥是梁氏总裁？"

陈泽点头。

"那我能否约他面谈投标的事？"江陵微笑问道。她的语气温和且清冷，态度变化很微妙。

陈泽略加思索说："哥如果知道你们帮了这么大的忙，肯定也会想当面谢谢你们。"但他的眼睛还是不由看了温星一眼，他看到她转过身又走进厨房。

"其实事情本来也没有对错，说不上帮忙不帮忙。只是大家各退一步，既不浪费时间又能和气生财，两全其美。"赵传雄笑着说道。

江陵这次没有反驳赵传雄，只是微笑。她看到温星端出鱼，她拉了拉肩头的披肩说："鱼热过就不好吃了，我不是叫你不要端鱼吗？"

"你没说过。陈泽喜欢吃鱼。"温星依旧把鱼摆在了桌子上，不冷不热说道，"我回下房间，你们陪陈泽再聊一会儿。"说罢，她径自回了房间。

陈泽完全没料到最抵触这事的竟然会是温星，他也突然意识到自己从来没有真正了解过温星，他弱化了她的个人精神世界，没有考虑到她的立场。

江陵看到陈泽意外的表情，徐徐站起身说："我去和她聊聊，小陈，你慢慢吃。她还是小孩子，很任性。"

"要不我去和她聊聊，阿姨？"陈泽慌忙也跟着起身。

"你吃饭吧，还是我去比较好，我比较了解她。"江陵不动声色打量陈泽，也点了他一句。

陈泽慢慢坐了回去，他看到赵传雄正笑看着他，好像什么事都没发生过。赵传雄还笑说："让她们母女去沟通，星星听她妈的。"可见这样的情况并不是第一次了。

江陵走进温星的房间，只见她背对着门坐在书桌前，背影看起来秀挺倔强。

小时候，江陵经常教温星要独立要坚强，那会儿她时常因为工作忙把温星一个人留在家里，还让温星自己安排好时间，把时间表贴在墙上去遵循。

温星很乖，放学回家就锁好门窗写作业，到时间自己吃饭洗澡睡觉。而温星能做到的原因是她很相信江陵，那时候的江陵出门前总会说回来给她带什么，并且每次都会做到。这让温星的期望总能被满足，从而获得了无限的安全感。

所以当江陵开始改变为人处世的认知和方式的时候，也在无形中逼迫温星去改变，但温星的阅历和格局完全不能和江陵相比，她时常因此迷茫痛苦。在反复的自我调整中，温星学会了独处和冷静，她还锻炼了一有冲突就强迫自己冷静的能力。温星有一个笔记本，上面写满了"冷静，别发怒"这句话，还有每一次写这句话的日期。如果没有纸笔，她也会在心里默念，默念完怒气也慢慢缓和了，便能冷静一些。

温星听到江陵的脚步声，慢慢合上了笔记本，她深呼吸调整好情绪，转过头去看江陵，说道："如果你在医院的时候就接受赵叔叔的劝说，我就比较能理解你今天的态度。我现在感觉你欺软怕硬。"

江陵关上门，走到温星身后，摸了摸她的肩膀。

"因为陈泽他哥把投标项目给你，你就要让步吗？"温星又问道。

"对我来说是他在让步。"江陵说道。

"那你早应该接受赵叔叔的劝，没必要故作正义。赵叔叔比你好，他是心胸开阔，你其实就是看利益。"温星难过地说道。

江陵捏了捏温星的肩膀，说道："你可以坚持做你自己，我的生活教会我的事情，不一定你的生活也会那么教你。如果你觉得我不好，那就不要学我。"

"你知不知道你这么做，会让我在学校里被同学议论嘲笑？"温星想到了何依依。

"对不起。"江陵只有这三个字。

温星的安全感就是这么一点点被江陵拿走的，她慢慢知道了她在江陵生命里不是最重要的，江陵热爱事业超过爱她。但温星偶尔也会想不知道为什么孩子总要求父母最爱自己，就像他们自己也未必能做到最爱父母一样，明明每个孩子长大后都要过自己的生活。

一阵沉默之后，江陵和温星说："你和陈泽的事情，要再多考虑考虑，在妈妈看来他没有那么爱你。"

母女俩的沟通向来都是平静的，可此刻温星却感到悄无声息的崩溃，她和江陵说："以后你不要管我的事情。"

江陵微怔，随即明白了温星的心情，于是没有继续说。她在温星的床边坐了半刻钟，之后站起来说："我出去陪陪陈泽，你不想出来就不用出来了。"

温星没回答，在江陵出去后，她起来收拾返校的行李。没多久，她提着行李从房间出来，对陈泽说："陈泽，你快点儿吃，我赶学校门禁。"

江陵坐在一边没说话，赵传雄倒立刻站起来问温星："怎么了，忽然要回学校？陈泽是客人，这么催人不礼貌，星星。"

"没事，赵叔叔，他不是我的客人，是我男朋友，我们不生分。"温星说道。

陈泽第一次领略到温星的脾气，嘴里的饭一时间忘了咽下去。

"快点儿哦。"温星又催了一次。

陈泽回神慌忙扒完了饭，站起来说道："叔叔阿姨，谢谢款待，那我先送星星回学校。"

江陵在这时徐徐出声问温星："你自己不会开车吗？"

温星闻言从包里掏出车钥匙，放在了餐桌上，说道："不开了，开来开去也挺累，以后让陈泽接送我就好了。"

江陵看了眼车钥匙，二话不说收走了。

"走，陈泽，送我回学校。"温星扭头就走，"再见，赵叔叔，早点儿休息。"

赵传雄见状埋怨地看了眼江陵，忙趋步跟上温星劝道："别生气，星星，有什么事好好说。"

"我没生气呢，赵叔叔，我就是想回学校了。"温星保持微笑说道。

陈泽看到赵传雄给他使眼色，是让他帮忙劝温星，但他完全不懂怎么劝，因为他对这样的温星也很陌生。他好不容易挤出了两句话："星星，要不你在家再住一晚？我明早来接你也可以。"

温星坐在鞋柜上穿鞋，头也不抬干脆利落道："不用。"

陈泽竟感到束手无策，尴尬地看了眼赵传雄，只能穿上自己的鞋。

温星穿好鞋挽住陈泽的手臂，笑着和赵传雄再次道别："走了，赵叔叔，别送了。"

赵传雄自知留不住温星，穿着居家拖鞋跟着两人跨出门去，他虚掩上门拉住温星的手臂低声劝她说："走归走，可别真的和你妈计较，你妈最疼你了。"

温星还是笑着点了点头，柔声说："我怎么会和她计较。"

陈泽看得出神，捉摸不透温星是怎么了。在送温星回学校的路上，陈泽尝试和温星说了句对不起，他觉得她们母女吵架是他造成的。

温星却说："和你没有关系，陈泽。"

"不是因为投标的事情吗？你不希望你妈中标？"陈泽试探着问道。

"希望啊，听说是个近亿的大项目，要是中标了赵叔叔工厂的半年产能都解决了。"温星说道，神态难辨喜怒。

陈泽想了片刻，尽量柔声和温星解释说："星星，其实这社会上很多事情真的没有对错，就是看你怎么理解，大家都在做出让步妥协的时候。你想人生那么短暂，何必那么较劲？"

"投标的主意是你想的还是你哥想的？"温星问道，一针见血。

陈泽毫无防备，脱口而出："是哥。"

温星没再说话，只看向窗外。

"哥也是在让步。"陈泽总感觉自己说错了话，补充了一句。

"嗯，理解，他也不想你太为难。"温星没有追问陈泽的立场到底是什么，因为她感到疲惫。

有个念头忽然从陈泽的脑子里冒了出来：他小看了温星，看似单纯温柔的温星其实心里头比明镜还亮，她只是一直看破不说破。陈泽捏了捏方向盘，他第一次在自己的小女友面前感到有些局促不安，因为心虚。这种心虚感直到温星下车后，陈泽还能感受到，以致他后面两天一想起温星清澈的眼睛就感到不安难受，甚至工作的时候都会走神。

会议室的大屏幕上还在投放会议内容，梁岩眼风扫到陈泽在出神，和往常投入的工作状态完全不一样，不由微微皱了皱眉头。会议结束之后，梁岩把陈泽留了下来，问他："温星家接受投标的事了吗？"

"温星的妈妈江陵想约你面谈。"陈泽说道。

"可以，你约时间。"梁岩说。

陈泽点头。

"我看这事基本上没什么问题。所以，你在担心什么？"梁岩往后靠在椅背上，抱胸审视陈泽。

陈泽思考片刻，说道："江陵和赵传雄没有什么问题，他们大概率会接受，但我没想到温星会这么抵触，哥。"

"她和你吵架了？"梁岩挑眉问道。

"没有吵架，温星基本上不会发火，连和人大声说话都很少，她就是……"陈泽努力想形容温星的态度，好一会儿他皱了皱眉继续说道，"她可能有些理想主义吧。她没和我吵架，和她妈闹翻了。"

梁岩也有些意外，说："看来温星也是个挺有主意的人。"

"我有点儿摸不透她在想什么了。"陈泽说道。他挠了挠头，显得有些难堪。

梁岩看到陈泽的呆样，好笑道："你可能从来没有了解过自己的女朋友。"

陈泽语塞，发现梁岩说的很有道理。

梁岩站起来拍了拍陈泽的手臂，别有深意地说道："心思花在正确的地方，别失去了才知道后悔。"

"这是你的经验吗，哥？"陈泽笑问。

梁岩看了陈泽一眼。

陈泽笑了笑，想起了少年时期的梁岩和杨恭。他们曾经十分登对，他们快乐洒脱的样子是陈泽最早对爱情的理解。在陈泽心里杨恭的位置非常特殊，不同于对温星的喜爱，那是种带着忧伤和痛苦还有渴望的记忆，她既是帮助过他、安慰过他的姐姐，也是高不可攀的艳红玫瑰花。

大学四年级的生活轻松中也有着巨大的压力。随着课程减少，许明蕊基本上每天都在兼职，同时她开始寻找一个可靠的大公司为以后的职业生涯做规划。不同于温星，许明蕊不打算从事研究方向的工作，她知道自己没有资本那么做，那个领域想要赚到钱需要长久的积累，所以她给自己定的职业方向是销售。许明蕊有一个秘密没有告诉温星，那就是江陵一直是她心里的偶像，而她没说是因为温星经常向她传达出对母亲失望的态度。

许明蕊曾经很想通过温星的关系直接进入江陵的亚岚贸易公司，她有信心能得到江陵的认可。在新的一周，她本来也做好了心理准备要找温星谈这事，但她很快发现温星和江陵闹掰了。温星根本不愿意提起江陵。于是，许明蕊搁置了这个计划，默默向江陵的公司投了简历。但她一直没有得到江陵公司的回应，反而她投给梁氏的简历被接收，对方通知她去面试。

和许明蕊同样接到梁氏面试通知的还有何依依，但直到要去面试的早上，许明蕊才知道这事。

梁氏和温星所在的大学一直有校招合作，每一年三四月份，他们都会安排车辆接送学生去梁氏面试，许明蕊就是在车上碰到了何依依。梁氏的面试流程很复杂，一般有三轮，招得虽多，真正进去却很难。许明蕊为面试做了很多准备，但心里知道难进，她便问何依依："你不是想留校吗？怎么也跑来面试？"

"随便试试看，多留条路。"何依依淡然说道。

许明蕊偷偷发信息把这事告诉温星。温星昨晚熬夜学习，刚起床在刷牙，她看到信息倒不是很意外，因为她想到了何冰婷和梁岩的关系。

温星不是很关心何依依的事，她给许明蕊加油打气。

许明蕊想了想开玩笑说：如果我没面试上，你帮我找工作吧。

温星读懂了许明蕊的意思，她苦涩地笑了笑，回复信息：我妈公司吗？我看还是算了吧，小蕊，我妈就是个工作狂，她要求所有人都和她一样，唯利是图。

温星打着字想起一个女人：黄如芳。她曾是江陵创业初期最好的搭档，但后来两人因为理念不同和利益分配不均，撕破脸散了伙。黄如芳另起炉灶，温星考上大学那年还无意在超市碰到过她一次。黄如芳对温星很热情，依旧是温星记忆里温柔的阿姨，只是她绝口不提江陵。而黄如芳曾经对江陵的一个评价就是：虚伪。在许明蕊羡慕温星有个厉害妈妈的时候，温星却怕她知道江陵的真面目。

许明蕊看了信息没再回复，她看着前面的椅背，感到一阵茫然。许明蕊能理解温星，就像她不会和自己家人低头一样。

何依依在车上收到了何冰婷的信息：我会让梁岩帮你留校。你没必要去梁氏。

——为什么梁岩一直问你安安的事情？安安明明是你和别人的儿子。你在玩什么把戏，何冰婷？留校的事不是我求你帮忙，是你求我不要告诉梁岩才是。你就和妈一个德性！

何依依愤怒敲着手机。

何冰婷没有再回复何依依，她正在备课，攥笔的右手在发抖。很多时候何冰婷也在想自己在干吗，当她知道梁岩要和杨恭结婚，她的恨意就压不住。于是何冰婷给梁岩发了条信息说：再帮我一件事，让我妹留校。

她知道自己在挑衅梁岩的耐心，这事对她来说危险又刺激。

另一边，梁岩收到信息掏出手机看了眼，之后随手掮回裤兜里，他稍微调整了下姿势，重新握了握球杆，全神贯注，轻轻一挥把球推进了眼前的洞里。今天天气很好，晴朗明媚，眼前绿色的球场让人心旷神怡。

大早上打完球，梁岩自己开着球车晃出来，他的助理正在场外等他，见他出来赶忙跑来汇报："梁总，董事长联系不上您，正在家里发火。"

梁岩没搭腔，跨下车，同时把车上的球杆递给了助理。

助理完全看不出他的态度，可又畏惧着梁岩的父亲梁帆顺，于是又说了一句："梁总，您要不先给董事长回个电话？"

梁岩在这时看了助理一眼，问他："你在我身边工作多少年了，小董？"

"有三年了。"

"三年不算短了，不过我觉得你不太适合现在的职位，回头给你调岗，让你去董事长那边当助理。"梁岩说道。

助理愣住，再回神的时候，梁岩已经走远。

梁岩洗完澡换了衣服从球场离开，在开车去公司的路上，他给陈泽打了一个电话说："何冰婷今天让我帮何依依留校，如果我没有记错，她们父母离异，一个跟母亲一个跟父亲，两姐妹的关系非常差。她今天忽然这么做，肯定有原因。你去查查何冰婷的妹妹何依依，我记得她和温星是室友。孩子的事情可以从何依依入手。"

陈泽也在开车，他问："那何依依留校的事情，你会帮忙吗，哥？"

"怎么可能都满足她，先吊着。"梁岩说道。

陈泽这下是听出来了，梁岩对何冰婷也是蛮狠，他一直不太清楚梁岩和杨恭还有何冰婷的三角恋到底是怎么回事，只是隐约知道何冰婷当年对梁岩做过脚踩两只船的事情。现在看来还有其他的事情闹得很不愉快，不然梁岩也不会对她这么绝情。

陈泽挂了电话，心里忽然想起温星想留校的事，他又给梁岩拨了电话："哥，我家星星也想留校，上次的事情弄得她很不开心，我想哄哄她。"

"知道了，你让她做好能做的，其他的事情我来处理。"梁岩说道。

"谢谢哥！何依依的事我这两天就去办妥。"陈泽笑道。

梁岩按掉了电话，他莫名有种直觉：陈泽的温星不是那么容易哄的人，他隐隐感觉陈泽的讨好用错了地方。但他和温星的交集实在太少了，无法判断自己的这种直觉到底对不对。

第三章

温星从小到大人际关系一直很好，几乎所有认识她的人都挺喜欢她。许明蕊经常说温星情商高，进退有度，而温星似乎天生就知道该如何处理周围的人际关系，只要她愿意，没有不能打动的心，除了她养过的那只黑猫。而当温星不愿意和一个人交好时，她可以对其视而不见，就像她对何依依。

何依依和温星的过节要从大一入学选床铺时说起。温星的床位靠着阳台，光线明亮，位置舒服，这也是何依依心仪的位置。

入学那天，温星第一个到宿舍，她将行李放在选好的床位下之后，拿上盆出去洗手间打水，准备先打扫一下再铺床。可等温星端着水回来就看到何依依爬上了她选好的床铺，已经准备铺床了。

温星告诉何依依那个床位她已经选了。说这句话的时候，温星并没有打算非要那个床位，她知道这是场误会，所以她还面带着微笑。可何依依当时的反应很激烈，她漂亮的眼睛瞪着温星，竖眉生气道："怎么就是你选了，我进来的时候床是空的。你说你选了就是你选了？"

"我把行李放床位下了。"温星说道。

"我的行李也在这个床位下，我人还在床上呢。"何依依哼声，警惕地打量温星，视她为来者不善。

"你来的时候有没有先看到我的行李？"温星看着何依依问道，试图再讲一次道理。

何依依没回答，她假装没听到，还翻了个白眼。

温星在这一刻火了，她放下水盆，然后一把拉过何依依的行李箱就往外走。

何依依见状忙爬下床去追，她一面穿鞋一面大喊："喂！你干吗！你怎么回事，随便动别人行李箱？！"

温星没回答，把她的行李箱拉到了门口，用力推了一把，行李箱就在走廊上滑起来。等何依依跑出去追行李，温星回到房间爬上了床，自顾开始收拾。

何依依追回行李箱回到宿舍，暴跳如雷，质问温星是不是神经病。温星目光凌厉地看着她回复道："你不会好好说话就少说话，免得得罪人也害了你自己。"

初来乍到的何依依被温星的气势唬住了，她很生气，却不敢再和温星硬碰硬，因为她知道温星是个不怕事的人。

在许明蕊和另一个室友张静来到宿舍之前，温星就已经和何依依交过手，两个人对对方印象都很差，以致后来两人的关系就没有好过。偏偏两人因为优异的成绩和漂亮的模样，总是被人拿来对比，来来往往，彼此都越发抵触对方。尤其何依依对温星更是充满了敌意，每次她看到温星人前温柔总是与人方便的样子，她就觉得温星很虚伪。

温星在大一时被毛禹疯狂追求，许明蕊她们都替温星捏把汗，何依依在当时还做了一件惹怒温星的事。她把温星的很多喜好告诉了毛禹，甚至透露了温星的家庭住址。温星质问她的时候，她理直气壮地说："我被他喜欢你的真诚感动了，想帮帮他不行吗？这是我的事情，你不喜欢他，他也能追求你不是？你还能限制我做事的自由？"

温星第一次被人气到想原地爆炸，在毛禹被确定为精神有问题之前，她先认定何依依这个人脑袋有问题。

"你是不是喜欢毛禹？"温星冷笑着问何依依。

何依依涨红了脸说："看上你的男生，眼光那么差，我怎么可能喜欢他！"

温星看透了何依依，嘲笑她说："一个男生不喜欢你，你对他再好，他也不会喜欢你。你不会天真到以为卖了我，他就能感激你吧？"

何依依被温星说得毫无面子，难以下台。在温星觉得她脑子有问题的同时，她也觉得温星有问题。她眼里的自己真诚直接，而她眼里的温星冷酷无情，就像没什么感情的假人。何依依从小父母离异，父亲工作繁忙，她非常缺乏爱但也迷信爱。她相信山盟海誓，总是被故事里纠缠不能自制的爱恋所打动，她认为那是世间美好，也渴望着那样的感情。

何依依真的在毛禹身上看到了那种"清澈"的执着，他点着心形蜡烛站在楼下，不畏惧他人的眼光说着爱的宣言。但温星对他视而不见，冷酷地拒绝，因此所有人都嘲笑他的痴心妄想，可他还在坚持。何依依问过毛禹如果追不到温星怎么办，他说自己一生不娶。这话，温星要是听到肯定会嗤之以鼻，但何依依信了，她看到的是不离不弃的承诺，所以她想帮他。

何依依一开始不知道温星为什么这么傲慢，后来在医院见过江陵之后，她才知道温星之所以如此是家庭教育原因，她的母亲也是那样的人，盛气凌人，得理不饶人。医院里的事情几乎把温星和何依依之间所有交好的可能都彻底粉碎了。

温星和何依依在宿舍里一直把对方当透明人，许明蕊和张静也习惯了这种状态，可这天当何依依从梁氏复试回来之后，她就像变了一个人，忽然主动搭温星的话。

温星在问许明蕊要不要去学校外面吃饭，何依依忽然搭话："一起去，我请你们吃饭吧。"另外三个人都很震惊。她们都猜何依依可能是在梁氏的面试通过了，毕竟她是为数不多参加第三轮面试的人，她肯定很高兴，或许是成功使人心胸开阔。

温星惊讶了几秒，想了想点头说："那一起吧，不用谁请，AA。"她不是想就此和何依依冰释前嫌，只是觉得应该为他人的成功留一点儿掌声。

许明蕊和张静见两人破冰，也不由笑了笑。

四个人一起出去吃饭，餐厅就在学校附近，这四年她们常来，有时候两两来，有时候三三来，偶尔四个人一起来。上次像这样四个人一起还是在大二的时候。

张静提议晚上喝点儿酒，她笑问何依依："你想请客是不是工作有着落了？"

何依依笑了笑说："这可能就叫祸福相依吧。"

张静唏嘘说："你妈妈去世，我们都挺难过的。"说完，她意识到可能这话温星不爱听，不由偷瞄了温星一眼。

却见温星很自若，她正拿着手机在点单，还问："要喝酒吗？喝什么酒？饮料酒吧？"

许明蕊凑过去和温星一起看菜单。

"意外谁也没有办法，人真的很脆弱。"何依依说道。

温星闻言抬起头，她猜想是不是江陵那边已经着手处理赔付的事情，当每个人都往后退一步让钱上场的时候，大家都会其乐融融，这个场景对温星来说太熟悉了。

张静为何依依的看开感到高兴，她握了握何依依的手，同时转开话题问："你是不是在梁氏的面试通过了？"

"算是吧，不过我还没有想好到底是去梁氏工作还是留校。"何依依说道。

"你这是炫耀吗？"许明蕊笑道。

何依依笑而不语，她看了眼温星，眼神里竟透露出几分相惜的情绪。

温星有些莫名，依旧没开口，低头帮大家点好了餐，还有一人一罐饮料酒。

酒先上了桌，张静提议大家举杯恭喜何依依将会第一个落实好工作，何依依笑着拿起酒杯说谢谢，补充了一句："不是还要恭喜温星马上要结婚吗？"

"对哦！"张静笑道，"上次温星就说带男朋友回家了，温星很不够意思，都要结婚了还没有正式介绍她的男朋友给我们认识。"

"结婚请你们见。"温星淡淡笑道。

"真的确定要结婚吗？什么时候结婚？"许明蕊追问温星。上一次见家长的结果，温星对她只字不提，她有些摸不透温星的态度。说实话，许明蕊舍不得温星那么早结婚，她觉得婚姻很可怕。

温星还没来得及回答许明蕊，就听到何依依翻出了陈泽的底："她男朋友可厉害了，梁氏的高层。"

许明蕊和张静都惊讶地看着温星："真的吗？"

"当然是真的，以温星的眼光，她怎么可能找普通人？"何依依笑道。

温星没有直接回答，问何依依："今天是陈泽面试你吗？"

"对，他是面试官之一。"何依依笑道。

温星在想何依依态度转变和陈泽是否有什么关系，却一时想不到很直接的关联，又见身侧许明蕊的目光里有些许尴尬和受伤，她解释说："他不是负责人事部，我都没有想到他会去面试。"

"他哥是梁氏总裁，我姐也认识。温星不好说，我可以去帮你们落实工作。"何依依很讲义气地说。

"他们公司制度很严格，招人是人事的事情。"温星再次说道。

"这是人情社会，温星，你本来就在享受着你自己家庭背景带给你的人脉，所以可能没有感觉，还觉得世界蛮公平。我们不一样，不去争取可能连表现的机会都没有。我们不找人走后门，自然会有其他人走后门，对我们来说同样很不公平。"何依依说道。她认真看着温星，转变了对她的看法之后，还觉得温星很幼稚天真，所以眼神里少了往常的鄙夷，多了几分不设防的无奈。

桌上的人都陷入沉默，张静和许明蕊都有些尴尬，何依依说出了她们心底想过却不愿意承认的事情。

温星不在意何依依怎么说，她只在意此刻许明蕊怎么想，上一次许明蕊的玩笑她还记在心里，她也一直在思考自己拒绝帮许明蕊的出发点，如果仅仅是为了她自己遮丑，是否太不应该？江陵各方面的能力的确很好，如果她愿意培养许明蕊，可以让许明蕊在工作上少走很多弯路。

缓和气氛的是张静，她笑说："我想去私立学校当英语老师，不想考编制。去那些大公司工作，我觉得压力太大了。"张静的模样普通，成绩一般，但性格很爽朗。

"我也觉得大公司压力很大，所以我还在考虑梁氏的工作要不要去。"何依依说道。

"任何事情想做好都会有压力。"温星说道。

许明蕊没有说话，沉默着喝完了杯子里的酒。

吃完晚饭，四个人没有一起回宿舍，张静去了体育馆，何依依没有说去处，温星则和许明蕊回宿舍。在路上，两个人都没有开口说话，默默走着，经过图书馆前面的时候，许明蕊忽然看到一排玉兰树开花了，她才笑说："玉兰花都开了呀。"

温星闻言停下脚步看花，路灯下，粉白的花朦胧美丽，她想起了什么，笑说道："我以前有没有和你说过啊，我读的小学是实验小学，但因为校门口种满了玉兰花，很多人都叫它白玉兰小学。我妈每次出门送我去上学，遇到熟人问我在哪读书，她都说在白玉兰呀。"

"说过了。"许明蕊笑道。

"那时候觉得时间好慢，现在大学都要毕业了。"温星笑盈盈地说。

"你毕业要马上结婚吗？"许明蕊又问温星这个问题。

温星摇摇头，说道："这也要看陈泽的意思。"

"他不想结婚吗？"

"我觉得他没有考虑得很清楚。其实结婚的事都是我在提，虽然他每次都很高兴地答应，但如果我不说，他也不会有计划。如果他真的想结婚，现在应该已经开始计划了，毕竟他不是刚毕业的小男生，他的事业很稳定，结婚不存在特别大的阻碍。"温星对许明蕊很坦诚。

"那你不要着急结婚。"许明蕊说道。

温星沉默了两秒说道："我以前很想有一个自己的家庭，是因为不想再让我妈那么辛苦了，但现在更多的是想独立，想要摆脱她。"

"你妈给你的自由蛮多的。"许明蕊中肯说道。

"不知道等我当了妈妈会怎么样。"温星看似没头没脑说了这么一句。

许明蕊笑了声，说道："我不敢想象自己当妈妈，因为我很恨我父母。"

"我能理解，我和我妈也经常理念不同。不过，工作上，我妈的确是很成功。"温星看向许明蕊。

许明蕊下意识闪躲。

"小蕊，如果你想和我妈学习，我帮你问问她。"温星最终还是说出了这句话。

"温星，我这样是不是让你为难了？因为我能理解你的做法，包括你没有说陈泽是梁氏高层的事。"许明蕊低着头，皱眉难过说道。

"其实还好，我觉得何依依说的话有一定的道理。"温星拉了拉许明蕊的手，安慰地笑着解围道，"陈泽的事情，我没说是因为我以前真的没有问得那么清楚。我很相信你的能力和人品，小蕊，我也希望我妈的公司越来越好，试试看没有什么不好。只是我妈真的蛮强势的，工作上很不好相处。"

"慈不掌兵。"许明蕊说道。

温星闻言笑了起来，眉眼弯弯，这几天的烦闷渐渐从胸口舒散。

后半段路，温星接到陈泽的电话，他告诉她梁岩明天要和江陵碰面，而他们两个也要到场。

陈泽可能担心温星不愿意去，于是又补充说："就是吃饭，如果你到时候吃完饭想先走，我就送你先走。"

"我明天等你来接我。"温星说道。

陈泽笑道："这次不会迟到。"

"没事，有好的理由，依旧可以迟到。"温星笑了笑，以退为进。

陈泽哑口无言，回神想了半天，觉得温星说话真厉害，只是不知道她是有意还是无意。

走到宿舍楼下，温星要和陈泽继续聊电话，她笑着向许明蕊挥了挥手，然后往另一条朝向湖边的小路走去。

"陈泽，你今天面试何依依了吗？"温星低头看路，漫不经心地问道。

话题转得很突然，陈泽差点儿没听明白，含糊应了一句"嗯"，随即马上说道："挺意外的。"

"她的面试通过了吗？"温星问道。

"你想她通过吗？"陈泽笑问。

"我没想到她会去你们公司面试，因为她一直以来都挺想留校的。"温星说道。

"那她如果被梁氏签了，你不就少了一个竞争对手吗？你们现在公布的可只有一个留校名额。"陈泽说道。他今天有个应酬，现在正开车在去私人会所的途中。

"少不少一个对手无所谓，我想留校但不是一定要留校。我有个姐姐在出版社工作，她给我推荐了一份在岳城翻译协会的工作。我后天会去面试。"温星说道。

"这个协会我知道，我哥也是协会的一员。"陈泽惊喜道。

"怎么哪哪都有你哥？"温星却有些不耐烦，忍不住吐槽了一句。

"我哥的外婆在国内翻译界蛮有名气，不知道你有没有听说过。当时这个协会是我哥以她名义组织的，他自己就挂个名出出钱。"陈泽笑着解释。

"难道是黄采薇老师？她前两年有在我们学校授课，外聘来的。我就是听说协会里有她，才想去面试。"温星说道。

"哎，对！"陈泽拍了拍大腿。

温星眼睛微亮，嘀咕说："那是挺厉害的。"

"也是我表姨婆，我改天带你去见见她？"陈泽听出了温星的欢喜，忙问道。

"如果不会打扰到黄老师的话，可以。"温星忍着激动说道。

陈泽见温星不再问他面试何依依以及留校的事情，暗自松了口气，他并不是很想对温星撒谎。可他还没有松完气，又听温星分析说："陈泽，面试能不能通过，你应该没有权决定吧？你权限再大也不是人事部的，今天给何依依面试的所有人应该都没有一票决定权，按道理应该不是今天出结果。可何依依一副自信满满的样子，所以你哥又恋爱脑上头，直接下命令要录用她？"

"你这小脑瓜转得还蛮快……"陈泽开始想象何依依春风得意的样子，他在想今天自己是不是话说得太快了，给了何依依太多希望。此刻的温星让陈泽有种对她这个年纪的小姑娘轻敌了的失策感。

"又是送投标项目又是破格录用，你哥好像个昏君，陈泽。是真爱？还是你哥真的是个昏君？"温星笑了笑，语气中有几分对这世道的无奈和讽刺以及质疑。

陈泽被温星这么一说，意识到，这些事情似乎不仅仅是利益问题。梁岩让他办事，没说怎么办，而他用了最简单的办法：动嘴皮子欺骗。

今天陈泽对付何依依根本没有费多少力气，他想从何依依入手，并没有通过温星，而是直接通过学校一些关系了解到原来何依依也有参加梁氏的面试。他把何依依的简历提出来，搞了今天这场面试，他心里很清楚何依依是想留校，却故意和她说面试通过了。为了唬住何依依，面试结束后，他和她多聊了会儿，玩笑说："梁氏这边已经决定录用，你可不能再去投简历面试，也不能申请留校。"

"为什么？"何依依问道。

陈泽故作惊讶，说道："你不知道吗？我们和你们学校有协议，别的公司我不知道，但我们公司有优先权。你们学校的学生一旦通过我们的面试就不能再去其他公司面试，留校申请也不行。不然会影响你们学分，有可能毕业不了。"

何依依吓蒙了。

"这本来就是互相抬轿子，梁氏这么大的名声和影响力，这几年和你们学校合作，在招生上帮了很大的忙。那合作不可能只帮忙没有好处吧？校招优先权就是我们的好处。"陈泽笑眯眯地说道。

何依依在梁氏复试的时候，何冰婷那边依旧没有得到梁岩的实际回复，所以她也没有回复给何依依。以致何依依去复试前还威胁了何冰婷一次，说自己马上要入职梁氏了。谁知这事忽然变得骑虎难下，何依依的脸色有些苍白难看。

陈泽见状关心地问："怎么了？"

何依依感觉有苦说不出。于是陈泽扮演起了知心大哥，从何依依口中套出了她其实不想来梁氏工作，而是想留校的想法。陈泽故作惊讶地问她："那你为什么来面试？"

何依依不敢答，也不好答。陈泽见好就收，他知道谈判的时候有些话需要自己帮对方说出来，还要说得好听，便说："那看来你这事只能找我哥帮忙了，让他帮你撤销这份录用。"

"你哥会帮我吗？"何依依小心问道。她当时已经完全处于劣势，又觉得陈泽看上去人很好。

"应该会吧。我哥和你姐不是关系不一般吗？或者你让你姐和我哥说下，他肯定会答应。"

陈泽这句话一下打在何依依痛点上，她感觉自己是被何冰婷坑了，连陈泽都说何冰婷一句话梁岩肯定会帮忙，何冰婷却迟迟不肯答应帮她留校的事情，可见根本就没有帮她求梁岩帮忙。何依依一时负气，难过说道："我才不会找她帮忙。"

"为什么？她是你姐姐，她在我哥面前说话比我说话有分量。"陈泽继续说道。

"你哥很喜欢她吗？"何依依问道。

"喜欢肯定是喜欢过的,但现在是别的原因,我不方便说,你最好回去问问你姐。不过千万不要说是我说的,我是看你和星星是同学,才告诉你这些。我怕我哥把我开除了。"陈泽故作为难地说道。

何依依闻言一下子就觉得自己猜到了原因,她的小聪明和爱出风头的性格让她藏不住,便抬起头问陈泽:"何冰婷是不是告诉梁岩,安安是他的儿子?"

"我不知道。"陈泽把自己撇得干干净净,慌忙摇摇头。而他越是这样,越是肯定了何依依的猜想。

何依依气到内伤,她眼里泛起泪花,但她不让眼泪掉下来,狠狠擦了一把之后,看向陈泽说:"我能自己请你哥帮忙吗?我不想入职梁氏,不想毕不了业,我想留校。"

"什么意思?"陈泽装傻。

"安安根本就不是你哥的儿子,分明就是我姐前男友的孩子,我姐不是什么好人。"何依依说道。

"这种事情口说无凭,你最好能把安安带过来给我哥先见一下。我哥一直以为安安是他的儿子,所以对你姐很好,还准备认儿子。你应该知道我哥认儿子就是梁氏认儿子,意义很不一般。如果你能让他知道真相,那可是帮了大忙,那你想留校就是一件小事。"陈泽适当点拨,徐徐说道。

"你哥到现在还没有见过安安?何冰婷为了骗你哥,连孩子都藏起来不让他见吗?"何依依惊讶于何冰婷无底线的操作,她的正义感被激发起来,气愤说道,"我说她最近怎么都把孩子放我姐夫那里，我姐夫那么好的人，明知道安安不是他的孩子还帮她养着！真是太过分了！"

"安安上学了吗？现在养个孩子成本很高的。"陈泽说道。

"才上幼儿园，就在我姐夫家小区里的幼儿园。"何依依毫无防备。

陈泽想知道的都知道了，便见好就收，免得何依依起疑。于是他把话题引回了留校上，他说留校是个很好的职业方向。陈泽就这么靠着自己的口才给何依依洗了脑，说了些看似善解人意为她着想，给她安全感的话。

然后何依依回去就像变了个人，她感觉自己经历了大起大落的担惊受怕和欺骗，到最后事情又得到圆满解决，仿佛重生。不仅如此，她还要像个大义灭亲的英雄一般，要去做一件好事帮梁岩走出何冰婷的欺骗，她感受到了自己的价值。

对付何依依实在太简单，所以陈泽完全没去考虑事情的影响，他认为那些影响小到可以忽略，但温星的角度以及她说的话却隐隐让他有些不安。

挂了温星的电话，陈泽开车到约定的会所，梁岩已经到了。

梁岩坐在包厢里，手上拿着一副牌在和自己玩牌，听到声响对陈泽点了点头，示意他坐。

"在玩什么，哥？"陈泽问。

梁岩淡淡说："在算二十四点。"

陈泽笑了声："幼稚啊，哥。"

"不费脑。"梁岩也笑了笑，他放下牌问陈泽，"听说你今天见何依依了，事情都搞定了？"

"差不多了，安安百分之九十九不是你的儿子。"陈泽说道。

"是吗？这么快就搞定何依依，你越来越本事了。"

陈泽笑了笑，观察梁岩的脸色，觉得他并不是很高兴，便问道："不是你的孩子，你不开心吗，哥？"

"是好事，但也苦恼。"梁岩回答。

"我今天听何依依说孩子可能是她姐前男友的，我估摸她姐离婚也是因为这个孩子的问题。不过我们还是见见那孩子，做个亲子鉴定比较放心。"陈泽说道。

梁岩点点头，他往后靠在沙发上，想着想着笑了。

"笑什么，哥？"陈泽问道。

"没什么，就是发现自己做这些事情挺荒唐。"梁岩说道。

"像个昏君吗？"陈泽打趣，他忽然想到梁岩宁愿做昏君也不想和杨恭结婚，语气中又有几分苦涩。

"很像，挺贴切。"梁岩皱眉自嘲。

"不是我说的，星星说的。"陈泽笑了笑说道。

梁岩闻言，看了眼陈泽，提醒他说道："你家温星不简单，阿泽。"

"嗯。"陈泽点点头应声，却有几分漫不经心地走了神。

三四月，早已经是春天。

清早春日暖洋洋，温星换上运动服去操场跑步，这四年来，她都坚持在跑步。跑步利于思考，她在设想今天见到江陵时，要如何说服她同意让许明蕊去工作。

温星知道江陵很疼爱自己，只要不涉及她的公司和工作，她是个大方讲道理的母亲。可一旦涉及到工作，她就会用各种维度去衡量一件事情，好让自己保持清醒，她不会轻易答应一件事情或者做一个决定。而这段时间，她们母女俩没有什么沟通，如何自然地破冰也很重要。

温星当然可以用女儿的身份任性或者撒娇去和江陵说这件事情，但从长远来看，这样对许明蕊很不利。温星希望能说服江陵，最好的效果是能让江陵在思考后，自愿答应这事。同时，温星也考虑到差的结果，担心如果不经思考去谈，江陵强硬地拒绝，而她没有退路，会让她们的母女关系更尴尬。所以为了有个比较好的结果，即便是找自己的母亲谈话，温星也不停地在脑子里思考要怎么说怎么做，预想着江陵对她每一句话的态度。

等跑完步，这事在温星心里也大概有了数。她的心思细腻，还想到了一个能增加自己做这事动力的点：温星私心希望许明蕊能在江陵身边学会强悍，这样或许就能对抗黄星棋和过去发生在她身上的痛苦。

下午，陈泽准时来接温星，不同于上次去陈泽生日会的精心打扮，今天温星看上去很简单：她化了淡妆扎着马尾，衬衫加毛衣开衫，搭配一条直筒牛仔裤和一双帆布鞋，就是学生的样子。

温星一上车，陈泽就笑着问她："和你妈和好了吗？"

"为什么这么问？我们也没有吵架。"温星回答。

陈泽笑说："看你这样子今天是去讨好你妈。"

"陈泽，你很聪明嘛。"温星失笑。

"你很聪明才是，你分明就是个机灵鬼。"陈泽打量温星，伸手捏了把她的脸。

"噢，被你发现了。"温星挑眉故作惊讶笑道。

陈泽见状凑过去亲了亲温星的脸，还觉不够，他又把她搂过来揉了揉脸，笑道："你怎么这么可爱，星星？"

温星微笑着靠在陈泽怀里抬起脸看他，等着他再说些什么。他有张俊秀的脸庞，温厚的唇，鼻梁高挺却柔和，这样的男人似乎长情念旧，但可能也有几分优柔寡断。陈泽低下头看着她，抿了抿唇，欲言又止。

最终，温星等了会儿却什么都没有等到，她坐直身子，笑着拍拍陈泽的手臂说道："走吧。"

"嗯，好。"陈泽笑了笑，眉眼里有一闪而过的忧郁，他知道温星在等什么，但他忽然不敢再给她承诺或者简单地说出结婚的事。

晚宴定在酒店岳城南，地方是赵传雄定的。而今晚谁请客是件微妙的事情，决定了事情的性质。原本应该是梁岩请，这是他请温星家帮忙的意思，但后来的投标让这事改变了性质，赵传雄坚持由他们请梁岩，一来表示误会解除，二来就是搭建友好生意关系，他想给足梁岩面子。

梁岩看惯了商场和人情，不管他请还是温星家请，对他来说都无所谓，他凡事照自己的节奏来。梁岩比约定时间晚到了十五分钟，当他走进包厢，里面的人都站了起来。

第一个站起来的是赵传雄，他面带喜色，充满热情；接着是陈泽，他就是习惯性地迎接兄长；江陵第三个站起来，她缓缓起身，动作优雅，面带微笑，表情礼貌眼神自信；最后一个站起来的是温星，她是假意迎合。

温星腿上放着一个包，起身时她随手塞在身后。结果没放好，椅子向后一退，包就掉下来了，落在灰色大理石地面上，粉嫩扎眼。这个粉红色的包就是赵怀远代购买来送给温星的"礼物"。包是昨天寄到温星家里，写的是赵传雄的名字。

赵传雄收到包时，打电话给赵怀远问是不是寄错东西，结果听儿子说是买来送温星的礼物，不由又惊喜又欣慰。

激动的赵传雄以为温星不知道这事，晚上便迫不及待把包带出来送给温星，他希望这个惊喜能让两姐弟和睦相处。

温星在赵传雄热切的目光下接过包，笑说好漂亮。一旁的江陵笑盈盈说："我以为你不喜欢粉红色。"

温星笑说："我自己买肯定不会买粉红色，但怀远有心，我觉得也很不错。"

江陵一笑，又忽然问陈泽："你知道星星喜欢什么颜色吗？"

陈泽猝不及防，下意识看向温星，似乎想向她寻求答案。

"我也不知道你喜欢什么颜色。"温星却自然笑道，还对陈泽挑了挑眉，好像发现了什么有趣的事。

江陵听出温星维护陈泽的意思，笑了笑说："看来你们互相之间还要加强了解。"

"是啊，需要用一辈子慢慢了解。"温星说道。她转过脸冲江陵扯了扯嘴角，做了一个抿嘴笑的表情。

江陵没理会温星，眼神越过她落在陈泽身上，对他笑了笑。

陈泽也露出一个笑容，心里有些不是滋味，他侧过脸看温星。只见温星站起来把包背在肩膀上，笑问他们："好看吗？"

"转个身给妈妈看看，星星。"江陵微微倚着一边扶手，微笑望着温星。

温星照做转了个身，又问江陵："怎么样，江总？"

江陵失笑说："上一次我们在商场里看到的那件白色毛衣和这个包很配，改天去买了。"

"好啊，这个周末就去。"温星高兴说道。她在进退之间，自然和江陵破了冰。

"你们在说哪件衣服？"赵传雄好奇。

"女孩子的事情，你那么好奇做什么？"江陵笑话赵传雄。

温星也笑了，她坐回去把包摆回腿上，侧头对陈泽撒娇说："你也给我买个包吧。"

分明是索要，在这个时候却让陈泽感到安慰和受宠若惊，他笑说："你喜欢什么，我都买给你。"

"那我回头发给你。"温星兴高采烈。

这就是梁岩进来前，包厢里发生的事情。他看到温星利索地捡起包放回椅子上，而她的椅子上有两个包，可见有人给她送了一个。他猜想是陈泽。

赵传雄上前和梁岩握手，在他眼里，梁岩是个大人物，如果不是这场意外，他们应该没有机会见面谈生意。这样的机会令人高兴，他把梁岩让到主位，他和江陵还有温星和陈泽分坐在他两侧。

落座后，梁岩面无表情，让人完全看不透他的情绪。开场是赵传雄说的，他直接和梁岩表示歉意，但不是对何冰婷妈妈的死道歉，仅是就之前的车祸说："梁总，上次事故真是很不好意思，给你带去那么多不必要的麻烦。"

梁岩没有马上接话，停顿了三秒后，他才说道："是，如果没有事故也不会有后面的问题。"他的语速慢而有力，沉稳犀利。

江陵闻言笑了笑，说道："发生这种事情的确令人唏嘘，人生无常。"

陈泽在这时站起来，笑说："哥，你晚上喝什么酒？"

温星在一旁听着，觉得四个人都在自说自话，暗里拉锯。

"晚上不喝酒。"梁岩答道。

赵传雄闻言忙站起来说道："那怎么行？怎么也要喝点儿，梁总。"

"就是，哥，你要是不喝酒不是不给我面子吗？"陈泽笑道。

"我还要给你面子？"梁岩似笑非笑看陈泽。

"平时当然不用，今天当着温星和她的家长，你总得给我面子不是？"陈泽笑嘻嘻地不断铺台阶。

梁岩闻言看了眼温星，又看了眼江陵和赵传雄，莞尔一笑说道："那今天不应该是给你面子，阿泽，今天大家来其实都是给温星面子。"

所有人都笑了，只有温星没有，她只是看着梁岩，脸上摆出略显迷茫不懂的样子。内心里，温星觉得梁岩这人真是高高在上习惯了，爱摆架子，城府深，制造尴尬的是他，四两拨千斤缓和气氛的也是他，真是非常擅长给一巴掌再给颗糖。

于是，温星看着梁岩，顺竿而上故作天真地问："那哥晚上喝什么酒？"

"随便。"梁岩笑答，认真看了温星一眼，他看得出来这小姑娘很聪明。

"白酒吧？"温星问道，目光转向陈泽像在征求他的意见。

"哥，那就来瓶白酒？"陈泽笑道。

梁岩还没有点头，温星又道："我叔今天肯定带了好酒出来，赵叔叔，你快去拿。"

赵传雄忙不迭点头笑道："还是星星了解叔叔！那我去取酒，梁总，真的是好酒，你尝尝！"

江陵唤住他说道："你们喝白的，给我和星星来点儿红酒。"

"阿姨，您知道星星会喝酒啊？"陈泽笑道。

"陈泽，你这话是在卖我，我妈是在试探我呢。我正要拒绝，你抢什么话？"温星急道。

陈泽"啊"了一声，惊叹道："阿姨，您这招太高了吧？"

赵传雄大笑，说："星星，叔叔给你开瓶好的红酒！"说罢，他打开门出去安排酒水。

江陵笑看着温星，眼神温柔欣慰。温星会喝酒，她早知道，而且温星的第一杯酒还是和她一起喝的。江陵是没想到温星这么聪明会活络气氛，可能比她所知道的还有能力，知进退。

梁岩看到温星掐陈泽，两人旁若无人地低声说笑着玩闹了一会儿，她拍他的手，他又去握她的手。他们笑得很开心，有几分天真烂漫。梁岩觉得挺好，陈泽很幸运遇到一个聪慧的女孩儿，对方很懂得把聪明用在对的地方，十分难得。可陈泽却不太清醒，梁岩低头看到桌上方巾绣着的酒店名字，精致讲究，他想起那天在这家酒店里，陈泽差点儿犯糊涂的事情。对梁岩而言，陈泽像是亲弟弟，他希望陈泽能过好人生。

酒桌上，梁岩和江陵他们并没有聊投标的事情，大家都避而不谈。江陵这顿饭的真实目的很简单，她在讨要一份人情，她不仅仅要投标项目作为弥补，她还想为长远的以后做打算，想直接攀上梁氏这棵树。

当时提出和梁岩面谈的时候，江陵其实并没有把握梁岩会应邀，毕竟他这样的人根本不屑别人请客感谢他，也不会在退一步之后，容忍别人的得寸进尺要他亲自应酬。所以梁岩很爽快答应赴约令江陵很意外，她也透过这件事，看出梁岩这个人比表现出来的讲道理。

没有谈实质项目，酒桌上的话题多半在中间人——也就是陈泽和温星身上。赵传雄喝了点儿酒追问陈泽向温星求婚了没有，他说他把温星当亲生女儿看，不能允许陈泽怠慢温星。

陈泽笑了笑，说："星星那么好的女孩儿，我怎么敢怠慢她？我每天都在担心她工作以后遇见更多的人会看不上我。所以我希望她留校就好。"

"你这么没自信吗，陈泽？我们星星从小就有眼界，她并不是见得少才看上你，你也未免太妄自菲薄了。"江陵微笑着接话，她不喜欢陈泽的说辞，即便他的话说得很漂亮，但未免太没有诚意。他这种没有营养的话只能骗骗小姑娘。

陈泽尴尬一笑，他看了眼江陵，解释道："是星星太优秀了。"

温星一直面带微笑，没有开口。

梁岩在这时忽然不冷不热插话说："在你家，结婚的事可以你自己说了算，你年纪也不小了，合适就早点儿结了。到时候哥给你当证婚人。"

陈泽没料到梁岩竟然帮腔催婚，失笑了一声，脱口而出道："我不是在等哥你先结婚吗？你都没有结婚，我怎么敢结婚？"普通的一句话，外人听来就像兄弟之间长幼有序的推诿，但这句话使得梁岩徐徐抬起头，目光深邃地看向陈泽。

陈泽面上浮起几分不自然，他忙圆场说："不好意思，哥，我没催你结婚的意思。"

对此，梁岩没说话，只是抬手重重拍了拍陈泽的背，然后拿起筷子自若吃菜，但他的目光扫了眼温星。只见温星正低头看手机，仿佛不怎么在意餐桌上关于她的话题，像个不谙世事不懂暗涌的小姑娘。

"梁总有没有考虑结婚的事？"赵传雄是个直爽的人，心里没有很多的弯弯绕绕，他以为梁岩只是不好意思被人催婚，这种反差让梁岩不再是高高在上的总裁。所以他笑着直接问，好像谈心一般。

江陵皱了皱眉，她来不及给赵传雄使眼色，只能拿起筷子夹菜，也免得赵传雄尴尬。她猜梁岩多半不会搭理赵传雄。

但梁岩抬起头，干脆地回答了问题："没有，暂时不考虑。"

"梁总这么优秀，一定要求很高。不知道梁总喜欢什么样的女孩子？有机会我给你介绍介绍，说不定缘分就来了。"赵传雄很高兴地说道，他以为打开了话题。

温星抬起头看向赵传雄，她替赵传雄感到尴尬，因为他们和梁岩的关系没有亲近到可以聊这些的地步。梁岩第一句回复应该是出于修养，也是想明确一些态度，避免误会，但继续聊下去，就太没有眼力见儿了。

江陵轻咳了一声试图打断话题，她对赵传雄说："老赵，给我倒杯水。"

"阿姨，我给你倒。"陈泽赶忙站起来搭腔。

"不用不用，陈泽，让你叔叔去。"江陵推却。

"别客气别客气，阿姨，我来我来。我给你和星星都倒杯水，多喝水对身体好。"陈泽笑说道。两人想用这种方式打断赵传雄和梁岩的对话。

赵传雄有些明白过来，他也看到梁岩面无表情端过酒杯喝了一口酒，态度冷漠。于是忙见风使舵站起来，接陈泽的话："你坐着你坐着，陈泽，我去给你阿姨倒水，我去。"说罢，他就赶忙走出去，也带走了他的话题。

陈泽松了口气慢慢坐回去，他看了眼梁岩之后，笑对江陵道："阿姨，我经常听温星说叔叔平时对你很体贴，我以后得向叔叔多学习。"

"她肯定没有说我对她叔叔也很不错？我们家星星一向觉得谁都比她妈好。"江陵笑道。

"没有哦，妈，你不要冤枉我。我都是和别人说我妈最厉害了，不然我的好朋友许明蕊也不会想毕业后去你们公司工作。她还想能有机会做你的学生呢。"温星放下手机笑说。

"是吗？你妈可不会教人。"江陵笑道。

"老师不会教人，学生够好学不就好了？"温星笑盈盈。

"你这是想走后门给我塞人吗，宝贝？"江陵玩笑似的问道。

"没有。"温星撇嘴委屈道，"我就说和你说话特别累，我说什么你都往其他地方想。我根本就不敢让你开后门好吗？我还不了解自己妈妈吗？最公正，最讲原则，我还当着陈泽和哥的面要你开后门，你如果拒绝我，我不是自找难堪吗？等下我们母女俩在桌上吵起来，是要即兴表演给人看笑话吗？"

江陵被温星一通话说得哭笑不得，气她伶牙俐齿又爱她可爱聪明，笑说："你朋友真有意向来我的公司，你让她投简历，我这边会留意。"

"对啊，我跟她也是这么说的。"温星笑道，见好就收。

江陵无奈又宠溺地看了眼温星，顺便敲打陈泽："陈泽，你要小心点儿，星星可是很聪明的人，你不要想糊弄她，小看了她。"

"阿姨，我一直知道星星很聪明。"陈泽笑说，但莫名有些心虚不自然。

温星这时握了握陈泽的手，替他解围笑道："你看，陈泽，我妈开始挑拨我和你的关系了。"

"女生外向，胳膊肘向外拐。"江陵笑道。

温星笑而不语，恰好赵传雄端了两杯水进来，气氛再度恢复正常。

梁岩一直在观察温星，他是为了陈泽，他发现温星是一个很有意思的人。她的眼睛里偶尔藏着很多想法，而她很懂得用一种温和的方式把所有情绪表达出来，虽然年幼阅历不多，但如江陵所说，她未必比陈泽简单。梁岩猜想温星对陈泽和杨恭的事情并不是一无所知，但她有自己的立场和想法，所以没有表态，十分沉得住气。

晚宴后，一行人离开包厢往外走，经过酒店大堂的时候，陈泽忽然站住了。温星正和江陵在说话，余光看到陈泽停住脚步，她也停下脚步顺着他目光看去。只见旋转门内，杨恭正笑着依在一个男人身上，两人态度亲昵，时不时亲吻。杨恭纵情大笑不顾体面地和人打闹调情的样子看上去是喝醉了。

梁岩走在最前面，比陈泽还早看到醉醺醺的杨恭，他皱了皱眉头，提步继续朝旋转门走去。

陈泽猛然回神，忙追上去拉梁岩说："哥，哥，你别过去，杨恭姐肯定是醉了，你再给她一个机会！"

"阿泽，你说这话荒唐不荒唐？"梁岩一把甩开陈泽的手，径直往外走。

梁岩走进旋转门的时候，杨恭正抱着男人的腰步履摇晃地走出旋转门，她和梁岩擦肩而过，梁岩的身影让她猛然就清醒了，她定住了脚步，浑身僵硬。

拥着杨恭腰的男人见她不走了，不明就里，低头和她调笑说："你这个小妖精怎么害怕了？这还没到床上呢……"

"松开。"杨恭冷漠地打断他。

男人被她反差的态度弄得莫名也有些来了火，气道："你这是要我吗？是你先勾引我的，现在临到门口装什么装？"

"滚。"杨恭抬起头冷冷丢出一个字。

这个字彻底惹怒了男人，他推了杨恭一把还作势要打她，但下一秒他先被人打了一拳。打人的是陈泽。

酒店里骚动起来，有人尖叫，梁岩停下脚步回过头，他看到一门之隔，陈泽和人扭打在一起，杨恭吓得傻站在一边，饮酒让她的情绪有些麻木。而不远处，温星沉默地站着，她的眼神明亮，带着些许悲伤。

温星想起了她的黑猫。在感情上温星其实是个悲观主义者，她不相信谁能改变谁，而她给过陈泽机会了，就像对她的黑猫。"分手"两个字一旦蹦出在脑海里，温星便打算这么去做。

梁岩回身回酒店，他搡开陈泽，冲过来的酒店保安拉开了男人，一场闹剧结束。杨恭一屁股跌坐在地上，温星走过来弯身扶起她。杨恭回头看到温星，不由露出惊愕且难过的表情，她感到自己很狼狈，颤声对温星说了句："对不起。"

温星一言不发，她的动作依旧很温柔，把杨恭推到了陈泽面前，对陈泽说："陈泽，杨恭姐没事。"

原本就是借酒劲发泄情绪的陈泽，顿时清醒冷静下来，他看着温星，还没来得及感到内疚，就听温星忽然直接对他说道："你告诉我杨恭姐是你哥的未婚妻，但他们好像根本不会结婚。而你很喜欢杨恭姐是不是，陈泽？那你应该追求她。我们分手吧。"

所有人都愣住了。

杨恭上一次被梁岩骂都没有此刻被温星这一番话扎得疼和清醒，她忙回身对温星说："温星，你听我说，事情不是你想的那样！我和阿泽之间什么事情都没有！都是我的错！我这个人不是东西！我这几年一直都没有在过人的生活！醉生梦死！都是我的错，不是阿泽的错！刚才也是一场误会，他只是想帮我！"

"不需要等到发生什么事情，杨恭姐，大家都要体面点儿。你这么酗酒的确不是人过的生活。"温星往后退了一步，避开杨恭伸来的手。

"星星……"陈泽震惊地看着温星，不敢相信她忽然这么果断地提出分手。

温星没有说话，她只是望着陈泽，之后长长地叹了口气。陈泽之所以会觉得突然是因为从来没有真正在乎过她的情绪和想法。

陈泽的震惊在温星的无奈里慢慢变成沉默，他甚至感到腿脚有些瘫软，他看着温星，觉得自己好像从来没有认识过她。

"星星，过来，我们回家！"不远处，江陵旁观了全部过程，要不是赵传雄拉着她，她也要过去质问陈泽这是什么情况，为什么忽然为了另一个女人在自己女朋友面前奋不顾身动手，她为温星感到气愤和心疼。

温星转过身朝江陵走去，心里的难受很难形容。此刻如果她的日记本在面前，她也不知道要写什么，这不是愤怒，也不是痛苦，是种很纯粹的伤心。她走到江陵面前，不知道该说什么，只说了一句："我和他分手了，不知道会不会影响你的投标项目。"

江陵一把搂过温星的肩膀，只说了一个字："走。"

梁岩单手提着陈泽的手臂望着温星一家人走远，对于温星的做事方式，他也感到意外，但莫名又觉得很好笑很痛快。或者说，他乐于见到温星用这种方式"打"醒两个不清醒的人。

第四章

　　和陈泽提出分手的那晚，温星没有回学校，而是回了家。第二天她请了一天假，一反早起的常态睡到下午才醒，然后收拾打扮去面试。

　　给温星介绍工作的姐姐不是别人，是和江陵分道扬镳老死不相往来的"老朋友"黄如芳的女儿王楠。温星高中毕业重逢黄如芳之后，一直和她保持联系，一来一往，她和年幼有过交集的王楠成了朋友。王楠比温星大五岁，大学念的是新闻专业，毕业后当过一段时间记者，后来阴差阳错，成了岳城一家出版社的编辑。

　　王楠很喜欢温星，对她一直很关心。温星现在大四，正面临着人生选择，王楠给了很多建议，也听了温星的一些想法。她原本想拉温星来他们出版社从事文字工作和她做同事，但一次偶然的机会她在翻译协会听说协会在招有相关学历的助理职位，帮忙做些校译工作，还要组织协调协会里的活动，她觉得温星可能会感兴趣，便和温星提了。

王楠分析这份工作的性质给温星听：助理一听像是做杂事的，还是在协会里工作，不是什么有名的大企业，可能上升空间有限，不过温星想走学术路线，她认为还是不要离学术圈太远。这个翻译协会有一定公益性质，里面有不少会员在业界有很高的知名度，温星在那里工作是拓展人脉的好机会。王楠送了温星一句现实名言：出了社会你会发现，不管做什么都要"拉帮结派"，企业家大老板都需要进商会抱团取暖，搞学术也是。

还有一点，让王楠觉得温星很适合这份工作，是她有经济条件去尝试做这份工作。王楠实在地和温星说："你如果要养家糊口，或者家庭负担重的话，我可能不会给你推荐这份工作。"

对此，温星笑了笑说："那我也不能靠我妈一辈子。"

"你妈就你一个女儿，挣来的还不都是要留给你？你已经是千万身家了，想做什么不行？"王楠打趣道。

温星对这话很意外，她问："为什么是千万身家？"

王楠闻言，解释说："我妈和我说的。有个珠珠阿姨，她是你妈和我妈的朋友，从事房地产工作。前段时间她在卖一个很火的楼盘，你妈和她买了一套排屋，是千万小别墅。虽然写的还是你妈的名字，但你妈和珠珠阿姨说其实是留给你的，过两年转你名下去。你妈都没有告诉你吧？"

"提都没有听她提起过，我甚至不知道她有在看房。"温星说道。

王楠笑说："这应该是你妈背着你们所有人偷偷买的。可能她怕你找的对象不好，怕你恋爱脑，东西都被人骗去，所以这些都不告诉你。我妈也是这样，要给我的东西都还在她自己名下，反正妈是不会跑的，以后我们结婚之后吵架或是离婚了，跑回娘家，东西还在，不用跟男人纠缠不清。"

温星被王楠逗笑，说："这可真是父母之爱子，则为之计深远。"

"你结婚会问你妈要东西吗？"王楠问温星。

"她不说，我肯定不会要。她有自己的打算，我肯定要尊重她。"温星说道。

当时温星还和陈泽在交往，王楠略知一二，感情的开始是温星先主动找的陈泽，所以她笑话道："可别说一套做一套，到时候结了婚，哭闹着要你妈给你东西，恨不得都往自己的小家里搬。女孩儿是外向的，结了婚有了自己的孩子就会变，你会想为自己的孩子打算。"

"陈泽是有经济基础的人，姐，你以为我找对象前没有考量过的吗？"温星笑道。

"温星，其实你和你妈很像很像。"

"嗯，我很赞同我妈说的一句话，人和人的关系实质上是利益分配的关系。感情也是种利益，分配均匀就能走长久，分配不均就会散。所以，你给我介绍工作，不管怎样我得谢谢你。"

"如果能成，这份情先欠着，你已经身家千万了，以后我肯定有找你帮忙的地方。"王楠笑嘻嘻地说。

温星笑了笑，记下了王楠的话。

在很多认识温星的人看来，她是个简单的人，而温星了解自己，她的"简单"是从"复杂"里来的。她是一个真诚、真实的人，从来没有刻意隐藏自己的复杂，只是大部分人都是从表面看问题，有些人只看到她的让步，却不知道那只是她为了达到目标的曲线动作。温星知道人生没有直达的班车。

想去协会当助理也是这么回事，如王楠所说，这是一份需要尝试的工作，对有些人来说，确实可能会在这份工作上庸庸碌碌干一辈子，但温星不会，她知道进退。她想挑战一下，哪怕挑战不成功，她也会在过程里抓住每一个学习的机会。

温星从江陵那里重新拿回了自己的车钥匙，开着车去面试。一路上，温星听着歌，脑海里会想起陈泽，但她的内心却没有特别大的情绪波动，她能感到自己的克制。尤其当她想到陈泽和杨恭的感情，更多的是对两人脑袋不清醒、不会善待自己人生的行为感到无奈，甚至有点儿悲哀。温星不知道这样的自己算是铁石心肠，还是温柔善良。

翻译协会设在市中心一处居民小区，温星按照地址来到小区门口，保安说她要去的那一栋是这个小区的"楼王"，四层楼高，都是大平层。

温星要去四楼，她在楼下按了门铃，楼上开了门，并提醒她乘右手边的电梯。温星搭电梯上了楼，电梯门一开就是住户的入室花园空间，不过一朵花都没有，空荡荡的。屋子的门已经打开了，温星敲了敲门，轻轻推开。

屋里是开放式的空间，木质地板和餐桌椅，皮质沙发，浅灰色大理石吧台，整体色调干净，线条简约。里面整洁空荡得毫无居住痕迹，唯一的生活气息是吧台上随手摆放的玻璃瓶，瓶子里灌了三分之一的水，插着一朵娇艳的红玫瑰。

温星看着红玫瑰，一时有些失神。是不期而遇地撞上了浪漫情怀，却从际遇的镜子里看到了真实的狼狈。

有人从里面走出来，一个西装革履的男人，斯斯文文，戴着一副眼镜，三十来岁的模样。温星回神向人打招呼："你好，我是来面试的，请问这里是翻译协会吗？"

"是的，刚才给你开门的就是我。你好，我叫谢朗。"男人几步上前，朝温星伸手。

温星礼貌地和人握了手，以为对方就是面试官。她看到谢朗转身朝吧台走去，端起玻璃瓶里的玫瑰花往里走，温星自然跟上他，听他和气闲聊："你是怎么过来的，开车还是坐车？到这里花了多久？"

温星一一作答，她说："开车，大概花了四十来分钟。"

"如果是早晚班高峰期可能会更久，以后如果来回不方便，可以直接住在这里。"谢朗走到一个房间门口，腾出一只手开门，回头对温星很随意地笑说道。

温星一笑，等待谢朗打开门，她猜里面是书房。"这里是不是新装修的？"温星问。

"对，老办公地点拆迁，老板就把协会搬来这里办公了。这里空间很大，平时内部小聚会都可以在这里举行。"谢朗的手搭在门把上停顿了片刻，和温星说明情况。

"这协会还有老板吗？"温星对这个头衔感到好奇。

谢朗笑出声，他打开门，手上依旧稳稳端着花瓶，艳丽的红色再次流动起来，就像一幅会动的画，他说："我说的是我的直属上司，我的老板，不是协会的老板。"

"哦，那你的老板和协会之间是什么关系？"温星低头看了看手机，再次检查手机是否静音，跟着谢朗走进门。

谢朗没有听到温星这个问题，因为他已经迎向屋里正靠在书桌边低头看手机的一个男人："梁总，你要的花。出版社那边推荐的人来面试了。"

说罢，谢朗把花摆在了桌案上，人侧身到一边，以免挡住他老板视线，他忽然想到还没有问温星的名字，便转过头问她："对了，请问你叫什么名字？简历带了吗？"

温星确定好手机已经静音便塞进包里，同时从包里掏出装有简历的文件袋，抬起头说："我叫温星。"

话落，温星看到了书桌边的男人也抬起头，他们四目相对，都怔住了。

梁岩比温星更意外，温星好歹知道梁岩有在这个协会里挂名，只是没想到他会是今天的面试官。梁岩却完全没想到会这么凑巧在这里遇到温星。

"温小姐，简历。这是我们梁总，他暂时统筹这个协会里的事务，今天由他面试你。"谢朗伸手向温星要简历，没有察觉到两人的异样。

梁岩这时绕过书桌坐到椅子上，温星回神把简历递给谢朗，谢朗再转递给了梁岩。

梁岩一边拆文件袋一边示意谢朗请温星坐在书桌对面的椅子上。

这张书桌很有现代感，是不规则的多边形。温星落座后，谢朗问她："温小姐，喝点儿什么？"

"水就好，谢谢。"温星答道。

谢朗出去后，书房里只剩下温星和梁岩。梁岩一直没有开口，侧转过椅子低头在看温星的简历：她的成绩优异，在大学期间加入学生会，组织过不少活动，是个积极活跃的学生。她对自己的评价有四个字很有意思：目的性强。

温星等待的时候在看玫瑰花，她观察到这朵花没有远看时那么精致漂亮，有几片花瓣已经泛黄，有枯萎的迹象。

谢朗给温星端了一杯水，盛在玻璃杯里。他放下水杯之后又离开，带上了书房门。门关上后，梁岩放下了温星的简历，转过椅子面对她开始面试："你好，温小姐，请问你为什么来这里面试？"

温星思量了片刻答道："听说这个协会里有很多名家，我希望能有机会结识他们，向他们学习。而且你们没有对外招聘，我却有机会来面试，这么难得的机会，我肯定会把握。"

这样自信的温星和梁岩之前看到的温星完全不一样，他在她脸上看不到任何刚经历感情挫折的痕迹，只感受到一种东西：野心。可这两个字又很难和温星的模样搭上边。

"能否说说你对自己的职业规划？"梁岩双手合十摆在桌上，注视着温星，对一个刚毕业的学生来说，聊职业规划并不是一件容易的事情。

温星简单构思了一会儿，说道："我计划一边工作一边考研读博，我觉得在这里遇到一位优秀导师的可能性不比留校小。前五年，不管是工作还是学习，我的目标是要扎实学到有益的知识，提高个人修养，创造价值。后五年，我会慢慢成为一名文学翻译家，我希望能在这个领域得到认可，从而有一些自由的空间专心读书和做翻译。能安心地终生读书学习是我的人生目标，我的规划都是围绕着这个目标。"

"听起来，你好像现在读书读得不安心？"梁岩问道。

"我马上就要毕业了，如果说还能完全安心地读书学习，那是妄想，妄想我的家庭条件能让我终生都安心读书。这种把一辈子希望寄托在别人身上的事情，我认为不合理，也不现实。所以如果工作上有合适的机会，我会努力争取，也会很珍惜。"温星有问有答，可说完，她看到梁岩抬了抬眉，神情中带着审视，她忽然有些后悔说得太认真。

对温星来说，她小时候和江陵曾过了一段很辛苦的日子，那时候江陵刚丧夫，又从公司离职出来创业，精神压力和经济压力都非常大。她把家里的每一笔开销都算得非常清楚，仿佛多一份支出，她们母女明天就要饿肚子。

　　温星养黑猫那年曾在宠物店赊过账，一笔近百元的账。江陵听说后，每天都绕开宠物店回家。温星懵懂地多次提醒她还钱，她都是笑笑说过两天。这个过两天一拖就是大半年，宠物店的老板失去了耐心，有次拦住温星让她转达给江陵："都是街坊领居，别把人当傻子弄得大家难堪。不管你们还不还钱，总得有个说法！躲着是什么意思？"

　　温星感到难堪，也明白了江陵是在躲避，于是她回去没有把这难堪的话直接说给江陵听，只是问："妈妈，我们是不是还不上钱给宠物店？"

　　江陵沉默良久之后告诉温星："是。但以后我会十倍还给他。"

　　"那我们去告诉他。"温星说道。

　　"不用说。"江陵回答。没有人能懂江陵创业初期渴望成功又害怕失败的压力和紧张，她既不敢说太满的大话也不敢气馁，对前途的茫然让她顾不上别人怎么看她，只能低头看着自己脚下的路，告诉自己要争气。

　　江陵一直在奋斗，到温星初中毕业，她才缓了口气。搬离她们破旧的小区的时候，江陵给宠物店还了一万元。就这一万元，简简单单就把她过去被邻里议论精明爱算计、占人便宜的形象翻新，这比她不断狡辩祈求他人理解更有用，也更有骨气。大家对钱都极其宽容，钱也仿佛是最好的表达方式。

　　那十年，温星能点滴感受到江陵的不安。搬家的那天，温星坐在江陵新买的小车里跟着搬家货车去她们的新家。在路上，江陵打开车窗通风，她长长地舒了一口气，玩笑似的和温星说："星星，如果妈有一天又变成穷光蛋了怎么办？"

温星转过头看着江陵。江陵的公司已经有了起色，这几年，温星偶尔放假去江陵公司玩，总能听到江陵团队里的人和她说："星星，你妈真厉害，江总真是个能人。"诸如此类的话让温星看到一个坚强、勇往直前的江陵，她不应该有软弱和恐惧。

江陵没有等温星回答，也没有看女儿的反应，她靠在椅背上换了个舒服的姿势继续开车，微笑着自顾说道："你一定要好好读书，星星，不管妈妈多厉害，你都要靠自己。只有这样你才能安心过好这辈子。"

温星被鼓励到，同时也懂得了不安，即便后来近十年的时间，江陵带她过上越来越富足的生活，她依旧会居安思危。温星害怕有一天江陵老了、累了，或者世事无常，江陵忽然离开了她，而她还没有独立起来，那么很可能朝不保夕的生活会再次来临。

所以，梁岩问温星现在读书不安心吗，温星内心真正的回答是从来没有安心过。她的内在一直和江陵一样，渴望自己是打造堡垒的那个人，而非安然接受着保护的那个人。她理想又现实，之前想和陈泽结婚这事，都充分考虑过两人的性格和经济基础。陈泽聪明有能力，还难得是个心软的人，温星知道他很容易被打动，也就是说以后她能引导他做一个好丈夫的可能性很大，他们会有一个比较稳定的婚姻关系。但温星没有想到陈泽的心早已经对别的女人更软，而自己可能只是替代品。于是面对着优柔寡断的陈泽，在这份感情里没有了优势的温星，最好的办法就是体面地退出。她自知没有改变一个人性格的能力，她想到此为止。

梁岩在听完温星回答之后一直没有说话，他低头看着温星的简历，房间里陷入了沉默。一分钟、两分钟，等到第五分钟，梁岩还是没有开口，此时温星作为被面试者多少心里有些打鼓。

温星后悔自己太过冷静地投入面试里，她能把自己和陈泽的感情问题跟工作分开来处理，但她不知道梁岩会怎么看待，或许他会有些情绪。在温星的印象里，梁岩是个久居高位习惯凭自己喜恶行事的人，他可能根本不在乎她的能力，也不在乎她和陈泽之间的对错，在他眼里她只是陈泽的选择之一。

果不其然，梁岩再抬起头的时候，问温星："你确定要和陈泽分手？"

"这和面试有关系吗？"温星反问。

梁岩笑了笑，他是替陈泽可惜，他看到温星身上独立清醒的精神是陈泽所缺少的。

温星猜不透梁岩的意思，只看到他笑得讳莫如深。

"每个人都难免有犯错的时候，陈泽还年轻，想不明白自己要什么，在我看来，他很喜欢你。而他和杨恭之间的确什么都没有，你应该给他一次机会。"梁岩说道，有几分纡尊降贵劝和的味道。

换温星没有说话，思考许久之后，她才柔声问道："昨晚陈泽说他在等梁先生先结婚，我想问下，梁先生会和杨恭结婚吗？"

梁岩微怔，他感到温星是在讽刺他，但她的声音和表情实在太柔和。

"我想梁先生肯定不会。那我也不会。"温星徐徐说道。同时，她知道这个面试是结束了。

梁岩的表情变得严肃，他的目光逡巡在温星脸上，只见她的神情冷漠，眼神里甚至有淡淡的鄙夷，这让梁岩感到不舒服。他用力把温星的简历从桌面上推了回去，冷冷说道："回去等消息。"

温星伸手按住滑过来的简历，收好放回包里，然后站起身礼貌说道："谢谢你，梁先生，那我先走了。"

梁岩没回答，侧过了椅子，锃亮的皮鞋上有高贵傲慢的光泽。

温星扭头离开。

待温星走后，谢朗进来问情况，他问梁岩留不留温星。梁岩靠着椅背，说道："我想好了再告诉你。"

谢朗闻言不敢多说，收走了桌上温星没有喝过的水杯，退了出去。

梁岩独自坐在空荡荡的书房里，温星刚才认为他的劝和有威胁强迫她的意思，所以她反击讽刺他己所不欲却施于人，这让他面子上有点儿挂不住。不过，梁岩不爽了一会儿就过去了，他不和温星小孩子计较，也明白毕竟是陈泽错在先。

情绪过去后，梁岩在想温星是否合适被招进来做助理，他们这个协会是半公益性质，创办的初衷是出于他外婆黄采薇的心愿，想弘扬中国诗词文化到西方，也想帮助一些有翻译兴趣的人在这条路上能走更远。最初通过黄采薇的影响力凝聚了不少翻译家和学者教授入会，协会每年都会有不少活动，做公益翻译和到国外交流学习。去年，黄采薇想做一本唐诗的翻译解说合集，这是个大工程，她找了几位学者合作，每个人都在不同的地方，需要有人联络沟通。所以助理是为协会找的，也是为黄采薇找的，梁岩觉得温星聪明灵活也有想法，或许可以招来试试看。

梁岩还没有下定论，桌上的手机响了，打断了他的思绪。梁岩看到来电人是何冰婷，他皱眉想也不想烦躁地挂掉，在他的人生经历里面，见过最愚蠢的人就是何冰婷，可他曾经却被这么愚蠢的人耍了。

温星从翻译协会离开之后，驱车回了学校。到达宿舍的时候，温星收到了陈泽的信息，只有短短的一句话：对不起，星星。

温星没有马上回复，她撞上正要出门的许明蕊，许明蕊迎面很高兴地抱了抱她，在她耳边轻声说："我今天收到你妈妈公司的面试邀请了，谢谢你。黄星棋约了我，我出去一下。"

温星笑了笑："我希望你不要去见他更好。"

许明蕊抿了抿嘴："拜拜，我先走了。"

温星拿着手机走进宿舍，何依依和张静正在分吃一包薯片。何依依看到温星便告诉她："我打算留校了，温星。"就像是一句通知。

温星没问她为什么这么自信，她知道何依依靠的是梁岩的门路。

"听说你今天去面试了？挺好的，多个选择和机会，以你的能力肯定会找到很好的工作。"何依依继续笑道，用一种诚恳的语气。温星去面试更让何依依确定了她和陈泽达成的协议可靠。温星是陈泽的女朋友，如果她想留校，他肯定要帮她，但学校名额有限，梁氏肯定会先帮助更有价值的那个人达成心愿，何依依认为自己的价值更大，所以温星放弃了留校申请，另找出路。

何依依最近像盛开的花，拼命迎接着春风。她毫不掩饰自己的开心，是个城府很浅的人，没多久她能留校的内幕消息就在学院里不胫而走。而温星和陈泽分手的事情却连宿舍里的人都不知道。

一个下午，温星在宿舍里看书学习，她戴着耳机听着歌，连杨恭推门进来，她都没有第一时间发现。她察觉到异样是闻到了空气里的淡雅香水味，于是她回头看到了杨恭。

杨恭戴着黑色墨镜，身穿一件黑色修身碎花裙，外面套着风衣。她的风衣敞开着，领口可见傲人胸围，一头长发浓密微卷，有种法式的慵懒性感。她摘下墨镜，露出一双疲倦的眼睛，对温星说："你好，温星。"声音也是疲惫喑哑，和她唇上艳红的唇膏形成鲜明对比。

温星摘下耳机，没有起身，只是仰着头看她，回复她："你好，杨恭。"

四目相对，杨恭不自觉又把眼镜戴了回去，同时她环顾宿舍四周，来缓解莫名的紧张和压力，说道："能不能和你聊一下，温星？"

温星闻言站起来，从许明蕊的位置上拉过椅子，说道："可以，请坐。"

杨恭没坐，宿舍狭小的空间令她感到有些局促，她说："你们学校里有没有安静的适合聊天的地方？可能会占用你一些时间。"

"在宿舍就可以，不用担心，下午她们都有事出去了。"温星说道，"我给你拿瓶水。"

温星出奇温和的态度令杨恭感到羞愧难堪。来找温星之前，杨恭想过很多温星会生气骂她的画面，没想到不生气冷静的温星更让人无地自容。

"温星，我想和你出去聊，拜托你，在这里不能谈事情。"杨恭推了推墨镜，说道。

温星从桌上拿水的动作停了停，几秒后，她回头说道："可以，我请你在附近喝点儿东西。"

"谢谢你。"杨恭说道，然后她往后退了两步，紧紧靠到何依依的书桌边，差点碰掉她摆在桌面上的笔记本。

"那张桌子是何依依的，小心不要弄乱她的东西，否则她会生气。她是何冰婷的妹妹。"温星好似无意地多说了一句。

杨恭听到"何冰婷"三个字，脸色骤变，她立马站直身子离开了桌边。

温星套上毛衣开衫，拿上包，又很自然地对着镜子补了口红，她从镜子里看着杨恭，忽然直接问道："你是来找我谈陈泽的事情吗？"

杨恭点了点头，认真说道："我们之间有些误会，温星。"

对这句话，温星没有表态，她又照着镜子理了理头发，才说："走吧。"

温星带杨恭去了校园内的奶茶店，杨恭说自己戒糖，只要了一杯柠檬水，温星则要了全糖的珍珠奶茶。

杨恭见状找到了开场白，她笑说："年轻就是好，喝什么都不怕胖。"

温星没接话，低头喝了口奶茶，看了眼手机上的时间。

杨恭看出了温星对她的抵触，她的笑意渐微，决定开门见山，真诚说道："温星，我很抱歉因为我，让你和陈泽之间有误会。"

"是误会吗？"温星抬起眼问道，她的语气更直接，眼神清澈敏锐。

杨恭语塞片刻，点点头很认真地说道："是误会，我和陈泽从来都不是你想的那种关系，我们只有姐弟感情。"

温星歪了歪头，示意杨恭继续说。

"温星，我这几年过得很不好，我一直很颓废。我酗酒，几乎没有特别清醒的时候，我也做了很多混账事情，但对陈泽，我们一直保持着那条线，从来就没有想过逾越。"杨恭一边说一边摘下戴着的墨镜，她的右手不自然地颤抖，眼神忧伤难过，也透着不安惶恐，"一想到我不仅毁了自己的人生，还毁了阿泽和你的感情，我就非常内疚难受。"

温星还是没有开口，她又看了眼时间。

杨恭的愧疚和反省没有被回应，一时有些茫然地看着温星，她读不懂过分冷静的温星，也因为尴尬而忘了词。

温星则耐心等着杨恭继续说。

好一会儿之后，杨恭端过面前的柠檬水喝了一口，调整情绪，深吸一口气才接着说道："阿泽这几天看上去很憔悴，你和他提分手对他打击很大。"

温星依旧只是聆听。

"温星，你是不是很讨厌我？"杨恭终于忍不住问道。

温星微垂着眼，郑重地思量片刻，之后说道："没有，说不上是讨厌，我只是觉得谁都可以来找我说这事，你来就很不合适，可你却来了。不过听你说的话，我可以感觉到你很真诚很内疚，所以我想你完全不知道自己在做什么。"

"什么，什么意思？"杨恭看到温星抬起头，神情严肃。

"杨恭，你和陈泽认识多少年了？"温星问道。

"十多年了。"

"他是个什么样的人？"温星又问。

"这，你为什么问这个问题？"杨恭反问，却莫名感到自己有些心虚。

"念旧，重感情，优柔寡断。"温星替她回答。

杨恭抿了抿嘴，不由微微红了脸。

"站在你的角度或许会说他是个单纯的弟弟，温柔听话吧。"温星将奶茶往旁边推了推，她端坐着，显得越发认真，"你把他当弟弟，就可以完全不去考虑他的感情是吗，杨恭？你真的只是把他当弟弟吗？退一步说，就算你是把他当弟弟，那他把你当什么，你也不清楚吗？我第一次约他去家里，他因为要去机场接你而改掉了时间，虽然刚好那次我妈也临时有事，但事实上他还是为了你推了我们见家长的事。当时陈泽和我说是他哥梁岩让他去接你，我信了。不过现在我明白了，以你和梁岩水火不容的关系，他怎么可能叫陈泽去接你？所以是陈泽在和我有约的情况下，还主动说要去接你的吧？你肯定是临时回国的，对吗？你应该知道陈泽对你随叫随到吧？否则也不会在你喝醉了之后，还不断给他打电话。你真的不知道他在想什么吗？"

杨恭完全没想到温星的逻辑那么清楚犀利，她端杯子的手持续在抖，开始明白刚才温星说的谁都可以来说这事，就她没资格的原因。因为她真的做了很多过分的事情却不自知。

而温星不需要杨恭回答她的问题，停顿了会儿继续说道："既然已经说了，那我就给你说个明白。杨恭，我相信你有时候做事是无心，只是习惯而已。不过像你自己说的，你酗酒，把自己的人生过得一塌糊涂，那你这样的状态，你说的话有什么说服力，有什么意义？那么，你跑来找我到底准备说什么，你自己想好了吗？就你酗酒不能自控的状态，以及陈泽优柔寡断的性格，你们两个和我说误会，我感到像笑话一样。你们能管控好你们自己吗？有信心吗？"

"温星，我真的很抱歉，我以前不是这样的人……对不起，我只是不想看到阿泽因为我错过你……我真的不是故意的，我都不知道自己在做什么……我打算戒酒了。你能不能给阿泽一个解释的机会？"杨恭发现自己失去了表达能力，她的脑袋变得一片空白，徒有难过悲伤堵在心里，她把自己的愧疚羞恼全说出来，却毫无意义。

温星知道杨恭还是不明白，说道："与其你劝我给陈泽一个机会，不如我劝你给他一个机会。你和梁岩似乎很难成功，他不爱你，他爱着另一个女人，你不如考虑考虑陈泽。可能陈泽对你来说是个更好的对象。"

杨恭惊住，说："我和你说了，温星，我对陈泽没有任何复杂的感情！"

"第二次陈泽和我见家长，他迟到也是因为你吧，杨恭姐？"温星特意叫了杨恭一声姐。

"那次也是误会！我不知道他要和你见家长，我那天是想约你和他一起喝酒，我当时已经喝醉了！"杨恭慌忙解释道。

"都不是理由，杨恭，你没有明白我的意思，我的意思是你有没有喜欢陈泽不重要，陈泽的心是陈泽的，我们之间关键的问题在于他喜欢你。所以你来找我做什么？还让我再给他一次机会，这不是笑话吗？陈泽如果真的喜欢我，考虑清楚并且做了决定，他应该自己来找我，而不是你来劝我给他一次机会。"温星丝毫没有被杨恭打乱说话的节奏，她一点点撕下杨恭的糊涂，不管是真糊涂还是假糊涂，"杨恭，你不应该仗着陈泽喜欢你而有恃无恐，你没资格和立场说你不喜欢他，如果我喜欢他可以给他机会这种话，因为决定权在陈泽自己手里，和你没有关系。你扪心自问，是什么给了你底气让你敢来替他说这些？除了他喜欢你，还有就是你觉得我很傻？"

杨恭被温星说得目瞪口呆，她的朋友圈子里，大家都习惯了虚伪和说场面话，她已经不会像温星这样思考和直面自己的问题了，她百口莫辩："温星，我没有觉得你傻，我真的没有……我第一次见到你就很喜欢你，我觉得你对陈泽非常好，你们一定会很幸福……我……"

温星打断杨恭，说道："你没有这样觉得，但你的行为就是这样的意思，所以你真的不能再喝酒了，杨恭。你已经连对自己和他人最基本的尊重都维持不了了。"

杨恭震惊地看着温星，她已经忘了今天来找温星的原因，她从温星的角度看自己，发觉自己就是个浑浑噩噩的笑话。杨恭低下头，身体有些发抖。

温星已经说完该说的，不想再继续了，她望着杨恭，觉得这个人可怜又可悲。温星长长叹了口气，站起身说道："我得回去学习了。"

杨恭闻言慌忙站起来想拦住温星，她起身太急，打翻了杯子里的柠檬水，弄湿了自己的衣裙，也打碎了玻璃杯。这声巨响引来了围观的目光，也让杨恭仿佛如梦初醒，她低头看看自己，又看看温星，她已经拽住了温星的一只手，却忽然无法开口再说任何话。如温星所说，她已经不会自我尊重和尊重他人，她只是在不断制造难堪，一瞬间，她的时间仿佛静止了。

温星轻甩开杨恭的手，从包里掏出一包纸巾递给她。回过头，温星对赶来的店员说了声抱歉，店员笑说没事，弯身去收拾玻璃碎片。温星离开前去柜台赔了一只杯子，当她走出奶茶店，路过店里的玻璃窗时，看到杨恭还傻站在原地。

　　春天的气息越来越浓，温星抬头看到玉兰花树长出了翠绿的叶子，累累花朵和树叶有过于茂盛的疲惫，春天浓到已经接近颓势。

　　温星独自往宿舍走，还没有走到宿舍楼下，远远看到了一个熟悉的人——陈泽。

　　看到两三天未联系的陈泽出现在宿舍楼下，温星第一个想法是他和杨恭很有默契，都在这个时间点来找她沟通，他们连消化一件事情的反射弧都差不多长。但很快温星便发现陈泽不是在等人，而是来送人。

　　陈泽开了一辆温星完全不认识的车，他把车停在路边，没一会儿，何依依从后座下来。陈泽没有下车，只是放下车窗和何依依说了什么。何依依用力点头，脸色微红。陈泽很快又升起车窗，驱车离开，何依依站在原地目送了会儿才回身跑进宿舍楼，她显得很高兴。

　　温星看到这个场景有些惊讶，她想不到为什么何依依和陈泽会一起出现，这种情况有些反常。温星推测陈泽应该不会马上交新的女朋友，他把何依依逗得那么开心，肯定有其他原因驱使他这么做。

　　证实温星这点猜测的是这天深夜里，陈泽半醉给她打的电话。温星怕吵醒室友爬下床躲到阳台上接电话，她听到陈泽一直和她说对不起，还说："星星，我不能没有你，我真的不能没有你，我很想你……"

　　而温星安静听了会儿，一如往常地温柔平和，说道："陈泽，现在很晚了。我很困了，我们明天再聊。等你酒醒了，我们再聊。"

"星星，你是不是不喜欢我了？"陈泽像一个受伤的小孩子一样追问温星。

"明天再说吧，我真的累了，陈泽。"温星说道。

"我都可以改，星星，只要你告诉我，你希望我怎么样，我就怎么样……你喜欢什么，我就给你什么……我和哥说了，你想留校，哥答应我一定会帮你安排留校……"陈泽絮絮叨叨，不愿意挂电话。

"陈泽，我不需要你帮我留校。即便我很想留校，你帮我达成了这个心愿，这也不能挽回我们两个人的感情，这是两码事。我得挂电话了，等你酒醒想清楚了，我们再谈。"温星蹲下身抱住自己的膝盖，对着手机低声说。

"要怎么样才可以挽回我们的感情，星星？"陈泽问道。

"那要问你自己，陈泽。"温星还是柔声说道，说完却挂了电话。

另一头的陈泽抱着酒瓶躺在沙发上，他还拿着手机听着忙音，大脑中呈现空白，温星最后一句话让他不敢清醒。

隔天，陈泽因为宿醉没有去上班，甚至连梁岩的电话都没有接。于是，中午时分，梁岩开车到陈泽家里找人。

梁岩在楼下按了半天门铃，陈泽才顶着一头蓬乱的头发出来开门。见来人是梁岩，陈泽清醒了大半，面红耳赤没敢出声。

梁岩看了眼蓬头垢面满身酒气的陈泽，皱眉往里走，只见屋里一地的啤酒罐。

"你这是怎么了？"梁岩随意踢开啤酒罐，走到沙发边坐下。

陈泽低着头抓了抓头发，说："昨晚不小心喝多了。"

"一个人喝成这样？"梁岩怀疑地问道。

对这个问题，陈泽忙应道："嗯，一个人。"说罢，他揉了把脸，又说道，"哥，你是不是找我有事？你先坐会儿，我去洗把脸过来。"

"没什么事，看你电话不接，有点儿担心过来看看。去吧，去洗脸。"梁岩说道。

陈泽洗漱完换了衣服下楼，看到梁岩正把地上的啤酒罐一个个捡到一个垃圾袋里。陈泽慌忙上前接手，说道："哥，我来我来，下午阿姨也会过来打扫。"

"就这点儿事自己办不好？"梁岩瞥了眼陈泽，见他清醒了些，冷冷说道。

陈泽再次涨红了脸，默默接过活，把地上的啤酒罐捡干净。

陈泽作为弟弟一直很听梁岩的话，不仅仅是因为梁岩工作能力强，更因为他的一些私德。私底下梁岩也是个自律的人，他在有些事情上虽是个宽容慷慨的人，但原则分明。

陈泽收拾完地上的啤酒罐才敢坐下来，说："我下午去公司。"

"如果工作累了，请假休息一天没有关系。"梁岩说道。

陈泽摇摇头："工作不累，哥。"

梁岩闻言没说话，他看到陈泽茶几底下有一本《鲁滨逊漂流记》，便俯身拿起问道："你什么时候开始喜欢看这些书了？"

"温星借我的，她推荐我读这本书。"陈泽说道。

梁岩随手翻了翻书，沉思片刻说道："昨天安安的事情已经告一段落，等亲子鉴定的报告就可以。你自己的事情该解决的也要早点儿确定。"

"嗯。"陈泽低头应声。

"你还没去找温星？"梁岩问道。

陈泽没有作声。

梁岩见状合上书，直接问道："你喜欢温星还是杨恭？"

陈泽一惊，涨红了脸。

梁岩看了眼陈泽，没再继续追问，他把书摆回茶几，告诉陈泽："温星上周来翻译协会面试，我对她挺满意，她对这份工作的意向也很强，不过我推测如果现在给她发出工作邀请，照她的个性未必会来。你之前说让我帮她留校，他们学校那边我打过招呼了，但我想她未必会接受。如果说，是因为和你的感情问题，导致她不能理性规划自己的前途和未来，这不太好。所以，感情的问题不能拖，你想挽回她要快。"

陈泽沉默听着，好一会儿才说道："我知道了，哥。"

梁岩没再言语，他在沙发上又坐了会儿，起身离开。

梁岩下午没打算回公司，他开车去了安安的幼儿园。到的时候，幼儿园里午休刚结束，教室里有小孩儿进出。梁岩没有进学校，他把车停在门口，坐在车里看着那些玩闹的小孩儿。

梁岩不知道安安在哪个班级，也认不出那么多孩子里面哪个是安安，他只是在想如果安安是他的孩子，那命运真的是可笑又有趣。孩子生机勃勃天真可爱的生命力，理应被尊重、被迎接来到这个世界，但安安可能从一出生就是个谎言，这都是因为何冰婷。

梁岩很少厌恶一个人，何冰婷是其中一个。昨天陈泽看到安安，见他一直在问何依依什么时候可以见到妈妈，幼小无助，充满了不安，陈泽有些心软地问梁岩："哥，如果安安是你的孩子，你真的要把他从妈妈身边带走吗？你有没有想过这可能对孩子的成长不好？"

梁岩回答他："如果他妈不是何冰婷，我会考虑不带走他。"

"为什么？哥，你很恨何冰婷吗？"陈泽小心问道。

梁岩没回答，他觉得已经不是恨了，何冰婷那道坎他早就迈过去，不过以前刚知道她的背叛时，他是恨过。

梁岩从小是天之骄子，除了小时候被他爸教训过，从来没有栽过跟头，却被何冰婷耍了。她让他经历不光彩，在分手后还设计他企图用怀孕骗婚，威胁过他。那时他很愤怒，说过狠话反威胁了何冰婷，他告诉她："你如果有了我的孩子，我会让人把孩子拿掉，如果你还想在岳城生活下去，最好老实点儿。何冰婷，我一直忍你，是看在我们有过感情，不想做得太难看，但我不是没有底线。"

关于和何冰婷那段感情，梁岩几乎不和人提起。

但时隔四年多，当梁岩无意得知自己可能真的有个孩子，已经三岁多了，是个活生生的小生命，他还是有些被触动，心头发软。只是一想到孩子的妈妈是何冰婷，孩子要交由她抚养教育，梁岩就感到十分不爽。他一开始不仅想抢回孩子，还要让孩子彻底远离何冰婷，或许这对孩子来说很残忍，但梁岩认为这是正确的。

昨天见过安安后，梁岩一直在想这么大的孩子脑袋里在想些什么事情。安安有些怕生，见到梁岩的时候扁着嘴巴哭了，陈泽给了他一颗糖，他又笑了，没多久熟悉环境后，他就开始在陈泽家的沙发上爬上爬下。他不小心从沙发上摔了下来，屁股着地，哭了两声见梁岩没搭理他，他就不再哭了，揉了揉屁股爬起来继续玩。梁岩觉得小孩子似乎都懂，什么都明白，因此梁岩倒希望安安不是他的孩子，不然对安安来说后面发生的事情会比较残忍。

梁岩在幼儿园门口坐了有半个多小时，他等铃声响起，孩子们一个个回了教室才离开。

温星判断翻译协会的工作可能会吹，再加上最近身边发生的事情都不是特别好，她感到前途有些许迷茫，所以她想多了解一些事情，这可能对打开思路有帮助。于是，在舍友张静要去某所私立小学面试的时候，温星开车送她过去，她说是陪张静去面试，其实也是想跟去多看看，发散思维。

面试来回差不多要大半天，两人回来时已经是傍晚，而她们一推门就看到了令人震惊的一幕：何冰婷在她们宿舍里，她还抬手打了何依依一巴掌。

何依依没有想到何冰婷自己做错事情还敢来兴师问罪，而让她更没想到的是何冰婷竟敢动手打她。

何依依的左半边脸火辣辣地疼，她侧着脸看到自己书桌上的台灯不知道为什么跳闪了两下，如同她心里愤怒的火苗在跳跃一般。

何冰婷也很愤怒，当她得知何依依上周曾从姜俊家接走安安，带他出去玩了半天，心里便感到很不安。何冰婷虽然不喜欢何依依，认为她冒进偏执，但利益当前，她认为好歹是姐妹，还是要齐心。于是她打电话给何依依想和她好好说，也想提醒她要提防梁岩。可何依依在电话里根本不肯和她好好沟通，连带安安去了哪里都不告诉她，于是她只能跑到学校找何依依谈。

她们在宿舍里谈了会儿，结果不理想，何依依坚持自己的"正义"，在她眼里何冰婷说什么都是心虚、虚伪。

何冰婷面对何依依的指责，一开始十分冷静，她解释说："非常时期用特殊手段很正常。我从来没有直接和他说过安安是他的儿子，是他自己要胡猜，关我什么事？妈的事情还没有解决完，赔款协议还没有签，这事我们如果不靠梁岩，你以为对方能这么快答应协商？你不要太天真了。"

何依依嘲弄地看着何冰婷，说道："你从小到大都觉得自己很优秀很漂亮，有错都是别人的错，有问题都是别人欠了你。我看你根本不关心妈的事情能否得到公正解决，只在乎赔款而已。"

"人已经走了，现在也只能为财。"何冰婷说道。

"你要人家赔多少给你？"何依依冷笑。

"你想要多少？"何冰婷反问，随即说道，"这么多年照顾妈的都是我，但你终究是妈的女儿，我们是亲姐妹。所以，不管最终拿到手有多少赔款，我们七三分。我七你三，那对你来说也已经是非常可观的金额，可以让你少奋斗很多年，你的起步比同期同学会高很多。"

"何冰婷，你在说认真的吗？你以为我在乎钱？爸生病那几年，那么辛苦我都熬过来了，你以为我在乎钱？"何依依感觉被何冰婷的言辞侮辱了。

"你还没有出社会，有些事情不会懂，我不和你计较。你要知道我是你姐姐，我再自私也会考虑你的利益。但梁岩不是，他位高权重心狠手辣，我们在他面前算什么，有什么谈判资格？所以他根本不会把我们放在眼里。我希望你脑子清醒点儿，不要做出损害我们姐妹利益的事情。"何冰婷严肃告诫何依依，"我告诉你，如果你已经信了梁岩，你肯定会后悔，他的承诺最不可信，这件事我最有发言权。"

何依依被何冰婷的话提醒了，她回头审视自己是不是对陈泽和梁岩相信得太轻易了，竟什么保障都没有到手就先帮他们把安安的事情办了。她渐渐红了脸，不想承认自己单纯到有些愚蠢。

"我为什么不敢直接告诉梁岩，安安不是他的孩子？因为我怕惹怒他，以前他曾威胁我不让我有孩子，我怕他把安安从我身边抢走。"何冰婷见何依依有些动摇，思索片刻，继续半真半假地说道。

"你刚还说你是为了钱！"何依依一瞬间被何冰婷弄得心烦意乱，她说的梁岩和陈泽说的梁岩完全不一样，她忍不住提高声音来掩饰不安。

"都一样，两方面原因都有。"何冰婷依旧冷静。

"梁岩这么对你肯定是因为你出轨！你从以前到现在哪一次谈恋爱不是贪图别人的钱？"何依依恶狠狠地说，她希望自己的判断是对的。

"为了钱有错吗？"何冰婷反问。"为了钱"，这三个字让何冰婷想起了曾经让她极度懊悔的事情：她对梁岩判断失误。

何冰婷是在日本旅游时认识的梁岩。她还记得相识那天，梁岩穿着一件藏青色风衣，相貌英俊风度优雅，他将一把黑色雨伞借给了在屋檐下避雨的她。后来，他们又在一家寿司店遇见，何冰婷问梁岩要了联系方式说要还雨伞。一来一往，两人发现对方都是岳城人，感觉也算有缘。回国后双方继续接触，何冰婷判断梁岩应该家境殷实，交往后，她问过梁岩一些他的家庭情况，知道他家有个公司，他是接班人，可她没有想到就是梁氏。

交往初期，何冰婷对梁岩的印象是他的修养很好，绅士体贴。但慢慢地，她发现他的心思很难琢磨且有些小气，因为他很少哄她，她想要买什么，他也未必都会给，和之前对她百依百顺的男朋友很不一样。最让何冰婷觉得梁岩难以琢磨的是他对她很少有欲望，他们约会的时候，不管她是否悉心打扮，他总是一副波澜不惊的样子，夸她漂亮却没有多热情。偶尔他约她也只是聊天吃饭，他高贵清冷令人感到虚假，而每次两人缠绵之后，他也很少温存，有几次甚至因为有事夜里就离开了。何冰婷有时候想不通梁岩和她交往的原因，也觉得不管是在物质上还是情欲上，他都满足不了她，于是她开始为自己找下一个更合适的对象。

何冰婷一直自我感觉聪明且目标明确，但她怎么也没想到自己竟然对梁岩判断失误，错失了一个真正的有钱人。错过梁岩之后，何冰婷发现身边其他的男人都窝囊又无趣，最后因为一些原因匆忙嫁给了姜俊。

"为了钱有错吗？"这个问题何冰婷也问过梁岩的前女友杨恭，那时美艳优越的杨恭讽刺过她家境普通，眼界狭小，只看到钱，犹如井底之蛙。何冰婷记恨在心，也嫉妒杨恭的家境，她知道世界不公平，但天平为什么不能向她倾斜？

至今，何冰婷依然认为杨恭敢羞辱她是因为她出身贫寒，人微言轻，她也依旧认为只有钱能改变一个人的社会地位。她的妹妹何依依涉世不深，自以为高尚地质问她，在她的眼里妹妹非常无知。

何依依也不想和何冰婷继续讨论钱不钱的问题，道不同不相为谋，她指着门，说道："我不想和你说了，你走。"

"你有没有明白我的意思，依依？你那天带安安去哪儿了？"何冰婷在和何依依达成共识前，不打算离开。

"没去哪儿。"何依依守口如瓶，神色倔强。

何冰婷打量何依依半晌，说道："如果你和我不同心，依依，那你留校的事情就不要想了。"

何依依在这句话里听出了威胁的意思，她忍不住冷笑道："我留校是你办的吗？我的事不需要你操心，管好你自己。"

"你是不是去找过梁岩了，你真的这么愚蠢？"何冰婷脸色骤变。

"安安本来就不是他的孩子！这事纸包不住火！"何依依气道。

何冰婷从梁岩不回她信息不接她电话开始，就猜想过梁岩会用其他手段去了解安安的事情，但她万万没想到他这么狠，直接挑唆她妹妹对付她。何冰婷十分惊愕，也有些慌张，她一度因为梁岩的表现而想象如果安安真的是梁岩的孩子，那么他们很可能会因为孩子冰释前嫌重归旧好。她想梁岩对她多少还有些感情，甚至念念不忘，所以他们肯定有机会坐下来谈一谈孩子的事情。结果他直接出了手。

"你带安安去见梁岩了？"何冰婷也很担心和赵传雄他们的赔款协议会随之作废。

"何止，他们已经做了亲子鉴定。"何依依愤愤道。

"你这是违法行为，何依依！安安是我的儿子，你带他去做亲子鉴定，你经过我同意了吗？"何冰婷的冷静一瞬间破裂，她大声质问道。

"根本不需要你的同意！梁先生有办法搞清楚真相！"何依依仍然相信自己在做对的事情。

下一秒，何冰婷的巴掌打在了何依依的脸上，温星和张静开门进来就被眼前的景象惊住。好一会儿，两人不知道要做何反应，直到何依依反手也给了何冰婷一巴掌。

"你有什么资格打我？！你自己做了那么多不光彩的事情还怕人知道？！"何依依怒骂何冰婷，还想要上前打她，但张静冲过来拦住了她。

"我再不光彩也好过你这么愚蠢。如果安安有什么事情，我一定找你算账！"何冰婷捂住脸，她也很激动，一改往常柔弱的形象，却被温星拉住了她迈上前的脚步。

"你少给我扣帽子！安安是你的孩子，你却故意隐瞒他父亲是谁，是你想害他！"何依依气得跳脚，她推了推张静试图挣开束缚。

"何依依，我从来没有见过像你这么愚蠢的人！你连自己姐姐都出卖！梁岩根本不会让你如愿，他只是在利用你！你难道连这都看不明白？"何冰婷心痛地指责何依依。

何依依恼羞成怒，她挣不开张静无法上前，便改了策略往后退了一步，随手抓过自己书桌上的两本书朝何冰婷砸了过去。

一本书砸中了何冰婷的额头，另一本书飞向一旁的温星。温星堪堪避开，只见何冰婷来不及喊疼就弯腰捡书反击，而何依依又拿了书准备再砸，两个人都有些失控。

这场景让温星看得恼火，她忍不住生气地喊停何依依："何依依，你住手！你一定要在宿舍里动手吗？留校有品格考核，你在这里跟人打架，你不要留校了吗？"同时，她用力一把夺过何冰婷手上要丢的书，何冰婷手上忽然一空，人也跟着无力地往后退了两步。

何依依因为温星的话清醒了，随即害怕被欺骗被利用的压力让她瞬间崩溃，她猛地转过身，一屁股坐在椅子上，趴在桌上大哭起来。

其他三个人都被何依依哭安静了，没一会儿，何冰婷恢复如常，但眼里依旧带着些许恨意，她理了理凌乱的头发，转身离开。

门开了又关上，温星回到自己书桌边坐下，张静拍了拍何依依的背，安慰道："别哭了，依依。"

何依依继续哭。

张静给温星递了个眼神，温星摇摇头表示自己也安慰不了何依依，便转过了椅子。温星坐在书桌边什么都没做，只是看着书架出神，她想到了之前陈泽面试何依依的事情。温星当时就觉得这事不简单，现在看来事情比她想的更为复杂。

何依依哭了好一会儿才停，而她哭声停了之后也没有抬起头，始终趴在桌子上。她紧紧握着拳，内心充满了焦躁不安，还有矛盾。当坐在她身后的温星离开书桌要去食堂买饭时，她一下站起来叫住了温星，语速极快地问道："温星，你男朋友陈泽讲信用吗？他是个可靠的人吗？"

温星转过脸，不解地看着何依依道："你为什么忽然问这个？"

何依依咬了咬唇。

张静也转过椅子好奇地看着两人。

"他答应过我，只要我帮他哥弄清楚一件事情，他就会帮我留校。"何依依紧张说道，她的眼神里充满固执。

"是陈泽答应你还是他哥梁岩答应你？"温星问道。

"应该算他们两个人的事。"何依依支支吾吾，仿佛这样能隐藏自己后知后觉的愚蠢。

温星微微皱眉没说话。

何依依见温星表情凝重，脑袋一片空白，她无意识为自己辩解道："我想他也算是我认识的人，是你男朋友，应该可靠。而且，我也看不惯我姐骗人的样子，梁先生如果认了安安当儿子，岂不是让她捡了大便宜……"

"安安是你姐和梁岩的儿子？"温星惊讶猜测。

"不，不是！肯定不是！是我姐故意让梁先生以为是他的孩子……"何依依忙否认，她更偏向于说何冰婷是个坏人以彰显她自己的正确性。但她话至一半，戛然而止。

温星在这时说出了她曾看到陈泽送何依依回来的事情，她还问何依依："你那天是不是帮陈泽做了什么事？"

何依依原以为温星要质问她为什么会和陈泽在一起，但她的态度并不是这样的意思。

许久，何依依低声说："我、我带了我外甥去见梁先生，他很想见见孩子，看得出来他挺在意的。"

温星彻底明白梁岩和陈泽在做什么事了，从投标项目到何依依留校，都只不过是他们要弄权势的手段而已。

何依依见温星许久没说话，她又担心地试探问："温星，你能不能帮我问下陈泽……"

"我和他分手了。"温星打断了何依依。

何依依和张静都很震惊。

"为什么？"张静站了起来。

"性格不合适。"温星说道。

何依依面色苍白。不知道的人可能会以为她是温星的好朋友，为温星的感情挫折感到难过伤心，她颤声问："温星，你是不是发现陈泽人品不行？"

"他现在是确定不帮你留校了吗？我想事情还没有定论，你自己多留个心就好。你太容易受别人影响了，我和他在这个时候分手纯属巧合，是感情上的问题。"温星一边说一边心想她对自己家的投标项目也同样不看好，觉得并不乐观，只是江陵不是何依依，与虎谋皮，江陵会有把控。

何依依感到心烦意乱，她跌坐回椅子上，张静问她要不要一起去食堂，她摇摇头趴到桌子上。后来张静和温星给她带了一份饭。

陈泽找到了借口去找温星。梁岩从他家茶几底下抽出来的那本《鲁滨逊漂流记》，温星借他有大半年了，他该还给她了。

陈泽等在温星宿舍楼下，他坐在车里看到温星和一个朋友有说有笑往宿舍楼走，她手上提着个餐盒，看样子是准备吃晚餐。于是，陈泽没有马上出现在她面前拦下她，而是在她上楼半个多小时之后，才打电话给她："星星，我在你宿舍楼下，有本书要还给你。你能不能下来一趟？"

温星从楼上下来，她安静地走到陈泽车边，敲了敲车窗。

陈泽放下车窗看着温星，头顶路灯的光洒在她的身上，在明暗的光里，她看上去很温柔。

温星见陈泽没说话，便先开口问道："是我的《鲁滨逊漂流记》吗？"

陈泽点点头。

温星伸出手。

陈泽从副驾驶拿过书却迟迟递不出去，许久他低声说："我们能不能聊一聊，温星？"

温星思考了片刻，干脆道："好。"她绕过车子走到副驾驶座，拉开门坐了进去。

上车后，温星又向陈泽伸手说道："书先还我。"

陈泽点点头递过去，他看到温星接过书摆在膝盖上，认真得像在课堂上。她一直很爱书，经常和他说她看了什么书，和他分享。可惜他不是读书的料，总是搭不上话，连她借给他的书都没有看完。

"吃过了吗？"陈泽明知故问，找话关心温星。

"吃过了。"温星答道。

"吃了什么？有吃饱吗？"陈泽忽然笨拙起来。

"就在食堂随便吃了点儿。饱的。"温星有一句答一句，她看着前面，也看着宿舍楼。停车场就在宿舍楼前面，种了一排树，她的车也停在这里，有时候她停好车喜欢一个人多待一会儿，安静地坐在车里看看树。

"嗯。"陈泽应声，随即陷入了沉默。

温星等了会儿，见他还是不说话，作势推门要下车，陈泽这才着急地拉住了她的手臂，说道："星星，你别走，我不想你走，我想和你复合。"

温星轻轻抽回被陈泽握着的手，开门的手也收回来，问："陈泽，你为什么要和我复合？"

"因为我喜欢你。"陈泽不假思索地脱口而出。

温星闻言抬起手打开了车顶的灯，光线忽然明亮，所有的暧昧都被戳破。陈泽愣神，眼里有片刻慌张，他有些害怕看到温星明亮的眼睛。

"你也喜欢杨恭，是吗？"温星看着陈泽，直接问道。

陈泽张嘴却没有出声，神色闪躲，看起来有些难堪痛苦。

"你根本没有想清楚你自己要什么，陈泽。我现在不会和你复合，我和你之间可能没有我想象的那么合适。"温星转回头看着自己膝盖上的书，她知道陈泽根本没读完这本书，哪怕她和他说这是她从小到大最喜欢的一本书。

陈泽脑袋里一片空白，他只是看着温星，贪婪地看着她。不久前这个属于他的可爱女孩儿，现在哪怕坐在他身边，也让他感受到隔山跨海的距离。

"你回去吧，陈泽，我们结束了。"温星抚摸着书，徐徐说道。

"星星……"陈泽失神，伸手触碰温星的脸，才触及，她就避开了。

"陈泽，就这样吧。"温星再次说道。

陈泽仿佛没有听到温星的话，他开始说话："我知道我以前对你不够关心，星星，我现在明白了，我以后一定用心了解你的喜好，照顾你的感受。你爱看的书，我会去看完；你喜欢晨跑，我一定调整作息早起陪你跑步；你想做学术研究，我一定会支持你，让你留校，以后还要赚更多钱给你投你想做的项目……"

温星听到"留校"两个字，打断了陈泽："我说我不是一定要留校，陈泽，我不需要你帮我留校。而且留校这事不应该是你挽回我们感情或是利用其他人的手段。"

"星星，你这么说是什么意思？"陈泽想到了何依依。这是他精明警惕的一面。

"今天何依依的姐姐来过我们宿舍，我听说了一些她和你哥的事情。我想何依依出于好意想帮你哥这事，你应该知道吧，陈泽？她一直相信帮了你们她就可以留校，有付出有得到的确是合理的想法。不过，我们这期留校名额只有一个，你们到底想给谁？"温星转过脸看着陈泽。

陈泽望着温星，在她脸上读到了不悦，他想了想，解释道："从来都是给你，星星。我不知道你听何冰婷说了什么，她和我哥之间有些过节，并不是我们看到的那么简单，她也不是那个受害者。"

"不管你哥和何冰婷有什么过节，这和何依依有什么关系？为什么把她拉进来？"温星问道。

陈泽没想到温星关心的是何依依，那个他从来没有真正当回事的人。他习惯于用些手段去解决工作和生活上的事情，习惯到习以为常。

"这事是你哥让你做的吗，陈泽？不管你哥让你做什么，你都会不管对错就去做，是吧？你们利用何依依去解决问题，的确很聪明，但你们这种做法不仅损害你们自己的品德，更损害了梁氏公司的形象。你们两个人有权有势，欺骗一个没有出社会的小姑娘，很有趣？就凭你们这种做事方式，我相信我家的投标项目也可以随时作废。"温星又气又悲哀，她以前觉得何依依真的很讨人厌，现在和陈泽还有梁岩的所为比起来，她那种讨厌真是无伤大雅。

"没有！你家的投标项目肯定会落实！"陈泽连忙说。

温星听到这话微微侧过头，她的心思也很复杂，既是想帮一帮何依依，也是试探陈泽。

"如果我家现在不肯和何冰婷家协商，这投标项目也会落实？"温星犀利地问道。

陈泽终于发现温星没那么好糊弄，他感到十分沮丧，对她坦诚说道："其实这事最终是看哥愿不愿意给何家多些补偿，并不在于你们。投标项目打算给你妈公司是多方面考量的结果，和这事没有很大的关系。"

"你哥真是一个为所欲为的人。"温星说。

"我哥不是你说的那种人，星星，很多事情没有那么简单。"陈泽说道，他微微皱起眉头，显得有些难过。

温星闻言抬手去开车门说道："就这样吧，陈泽，我越来越肯定我们不太合适，分手对我们都有好处。"她的语气还是很温柔，骨子里却很强硬。

陈泽这次没有再挽留温星，他的脑子越发清楚自己错过了什么，心里也越发难过。于是在温星关上车门之后，他降下了车窗，问出了一句话："星星，我们能不能重新认识？"

对此，温星没有说话，她抱着书转身离开。

梁岩晚上很早回了家，给自己煎了牛排，喝了点儿红酒，然后坐在沙发上看书。他已经拿到了亲子鉴定的报告，安安不是他的儿子，这让他感到轻松。

手机响起来，梁岩看了眼来电显示，接起电话，声音有些愉悦道："什么事，阿泽？"

"哥，留校的名额不用给温星留了。"陈泽声音很消沉。

"要给何依依吗？"梁岩翻过书，漫不经心问道。

"嗯，你怎么知道了，哥？我都没和你提过是用什么办法说服何依依的。"陈泽应道。

"我只关心结果。放心，温星那边，她会有更适合的工作。"梁岩这么说道。

"我当时真不应该用留校这事去诓何依依，除非真想给她。也怪我自己懒，懒得动脑筋去找其他突破口。我做事还是太莽撞，考虑不周。"陈泽低低说道，声音里充满了疲惫。

"向来欲速则不达。"梁岩说道。

"哥，如果我非要把名额留给温星，那边又骗了何依依，最终损害了公司名誉和你的名誉，你也会由着我？"

"这件事情没那么严重。"梁岩说道。

"我怎么这么蠢？"陈泽很沮丧。

"你这么消沉和过度反思没有必要，认识到问题就可以了。你让我快速拿到了结果。"梁岩目光不离书，说话的语调平静缓慢。

"不是我认识到的，哥，我根本没想到，要不是温星骂我，我还自以为办了件好事。"这是陈泽最难受的一点。

"温星的确很聪明。"梁岩笑了笑。

"哥，你说我该怎么挽回温星？"陈泽难过地问道。

梁岩想了两秒，说道："我今天和外婆提了助理的事情，也大概说了温星的情况，外婆挺满意。可以让温星见见外婆，应该对她的工作会有所帮助。"

"谢谢，哥。"陈泽叹了口气说道。

梁岩挂了电话，沉思着，这段时间的事情就是一场可笑的风波。梁岩从来不说遇人不淑这些话，往往出现问题的原因在于他自己太自负，但这次的事情真的有些烦人了。

赵怀远在合阳工厂里听说了江陵投标的事情。他知道那是个大项目，他看到了他自己的机会，仿佛也看到财富已经落袋。他想江陵和赵传雄最近肯定心情很好，于是有所求的他又去了岳城。

赵怀远是周五傍晚到岳城的，江陵和赵传雄有应酬不在家，家里只有从学校回来过周末的温星。

温星打开门看到来人是赵怀远，并没有请他进门，而是故作不懂人情世故地直接告诉他："我妈和叔叔都不在家，你需要另外约时间。"

赵怀远有些不爽，嫌温星嘴笨，心里后悔送她包："他们什么时候回来？"

"他们晚上有应酬，有时候回来早有时候回来很晚，不一定的。上一次到凌晨才回来，不过也有七点多就回来的时候。"温星把赵怀远堵在门口，这时装起老实，磨赵怀远的耐心。这会儿她一个人在家，就是不想让他进门。

"你打电话问下。"赵怀远说道。

"我不敢，他们肯定在喝酒谈事情。你打吧。"温星说道。

赵怀远有些生气，但他忍下了，想了会儿换上笑脸想哄温星："哎呀，你打啦，温星，你是女孩子，我爸和你妈都疼你啦。我上次送你的包，你喜欢吗？你帮个忙打电话问下呗。"

"你来前为什么不先问问他们？"温星对无事不登三宝殿的赵怀远很警惕，不吃他这套。

"你会不会说话啊，温星？这里也是我家，我回我爸家，还要提前打电话？"赵怀远觉得温星不会说话情商低，真傻。

"你不常来，来了肯定是有事情，每个人都有自己的事情，当然要打电话。"温星依旧演绎着憨直。

"什么叫我来了一定有事情？你这话什么意思？"赵怀远一下被温星戳中痛点，有些难堪，提高了声音，也是想温星怕他。

温星正要回嘴想再说些什么把他气走，结果江陵给她打了一个电话。

电话里，江陵对温星说："怀远应该会去家里。你要么请他进去坐会儿，要么请他出去吃个饭。我和你叔八点多回去，你先招呼他。"

温星闻言没说什么挂了电话，看着赵怀远片刻，说道："他们八点多回来。你等我一下，我换个衣服请你去吃饭。"

赵怀远听说江陵他们已经知道他来岳城了，脸上竟有几分尴尬闪过，随即他傲慢地点了点头道："随便吧。"

温星关上门，把人关在了门口，她有些烦躁，感到最近诸事不顺心。

周五的商场非常热闹，温星绕到地下车库三层，转了好几圈才找到车位，等电梯又等了许久，到了楼上的餐厅又是一轮排队。

等位期间，赵怀远提出要去逛逛，温星只能陪他走一走。一路上，赵怀远一直在和温星抱怨合阳的不好，言语间都是想来岳城的意思。温星没怎么搭话，同他走入一家奢侈品店，店员认识温星，因为她常陪江陵来逛。而不久前温星刚在这买了一条领带送给陈泽当生日礼物。

店员热情地招呼温星，见她今天身边跟着一位男士，笑问："今天是和男朋友一起来的吗？上次的领带合适吗？"

"他不是我男朋友，是我弟弟。"温星解释说。

店员不好意思地笑了笑，说道："不好意思，我误会了。"

"没事。"温星淡淡说道。

一旁的赵怀远哼笑了一声，问温星："你妈一个月给你多少零花钱？你竟然买这么贵的领带送你男朋友。"

温星看了赵怀远一眼，说道："你买东西吗？你如果不买东西就不要在这里浪费时间。"

"你这么有钱，你买给我啊。我上次不是送了你一个包，你不得买点儿东西还给我？"赵怀远笑道。

"我把包还给你。"温星答道。

赵怀远白了她一眼，问她："你什么时候结婚？我听说你毕业就要结婚了。你妈是不是给你在岳城买房了？买的哪里？"

温星彻底失去了耐心，转身往外走。赵怀远有些尴尬，快步跟上她，还在追问："是不是买房了？"

温星懒得搭理他，一边加快脚步一边掏出手机，她祈祷赶紧排到号吃饭，早点儿结束。结果低头看手机走路的温星一头撞到了迎面正要走进店里的另一位客人。

突如其来的撞击让温星有片刻眩晕，她脱口而出地小声抱怨："什么时候多了堵墙？"

"我是人。"被撞的人沉声开了口。

温星回神忙抬头想说对不起，却看到了梁岩。

两人四目相对，都有些意外。

"对不起。"温星先开了口，她把手机塞回了包里，刚才撞上梁岩之前，她刚收到陈泽的一条信息，问她是否还想见黄采薇，他说答应过她要带她去拜访黄采薇。温星还没想好该怎么回复。

"没事。"梁岩冷淡说道。

温星故作不经意抬手揉了揉自己的额头，表示她也撞疼了。

梁岩打量温星几秒，绕开她往里走。他看到后面的赵怀远几步追上温星，也听到他数落温星："你怎么走个路都会撞到人？"

梁岩没有听到温星的回答，不由停了停脚步回头去看，只见温星回头瞪了赵怀远一眼，她犀利的模样在梁岩预料之中，这莫名使得他有些忍俊不禁。

梁岩约了人到店里挑选丝巾，他坐着等了会儿，有个身穿运动服套装和运动鞋、精神抖擞的老太太阔步走进来。她左右看了看，对迎上来的店员抬了抬手婉拒了导购服务，径直走向梁岩，行动矫健利落，就像带着一股风。她就是黄采薇，梁岩的外婆。

黄采薇不讲究穿着打扮，但很懂得。她是个由奢入俭的人，金银珠宝都散去，唯留下对丝巾的喜爱。外孙约她吃饭顺便逛街，她便很高兴地提出要买丝巾，在店里兴致勃勃地挑了好一会儿，最后选中了两条。

买完丝巾，梁岩和黄采薇也到商场楼上去吃饭，他们选的餐厅恰好和温星选的是同一家，在门口再次碰到了温星和赵怀远。

温星已经排到位正要进去，忽然看到黄采薇来到餐厅服务台前正要取号，她很惊喜地忙过去打招呼。

黄采薇授课很多，在千万学生中她很难记得某一个，所以她完全不认识温星，但也很高兴地回应了温星的热情。听闻温星很喜欢她的课，她还握住温星的手说谢谢。寒暄之后，她笑问温星："是和男朋友来吃饭吗？在约会吗？"

"不是，黄老师，这是我弟弟，我们只是平常吃饭。"温星笑道，仿佛完全没有看到黄采薇身边的梁岩。

"那介不介意我们和你们拼桌？这是我外孙。"黄采薇笑问道，她想节约时间免得排队等位，简单介绍了身侧的梁岩。

对这个提议，温星有几分意外，随即她被黄采薇的不拘小节逗笑，说道："可以啊，黄老师。"

"那真是太好了。"黄采薇得意地对梁岩挑了挑眉，平时她就最喜欢逗自己严肃讲究的外孙，经常兴起做一些事情，想看他的反应。

黄采薇以为梁岩会对和陌生人拼桌感到不满，不想他正看着温星，礼貌地对人说："谢谢你，温小姐。"

温星笑了笑，也礼貌地说："不客气，梁先生。"

黄采薇大为意外，问："你们认识？"

梁岩没有回答，他笑而不语地看着温星，等她回答。

温星腹诽梁岩的看戏态度，面上却笑道："我家的生意和梁氏有往来，有幸和梁先生吃过一次饭。"

"那可真是巧。"黄采薇高兴说道。

"是啊，没想到梁先生是您的外孙。"温星亦笑道。

"真是谢谢你！"黄采薇热情地去挽温星的手臂，"你叫什么名字？你刚才只说了你学校的名字。"

"黄老师，我叫温星。温暖的温，夜空里的星星。"温星也挽住黄采薇带她往餐厅里面走，还回头对赵怀远笑道："走吧，怀远，到我们了。"

赵怀远有些愣，还没有搞清楚眼前的状况。他听到温星说到梁氏，他对这个企业有所耳闻，所以再看梁岩时，莫名有几分不自然的怯意。他在梁岩进去之后才跟着走进餐厅，温星和黄采薇已经快速坐定。

桌子是四方的，温星挨着黄采薇坐，两人的对面都空着，梁岩走过去拉开温星对面的位置坐下，赵怀远只能在黄采薇对面坐下。

黄采薇对赵怀远投去微笑，说："你好，你叫什么名字？"

赵怀远不习惯和人对视说话，他的眼神总是飘忽，他看了眼黄采薇就垂下眼，含糊回答："赵怀远。"

"你们不是同一个姓吗？一个随母亲姓，一个随父亲姓？怀远两个字怎么写？"黄采薇又笑问道。

赵怀远低着头，显得局促和不友好，并不想交谈。温星便搭话，笑道："心怀高远的怀远。我们是异父异母的姐弟，我妈和他爸再婚，我们都是跟自己爸爸姓。"

"原来是这样。"黄采薇笑道。

"是啊。"温星笑着点头，把扫了菜单码的手机递过去给黄采薇，说道，"您看看要吃什么，黄老师。这家算是网红店，有几个招牌菜评分很高。"

"今天让梁岩请客，让他点菜。"黄采薇说。

温星闻言没有推拒，看向梁岩说道："我们饮食都没有忌口，梁先生随便点。"

梁岩弯了弯嘴角，眼神犀利地看向温星。温星则没理会他的打量，转过头去和黄采薇继续聊天。

这顿饭，黄采薇和温星相谈甚欢，她们聊书、聊学习以及黄采薇早年的留学经历，晚餐结束的时候，温星加了黄采薇的联系方式，说下次有机会再去拜访黄采薇。

"欢迎你来，温星。"黄采薇对温星印象很好，她在温星身上看到了现下年轻人身上少有的随和谦逊，处事更是落落大方。

道别后，黄采薇问梁岩："你上次说帮我找的助理是阿泽的女朋友，好像和温星也是一个学校的，什么时候带来让我也面试一下？"

"快的话就这两天。"梁岩没有把温星说出来，只笑着说。

黄采薇笑说："阿泽都有女朋友了，什么时候你也带你的女朋友回来给我见一下？"

"顺其自然吧，老太太。"梁岩说道。

黄采薇仍笑着道："看来现在是单身。刚才和我们一起吃饭的温星，你觉得怎么样？"

梁岩正准备开车门上车，黄采薇的话让他像触电一般惊得缩回手。

黄采薇见状大笑道："这不像你，小岩，为什么反应这么激烈？刚才吃饭我就看出来你一直在看温星，是不是早就认识她了？你和她的交情应该不仅仅是吃过一顿商务宴吧？"

"的确不是只吃过一顿饭，今天不是吃了第二顿？"梁岩很快恢复常色，压下自己心里瞬间的异样触动，不冷不热说道。

"你觉得她怎么样？"黄采薇追问梁岩。

梁岩拉开车门坐进去，避开了这个问题，等黄采薇也坐上车，他才无奈地对她说："别乱点鸳鸯谱，外婆，对我来说她就是个小姑娘。"

黄采薇的玩笑点到为止，笑眯眯说："好吧。"

梁岩没再搭话，启动了车子，他的心里却有一股像溪水般清澈的情绪在悄然流动。

晚上，梁岩把黄采薇送回家，又在她家里待了会儿，陪她听了会儿戏曲才离开。等他半夜到家之后，陈泽给他打了一个电话，告诉他说："哥，温星拒绝了我带她去见表姨婆，看来她真的讨厌我了。"

梁岩也没料到温星对陈泽这么决绝，晚餐时，和黄采薇交谈的温星看上去非常温和诚恳，他以为她多少会心软。

挂了陈泽的电话，梁岩脱下外套随手丢在床上，走进了浴室。洗完澡，梁岩擦着头发，只在精瘦结实的腰上围了一条浴巾走出来，他的手机一直在响，是他母亲林雅容的电话。

林雅容他们知道了杨恭回国的消息，两家人对两人的婚事很上心，希望能坐下来谈一谈，她的丈夫梁帆顺更是对这事寄予很大的期望。梁帆顺在中年之后因为一些经历而变得迷信，他的身边常年跟着一个"风水大师"，叫童半仙。

童半仙"算"出来梁岩个性刚强如金，很难有合适的对象，而他若这两年不成婚，会对公司以及家人都造成很大的影响，好坏难说。更重要的是不结婚会对梁岩自己的健康不利，过刚易折。而"卦"上显示梁岩和杨恭很合适，杨恭的性格就像藤蔓，柔软缠绵，他们结婚对两人都有利，最好再有个孩子。

梁岩最厌恶迷信，早两年因为这个童半仙说他不结婚不行，他家里的气氛就变得有些紧张。林雅容在电话里一提这事，他就失去了耐心，说："我和杨恭绝对不合适。"

"那你说什么样算合适？我看你交过的女朋友也不少，你告诉妈怎么样算合适？为什么每一个都分手了？这说明就没有百分百合适的人，是你要改变心态去对待别人，要学会迁就和包容。"林雅容本来不想逼儿子结婚，但心里又宁可信其有，担心梁岩有一天会得什么厉害的病。

"妈，合适的人出现的时候就会知道什么样算合适了。现在我身边没有合适的人，没必要想这些事。"梁岩说道。

"你得结婚，得有孩子，得有传承。"林雅容劝道，"你找个时间回家吃饭，我们好好谈一谈。"

"我会回去看您。"梁岩答道。

"这周就回来。"林雅容说道。

"再看。"梁岩推托。

"我明天约杨家。"林雅容又道。

"随便你，那是你的事情。我挂了。"梁岩说。

"阿岩！"林雅容听到那头梁岩真挂了电话，不由气急败坏。她不敢未经他首肯真的约杨家，因为她知道梁岩的脾气，谁的账都不买，除非他愿意。

梁岩的习惯是在浴室里吹头发，他有些洁癖，讨厌房间里出现掉发。吹头发的时候，梁岩照镜子发现，自己左边脸颊的位置不知道什么时候长了一颗小小的痣。他凑近看，发现是玻璃上的一点儿脏东西，而不是他长了痣，他抬起手指碰了碰玻璃，想把脏东西擦掉。

那小颗粒很有黏性，只是从高处往低处落了几分，现在它的位置刚好在梁岩的下巴上，这个位置再往下一点点就要到脖子上。于是，梁岩无聊兴起，微微抬了抬头，让它落在脖子上某一处，那是正中心的位置，是男人长喉结的地方，而女人没有喉结，在那个位置长颗痣，会显得有点儿性感，又有些刚强。

梁岩看了会儿"痣"，忽然想起了他晚上看到温星的脖子上就有那么一颗痣，但她的痣非常小，只有被注意到了之后才有存在感。为什么非要把"痣"落在这个位置？梁岩回过神，抬手利落地拂净了镜子。

温星从来不参与"家庭会议"，她假装自己是个孩子，不听太多家里的事情。晚上她把赵怀远带回来的时候，江陵和赵传雄已经到家，看得出来两个人是赶着回来的，他们也有事情想和赵怀远说。

三个人在客厅里说话，温星隐约听到都是关于生意、钱还有房子的事，虽然和她无关，但她也觉得自己需要赶快独立。她在房间里面给陈泽回复了信息，拒绝了他递来的任何机会，而她也有了明确的想法，决定去王楠所在的出版社工作。

赵怀远晚上待到十一点多才离开，他走的时候很不开心，虽然赵传雄答应给他在岳城再买一套房，并且答应让他参与投标项目，而江陵也难得地表现出支持，但他知道家里的经济大权都在江陵手里，一切还是由江陵说了算，他真正想做些自己事业的话还是得不到支持。江陵就是把他当孩子哄，想着给他一套房子、一个项目就能安抚他，她打从心里不相信他是能做事的人。可江陵越是这样，他越想证明自己，她不看好的项目，他偏偏要做。

江陵在送走赵怀远之后回了房间，她独坐在床边，低头看手机。赵传雄进来，问她在看什么，她摇头没回答，只回头和赵传雄说："老赵，婚前我们就写过协议，我的东西都是留给温星的，你的东西都给你儿子，我们自己赚自己的钱。怀远买房的事情，我看你量力而行，他要的是两三千万的房子，不能光你一个人买，杜升升也得出。你得给你自己也存点儿养老钱。"

"嗨，多大点儿事，公司一年一年在运作，钱总会有的。"赵传雄笑道。

"你这个人就是太乐观了。"江陵冷声说道。

"你这个人就是太悲观了。"赵传雄笑着反击，他哼着歌走到衣柜前拿换洗的衣服准备洗澡，显得很高兴。作为父亲，他还是很爱儿子的，江陵晚上同意让赵怀远参与项目，他很意外，也很感激江陵为他考虑，他感到这个家庭越来越融洽。

江陵等赵传雄进了浴室才又低头看手机。她的手机上有一份检查报告，她下午传给一个医生朋友看了报告，那人告诉她是结肠癌。这是她第二次去医院做检查了，第一次她嘴上说不信，其实心里已经信了，所以去给温星买了房子。第二次，她接受得很平静，也已经调整了心情，她告诉自己肯定还会好起来的。

第五章

对于毕业季，每个人都做了漫长的准备，但当它真的来临时，一切又是那么仓促得让人措手不及。在温星看来，会有这种仓促感的原因是大部分人都没有朝自己设定好的方向上走，也就是所谓的理想丰满，现实骨感。

在温星宿舍里，这种情况是一半一半，张静和许明蕊的工作是自己心仪的，温星的工作没有在自己预想的轨道上，但学习和进取的态度没有改变，她相信方向是对的。她们四个人当中变数最大的要数何依依。

何依依虽然留校了，但是以一种大家都没有想到的方式：她在临毕业前的最后一个月忽然和他们的辅导员赵初迎在一起了，成了四个人当中第一个要结婚的人。

这件事情几乎让全学院意外，毕业前两天，何依依把个人物品搬入了学校里的教师公寓，赵初迎忙前忙后，显得热切激动。

搬东西的那天，何依依给宿舍里的每一个人都买了一杯奶茶，告知了一声："我要开始新生活啦。"

她这突如其来的大动作像种子忽然破土发芽，让人看到生命的挣扎和倔强。

温星大学四年都不喜欢何依依，却在毕业之际忽然明白了这个女生的痛苦和不容易，毕业季真让人有一种无言的无奈和悲伤。而在这种仓促的忧伤里，除了往前看、继续走，太过年轻的经历都还不值得去回味，学生时代的一切便也就这样戛然而止。

温星去了出版社入职，带她的前辈不是别人，正是她的好朋友王楠。而王楠最近在跟的一个项目就是黄采薇的诗词翻译合集，温星自觉幸运，因为她虽是绕道而行，却依旧能慢慢去做自己想做的事。

温星在进入出版社之后才知道，王楠和翻译协会很熟，黄采薇想做诗词翻译合集这事，王楠更是参与了策划。王楠看到了这两年"国潮"形势，看到了文化输出的市场，一直很积极在做这事，她一心想在严肃刻板的传统文学界做一些有趣的事。

王楠这天下午约了人去翻译协会，她是第一次去新办公地点，给她开门的是谢朗。一看到谢朗，王楠就笑问："梁总今天在？"

"不在。"谢朗笑道。

王楠笑了笑，眼里有一闪而过的小失落。

"王编辑，今天来有什么事？约了黄老师？"谢朗问道。

王楠往里走，她环顾已经装修摆设好的场地，陈列大气简约，色彩搭配有特色，一看就是出自名家之手，她还没回答谢朗的问题，嘴里先直呼："有钱就是好，做什么事都漂亮。"

谢朗笑出声，他觉得王楠总是俗得直白可爱。谢朗对王楠印象挺深刻的，他第一次见到王楠就是在翻译协会，当时王楠来找黄采薇，等人期间遇到了梁岩。

梁岩对陌生人向来没什么热情，他正准备离开，不想王楠很热情地上前拦住他，一张嘴就说个不停，说她是他同高中的学妹。梁岩对王楠没有一点儿印象，微微皱了皱眉，谢朗在一旁看着都觉得王楠是想攀关系。最后梁岩礼貌地和她说改天再谈，没料王楠追问着一定要知道改天是哪一天，见梁岩没有回答，王楠还能笑着给自己解围说："我感觉被你当成了攀关系的骗子，所以想带高中毕业照和毕业证来给你看啊。"

"那你明天来。"梁岩随口说道，表情更像是礼貌的打发。

隔天，梁岩自己没有来，不过派谢朗去履了约。而王楠竟也把他随口说的话当了真，她真的带着毕业照来了。谢朗觉得王楠很有意思，一般很少有人会把梁岩这么说的话当真，大家都觉得他就是在打发人。

王楠告诉谢朗说："我说过了，我以前就认识你们梁总了，我知道他是一诺千金、说到做到的人。"

谢朗笑着说回去会转达给梁岩。

王楠便问谢朗："我这样是不是能让你们梁总印象深刻了？回头找他帮忙会不会方便些？能给我一个他的联系方式吗？"

"你还真是有意思。"谢朗笑道。

王楠在新场地里逛了一圈，最后她走到吧台边，看今天新插上的红玫瑰，这才回答谢朗的话："我没有约黄老师，我约了一个网红插画师。这个大师有点儿贵，我们总编不太同意，我想来协会拉点儿赞助。"

"你整得还挺花里胡哨。"谢朗给王楠倒了杯水，笑道。

"你以前上学看课本不喜欢看插画？"

"你又不是在出课本。"

"对有些人来说这就是课本，加点儿插画添点儿趣味。我找的这个插画师真的很牛，风格很独特，她自带人气，能让更多群体的人关注到这本书。她人一直在国外，近期才回国，我约了她好久，她今天才答应来一趟。"王楠说道。

"你这说的到底是卖内容还是卖插画，黄老师同意了？"谢朗问道。

"我会把她们都谈妥的，最重要的核心是让越来越多的人关注和喜欢文学翻译这个行业。"王楠一挥手，豪迈说道。

谢朗笑而不语，他今天来只是替梁岩办件小事，把他新买的一个轮船模型摆在协会书房里，所以不会停留太久。不想他正准备离开时却遇到了王楠。

翻译协会还没有找到合适的人在这里打理日常，谢朗是想走又不好赶王楠，便聊了几句："上回你介绍的那个女孩儿，我看梁总挺满意，他让我联系她来上班，但她怎么没来？"

"咦，你们有看上她啊？我以为双方没谈妥。其实她是我一个妹妹，现在去我们出版社工作了。看来，我的个人魅力比梁总大。"王楠笑嘻嘻地说。

"你再帮忙留意有没有合适的人，不然我可惨了。你动不动就约人来这里谈事，我不是要成服务生了？"谢朗说道。

"你要走了是吗？你打电话和梁总请个假，他不差你一个助理吧？"王楠听懂了，笑道，"顺便你问问他要不要给黄老师的诗集出点儿赞助？再顺便你也帮我参谋参谋我约来的插画师怎么样。其实也不是我约她来这里，是她听说是翻译协会在做这套书，就说来协会看看。"

"你成我老板了？"谢朗无奈地笑了笑。

"不敢，朗哥，我是给你建议。"王楠赖定不走，笑说。

谢朗思前想后，他把这里的房门密码告诉了王楠，说道："下不为例，我晚上下班迟点儿过来改密码。"

"谢谢朗哥！"王楠借花献佛，把面前插着玫瑰花的玻璃花瓶拿起来递给谢朗。

"滚。"谢朗没好气说道。

王楠笑盈盈地把花瓶摆回去，忽然感慨了一句："不知道为什么梁总那么喜欢玫瑰花哎。"

谢朗没接话，这时又响起门铃。

这一次谢朗打开门就愣住了，因为门外站着的是杨恭。

杨恭穿着红色吊带连衣裙，长发挽起，露出漂亮的锁骨，肩上挂着一个细带小巧的手机包，整个人显得美艳性感。她认识谢朗，见到他一点儿也不意外，只故作镇定地抬手和他打了个招呼："嗨。"显得慵懒散漫。

王楠闻声跑出来，她看到杨恭也表现出震惊，惊诧道："杨恭学姐？"

"你认识我？"杨恭不认识王楠。

王楠点点头："我以前也是一高的。"

杨恭闻言脸上的尴尬稍纵即逝，淡淡说了句："你就是编辑？世界可真小。"

谢朗离开了协会办公室，他开车转出了小区，马上就要上大道，却忽然踩了一脚刹车。他把车靠边停好，急匆匆掏出手机给王楠发了条信息：你要是想拉赞助，杨小姐就不宜参与这个项目。

王楠给杨恭倒了杯水，和她聊起来："原来网上'绯色插画师'就是学姐你啊，真的完全想不到，学姐你长得这么美，要是曝照了肯定了不得。"

"外表重要吗？"杨恭伸出右手接水，手在微微颤抖。

"重要啊，外貌也是实力的一部分，也就你这么漂亮的大美人能说出这种外貌不重要的话了。要像我这种长相平平的人，有天忽然变大美人了，我得天天发照片迷死别人。"王楠笑道。

杨恭喝了口水，放下水杯，她的左手按住还在微抖的右手，沉默不语。

片刻冷场，王楠看了眼手机上的信息之后把手机放回了包里，她重新扬起笑脸，开门见山地问杨恭："学姐，我和你说的项目，你感兴趣吗？"

杨恭微微侧过头。

　　王楠觉得她的态度有些奇怪，但也并不在意，停顿了会儿继续说道："黄采薇老师你认识吗？你和梁总那么熟悉，肯定认识她。"王楠还记得当年杨恭和梁岩是一高里的一对璧人。

　　"不是很熟悉。"杨恭缓缓吐出一句话，她抱起胸，转回脸看向王楠。她和黄采薇的确不熟悉，只在她小时候见过一两次，长大之后再没有见过。在杨恭的印象里，黄采薇总是伏在书案上，很少说话。

　　"不熟悉也没有关系，对项目没有影响。"王楠微笑。

　　杨恭垂眼，沉默着。

　　王楠心想艺术家都个性清高有些怪脾气，她注意到杨恭的手在不断摩挲她自己的手臂，便问她："你冷吗？要不要把空调温度调高一些？"

　　杨恭摇头说不用，她只是很久没有和人谈事情，一时有些不适应。

　　"真的不冷吗？"王楠再度发问。

　　杨恭抿了抿唇，侧过脸道："你知道我有多久没有画画了吗？"

　　"我在网上看到你已经有一年多没有上传新作品了，粉丝都在等。"王楠说道。

　　"那你还找我画？"

　　"啊？这有什么关系吗？实力摆在那里，就算你一年多没有画了，有好的项目让你重新画，不是很好吗？"王楠笑道。

　　杨恭用力想握住自己的手臂，也想控制住自己的手抖，但明显徒劳，她抖得越发厉害。这时，她忽然想起温星说她的那些话，一阵莫名的焦躁和不安侵袭了她。

王楠见对面的人忽然面红耳赤慌张地站了起来，她也忙站起来问："你怎么了，学姐？"

杨恭站在原地喘着粗气，说："我得走了。"

"什么？为什么？我们才开始聊，怎么了？"王楠感到很不解。

杨恭没有回答，径直往外冲，王楠忙拦住她说："学姐，你看上去不太好，你先不要离开，先坐下休息会儿！我再给你倒点儿热水！"

"我不要喝水，我要喝酒！不喝酒我就不能思考！"杨恭有些激动道。

王楠一听，迟疑了两秒，说道："那我带你去喝酒！我们边喝边谈！"

温星坐在电脑前帮王楠校对一篇文章，临近下班的时候，她接到王楠的电话，让她跑一趟翻译协会，说下午来谈事情的客户把包落在那儿了。她自己不方便回去拿，因为喝了酒。

"你怎么下午就跑去喝酒了？"温星压低声音，伏在桌子上问王楠。

"哈哈哈，和客户聊得开心就来喝了，哈哈哈。"王楠有点儿喝高了。

"姐，你悠着点儿。"温星皱眉。

"哈哈哈哈，知道的，你快去拿包，哈哈哈哈，不用送来给我们了，明天带给我！"王楠控制不住地发笑。

"你这个样子很奇怪，我真怕你做什么丢脸的事。你把定位发给我，我拿了包过去找你。"温星没好气。

"哈哈哈哈。"王楠还是傻笑，挂了电话把定位发给了温星。

温星一看定位真是在一个酒吧，她真是对王楠服气了。下班后，温星直接开车去翻译协会，正赶上晚高峰，她到的时候已经六点多了。

温星以为翻译协会还有人在，结果她出了电梯就看到大门紧锁，按了门铃半天无应答之后，她意识到里面没人。

温星给王楠打电话，问她："姐，你没有和这边人联系让他们给我留门吗？门锁着，进不去。"

"哈哈哈，谢朗还没有来吗？他说自己要过来的！哦哦！哈哈哈，我告诉你密码！多少来着，我想下！"王楠打了个酒嗝，给温星报了个密码。

温星试了下，显示密码错误，她说："密码不对，姐。"

"怎么会不对呢？"王楠摇摇头。

温星听她这口气知道她彻底喝多了，肯定记不住密码，便说道："我看算了吧，姐，我明天早上过来帮你客户拿包。"

"学姐，学姐，你着急你的包吗？"王楠连声问坐在旁边喝酒的杨恭。

"我不想把包留在他的地方，手机也在里面。"杨恭说道，她心里还有半句话：免得又惹人讨厌。

"星星，你再试试密码！"王楠说，"我这就给谢朗打电话，让他过去！"

温星听到王楠挂了电话，皱起眉头，完全不知道王楠在搞什么。不过王楠刚才报的密码让温星想起了之前梁岩家里的密码有些类似，于是她试了试梁岩家的密码，门打开了。

温星进去，并没有在沙发上找到包，于是她到处找了几圈，最后又回到沙发边，蹲下来看沙发底下。

梁岩开门进来的时候，就看到沙发旁边趴着一个女人，翘着臀探手从沙发底下掏出一个包，她的样子有点儿像伸懒腰的猫，但很诡异。梁岩面无表情地在夕阳的余辉里打开了会客区域的所有灯光，惊得沙发边的人跪起身惊恐地看向他。当看清那个女人是温星时，梁岩愣了两秒，从防备再到很淡很淡的惊喜，他眨了眨眼睛，脸上冷硬的表情莫名有几分柔和。

温星被吓得不轻，她双手撑着茶几慌乱站起来，一时不知道该从何解释起自己在这儿的原因，直到梁岩走过来先开口问了她："你怎么进来的？"她才回答说："下午我同事来这里谈事情把包落这儿了，我来帮她拿包，密码是她告诉我的。"

"你说王楠吗？"梁岩双手插在口袋里，抬了抬眉看温星。

"对。"温星点头，她别开脸避开梁岩审视的目光，她感到有些不自在。

只听梁岩用一种似笑非笑的口气说道："一个小时前我到这里刚改了密码，连谢朗都不知道密码，王楠是怎么知道的？"

这让温星莫名有种被人揭穿拙劣谎言的不适感，可她明明没有撒谎，一时百口莫辩，温星反问道："我刚才按了门铃，梁先生在里面为什么不开门？"

"你没看到我也是刚从门外进来吗？我来过又出去了，再回来就发现你进来了，你还问我为什么不开门？应该是你给我一个解释。"梁岩好笑道，他被温星难得的窘态逗笑了。

温星被梁岩呛得有些生气，不由抿了抿唇，但很快她冷静下来，抬起头对梁岩说道："不好意思，梁先生，我进来是无意的。我来的确是为了帮同事拿包，我相信谢先生能做证我同事下午来过这里。门密码的事情，我同事的确告诉过我一个密码，但没打开。我还记得之前您家里的密码，胡乱试了下，没想到就打开了。实在不好意思。"

梁岩的目光逡巡在温星脸上，仿佛在找她隐去的情绪。寻找无果，他脸上的笑也没有了，他绕过温星坐在沙发上，忽觉无聊，问道："王楠是你同事？怎么，你去出版社工作了？"

"是的。"温星答道，她看到梁岩坐在那里，就像个傲慢的王者。

"你能否解释下，为什么不来我们这里工作？"梁岩问道。

"我觉得这事没有解释的必要。"温星干脆答道。

"我是希望你能告诉我原因，帮助我们改进，你不来肯定是我们这里有什么不足，令你不满意。"梁岩说道。

"梁先生未免太不自信了，我只是觉得出版社的工作更适合我而已。"温星说罢准备要走，"不好意思打扰你了，梁先生，我已经找到包了，先告辞。"

"你怎么证明这个包就是你要找的包？"梁岩叫住温星。

温星头皮一麻，梁岩的问题像极了在为难她。温星思考了片刻，微笑问道："那这是梁先生的包吗？"

"不是我的肯定也不是你的，我不知道会不会有其他人像你同事一样落了包在这里。所以怎么证明？"梁岩双手合十放在腿上，也微笑说道。他看到温星脸上再次出现波动的情绪。

温星想给王楠打电话让她和难缠的梁岩说，但很快她打消了这个念头，因为王楠喝醉了。想了几秒后，温星用一种诚恳的语气对梁岩说："梁先生，你这么一说我也很担心会拿错。如果拿错了包，主人回到这里，你们拿不出会很尴尬，别人肯定会以为你们拿了包不还。不然这样吧，我现在拿包正要去找客户，你反正没事，和我一起去怎么样？如果是我们客户的包，我就还给她，如果不是，包再给你带回来。你觉得可行吗？"

梁岩听出了温星在讽刺他闲，也听出了她的激将法。照平时梁岩不会这么无聊再和温星逗下去，但这一刻他光想想如果他欣然接受了温星的建议，她说不定会抓狂，就感到有点儿有趣。于是，他站起来说道："你说的很有道理，我们走吧。"

果不其然，温星忍不住瞪向梁岩，脱口而出问道："你认真的？"

"当然，这种事情可大可小，我很认真。"梁岩看着温星的眼睛，一字一顿地说。

温星骑虎难下，忙说道："我觉得挺麻烦你的，梁先生。不然这样，如果包拿错了，全部责任我来担，我明天肯定一早就把包送回来。"

"我不喜欢让别人帮我担责任。"梁岩说道。

"你真要去？你真觉得我会拿错包？"温星有些沉不住气了，问道。

"嗯。"梁岩应声，还认真点了点头。

温星见状气到词穷，她转身欲走，说道："随便你，梁先生，你要来就来。"

梁岩几步越过温星走到她前面，说："坐我的车。"

"我自己开车。"

"那我坐你的车。"梁岩顺势说道。

"我……我真是……"温星彻底无语了，她发现原来梁岩做事这么刻板讲原则，还较真儿。

梁岩一边开门一边心里忍不住想，他上次和黄采薇说温星是个小姑娘，果然她就是个小姑娘，他说的真是一点儿都没错。

梁岩坐上温星的车，应她要求在后排落座，他坐定和温星说了句："谢谢，辛苦了，温小姐。"

温星皮笑肉不笑说道："梁先生做事可真是认真。"

"谢谢夸奖。"梁岩不冷不热说道，嘴角却不自觉翘了翘。

温星深吸一口气发动了车子，提醒自己忍住，不要发火。

梁岩坐在温星车上，看到她的后座放着两个抱枕——一只棕色的刺猬和一只绿色的小恐龙，除此之外，还有一本《鲁滨逊漂流记》，梁岩一眼认出这是在陈泽家里的那本。

梁岩拿过温星的书随手翻阅起来，车子正停着等红灯，他问温星："你最喜欢这本书哪个地方？"

"什么？"温星回头看到梁岩在翻她的书，直接说道，"里面有些摘记，梁先生，我不想和人分享，不好意思。"

梁岩闻言合上书放到一边，说了句抱歉，脸色变得有些难看，他莫名心里有点儿不舒服。

"谢谢理解。"温星看了眼梁岩转回头，而她还不想彻底得罪他，想了想回答了他的问题，"他一个人在无人岛上生活的那几十年，我都很喜欢。他在岛上生活的时候，什么困难都不是困难，时间成了一种选择，可以花很多时间去专注解决一个小问题。"

"谢谢你的回答。"梁岩冷声说道，但他心情竟好了些，只是面子上还有几分没来由地下不来台。

温星没再继续说话，专心开车。梁岩见温星不说话了，忽然有些忘了自己的面子，在想她是不是不高兴了。

当这个念头出现在梁岩脑子里的时候，梁岩就像被一记闷棍敲醒了，他意识到坐在温星车上的这种行为幼稚可笑，开始思考自己这种行为的原因。

温星的手搭在方向盘上显得很小，但她开车的技术很好，她靠着椅背轻松驾驭着，沉稳可靠。当她侧过脸来看右边的倒车镜时，余光感受到梁岩在看她，她抿了抿唇，神色冷漠地转了回来。

"一会儿回去，梁先生能自己打车吗？或者叫司机来接你？我晚上还有事情，得赶回家。"温星看了看后视镜，说道。

"我已经通知老吴来接我了。"梁岩回答道。

温星点点头，她慢慢平静下来，客观地去看待梁岩跟她去还包这件事情，然后她承认了梁岩这是一种负责任的表现。温星心想虽然她对梁岩的印象不好，但不代表他做的每一件事都不对。

"他只是有点儿神经病。"温星悄悄腹诽梁岩，在心里补充了一句。

梁岩此刻却暗自想起在协会里发现温星时，他的淡淡惊喜。同时，他也想起了不久前他希望陈泽和温星复合的态度，以及陈泽喜欢温星的事。

车厢里很安静，温星对拥堵的交通感到有些烦躁，等红灯间隙，她打开了音乐。后座的梁岩被动听了会儿歌，他发现竟没有一首歌曲是他知道或者熟悉的，他不由端坐起来，微微皱起了眉头。他看看熟练打着方向盘的温星，她的脸庞青春美好，她真的很年轻。

车流还在缓慢移动，大概还要半个多小时才能到达酒吧街。梁岩的目光落在温星的侧脸，他忽然想知道一件事，便问："你吃过晚饭没有？"

温星对这个问题感到有些意外，她回答："还没吃。"

梁岩却没再说话。再次的沉默让温星感到有些不自在，她低头扫了一眼，发现车子该加油了。

车子到达酒吧街，这个时间夜生活还没有开始，这里不算热闹，温星很快在路边找到了一个停车位。

下了车，温星走在前面，梁岩故意放慢了脚步跟在后面，他口袋里的手机在响，走到酒吧门口，他才接起电话。

温星也在门口停下，她站得稍远，在等梁岩一起进去。

谢朗赶到协会办公室，发现老板不在，也没看到温星，但办公室的门锁密码已经换了，他便打电话给梁岩想了解情况。当听说老板陪温星去还包了，他很惊讶，这才小心翼翼说出了下午的事："梁总，下午出版社王编辑约的人不是别人，是杨小姐。这包应该是杨小姐落下的。"

梁岩闻言没什么特别的反应，只说了一句："知道了。"

那头谢朗敏锐地察觉到老板心情不佳，他说："梁总，实在抱歉，这事我下午就该向您汇报。我原本想和王编辑沟通好再向您汇报，没想到会出这种意外。您现在在哪里？我马上过去，我去还包。"

"不必了，谢朗，我已经到了。"梁岩说道。

"您和王编辑的同事在一起吗？"谢朗问道。

"没错。"梁岩看了眼温星，她正低头看手机，仿佛等得不耐烦了。

"我真是失职，让您亲自跑一趟……"谢朗内心其实相当惊讶梁岩竟然会因为一个包和人跑到酒吧去。

"先这样，我要挂了。"说罢，梁岩挂了谢朗的电话，对温星说："谢朗说包是杨恭的，王楠约的客户是杨恭。"

温星闻言抬起头，问道："那你相信我没拿错包了吧？"

梁岩说："包给我，我去还给她。"

"我是去找王楠姐。"温星没理会梁岩说这话的意图，她转身往里走。

梁岩见状跟了进去，他发现温星做事的方式有点儿强悍，他原本还担心她不愿意见到杨恭。

两人一进酒吧就看到吧台边坐着的两个人喝得靠在一起。温星走过去把杨恭的包放在吧台上，她站在王楠身边，推了推王楠说："姐，我送你回家。"

王楠看到温星笑了笑，她喝酒后的兴奋劲头已经过去了，现在有点儿迟钝，她拉住温星的手高兴地说："我马上就要和插画师签约了！"

温星面露惊讶地看向趴在吧台上的杨恭，她原来是个有名的插画师。

杨恭其实并没有醉，她只是在装醉，她是看到了温星才趴到吧台上不想抬头，可王楠不断推她的手臂要她签约，而她的确答应了要签约。但看到温星让她感到气馁，再次无法面对一直堕落的自己，丧失了振作的勇气，因为她依旧在酗酒。

"签约的事明天再说，姐，等你们都酒醒了再说。"温星去扶王楠。

王楠挺顺从地靠着温星站起来，只是她伸手拉了把杨恭，使得杨恭毫无防备地一个趔趄从高脚椅上跌了下来。王楠忙挣开温星去扶杨恭，她笑说："不好意思，学姐，我想叫你一起走来着。我和你说，你一定要自信点儿，一定要继续画画……"

杨恭没回答，继续装醉，她试图爬回高脚椅。

"我们送你回家，学姐。"王楠靠过去眯眼笑说。

"我还要再喝一会儿。"杨恭埋头说道。

温星在这时候说："杨恭姐，我们送你回去。"

杨恭把止不住颤抖的右手放在了吧台上，她摆摆左手说："不需要。"

温星闻言再次去扶王楠，说："我们先走吧，姐。梁先生也来了，让梁先生带杨恭姐回去。"

"哎哎哎，奇怪，你好像知道梁总和学姐的事？"王楠能思考，只是思维有些混乱，她笑道，"梁总也来了？他是不是听说学姐在这儿，所以来了？"

"应该是吧。"温星应道。

王楠听话地任由温星扶着她离开。

温星扶着王楠经过梁岩身边，和他说道："梁先生，麻烦你送杨恭姐回去，包放在吧台上，别忘了。"

梁岩颔首，他看到王楠笑眯眯地对他挥了挥手，他沉着脸，勉强点了点头，然后走向杨恭。

温星送王楠回家，她一面发动车子一面问副驾驶的"醉鬼"："如芳阿姨在家吗？她看到你这个时间就喝酒了，会不会生气啊？"

"有什么好生气的，我都这么大了，应酬喝酒不是很正常？"王楠还是笑嘻嘻的。

温星一笑，没再说话。

车厢里依旧放着歌，王楠感到很热，她把额头贴在冰冷的车窗上出神地看着外面，她无意识地数着经过的车辆："一、二、三……"

温星被逗笑，她觉得王楠喝醉的样子有点儿可爱，她问：

"姐，你知不知道自己喝醉了啊？"

"没醉，我脑子还清醒着呢。"王楠说道。

"分明就是醉了。"温星笑道。

王楠若有所思笑着，她想可能是醉了吧，不然也不会感到难过。她问温星："星星，你有很爱过一个人吗？"

"不知道。"温星答道。

"你和你男朋友分手一点儿也不难过吗？"王楠又问。

"不合适所以分手了，我觉得没什么难过可惜的。"温星思考片刻，认真地说道。

"我发现你根本不懂爱。"王楠笑温星，"如果你真的很爱一个人，不会是这样的心情。"

"说得像你爱过一样，我可是听说你恋爱都没有谈过，我好歹真实谈过。"温星好笑道。

"我从初中开始就喜欢一个男生，到现在还喜欢他。"王楠微笑着说，"喜欢到他有女朋友都会祝福他，只希望他能幸福。"

"他是你同学吗？"温星一边超车一边继续和王楠聊天。

"不是，是我的学长。我觉得他是个非常好的人。"

"他认识你吗？比你还大，应该已经结婚了吧？"

这两个问题，王楠都没有回答，她继续说道："他是我高中学长，不过我在初中就认识他了。我的初中前两年已经被一高合并了，我读书的那年还没有。那时候学校很小，我们经常体育课去隔壁高中借操场，有节体育课就是和那学长一起上。那节体育课我去操场了，但没有上体育课，因为上一节是数学课，是我们班主任的课，发了试卷，我考得不太理想，被班主任批评了，我整个人都不太好。不过挨批评的不止我一个人，应该说是我们班大部分女生都挨批评了，不管考好的还是没考好的。我们一个班三十多个人，只有十个女生，我们班主任很看不起女生，他说女生撑死了成绩好到初中，到后面成绩顶尖的都是男生。他经常说女生没用，有时候像我们这种数学成绩中等的学生课后去问他问题，他都会说不用问了，浪费他的时间，还说这种题目不懂就不用懂，考试能及格就可以了，反正以我们的资质也考不上好的大学。那天上课他骂得更难听，叫我们考不及格的都站起来，结果十个人里面有四个女生，他就说女生全是拖后腿的。我又是女生里考得最差的，真是被他骂得狗血淋头，怀疑人生，我都想过休学了。"

"这种老师怎么不去举报他？让学校把他开除了！要是我，早把他举报了。"这是温星没有经历过的事情，她听得很震惊，不由气愤地说道。

"后来被举报了，不过不是我举报的。我当时胆子小，而且我们班主任在学校里很有影响力，他带的班级都是最好的班级，很多人想进去，他还每年都是优秀教师。本来他还有可能会成为我们学校的政教处主任。"王楠站在现在的时光里看过往，不开心的往事就像尘埃轻轻散落，在夕阳余晖里反射着琉璃的色彩，"举报他的人是那个学长。"

"为什么会是他？"

王楠想起操场的看台，她曾坐在那里茫然地看着绿茵操场，当时她却没有感到青春盎然，只是觉得前途无望，默默流泪。忽然有人问她："你在哭什么？"

她惊慌地回头，看到在她的上方有个人靠在栏杆上正看着她，他的左脚打着石膏，眼神清澈又严肃。他穿着一高的校服，普通的校服在他身上却显得特别熨帖挺拔。

"你怎么不和你的同学去跑步？"男生抬了抬下巴示意操场那边，"跑跑步出出汗，有些事情就想开了。"

王楠有些发愣，好一会儿她说："想不开。"

"不介意的话，说给我听听。"男生抬眉，虽然他的表情冷淡，语气却诚恳。他沉稳的语调更莫名让人有安全感。

王楠第一次对着一个陌生人说出了自己的痛苦，她说自己没有前途，她的老师总是打击她，甚至辱骂她。

男生一直在听，最后他问："你的老师叫什么名字？"

王楠不敢说。

"这样的老师应该举报他的行为，你放心，我不会说是你说的。"男生低头看着王楠说道。

"你、你要帮我去举报吗？"王楠不敢相信自己的耳朵。

男生点点头："告诉我他的名字，我会去了解情况，如果你说的情况属实，我就会去举报他。"

"他叫叶道。"王楠说道，她听到耳边有微风吹过，有年幼时午后安逸温柔的味道。

"好的。"男生表示记下了。

许是他的态度太过轻松，而王楠认为举报老师是件大事，应该表现得更紧张或者慎重些，所以她说了就后悔了，她问男生："我能相信你吗？"她甚至还不知道他的名字。

"可以，我一向说到做到。"男生回答说。

大概在一个月后，王楠的老师叶道就被约谈了，后来又过了一个多月，那个学期结束之后，他就离职了。

这是王楠还不算长的人生中最奇妙的际遇，她没想到随便和一个人抱怨自己的痛苦，那人就帮她解决了问题，他好像神一样的存在。可惜她那时候根本不知道他的名字，也没有在体育课上再遇到过他，直到她考上一高才又见到了他。

"他叫什么名字？"温星好奇地问王楠。

王楠靠着车窗微笑，酒精使她昏昏欲睡，外面华灯亮起，王楠说："秘密。"

"他认识你吗？"温星又问道。

"认识，但他不知道曾帮过我吧，他不记得以前的我了。"王楠笑说。

"那你可以告诉他，说不定你们有机会在一起呢？"温星说道。

"他太好了，我不奢望。"王楠呵呵地傻笑着。

温星闻言，沉吟片刻说道："这样也好，远距离都比较美好，可能真的和他在一起相处，你会发现你们根本不合适。"

"不合适我也喜欢他，不会变的。你没爱过一个人。"王楠笑着抬手拍了拍温星的手臂。

温星笑而不语，她以前曾觉得自己会爱一个人，刚和陈泽交往的时候，她认为那就是爱。但慢慢地，她却越来越清醒，竟懂了以前江陵说的那些关于爱不爱的话。她可以扮演好女朋友的角色投入恋爱，她曾看到很多小事上她和陈泽的不合适，不过小事无关原则，她不想争对错，都选择了退让，她也有能力这么做。但最终她发现，她最爱的还是孤独，她原来并不想要太多的人际关系。

现在，温星可以很明显感觉到她对于刚结束的感情没有惋惜，只有如释重负，也不想开始下一段感情。曾经有过早日结婚成为社会合群人士的想法，现在也已经慢慢改变，她发现假装合群并不能减少麻烦。

在和陈泽分手后，温星没有特别空虚寂寞的过渡期，因为学习让她有事可做，她渐渐发现学习和翻译对她的意义比她想象中的还要大，而它们能够带给她的价值感比恋爱更多。

分手后，温星有了更多的时间，她尝试自己去做翻译，在这件事里她认识到自己的浅薄和无知，也看到了热爱的力量，她的翻译手稿就像日记一样被自己珍藏。前段时间，她加了黄采薇的微信，却一直没有联系。直到前两天，她才鼓起勇气给黄采薇发了信息，讲了自己在翻译中遇到的难题，希望得到帮助。发这条信息比谈恋爱还让人激动紧张，温星怕打扰老师，也怕自己的问题太可笑。而当黄采薇回复了她，并且鼓励她要坚持在文学翻译这条路上走下去，她毫不夸张地开心了一整个晚上。

现在的温星基本上做好了自己的日常规划，没有太多的迷茫：白天上班，晚上学习和做翻译。

温星把王楠送回家之后，随便在小区楼下打包了一份外卖回家，吃完就打开电脑，开始了自己的"夜生活"。

梁岩和杨恭坐在吧台边喝酒，酒吧里的人越来越多，两人都没有开口说话。

梁岩喝完一杯，又给自己倒满后，他拿起杯子碰了碰杨恭的，冷声说："干杯。"

杨恭没动，她微微低着头。

梁岩自顾喝完继续满上，这杯他没有急着喝，只是端起来仔细端详，然后说："喝完这杯，我让老吴送你回家，回杨家。你家里都知道你回来了。"

"你不要管我的事，梁岩。"杨恭依旧低着头，声音很轻，也显得很颓废。

梁岩闻言看了眼杨恭，碰了碰她的酒杯，饮尽自己杯里的酒之后，他叫来酒保结了账。然后他如杨恭所愿，不管她就走了。

没一会儿，老吴来到杨恭旁边坐下，他什么话都没有说，只是等着杨恭。老吴的存在就像一堵无形的墙，让杨恭感到窒息，她就像陷在了一个死局里，自己困死自己。

酒杯里的酒越喝越清醒，最后杨恭放弃了酒杯，颓然下了椅子，像个幽灵一样往外走。老吴跟上她，引她到车边说："我送你回去，杨小姐。"

杨恭没说什么，默许了。

梁岩打车回去，在路边等车的时候看到身边有对年轻男女刚下车，女生笑依着男生，撒娇问他："你吃饭没啊？"

男孩反问她："你吃饭没啊？"两人笑作一团，相拥往前走。

梁岩看着两人的背影，没来由地想笑，他竟又想起了温星吃晚饭没有的问题。梁岩没有温星的电话号码，她给他打过电话，但他那时候没有存。已经过去有一段时间了，他知道通话记录里不可能再找到温星的号码，但他还是掏出手机找了找。

梁岩有过几段感情经历，其实每一段的开始都很相似，不存在谁追求谁，他在他的生活圈子里遇到合眼缘又相互有意的对象，就开始一段感情。他最长的一段感情是和青梅竹马的杨恭，十七岁在一起，二十一岁分手；最短的没有维持到三个月。他对感情的态度很简单，是自由和信任，好聚好散。直到和何冰婷那段感情让他认识到自己曾经对感情多么自负，喜欢和爱这事还是得花点儿时间去琢磨，来者不拒只会伤人伤己。

梁岩和何冰婷分开是在四年多前，之后他没有再谈过女朋友，在这么长的空窗期之后，他有点儿忘了今晚对温星的一些奇怪触动是不是以前也曾经有过。

梁岩也不是很确定，如果此刻他有温星的联系方式，会不会给她发去信息，或者打一个电话。

第六章

　　谢朗觉得自己的老板梁岩这两天有点儿不对劲，他总是看着自己欲言又止。

　　这个周一如往常一样，谢朗在文秘把咖啡送进梁岩办公室后十分钟敲门而入，他拿着这周的行程和梁岩汇报工作，还将重点事项做了单独汇报。梁岩一直在听，其间还让他调整了一次会议时间。谢朗按要求修改完毕，离开前他照惯例问："梁总，您这周还有其他事需要我去安排落实吗？"

　　梁岩闻言看向他，似乎要说话，他拿起笔准备记录，结果梁岩只是说："算了，没事了，你去忙吧。"

　　谢朗有些不安，又不好追问，只能抱着资料出去了。

　　这天中午，梁岩离开办公室去吃饭，经过谢朗的办公桌时，他们的眼神无声交会，当梁岩再次出现欲言又止神态的时候，谢朗心里慌了。这种情况很少见，以谢朗对梁岩的了解，在工作上他不是含蓄内敛的人，有问题他一定会指出。谢朗只能仔细回想自己是不是做错或者忘记了什么事，最终只想到一件事情，那就是何冰婷和温星家之间关于赔偿的事情，但这件事是前段时间梁岩让他先放着的，然后不了了之了。

谢朗这边还没有猜透老板的心思，下午的时候又出了一件事情，和忠建投标项目有关。

忠建项目是梁氏和国内一个知名地产商合作在岳城开发的一个房地产项目，江陵和赵传雄所投标的是木地板工程。这个项目总金额有五千多万，没有温星以为的那么多，但也比较可观。

这个项目的投标已经进入定标阶段，而前两天，江陵公司的标书有个小改动，他们改了项目负责人，从原来由江陵负责改成了另一个名叫叶道的人。梁岩看到"叶道"这个名字沉思片刻，他让谢朗去了解叶道的背景。

谢朗查到叶道这个人早年是数学老师，在岳城工作。后来不知道什么原因转行做了会计，五年前他去了赵传雄的公司，现在已经是赵传雄公司的合伙人，总经理级别的人物。谢朗还从负责赵传雄那边对接投标书的员工那里了解到，赵传雄的儿子赵怀远叫叶道"老师"，两人关系很好，实际上这个项目是交给赵怀远了。

改项目负责人这件事情可大可小，但谢朗完全没有想到梁岩会生气，说江陵瞎搞。这事让梁岩整个下午都处在低气压的状态中。谢朗发现他已经无法明白令自己老板不爽的点，这个投标项目原本很大可能会落在江陵公司头上，他们公司也的确做了不错的标书，但梁岩现在似乎不太满意了。

陈泽从谢朗那里得知梁岩对江陵更改项目负责人不满，他下午就给江陵打了一个电话，告诉她这件事情，说："阿姨，马上就要定标了，负责人最好不要换。"

江陵坐在车上，出租车已经发动，她没有自己开车。不久前，她预约了手术，手术时间在下周，她今天来做检查。

"这是我们公司的决定，除了换负责人，其他事项都没有变动。这个新负责人一直有参与这个项目，是我们公司的中流砥柱，他是比我更适合的人选。"江陵靠在椅背上，笑着和陈泽说道。

"我们认为您是最合适的人。"陈泽说。

江陵听出了陈泽话里的意思，其实她的内心也是不想换负责人的，她根本不信任赵怀远，可是人有时候不得不服软。

在江陵知道自己的身体出现状况，在她不确定自己还能活多久之后，她的内心是恐惧的。在商海沉浮多年，她早已看透人性，她知道自己如果能坚持到这个项目完成，嫉妒的人依旧会嫉妒；而如果没有完成这个项目，讨厌她的人会将所有过失都怪罪在她身上，而她如果不在了，这种怪罪可能还会延续到温星身上。江陵服软放手，是想给这个重组家庭一个机会，同为父母，她知道赵传雄虽然对温星不错，但他最大的心愿是看到自己的儿子独立，她放手给赵怀远去做是希望能换得一些回报给温星。江陵心想她总不能在死后真的让温星没了家，一个人没有家实在太孤苦了。

"陈泽，非常感谢你给的这个建议，但这事可能得麻烦你去协调。"江陵依旧笑着说，"另外还有一件事情，你哥那边的赔偿协议拟定好了没有？就上次协商的一百万，金额没有问题，这事我们早点儿办了，也让死者安息。"

陈泽感到有些奇怪，江陵之前的态度是在定标后才会处理这事，现在忽然急着要把这个人情卖给梁岩，可见她改投标负责人的态度很坚决，而且她有些着急了。

"这事不着急，阿姨。"陈泽说道。

江陵从陈泽的态度里面感受到了一些推诿，她敏锐地感知到赔偿协议或许不用继续了，但这也意味着他们想卖给梁岩的人情断了。做生意就是这么矛盾，大部分人都痛恨在利益上纠缠人情往来，但真有人情路能够去走的时候，大部分人又都希望能紧紧抓住。

"怎么，你哥那边有变化？"江陵用一种轻松玩笑的语气问道。

"没有，您别担心这事，阿姨，你们的标书做得很好，其他各方面都有优势，就算没这事投标也没有什么问题。这事过去了。"陈泽直接说道，"现在的问题其实是负责人。虽然说是公司和公司合作，但也看人。"

"我理解你的意思，陈泽，所以我刚才说这事得麻烦你去活动活动。"江陵说道。

陈泽沉吟片刻，说："阿姨，您的事情我肯定会尽力帮忙。但是您那边也要再慎重考虑下，如果说问题不是很大，最好就不要换。"陈泽还拿不定梁岩对这事的真正态度，只是他了解梁岩，梁岩一旦提出一个问题，那就势必要解决。

"谢谢你的提醒，陈泽。"江陵说道。

"别客气，阿姨。"陈泽说。在这之后他短暂沉默片刻，然后问江陵："阿姨，温星最近好吗？"

"挺好的，她对自己的工作很满意，每天都很开心。这段时间她在单位附近租了房子，搬出去住了。"江陵觉得陈泽在工作上是个不错的人，只可惜他对待感情的方式让江陵认为他并非温星的良人。江陵知道女儿是个很骄傲有骨气的女孩儿，绝不会对感情的事模糊将就。

"她开心就好。"陈泽笑了笑。

"其实分手了你们也还可以做朋友，陈泽。"江陵说道，"你比温星年长些，社会阅历比她多，以后她肯定会有需要你帮助的地方。"

"如果温星有需要帮助的地方，我肯定在所不辞。"陈泽忙说道。

"不需要在所不辞那么夸张。阿姨只是想，如果有一天温星需要你帮扶一下，希望你不要因为曾经的感情问题而有什么芥蒂。你也要往前看，陈泽，以后你肯定会有新的女朋友，阿姨相信你会找到比温星更好的对象，她就是个不懂事的小姑娘。"江陵笑说。

"没有，阿姨，温星很好，分手是我的错，我知道的。"陈泽说道。

听到陈泽这句话，江陵稍微放心了些，她说："感情的事情没有对错，就是不合适而已。阿姨希望你能早日找到合适的那个人。"

陈泽从江陵的话里再次得知温星的态度，他苦涩一笑，说"谢谢阿姨"，然后挂了电话。

江陵靠在椅背上安静坐了会儿，之后去医院做检查，结束之后去公司处理工作上的事情。

许明蕊入职已经快一个月了，江陵一直在观察她。她发现许明蕊相较同龄人更成熟，做事内敛认真，学习能力也很强，但她看似坚强，而做事方式却非常柔和，她太过小心翼翼，一直在避免和人发生冲突。

有一次在内训会议上，许明蕊在给客户的开发信上做了些调整，在江陵看来调整得不错，但她没有开口，只是听着。许明蕊所在的小组组长有不同的意见，他认为更改没有必要，就这么一件小事，会议上应该是大家各抒己见，被质问了一句的许明蕊却没有出声，她说回去再改改。江陵不知道她这样处事在将来是好事还是坏事。

这是温星从家搬出来的第一周，她一开始以为江陵会不同意，没想到江陵却大力支持，还笑说期待看到认真工作的温星买第一套属于她自己的房子。

温星当时好笑地问江陵："妈，你是不是在讽刺我？"

"是啊，就是讽刺你。以你这工作在岳城买房的可能性很小。"江陵微笑说。

"有志者事竟成，我会努力的。"温星笑道。

离工作地点近了之后，温星发现早上能让自己灵活安排的时间多了很多：她依旧六点左右起床，在小区里跑一圈，跑完步洗了澡之后，距离她上班还有些时间，她便开始学习或者做自己的翻译。温星的计划是明年一定要考上研究生。

这一周，温星过得非常充实，她周末应江陵要求陪她去逛商场买衣服。江陵告诉温星她要出差一周，温星数了下她买了七套衣服。

每一套衣服江陵试穿的时候，她都让温星给她拍照。温星一面笑江陵太臭美一面照做，她把江陵的照片发到自己的朋友圈，夸自己的妈妈年轻漂亮，她发自内心以江陵为傲。

江陵定在周日下午"出差"，她特意让温星送她到机场，等温星离开后，她从机场打车去了预约好做手术的医院。

这天晚上，温星送走江陵后，开车接上王楠，陪王楠一起约杨恭吃饭敲定合作。温星吃饭的同时，江陵住进医院，闲来无事翻看她和温星的照片，照片里属于她们母女的每一瞬间都可亲可爱。

温星和王楠在去吃饭的路上一直在争辩。直到下车，温星还不赞成王楠在没有经过黄采薇同意的情况下，直接和杨恭敲定合作。可项目负责人是王楠，而温星只是新人，还不算了解图书市场，所以尽管不同意，下了车后，她也没有继续表态。

杨恭这次早到了，她选了餐厅外面露天的位置坐着。她晚上没化妆，戴着一副黑框眼镜，穿着格子衬衫和牛仔裤，长发盘起夹在脑后，整个人朴素也憔悴，眼神却清明了。

温星看到这样的杨恭有些惊讶，她坐下来后没有主动说话。王楠则开门见山，坐下迫不及待地说："学姐，你是不是考虑清楚了？我可是把合同都带来了。"

"考虑清楚了。"杨恭平静说道。

"价格方面还有得商量吗？价格我是空着的。"王楠问道。

"没有。"杨恭毫不犹豫回复道，她的眼神里有温星从来没在她身上见过的沉静理智。

王楠闻言说："成，那我丑话说在前头，我不允许你拖稿，不允许你在履约期间喝酒，更不允许你在履约期间玩失踪。每天你都要和我联系，每周我都会去你那里查岗。"

"无所谓。"杨恭抬手撩了撩耳边散落的乱发，缓缓吐字。

"不是'无所谓'，是'好的'。"王楠义正词严纠正杨恭的态度。

杨恭抬起头看向王楠，又把目光落在了温星脸上。

温星一直观察着杨恭，此刻她微微笑了笑。而温星这个笑对杨恭来说很刺眼，甚至让她心头仿佛被针扎了一下。

杨恭低下头，对王楠说："合同给我。"

王楠从包里掏出合同和笔："不能喝酒这条我都写进合同里了。"

杨恭拿笔的手微微颤抖，笔尖迟疑了片刻，最后在金额处写上了六位数的总稿酬，而她总共需要提供十幅插画。

"绯色插画师"这个 ID 在网络上坐拥百万粉丝，以风景和人物画见长，风格浓烈奔放。她曾在网上连载一些小品图，以异国见闻或者新闻事实为题材，风格独特，想象力极其丰富，是个很有才华和价值的画手，水墨画也是一绝。六位数的稿费出乎温星的意料，但似乎也在情理之中。

签完合同，杨恭显得很疲惫，她靠在椅背上，从包里掏出了一包女士烟，问："不介意我抽烟吧？"

"抽吧，露天呢。"王楠一边收合同一边打趣道，"学姐，你可真是'五毒俱全'啊。"

杨恭点燃了烟，笑而不语，她望着不知什么地方，将烟送到唇边。衬衫过大的袖口沿着她的手臂滑落，温星看到她的手臂上新文了文身，是一朵极其鲜艳的红色玫瑰花，上面打了个蓝色的大大的叉。

也许是感受到了来自温星的目光，杨恭侧头看了看温星，她们始终没有交流，仿佛她们并不认识。但在晚饭结束，王楠离开上洗手间的时候，杨恭对温星说了一句："谢谢你，温星。"

温星道："你今天很美，杨恭姐。"

杨恭没料到温星会这么说，她望着温星，"对不起"三个字卡在喉咙里说不出来。

"希望我们合作愉快。"温星又说道。

杨恭无言，眼神深沉，最后她站起身提上包说："我就不等王楠了，先走了。"

温星点头。

　　王楠远远看到杨恭离开，在经过温星的身边时，还把手搭在温星的肩膀上拍了拍。王楠走近后，问温星："学姐走了是吗？你们两个人是不是之前就认识？"

　　温星思考片刻，说道："认识。"

　　"怎么认识的？"王楠好奇。

　　"我的前男友陈泽认识她，陈泽是梁总的弟弟，算表弟吧。"温星说道。

　　"还有这层关系？"王楠惊讶，"缘分还真是一个小圈。"

　　"是啊。"温星笑了笑。

　　"你和男朋友是和平分手吧？"

　　温星点头。

　　王楠嘀咕说"世界真小"，温星抬头看了看夜空，星光灿烂，生活还是美好的。

　　隔天是新的一周，天气晴朗，王楠一早兴冲冲来上班，中午兴冲冲出门拉赞助，下午败兴而回，晚上被总编骂了个狗血淋头。夜里，王楠给温星打电话吐槽梁岩不近人情："他自己外婆的书，让他出点儿赞助都不肯，你说二三十万对他来说算什么？他今天连面都不露，我真是错看了他。"

　　"姐，你为什么做事不考虑下后果？你应该把赞助都先谈好再去签画手。"温星刚洗完澡，正坐在书桌前擦头发。

　　"营销是我做的，什么都要等他们批准，瞻前顾后，有些事情就办不好了。我今天和黄老师说了下大概思路，她比你们想象中的开明，她十分赞成，说营销交给我去做。"王楠说道。

温星笑道："那你能不能让黄老师去和她外孙说赞助的事？"

"我说了，黄老师说梁总是铁公鸡，是个冷血的商人。她说就连她叫他办事也要请他吃饭。"王楠苦恼。

"那就叫黄老师请他吃饭。"温星说道。

"你怎么可以说出这么厚脸皮的话，温星？"王楠被逗笑。

"他们祖孙俩逗着玩，我们陪玩不得认真？"温星笑道。

"我怎么感觉梁总是真不愿意出赞助，他应该不想和学姐合作。"王楠说道。

温星听到这个，想了片刻说："有可能。"

"你是不是知道些什么事情？"王楠来了劲头。

"你不是在套我话吧，姐？我不知道什么事，我只知道他们关系不是很好。"温星说道。

王楠笑出声，随即换了话题道："黄老师打算明晚请梁总吃饭，她让我们一起去。"

"我要去吗？"温星问道。

"去啊，黄老师点名要你去，她对你印象很好，她说你活泼开朗，吃饭可以活跃气氛。你看，黄老师请她自己外孙吃饭都这么严肃认真，可见梁总在投资这事情上真小气。"

"行，我知道了，我再想想你的营销方案，再看看'绯色插画师'的画。"

"我已经签了，你现在还想什么？"

"把你的理念吃透，到时候说服别人才能更真情实感。"温星说道。

"好妹妹，你真是跟姐姐一条心！"王楠笑道。

"嗯，我相信你，姐。"温星说道。

王楠发现温星这个人，外表清冷，内在却像个小太阳一样温暖有力量，即便只是做助理也能带给人安全感。

上周六，梁岩生了场小病，感冒了。黄采薇周一打电话约他周二晚上吃饭，梁岩在家休息，兴致缺缺地拒绝说："我感冒了，外婆，改天吧。"

"听这声音还有鼻塞，你看医生了吗？"黄采薇话语关切，可语气中却带着点儿笑意，关心得不是很真心。

"这点儿小病没必要劳烦医生，挺挺就好了。"梁岩说道。

"那真是可惜了，明晚我不是只请了你一个人，还有几个朋友一起吃饭。"黄采薇说道。

"你们吃吧，下次我回请您朋友。"梁岩应付道。

"好笑！"黄采薇忽然严厉地说道，"好像别人是你想请就请得成似的，当了梁总真以为大家都稀罕你？"

"外婆，您说的是哪儿跟哪儿？我没那个意思，我想您要请的肯定是重要朋友，我不去失礼，所以才想回请致歉。"梁岩微怔，哭笑不得地解释道。

"反正我就告诉你，你明天不来会后悔。"黄采薇又笑了，"我是怕你身居高位，习惯了傲慢。"

"我都不知道您在说些什么。"梁岩气笑了。

黄采薇在这时状似无意地说道："你还记不记得温星？就是上次跟我们拼桌的那个女孩儿。"

"记得。"梁岩把手里的杯子放在了茶几上，回道。

"她现在在出版社工作，你说巧不巧，她刚好会参与我这个项目，所以明天我也请了她。"

"是吗？"梁岩明知故问，心里想听更多关于温星的事。温星这个名字这段时间总是若有似无地出现在他的脑海里。

"是啊，你还不知道吧？"黄采薇数落道，"你太不靠谱儿了，说帮我找个助理，找着找着就没影儿了，我还不如请温星来帮忙，她聪明又好学。"

"您想请她可以，有需要的话我可以帮您去和她谈。"梁岩立马说道。

"我自己没嘴吗？你的样子又不可爱，我看温星肯定不会喜欢和你这种自以为是的人谈，我自己谈肯定比你谈好。只是可惜，她已经有工作了。"

"她在出版社的工作本身也要帮您审稿，干脆直接让她去您那边办公一段时间。"梁岩觉得自己外婆的话有点儿不中听，故意装酷说道。

黄采薇一听这话，沉吟片刻说道："小岩，我一直在想，你是怎么交到女朋友的？你以前那些女朋友肯定不是图你钱就是图你的皮囊，绝对不是喜欢你的内在。"

梁岩感到黄采薇这通电话好像一直在讽刺挖苦他，他清了清嗓子，略微提高声音说道："外婆，我好歹是个病人，你能不能照顾下我的感受？"

"所以你这个病人，明天确定不来和我们一起吃晚饭，对吗？"黄采薇问道。

梁岩犹豫了，他隐约猜到了黄采薇提起温星的原因，他不应该让她猜中心思，但他想见温星的念头却因此而更加清晰。

"明天如果病好了，我会去，否则带病赴宴不礼貌。"梁岩说道。

"那我祝你早些康复。"黄采薇在电话另一头，眯眼笑得像狐狸。

"好的，谢谢外婆。"梁岩挂了电话，又在沙发上坐了会儿，然后回房间换了衣服拿上车钥匙出门。

梁岩去药店买感冒药，店员给他拿了一盒，他问人家："这药喝了，明天会不会好？"

店员愣了愣，说道："这个看个人体质。你是不是只是感冒鼻塞，没发烧吧？"

"还有点儿咳嗽。"梁岩回答完觉得自己有些好笑，平时头疼脑热的他都不放心上，也知道生病后，身体恢复要有个过程。可刚才一瞬间他却像大脑短路了似的，问了个傻问题。

"不然你去医院看看吧。"店员谨慎说道。

梁岩笑了笑，掏出手机付了款，道了谢拿上药离开。

回到家，梁岩吃了药躺床上休息，他给谢朗打了一个电话，问道："上次来协会面试的那个女孩儿的手机号码，你有存吗？"

"有存。怎么了，梁总？需要我再联系她吗？"谢朗问道。

"不用，你把号码发给我。"梁岩说道。

"好，我马上发给你，梁总。"谢朗其实想问梁岩要温星的号码做什么，但他不敢。

"谢谢。"梁岩挂了电话，他竟感到有些心虚。等谢朗把温星的号码发过来，他仔细看了一遍记在心里，却没有存进通讯录。

药效上来，梁岩睡了一觉，醒来是半夜，脑子里温星的手机号码异常清晰。于是，梁岩鬼使神差在微信里搜索这个号码，找到了温星的微信。温星的微信名是"温星星"，头像是樱桃小丸子，莫名很符合她的气质。梁岩想点申请加为好友，但有些拉不下面子，同时有个想法忽然蹦出，让他有些局促——自作多情。犹豫了会儿，梁岩退出了微信。

隔天，梁岩的感冒好些了，他早上又吃了一次药，到了下午，鼻子已经通了。因此，他特意打电话给黄采薇说："我感冒好了，外婆，晚上会过去吃饭。"

结果黄采薇只说："哎呀，你来不来无所谓啦，你自己看。"

梁岩听到电话那头的忙音，有些尴尬，但丝毫不影响他心里莫名的期待。

黄采薇的晚餐地点定在她家，时间在七点钟，她考虑到了年轻人的下班时间和生活习惯。但梁岩这半个年轻人，傍晚不到就到黄采薇家了。

时间刚过五点，黄采薇才醒。她昨晚熬夜做翻译，凌晨躺下后犯了偏头疼，几乎整夜没睡，到下午三点多头疼缓和了一些，她才躺下睡到这个时间。

　　楼下传来动静，坐在镜子前画眉的黄采薇侧耳听了会儿，听清楚是保姆在和梁岩说话，她不由笑了笑，自言自语道："老铁树开花不自知。"

　　黄采薇在房间里收拾好下楼，她还是穿着运动衫，胸前挂着老花镜，她看到梁岩坐在沙发上看新闻，就笑问："你怎么来得这么早？"

　　"感冒在家休息了好几天没出门，无聊就早点儿过来了。"梁岩眼睛没有离开电视，状似随意地回答黄采薇的话。

　　"如果没有什么事，你帮我的钢琴调个音。"黄采薇说道。

　　梁岩闻言关了电视，起身往沙发边的钢琴走去。

　　温星和王楠到的时候，梁岩正在黄采薇的指挥下试钢琴，他坐在那里应要求弹着《水边的阿狄丽娜》。

　　黄采薇住的房子是两层的中式小楼，独门独户，她两年前从老宅搬到这里，为了生活更方便。客人在保姆的引领下进了小院的门，目光越过小池塘就可以看到屋子偌大的落地窗，透过窗户可见屋里的客厅和钢琴，这场景显得温馨安详。隐约的钢琴声洗涤着夏日傍晚的余热，时间悠然缓下来，保姆笑着和客人聊天说："梁先生在帮黄教授调钢琴。梁先生真是我见过最孝顺的人了，他经常来看黄教授。我从来没见他发过火，真是脾气好，长得又好，家境也好，真不知道以后什么样的女孩儿配得上他。"

　　王楠对这话憋着笑，说："大概是仙女吧。"

　　"要真有仙女，我们梁先生也配得上。"保姆爽朗笑道。

　　"阿姨，你的工资肯定很高，肯定还是梁总开的。"王楠说道。

"我说的是实话，我见了谁都忍不住要夸梁先生。不好意思，这是我的老毛病。"保姆笑道。

"阿姨，你太幽默了。"王楠笑出声。

一旁的温星听着两人聊天没什么反应，她手上提着一袋水果，只管自己走路。她们走进屋，黄采薇微笑着朝她们招手，示意让她们过来。

王楠笑着走过去，温星则先和保姆去了厨房放水果，等她也来到钢琴边的时候，正听到王楠打趣梁岩："梁总，谢谢你的演奏，刚才一瞬间我以为自己进了哪间酒店。"

梁岩看了眼王楠，脸上毫无波澜，继续弹着钢琴，他的手指修长灵活，专注的神态让他显得越发清贵高雅。

黄采薇笑道："你们是不是都没有想到他会弹钢琴？"

"我知道，我以前也是一高的，听说过梁总会弹钢琴。"王楠说道。

"那温星呢？"黄采薇侧过脸问站得稍远的温星。

"没想过这事。"温星微笑答道，她看到梁岩抬起头看向她，目光深邃。

"你们会弹钢琴吗？"黄采薇又问两个女孩儿。

"我小学学过一段时间，后来太苦，放弃了。每次练琴都在哭，我妈差点儿被我整疯了。"王楠笑说。

温星没回答，只是摇摇头。

"有喜欢的曲子可以点，晚上让他为你们服务。"黄采薇说道。

王楠微笑不语，她转过头问温星："温星，你想听什么曲子吗？"

"我对钢琴不了解，印象最深的是小学每天中午放学时的下课铃声，是一首钢琴曲，不过我到现在都不知道曲名是什么。"温星说道。

温星的话才落，梁岩弹琴的手指顿了顿，音乐戛然而止，但下一秒另一首曲子在他的指尖缓缓流淌出来，曲调优美而温暖，仿佛早春的白色玉兰花，纯洁也充满生机。

"是这首吗？"梁岩的目光越过近旁的两人，落在温星脸上，他这次注意到温星的眼睛清澈漂亮，就像她的名字，他指尖的弹奏不由越发温柔，等待着她的回答。

音乐就像一双手轻轻地抚摸着温星的脸，她眨眼可以看到年幼时的记忆。温星上小学二年级的时候，爸爸意外去世，那天她如往常一样在教室里上上午的最后一节课。下课铃声一响，班主任就进来把她领了出去，她懵懵懂懂地听老师告诉她家里出事了，又懵懵懂懂地被送回家，江陵还没有回来，邻居家的婆婆先把她接到家里。

温星还没有哭，婆婆却先哭了，她抱着温星一直说她是个可怜的孩子。整个丧事期间，大家都在说温星是个可怜的孩子。

年幼的温星知道失去爸爸后也哭了，但因为年幼，她的悲伤还很浅。丧事举行了七天，第七天的时候温星忽然有种莫名的害怕，怕以后的生活都要在灵堂里过。有一天她问婆婆："婆婆，我什么时候可以回学校上学？"

婆婆看着她，很悲观地说："也不知道你能不能念到大学毕业。"

温星当时以为她不能继续上学了，又很伤心地哭了。她喜欢读书，喜欢每一节课，喜欢学校里的玉兰树，喜欢下课铃响后和同学嬉戏的热闹。下课铃声曾是抚平年幼孩子心里恐惧的良方。

"这首曲子叫什么？"温星问道。

"*Childhood Memories*."梁岩笑了笑，边弹边说道，"很多学校都会用这首曲子当铃声。"他的姿态优雅，语调随和，灯光落在他的发间，就像湖面的点点波光。

"*Childhood Memories*."温星低声重复了一遍，也记在了心上。

王楠笑道："梁总真是点播机。"

黄采薇也笑了，她把王楠往沙发边上领，说道："先坐会儿，听完这首曲子，我们马上开饭。"

两人走开后，温星和梁岩的目光不期然交会上。温星回过神，随两人到沙发上坐下，梁岩则低头继续弹琴，嘴角微微扬起。

一曲罢，梁岩合上钢琴盖站起身，他还悉心将钢琴罩好，耐心抚平褶皱，看得出来他的心情很好。

黄采薇招呼三位客人就餐，四人围坐一张小圆桌，她落座后，左右两侧分别坐着温星和梁岩，对面是王楠。温星和梁岩则恰好面对面。

保姆从厨房出来，开始陆续上菜，她高兴地说："她们来还带了水果，真是太客气了。"

"下次别这么客气了，我不喜欢。"黄采薇向两个女孩儿笑道。

王楠闻言笑看了眼温星，说道："黄老师，是温星非要买，我可没有。我说不买，她说这是礼数，真是年纪轻轻活得这么刻板。以前人为什么上门做客要带礼物？因为大部分人家里都缺吃穿。现在嘛，大家都不缺，去人家家里做客还带东西，只会给别人家冰箱增加负担而已。"

温星听她说完一点儿不恼，反而淡淡一笑，朝黄采薇软声道："我记下了，黄老师，第一次走个礼数要的，下次保证不会。"

黄采薇瞄了眼梁岩，说道："小岩，你一会儿餐后水果多吃些，别让温星买的水果成为我家冰箱的负担。"

这是玩笑话，梁岩却认真答："知道了。"

"梁总今晚像个大善人。"王楠揶揄道。

"你的意思是我平时像个恶人？"梁岩侧过脸问道。

"我没说，你自己说的。"王楠笑道。

梁岩闻言思考片刻，说道："像恶人也不奇怪，我没必要对任何人都和善。"

"难道梁总喜欢别人都怕你吗？"王楠问道。

"我不享受被别人敬畏的感觉，只是做好人比做坏人难，好人做不好比作恶更可怕。我宁愿做大部分人眼里的坏人。"梁岩说道。

"我没明白哦。"王楠托腮看着梁岩。

"烂好人往往会纵容出一帮恶人，坏人却能治住一帮恶人。你说你要做哪种人？"梁岩拿起筷子，但他等黄采薇先开动。

黄采薇开动前打了一下梁岩的手臂，嫌他说话没情趣，直接打断话题："行了行了，赶紧吃，说这些干吗？没人跟你辩论，也不想听你说大道理，你还是做梁总吧，少说话。"

王楠没憋住笑，她刚喝了口水，差点儿呛到，好在及时捂住嘴巴化成了咳嗽。温星也没料到黄采薇会这么不给梁岩面子，她假意弯腰帮王楠拍背，忍着笑。

梁岩嘴唇紧抿看着黄采薇，说道："外婆，您今天叫我来就是逗乐的吧？"

"在工作上你不也逗乐我们吗？扯扯平。"黄采薇指赞助的事。

"行吧，您开心就好。"梁岩说道。

黄采薇可不怕他摆脸，夹了第一块鱼肉放在他的碗里，安抚说："一会儿再谈事情，先吃饭。"

梁岩抬头见对面的温星刚重新坐好，她脸上有很真实的笑意，不由想逗乐一下也无所谓，便默默接受了黄采薇的安抚，低头吃菜。

温星觉得黄采薇至情至性，明理可爱，而她看到人前傲慢的梁岩在黄采薇面前毫无招架之力，心里挺舒畅。温星对梁岩的看法依旧止步于好皮囊而已，他的家境优越，让他受过良好的教育，所以他的行为举止高雅，但温星认为这些都掩盖不了他内心的冷酷无情。

吃过饭，保姆切了一盘水果送上来，温星见黄采薇打了个哈欠露出疲态，关心地问："黄老师，您昨晚没有休息好？"

"年纪大了，熬不了夜，过时间就头疼睡不着，一做起工作呢又放不下。"黄采薇笑眯眯地说。

"您还没有找到合适的助理吗？您可以找学生帮忙。"王楠说道。

"很多年不带学生了，现在也不想麻烦以前的学生，大家都忙。"

"梁总，你怎么办事效率这么低？到现在还没有帮黄老师找到好的助理。"王楠看到梁岩慢条斯理在吃水果，她也从果盘里拿了块苹果问道。

梁岩还没有来得及回答，黄采薇就道："别指望他了，之前说给我找个助理，是我一个表孙子的女朋友，人都没有让我见着。听说两个年轻人是闹分手了，哎呀，分手是感情上的事情，工作是工作，不知道他们现在这些年轻人是怎么想的。现在他要给我找助理，我都不要，他是任人唯亲。"

"哇，梁总，你这样就不对了，你不是最公正吗？黄老师的赞助，你没看到利益都不出哎！"王楠惊道。

梁岩没开口，却是看了眼温星。

温星没想到这事闹到黄采薇那里是这样的看法，她低头思索片刻，问道："黄老师，您说的表孙子是不是叫陈泽？"

"你认识？"黄采薇很意外。

王楠也很意外，很快便明白了温星没去翻译协会工作的原因。

"我认识，我就是陈泽的前女友。陈泽提过说带我来见见您，我自己也一直很想认识您，但我不想再欠他人情，所以没来。不好意思，我不知道他的用意是想给您找助理。"温星微微红了脸，有些紧张地解释道。

"你为什么和陈泽分手？是不是他欺负你了？"黄采薇的第一反应是如此。

温星怔住神，她看着黄采薇，一时说不出话来，十分感动。她一直都是懂事的那个，身边的朋友和家人都对她很好，但其实很少有人会想到她会不会受委屈，因为他们都觉得温星能理解。

好一会儿，温星失笑说："没有呢，就是性格不合适。"她的眼睛里亮亮的，像是隐含着泪光。

"他要是欺负你，你就告诉我，我一定教训他。如果是真的很过分的事情，你千万不要原谅他。"黄采薇特别认真地说道。

温星彻底被逗笑了，她抬手捂了捂脸，说道："谢谢黄老师，我都要被你弄哭了……"

黄采薇笑出声，她说："你原来是个傻姑娘，这么感性，容易感动。"

温星蒙住半张脸，不好意思地笑了。

梁岩看这样的温星看得有些出神，在这之前，他看到她聪明独立，觉得她有些有趣可爱。此刻，他觉得她让人想怜爱，他的内心忽然变得很柔软。他的感受变得很清晰，像一个咒语出现在脑海里：我好喜欢她。

于是，她就成了宝贝一样的存在，一言一行、眼里眉间都能融化他的情感。梁岩确定，这样的感受他以前没有过。

吃完水果，黄采薇又让梁岩去弹琴，她们坐在沙发上聊天。过了会儿，王楠起身走到钢琴边看梁岩弹琴，说："梁总，我已经和画手签约了，请你相信我，我一定会把这本书做好。"

"和杨恭签的吗？"梁岩漫不经心地问道。

"嗯，你能对学姐抛开成见吗？你应该知道她如果认真画的话，真的画得很好。"王楠说道。

对此，梁岩弹着琴没有接话，他的心思让王楠猜不透。

温星转过头看向冷漠的梁岩，心想他真是个计较、私心很重的人。

而梁岩则在想，温星对待杨恭的磊落态度也让他很欣赏。

第七章

周三一早，温星醒来摸过手机看时间，她还看了看微信，发现有个好友申请。她点开看到申请人是梁岩，这让温星很意外。

梁岩不屑取网名，所以微信名就叫"梁岩"，他给温星发送的好友申请是：你好，我是梁岩。温星觉得他的语气很生硬，脾性莫测得像他头像里的宁静大海。

温星犹豫了两秒，同意了梁岩的申请，但对他屏蔽了自己的朋友圈。

温星不知道梁岩为什么忽然加自己好友，但想到昨晚他还没有答应赞助的事，她出于礼貌给这个新好友回复了：你好，梁先生。

时间还很早，温星发完信息起床洗漱，之后照往常一样准备出门跑步。她走到门口换鞋，手机响了，梁岩回复了消息：早上好。

温星暂时无话可回，穿鞋，出门。

梁岩从跑步机上下来，没收到温星的回复，心想她起那么早不知道在忙什么。等到吃完早饭出门去上班，一直到已经开完例会，都没有收到温星的回复，他才恍然大悟人家是不会回复他了。

梁岩看着自己的"早上好"，意识到他完全不会和女生聊天，以前多半是他一忙就不回别人信息，这么在意别人有没有回他信息还是第一次。

温星整个上午都在审稿，在她入职之前，出版社有个编辑刚离职，而他离职后留下了一堆问题。有些问题甚至看起来非常可笑，但一旦人工作不认真，玩忽职守，再低级的错误也可能会出现。

出版社召回了一批书，原因是上市后发现了几处错字，编辑和作者之前也没有沟通好，改动部分没有经过作者同意，图书出版后，作者发现问题提出撤回要求，几经商量，书撤回重新审稿刊印。

温星被调配去帮忙审稿，坐了一上午，中午她和同事出去吃了饭，回来发现王楠因为家里有事请假离开了。下午上班后没多久，王楠给温星打了一个电话，问："梁总到了吗？"

"他要来吗？"温星很诧异。

"那看来还没有到。他今天主动打电话给我，说要来出版社谈赞助的事，我家里有点儿事赶不回去，又怕他改变主意，就让总编先接待他。但我怕总编老实人招架不住梁总。"王楠说道。

"那我需要做什么？"温星问道。

"也不需要你做什么，就一会儿人到了和我说下，我心里有个数。"王楠说道。

"姐，你家里出什么事了？"温星应下王楠的话，又关切问道。

"我爸和人合伙做生意被人骗了钱，我妈气不过闹离婚，他们把我奶奶气得上医院了，我刚赶到医院。"王楠叹了口气说道，"心累。"

温星闻言沉默了两秒，说道："我知道了，那你先忙，姐，别担心，这里有什么事情我随时和你汇报。"

"好，谢谢，辛苦了。"王楠挂了电话。

王楠很想为没落的出版社做出一本有价值的好书，但独立做一个项目的压力很大，她成了半个决策人，很多事情连个商量的人都没有，都要硬着头皮上。其实王楠心里蛮慌的，她真的低估了梁岩做事的严谨，她曾以为只要黄采薇支持她，她和梁岩谈赞助就会很简单，不想梁岩软硬不吃，她不知道该怎么打动他。

温星挂了王楠的电话不久，就看到他们总编，一个五十多岁的中年男人从办公室一路小跑出来，他是个老学究做派的文化人，只见他慌里慌张，念念有词："这个王楠就会给我惹事！"看得出来，他很不愿意也不擅长应酬。

没一会儿，总编从电梯口接到了梁岩和他的助理谢朗。他们走进会客室，隔着玻璃墙，温星看到梁岩在沙发上优雅坐下，依旧一副不好说话的冷漠样子。总编则尴尬地赔着笑也坐下，甚至忘了泡茶倒水。

温星见状起身走去会客室，她敲门而入，问道："总编，两位客人喝什么？"

总编回神忙转问梁岩："梁先生、谢先生，你们喝点儿什么？"

"水。"梁岩看了眼温星，简单答道。

温星点头，转而问谢朗："那谢先生呢？"

"有没有咖啡？我想要一杯美式咖啡。"谢朗笑说。

"我们只有速溶咖啡，可以吗？"温星略带歉意地笑了笑。

"哦，你们没有咖啡机？"谢朗笑道，"如果是速溶的话，那就算了。"

"我给你泡杯绿茶。"温星说道。

"不用，不用了，温小姐，我不怎么喝茶。我平时只喝咖啡。"谢朗笑道，他经常跟着梁岩外出，他们出入的场所都很严肃，不是谈判就是会议，每一次谢朗都有无形的压力，要谨言慎行。但今天不一样，出版社这个项目，梁岩是临时起意，他明显感觉到这是一件轻松的事情，因为主动权都在他们这边，于是他也不由放松了些。同时，他也是想稍微活跃下尴尬的气氛，所以和见过面的温星多聊了两句。

"那你什么都不喝吗？"温星问道。

总编觉得温星这么问不够热情好客，于是他在谢朗回答之前，慌忙道："那个，小温，我们大楼对面，过个马路不就有家咖啡店吗？你去给谢先生买杯咖啡。"

温星闻言觉得不失为一个主意，便说道："谢先生，那我去给你买杯美式。"

谢朗正要说谢谢，不想梁岩忽然冷声开口："谢朗，你就不能喝杯水吗？"

谢朗一惊一愣，他怀疑自己在梁岩的语气里听出了不爽，便忙改口笑道："别麻烦了，温小姐，我和梁总一样喝水就好了。"

温星见状瞟了眼威严的梁岩，迟疑了两秒问谢朗："确定就要水吗，谢先生？我下去买咖啡也很快，不会麻烦。"

"确定，确定要水就好。"谢朗诚恳微笑说道。

温星点点头从会客室里退出去，去茶水间倒水。

梁岩在温星转身的时候，抬起眼看她的背影，她今天穿了衬衫和牛仔背带裤，青春随性。

温星把水送进来放下，她听到梁岩在问总编是否知道网络上有名的"绯色插画师"。

"这个，我个人不是十分了解，听小王说是个很不错的画师，有百万粉丝，颇有影响力。"总编说道。

梁岩听着，没说话，一旁的谢朗笑了笑，似玩笑般问道："那这是卖书还是出画册？"

总编"咦"了声不太明白谢朗提这个问题的用意，他感到有些迷惑，道："那是不相干的。"

"不相干是什么意思？"谢朗微笑追问。

总编干笑了两声，一时接不上话。

温星猜想梁岩和谢朗的态度，可能他们是怕出版社将插画

看得太重，喧宾夺主，怠慢了黄采薇的作品。于是，她尝试分析
给他们听："我们和画师只签了十幅画，几百页的书，只有十幅
画，这个占比不算不大。王编辑打算将书的内容分类，会细分为
十个主题，所以插画只是配合主题。具体怎么分主题，王编辑和
黄老师已经沟通交流过，黄老师很满意。"

谢朗觉得温星这话说得挺合理，他观察了下梁岩的态度，在
想要不要继续发难，因为他不知道梁岩对这个赞助的事情态度这
么暧昧是不是因为杨恭。

"拥有百万粉丝的画师不止她一个，为什么非要选她？"梁
岩自己开口问道。他望向温星，目光直接且合理地放在了她的身
上。

谢朗听到这个问题，不由再次观察梁岩的表情，想确定自己
的猜测。

温星和谢朗一个想法，好在她对这个问题有所准备，停顿片
刻后，她反问梁岩："梁先生，您看过'绯色插画师'的画吗？"

梁岩没有回答，只是示意温星继续说。

温星说道："我花了一个晚上的时间看了这位画师在国内网站
以及外网上分享的图，我觉得她画得非常好，最难得的是风格鲜
明。王编辑的确花了很多心思在挑选合适的人。梁先生，我们真
的很希望能把黄老师的书做好。"

说罢，温星紧张也期待地看着梁岩。

梁岩在温星的注视下微微点了头，说他会出这个赞助，这着
实让他身边的谢朗吃了一惊。虽然谢朗也觉得温星说得挺有说服

力，但以他对梁岩的了解，现场答应出赞助并不像梁岩的作风，这态度转变得有些快。谢朗感觉自己的老板越来越深不可测了。

温星眼里闪过惊喜，她一时不敢相信，和梁岩又确认了一次："梁先生，你答应出赞助了？"

梁岩拿起面前未动的水，喝了两口表示礼貌，放下杯子后他站起身说道："我今天来就是为了落实这事，我想了解的事情，你都已经解答了。希望你们能尽全力做好这本书，完成我外婆的心愿，温小姐。"

"肯定。"温星忙答道，几乎是不假思索地保证，她没见过这么诚恳的梁岩，有些不太习惯。

"谢谢。"梁岩又道了一声谢。

"这是我们分内的工作。"温星立马应道，此刻她有些恍惚，不知道自己到底说了什么话打动了梁岩，竟让他忽然一口答应出赞助，她有种天上掉馅饼的错觉。

这事让一向人前稳重的温星难得有些喜形于色，她高兴地陪同总编送两位客人出去。到电梯间时，一部电梯刚好要关门准备下行，温星两步矫健上前按住了电梯。

梁岩率先走进电梯，谢朗随后，他和温星道谢，还玩笑说："温小姐，动作很敏捷啊，一看就是身怀绝技的人。"

温星被逗笑，谢朗在她印象里是个随和幽默的人，她愿意和他多聊两句，便说道："绝技没有，我只是有锻炼，基本上每天早上都会跑步。"

谢朗已经走进电梯，他一面按了键，一面还和温星聊天："坚持晨跑很不错啊，我得向你学习，我早起困难。"

对此，温星没接话只是笑，但他们的话题结束得自然且愉悦。

在电梯门关上前，谢朗向温星和总编挥手道别。他的老板站在一边看起来很酷，一如往常只是颔首示意。

等电梯门关上，谢朗便尽职落实工作，说："梁总，那赞助的事情，我回去就以您个人名义去和王编辑落实。"

梁岩给他的回答是："谢朗，你是不是很会和女生聊天？"

在谢朗多年的职场生涯里，他没有听过比梁岩这句更惊悚的话，他像被雷劈了一般，惊愕地看着梁岩，忍不住直言质问自己的老板："梁总，你为什么这么问？"

"没什么，随便问一问。"梁岩面无表情回复道，而他心里在尴尬，因为他发现温星和谢朗说话很愉快，自己却因为温星没有回复信息，而猜了一个早上。

谢朗此时完全摸不着头脑，他作为特助竟越来越不懂老板，这让他开始有危机感。这周还剩下两个工作日，谢朗感到异常艰难。

周四早上，陈泽来到梁岩办公室，正遇上谢朗要汇报工作。梁岩没有避着他，让他进来坐在沙发上等。谢朗的工作汇报里提及梁岩要赞助出版社的事情，陈泽有些惊讶地回头看梁岩，因为他听杨恭说了她要重新拿起画笔的事。

杨恭前两天联系陈泽，约他出来吃饭，打算和他谈一谈。自从害温星和陈泽分手之后，这是杨恭第一次主动联系陈泽，两个人都显得很尴尬。

陈泽在杨恭面前努力装镇定，他企图像以前一样说笑，不想让她因为这件事情感到内疚，但他讲的笑话都挺冷的。杨恭看着陈泽的努力表演，心里越发不是滋味，她便直接说："我要重新开始画画了，阿泽。"

"是吗？太好了！"陈泽高兴道。

"是的，我已经和出版社签了合约。"杨恭说道。

"你准备出画集了吗？"陈泽忙问道。

"没有，只是一个插画工作。"杨恭低头，她已经回到了大学时期的打扮，衬衫和牛仔裤，从前的她很偏向中性自然的舒适打扮，衬衫牛仔裤曾是她最喜欢的装束。没有事情的时候，她会一个人待在画室里，头发随意一扎，拿起画笔就是一整天。那时候她很快乐。

"不管怎么样，你能重新开始画画真的太好了！"陈泽能细微察觉到杨恭话语里的点滴失落，他想安慰她，说完发现自己忘了加称呼，便又忙咬出一个字，"姐。"

杨恭徐徐抬起头看向陈泽，她说："阿泽，我接受这份工作是因为梁岩，这是他外婆的书，我在想如果我变回从前的杨恭，是不是还有可能挽回他？"

"这……会的吧，姐……"陈泽难以形容自己听到杨恭说这话的心情，又难过又开心，他不由强颜欢笑说道，"那个，如果哥知道你这么做是为了他，他多少会感动……"

"谢谢你，阿泽，从前到现在只有你一直在支持我，鼓励我，我最糟糕的那五年，你也相信着我，真的很谢谢你。所以我很希望你能找到属于你自己的幸福。"杨恭说道。

陈泽听到这话，不由苦涩地笑了笑，他说："谢谢姐。"他和杨恭的关系一瞬间回到了刚开始，这一刻陈泽意识到他来赴约时的尴尬是因为期待，他期待或许他和杨恭之间会有些不同的发展。陈泽也越发意识到，曾经温星比他还了解他自己。

梁岩坐在办公桌边听汇报，同时也在观察陈泽，他看到了陈泽的惊讶，在谢朗出去后，他问陈泽："你来找我什么事？"

陈泽站起身说道："关于招标的事情。"

"哦，江陵那边把新标书撤回了吗？"梁岩问道。

"没有，她坚持改负责人。"陈泽说道。

梁岩闻言微微蹙眉，说："江陵的意思是她坚持要退出这个项目，是不是？"

"不至于退出，只是换了负责人，他们都是一家公司。"陈泽企图解释。

梁岩目光锐利地看向陈泽，问道："阿泽，我和我小叔是在为同一家公司工作吗？"

陈泽垂首，他明白梁岩的意思。

"江陵和他们现在的项目负责人根本不会进行团队协作，她想退出这个项目。你和她沟通过？什么原因？"梁岩问道。

"哥，虽然江陵退出这个项目，但对她来说，最终也会获利。我们没必要非要她参与。"陈泽说道，他感觉江陵是有难处

216

且不想说，所以才没逼她。

梁岩刚签了一些文件，手上还拿着钢笔，听到陈泽说的这句话，他忍不住发火，把笔丢在了桌上，站起身严肃问道："阿泽，你认为我真的只是在拿公司项目给谁做人情吗？"

陈泽心里一惊，他抬眼看梁岩，一时不敢接话。

"江陵是出于什么原因要退出项目？"梁岩追问。

"我……没有具体了解。"陈泽的出发点和梁岩不一样，所以他去处理一件事情的时候总是容易偏离或少了重点。

梁岩闻言盯看陈泽半晌，离开办公桌，走到窗边又踱回来站在陈泽面前，沉思片刻后压着火气说道："没有了解清楚，你来做什么？让我直接把项目送给他们？他们新的负责人，你调查过吗？之前江陵负责这个项目，我看重她的能力，如果她不负责到底，我可以选择和更有实力的公司合作。你要明白，机会是先给到某一个人，然后才是他运营的公司。她说换负责人就换负责人？这事得我们同意，这是合作做生意。"

陈泽哑口无言，他猜到这事会有些困难，但没有想到梁岩会这么生气。

梁岩再次上下打量闷声不吭的陈泽，生气地坐回办公椅上，说道："这事你别管了。"

陈泽一怔，抬起头说道："但是，哥，我答应阿姨要帮她……"

"帮她什么？"梁岩冷冷打断陈泽，说道，"项目不换负责人，我现在就拍板给她。"

陈泽闻言把其他话都忍了回去。

片刻沉默之后，梁岩说："要是没有其他事，你就出去工作吧。"

陈泽点头，却站着没动，好一会儿，他才问："哥，你给表姑婆的书出赞助了？"

"嗯。"梁岩应道。

"那你……知道杨恭姐也有参与这本书吗？"陈泽试探问道，他小心地看着梁岩的表情。

"知道。"梁岩点头。

陈泽又一次无话可说，梁岩平静的态度令他替杨恭开心，但同时也有些惆怅和落寞。

梁岩瞟了眼陈泽，想了想说道："温星现在在出版社工作，她也参与这本书的出版工作，你知道吗？"

"知道，知道。"陈泽听到温星的名字有些触动，他有些紧张地说，"我听说她去出版社工作了，但不知道她也参与了这本书的出版。"

梁岩没再说什么，他把刚才摔在桌上的钢笔重新拿起来，收进了抽屉里。

陈泽又枯站了片刻之后才离开，背影有些孤单。

梁岩独坐了会儿，按了桌面上的座机通话让谢朗进来，问他要了江陵的联系方式。

江陵周一才做了切除手术，现在正在恢复期，她雇了一个护工贴身护理。这两天她恢复了些，给公司那边发了信息说工作有变，要迟一周回去。同样她对温星和赵传雄也是这样的说辞。骗温星比骗赵传雄简单，因为温星不黏人。

温星早习惯了江陵出差，一直以来都是江陵在外牵挂温星给她打电话，温星却一直很少主动打给江陵，她已经习惯了不去打扰母亲工作。而赵传雄黏老婆，知道江陵要延期回来，一个劲儿关心是不是工作不顺利，也怕她辛苦。江陵刚动了手术，不愿意和赵传雄视频，这搞得他说要买这两天的机票飞过去陪江陵。

其实江陵也没打算一直瞒着赵传雄，她知道瞒不住，但她需要一点儿时间先确认自己的病情，然后再做打算。

江陵在周四的晚上撑着画了个妆，上半身套上自己的衬衫在病房里和赵传雄视频。她让护工阿姨躺在病床上当病人，和赵传雄解释说客户的妈妈住院，她路过来看望。她还安抚赵传雄让他下周再决定来不来，因为她也有可能周末就回去了。说罢，她称在医院不方便多聊挂了视频，算是暂时安抚住了赵传雄。

视频结束，护工阿姨从病床上爬下来，笑说："哎呀，你老公这么关心你，你怎么不让他来陪你？"

江陵笑了笑，没说话。

"他对你很好嘛。"护工阿姨又猜测道，"是不是怕他看到你生病的样子就不爱你了？"

江陵低头看着手机，这时平静回答道："他对我是好，但他不是我女儿的亲爸爸，他自己还有个亲儿子。"

护工阿姨闻言有些明白了，说："那你这病也没让你女儿知

219

道？"

"我想我会好的，没必要让孩子担心。"江陵抬起脸，笑了笑说道。

护工阿姨也笑了，她说江陵是她见过的患者中比较乐观坚强的。

八点多，病房里就安静了。护工阿姨躺在躺椅上睡着了，江陵躺在病床上，望着天花板，久久没有睡意。她一想起温星的未来就睡不着觉，她这两天忽然觉得做人是件可悲的事情，奋力在这世间走一遭，到最后身边真正能值得她信任，能放心交托宝贝女儿的人竟没有一个。或许她的温星已经不需要别人照看了，但她知道再坚强的人也需要一个依靠。孤独是自由，也是折磨。

床头的手机在无声闪动，江陵看了眼，是陌生号码，她想了想才接起来，然后她很意外地徐徐撑着身子坐起来说："你好，梁总。"

电话那头，梁岩回了一句"你好"，然后问道："方便聊两句吗，江总？这个时间会不会打扰你休息？"

"不会，梁总，你请说。"江陵说道。

"是这样，在定标前，关于你们换负责人的事情，我想和你单独聊下。"

江陵没有想到梁岩会为了这事亲自给她打电话，因为一直是陈泽和她联系，那是有些暗箱操作的意味，梁岩这一通电话让一切都变得明目张胆了。

"这件事情是这样，梁总，我们这边……"江陵试图解释。

但梁岩打断她:"你明天能否来一趟我的办公室?这事我需要和你面谈。"

江陵陷入沉默。

"不方便?那我去你那里谈。"梁岩很干脆。

江陵闻言沉吟半晌,对一个不是亲人的人反而直说道:"我在医院,梁总,近期可能都不方便。"

"你生病了?"梁岩问道。

"对。"江陵应道。她还没有来得及解释换项目负责人的事,就听到那头梁岩沉声问:"温星知道吗?"

梁岩的这个问题让江陵感到非常意外和吃惊,因为不管梁岩怎么关心投标项目,也一下关心不到温星身上,哪怕是温星现在和陈泽还未分手,他也不应该第一时间想到温星的处境,他们没有熟到这种地步。这是种很微妙的情绪,他会这么问,说明潜意识里他最关心的就是温星。

江陵很敏锐地捕捉到了梁岩的情感,但她不敢确定这是为什么。她虽然不像大部分人那样认为梁岩冷酷无情,但对这个城府颇深的男人也知之甚少。

"温星还不知道。"江陵没有把心里弯弯绕绕的不解表现出来,她很快且自然地回答了梁岩的问题,好像她毫无察觉。

"你病得很严重?"梁岩又问道。

江陵想了想,没有直接回答,而是说道:"梁总,如果你不介意,我们明天就在医院里谈吧。我这周刚动了手术,两周内都不能离开医院。"

"好，你在哪家医院？我明早过去。"梁岩同意了江陵的建议，他就这样成了第一个知道江陵生病且要去探望她的人。

江陵把医院的名字告知梁岩，末了，她不放心地交代了一句："梁总，我生病的事情，我会找合适的机会告诉身边的人，尤其是温星。我希望……"

"我会守口如瓶。"梁岩替江陵把话说了出来。

江陵在电话里沉默了，许久她说："谢谢。"

梁岩在挂了江陵的电话之后，一种复杂的情感在他内心翻腾，让他感受到了一种难言的不平静，他甚至开始有些坐立难安。

最后，梁岩坐在办公椅上陷入沉思，当他再次站起来，已经是半个小时之后。

谢朗终于等到梁岩从办公室出来，他跟着准备下班，不想梁岩走到他桌边，丢下一句话："把我明天上午的行程都推了。"

"都推了？"这意味着谢朗要重新协调梁岩全部的行程，要重新安排时间，还要向关联方解释原因，他不敢相信一向注重效率的梁岩会这样安排。

梁岩点点头，看了谢朗一眼，用一句"辛苦了"对这件事加以肯定。

谢朗问道："梁总，理由是什么？"

结果梁岩给的难题一山更比一山高，他说："没理由，你自己想。"

谢朗苦涩地目送梁岩离开，他觉得自己的老板最近真的不太正常。

梁岩站在电梯里，低头在看手机。他看到王楠给他发了条信息，感谢他愿意出赞助，还说改天请他吃饭喝酒。

梁岩回复了三个字：不客气。

谁料王楠秒回他说：梁总，托你的福，我们总编今天请客，大家去团建了。改天我请你吃饭，好好谢谢你。

梁岩没太上心，也没想再继续回复，但他点开了王楠的朋友圈，因为他对年轻人还是有些了解，知道他们干什么都要发朋友圈分享。梁岩平时不爱看朋友圈，他只是想看看王楠发的照片里是否有温星。

果不其然，王楠发了张办公室合照：七八个人在酒桌边排排坐，温星是其中之一，她微笑侧着头，年轻的脸庞看上去没有忧愁。

梁岩看完退出了王楠的朋友圈，他又点开温星的朋友圈，结果什么都没有看到。梁岩觉得这个年纪不发朋友圈的温星，或许骨子里是个忧伤的人，他内心不忍，竟感到有些许难过。

周五早上在下雨，而雨是从昨天夜里开始下的。

温星昨晚做了噩梦，她梦见自己去学游泳，不知道为什么她没去泳池学，旱鸭子还偏跑去大海里学，结果遇到了海啸。大海把她吞没，她沉入很深很深的海里，漆黑的四周仿佛潜伏着许多未知的生物，这让她深陷在难以形容的不安和恐惧里。

早上闹钟响起，温星惊醒坐起来，她十分疲惫，犹豫着今天要不要跑步。这时她忽然听到窗外在下雨，雨势还不小，雨点一直在敲打窗户，就像在使性子闹脾气的小孩儿。这样的天气让一向勤勉自律的温星也忍不住想偷懒，于是她一头倒回枕头上，又闭上了眼睛。

不管下不下雨，梁岩和往常一样早起在自家室内跑步锻炼。今天他比平时上班出门还早一些，他绕道去花店买了新鲜的花束，准备送给病人。

江陵坐在病床上望着窗外的雨幕出神，当梁岩抱着花进来，她一眼瞅到花朵明媚的颜色就笑了："梁总真有心。"新鲜的花朵让人看到生命的力量。

"你不介意的话，我先把花插上。"梁岩走到床尾，扫了眼江陵床上的输液瓶，开口说道。

"但是这里没有花瓶。"江陵微笑。

"我买了。"梁岩抬了抬手，他没有抱花的手上原来拿着一个玻璃花瓶。

"谢谢。"江陵微笑点头。

梁岩给花瓶灌了水，把花悉心插在花瓶里，当他端着花瓶从洗手间里出来，只见江陵慌忙低头擦眼睛，他装作没有看到，把花瓶轻轻摆在了她的床头。

江陵调整好情绪，抬起头看花瓶，又一次道谢。

梁岩微微点头，表示不客气。

江陵手上还在输液，她稍稍指了指旁边的一把椅子，说道："请坐，梁总，实在不好意思让你跑来医院谈事情。"

"没有关系。"梁岩坐下来看了眼江陵，问道，"手术后感觉怎么样？"

"就是伤口疼。"江陵笑笑。

"是肿瘤？"梁岩又问道。

"结肠癌。"江陵想了想，告知梁岩。

"诊断结果怎么样？"

"不算很好，已经有扩散，不过还可以治疗控制。后面还要接受十二次化疗。"江陵不疾不徐说着自己的病情，好像在说一件无关紧要的事情。

"今年忽然发病的吗？"梁岩平静地望着江陵，语调耐心。

"说来奇怪，我每年都有体检，一直都没有发现，今年这就诊断为癌症了。真是越怕什么就来什么，我是单亲妈妈，一直连病都不敢得，结果生病就是这么一场大病，人生真是讽刺啊。"江陵笑说。

梁岩倾听着，然后说道："江总，如果你愿意，我可以给你介绍更好的医生。"

"那真是太好了，我先谢谢你，梁总。"江陵说道。

梁岩低了低头，说起了正事："这是你退出投标项目的主要原因？"

"对。"江陵点头。

"我不建议你们换负责人，你最好用你的团队继续跟进。"梁岩说道。

江陵闻言蹙眉沉思，她不知道要不要把心里的想法告诉梁岩。

梁岩等了会儿，见江陵没有开口，他又徐徐补充了一句："除非你不在乎这个投标项目了。"

江陵被说中了心思，眼神中暗含波动，她垂首说道："定标的决定权在你们手上，梁总，如果你愿意给我们机会，我们肯定会努力。如果最后不是我们拿到了项目，也没有什么可惜的。"

"如果不是你在操作这个项目，我看不中标对你们公司来说更好。"梁岩说道。

江陵看向梁岩，在他严肃的眼神里读到了他对她的洞悉。

"梁总，你太抬举我了。"江陵笑说。

"我可以坦白告诉你，如果你坚持换负责人，那这个投标项目，你们公司已经出局。"梁岩说道。

江陵呼出一口气，慢慢往后靠在枕头上，她显得很疲惫，说："这或许是好事，没中标就没风险。"

"你怎么考虑这件事？"梁岩问道。

江陵侧过头看着床头的花，低声叹气说道："我都要死了，赚钱还有什么用？"

"你会好的。"梁岩肯定说道。

江陵仿佛听到了一个笑话，她笑了声，侧过脸看着梁岩说道："梁总，你真是个外冷内热的人。"

"坚强的意志力可以帮人渡过很多难关。"梁岩认真说道。

江陵无话，沉默许久才说道："我当然想好，但我有个女儿，我不敢过分乐观，不能不做最坏的打算。梁总，你没有孩子，可能无法理解我现在的心情，你不会懂为人父母的担忧。"

"我愿意听一听。"梁岩说道。

江陵抿住唇，她的心思一直很深，很多东西她一个人背着很累，癌症几乎是压垮她的最后一根稻草，此刻的她在说与不说之间抉择。

梁岩观察江陵苍白的神色，沉声说道："我见过你的继子，和温星相比，那个孩子显得很普通，没有胆气，思想也没有深度。"

梁岩的话让江陵忽然失笑，她说："他再差劲也是我们家老赵的亲儿子。"话落，她眼里泛起了隐隐的泪光，"梁总，这就是人性。温星再优秀，老赵对她再好，可等我不在了，他们赵家没人会真正帮她；而赵怀远再不济，老赵也会撑着他。更何况温星还是个女孩儿，处处胜赵怀远一头，老赵嘴上不说，心里一定是难受的。在儿子和投标项目之间，老赵最终会选择相信无能的儿子，这就是人性。"

梁岩问江陵："你知道赵怀远有很大可能会搞砸这个合作项目，是吗？"

"会不会搞砸，我不能确定，梁总。"江陵苦涩一笑，"好坏都由他自己去承担，他做好了，我留给温星的财产就多一些；他做不好，我损失一些工厂那边的利益，对我的贸易公司没有影响，但会影响他们父子之间的感情。这些话，我原本不应该和你说，梁总。"

"他们父子感情不好，不代表温星就能获利。"梁岩说道。

"这是当然，梁总，但他们关系不好，至少能让老赵在家里保持中立身份，不要全被他前妻和儿子带着跑。我只希望在我走后，他能像现在这样中立就好。"江陵眼里闪烁着微光，平静说道，"如果项目做好了，皆大欢喜，老赵是个好人，他更会念及我让他儿子参与这个项目。所以，这个项目谁做都可以，就是我不能做。我以前在公司和工厂，不管做什么事都要压赵怀远和杜升升半头，现在不行了。我这次得服软，嫉妒我的人不会感激我在临死前为公司完成了一个大项目，他们只会把这份嫉妒延续到温星身上。温星是个性格比我还要强的孩子，我如果真的走了，人走茶凉，耳根子软的老赵经不起那边的闲言碎语，要是做事变得不公正，温星是绝对不会回去的，那她就彻底没有家了。"

梁岩听完江陵的一番话，心情异常沉重，良久无言。

江陵也没想到自己会对着梁岩说这么多，她抬头看着输液管中的点滴落下，就像窗外的雨在无情无义地下着，也说不定很快就会明媚放晴。这是种自然现象，大自然是多变的，人性也是。"梁总，你今天愿意来医院和我谈投标的事，我看得出来你不像你所表现出来的那么冷漠，相反你是个热心肠的好人。而我愿意和你说我的想法，并不是想争取这个项目，我说过决定权在你们手上。我很感谢你愿意倾听我这个病人唠叨，梁总。"

梁岩点点头，他沉思后对江陵说道："定标的事情，我会慎重考虑。我今天来还有另外一件事情，或许我来说这事不合适，但有必要提个醒。你们公司在用人方面需要更慎重，能力固然重要，人品也很重要。"

江陵垂眸，说道："这也是我不放心老赵的地方，他耳根子软，用人全凭意气。"

梁岩点到为止，没有再多说，他又坐了会儿，抬手看了看腕表，起身说："时间不早了，我就不打扰你休息了，江总，谢谢你的坦诚相待。"

江陵微微点头："我就不送了，梁总。"

"留步，不用客气。"梁岩说道。

江陵目送梁岩走到病房门口，在他打开门的时候，她又叫住了他，笑问道："梁总，你和我们家温星很熟吗？"

梁岩想了想，回头礼貌说道："不是很熟。不过她最近参与我外婆的图书出版项目，在工作上我们有过接触，我外婆很喜欢她。"

"谢谢你外婆。我们家星星是个讨人喜欢的女孩子，对吧？"江陵笑说。

梁岩略微点了点头，道了"再见"离开了病房。

江陵看着合上的门，慢慢倚靠在床头，闭上了眼睛。

下午的时候，雨骤停，天气忽然放晴了。办公室里开了会儿窗通风，有一只不知名的飞虫从窗外飞进来，在温星和王楠的办公桌之间徘徊。温星瞄到了飞虫，没有太在意，继续手上的工作，旁边王楠忽然出手，用一本杂志打死了飞虫，还嘀咕说："这是什么虫子？"

"你管它是什么虫子，打死它干吗？"温星好笑道。

"是哦，我是条件反射，所以你说是不是人骨子里都有杀戮暴力的一面。"王楠说。

"众生皆平等，扫地恐伤蝼蚁，仔细想想，一般人真的想不到这些话。"温星感慨道。

王楠被温星这么一说，不由多想了一会儿，然后她起了恻隐之心说："真的哎，温星，我打死它干吗？它也是生命啊。我怎么没有多想一秒就出手了？"

"别说了，这个夏天我们打死的蚊子很多。"温星说道。

王楠还在想，她想起了自己住院的奶奶，人上了年纪一旦病了，生命脆弱得和飞虫没有什么两样，她问："你觉得自己会变成飞虫吗，温星？"

"变成飞虫有什么好怕的？如果真的会被人一下拍死，那也要勇敢接受自己的命运。"温星笑道。

"你不怕死？"王楠惊讶问道。

"怕啊，但比起自己的死，我更怕活着看爱的人先死去。"温星觉得王楠有时候真的很逗，她总是很认真，所以忍不住想逗逗她。

"那你说你这样，到底是坚强还是脆弱？"王楠又问了一个问题。

温星想了想，侧过头看着王楠说道："我不知道这算坚强还是脆弱，不过我感觉自己并不算一个特别坚强的人，如果有些我在意的事情发生，我肯定很难面对。"

"看不出来你是脆弱的人，温星。"王楠说道。

"你能确定自己是什么样的人吗，姐？我觉得有些事情没有发生在自己身上的时候，就永远不知道自己是什么样的人。所以不要随便给自己下定义，也不用去给别人下定义。在做人这件事情上，大家谁也没有比谁好多少。"温星笑道，"可能不去定义，你还能给自己一点儿惊喜，别人也能给你带来惊喜。"

温星在说这话的时候，王楠拿过桌面振动的手机低头在看信息，然后她说的下一句话就是："我晚上要请梁总吃饭，你陪我一起。"

提起梁岩，温星脑海里就闪过自己对他下的定义：傲慢，冷酷，私心重。于是她自嘲地笑了笑，问王楠："我可以不去吗，姐？"

"去呗，他说了让你一起去，梁总其实人蛮好的。"王楠认真说道。

"就我们俩和他吗？"温星问道。

"难道你想他叫来很多人让我破费更多吗？"

"没有，"温星被逗笑，也实话说道，"我怕他刻意叫我去，会把我前男友陈泽也叫过去。"

"哎哟，不可能啦，梁总没那么无聊，还给人当和事佬。"王楠哈哈大笑。

温星哭笑不得，她想起之前面试，梁岩劝她跟陈泽和好的事情就觉得好笑。如果王楠知道这事，肯定会很"惊喜"，在定义了某个人之后，才有可能会被他"惊喜"。

今晚吃饭是梁岩主动约的王楠，他回复了她之前的信息说：你要请我吃饭就今晚。

王楠爽快说好，他又发了一条：叫上温星。

王楠又说没有问题。

于是，梁岩让谢朗订了一家餐厅。那是个比较浪漫有格调的小资中餐厅，于是谢朗心想应该是梁岩要和谁约会，这不需要他陪同，心里正有些美滋滋地想能准点下班，不想梁岩和他说："晚上你陪我去吃饭。"

"就，我和你吗，梁总？"谢朗有些发蒙，被自己忽然冒出来的荒唐想法惊到。

梁岩有几分奇怪地打量谢朗，不知道他在想什么，梁岩告诉他说："还有王编辑和温小姐，你不是很会和女生聊天吗？"

"哦哦。"谢朗失笑，尴尬之余松了口气，说道，"梁总，我没有很会和女生聊天啊。"

"今晚必须很会。"梁岩丢下一句话就走了。

谢朗有苦难言，心想当特助的每一天都面临着奇奇怪怪的挑战。

周五的夜晚像城市的喘息，没人知道喘息之后是放松的安眠还是蓄势待发的狂欢。

王楠一路上很高兴，在副驾驶座上听歌，甚至大胆提出一个想法："晚上吃完饭，我们请梁总去唱歌吧！"

"别了吧，姐。"温星忙提出反对意见。

"没关系啊，大家一起玩玩嘛，多熟悉了解，以后好办事。难得梁总自己提出来说吃饭。"王楠笑道。

温星皮笑肉不笑，没反对也没赞成。

"你是因为你前男友才不喜欢梁总的吗？"王楠问道。

"哪有什么喜欢不喜欢，我和他也不是很熟。"温星说道，"我只是不想应酬。"

"那我们看情况，好吧？"王楠微笑。

温星点点头。

到达约定餐厅，温星把王楠放在餐厅门口让她先下车，自己再去找车位，毕竟今晚她是请客的人，迟到不太好。王楠进去后没多久，梁岩从餐厅里出来，他站在门口看了看，担心温星在这个地方停不下车。

餐厅附近是单行道，车道两边的树下几乎都停满了车。这是老城区，翻译家协会最早的地址就在这附近，最近这边路段多在施工，造成停车困难。温星往前开了两三百米找到一个车位，她目测侧方位能停进去，只是比较困难。她尝试倒了两次车，没停好，第三次她准备再倒的时候，有人敲了敲她的车窗，她抬头看到了梁岩。

温星降下车窗，听到梁岩说："你下来，我帮你停。"

温星有些意外，犹豫了两秒挂了停车挡，解开安全带推门下车。梁岩坐进驾驶座，他的身形高大，坐进去显得驾驶座空间很小。他没有调整温星的座椅位置，没有伸直手臂，只是扶着方向盘，但这对他来说没有什么影响，倒进去调整了两把之后，温星的车笔直地停在车位里，与前后车之间空余的距离相当。

梁岩下了车，一面把车钥匙还给温星一面冷冷说了句："开车技术可以，停车技术不行，你还得多练习。"他这句话让温星到嘴边的"谢谢"又憋了回去，她接过钥匙回嘴笑着调侃："练那么好干吗？梁先生要招我当司机吗？"

梁岩闻言思索了片刻，他看了眼温星，发现她这么说话难得活泼，不由说道："我是怕你以后停不进车位，满大街找地方停车，像没有脚的小鸟，很可怜。"

温星被梁岩这话气笑，她觉得梁岩这是在讽刺她，但没再和他计较，低头往前走。

梁岩默默跟上，在他确认了自己喜欢温星之后，反而开始不知道要和她说什么，因为他会想说让她开心的话，却不知道她喜欢听什么。他晚上之所以约王楠吃饭，也只是找借口见见她，不然他们平时很少会有交集。

两人回到餐厅，谢朗和王楠正聊得火热，他们在聊最新的电影。谢朗在看到梁岩的时候站了起来，他意识到今天晚上他们两男两女的组合其实很诡异，一张小圆桌怎么坐也是门学问。

只见梁岩把温星让到了王楠身边落座，他在温星旁边坐下，谢朗便在梁岩手边坐下，恰好也是在温星对面。坐定后，梁岩叫人拿来菜单，先递给了温星和王楠。

王楠一面看菜单一面豪爽说："梁总，晚上我请客，你随便点。"

"我可以也随便点吗？"谢朗插话笑问道，适时的俏皮幽默。

温星和王楠都笑了，王楠说："我先请你，你吃了多少晚上回去再转还给我，我们都是打工人，要互相体谅。"

"你这就是传说中的穷讲面子。"谢朗说道。

"给点儿面子，我今天请客呢，看透不说透。"王楠笑道。

"看来你们出版社效益真不怎么样。"谢朗给王楠抛了话。

王楠会意，笑着转头看着梁岩说道："是不好啊，所以今晚一定得好好感谢梁总，没有他的赞助帮忙，我策划的书可就黄了。梁总，吃完饭我还请你去唱歌。"

换作以前，梁岩肯定想也不想就把王楠唱歌的邀请拒绝了，可此刻他下意识看了温星一眼，在想这个主意她是不是也有份。

温星低头看菜单没表态，她嘴角噙着礼貌的笑，一副有在认真听大家说话的样子。等她听到梁岩对王楠说"好"的时候，她嘴角的笑塌了，不由抿了抿嘴，几不可闻地叹出一口气。

吃饭的时候，谢朗谨遵梁岩的"旨意"，和温星还有王楠都聊得很开心，他能把温星偏好酸辣口味、喜欢吃什么不喜欢吃什么、一些日常生活习惯都问出来，甚至还能让她说出不少以前的事情。这比梁岩和温星吃过几顿饭才观察到她爱吃蔬菜不怎么吃肉要高效很多。梁岩不由对谢朗有些刮目相看。不过伴君如伴虎，梁岩前一秒欣赏谢朗，下一秒就有些讨厌他了，因为谢朗在问温星要微信。

温星很愿意和谢朗交换微信，但扫了他的二维码之后，她有些犹豫，因为梁岩在场，而她对梁岩屏蔽了朋友圈。权衡一番之后，温星暂时把谢朗也屏蔽了。谢朗在添加温星之后，习惯性地点开朋友圈，随后问："你平时不发朋友圈吗，温星？"

温星笑了笑没有正面回答，心里庆幸刚才自己做了那样的决定。

一旁的王楠一时没有反应过来，熟络地接话道："有啊，她有发啊。"

温星脸上的笑容有些僵，她感到梁岩和谢朗都向她投来了奇怪的目光。王楠回神的同时惊讶不解，以温星的情商，她不应该当面加谢朗好友却对人屏蔽了朋友圈，当然她也很内疚自己嘴快让温星陷入尴尬。好在谢朗及时解围，他一笑而过表示理解，还和温星开玩笑说："那下次有机会，你发一些给我看看呗。"在职场多年，特助谢朗圆滑能顶事能背锅，这点儿小尴尬对他来说真的不算什么。

"其实没什么好看的，我也挺不好意思都给别人看，所以工作以后就发得少了。"温星忙接话解释道。

谢朗还是笑，干脆说起了他发朋友圈的糗事，还说自己以前很喜欢去某论坛发帖的事。桌上的气氛顿时缓和下来，王楠已经彻底消了尴尬，因为她以为温星只是屏蔽了谢朗而已。而温星也希望这事赶快过去，但她总感到梁岩锐利的目光还停在自己的脸上，这让她感到很不自在。

梁岩是蒙了，因为他完全没有想到自己会被别人屏蔽朋友圈，或者说他以前从来没有关注过这种事情，结果一发生就是他喜欢的女孩儿屏蔽了他。说实话梁岩心里很不舒服，但他知道自己没有生气郁闷的立场，他也很佩服谢朗的心态，竟能这么轻松化解对方的尴尬。

不过梁岩很想知道温星平时都在朋友圈分享些什么。

谢朗一面和温星、王楠聊天，一面不停在观察自己的老板，他能做到特助这个职位，当然不简单，不仅要拥有善于沟通交际的能力，还要有很强的观察力。别人看不出梁岩的反常，谢朗却在这顿晚餐上把老板的心思看得明明白白，终于明白梁岩近期反常的原因：他是暗恋温星，从那次他去出版社就开始了。刚才的事情，照正常情况下，梁岩眼皮都不会抖一下，他根本不在乎别人是不是屏蔽了他，可他方才是面露震惊地看向温星。谢朗如果用词再精准微妙些，他会说梁岩脸上的表情有些受伤和委屈。

除了观察力，做特助在非常时刻还要敢于给老板提建议，谢朗这边笑着在说话，那边自然拿起手机给梁岩发了条信息：梁总，晚上不宜去唱歌，我认为温小姐更想回家，她现在是在应酬我们。

这条信息对谢朗来说很冒险，如果他揣测错梁岩的心思，他很可能会被梁岩骂；而一旦猜对了，他会很有成就感，身为特助的价值也会得以体现。所以，当梁岩看了信息后对自己投来赞许的目光时，他感受到了和老板的心意相通。

得到肯定后，谢朗又装模作样看了会儿手机，然后对梁岩说："梁总，我刚接到消息，董事会有个紧急线上会议需要您参与。"

"几点？"梁岩问道。

谢朗看了眼温星和王楠，低声说道："在等您的时间，我好回复给董事长。"

"梁总，如果你有事，唱歌就改天吧。"王楠抢在梁岩开口前说道。

梁岩闻言看向温星，只见她终于转过脸正眼看他，眼神真诚，善解人意地附和："是的，梁总，我们可以改天再约，工作的事情更重要。"她连称呼都变得和王楠一样。

"那就改天，抱歉。"梁岩颔首，再次佩服谢朗的判断力。

"那我回复给董事长，一个小时后上线。"谢朗笑说。这也宣告着晚餐结束，而这顿饭最终还是梁岩买的单。

各自回家的路上，温星很轻松，她暗自庆幸梁岩临时变卦；王楠则有些闷闷不乐，温星问她怎么了，她只是笑着说："就是莫名有点儿伤感。"

"伤感什么？"

"说不出来。"王楠靠着车窗笑，她的脸上露出疲态，"我先不回家，你能不能送我去医院，温星？"

"去看你奶奶吗？"温星问道。

王楠点头，她说现在时间还早，医院能进去。她把医院的名字告诉温星，温星一听是市中心医院，随口说道："中心医院肿瘤科很好。"

"嗯，是啊，希望以后我们没机会来。"王楠笑道。

"嗯，不会的，毕竟说不定等我们老了，这里的肿瘤科已经不是最好的了，我们要去另一家医院。"温星玩笑说道。

"哈哈哈。"王楠大笑。

温星把王楠送到医院门口之后离开，哪怕不是上下班的高峰期，医院门口也永远都不缺少往来车辆，生老病死人生百态都在这里发生。温星在车流里堵了会儿，她安静等待，听着车厢里的歌，忽然想起几天都没有联系江陵了，便给江陵打了一个电话。

那头江陵很快接起电话，说："宝贝，你终于记起你还有个妈妈了。有什么事吗？"

温星笑道："没什么事，就是想你了，给你打个电话。明天周末，你应该能休息一下吧？"

"那可不一定。"江陵说道。

"别太辛苦了，注意身体。"温星嘱咐道。

"你周末不回家吧？你赵叔叔说要来陪我，他可能明后天就会过来。"江陵笑道。

"不回去。我懂你的意思，你这是秀恩爱。"温星没好气。

江陵呵呵笑，说："你周末不要老闷在家里看书学习，有空就多和朋友出去逛逛，过得开心点儿。"

"我就想先把研究生考上。"温星说道。

"考试慢慢来，你还有时间，好好准备。妈妈相信你一定能考上。"

"嗯。"温星笑应。大部分时候，江陵的宽慰会让她感到很安心，她也很信服江陵的判断。

母女又聊了会儿闲话，关于吃穿和旅行计划，挂断之后，温星一路慢慢开回家，她知道自己算是个幸运且幸福的人。

黄采薇周五晚上去戏院看了场话剧，散场回家的途中，她接到之前工作的大学的电话，学校想返聘她。黄采薇和人谈笑风生，打太极婉拒了，好不容易才挂断。等她回到家，发现梁岩在她家弹钢琴，表情看上去不太好，她不由头疼说道："好好的夜晚都被你破坏了。你一个年轻人，周五晚上不自己去找乐子，来我这个老太婆家里干吗？"

梁岩笑了笑没说话，他想总不能直接说，他来是想确定温星对黄采薇有没有屏蔽朋友圈这件事吧。因为说不出口，所以这个晚上梁岩跑到黄采薇家里是做无用功，他最终只是弹了会儿琴，和黄采薇聊了会儿天就回家去了。不过对他来说，也是换个环境接着思考江陵的病和投标的事情。

这个周五对梁岩来说是漫长的一天，他不太像他自己：上午推了工作去医院看江陵；下午为了见温星临时决定约王楠吃饭；晚上又跑到黄采薇家里晃荡。这些事情几乎都是他不假思索去做的，真的很不像他。更有趣的是，他做的这些事对温星来说毫无意义，她可能也不需要他做这些事情，可他就是心疼她这个小姑娘，也暂时不知道该拿她怎么办。

第八章

　　周六的早上，温星跑完步路过小区附近的菜市场，买了些菜，准备中午自己做饭。回到家后，温星忙忙碌碌一个上午，洗澡，洗衣，打扫房间，她觉得独居的日子时间过得很快，也很充实。

　　中午，温星照着食谱在锅里炖上排骨汤，还做了咖喱饭。吃饭的时候，温星在一个领养群里和人聊天，她计划领养一只猫。

　　温星加入这个领养群很长一段时间了。上个月，她在群里看到一只被遗弃的小黑猫，六个月大，绿色的眼睛懵懂灵动，她动了心。真正要领养需要不少条件，温星也考虑了一个月才慎重做下了决定。她先给家里的所有窗户安装了纱窗，准备好猫砂和猫窝之后，才联系人明天送猫过来。

　　温星打算给这只小公猫取名叫"麦克"，这是她小时候的动画片记忆，麦克是一只橘色的猫。她对这部动画片印象深刻，尤其第一集，她看的时候年纪很小，对里面人的善变感到奇怪，一会儿哄猫一会儿又骂猫，一会儿笑一会儿叫，直到后来她长大些再看，才觉得很好笑也很真实。

等领养的手续都办妥后，温星才发信息告诉江陵，说自己要养猫。江陵对养猫没有什么好的记忆，她不喜欢养宠物。

信息发送后，温星等着江陵的批评，结果却等来了她的支持：再养只猫陪你挺好。你小时候，妈不在的时间咪咪可以陪你。

温星惊讶之余很开心：你还记得那只黑猫叫咪咪呀？

江陵嘱咐道：别养太凶会挠你的猫，咪咪太凶了。

温星高兴地开始给江陵发各种飞吻的表情包。

江陵给温星转账一万块，还说：小时候陪你太少，妈妈一直很愧疚。

温星发了个笑嘻嘻的表情问江陵：钱是给我养猫的吗？

江陵：嗯，好好养，养猫的钱不够，妈给你。

温星：我替麦克谢谢外婆哟。这真是隔代亲呀！

江陵回复，给猫冠上了温星的姓：温麦克，不错的名字。

温星被开明又温柔的江陵逗得笑出声，她拿着手机傻乐，欢喜地领了钱，说：不要愧疚，妈，要养孩子还要工作，能做到你这样已经很不错了。换作是我独自养孩子，可能都无法供我女儿读完大学。

江陵的信息满是爱意：那也多亏我女儿聪明懂事还争气，谢谢女儿。

温星发了个飞奔去拥抱的表情，认真地说：谢谢妈妈，我很爱你哟。等你下周回来，我就带温麦克去见你。

江陵回复道：好，宝贝。

温星感到很快乐，她感觉生活在慢慢变得顺利。这天下午的时候，黄采薇还给她打了电话，临时请她去家里帮忙校对稿子。这个邀请对温星来说是意外的惊喜，简直求之不得。温星觉得她想要的新生活的模样已经越来越清晰了。

温星第二次来黄采薇家，这次她去了二楼的工作室。

黄采薇的工作间和卧室连在一起，相比这座房子宽敞的空间，工作间就显得非常拥挤了。进门两边立着书架摆满了书，连地上和小沙发上也堆满了书；房间里的写字台也很小，摆在窗台下只够一个人伏案；一台笔记本电脑开着，连着电源搁在某一叠书上。此外在这个房间里除了书和笔，几乎再找不到其他东西。

黄采薇说这是为了防止自己走神分心，温星闻言有些不可思议，笑道："很难想象您会在工作的时候走神。"

"再热爱的工作都会有枯燥的时候。"黄采薇眯眼微笑。

"是吗？"温星抬头浏览着书架，惊羡黄采薇的藏书之多，笑说，"可我觉得很快乐，黄老师。"

黄采薇微笑说："坚持才是最重要的。"

温星闻言看向黄采薇，点点头说道："黄老师，你说的很对。"

"文学翻译这条路不好走，很寂寞。我以前带过很多学生，但到现在也没有一个接班人，你看是不是很惨淡？"黄采薇说。

温星很惊讶，她是这个专业出身，周围也有些同学选择了文学翻译这条路，所以她以为在这条路上并不是很孤独。可黄采薇这么一说，她仔细一想，才发现她宿舍里四个人，有三个人从一开始就没有选择这条路，而她也才刚开始，现在还完全是一件望不到头的事情。

"生活会给你很多难题，有时候不得不改变。"黄采薇一面笑着说，一面转过身收起沙发上的书，给温星腾出坐的空间，"很多时候，不是老师不想教，是学生不想学。"

温星愣了会儿，上前帮忙搬书，她和黄采薇一起用书搭了个小台子，这就是她下午帮忙校对稿子的书桌了。

"今天要辛苦你了，忙完请你吃点心。"黄采薇始终笑眯眯的，她就像个小孩儿。

温星笑说："好，谢谢黄老师。我很高兴能帮上忙。"

黄采薇伏在书案上翻译，其间她告诉温星在做文学翻译前，最重要的是先学好自己的母语，所以她要温星先逐字校对诗篇中文原稿。整个下午，温星都沉浸在一种平静的快乐里，当她抬起头的时候已经是傍晚，黄采薇也抬起头伸了个懒腰，窗口夕阳的光落在她身上和灰白的发间，就像镀了一层金光，慈祥而光辉。

黄采薇伸腰伸到一半忽然停住，痛苦地低呼了声："哎哟。"温星忙起身问怎么了，黄采薇答："背部抽筋，老毛病了，缓一下就好。"

温星上前扶住黄采薇的背，轻轻替她揉着，快乐里又多了些不可名状的忧伤。

过了会儿，黄采薇缓过劲来，她笑着回头谢过温星，站起身，伛偻的背依旧直不起来。这一刻温星才直观地感受到她真的已经七十多岁了，平时飒爽的样子在这一刻就像脱落的套子碎在地上。

黄采薇理好桌案上的文稿，回身去拉温星的手说："走，下楼喝茶休息，辛苦了辛苦了。"

两人挽着手下楼，保姆闻声过来问："温小姐，要留下来吃饭吗？"

"留下吧，陪我一起吃饭。下午忙忘了，都没有让你吃上点心，怎么也要留下吃晚饭。"不待温星开口，黄采薇就劝道。

温星笑着点头。黄采薇高兴地拉她到客厅坐，吩咐保姆先泡上一壶玫瑰花茶。

茶端上来之后，黄采薇端起茶杯问温星："你喜欢玫瑰花吗？"

"我喜欢玉兰花。"温星说道。

"我很喜欢玫瑰花，我小时候，我爸在院子里种满了玫瑰花。下过雨之后，玫瑰花瓣落满地，有句词叫'玫瑰拂地红'，我听着觉得特别温柔。玫瑰花是最热情的花，尤其红玫瑰，连凋零都是美丽的。"黄采薇捧着茶杯微笑说着花，眼神里有很远的往事。

温星笑而不语，她低头看着茶杯里的干玫瑰，玫瑰给她的感觉远不如玉兰那般高洁坚强，但听黄采薇这么一说，她忽觉热情本身就是一种勇气，难怪很多人用红玫瑰代表爱情。

"但比起花，我还是更喜欢草。"黄采薇看上去心情很好，她放下茶杯，站起身往钢琴边走，"听过《小草》吗？"

温星没有反应过来。

黄采薇坐上钢琴凳，打开钢琴盖，低声哼了两句："没有花香，没有树高，我是一棵无人知道的小草……"哼罢，她缓缓弹奏起来，弹了两段，她笑说，"上了年纪之后，手指都变僵了，我经常拿笔，钢琴练得少，弹得不连贯，不如小岩……"

"我听不出来，我觉得您弹得很好。"温星说道。

黄采薇一笑，继续弹琴。保姆在厨房里听到音乐跟着唱起来，她唱得很大声，甚至微微走调，但每一句都敲打在人的心头："从不寂寞，从不烦恼，你看我的伙伴遍及天涯海角。春风啊春风，你把我吹绿。阳光啊阳光，你把我照耀。河流啊山川，你哺育了我。大地啊母亲，把我紧紧拥抱。"

温星小时候就会唱这首歌，但她在黄采薇的弹奏里第一次听到这首歌中的寂寞和博爱。

温星在黄采薇家吃过晚饭离开已经是七点多。温星前脚才出门，后脚梁岩就来了。他一进门就听到保姆和他不着调地念叨："梁先生，你要是早点儿来，和黄教授还有温小姐一起吃晚饭多热闹。黄教授今天很高兴，晚上还喝了点儿酒。温小姐开车不能喝酒，要是你在的话，还能陪黄教授喝一点儿。不过没事，黄教授今晚自己喝得也很高兴。"

"温小姐来了？人呢？"梁岩急忙问道。

"走了，刚出门一会儿，你没有碰到她吗？我就是送她出门，刚好又给你开门……"保姆笑问道。

梁岩没来得及听保姆说完话，转身又出去了。

黄采薇在屋里听到动静出来，却只看见保姆一个人站在院子里，她问："谁来了吗？"

"梁先生。"保姆有些没回过神。

"人呢？"黄采薇奇怪道。

"又走了，可能去追温小姐了。"保姆回神笑说，"梁先生好像有什么急事找温小姐，外套都没来得及挂上。"

黄采薇笑了，说道："能有什么着急事？肯定没事。"

"不可能，肯定是有事找她。"保姆说道。

黄采薇笑出声，眼神明亮。

已经是盛夏，外面就像一个刚关了火的蒸炉，这热气直到华灯初上都散不去。温星走到车边，感到额头出了汗，听见背后有人叫她的名字，她回过头看到了梁岩。她的第一反应不仅仅是意外，更是注意到了他搭在胳膊上的西装外套。在温星印象里，每次见到梁岩，他都是一本正经西装革履的，她还想难道他不热吗？

就这么一想，温星有些走神，梁岩已经走到她跟前，问："你要回家了吗？"

温星顿了两秒才回神，点头回答，也打招呼道："对。好巧，梁先生。"

"听说你陪了我外婆一下午，我来谢谢你。"梁岩不等温星问，先解释自己追过来的原因。

"不客气。"温星很惊讶，也感到奇怪，这时她才发现了他的行色匆匆。

梁岩在温星讶异的眼神里慢慢镇定下来，意识到自己行为的莽撞。他一时无话可说，气氛陷入沉默。

温星有些尴尬，类似的尴尬发生在昨晚屏蔽朋友圈的事情上，此刻她完全搞不懂梁岩的态度。于是，她干脆直接问："梁先生，你还有什么事吗？"

"没什么事。你回去开车小心，注意安全。"梁岩已经恢复常色，客套说道。

"谢谢。"温星回答，表情里有着探询神色。她觉得梁岩有些莫名其妙，不确定他说的话是不是真的好意。

梁岩略微颔首，神态矜贵。温星想他应该要走了，结果他还是站在原地，仿佛在等她先上车。

"那我先走了。"温星转身拉开车门。

温星坐上车，系好安全带发动车子之后，发现梁岩还站在原地。她犹豫了片刻，之后挂挡打了方向盘驾车离开。

梁岩慢慢走回去，黄采薇站在院子里等他，看到他进门，就笑问："有追上温星吗？"

梁岩笑了笑，不打算回答。

"我和小张打了个赌，她说你急匆匆去找温星肯定有什么重要的事情，我说没有。她不信我，我就和她赌了点儿钱，现在是你表孝心的时候了。"黄采薇继续笑话梁岩。

梁岩终于开口，故意严肃说道："张婶工作赚点儿钱不容易，我怎么忍心让她输？对不住，外婆。"

黄采薇不信，追问："你找温星是有事？不是只想见她一面？"

梁岩认真点头，提步往里走。

黄采薇观察他的表情，没找到破绽，反而先急了，问道："是发生什么事了吗？小张说你走得很急。"

梁岩没说话，走进屋里，将外套挂在了门边衣架上。

"你这孩子怎么不说话？发生什么事了？"黄采薇快步跟上，连声追问。

"你很喜欢温星？"梁岩侧头看黄采薇。

"她很聪明，又有上进心，还谦虚稳重，是个优秀的年轻人，我当然喜欢她。你快说有什么事吧……"黄采薇说道，她开始恼梁岩一直卖关子了。

"你是不是想收她做学生？"梁岩问道。

"这和你要说的事情有什么关系吗？"黄采薇不满地抬手敲了敲梁岩的手臂，"不要逗外婆了，快说什么事……"

"你如果喜欢她就收了她做学生吧，让她开心一点儿。"梁岩说道。

这话让黄采薇感到不安，她瞪着梁岩，这下完全相信他跑出去找温星是有什么事情，而且还是不好的事情。

梁岩见唬住黄采薇扳回了一局，这才笑道："逗你的，外婆。"

"逗我的？什么意思？"黄采薇微怔。

"我就是想见她一面而已。"梁岩淡淡说道，自顾走向钢琴。

黄采薇以为自己听错了，回味了会儿梁岩的话，她笑出声，又追过去说："我看你才是很喜欢她。"

梁岩笑而不语，他坐下，打开钢琴，一面往上推了推挽起的衬衫袖口，一面说道："收她做学生的事情，我真的希望您能考虑考虑，外婆，我看得出她很崇拜您。"

"收学生哪有这么容易？外婆这个年纪了，精力体力都吃不消，怕误人子弟。"黄采薇叹息道。

梁岩又弹起 *Childhood Memories*，慢慢说道："就当我请您帮忙。"

梁岩不知道如果温星知道江陵得了癌症会怎么样，但他知道一个人如果有了精神支柱，至少能够减轻痛苦。

温星开车在路上，途中赵怀远给她打来一个电话，这事很反常，所以温星过了一会儿才接起电话。

电话那头赵怀远说明天来找温星，理由是他这段时间都在岳城，记挂温星，又给温星买了点儿礼物要送给她。温星婉拒，他才解释说："你妈这么信任我，把这么大的投标项目交给我去做，我是想谢谢她。但她不见我，我只能把东西交给你去转交。"

"送我妈的？我妈把项目都交给你去做了？"温星惊讶极了。

"是啊。我这段时间都在岳城，就是为了这事。听说你妈都出差一周了，是不是真的？"赵怀远说道。

"是真的。"温星心里很疑惑，但一时想不出哪里不对，只觉得心里不舒服。

"那我明天去找你，东西交给你好了。"赵怀远说道。

温星答应了见赵怀远，将见面时间和领养组织来送猫的时段错开。

赵怀远挂了电话，他看了眼坐在自己身边的中年男人，问道："叶老师，你说我找温星真有用吗？"

"先试试看，反正小女生很好哄，从她嘴里多少能套到点儿东西。你想想江陵这么精明的人会忽然把这么好的项目让给你去做？本来十有八九的事情，忽然变悬了，江陵不是笨蛋，她退出肯定有原因。"说话的男人叫叶道，他戴着一副黑框眼镜，一张圆脸上一点儿没有亲和老实的样子，眼神中透露出精明世故。

"早知道我不接这个项目了！我还以为她真为了我好！"赵怀远烦躁道。如果一开始这个项目他就没有份儿，他干看着生气和嫉妒一波也就算了。但江陵偏偏给了他希望，现在又让他焦虑，担心着失去这个项目而倍受煎熬。

叶道听笑了，他说赵怀远还是个孩子，宽慰道："我们看事情要乐观，她搞不定的项目，不代表我们搞不定。如果她搞不定我们能搞定，以后还有她什么事情？"

赵怀远闻言心里舒坦了些，他信服地看着叶道，点点头表示受教了。

周日是个阴天，领养组织的义工给温星送来了猫。

这个领养组织很有心，做事也很仔细。之前曾出现过虐待动物的人伪装成爱猫人士留在群里的情况，所以现在每一次送猫，他们都要亲自送上门，确认领养者的情况，看看他们是不是真的做好了领养的准备。

确认完毕后，温星还向他们提供了身份证复印件，签了领养协议。等这一系列的事情完成，领养已经成了很有仪式感的事情，温星给她的新朋友麦克戴了顶小帽子，为它拍了照片。她把这件事情分享到自己的朋友圈，并承诺：我一定会好好照顾你。

同时，温星很高兴地发现麦克是只情绪稳定、温柔乖巧的黑猫。

安顿好麦克，温星下午出了门，她准时到一个商场的咖啡店赴约。从温星住的地方到咖啡店，开车要半个多小时，而到达后，温星和赵怀远没聊到十分钟就离开了。

赵怀远给江陵买了一套上万元的护肤品，他一见面就殷勤地拿出来给温星，让她帮忙转交给江陵。他的前几句话都很正常，普通的寒暄问候，等温星坐定喝了口咖啡，他就迫不及待说起了真正的目的。

赵怀远告诉温星投标项目悬了，他问温星知不知道原因。温星摇摇头，心里却已经想到了何冰婷的事情。

"上一次和我们一起吃饭的那个梁总，我记得就是梁氏的总裁。你跟他是不是很熟？我这几天想起来之前我爸撞了一个人，那人的女儿是那个梁总的情人，对吧？"赵怀远试探温星。

"你问这个干吗？"温星不答话。

"你不知道这些事？我们投标项目和这件事情有关啊。"赵怀远说道。

温星不说话，看着赵怀远，她知道他会继续往下说。

"这个项目你妈投入了很多精力，放弃太可惜了。现在转给我做，我肯定要把它做好。你妈虽然很能干，但有些事情我们得圆滑些。我之前听我爸说给梁总情人赔款的事情一直没有谈下来，因为你妈觉得赔付金额太大了。"赵怀远连蒙带猜，继续试探道，"做一个大项目，财务方面预留百万业务费没什么，你妈如果为了这一笔钱因小失大，失去这个合作项目，太可惜了。"

"为什么和我说这些？"温星就是不搭赵怀远的话，不对事情做任何表态，只是一味装糊涂。

赵怀远终于有点儿意识到了温星的不简单，温星为人很谨慎，他心想自己问得太心急了。赵怀远接手这个项目的时候，江陵和赵传雄都告诉他，投标项目已经在走流程了，意思也就是让他安静等消息就好。但赵怀远觉得自己不傻，他到处打探消息，通过自己和叶道的人脉打听到事情有变动，而他们竞争对手公司最近和忠建项目的对接人员走得很近，风向似乎转向对手了。

所以赵怀远急于找出原因和突破点，他认为这事一定是钱没有给到位，人情上差了点儿意思。他希望自己这个想法是正确的。

"你想不想帮你妈把这个项目做好？"赵怀远开始对温星打亲情牌。

"现在这个项目不是你在做吗？"温星不愿意开口说的时候，就会变成一个非常难缠的人。

"我们是一家人啊，这个项目是公司的啊。"赵怀远说道。

"我从来不懂公司的事情，你真没必要找我说这些。你要送我妈的东西，我帮你转交，其他事情，你直接找她或者找你爸。"温星不想再谈，准备起身。她心里已经有数，从赵怀远的口风里听出来，他们的投标项目可能没成，原因很可能是江陵在对何冰婷家里赔偿的事情上没做好。温星心想这真是一件令人反感的事情，所有的一切和能力与实力无关，最终只和梁岩一个人的喜怒有关。清傲的温星认为这种项目不做也罢。

赵怀远慌忙跟着起身，拦住温星，急道："温星，我就问你一件事情，你妈和我爸是不是原本准备给那个梁总的情人赔款？是不是有这事？这事你总清楚吧？"

温星望着赵怀远，冷声回复道："我不知道，也不清楚，更没听说过。"

"你骗谁呢！"赵怀远气急败坏。

"你要认为我在骗人，那就是骗人。但我说的是实话。"温星说道。

在温星离开后，赵怀远也马上走了，他去找叶道发脾气，说温星嘴巴严。

叶道让赵怀远反思自己的问题，他改不了好为人师的习惯，点出赵怀远的问题："你的城府太浅了，什么事都藏不住，以后还要多练练。话是要套的，是你不会说话，不要怪别人不告诉你。"

"那我要怎么说？"赵怀远问道。

"现在还说什么？看她的样子就是不愿意告诉你。"叶道答

道，"不过我也挺意外，看来江陵的女儿应该很像她，我们轻敌
了。"

赵怀远闻言更气馁，只能自己嘀咕："肯定是因为人情没做
好，投标才悬了。偏我爸就信江陵，还什么等消息，项目都要飞
了还不知道！江陵分明是给我下套，想让我担责任！"

"你别说你爸不好，这个年纪了，枕边人肯定是比儿子重
要。你一不在他身边，二也不孝顺，正常。你不用这么着急，项
目负责人挂的是我，公司杀鸡儆猴，杀的先是我，不是你，还轮
不到你。"叶道不急不缓地说。

叶道看上去很淡定，赵怀远却更着急了，说："叶老师，我们
现在该怎么办？就这么放弃了？"

叶道笑了，笑得胸有成竹。他是个对自己的才识和专业知识
十分自信的人，自信到有些自负，同时他对自己的手段也很有信
心："我有个朋友在岳城一个交警大队工作，我托他找到负责处理
老赵总那起车祸的交警。我刚拿到了那女人的信息。"

"哪个女人？"赵怀远一时没跟上节奏。

"她叫何冰婷，是梁岩的情人。"叶道说道。

新的周一依旧是阴天，温星一早收到梁岩的信息：早上好。

温星昨天在见过赵怀远之后，心里十分不舒服，却找不到具
体原因，不安的预感缠绕着她。于是，她昨晚做了一整夜的梦，
梦到以前早出晚归的江陵，梦到黑猫咪咪，梦里是过去和现在的
重叠，老家和新家的场景不断交替出现。不安和难受延续到清

晨，以致温星看到梁岩的信息没有点进去就删除了消息提示，她很明确地感觉到自己讨厌梁岩，她认为他的良好修养只是一层斯文的皮囊，反而让知道他真面目的人更排斥和防备他。

状态不太好的温星出门跑了两公里就回来了，她洗了澡换好衣服，出来和麦克玩了会儿才慢慢开心起来。她拍了麦克的照片发给江陵，也追问江陵这周什么时候回来，她告诉江陵：妈，我想你了。

江陵昨晚也没休息好，因为赵传雄来了，他终于知道她生病了，伤心地哭了一通。江陵看到他哭感到心烦，忍不住骂了他两句，他才消停。半夜，江陵睡到一半醒来，看到赵传雄竟没睡，枯坐在躺椅上，神态落寞悲伤。江陵没叫他，翻过身背对着他，她心里也很难受，她就知道让家里人知道毫无益处，徒增无奈。

江陵看到温星的信息说想她，心里的无奈就像长了牙齿，几乎把她的心撕碎。可她能做什么？什么也做不了。她只能等着时间一分一秒流逝，拼命期待奇迹，即使自己仿佛已经要全线崩溃了，外表看起来却依旧很坚强。

调整好情绪，江陵整个早上都在和赵传雄谈心，劝慰他要想开点儿，也叮嘱他暂时不要告诉其他人，尤其是温星。

赵传雄一一应了，随后他想到，这十来年，他早已经习惯了让江陵当他的主心骨，如果有一天江陵不在了，他真的不知道该怎么办。

当他这么告诉江陵，江陵微笑说："放心吧，你肯定还会再娶的，可能还是个年轻貌美的小姑娘。"

"别开玩笑了。"赵传雄难过道。

"什么开玩笑，我说真的，你也要相信自己的心胸，老赵，现实点儿，没什么悲伤是过不去的。"江陵笑道。

赵传雄语塞，默默低下头。

江陵笑出声，伸手握了握他的手，道："不过你别开心太早，我不会那么早死让你如愿的。"

赵传雄叹了口气，回握住江陵的手，抬头说道："老江，如果你真的先走了，我就算要再娶也会等到温星结婚之后，这个你放心。"

江陵说道："不用等到她结婚，老赵，你想再娶就再娶，不要给我女儿增加无端的压力和罪名。她要不要结婚还是件不确定的事情，你不要以关心之名剥夺她的自由。"

"唉。"赵传雄被说得只能再次叹长气，低下头。他永远跟不上江陵的思维和脚步，她的思考和决断总是那么果决，像一把尖锐的刀，让人畏惧、钦佩。

江陵抽出手，揉了揉赵传雄的头发，就像在抚摸一个小男孩儿。

中午的时候，江陵收到梁岩的信息，他给她介绍了医生，是一位在业界很有名的专家，但不在岳城，在距离这里四百公里的江州。梁岩把详细的联系方式都发给了江陵，他说已经和专家提前沟通过，对方说有需要会飞来岳城为江陵会诊。

梁岩的异常上心，让江陵愈发读懂了他的心思，或许他也没有再刻意隐藏。对此，江陵感到十分好奇，她很想知道像梁岩这般身家和阅历的人是怎么看上温星的。病中无事的江陵对自己女儿和梁岩的事燃起了兴趣。她一本正经地谢过梁岩之后，给温星发了一条信息，闲聊般问她：宝贝，工作都适应了吧？最近有没有认识什么新朋友？

温星回复：最近认识的都是同事，近期相处下来，大家都还不错。

江陵：有没有特别好的异性？

温星回复得很干脆，接着追问她：没有。你回家的机票订了吗？不要叫赵叔叔接你哦，让我去接你。

江陵：好，晚上告诉你航班。

温星很高兴江陵终于要回来了，这一次她们的分别似乎特别长。

温星回复完信息没有马上放下手机，因为她在回复江陵没有特别好的异性之前，又收到了梁岩的信息。他似乎不在乎温星没回复他早上的问候，还问她：你好，温星，你今晚有没有空？

温星感觉碰到了烫手山芋。

第九章

　　梁岩打算开始追求温星，他想来想去认为只有这样才能保护她，也能抚平自己莫名的不安。梁岩从小没怕过事，但他近期光想想温星要是知道江陵生病后难过的样子，他就不舒服。

　　"追求"就两个字，看上去很简单，一开始梁岩也觉得很简单，他内心是自信坦然的人，所以在他开始追求温星之前，他根本没有考虑过温星会不会讨厌他这件事。他认为这就和做生意一样简单，比如喜欢她就直接约她吃饭，彼此多一些相处的时间和机会，便能慢慢培养出感情。而且只是吃饭，对方应该多少会给一次面子。

　　于是，梁岩在给温星发送了晚餐邀约信息后，就让谢朗订餐厅了，还特意嘱咐要订一束花。

　　谢朗一听要订花就猜到梁岩晚上约了谁，他给餐厅打电话，报了就餐人是梁先生和温小姐，还让餐厅预留情调氛围好的位置，同时加了小提琴演奏的节目。花订的是梁岩喜欢的玫瑰花，要今天新鲜刚到的，最好是花骨朵含苞待放的，就像两人即将开始的恋情。

预订完餐厅和花，谢朗喜滋滋要去报告给梁岩，结果他还没开口，梁岩便对他说道："把餐厅取消了，她晚上没空。"

"啊？为什么没空？"谢朗和梁岩很默契，都不用提起温星的名字。

"她报了考研学习班，还有家里有猫要照顾。"梁岩说道。

谢朗很惊讶，没忍住问道："这，也算理由？"

梁岩沉思片刻，说道："是我着急了，可能唐突了。"

"那，改时间吗？"谢朗又问道。

"暂时先取消，我下周再约她。"梁岩说道。

谢朗点头说好，他出去后没多久又进来了，这次说的是定标的事情。公司的项目负责部门已经差不多定标，提交结果给梁岩审批，中标的不是江陵的公司。

谢朗把报告放在梁岩桌上，梁岩扫了眼文件点了点头。谢朗出去后，他才拿过文件翻阅。看完，他大笔一挥签上名，但文件没有马上交给谢朗，而是暂时放在抽屉里。

陈泽听说了定标的事情，他想这周应该会出最终结果，也一直在等，他私心还是希望温星家里能中标。

陈泽已经很长一段时间没有联系温星了，分手时温星的决绝让他不敢打扰她，更重要的是他在反省，温星让他看到了自己的糊涂和软弱。虽然没有联系，但陈泽一直在关注温星，关注着她的动态。她没有把他删除或者拉黑，她坦荡地结束了他们的感情。陈泽通过朋友圈知道温星终于如愿以偿地养了猫，她很久之前就说过以后有能力了要养一只猫。

不敢直接问候温星，陈泽买了些猫粮和玩具匿名寄到了温星的公司。不过没两天，他就收到了退件的消息，因为温星没有签收不知名的快递。

陈泽不知道温星是猜到了寄件人是他所以退回，还是她只是单纯的谨慎。陈泽回想起和温星在一起的时光，他这时才慢慢看清楚温星是个什么样的人。她细心温柔，对他很好，总是鼓励他、崇拜他，而这些陈泽习以为常，根本没看到她能这么处事背后的修养和能力。他的确错过了一个很好很优秀的女孩儿。

陈泽等了两天，还没有听到定标的确切消息，他有点儿按捺不住了，去找谢朗探口风。今天是这周的最后一个工作日。

谢朗的办公室是单独的，紧挨着梁岩的办公室，他是梁岩助理里最贴身的一个，每天进出他办公室的人也最多。

陈泽算是常客，他和谢朗十分熟络。这天，他像往常一样熟门熟路走进谢朗办公室，结果发现谢朗正在研究一本册子，竟然在选花。

陈泽见状眼睛一亮，敲了敲门，等不及谢朗说请进就快步而入，他凑到谢朗电脑前，神秘兮兮地小声问："我哥最近有情况？"

谢朗慌忙合上花店册子，很快说道："不是梁总，是我自己在挑花。小声点儿，陈总，别让梁总知道我在'摸鱼'。"谢朗和陈泽很熟，他知道陈泽和温星谈过恋爱，关于梁岩在追温星的事情，他不会透露半句。谢朗不知道前因后果，绝不八卦老板的事，也是他的职业素养。

"哟，你有对象了？"陈泽更惊讶了，他脱口而出，"我一直以为你不喜欢女孩子……"

谢朗震惊地看着陈泽，气笑了："我一直有谈女朋友！去年年底才分手了一个！只是现在单身而已！"

陈泽笑出声，说道："不好意思，不好意思，我一直以为你……嗯。"陈泽没说出来，只是挑眉看了看梁岩的办公室。

谢朗哭笑不得，他还曾以为梁岩对自己有想法，差点儿把他吓死。

"不要说了，不要说了！"谢朗打断这个话题，把册子塞进抽屉站了起来，认真道，"你来找我什么事，陈总？"

陈泽也恢复了正经，他笑了笑，直接问道："定标的结果出来了吗？"

"文件我已经交给梁总快一周了，但梁总还没有批。"谢朗说道。

"这么久？"陈泽诧异。

谢朗笑着打量陈泽，试探着问他："陈总，你对这事这么上心，是因为温小姐吗？"

陈泽没回答，只是抿了抿嘴角。

"你还喜欢温小姐？"谢朗又问道。

陈泽还是没有回答，摸了摸后脑勺，掩饰道："只是想知道结果而已。"

谢朗看透不说透，说道："如果有结果了，我第一时间告诉你。"

陈泽点点头，道了声谢就走了。

陈泽搭乘电梯回自己所在的销售部楼层，他下午有个部门会议要开。电梯抵达，他跨出电梯时收到一条信息，掏出来看了眼，便又退回了电梯里。

陈泽让他的助理取消了下午的部门会议，他急匆匆地离开公司，开车去见一个人，那个人不是别人，是赵传雄。

江陵出院的日期定在周五下午，赵传雄有事没有陪她一起出院，江陵独自打车去机场等温星来接。

赵传雄下午离开医院的时候很着急，他在病房外面接了通电话，然后急匆匆离开。江陵没有问他原因，不过看他的样子她已经猜到十有八九是因为杜升升那边有什么事。

而这次，江陵其实只猜对了一半，的确是和杜升升那边的人有关，是杜升升的儿子赵怀远搞了件事情，但她可完全想不到是什么事。

这一周，赵怀远和叶道找到了何冰婷，双方是"棋逢对手"，各自不安好心，对上了盘。

何冰婷之前一直尝试联系梁岩，没有得到回复，后来她接到了梁岩助理的电话，他转达了梁岩的意思：让她好自为之，不要得寸进尺。这使得何冰婷原本对温星家给她赔偿的事情不抱希望了，结果赵怀远和叶道找上门，他们竟还以为她是梁岩的情人。

于是，何冰婷顺势而为，她很聪明地不留任何信息，只和他们打了两通电话，吃了一顿饭，说的也都是赔偿的事情。叶道和赵怀远很上道，买人情要委婉，他们提过几次梁岩，见何冰婷说得头头是道，且有之前车祸和协议赔偿的事情在前，二人便深信投标的事情变悬就是因为江陵把赔偿的事搞僵了。

于是不过两三天的时间，两人就和何冰婷把协议赔偿给商量好了，周四就转了一百万到何冰婷账上。结果这个赔偿款转出去的下午，叶道那边的人脉就传来确切消息说定标文件已经出了，没有他们家。叶道听说这事再去联系何冰婷，结果人家根本不再接他的电话了。

赵传雄是周五得知的赵怀远从公司里挪用了一百万，他打电话问儿子什么情况，赵怀远支支吾吾，在赵传雄的追问下，他才说出了实情。但他认为是何冰婷和梁岩一起诓了他们。

在外人看来梁岩和何冰婷的关系匪浅，赵传雄听说这事也有些心里打鼓，之前协议的事情，因为江陵态度强硬一直拖着，要先等定标，他也几度怀疑这会惹得梁岩不高兴。现在出了这事，他也一时拿不准到底是怎么一回事，他很想和江陵商量，但想想她刚做完手术，知道这事准会气死，便灵机一动联系了陈泽。他想从陈泽那里打探下消息，便把给何冰婷转了一百万赔付款的事情告诉了陈泽。

陈泽一听这事就知道赵传雄他们是被何冰婷骗了，他赶去见赵传雄是希望帮忙想办法从何冰婷那儿把钱要回来。

关于这事，陈泽这边不打算告诉梁岩，赵传雄那边不打算告诉江陵。两人商议时，陈泽从赵传雄那里知道了江陵生病的事情，他的第一反应和梁岩一样，问道："温星知道这事吗？"

赵传雄摇头，说道："她还不打算让温星知道。"

陈泽闻言，心里挺难过的，他知道江陵和温星之间母女相依的感情。

温星今天为了接江陵，提早下班一小时，她在机场接到了光鲜亮丽的江陵。温星一见到江陵，就给了她一个大大的拥抱。

一路上，温星很高兴地和江陵说自己的工作，她说现在有机会和偶像一起工作，她指的是黄采薇。

"你偶像是不是梁氏那个梁总的外婆？"江陵问道。

"你听说过？"温星笑道。

"嗯，我要和一个人做生意，肯定要调查一些背景。"江陵故作不在意地答道，她看了眼温星，想观察她说到梁岩时的表情。

温星却在想另外一件事，迟疑片刻说道："妈，我听说你退出投标项目了？为什么？"

"你怎么知道这事？"江陵心想赵传雄是不是向温星透露她生病的事情了，有些警惕。

"听赵怀远说的，他说你退出了，还把项目交给他去做。他给你送了一套护肤品表示感谢，我看刚好是你在用的牌子，就收下了。在后备箱，我一会儿拿给你。"温星说道。

江陵笑而不语。

温星停顿了会儿，补充说："不过他觉得投标项目不会成。"

"成不成是他的能力和本事。"江陵淡淡说道。

"之前赔付的事情还没有解决吗？"温星问道。

"赵怀远以为这事会影响投标？"江陵转过头看着温星。

温星开车看着路，她思索了片刻，反问江陵："你觉得不会有影响吗？"

"当然。"江陵肯定说道。

温星没再说话，但她其实比较赞同赵怀远的看法。

"他们要我们赔多少？"温星好奇问道。

"这事过去了，不要提了，我们也没有赔。"江陵说道。

"我就好奇，之前是要我们多少？"温星追问。

"一百万。"江陵说道。

温星抬了抬眉，瞬间理解了江陵的不妥协，说："狮子大开口，要是我们赔了，简直是在纵容恶。"

江陵笑了笑，教育温星："不一定，那要看赔了以后是什么样的结果。"

"什么投标项目也不值得赔一百万。"温星想了想，认真说道。

江陵看着温星，没有再说话，她心里在想，如果赔了能拿到投标项目，能换个"家"给温星，她觉得值得。只是，可惜梁岩根本没打算真正要这个"人情"。

温星的手机连续振动了好几下，江陵看了眼，笑问："很忙吗？是不是有追求者？"

"并没有。"温星不假思索答道。

"怎么可能没有呢？你这么可爱迷人。"江陵不信。

温星被逗笑，说道："自家孩子都漂亮。"

两人有一搭没一搭地聊了一路，温星把江陵送到家里，开车离开前才看了眼手机上的信息。是陈泽给她发了四条信息，问候寒暄占了两条，第三条约她明天见面，第四条可能是见温星半个多小时都没有回复他，又补发一条解释说：就是普通朋友吃饭，我没有其他意思，温星。

他慎重小心地对她改了称呼。

温星想了想，回复他：有什么事吗？我最近比较忙，有什么事最好发信息说。

温星的信息才发出去，下一秒陈泽的电话就打了过来。温星接了起来，听到他说："我们见一面吧，温星，真的只是吃饭。你不要拒绝我，好不好？我不会说什么复合的话让你讨厌，我只是想和你见一面，聊聊天。"

温星没说话，她在思考。

陈泽不敢沉默，又十分认真地说道："我也有事想和你说，这件事情需要当面说。"

温星皱了皱眉，最终答应道："好的。"

"我一会儿给你发时间和地址。"陈泽说道，语气里有藏不住的喜悦。

温星则无声叹了口气，她希望陈泽不要再对他们过去的感情抱有任何幻想。

　　陈泽对他和温星的感情的确还抱有一丝幻想，他总觉得过去的那些属于他们的回忆，只要捡起来就还能打动人。所以，他嘴上说不会提起过去的事情，但是选的餐厅却是他们第一次约会吃饭的那家餐厅，他曾在那里教她折了幸运星。

　　再次回到最初恋爱时的餐厅，温星不像陈泽那么悸动，她看到的桌子是桌子，椅子是椅子，墙上的壁画精美特别，此外别无他想。陈泽正坐在他们曾经坐过的窗边位置等着她，她看到的陈泽也是此刻的陈泽，她没有去想最开始的时候，陈泽是什么样的人。

　　陈泽看到温星，脑子里却都是回忆：他看到她毕业之后越发美丽，眉眼里的坚韧气质越发明亮，而她从前温柔的影子融在此刻的所有瞬间里，晃着他的眼睛。他眼前还能看到她从前甜美的笑。

　　在温星落座后，陈泽把菜单递了过去，说道："不知道你的口味有没有变？这个菜单你看下。"

　　温星没有回答陈泽，只管自己点了两道菜，是她一直以来喜欢的。陈泽紧随她后面，补充上他的菜，以及照从前的习惯给她点了一份甜品烤布丁。一切似乎没有改变过，陈泽微笑望着温星。

　　温星也看着陈泽，仅几秒后，她单刀直入开口问道："你找我有什么事？"

　　陈泽一怔，他没料到温星这么直接。他约她的理由很简单，他知道江陵生病了，担心她只是想见见她而已。而他真正想说的事情就是江陵生病，但他并不能说。

"是什么事？"温星连声问道。

"先吃饭，温星，我们边吃边聊。你先喝点儿水。"陈泽把水杯轻轻推到温星面前，柔声说道。

温星大概猜出了陈泽的意图，她端起杯子送到嘴边喝了一口，犹豫几秒后，她又看向陈泽说道："陈泽，如果没有什么事情，我们以后就不要再见面了。"

陈泽脸上的微笑有些僵硬，再维持不住，他终于彻底明白和温星不能要花招。

陈泽低头沉默片刻，复而抬起头诚恳说道："温星，我今天约你出来的确是有原因的，但我还不能说。不过我也确实有私心，我上次就说过，我们能不能重新认识一次，温星？我这段时间一直在反思，我真的很希望你能再给我一次机会。"

温星礼貌听完陈泽说的话，她停顿了一些时间思考，然后郑重说道："陈泽，我已经不喜欢你了。"

陈泽眼里受伤的情绪一闪而过，他一时有些忘词，结巴说道："这个，这个我知道，温星……"

隔了会儿，他才想到自己是想说："我还喜欢你，温星。我和杨恭没有什么，我曾经糊涂过，但我现在想明白了，温星，我喜欢的是你。杨恭她也只喜欢我哥。"

温星发觉和陈泽聊不到一块儿去了，她并不在乎他现在喜欢谁，他却一直困在原地，仿佛面前的人生里只有一个选项：过去。

"你说的这些都和我没有关系，陈泽。"温星叹气说道，疲于纠缠。

"你希望我怎么做，温星？"陈泽也叹了口气，而后他低声问道，带着些许哀求的意味。

"吃完这顿饭，就不要联系我了。我们都要往前看。"温星说道。

温星的决绝和坚定让陈泽怀疑，他问道："你有新的男朋友了吗？"

"结束一段感情不需要靠下一段感情，陈泽。"温星曾一度认为陈泽的心胸和格局很宽广，而现在他的纠结使他看起来仿佛被困在了某一个情感的角落。

陈泽默然，他现在难以靠近温星，她好像一座遥远的孤岛，四周环海，无法登陆。

两人相对沉默，等待上菜的时间似乎很漫长。当菜终于陆续上齐，陈泽紧绷的弦松了松，他难过也有些负气地说道："不管你喜不喜欢我，你的事情依旧是我的事情，我不会坐视不管的。"他像个孩子，不敢说自己口袋里藏了糖，又忍不住想引起对方的注意。

果不其然，温星拿起筷子又放下，她打量陈泽，问道："陈泽，你今天找我是不是有事？发生什么事了？"

陈泽没作声，他皱着眉头，在等温星猜想到他的苦衷和关心。

但温星慢慢有些恼了，她讨厌这样有话不说的人，她再次揭穿他："陈泽，你如果不想说就不应该约我出来，如果你想做好人不告诉我，那就请你做到底，一个人背负到底。但为什么你做事就是要这么纠结矛盾？你这种做法，一点儿也不会让我感激你，只会让我很生气，很郁闷。"

陈泽面红耳赤，抬起头慌乱看向温星，解释说："不是，温星，这件事情，我现在还不方便告诉你。"

"那你干吗现在约我？"温星生气地说。

"我约你是因为我关心你，我真的很关心你。"陈泽脱口而出。

"这事和我有很大的关系？"温星读到了一些信息。

"没有，没关系。"陈泽试图掩饰。

温星想了想，假装彻底火了，她倏然站起来说道："陈泽，你这个样子让我饭都不想吃了。没什么事我先走了，你自己慢慢吃。"

陈泽也跟着站起来，他急忙拦住温星，情急之下脱口而出："你叔和你弟被人讹了一百万，而你家投标的事情可能已经黄了。"

"什么叫被人讹了一百万？我叔背着我妈已经给何冰婷赔付了一百万？但你们还是不会把投标项目给他们？"温星震惊地问道。

"之前想定标给你妈妈的公司也不是因为这一百万，温星……"陈泽尝试解释。

"你在开玩笑吗，陈泽？你当我是傻子吗？你那次来我家是怎么说的？什么你哥也知道和何冰婷协商赔偿是为难我们，他想补偿我们，投标的事情会尽心。你哥现在是反悔了吗？反悔了还让何冰婷讹我们家一笔？"温星真的生气了。

"我哥不知道何冰婷私下找了你叔他们，不，是你弟私底下先找了何冰婷，被她讹了……"

"我不管你哥知不知道这事，一开始他和何冰婷的破事就关我们什么事？你哥但凡有点儿底线，公正一点儿，就不会搞这些有的没的事情。没有他搞这些事，何冰婷能讹上我们？没他撑腰，何冰婷敢讹我们？"温星越气思路越清晰。

"这事真的不关我哥的事，我哥之前也有他自己的出发点。"陈泽只解释出了这一句话，就词穷了。他知道温星在溯源，归根究底，梁岩的确给何冰婷撑过腰。

"不用跟我解释原因。"温星转过身拿起椅子上的包，这下她是真的要走了，"我不想和你扯原因，陈泽。"

"温星，你要去哪儿？我会想办法把你们的一百万要回来的！"陈泽再次拦住温星，急说道。

"怎么要？她已经吃进去了，你让她吐出来？她会吗？她肯吗？你哥答应吗？"温星冷哼嘲讽。

"我哥真的不知道这事，他如果知道，肯定会发火，我没敢告诉他！"

"他肯定会发火啊，靠他的面子，何冰婷竟然只讹了我们一百万？是我，我也发火，怎么也要讹个五百万吧？"温星嘲讽道。

"温星，我知道你现在很生气，但你能不能听我解释一下，我真的会想办法帮你们把钱要回来。"陈泽看了看周围，不由压低声音再次和温星说，因为他心里有数，要拿回钱只能用些手段了。

"不劳烦你们，这事我会和我妈商量，用法律途径去解决。"温星毫不犹豫地绕开了陈泽。

陈泽一听温星要告诉江陵，他就急了，说："温星，这事不能告诉你妈妈！"

"为什么？我不会帮赵叔叔瞒着我妈这种事情，我妈越早知道越好，越拖她只会越生赵叔叔的气。"温星冷声说道。

"那也不能让你妈妈知道！"陈泽提高声音，还一把拉住了温星的手说道。

温星微怔，目光犀利地看向陈泽的眼睛，问："为什么不能让我妈知道？你还知道什么事情，陈泽？"

面对温星的质问，陈泽语塞。

"你不说，那我自己去问赵叔叔。"温星用力甩开陈泽的手，转身离开。

温星走出餐厅门口，迎面不期然遇上了素面朝天的杨恭。

杨恭先看到了温星，喊了她的名字，然后发现她的脸色很不好，不由上前关心地问她："你怎么了，温星？"

温星一时有些尴尬和狼狈，快速调整情绪，问候杨恭："好巧，杨恭姐，你也来吃饭？"

"这是我朋友的餐厅，我来找她商量些事情，这餐厅墙上的画都是我以前画的。"杨恭微笑说道。她的精神状态和之前完全不一样了。

"原来如此，难怪了……"温星脸上闪过意外，随即一笑，叹了口气。

"难怪什么？"杨恭莞尔一笑，"你看上去心情不太好，遇到什么烦心事了？"

"不算什么烦心事。陈泽约我吃饭，我们谈了些我家公司投标的事情，碰到了点儿困难，但我们家自己会解决。我现在正准备回家。"温星说道。

杨恭一听陈泽重新开始约温星，脸上不由流露出惊喜，但她也关心温星的情况，问道："那你下午是不是不去翻译协会？王楠约了我和黄老师碰面，她说你也会去。"

"什么时候的事？我还没有听王楠姐说。"

"一个小时前吧，所以我提早出门先来办事。"杨恭目光温柔地注视着温星。

温星闻言从包里掏出手机，她猜想王楠会给她发信息，果然在二十多分钟前，王楠发信息通知她下午两点去翻译协会。

"杨恭姐，你是不是已经画了些草稿打算带过去给黄老师看？"温星猜想下午的议程。

"都不太理想，所以打算去和黄老师交流下，想听听你们的意见。"杨恭说着话，下意识把还会抖的右手背在了身后。

温星认真点点头，她脑子里飞快衡量着两件事情的轻重缓急，她说："我下午会过去，可能稍微迟一些。"

"那太好了，我们翻译协会见。"杨恭笑道。

"好，那我就先走了，杨恭姐，下午见。"温星匆匆要离开，走前，她又说了一句，"陈泽还在餐厅里，杨恭姐。"

杨恭抬眉不解，温星已经快步往停车场走，只留给她一个清丽的背影。

陈泽完全没有想到自己会把事情搞砸，他想起江陵提醒过他，温星不是小女孩儿，不是随便能被糊弄的人，他越来越懂这话的意思。他对着一桌子的菜，颓然枯坐在餐桌边。有人在他对面拉开椅子坐下，他都没有察觉，直到那人叫了他的名字。

陈泽抬起头遇上杨恭关切冷静的眼神，意外之余他涨红了脸，惊讶道："姐，你怎么来了？"

"我来找贺兰。刚才在门口碰到了温星，她看上去很着急。怎么，你们吵架了？"杨恭问道。

陈泽摇摇头。

"怎么了？可以说给我听听。我听温星说好像是因为她家投标的事情？"

陈泽低头沉默了会儿，最终把事情的始末告诉了杨恭，也把江陵生病的事告诉了她。

杨恭听到何冰婷讹了别人一百万时，冷冷一笑，说道："我一点儿也不惊讶她会做出这种没有底线的事情。梁岩要知道这事不知道会怎么想。"

"哥一定会让她吐出来，同时哥对温星他们家的公司也不会再有任何好感，别说这次投标，以后可能也没有什么合作的机会了。"陈泽叹气说道。

杨恭没再继续讨论这事，她说："温星完全不知道她妈妈生病的事情？"

"不知道。如果知道了，她肯定会崩溃。"

"她看上去很坚强。"

"她从小跟她妈妈相依为命，再坚强的人也会痛苦。"陈泽难过自责地说道，"她妈妈现在的身体情况也不宜知道这些事，需要静养。都怪我一时冲动，把何冰婷的事情告诉了温星。"

"已经发生了，也只能面对。"杨恭安慰陈泽。

陈泽点点头，他看了杨恭一眼，发现最终不管怎么改变，她还是以前那个开导他的姐姐。

温星说着要回家，车开到一半，她慢慢冷静下来，先给赵传雄打了电话，她想让赵传雄自己和江陵坦白。

"温星，叔叔不是有意要瞒着你妈……"

"那你为什么不告诉她？"温星想知道这背后的原因，她有些不好的预感，但不知道是什么，"你如果不告诉她，我就会去告诉她，赵叔叔。"

"温星，就当叔叔欠你一个人情，求你帮忙好不好？这事叔叔一定会解决的，你先不要告诉你妈。如果你妈知道了，她一定会更讨厌怀远，叔叔最大的心愿就是他们能好好相处。而且你妈出差刚回来，她每天工作压力已经很大了，我不想她再难受和担心。"赵传雄恳切说道。

"就是因为这个原因，所以不告诉我妈吗？"温星追问。

"当然就是这个原因。"赵传雄肯定道。

温星没再说话，紧紧握着方向盘。

"温星，你相信叔叔一次，叔叔不会骗你。"赵传雄好像在发誓。

温星长长叹了口气，问道："这事你打算怎么处理，赵叔叔？"

"我们已经在收集证据，先协商，如果协商不成，就走法律程序吧。"赵传雄不敢把真实被动的情况告诉温星，撑着面子沉声说道。

"我能帮什么忙吗？"温星问道。

"这不是你应该操心的事情，温星，你不要担心。"赵传雄安慰道。

温星挂了电话，漫无目的地在路上开了半个多小时的车，才转回自己的住处。下午，她迟了半小时出门，来到翻译协会，在小区附近停好车之后，步行进去。

温星在一楼等电梯，电梯从地下车库上来，门打开的时候，里面已经站着一个人。温星抬眼一看，发现是梁岩，她一下停住了脚步，忘了走进去。

电梯门很快要关上，梁岩飞快按住了开门键，问温星："你不进来吗，温星？"

温星回神，努力平复对梁岩厌恶的情绪，深吸了一口气，低头走进了电梯。

从一楼到四楼，电梯很快也很慢。

觉得电梯很快的梁岩，在温星一走进来时就寒暄问她："真是很巧。你的车停在小区外面吗？"

"嗯。"温星看着跳动的数字，心想怎么还没有跳到四楼。

"我明天让谢朗到物业把你的车牌号录进去。我们在地下车库有六个车位，平时都是闲置，你再来就把车停里面，大夏天在外面走当心中暑。"梁岩看着温星的侧颜，极其温和地说。她在烈日底下走了不少路，此刻脸颊泛红，有细腻的光泽，像一个娇艳新鲜的苹果，他看着觉得很可爱。

温星看到电梯跳到数字"2"，侧开了脸，说道："不用了，谢谢，我们也很少来这边。"她并没有听出梁岩话里的轻柔，只觉得心烦。

"如果车位不够，我们还可以再买两个。"梁岩补充说道。

温星闻言再压不住火气，忍不住讽刺说道："梁先生真是财大气粗，为所欲为。"

梁岩听出了温星的不高兴，不过他在想是不是他的聊天方式不对，让温星觉得他在炫富。电梯跳到了数字"3"，梁岩忙先撇开这个话题，又问了温星另一个问题："你的猫叫什么名字？"

温星不太想回答这个问题，她故意停了会儿，看电梯已经跳到"4"了，才飞快说道："麦克。"

"为什么叫这个名字？"梁岩继续问道。

温星没有回答，她往前迈了一小步等着电梯开门，好假装自已没有听到梁岩的问题。电梯一开门，温星就快速走出去，梁岩跟在她后面说道："密码又换了。"

温星依旧装作没听到，她知道王楠她们已经到了，便走到门边按了门铃。

梁岩见已经按了门铃，便安静走到温星身边等开门。然而，温星则后悔按了门铃，因为里面半天没有人出来开门。

两人并肩等了会儿，温星看了眼身边的梁岩，尴尬问道："你不是知道密码吗？"

"要我开吗？我看你已经按了门铃。"梁岩淡淡说道。

"梁先生，麻烦你，请开门。"温星往旁边让了一步，冷声说道。

梁岩的目光落在温星脸上，他很认真地观察她的表情，发觉她今天心情很不好。而他完全不知道是什么原因让她这么心烦，他对她以及她的生活真的知之甚少。

梁岩走上前，一边开门一边把新的密码报给温星。温星却打断他，克制而礼貌地说道："梁先生，你不需要把密码告诉我，我没有知道的必要。我怕以后如果这里丢了东西，我也要负责任。"

梁岩没有计较温星的态度，他输完密码，在门锁解开的音乐声里，回头问温星："温小姐今天看上去心情很不好，是遇到什么烦心事了吗？"

对于这个问题，温星沉默以对，眼神冷漠地看着梁岩。

梁岩还没有完全明白温星的意思，她已经恢复了常态，道了声谢走进屋里。

　　王楠刚从里面跑出来正要开门，就看到温星和梁岩同时走进来，笑道："你们是不是按门铃了？梁总，你和温星一起来的？"

　　"我按了。我们在电梯里遇到。"温星简单回答了王楠，对她笑了笑，径直往里走。

　　"我就说有人按门铃，黄老师不相信。梁总，我们在里面的会客厅里，根本就听不到外面门铃响。"王楠解释道。

　　梁岩看了眼温星的背影，没有回答王楠的话，越过她也往里走。

　　王楠呆站在原地，回神跟上两人问道："哎，你们俩要喝什么？"

　　"不用了，姐。"温星摇头。

　　王楠看向梁岩，只见他也摇头。

　　"你们两个倒是省事。黄老师和杨恭学姐又是要泡茶又是要咖啡。"王楠笑着吐槽道。

　　温星笑了声，脸上已经完全看不到刚才的坏情绪。梁岩观察到这点之后，他冷静地判断出温星可能是讨厌他。

　　黄采薇坐在会客厅的按摩椅上休息，她看到温星和梁岩一前一后进来，略微坐直身子，笑问："你们是一起来的吗？"

　　"没有，黄老师，我们只是在电梯里遇到。"温星又解释了一次。说话的同时，她看了眼会客厅的布局，偏长方形的房间，一边摆着会谈桌和椅子，一边是沙发和装饰壁炉，她最终在按摩椅旁边的单人沙发上坐下来，离门最远，也最隐蔽。

　　"这样都能遇上，你们很有缘啊。"黄采薇慢慢躺回按摩椅，微笑说道。

杨恭没有坐，她正假装站在窗边看风景，当梁岩走进来的时候，她有些紧张地抬手撩了撩耳边的头发。她怕梁岩看到她现在的样子，却也期待他看到她的改变。但梁岩进来后只是扫了她一眼，无惊无喜，然后走过去在温星对面的单人沙发上坐了下来，而那个位置原本是杨恭坐的。

"梁总，那是学姐的位置。"跟着进来的王楠出声提醒。

梁岩闻言很自然地望向杨恭，问道："介意吗？"

杨恭没说话，她用行动回答了梁岩的话：她走到沙发背后的会谈桌边坐下，她的电脑和资料都摆在桌上，茶水和咖啡也在桌子上，她们刚才已经围坐着聊了会儿天，后来黄采薇的腰受不了，大家才起身休息，换到沙发上聊天，没聊几句温星就按了门铃。

王楠是这次聚会的发起人，她的目的很简单，想把项目各方对接起来再梳理一遍。同时她约了梁岩是要告诉他，她找的画师没有问题，他赞助这个项目于情于理都会是正确的选择。

王楠随意地坐到温星的沙发扶手上，看着梁岩玩笑说："梁总，你一来就抢学姐的位置，是不是太欺负人了？"

梁岩又看了眼杨恭，没有开口。

"不过，今天很感谢你给面子拨冗过来，梁总。"王楠继续说道。

"你工作很用心，王编辑。"梁岩说道。

"你这是在夸我？"王楠做出喜出望外的惊讶表情，夸张地看向黄采薇和温星。黄采薇笑眯眯地躺在按摩椅上享受，温星则低着头有些走神，两人都没有附和。

王楠发现了温星的异样，轻轻推了推她，问道："你怎么没精打采的？怎么了？"

温星抬起脸摇摇头，笑说："没怎么啊。"

"看你好像没什么精神。"王楠笑道，捏了捏温星的脸。

杨恭手上拿着笔玩着，她也在看温星，这时接话问了温星几句，当作问候。

杨恭这段时间画了两幅水彩画，她和黄采薇讲了自己创作的思路和理念，她原本想用传统水墨画去做插画，但感觉会让这本书少了色彩。于是，她改用水彩，结合传统丹青手法去创作。杨恭在绘画方面有很扎实的基本功，她从小到大文化课一般，一路靠着绘画特长上重点学校，大学后去了法国留学深造，她的优势是对绘画深有研究且有能力结合不同风格，这也是王楠看重她非请她不可的原因。

以温星的鉴赏水平看来，杨恭的草稿哪怕还没有上色都很漂亮。当大家坐在会谈桌边谈事情的时候，温星坐在王楠身后的椅子上翻看传阅过来的草稿，她欣赏了许久，才传给坐在王楠身边的梁岩。

梁岩是最后一个看草稿的人，他接过温星递来的草稿，特意看了看她脸上的表情是否有开怀一些。

温星没看梁岩，画递过去之后，她就低头在自己的笔记本上记了杨恭刚才说的几个创作的点。她对王楠策划的这本书越发期待。

杨恭看到梁岩在看自己的画，她的右手不由得因为紧张而越发颤抖，她赶忙把手放在桌子底下，可还是听到梁岩开口说："你的线条退步了很多。"

温星闻声抬起头，和其他人一样都看向杨恭，只见她的脸微微泛红。温星觉得梁岩说话总是一副居高临下的口气，让人难堪。

梁岩早就注意到杨恭的右手会抖，他又看了会儿画，看似随意地问道："你的手有去看医生吗？"

"有，最近好多了。"杨恭回避梁岩的眼神，镇定地说。

梁岩应了声，说道："你的色彩一向优秀，用水彩是正确的选择。"

"梁总，这是认可了？"王楠微笑注视着两人，问道。

"就这么一个草稿怎么认可？"梁岩反问，他不会让人套话。

王楠哼笑，她问黄采薇："黄老师，您交稿的日期能不能不要往后延？原计划我们是九月份就要完稿开始初审，如果拖到十二月份会太久了。"

"老张病了，我打算过两天去看看他，我一个人没法儿赶进度。上百首诗词里选部分入册，旧的要重审修正，这边我自己手头上的诗经翻译还要继续做，想快真快不起来，小王。"黄采薇摆手，又摸了摸自己的银发。

"我把温星派去帮您理稿，我可以和我们总编申请这事。"王楠说道。

"上周我叫她了，但这不是长久的办法，我怕耽误她的生活和学习。"黄采薇慈爱地注视着温星，笑说。

温星明白黄采薇的意思，上一次在黄采薇家里，她说的那些话是在告诫温星入行要谨慎，是爱护，也是提醒。温星能明白黄采薇作为老师怕用心付出带了一个学生，结果学生没有坚持下去的伤心，也明白她怕后继无人的担忧和矛盾。年轻的温星有投身文学翻译的志向，但她不知道该怎么让别人相信她的决心，毕竟她做出来的事情还太少了。所以，此刻温星没有说台面话，她望着黄采薇，心里有些难过。

"先解决眼下的问题嘛。"王楠的想法很直接。

"等我去江州，和老张再商量商量。"黄采薇说道。

说罢，黄采薇扶着桌子站起来，说会议应该差不多了，她需要先行回家休息，让大家原谅她的老胳膊老腿还有老背，剩余的交给他们年轻人去做，她很放心。

梁岩很自然地起身去送黄采薇离开，他把黄采薇送到地下车库，看她坐车离开后才返回。

其他人也准备离开，尤其是温星。四五点钟了，温星的肚子有些饿，此刻她只想开车离开去找碗热腾腾的面吃，谁想梁岩一回来说要请她们吃饭。于是，温星一时僵在原地，莫名增加了对梁岩的不满和火气。

所幸，王楠这一次拒绝了梁岩，她说："改天吧，梁总，虽然你要请客很难得，但我得回家，家里有事。要不，你和……"王楠边说边看向温星。

温星忽然秒懂了王楠的意思，她立马说道："我也有事得回家，不然梁先生和杨恭姐去吃吧。"

王楠赞赏地看了眼温星，附和道："对，你们俩去吃吧。"

杨恭对此没有表态，她等着梁岩的态度。

梁岩面色沉如水，绅士风度让他没有勉强两个女孩儿留下来吃饭，也没有当场表态说是否会单独和杨恭吃饭。他在送走温星和王楠之后，才和杨恭说不打算和她吃饭。

"你不当着她们两个的面改口，是怕我没面子，下不来台吗？"杨恭已经料想到会是这样的结果，自嘲道，"其实无所谓，我在你那碰钉子的次数还少吗？"

梁岩没接她的话，说道："我也得走了。"

"你能送我回去吗？我今天是打车来的。"杨恭说道，"你不会连送都不想送我吧？"

梁岩开车送杨恭回去，车子往杨恭的住处去，这条路和他回家的路方向相反。车子开过两条街，路过一条夜市小吃街，梁岩看到了温星的车子在车流里。

梁岩正在想温星的家是不是和杨恭的住处在一个方向，身边的杨恭说道："前面是不是温星的车？我对她的车有点儿印象。"

"是她的车。"梁岩答道。

"她肯定去找东西吃了，我看她肯定是饿了一下午了。"杨恭轻笑了声说道。

"你怎么知道？"梁岩闻言皱眉问道。

"中午我在餐厅遇到她和陈泽，两人闹了点儿不愉快，温星生气了，饭都没吃就走了。"杨恭徐徐说道，"年轻人就是好，还有架可以吵。"

"他们吵什么？"梁岩看到温星的车开始变道，果然是想靠边停车。

"没什么，为了一些小事。他们之间应该还有感情吧？"杨恭嘀咕着，也在思考要不要把何冰婷讹温星家钱的事情告诉梁岩，她答应陈泽不说，但又觉得有必要告诉梁岩。

梁岩闻言，猛然意识到一件事，那就是温星和陈泽的感情可能还没有完全结束，毕竟他们曾经已经到了谈婚论嫁的程度。梁岩那边还没有消化完温星下午对他的态度，这边又像吃了一记闷棍，浑身都不怎么舒坦。

"一些小事是指什么事？"梁岩沉声问道，目不斜视地看着路。

杨恭犹豫片刻，说道："听陈泽说何冰婷讹了温星家一百万。"她的话才落，车子忽然急刹了一下。

"你说什么？"梁岩侧过脸扫了眼杨恭，以便确定她言语的真实性。

杨恭料到梁岩会对何冰婷的事情上心，他曾为何冰婷的离开伤心懊恼，也为她空窗了四年。杨恭内心苦涩，面上淡淡一笑，说道："你小心开车，我还不想死。"

"何冰婷什么时候讹了温星家一百万？"梁岩握着方向盘，严肃追问道。

"你真的一点儿都不知道这事？"杨恭挑眉，似笑非笑。

"我在问你话，杨恭。"梁岩不耐烦地说。

"具体我不知道。但没有你给她做后台，我不相信她能讹上温星家。"杨恭盯着梁岩的侧脸，发现他竟生气了。

"温星知道这事了？"梁岩又问道。

"知道，陈泽告诉她了，他们就是为这事吵架。温星这小姑娘真是沉得住气，能屈能伸，她下午竟然没有揍你一顿。"杨恭说道，语调凉凉的，像看戏也像嘲笑。

梁岩没有搭理杨恭的冷嘲热讽，他以前不在乎别人怎么看他，总觉得自己问心无愧就够了，此刻他忽然看清了自己在别人心里的形象有多糟糕。他感觉这才是真正的讽刺。

第十章

新的一天，天气异常闷热，近处头顶太阳猛烈照射大地，远处却渐渐乌云压境，暴雨将至。

温星带着麦克回家，去看江陵。

温星提着麦克到家的时候，江陵正在面试一个保姆，她计划请个长期保姆，为以后照顾赵传雄和温星的饮食起居做打算。

面试还没有结束，温星提着麦克先回了房间。在房间里，她把麦克放出来和它在床上玩，还一一给它介绍她从前的玩具。

江陵敲门进去的时候，温星正坐在书桌边抱着猫，在给猫读她以前贴在书桌上的一篇古文《与朱元思书》。温星当时读到这篇文章的时候很是喜爱，她说每次读都感觉身临其境，心境舒畅。

在江陵眼里，温星从小喜欢的东西就都很特别。温星从小学起就喜欢读《鲁滨逊漂流记》，抱着书也抱着她说："妈妈，我以后也要像鲁滨逊一样成为自己孤岛上的王。"

江陵惊讶于她的言语，问她："你不觉得他很孤单吗？"

温星摇摇头说："他什么都有，什么都能自己创造出来，他一点儿也不孤单。"

那时候温星才十一岁，聪慧敏锐。

江陵不知道温星还记不记得小时候的感受和想法，此刻江陵看到温星开心地抱着猫，只希望她能一直开心，不要做自己孤岛上的王，让大家都陪在她身边爱护她才好。

温星不知道江陵在回忆什么，她读《与朱元思书》的时候被深深激起了某种欲望，她想起最初读到这篇文章时的惊艳和快乐，她想把这样的喜悦用翻译的方式重新分享出去。一种热切的渴望将她从普通的生活里唤醒，快乐发了芽。

温星把麦克放在地上让它自己去玩会儿，她拉开书桌抽屉找纸笔，然后对江陵说："妈，我想做会儿翻译，你帮我看下猫。"

"怎么忽然想做翻译了？"江陵笑眯眯地慢慢蹲下身看麦克。

麦克有些怕生，窜到了桌子底下温星的脚边，任江陵怎么哄都不出来。

温星低头看了看猫，笑道："算了，就让它待在这儿陪我吧。"

"你真要做翻译，不陪妈聊天？"江陵站起身，动作依旧是慢慢的，抱胸打量认真在思考的温星。

"嗯，妈，你让我先想一会儿。我今天吃完晚饭再回去，现在还没到中午呢，下午陪你聊天。"温星头也不抬地说道。

江陵笑了笑，抬手摸了摸温星的头发，她觉得这样挺好的，温星有自己热爱的工作。温星对生活多一分热爱，自己就能多一分放心。

江陵离开温星的房间，去厨房准备午饭，她从冰箱里找出各色食材，发现少了鸡蛋。她给早上外出去打羽毛球未回的赵传雄打电话，让他去超市买鸡蛋，然后早点儿回家。

赵传雄却说："我中午有事，不能回去吃饭了。"

"什么事？打球还能打出事来？"江陵笑着问道。

"就是和球友聚个餐。"赵传雄顺着江陵的话说。

江陵脸上露出了然的笑，说道："老赵，如果怀远不介意，你带他回来一起吃饭。自家有饭干吗去外面吃？我知道最近因为投标的事情，怀远一直在岳城。要有什么事需要商量，我很乐意和他聊聊，你们别在那儿自己瞎琢磨。投标这事，我比你们都在行。"

赵传雄被江陵说中了一些情况，干笑起来，说道："你是神算子吗，老江？"

"什么神算子，这点儿事我都想不到，我名字倒着写。"江陵说道。

赵传雄还是以笑掩饰慌张。

"你让怀远把心态放平，这事不管成不成都没关系，也没损失，以后他会有其他机会。"江陵听出了赵传雄的尴尬。

"你感觉这事不会成？"赵传雄突然敏感地问道。他身边的赵怀远脸色更难看，露出一副果然如此的神情。

江陵被质问，冷笑了声说道："凡事都要先考虑到最坏的结果，对最坏的结果都能接受，做事还怕什么？投标的事，我虽然还不知道结果，但我听你的口气，应该知道了。"

赵传雄想打自己一耳刮子，他没怀疑过江陵把项目让给赵怀远的用意，可他耳根子软，容易受人影响，更何况那人还是他儿子。

"这，结果还没出，应该下周才会知道。"赵传雄试图继续隐瞒。

江陵冷静了两秒，恢复平静，说道："那就再等等，你们没必要着急，到这个节骨眼儿上了，做什么都是无用功，做不好还添乱。不过如果你就是梁岩的话，说不定还有可能改变结果。"最终，江陵还是忍不住讽刺了一句。

"呵呵，知道了知道了，你不要操心这事了。"赵传雄打马虎眼。

江陵挂了电话，心里五味杂陈，她不指望赵传雄能买回鸡蛋了。

江陵把需要鸡蛋的菜从中午的菜单里拿掉，中午难得只有她和温星两个人吃饭，就像回到了她们以前的时光。江陵让自己放下不快乐，开始着手给温星做午饭。

砂锅里炖着粥，江陵在一旁剥虾壳，她放在一边的手机振动起来，打断了她的专注。江陵瞄了眼亮起的屏幕，看到来电人是梁岩，忙放下手里的活，洗手接起电话。

梁岩昨天下午在送完杨恭之后，去找了陈泽。在梁岩的质问下，陈泽把知道的都原原本本说了，只是陈泽不知道梁岩早已经知道了江陵生病的事情，他怕梁岩迁怒江陵，特意强调说江陵对这事一无所知，和江陵没有关系。他没敢直接告知梁岩江陵生病的事。

梁岩心里清楚陈泽说这话的原因，他只担心陈泽已经把江陵生病的事情告诉了温星。他在陈泽说完之后一言不发，脸色很不好，让人猜不透他在想什么。

"这事就交给我去处理吧，哥。我会想办法把钱要回来。"陈泽说道。

但梁岩拒绝了陈泽，说道："不用，我来处理。"

陈泽显得有些不安，梁岩见状说道："这事因我而起，你只是不应该瞒着我，阿泽。"

"怎么会是因为你呢，哥，明明就是何冰婷她……"

陈泽想指责何冰婷的道德品质，却被梁岩打断："是我的缘故。"

陈泽对这么积极认错的梁岩感到震惊，一时不知道该说什么。他想梁岩是不是在维护何冰婷。

"温星对这事知道多少？"梁岩问道。

"她只知道她叔叔被骗了一百万。"陈泽含糊说道。

梁岩说道："她妈妈生病的事情暂时不要告诉她。"

陈泽一惊，瞪大眼睛看着梁岩问道："哥，你知道江陵生病的事了？"

"你没有告诉她吧？"梁岩只问他想听的。

陈泽摇摇头，随即低下头说道："我没敢说。"

"你和温星会复合吗？"梁岩冷不防问陈泽。

陈泽不解地抬起头看梁岩，下一秒他因读懂了梁岩的神情而语塞，不知所措。

"阿泽，如果你还没有想清楚自己的感情，不打算和温星复合，就离她远一些。如果你想重新追回温星，那我们就公平竞争。"梁岩看着陈泽，面色坦荡，徐徐说道。

"哥，你喜欢温星？！"陈泽难以形容自己的惊慌。

"这值得惊讶吗？她是个很好的女孩儿，我喜欢她很正常。"梁岩说道。

陈泽在这时猛然想起之前梁岩每次对温星的夸奖，以及那天在他办公室谈及赞助出版项目的事情，自己说杨恭，他却提起温星。他早就毫不掩饰他的欣赏和喜欢，但自己却毫无察觉。

陈泽无法确定自己是不是被挖了墙脚，他感到难过，一时很难继续面对梁岩。对陈泽来说，梁岩不管是作为兄长还是作为老板都一直高高在上，自己习惯了听从他、服从他。听他说公平竞争像一个笑话，更多的像在宣告自己的主权。

"哥，你不能喜欢温星，你不应该和我抢，温星她本来就是我的……"陈泽努力想表达自己的心情。

梁岩打断陈泽，提醒他："她不属于任何一个人，她现在可能对我们讨厌还来不及。"

陈泽再次哑口无言，他不知道为什么梁岩要这么说。在陈泽看来，温星可能不喜欢他了，但不至于厌恶，昨天他们见面，她对他生气也只是在发脾气而已。

梁岩没等陈泽再说话，站起身离开前，他又强调了一句："何冰婷的事情，我自己会处理，你不要插手。"

等陈泽回过神，梁岩已经开门出去了。

梁岩给江陵打电话是提前告诉她下周会公布的定标结果，他告知："很遗憾，希望我们以后有机会再合作。"

这结果在江陵意料之中，但她还是有些许失落，这和她最初期望的不一样。如果知道这事最终会黄，她就不会转给赵怀远，免得落到眼下吃力不讨好的结局。

"这个结果可能会给你带来一些麻烦，但你也会看到，有些人不值得你退让，很多人都爱以小人之心度君子之腹。"梁岩说道。

江陵无奈地笑了笑："谢谢梁总热心开解，道理我明白。"

梁岩沉默了一阵，诚恳说道："江总的后顾之忧，我很能理解，我也非常佩服江总为人母对子女的爱。如果温星乐意，我很愿意做她的朋友，愿意在以后的日子里陪伴她。"

江陵被这猝不及防的坦白吓到，她下意识拒绝道："梁总，你这么说太客气了。"

"我不是在说客套话，江总，这是我认真思考后做出的决定。"梁岩说道。

江陵不知道该如何接话。

"你好好保重身体，江总，与其把温星交给别人去照顾，不如自己坚强多活几年。我相信以温星的能力，再过两三年，她就能完全独立了。"梁岩宽慰说。

江陵不知不觉红了眼眶，她依旧没有开口。在梁岩挂了电话之后，江陵忍不住掉了眼泪。

温星走进厨房时，江陵正慌乱地往口袋里塞手机，她还抬手迅速擦了擦眼睛。

"妈，刚才谁给你打电话？你哭了？"温星问道。温星走到江陵身边拉下她的手，仔细打量她的脸。

"没哭，洗菜的时候不小心水溅到眼睛里了。好端端的没什么事，我哭什么？"江陵坦然抬起脸，做出嗔怪的样子说。

温星狐疑，追问："刚才谁给你打电话了？"

"哦，"江陵自若地继续洗菜说道，"梁岩。"

"他干吗给你打电话？"温星心一紧。

"没什么事，他就是告诉我，我们投标没中。"江陵说道。

温星一听这事，心里不满："没中就没中，他干吗专门打电话来和你说？安的什么心？这点儿小事需要他一个老总打电话来说？"

江陵诧异地看向温星问道："你为什么对梁岩这么生气？他得罪你了？"

温星抿唇皱眉，说道："没有，我就是觉得他那个人很多事。"

"不多事啊，这事是不用他来通知，但他能亲自通知我一声，很有心。"江陵说道。

温星听江陵说这话，心里更气，她想江陵是不知道他们已经被骗了一百万。

江陵见温星忽然转身离开厨房，看上去十分不高兴，便叫住她说道："投标的事情本来就靠实力，有人成功必然有人失败。"

温星听不下去了，顶了江陵一句："之前是谁开后门想让人给他做人情，又是谁要给梁岩做人情的？这是靠实力的项目吗？"话落，人就走出了厨房。

温星回到房间，发现麦克爬到床上，正在她的手机上乱扫。温星没太在意，她也躺到床上，伸手抚摸麦克，内心有些惆怅，她和它说话："我当猫你当人，好不好，小东西？"

麦克抬起小爪子搭在了手机上。手机的屏幕一亮，温星跟着看了眼，然后一下惊坐起来，因为她看到手机正在通话中，应该是有人打电话过来，麦克无意按到了接听键。

温星拿起手机，发现正在和她通话的是梁岩，还通话快两分钟了。尴尬之余，温星忙把电话放在耳边说道："你好，梁先生，不好意思，刚才是我的猫接听了电话，我没在房间里。"

"没事。"梁岩答道。

"你找我有什么事吗，梁先生？"温星问道，她的尴尬未消，越想越郁闷，不禁红了脸，说话语气有些生硬。

"我想明天晚上单独请你吃饭，不知道你肯不肯赏脸？"梁岩说道。

"单独请我吃饭？有什么事吗？是工作上的事吗？"温星对于梁岩的措词感到不太舒服，他那样傲慢的人，越客气就越有讽刺的味道。上一次他说请她吃饭，她就有一种鸿门宴的感觉。

"可以说和工作有关。还有些其他的事情，我想当面和你谈一谈。"梁岩回答。

"其他什么事情？"

这个问题，梁岩没有答，只说道："温小姐，能否给我一个机会和你共进晚餐？如果你周一没有空，我们可以改天。如果你不放心家里的猫，可以带着一起来，我会找一家允许宠物进入的餐厅。"

温星实在想不出梁岩要单独请她吃饭的原因，但她能感觉到她如果不答应，他一定会步步紧逼，直到她答应为止。温星一气之下决定迎难而上，冷声说道："梁先生这么有诚意，我怎么好意思拒绝？"

"那就周一晚上七点钟，我在餐厅等温小姐。"梁岩说。

温星愤愤挂了电话，她在心里骂梁岩神经病。

和温星同样有些忐忑不安又不解的是谢朗，他周末和朋友聚餐泡吧，将近中午都还没有睡醒，直到梁岩一个电话把他叫醒。梁岩又让他改周一的行程，然后让他帮忙订餐厅，要求是要包厢，私密性好。谢朗以为他约了什么人谈事情，便问要准备什么酒。

梁岩却说："不用酒。只要包厢隔音效果好，想骂人的时候可以没有顾忌就行。"他的声音深沉严肃，一点儿也不像在开玩笑。

谢朗前不久刚和老板搭上的线又断了，他挂了电话一脸蒙地坐在床上心想：梁岩要骂谁还是谁要骂梁岩？如果是谁要骂梁岩，梁岩又为什么要自己上门去找骂？

温星把要和梁岩一起吃饭的事情告诉了许明蕊。因为她还不知道梁岩葫芦里卖的是什么药，为了安全起见，所以留了一手。温星把餐厅地址和时间都发给了许明蕊，让她在八点半左右给她打电话。

下午临下班，外面乌云密布，忽然下起大暴雨。大雨将异常闷热压抑的暑气一扫而空，温星却更心烦了，她心想这样的雨天就该待在家里好好享受阅读时光。这让她再次觉得梁岩很烦人。

而烦人的梁岩在办公室看到外面天空黑沉沉的，雨幕交织下的城市仿佛充斥着不安的混乱。他便给温星发信息，表示自己过去接她，让她不要开车。

温星毫不犹豫拒绝了：不用了，谢谢，我会准时到达。

梁岩看着这条信息，表示自己理解她的想法，便给她发了一个礼貌的微笑表情。

温星看到这个表情不知道该回什么，她认为梁岩在阴阳怪气。

傍晚的雨越下越大，温星到达餐厅停好车的那会儿雨势如盆倾，她只是下车跑进餐厅的工夫就淋湿了肩头。服务生领着温星上二楼包厢，推开门，梁岩正站在餐桌边。

梁岩看到温星走进来，她今天穿着藏青色衬衫和米白色裤子，雨水在她衣服上留下深浅湿痕，她看上去神态自若，不在意自己的些许狼狈，但他一瞬间觉得这雨天欺负了她。

饶是温星再讨厌梁岩，真正面对面，看在他是赞助人的分上，她也会礼貌对待，更何况他外婆还是自己可亲可敬的偶像。温星有时深刻认为世界是不公平的，就像梁岩，仿佛天生有着傲慢的资本。

梁岩帮温星拉开椅子，请她入座，他怕温星淋雨畏冷会感冒，调高了室内空调温度。之后，他落座温星对面，开口说道："温小姐，谢谢你今晚赏脸和我一起吃晚餐。"

"梁先生太客气了。"温星神色淡寡，礼貌回应。

"最近我外婆的书让你们费心了。"梁岩又说道，他注视着温星，暖黄的灯光下，她的脸庞看起来温柔恬静。

"这是我们份内的工作，梁先生。"温星说道。

"我是发自内心感谢你和王编辑的用心。"梁岩继续道谢。而他过于客气的态度让温星不由越发有戒心，猜测他到底想说什么。

"最辛苦的是王编辑，我会把梁先生的谢意转达给她。"温星笑笑，转开没营养的道谢话题，选择直接问梁岩，"梁先生约我吃饭就是为了道谢吗？"

"这是一方面。"梁岩说道。

"那还有其他什么事吗？"温星问道。

"不着急，我们边吃边聊。"梁岩说道，"我已经点了菜，上次听说你偏好酸辣口味，今天点了些口味偏重的菜，不知道会不会合温小姐的胃口。"

"谢谢。"温星怀疑梁岩迎合她的用意，小心道谢。

等上菜的时候，梁岩一直在尝试和温星闲聊。这家餐厅叫"山房"，是一家私房菜馆，总共就两层楼，装修体现了一个"拙"字，温星他们头顶上还横着一道横梁。包厢里的桌子是木制方桌，上面铺着青色桌布，摆放着一个白色小瓷盘，盘子里是卷起来的彩色小纸条，这是供客人等待时消遣的小游戏道具。

梁岩从瓷盘里拿了一张小纸条打开，上面写着：追逐梦想就是追逐自己的厄运，在满地都是六便士的街上，他抬起头看到了月光。

梁岩抬头看向温星说："这些纸条挺有意思，你拆个看看写了什么。"

温星却觉得无聊，这种把戏司空见惯，她和梁岩对坐，毫无玩的心情。几秒后，她才随手拿起一个蓝色纸卷，慢慢打开。

"写了什么？"对面的梁岩语气平静，毫无波澜，心里却难掩好奇。

温星看了眼梁岩，说："还没看清楚。"

梁岩没再说话，静待温星读完纸条。

温星的纸条上不是什么文绉绉的文学摘录，而是网络上的搞笑段子：我发现他朋友圈屏蔽我了，我陷入了沉思。大家都是屏蔽家人，原来他把我当家人了！他好会啊，我更喜欢他了。

读完这个纸条的温星，默默把纸条重新卷起来。对面的梁岩在这时又问："你的纸条上面写的是什么？"

"段子。"温星说道。

"段子？什么段子？"梁岩追问。

"你的上面写了什么？"温星想转开话题，她看到屏蔽朋友圈相关的内容感到有些尴尬。

"我跟你换。"梁岩率先把自己的纸条递过去给温星。

温星迟疑了两秒，她看着梁岩高傲的模样，心想他这种人应该根本就不介意别人是不是屏蔽了他，而事情已经存在，她也坦荡些算了。

温星接过梁岩的纸条，把自己的递过去，她低头读纸条，有些心不在焉。

梁岩也在读纸条，他还以一种好学的态度在读，他和温星说："虽然是段子，但说得有一些道理。"

外面的雨越下越大，一声闷雷不期而至。温星吓了一跳，抬起脸惊讶地看着梁岩，心想这种段子能有什么道理。

梁岩以为温星是怕打雷，他问："你怕打雷？"

温星摇头，忍不住问他："你看出了什么道理？"

梁岩闻言，目光温和地注视着温星，说道："很多家人都报喜不报忧，这就和现在你们对家人屏蔽一些朋友圈的性质一样。如果你发现有家人屏蔽了你的朋友圈，对你隐瞒了一些事情，我们应该要谅解，这是家人的一种爱。"

温星一言不发，无言以对，许久才说道："这只是段子，叫'舔狗日记'，没这么深刻的道理。"

"'舔狗日记'？为什么叫'舔狗日记'？"梁岩遇到了知识盲点，他的自信人生里没有接触过"舔狗"这两个字，也很难想象。

"网络新词，很难解释清楚是什么意思。"温星说道。

"那你觉得这个好笑吗？"梁岩换了种方式去了解这个"舔狗日记"。

"有时候好笑，有时候不好笑。"温星侧开脸说道。

梁岩看温星不是很想解释，他没有再勉强。而他刚才说的那番话只是考虑到温星日后知道江陵病情时肯定会难过，所以先安慰她。

两人又默默拆了几个纸条，只言片语交流着纸条上的内容，多半是他问她答。好不容易熬到上菜，温星忍不住轻轻长舒一口气，把手里的纸条飞快卷好，丢回瓷盘里。梁岩则把瓷盘移到了一边，方便服务员摆菜。

简单的三菜一汤，梁岩一心陪温星吃饭，一言不发，时不时观察她吃得多不多。温星埋头慢慢吃饭，实在搞不动梁岩想和她谈什么，她见他心思深沉，不急不躁，言行十分沉得住气，她也不能表现得太着急乱了阵脚。

于是两人各怀心思吃了饭，除了交流饭菜味道，几乎没有其他什么话可说。等到吃完饭，梁岩让服务员来撤掉了空碗盘，随即点了一壶普洱茶。

温星对他这操作有些发愣，她看出了他有想要长谈的意思，也看出了他有些端架子的做派。

服务员去准备茶具，梁岩这次问温星："你喜欢喝茶吗？"

"不喜欢，怕喝了睡不着觉。"温星回答。

梁岩闻言微微抬眉，说道："熟普有助消化，不会影响睡眠，你可以试试看。"

温星面沉如水，劝自己耐心一些。

上茶具前，服务员上来掀开青色桌布，原来这张桌子能两用，取掉上面的桌板，在桌子底下接上软管和水桶便成了茶桌。

棕色砂壶和茶杯一一摆上，烧水的小电炉和精致小巧的水壶摆在梁岩手边，服务员还拿了三大瓶矿泉水进来，也放在梁岩脚边。温星扫了眼发现这水不便宜，她猜想送上来的茶应该也不便宜。

梁岩开始烧水烫茶具，他的动作优雅沉稳，仿佛时间都变慢了。

温星耐着性子等梁岩把第一杯茶放到她面前，再次问道："梁先生，你晚上找我有什么事？"

"你先尝尝这茶。"梁岩用这句话回答温星。

温星抬起头想拒绝，却对上梁岩带笑的眼睛，他很少笑，一时让人难以伸手打笑脸人。

温星端起小小的茶杯吹了吹，一饮而尽。

梁岩更是看笑了，他看到温星难得沉不住气的孩子样，说："你这是牛饮。"说罢，他又给温星续上了茶。

温星没再动茶杯，她看了看手机，才过八点。

梁岩见状也看了眼手表，说道："现在八点了，等喝完茶，外面的雨小一些，我们就回去。我知道你每天起很早，晚上也要早点儿休息。"

"你不是有事找我谈吗？"温星问道。

梁岩笑而不语，等他喝了杯中茶，给自己也满上了第二杯才说道："其实没有什么特别的事情，温星，我只是想和你交个朋友，能有机会多了解你一些。"

室内有安逸的茶香，室外的大雨还没有停，吃饭的时候还响了几次雷，此刻仍是电闪雷鸣，一个大阵势。温星这回真被吓到了，她瞪着梁岩，怀疑他被雷劈了。

"你愿意和我交朋友吗，温星？"梁岩没在意雷雨，明确表达自己的想法。

温星的愤怒再也压制不住，她觉得梁岩真的莫名其妙，自以为是。

"你认为我们哪里适合做朋友了，梁先生？你的身份地位，怎么看也不应该和我做朋友。"温星冷声说道。

"我什么身份地位？"梁岩不恼，反问温星。

"梁先生这么问，意思是不认为自己有什么身份地位吗？"温星冷眼看梁岩。

"是的。不过我这么说，你看上去不会相信。所以我想听一听你对我的看法。"梁岩说道。

温星气笑了，问道："你确定要听我对你的看法？"

梁岩点点头，说："请你畅所欲言。"

温星构思了一会儿，缓声字字清晰说道："梁先生要和我做朋友，简直是种资源浪费。"

"什么意思？"梁岩问道。

"我这个人不喜欢仗势欺人，不会讹人钱，这些事情我都不会做，白白仗了梁先生的势简直是浪费资源。"温星越生气越平静，不疾不徐解释道。

"除了觉得我仗势欺人，你对我还有没有其他看法？"梁岩

304

也很冷静，他端起茶杯，停顿片刻问温星，然后饮尽了杯中茶。

温星望着梁岩没继续说下去，她告诫自己，梁岩好像在故意激怒她。她不知道他的目的，不应该继续说，免得忍不住直接骂到他头上，为自己和他人招致祸端。

而梁岩今晚就是来讨温星骂的。他的想法很简单，他猜到温星讨厌他，与其让她憋在心里不断腹诽他，对他的印象越来越差，不如一次让她骂够本了，他们再重新认识。

所以梁岩见温星不说话，便替她说道："我想你应该很讨厌我。"

温星还是没搭腔，她不想再陪梁岩浪费时间，她准备离开。但梁岩下面说的话让她彻底炸了，只听他说："如果我现在说我喜欢你，温星，你是不是会更讨厌我？我喜欢你，温星，所以你想对我说什么都可以，不用怕得罪我。"他讲话的语气是那么傲慢，表情也是。

"我可真是谢谢你喜欢我，梁先生。"温星一时被气到说不出更多的话。

"讹人钱的事，我知道你是指何冰婷从你弟赵怀远那里骗走了一百万，这事我会处理好。但从这事也能看出赵怀远以及他身边的人都不可用，你以后应该远离他们。"梁岩告诫温星。

"梁先生，你讲这些话合适吗？你是怎么做到能毫不愧疚地讲出口的？何冰婷能讹上赵怀远还不是因为你给她撑腰，仗着你的势？她不久前还是你的情人，你为了她可以不管对错想让谁赔偿就让谁赔偿，你现在说这样的话，合适吗？打脸不疼吗？另外，我要不要远离谁，我自己会判断，不需要你多事。"温星一字一顿地说，她气得恨不得拍桌子，"何冰婷的事情，是我们家和她之间的事情，我们自己会解决，不需要你来办，不要说得像你在送人情给我们似的。"上一个说要帮她解决何冰婷事情的人是陈泽，温星现在发觉他们两兄弟都有病。

"像你说的，这事因我而起，应该由我去解决。"梁岩说道。

"您这是谦虚上了，要和我们互相谦让了？"温星讽刺道。

"温星，我是真心想弥补错误。这件事情的确是我处理方式不当在先，要是我一开始就知道会喜欢你，这么做会连累你受影响，我会换种方式去处理。"梁岩说道。

"神经病。"温星再也忍不住，脱口骂梁岩。

"一个你一个陈泽，你们两兄弟什么情况，能不能不要胡乱扯感情的事来为你们自己找借口？喜欢一个人或者讨厌一个人，是你们做事不公正、欺骗和玩弄别人的理由吗？自己惹出一堆事情，现在又摆出救世主的样子是想说明你有钱有势很厉害吗？你以为这样，别人就会感激你、对你改观吗？你怎么可以这么自以为是、冷酷傲慢？你当别人都是傻瓜吗？我告诉你，我不管你喜欢我是不是真的，反正我肯定不会喜欢你。"

温星如梁岩所愿彻底开骂，但梁岩发现他并没有做好准备，他低估了温星对他的杀伤力，她锐利的角度和犀利的言辞让他很难堪。

"我没有逼你喜欢我。"梁岩顿了顿说道，他伸手去拿水壶想往茶壶里加水，想以此显得镇定。

"那你能否也别逼我坐在这里和你吃饭，谈你所谓的事情？"温星嘲讽道。

"我没有逼你，你随时可以走。"梁岩放下水壶，抬眼看温星说道。

而温星听到他这句话，二话没说站起来提包就走。

梁岩怔住，随即后悔地站起身，他想挽留温星："温星。"

温星已经握住门把手，她回头看了眼梁岩，眼神厌恶。梁岩把挽留的话憋了回去，男子汉大丈夫说到做到，他缓缓坐了回去。温星一把拉开门，迅速离开这个包厢，她小跑着下楼，又气又急又紧张，她的心脏怦怦跳，大脑中不断地重复骂梁岩"神经病"。

这个晚上的经历让温星怀疑人生，她淋了雨，直到坐上车还在觉得这事情真是荒谬透顶，连八点半许明蕊打电话给她，她都不知道该说什么，只能告诉许明蕊，她已经在回家路上，让许明蕊放心。

好不容易回到家，温星还没来得及缓口气，就又收到了梁岩的信息。他竟然若无其事地问她：你平安到家了吗？

"什么脑回路？！"温星震惊地骂出声，她压根不想回复。

但梁岩又说：你不报一声平安，我只能找王楠问你的地址，亲自去确认你是不是到家了。

最终温星回复了一条：到家了。

梁岩秒回她：今天晚上很抱歉，忘了和你说对不起。

温星看到这句话，气得把手机砸到沙发上，骂道："神经病，神经病！"

梁岩坐在车上迟迟等不到温星的回复，他知道她不会再回复了。前所未有的挫败感笼罩着梁岩，他第一次觉得自己做不好某件事情，甚至搞砸了某件事情。

大雨还在下，聒噪的雨声让人辗转反侧，彻夜难眠。

在梁岩表白后的第二天，温星在上班时接到了黄采薇的电话，她的第一反应是怕黄采薇会提起梁岩。迟疑后接起电话，温星在窗户边看到昨晚雷雨过后如水洗般干净的天空。

温星之前向黄采薇咨询的翻译难点是时态问题。大学期间，她读过余光中的《翻译乃大道》，记得书里举例的一首诗，李白的《越中览古》，前段时间，她尝试翻译这首诗，但十分困难。如书里所说，因为中文没有时态，这首诗先古后今，前三句是旧时场景，读到最后一句才回到今朝，一下推翻了前三句的情景。这诗的意境古今交错，情绪层层叠叠，饱满朦胧，用有时态的英文很难翻译出来，用过去时就点破了韵味。黄采薇当时得知温星自己在做翻译，认真在思考，还坚持了有一年多，她很欣慰。

黄采薇的确很欣赏温星，所以上次梁岩提议让她收温星做学生，她也仔细考虑过，她的顾虑主要有两个：第一个她怕自己年事已高，精力有限，无法好好栽培一棵好苗子；第二个顾虑是怕空欢喜一场，温星太年轻，很多女孩儿结婚前是一种状态，结婚后往往是另一种状态，她不知道温星对文学翻译能坚持到什么程度。

　　所以多方考虑之后，黄采薇没有收温星做学生，但她还是很关心温星的学业和成长。知道温星在备考明年的研究生，她建议温星不要报考本校，而是报考她曾经任教的大学——江州外语大学。同时，黄采薇想给温星介绍一位好导师，这位导师是她的好友老张，也是这次和她一起合作的老同事之一。

　　黄采薇曾在江州外语大学任教二十五年，这所大学英文专业很优秀，她的大部分研究也都是在江州完成的。她的同事老张叫张觉，原来曾是她的学生，小了她十岁，现在是个将近七十岁的老头儿，还坚持在岗位上发光发热。黄采薇对张觉的人品和才能都非常了解和认可，她希望他和温星能有师生缘分。

　　黄采薇在电话里把自己的想法大概告诉了温星，她邀请温星和她一起去趟江州，一来看看学校，二来探望病中的张觉。

　　"我要去探望病中老友，借此机会，我可以带你去看看学校，要想好好读书，学校的环境和学习氛围很重要。"黄采薇说。

　　温星没想到黄采薇为她考虑这么多，她心里感激，却也不是滋味，她多少有些顾虑黄采薇和梁岩的关系，她怕自己厌恶梁岩会伤黄采薇的心。她看得出来，虽然黄采薇总是在人前打趣梁岩，但也是打从心里喜欢自己的外孙，连家里的保姆都对梁岩赞不绝口。

　　犹豫了几秒，温星认真地告诉黄采薇："黄老师，我曾经有考虑过报考江州外语大学，但现在顾虑多了，怕去了江州不能兼顾工作。"她曾经的顾虑只有江陵，虽然她并不依赖妈妈，但她一直以来都不想离江陵太远。

"你愿意接受我的邀请，先陪我去趟江州吗？"黄采薇问道。她知道最终要靠温星自己决定，她要做的只是把选项完美呈现在温星面前，让温星多一份选择和可能。

温星思考片刻，应道："我愿意陪您一起去，谢谢您的邀请。"

"太好了，这样我的旅途就有伴儿了。"黄采薇很高兴，"我们后天就出发，你向公司请假，我帮你背书。"

"周四就走吗？"温星惊讶。

"嗯，老张病了，我得早点儿去看看他。我们开车去，你可以带上你的猫，温星。"黄采薇笑说。

"黄老师……你连我的猫都考虑到了……"温星对黄采薇的敬爱无法用语言来形容了。

"小事。"黄采薇说罢，挂了电话。

温星低头看着手机，情绪复杂。

虽然黄采薇允许温星带猫，但经过慎重考虑之后，出发前温星还是把麦克送去了许明蕊那里，让好友帮忙照看两三天，她周六晚上就回来。

两人安顿好麦克，许明蕊送温星下楼，陪她在马路边等黄采薇的车来接，他们会直接从这边上高速出发。

午后的太阳有些猛烈，温星和许明蕊站在树荫下，温星再次和许明蕊道谢："本来想让我妈帮我养两天，但她真的很不喜欢动物，麦克好像也不喜欢她，我不放心他们两个在一起。还麻烦你请了半天假，真是谢谢你，小蕊。"

"那你帮我背书就好了，老板的女儿找我帮忙，我不能帮，我们组长肯定不敢说什么。"许明蕊玩笑说道。

温星笑了笑，问起她的情况："你现在工作怎么样？"

"都挺好的。"许明蕊说道。

"我妈，有找你吗？"温星语气有些停顿。

"没有，我们是分组的。"许明蕊摇摇头，"我请假也只要组长同意就可以。"

温星点点头，思索片刻说道："小蕊，我的工作和你的工作完全不一样，我不知道你在工作上会遇到什么样的问题，我直接问我妈你的情况是不好问的，但如果你有什么需要我帮忙的地方，你要和我说。就像我找你帮我照看猫一样。"

"你妈妈有提起过我吗？"许明蕊问道。

温星摇摇头，说道："她很少和我讲工作上的事情。"

"嗯，我懂，我也还不够优秀能让她提起。"许明蕊扬眉笑道，"不过你妈妈最近很忙，她今天上午没来公司，听说她请了今明两天的假。"

"咦？她如果没有出差，肯定会去公司打卡，露个面。怎么这么奇怪？"温星很诧异，有些不安地皱起了眉头。

许明蕊见状，安慰温星道："你有自己的生活，她肯定也有自己的生活，朋友聚会之类的，都很正常。她是老板，公司正常运作，她是用不着每天来公司的。"

温星却摇头否定了许明蕊的想法，说道："我妈不一样，如果是同城的朋友，他们会周末聚。如果是其他很重要的朋友远道而来，她肯定会告诉我，因为她会把我介绍给她的朋友认识。你们公司最近有在做什么项目吗？能帮我打听下吗，小蕊？"

"我就听说了一个投标项目，不过好像没有中标，我今天刚听说。"许明蕊说道。

"没有其他的吗？"

许明蕊听了笑道："真的是大项目，我也不会知道啊，我现在都还没有转正，只是个实习生啊。"

温星也笑了，但还是没有放下心，只是不想为难许明蕊去打听了。

"如果有什么奇怪的事情，我会留意的。"许明蕊懂温星的担心。

"谢谢你，小蕊。"温星拉了拉许明蕊的手。

"你好像过分担心了。"

"我只是预感很不好。"温星坦承。

"你这么幸运、幸福的人，有什么好担心的，你又不是我这种倒霉的人。"许明蕊失笑道。

这话让温星不由打量许明蕊，察觉到她无意识流露出来的辛苦压抑，于是严肃问道："小蕊，你没有借钱给黄星棋做生意吧？"

许明蕊措手不及，想掩饰自己的狼狈，侧了侧脸说道："哎呀，我想借也得有钱啊，我哪来的十万块呀？"

她的语调里有伪装出的漫不经心，温星都听出来了，不由追问："真的没有？"

"真的没有，我没钱借给他啦。"许明蕊转回头，嘴角抿出一个笑，目光明亮地望着温星，表达自己的坦诚。

"没有就好，你真的不欠他的，是他欠了你。不要再和他纠缠了，你的人生应该有更多的选择，好好工作，好好过你自己的生活。"温星说道。

许明蕊心里一阵难过，她不敢告诉温星，她其实网贷借钱给黄星棋了，而且他们还复合了。她一面认为自己的选择是正确的，一面又不敢面对朋友，怕看到朋友眼里软弱的自己。

所幸在这个难堪的时候，黄采薇的车到了，一辆豪华的商务车徐徐停在她们面前，后门自动打开，黄采薇坐在里面笑着和两个小姑娘招手。她看到温星的行李箱，拍了拍前排司机的肩膀说道："老吴，帮温星放一下行李。"

"不重，黄老师，我自己来就可以。"温星摆手。

司机已经推门下车，温星发现竟然是梁岩的那个司机老吴，她明明记得黄采薇有自己的司机，是个比较年轻的小伙子。

老吴热心地帮温星放行李箱，他听温星问怎么是他来开车，笑着解释说："梁先生不放心小李开长途，就把我调来给黄老师开车。梁先生考虑事情周全，他很关心黄老师。"

温星笑了笑，脸上有几分尴尬。

老吴一边开车一边和温星聊起天："温小姐，你真是有爱心，还养了猫。我一看你就知道你是个好人。"

"猫也给我带来很多乐趣，不仅仅是我养它。"温星笑道，低头理了理自己的包。

老吴笑了两声说道："你真的是个好人，上一次你愿意那么帮杨小姐，我就知道你很热心。这次有你陪黄老师一起去江州，我也放心很多，更别说梁先生了。"温星的手停顿了片刻，随即把包放在身侧，转过头看黄采薇，只见她面色如常地望着前方，面带微笑，于是温星试探着问："黄老师，梁先生也知道我陪您一起去江州吗？"

黄采薇笑着摆了摆手，嫌弃地说道："我本来是不打算告诉他的，这是我的事，不想他管那么多。都怪老吴多嘴，什么都往外说，我看他就是他老板派过来的'间谍'。"

开着车的老吴笑了，说道："我这不是工作需要嘛，黄老师。刚才梁先生打电话问我出发没有，我说还没有，正往南北路开。梁先生自己也认路，一听南北路不是上高速的方向，他以为我开错路了，那我不得解释一句吗，我说是去接温小姐，这没错吧？那梁先生问温小姐一起去吗，我也得照实回答，你说对吧，温小姐？"

温星微笑着点了点头，听起来梁岩应该不会把他们之间发生的事情告诉黄采薇，或许她的担心是多余的，黄采薇根本不知道这些事，她只要自己坦然一些，装作什么事都没有发生过就好。总的来说，她虽然骂了梁岩，但她问心无愧。同时，温星相信以梁岩傲慢的脾性，被骂了之后，他不会再纠缠，可能也会开始讨厌她。

这么想着，温星稍稍放下心，她想到了另外一件事情。她拿出手机给赵传雄发了一条信息，问他：赵叔叔，何冰婷的事情有什么进展吗？

赵传雄今天陪江陵去医院做化疗了，他正在等江陵，温星的信息让他内心越发焦灼。他一直没有办法联系上何冰婷，现在叶道给他出的主意是去何冰婷任职的学校找她。如果事情闹到对方的工作单位，相信她不得不出来回应。但赵传雄觉得这么做太狠了些，做人还是要互相留一线，他认为晓之以理动之以情才是解决的办法。

正当赵传雄这么想的时候，他的手机再次振动起来，又进来一条信息。他低头一看，还是温星发来的，她发来了何冰婷学校的名字和她任教的班级，温星说：她不仁我们不义，赵叔叔，如果她不愿意再谈一谈，我们就去她的学校找她，让她的校领导评评理。

赵传雄怔了怔，一时很难把温星的样子和"狠"字挂上边。

此刻，赵传雄他们想尽办法去联系的何冰婷，正坐在一个私人会所的包厢里，这里安静又隐蔽。约她来这里的人是梁岩，他刚才起身出去接电话了，回来后，他的脸色不太好，黑沉得越发难看。

梁岩重新落座之后，他问对面的何冰婷："你考虑得怎么样了？"

何冰婷故作镇定，微微抬了抬下巴，看着梁岩说道："那一百万本来就是我们家理应得到的赔偿，我不会退还。更何况你本来也答应帮我解决这事。"

"安安根本不是我的孩子，我凭什么帮你？"梁岩翻脸不认人。

"所以我只能靠自己讨回公道！"何冰婷说道，眉目间有着愤怒。

"何冰婷，你要说公道，那我就和你好好算算我们之间的账。"梁岩冷眼看着何冰婷，沉声说道。

无形的恐惧和威胁朝何冰婷压过来。她以为她见过梁岩生气，但这一刻，她意识到她以前从未见过，哪怕当初发生她骗他的事情，他也没有真正动怒过。何冰婷很清楚她当初敢骗梁岩的原因，除了趋利冒险，更重要的是因为她知道他心胸豁达，是个有修养、讲体面的人，他有底线有原则，不会真的报复她。

现在，他说要算算账，她的直觉告诉她这是真的要算账。她不由惊慌地看着他。

江州是个很美丽的城市，相比岳城的繁忙，这里显得很从容，安逸宜居。黄采薇在江州有套小别墅，在大学城附近，靠近山边，风景怡人，环境清幽。

下午到达住处的时候还没到五点，时间还早，黄采薇安排温星和老吴入住，老吴住一楼的客房，温星住二楼紧挨着主卧的客房。

二楼客房有个阳台，温星站在阳台上眺望，看见山上有气派的小楼和庭院，在山林之间若隐若现，她问了黄采薇才知道那是个养老院，投资人是梁岩。

黄采薇给温星拿了新被子，她把被子放在床上，笑着和温星说梁岩投资养老院的事情，她吐槽自己外孙："他肯定知道自己这种个性娶不到老婆，所以早点儿为自己养老做准备。"

温星抿嘴，说道："养老行业是个好方向，现在社会日趋老龄化了。"

"他嘛，从小就很聪明，这些年做生意也无往不利，但感情的事情一塌糊涂。他以为谈恋爱和做生意一样，按流程来，有家世和外貌加持就能成功。什么时候约会，什么时候送花，他都照自己的规划和时间来，他太自以为是了。也是他比较幸运，没有女生拒绝过他，别看他年纪挺大了，却没被爱情'毒打'过。"黄采薇笑眯眯地数落梁岩，"我有时候都不知道他在想什么。有一次好奇问了他为什么谈恋爱，他还很奇怪我为什么这么问，他说谈恋爱不是正常的事吗？我就知道他根本不知道什么是爱，他没有被爱神眷顾过。"

温星笑了笑，没搭话，她心里很同意黄采薇说的话，同时明白了梁岩对她也不过是一时兴起，所以更让人对他的告白感到莫名其妙。温星庆幸自己早就看清了他的真面目，没有被他的外表所迷惑。

黄采薇瞧着温星，见她对梁岩的事情似乎一点儿也不感兴趣，想想吐槽的话也说得差不多了，该说正经的了，便在片刻停顿之后，话锋一转说道："不过他就是这样，一旦认真起来又会很认真。他只是不怎么会表达，内在其实是一个挺好的人。"

温星微怔，感觉到黄采薇好像知道什么，她忙说道："嗯，人都有很多面。"

"你觉得他是个什么样的人？"黄采薇干脆直接问温星。

"您说梁先生吗？"温星反问，为了给自己组织语言的时间。

黄采薇点点头："我是他外婆，可能对他的看法不太客观，多少带有个人感情色彩。"

"梁先生是位成功人士。"温星思索片刻，说道。

黄采薇听完笑了，她嫌温星说话太官方，同时她看出了温星对梁岩的无意，这种落花有意流水无情的戏码上演在梁岩身上真是太难得了。黄采薇竟有几分看戏的心情。

傍晚吃过饭，老吴开车带两人去山上的养老院，这时温星才知道张觉始终没结过婚，现在一个人住在养老院里做研究。

养老院里有独居老人，也有夫妻同住的，每户都是一间套房，张觉住不大不小的两室一厅，进门就是客厅。他的大门开着，黄采薇在门口敲了敲门，然后喊着"老张"便走了进去。她领着温星直奔张觉的书房，只见一个满头白发的老人像是受了惊吓，正慌里慌张地往书桌底下藏东西。

"我就知道你肯定病还没好就开始工作了！"黄采薇像抓住偷吃的小孩子般，上前一把抓住张觉的手，把他藏进书桌底下的稿子拿了出来。

张觉惊慌失措地看着黄采薇说道："黄老师，你不是说明天来吗？"

"我就是来突袭抓你把柄的。"黄采薇竖眉瞪目。

张觉瞅见了站在门口的温星，越发不好意思，忙夺回自己的稿子，说道："我这吃完饭没事，想费费脑消消食，这笔才刚拿起来……"

"消食怎么不去散步？"黄采薇质问。

"我的头脑和手感情好，和脚处不来，走两步就累。"张觉解释道。

"那更要培养感情，起来，我和温星也刚吃过饭，上山来散步，你带我们去逛逛。你的眼睛要注意休息。"黄采薇不由分说地安排。

张觉颤颤巍巍地站起来，他是个体型瘦小的老头儿，他微微驼着背从书桌后面走出来，模样看上去比他实际年纪还要大些。当他走近，温星发现他的眼睛很年轻，炯炯有神。

"你好，你好。"张觉向温星伸手，显得平易近人，又带点儿幽默。

"您好，张老师。"温星赶忙双手握住张觉的手，微微鞠躬。

"好好好。"张觉拍了拍温星的手，没有多余的寒暄，好像他们早已经认识，"走，我带你们去逛逛。"

"你得叫他张教授。"黄采薇笑着纠正温星的称呼。

张觉随和地笑着说："都成，都成。"

"张教授。"温星笑道。

张觉松开温星的手，带路往外走，嘴里嘀咕着："张教授，张教授，怎么就做了教授？"

黄采薇让温星跟上，他们搭电梯下了楼，打算逛逛院子和周边山上。

张觉最近眼睛疼，视力日渐模糊，医生诊断他用眼过度，要他注意休息。张觉没有遵医嘱，他闲不住，一天不看书写作就浑身不舒服，再加上久坐，他的背和黄采薇一样有老毛病。前段时间头昏眼花背疼，这些零零散散的病散落在身体各个部位，弄得他寝食难安，又得了感冒，发烧了许多天，直到今天才缓过一些精神来。

天色欲晚，天际还有晚霞余晖，三人在山道上慢慢走。张觉背着手走在前面，时不时揉眼睛，和两人介绍周边的风景，他指着山下一大片砖红色的地方，说："那就是我们学校。"

温星知道他是指给自己看的，上前扶栏眺望，只见那里红绿相间，莫名地庄严神圣。"学校"两个字，包含着知识和智慧，让人心生向往。

"明天我带你去学校逛逛，刚好我也去销假。"张觉对温星笑说。

"病都还没有好，着什么急？"黄采薇说道。

"是我着急还是你着急？你不着急你的书，会大老远跑到这里来？"张觉笑着反驳黄采薇。

"好心当成驴肝肺。"黄采薇生气地骂了回去，"狗咬吕洞宾，不识好人心，我是关心你。"

张觉望着黄采薇笑起来，像一个搞恶作剧得逞的小孩儿。黄采薇弯腰随手捡起地上的树枝，指了指张觉说："你这么以小人之心度君子之腹，难怪要瞎你的眼。"

"要真瞎了还清净，半瞎不瞎才难受，这下我感受到黄老师的关心了。"张觉依旧笑盈盈地和黄采薇拌嘴。

温星忍不住也笑了，她发现这两个老人在一起的时候，他们都变年轻了。

天渐渐黑去，三个人在步道上走了半个来小时后折返，沿途路灯亮起，草丛和树木影影绰绰，山间安逸且神秘。

张觉依旧走在前面，快到养老院的时候，他猛然停住了脚步，还张开手拦住了温星和黄采薇，说："嘘，有蛇。"

话音未落，一条黑色的蛇追着一只蛙从不远处的草丛里飞快游出来，蛇在捕猎，蛙在逃。横穿过步道后，蛇衔住了青蛙。之后，它进食，在原地昂起脑袋待了很久，似乎觉察到周围有人，并不准备马上离开。

温星长这么大第一次看到真蛇，吓得不轻，她见张觉背着手慢慢往前走，紧张地低声道："张教授，别过去，我们等它先走。"

张觉摆摆手，继续往前走。蛇在左边，他往右边靠，说："只要你不攻击它不吓到它，它一般不主动攻击人。"他走到旁边站定，镇定地看着蛇。

温星屏住呼吸，心都快跳出喉咙了，紧紧挽着黄采薇，生怕她也要上前。

许久，蛇慢慢游走了，游进了草丛里。张觉回身对两人招手笑道："走吧。"

温星惊魂未定，赶紧挽扶着黄采薇往下走，不停说着："小心点儿，黄老师，赶紧走，快离开。"

走到养老院门口，一只巨大的绿色毛虫横在门口，温星不敢踩，吓得跳了起来。黄采薇再也忍不住大笑起来，她笑温星原来这么胆小，被蛇吓破了胆，现在看到虫子都以为是蛇。

温星强装镇定，解释说："我知道是虫子，是怕踩死它。"

张觉呵呵笑，他夺过黄采薇手上的树枝，弯腰将毛虫挑了起来送到一边草丛里，说道："这些可怜的不速之客，每天不知道要死伤多少。"

"我以后肯定不敢住山上，太吓人了。"温星惆怅地说道。

"它们也被你吓到了。"黄采薇笑道。

温星红了红脸，问黄采薇："黄老师，难道你不怕蛇吗？"

"我，我当然比你好很多。"黄采薇嘴硬道。

"她以前连'蛇'字都听不了。"张觉拆穿她道。

温星笑出声，难得感到真正的轻松和快乐。

夜里，山边很安静，温星睡前给江陵打了一个电话，问她今天忙不忙。

江陵说："很忙。"

"公司里事情很多吗？"温星试探问道。

"是啊。"江陵答道。

温星想到许明蕊说江陵请了假，她越来越觉得江陵有事瞒着她。

挂了电话之后，温星躺在床上睡不着，她思考江陵会瞒她什么事情以及瞒她的原因。不知道焦虑了多久，温星处在半睡半醒之间，隐约听到外面传来汽车声。隔了会儿，隔壁黄采薇打开门，楼下老吴跑上楼，两人说了什么一起下了楼，似乎很着急。但很快，外面又安静下来，不久之后楼下的汽车开走了，黄采薇拖着脚步慢慢回了房间，关上了门。温星跌入了梦乡。

　　隔天，温星一早在鸟鸣里醒来，她洗漱完下楼，准备做点儿早饭。结果老吴比她起得还早，已经跑去大学城附近买回了丰盛的早餐。

　　老吴招呼温星吃早餐。温星坐到餐桌边，随口和他聊天："昨天半夜是有发生什么事吗？我听到了一些声音，但太困了，就没起来。"

　　"哦，昨天夜里是梁先生来了。"老吴笑说。

　　温星一惊，下意识压低声音问："梁先生昨晚也住在这里？在哪个房间？"

　　"没有没有，梁先生来看了眼黄老师就走了，他去市区住酒店了。他今天有事要处理，不会再过来了。"老吴说道。

　　温星偷偷松了口气，伸手去拿豆浆。

　　老吴打开了话匣子，继续和温星聊天："梁先生今天去找黄医生，黄荣耀，你认识吗？国内数一数二的肿瘤专家。"

　　"没了解过。"温星笑道。

　　"你这么年轻，身体又健康，家里人也都很健康吧，温小姐？所以这些你不了解。"老吴语气羡慕地说道。

　　"吴叔叔，你叫我温星就好了。"温星说道。

　　老吴见温星改口叫他叔叔，倍感亲切，便笑着点点头说："你们年轻人一定要好好照顾自己的身体，不然等到生病要看医生再后悔就晚了。"

"嗯,健康才是本钱。"温星赞同。与此同时,脑海里闪过的一个念头使得她脸色有些差。她想到,江陵不会是生病了吧?

这个念头搅得温星恍神,去学校参观都心神不宁。后来,黄采薇和张觉在谈事情,她在走神,黄采薇叫了她好几声她都没反应。

"你怎么了,温星?"黄采薇见温星面色苍白,关切地问道,"不舒服吗?中暑了?"

被黄采薇这么一问,温星才意识到自己竟真的有点儿头晕。于是,她点点头,刚想开口,眼前却毫无预兆地一黑,头就往前栽了过去。

等温星再醒来,人已经躺在医院的病床上,她的手上输着液,病房里空荡荡、静悄悄的。她看到对面墙上竟贴着一个蓝色的大字"静",这种蓝色的静谧,很冷漠也很忧伤。

温星猜想肯定是黄采薇他们送她来的医院,她挣扎着坐起来,希望一会儿有人进来的时候能看到自己比较精神。温星不知道自己为什么会晕倒,可能和她这段时间一直都睡不好和隐隐焦虑不安有关。

没多久,病房外传来响动,有人开门进来。温星坐在床上盯着门口看,她深呼吸调整情绪,脸上摆好笑容准备迎接黄采薇他们。谁知走进来的人是梁岩,她猝不及防,笑容消失,身体僵住。

梁岩见状迈进门的脚又收了回去,犹豫了几秒后,才又迈了进来。

和阳晴语

◆下

Judy 侠——著

时代文艺出版社
SHIDAI WENYI CHUBANSHE

第十一章

"你醒了？"

安静的病房里，梁岩先开口说话，他走到离病床三步远的地方站住了脚。

温星没回答，她慢慢回过神，侧开脸垂眼看着被面。

梁岩等了会儿，又说道："早上你晕倒了，我外婆和张教授送你来的医院。现在是午饭时间，他们去吃饭了，我恰好在这里办事，顺便过来看看。"

"哦。"温星点头应声，她实在想不出话和梁岩说。

"医生说你睡眠不足，有低血糖的症状，再加上精神压力大才会晕倒。"梁岩向温星描述她的病因，语气平静，从他的样子里丝毫看不出尴尬。

温星还是没吭声，梁岩在她面前，让她有胸闷气短的感觉。

"你现在感觉怎么样？"梁岩看着温星苍白的脸，不由往前走了一步。

温星倏地抬起头看向梁岩，说道："梁先生，谢谢你的关心，我好多了。现在能不能请你出去？我想休息。"

温星的直白让梁岩微怔，但很快他便迎着她抵触的目光，望着她问道："你是一直睡不好，还是最近才这样？夜里会失眠吗？"

"你是医生吗？"温星犀利地反问。

"如果你只想和医生说，我可以现在去请医生过来。"梁岩说道，语气温和地接住温星的敌意。

这让温星有些接不住话了，她的脑子依旧昏昏沉沉的，疲于应付。

梁岩见温星皱眉，他也不由跟着皱眉，心头更是泛起了些许难受。他想了想，虽然没错却想先和她道歉，于是说："你别不高兴，我没有和你斗嘴的意思。只是你一定要把身体情况说清楚，医生才能更好地了解。"

温星彻底不想说话了，她感到烦躁，没缘由地郁闷生气。她躺回床上，拉起被子到胸口，疲惫地说道："麻烦你先出去，梁先生，我想一个人安静一会儿。"说罢她侧过头，闭上眼假寐。

梁岩再次听到逐客令，尽管他很担心温星，也知道再赖在病房里不行，他多看了她几眼，便悄无声息地离开了。

听到轻微的关门声，温星睁开了眼，出神地望着输液的点滴，她忽然感到自己四面都是墙，世界莫名缩小了许多，让她感到忧心忡忡。

黄采薇和张觉在医院食堂吃完午饭回来，发现梁岩站在温星病房门口走神。两人上前询问温星的情况，梁岩说："她已经醒了，不过还需要休息。外婆，我下午得回去了，她如果好一些，麻烦你告诉我一声。"

"你的事情办完了？"黄采薇不知道梁岩在为江陵奔波找医生的事。

"办完了。"梁岩点头说。

梁岩来这边为的就是江陵的病，昨天他收到医生朋友黄荣耀即将要出国学习一年的消息。黄荣耀告诉他，江陵联系过他，他也看了江陵的报告，情况不是很乐观。梁岩便亲自来请黄荣耀近期一定要去趟岳城。

黄采薇嘱咐梁岩要吃过午饭再开车回去，梁岩答应了。

梁岩在医院食堂随便吃了两口饭，临走前，他给温星买了粥让老吴送上去，还嘱咐老吴不要告诉温星是他买的。

老吴问了句为什么，梁岩没回答，转身走了。

不明就里的老吴提着粥去病房，正遇上黄采薇出来，便把粥交给了她。黄采薇笑道："老吴，我正要麻烦你去给温星买点儿粥，你怎么这么神通广大就马上送来了呢？"

老吴不领功，压低声音对黄采薇说："不是我买的，是梁先生买的，但他不让我说。"

黄采薇闻言也露出诧异的表情，她思索了片刻，隐隐猜到了原因。她想证实自己的猜想，便拿着粥笑着推开门。

张觉见黄采薇出去不过一会儿就拿回了粥，开玩笑故作惊讶道："黄老师原来真的是仙女，这粥肯定不是买的，是你用法术变出来的吧？"

"我早说过我是仙女，死了要位列仙班的，你现在信了吧？"黄采薇得意地笑道。

"信信信，我这辈子得好好做人，争取以后和你继续做好友。"张觉一本正经地附和。

温星被逗笑，她觉得张觉和黄采薇之间的关系真的是太融洽了。

黄采薇把粥搁在温星面前，听到她说给他们添麻烦了之类的话，便故作不经意说道："不用客气，温星，这粥也不是我买的，是小岩买的。"

只见温星拿勺的手略微一顿，脸上有些不自在。黄采薇见状，便肯定两个年轻人之间发生了什么。

下午，温星挂完点滴就出院了，她恢复了气色，这次意外晕倒就像一个节点，莫名把她的担忧和焦虑都一起带走了。

就在温星从医院离开坐上车后，她收到了赵传雄的短信，告知她一个好消息：星星，何冰婷下午主动联系叔叔了，她转回了五十万，另外五十万她已经买了理财，一时取不出来，下周再想办法退还。这事你就别担心了，这个世界上还是好人多，明理的人多。我们得饶人处且饶人是对的。

温星读完短信，长长地舒了口气，虽然很多时候她对人性充满了防备，但不代表她认为世界上都是坏人。任何一个人听到能证明别人是善意的事，都会感到开心，因为每个人都真实地构建着社会环境的安全感。

温星的心情渐渐明朗起来，她回复了赵传雄一个拼命点头的表情，同时坦诚地向他问出了自己的担心：赵叔叔，我妈最近好吗？我感觉她最近看上去好像很累，是不是公司里发生什么事了？

温星的这条信息，赵传雄没有回复，而是直接打来了电话，他笑着和温星说："你妈没什么事，温星，你别胡思乱想。你妈呀，就是前段时间出差累到了，她本来肝就不太好，加上没休息好，转氨酶又高了一些，所以人容易累，其他没什么。我让她吃药了，再不好就去打一针。"

"只是转氨酶高吗？"温星问道，稍稍松了口气。

"是啊，不然还能有什么事？等她先吃几天药好一些，我和她要一起去体检了。你知道的，我们两个每年都体检，能有什么事？"赵传雄说道。

温星彻底放心了，她笑了声，笑自己最近神经紧张。

等温星挂了电话，黄采薇问温星："你妈妈生病了吗？"

"嗯，她身体一直不算好。不过也是老毛病了，注意休息就好了。"温星笑说。

黄采薇拍了拍温星的背表示安慰，然后她低头拿出手机给梁岩发了条信息：温星好多了，你别担心。你要是真的喜欢人家，就多花点儿心思了解人家情况。我听温星说她妈妈肝不好，你去看看有什么护肝的吃的用的送一些。

梁岩没有即时读信息，因为他在开车，很多时候比起坐车，他更喜欢自己开车。梁岩觉得开车很自由，开车的时候也是他唯一只需对自己负责任的时候，他可以什么都不想，也可以认真思考一些事情。

整个下午的车程，梁岩都任性地没管手机，只顾开着车，他也没想什么事，只有温星这个人像块石头压在他心头，让人心疼得难受。

等傍晚回到岳城，梁岩才扫了眼手机信息，黄采薇的信息让他静默很久。黄荣耀说江陵病情不乐观的原因之一就是她本身身体素质不好，癌细胞也有转移的迹象，不化疗不行，但这么高强度的化疗很伤身体，尤其对肝不好。江陵因为工作，多年处在熬夜和应酬的高压下，肝已经很脆弱了。

梁岩给黄采薇回复了一个"好"字，然后他犹豫了很久，给温星发了信息：你有空看看这篇文章。

接着他给温星转了一篇医学文章，内容是科普什么是低血糖及其危害和注意事项。

温星一般看到微信里这类公众号文章，她都不爱点开，更何况是梁岩发的。她依旧觉得他这个人脑回路很奇特，刻板严肃，让人感到尴尬并且无聊。

梁岩真的很无聊，他在晚上睡前没收到温星的回复，坚持不懈地又给她发了一条信息，追问她：你读过文章了吗？

温星就是不想回复他，还删除了他发的信息。

梁岩还是没等到温星的回复，烦躁地摔开了手机，他骄傲的自尊心使他生气了，他是个个性很刚强的人，没想到温星竟比他还强硬骄傲。只是他气了不过半分钟，最终还是拗不过对她的喜欢，又捡回了手机。他提醒自己，她只是对他还有成见，日久见人心，他相信自己真正的为人不至于让她这么讨厌。

新的一周，温星在公司碰到憔悴的王楠，温星关心地问她家里情况怎么样。王楠看了眼温星，欲言又止。

"没事，不想说就不用说，有什么需要我的地方告诉我一声，姐。"温星见状，善解人意地抱了抱王楠。

这让王楠更难受了。王楠这个周末过得很憔悴是因为两件事，一件是她从母亲黄如芳那里得知了江陵生病的事，另一件就是她从谢朗那里得知了梁岩喜欢温星的事。

前段时间黄如芳两夫妻闹矛盾，把王楠奶奶气得住进了医院。老人家住院的医院和江陵动手术、做化疗的医院是同一家，黄如芳无意间碰到了江陵。原本两人有宿怨，见面多少有些尴尬，结果得知江陵患癌，黄如芳一下心就软了，感慨命运的可笑无常。她回到家想起最早和江陵并肩创业意气风发的过往，再看看自己现下的一地鸡毛，忍不住哭了一通。

王楠回来见到黄如芳情绪波动如此大，不由追问她原因。黄如芳便把江陵生病的事告诉了王楠。王楠第一个反应是心疼温星，同时她不太赞成大家都知道却瞒着温星的这种做法，她换位想，如果她是温星肯定会崩溃，于是她想告诉温星。为这事，王楠和黄如芳争执了一番，最后她被黄如芳暂时说服，内心却依旧不安和纠结。

王楠和谢朗私底下关系很不错，他们有时候聊工作，有时候互相扯皮逗乐，谢朗觉得王楠像哥们儿，王楠觉得谢朗是姐妹。

有了苦闷，王楠找谢朗咨询，她一开始没有说当事人是温星，只是把事情大概告诉了谢朗。她说自己知道一个好朋友的妈妈得了重病，但好朋友却不知道，她问谢朗应不应该告诉好朋友。

谢朗认真给王楠分析："那你得先看看你好朋友是个什么样的人，每个人心理承受能力不一样，然后再想想要不要找合适的机会告诉她。"

"我有时候觉得她挺坚强的，但毕竟年纪不大。"王楠说道。

"别扯年纪大小，主要看经历。"谢朗说道。

王楠心烦意乱，犹豫再三和谢朗摊牌说："我觉得她没那么坚强，有什么事都憋自己心里，不见得是真的消化了。我们从小认识，我以前就觉得她过分懂事了，我比她大，但每次都是她照顾我。其实就是温星，你也认识她，你觉得她是个什么样的人？我应不应该告诉她？"

谢朗一听是温星，他也为难了。两人就这事讨论了半天，谢朗一面是关心温星，一面是想通过王楠多了解一些温星的情况，好和梁岩说。在和王楠聊天的过程中，谢朗打电话给梁岩，和他说了江陵生病的事情，他以为梁岩不知情。结果老板很镇定，和他说："你让王楠不要告诉温星。江陵她有分寸，她完全确定自己的病情后就会告诉温星。这事情应该由她亲自和温星说。"

梁岩说完这话，停顿片刻，继续说："正巧你打电话来说这事，我也不用再通知你，你帮我把周一的行程调整下。周一早上，我要带江陵去见个医生。"

谢朗目瞪口呆，心想不愧是老板，表面上像是不会追求女孩儿，背地里把"丈母娘"都搞定了，这才是真正的高手。

谢朗把梁岩的话告诉王楠，王楠一开始很震惊，臭骂谢朗多嘴，他们聊天干吗告诉梁岩。谢朗很委屈，把梁岩要带江陵去看病以及他喜欢温星的事告诉了王楠。他知道梁岩让自己转达给王楠，意思就是他追温星的事早晚要公开。

王楠的心情难以言喻，她终止了和谢朗的聊天，神思恍惚地放下手机，躺在床上出神。

周一很漫长，温星一边工作一边在心里考虑去江州读研究生的事情。临下班，她接到江陵约晚餐的电话。江陵选的餐厅是她们母女常去的中餐厅，她们是那家餐厅的老顾客，平时没地方去，总会想到去这家餐厅吃一顿，对她们来说是一个熟悉亲切的地方。

温星很高兴地答应了晚餐邀约，但当她准时到达餐厅，才发现梁岩也在，这并不是她们母女俩的晚餐。

那天在医院里，江陵和黄如芳重逢，两人聊起了一件往事。刚创业那时候很辛苦，偶尔得空，两个人会躲在小小的办公室里喝酒。她们曾聊过孩子的话题，江陵当时说："我一想到温星就难过，我不后悔当她的妈妈，但觉得生孩子就是把孩子带到世上来受苦。孩子比大人苦，因为要成长。"

黄如芳曾经不赞成这个说法，现在她却想不到比这个更准确的说法了。她说她能理解江陵不想让温星知道自己生病的心情。而她上一次说理解江陵已经是很多年前了，但说了那句话之后没多久，两人就彻底分道扬镳了。原来说理解的那天，是她们为各自的利益走到了分岔口，仅剩的些许情感在做徒劳的挣扎而已。我能理解你的难处，但我最终不会放弃自己的利益，这就是她们之间关系的本质。

江陵听到自己从前说过的话只是笑了笑，她的脑海里浮现了很多画面和片段，包括和黄如芳的点点滴滴。她曾经拥有过友谊，也付出过无比的信任，最终却明白了众生皆苦的道理。此刻，她看着自己的生命走向脆弱将近消亡，不想再提往事，只是和黄如芳说："有空来我家喝酒。"

"你还能喝酒吗？"黄如芳不懂死亡将近之人的豁达，她只是感到紧张和害怕。

"开玩笑的，你喝酒我喝水。"江陵笑道。

黄如芳笑不出来，她没有江陵豁达。

江陵当年和赵传雄结婚是在和黄如芳闹掰之后，除了利益关系，更重要的是她当时倦了。赵传雄和她一样同为老板，格局相同，很多事情能互相理解，她想这样很好。事实告诉她，这个世界上没有什么真正的"这样很好"，烦心事永远是无穷无尽的。

江陵早上和梁岩去看完医生，没有什么新说法，主要还是要靠她自己的意志。医生给出了一个生命期限半年左右的结论，她问不做化疗是不是有可能活得更久，医生说关于做不做化疗，其实这两种选择都是在赌博。

江陵没有说话，她默默起身，谢过了医生。她走出诊室门口，看到等在门口的梁岩从椅子上站起来，她对梁岩笑了笑，道了一声谢。

梁岩看江陵的样子就知道结果不好，沉默地对她点了点头。

路上，梁岩开车送江陵回去，他把赵怀远他们的事情告诉了江陵，同时建议江陵应该把病情告诉温星，再瞒下去也瞒不住了。

江陵坐在后排低着头，她问："温星知道何冰婷这件事吗？"

"知道。"梁岩看了眼后视镜，答道。

江陵笑了笑说："那她也有事瞒着我。"

梁岩没说话。

隔了会儿，江陵抬起头笑问梁岩："梁总，介不介意我问你一个私人问题？"

"不介意。"梁岩没犹豫便答道。

"你和何冰婷到底是什么关系？你一会儿对人好得不得了，一会儿又翻脸不认人，让底下的人都很难做事。何冰婷能讹走我们一百万这事如果要怪你，你不冤吧？"江陵好像玩笑一般，徐徐问道。

这个问题对梁岩来说是一种考验，他思考了片刻说道："不冤。江总，我年轻的时候有点儿荒唐，之前还有点儿糊涂，现在在努力改进中。何冰婷的事情不会有第二次。"

江陵阅人不少，但梁岩的回答还是让她蛮意外的，江陵还不能百分百肯定梁岩是个什么样的人，但她觉得这个男人心胸是宽广的。

"上次你说要和我们家温星做朋友，你们现在是朋友了吗？"江陵又笑问道。

"还不是。温星交友谨慎，挺好的。"梁岩中肯说道。

江陵忍不住笑出声，说："我真的好想现场看看你们两个是怎么交朋友的。"

"江总，你觉得我说的话很好笑吗？"梁岩再次看了眼后视镜，他有些许尴尬。

"温星知道你把何冰婷的事情解决了吗？"江陵忍住笑，问道。

"还没有完全解决。不过这事，"梁岩停顿了下说道，"就不用让温星知道了。"

"也是，她知道了可能只会觉得你怎么好意思邀功。"江陵笑说。

梁岩闻言，嘴角紧抿，一时词穷。

江陵笑了会儿，恢复了平常神色，微笑对梁岩说："不过，你帮我找医生这事，我真得谢谢你，梁总。晚上我们母女请你吃饭。"

梁岩没有任何拒绝的想法，他点头说："好，谢谢你们。"

傍晚下班，梁岩回家换下西装，穿上休闲装去赴约，因为江陵提醒了他一句："梁总，晚上是答谢宴，你不要太严肃。我和温星都是很随意的人。"梁岩被点醒，他意识到他可能在温星的印象里就是个刻板的中年人，他们整整差了十岁。

想到这个年龄差时，梁岩觉得很不可思议。他早知道温星年纪小，却没有正视过这个问题，因为他一直觉得自己还很年轻，正值青年。不想当一个男人对感情有期待的时候，也会担心自己的年纪大。

穿上休闲装的梁岩看上去年轻了不少，他英俊的脸庞多了种柔和的神采。不过，温星没看出他有什么不同，她发现他也在，走到餐桌边脸色就不太好。

温星听到江陵说晚上是专门请梁岩吃饭要谢谢他，她面露惊讶，脑子里转的想法是：难道何冰婷的事情是他解决的？他脸皮真是厚，好意思和我妈邀功？

这么想着，温星看梁岩的眼神又锐利了几分。再加上一旁有江陵能为她撑腰，她不由冷着脸坐下来，内心鄙夷。

江陵打量温星的臭脸，说道："你怎么这么没有礼貌？快和梁总打个招呼。"

温星闻言，冷静了三秒钟，才开口对梁岩点点头说道："梁先生好。"温星会低头，是因为她看到江陵今天的脸色不太好，看上去很累。

梁岩也颔首，看着温星没开口。

江陵打破了两人的尴尬，愉快地开口对温星说道："妈已经点菜了。你最喜欢吃的焖鸡，今天竟然还有。"

温星笑了笑，她想要是梁岩不在就好了。

服务员先上了一杯饮料，是冰杨梅汁。因为梁岩坐得靠外，那杯饮料先摆在了他的面前，但温星一看就知道那是自己的饮料，她相信肯定是江陵帮她点的。温星下意识在等梁岩把饮料推过来给她，结果却看到他伸手拿过饮料，低头就着吸管慢条斯理喝了起来。

温星愤懑地撇开头，不期然对上江陵似笑非笑的眼神，不由有些尴尬。

"我忘了给你也点杯杨梅汁，你要吗？"江陵笑问女儿。

梁岩在这时抬起头看温星，只见她有些气鼓鼓地说："不要。"样子可爱生动。

"那你今天要喝什么？"江陵又问道。

"喝水。"温星没好气地说道。

"你今天怎么了？工作不顺心？好像不是很开心的样子。"江陵柔声说道。

温星没说话，低下头，心里难受委屈。

江陵伸手抚摸温星的肩膀，安慰她说："好了，不管什么事，今天妈妈请客，你都要开开心心的，不然不是给梁总看笑话吗？"

这话让温星更委屈了，她好一会儿才调整好情绪，抬起头看向梁岩。她的目光犀利，神态清冷，开口说道："听说梁先生工作很忙，今晚真是感谢您百忙之中抽空来吃饭。"

"再忙也要吃饭，不需要抽空。"梁岩答道。

"梁先生就算吃饭应该也多半是谈生意吧？"温星又讽刺地说道。

"有些饭吃的是情义。"梁岩不计较温星的讽刺，沉声说道。

温星像听到了什么笑话，她抿嘴笑了笑，心里在想要怎么在江陵面前揭穿梁岩的真面目。她停顿了片刻，转过脸问江陵："妈，我们今天为什么要请梁先生吃饭？要谢他什么？"

江陵正看戏看得起劲，温星一句话忽然把她拉回了现实，餐桌上的气氛骤降。梁岩也有几分紧张地看向江陵。

温星察觉到气氛有些怪异，但她来不及想太多，就听到江陵笑着和她说："妈生病了，星星。梁总一直在帮妈找医生，你说要不要谢谢他？"

江陵的话说得很轻巧，却像一颗钉子般钉在了温星的心口，她怔住神，好一会儿才故作镇定说道："哦，我知道你病了，赵叔叔说你最近没有休息好，转氨酶又高了。我看你今天脸色也不是很好……"

"星星，对不起，妈不仅仅是转氨酶高。赵叔叔不是故意骗你，是妈让他先不要说。妈其实……"江陵话到嘴边忽然难以开口，她深吸一口气，放低声音说道，"妈其实得了癌症。"

温星闻言脑袋一片空白，如条件反射般问："什么癌？"

"结肠癌。已经动了手术，在接受化疗了。"江陵握住温星的手，尽量温和地告诉她，但温星的手冰凉。

"哦。"温星应了一声，她反手握住江陵的手，随即又慢慢把手收回来，她忽然站了起来又坐回去，好一会儿说，"我去下洗手间。"

江陵点点头，待温星离座后，她的脸色变得灰白。

"我去看看温星。"梁岩说道。

"不要过去，让她冷静一下。"江陵瞬间感到筋疲力尽，她靠在椅背上低声说道。

"我很担心她，她的反应有些反常。"梁岩不由皱眉。

江陵低着头许久，点了点头。

温星站在洗手间镜子前面出神，她没有哭，也没有难过，只是脑袋里空空的，不知道自己是谁，接下来要做什么。直到有人从厕所里出来要洗手，嫌她挡住了路，说了她一句"别挡着呀"，她才回神。

温星转身快步走出洗手间，迎面遇上了梁岩，她不等他开口，就极其冷酷地说道："你不要和我说话，我不想和你说话，我也不需要你的关心。"

梁岩怔神，被温星的态度弄得又心疼又生气，他不是没有脾气的人，此刻气急，一把拽住温星的手臂，把她拉到一边严肃说道："温星，我知道你现在很难过，但现在你妈需要你的关心和支持。你要相信她会好的，不能气馁。"

梁岩的话刺痛了温星的心，因为他窥探了她内心深处的悲伤和恐惧，她对着他恼羞成怒地说："我不需要你教我怎么做，你能不能不要自以为是，在这里管别人的闲事？这和你有什么关系？"她想挣开他的手，他却抓得更牢。

"不好意思，我这个人就是喜欢多管你的闲事。"梁岩冷声说道。

温星彻底被激怒，她抬起头瞪着梁岩说道："梁岩，你简直就是神经病！"

温星这句话说得很大声，有人路过侧目看着他们。梁岩面沉如水，压着火气低头对温星说道："如果骂我会让你觉得开心，那你随便骂，温星。"

梁岩越是这么退让温星越气愤，她连声冲他发火："神经病，神经病，神经病！"但骂完，她瞪着他，下一秒她的眼眶里都是清澈的泪水。

梁岩看到温星哭，感到难以忍受的心疼，他的动作快于思想，一下把温星拥到怀里，安慰她说："没事的，温星，没事的。"

温星低声抽泣起来，她紧紧捂着脸，希望江陵只是在开玩笑，希望一切都是假的，希望时光倒流回到她小时候，江陵年轻健康。

温星哭了短短一分钟，梁岩却感到无比漫长。当温星推开他擦掉眼泪往前走，他快步跟上，每一步都充满着担忧，但他一时也无能为力。

温星回到餐桌边坐下来，明明眼眶还是红的，脸上却已经恢复了常色，她认真对江陵说："妈，现在癌症可以治好，希望很大。"

"妈知道。"江陵也恢复了笑意，她抬手用力搂住温星的肩膀。

温星靠在江陵肩头，和她耳语般说道："别怕，我陪着你一起治病，你一定会没事的。"

"嗯，好。"江陵摸了摸温星的头。

这时，服务员过来开始陆续上菜。梁岩时不时帮忙腾位置摆菜，他对江陵说："江总，先吃饭，你要多吃一些。"

"好。"江陵松开温星，对梁岩微笑点头。

温星坐好后，默默帮江陵递筷子，夹起第一块鸡肉放在她的碗里。梁岩则把自己夹起的第一块鸡肉放在了温星的碗里。

温星抬头看了眼梁岩，她的眼神还是凶巴巴的，梁岩当没看见，沉默着给自己夹菜。

温星对着碗里的鸡肉犹豫了会儿，缓缓夹起来低头咬了一口。江陵当作没看到两人的别扭，她笑着提醒温星："梁总帮妈找了医生，真的很有心，你是不是应该谢谢他？"

温星闻言，利落地端起手边的玻璃杯对梁岩说道："以水代酒谢谢你。"她的语气里依旧有一丝丝的不情愿。

梁岩决定不说话，他扫了温星一眼，端起饮料和她轻轻碰了碰杯，象征性地抿了一口。

温星倒豪爽地一口气喝完了杯子里的水，重新拿起筷子大口吃饭。她和梁岩两个人几乎吃完了江陵点的五菜一汤，江陵虽然吃得不多，但心情看上去很好，回家的时候，江陵玩笑说："我们三个人开三辆车，太不低碳环保了，以后有机会再一起吃饭，就开一辆车吧。"

"我可以去接你们。"梁岩说道。

温星没说话，她晚上没有和江陵回家，而是回了自己的出租房，她等江陵开车离开后才转身去取车。

梁岩还是跟在温星身后，不等温星问，他就先解释说："我的车也在那边。"

温星没出声，安静走着，走到车边也不道别，径直拉开车门坐了进去。

梁岩站住看着温星，一点儿也不计较她的无礼，默默目送她开车离开。温星离开后，停车场里静悄悄的，梁岩抬起头望着晴朗夜空里的星星，感到说不出的难受心酸。

温星开着车不停在流泪，她一边擦眼泪，一边告诉自己一定要坚强。

第十二章

前一晚温星回到家，洗漱完赶紧倒头就睡了。隔天一早，她被麦克叫醒，它的脚正在她的脸上按摩般踩着，把她逗得直笑。有一瞬间，温星觉得自己真的很坚强，不会害怕。

可惜只是一瞬间，在那勇敢的一瞬间之后，温星就跌入了谷底。她努力让自己提起精神，拿起手机查看信息：她昨天给麦克预约了绝育手术，宠物医院给她回复了具体时间以及术前注意事项，她一一记下；她和许明蕊还有张静有个小群，昨天半夜，张静在群里发了一个爆炸性的新闻，说何依依和赵初迎要在下周举行婚礼；何依依邀请了她，而何依依这么着急结婚的原因是她怀孕了；陈泽深夜里也给温星发了信息，是一张他们从前的合照，照片里温星靠在他的肩头笑得很甜，陈泽说他在整理照片，想起了从前，温星点开，看到照片里的自己她感到很陌生，不知道当时的自己怎么会那么快乐，下一秒，她删除了和陈泽的聊天记录；王楠也在半夜给温星发了一个表情叫她出来聊天，见她没回，又发了一堆搞笑表情包。

不管是什么信息，温星感觉都离自己很遥远，她努力想靠近，却感到还是有着无形的界线。最终她选择性回复了一些信息，然后给江陵发了"早安"，只有这事让她感受到些许踏实。

另一条让温星有真实感的信息是梁岩发的，他说：医生建议你妈不要再继续工作，你劝劝她。

温星回复道：能不能把你介绍给我妈的医生联系方式告诉我？

梁岩很快把黄荣耀的联系方式发给了温星。对此，温星发了一个字：谢。

梁岩回复：昨晚睡得怎么样？

温星不想谈自己的感受或进行任何倾诉，便没再回复。

温星联系上黄荣耀，从他那里了解了江陵的病情，原本高高的天空像是变得很低，紧紧罩在温星心头。温星想了很多，最好和最坏的情况她都想到了，但不管哪一种，这个过程温星都希望陪着江陵。她打算让江陵开心地过这半年，如果她们熬过来了，也不会后悔有这快乐的半年时光；如果没有，这半年就是她们最珍贵的回忆。

这一天上班，温星一直很安静，她默默做着自己的工作，午饭时间都没有离开位置，只叫了外卖回来吃。一直到下午快下班，温星从椅子上站起来去了趟洗手间，之后去茶水间喝水缓缓劲。

王楠正在茶水间休息，她靠在饮水机旁边刷视频，时不时笑两声。温星和她打了声招呼，王楠抬起头挑眉问道："心情好点儿了？"

温星答："我不是心情不好。"

"发生什么事了吗？昨晚给你发信息都没回，很早就睡了？"王楠关心地问道。她早上看温星脸色很不好，她都不敢打扰。

温星上前接水，她按了温水，等水接好才微笑说道："没什么事。只是最近都睡不好，晚上很早就把手机调静音了，有时候也是在学习。"

"别太累了，要注意身体，我听黄老师说你在江州晕倒了。"王楠说道。

"那天也有点儿中暑了。"温星不好意思地笑说，语气柔和。

王楠打量温星，她一直羡慕温星皮肤白皙，看上去就是冰雪聪明，气质温柔甜美。而温星冷静又认真的做事态度到哪都招人喜欢，王楠打从心里喜欢她，喜欢到偶尔会羡慕，甚至嫉妒。

王楠收起手机看着温星，思索片刻说道："说起黄老师，她那边的事情，我一直想找你好好谈一下，温星。虽然黄老师说不需要你过去帮忙，但我希望你要全程跟进，你有这方面的知识和能力，一定要辛苦点儿去帮忙。另外，虽然黄老师现在退休不带学生了，但你如果真的想拜她为师，一定要主动一些。多去走动，多问问题，她总会被你打动的。"

"嗯，我知道，姐。我和黄老师那边商量好了，稿子都由我来校对。张教授习惯手写，他不怎么会用电脑，后面也会由我去把手稿整理好输入电脑。"温星说道。这也是她心里沉甸甸的原因之一，她的工作才开始，很多事情都在进行中，她渴望全身心投入自己热爱的事业里，但现在她更担心江陵。

"会很辛苦，但也很值得，你肯定会学到很多东西。不过也不要只顾着学习和工作，感情上的事情也不要耽误，趁年轻，早点儿找个合适的对象，好好相处两年再结婚。"王楠笑说。

"感情的事不着急，随缘。"温星心不在焉地回答，她不会在这个时候给自己多增加一道需要去平衡的难题。

"最近有没有人追求你？"王楠问道。

温星想到了梁岩，她垂眼望着杯子里的水，心想还不如不追。虽然经过昨晚的事情，她对梁岩有所改观，但还是讨厌。不想聊这个话题，温星把话题推回到王楠身上："你最近有没有人追？你喜欢的那个人如果没有结果，你就应该现实点儿了，姐，看看身边的人。"

"你说我的学长吗？"王楠笑道。

"你们还有联系吗？"温星点头。

王楠望着温星，半晌没有说话，她知道梁岩喜欢温星，却不知道温星是否喜欢梁岩，而王楠暗恋梁岩很多年了，她对他的感情不仅仅是喜欢了。她知道梁岩的初恋是杨恭，她以为他们对彼此念念不忘，他们也应该是最合适对方、最门当户对的人，她不奢望能让梁岩看到自己，只希望他幸福。一直以来，不管别人怎么评价梁岩，王楠都认为梁岩是个有情有义的人，但听说他喜欢温星，她一时不能理解他的想法，觉得他仿佛还在感情里不断寻求新的刺激。在王楠看来，温星和梁岩八竿子打不着，而且年龄差就相当于思想差，她担心多情的梁岩会伤害到单纯的温星。王楠对梁岩的想法变得复杂，而这复杂里面又掺杂着人性的矛盾，她爱护着温星，同时也不可避免地嫉妒着她。

"还有联系。"最终王楠告诉温星。

"他还是不知道你喜欢她？"温星又问道。

"他没有必要知道。"王楠笑了笑。

温星闻言思考片刻，说道："也是，想想感情也就是这样。感情好也避免不了生活里的困难，不是面临着生离就是死别，不如一个人来得干脆，还不用担惊受怕。"

王楠一怔，说道："温星，你好悲观，你不应该这么想。"

温星回神笑了笑，说道："我随便说的，姐。"说罢，她端起水杯往外走。

王楠叫住了温星，说道："温星，不管发生什么事情，你都要把我当成你的姐姐，好不好？我真的已经把你当我妹妹了，我会一直陪着你。"

温星能感受到王楠的真心，不由眼眶一热，笑道："好。"

回到位置上，温星打开自己的笔记本，她已经梳理了会干扰江陵安心养病的几个顾虑：第一个肯定是放心不下贸易公司，不能让公司群龙无首，在这方面温星是个门外汉，她不懂江陵公司的组织架构和人事关系，不知道要怎么打消江陵的顾虑。第二个她想到赵传雄以及他那边的亲属关系，温星还不能预测他们具体会对她们产生什么影响，但她知道那边的人不得不防。怎么防，防哪里，她不得要领。第三个就是温星自己，她知道江陵最担心的是她，但她的现状只能是这样，她不可能一下做出什么成就来让江陵放心。她现在只有表现得冷静和耐心，才能让江陵放心一些。

无助又坚强是温星现在的感受，她体会到了人生的宿命感。她从小就偏爱孤独，连爱的书《鲁滨逊漂流记》都很孤独，可能她也是注定要孤独的人。她现在羡慕流落到孤岛上的鲁滨逊，因为不幸是降临在他自己身上，他能为自己而战，但当不幸降临在自己爱的人身上，眼睁睁看着的痛苦比任何痛苦都可怕。

温星很清楚地知道，她要面对这么多的压力，那江陵所要面对的肯定是她的百倍。温星看着笔记本，上面的每一个字都渗透进她的大脑，把其他感受驱逐出去，只剩下无限的担忧。

这个周六，温星照计划带麦克去做手术，晚上她到江陵那儿吃饭，想约周日去买衣服。温星希望尽量不让江陵感到有负担。

赵传雄见温星在知道江陵的病情后还表现得很镇定，他松了口气，内心轻松不少，他笑着鼓励江陵和温星去逛街。昨天，江陵忽然向他提出把合阳工厂的股权卖给他的事，他心里还挺难过的。他不希望江陵因为有事退出，也希望就算有事，她可以把股权转给温星，他认为这对温星是种保障，也是他们情感的证明。

但江陵下了决心，一定要卖。为了这事两人昨天闹得不愉快，赵传雄不理解江陵这么做的原因，他只能不停告诉她，她会好的，股权对温星来说也是种保障。不过效果甚微。

晚餐时，江陵拒绝了温星的逛街邀请，她说明天约了人谈事情。

"周末就休息一天吧。"温星劝道。

江陵笑着摇摇头，说道："我又没事，坐着谈事情可比走路逛街轻松多了。"

"那我陪你一起去。"温星说道。

江陵很意外，问："你不是最讨厌我谈生意了吗？"

"那是以前。"温星笑道。

江陵想了想，笑说："好吧，你要来就来吧。"

"我开车来接你，给你当司机。"温星高兴地说道。

"好。"江陵点头。

吃过饭，江陵去温星房间看麦克，她说它是个小可怜，动了手术肯定很遭罪。温星听到这话心里难过，假装若无其事地去厨房切水果。新来的保姆在洗碗，赵传雄进来，看了眼保姆，低声和温星说了昨天的事情，然后说："你劝劝你妈，她会好的。股权要是卖了就没有了，留给你也是好的，有个保障。钱拿在手上不投资，有什么用？会贬值的。"

温星从赵传雄的话里听出了无奈，她知道以前江陵拿到合阳工厂的股权很不容易，那边近两年发展得不错，一直期盼着她退出。温星也不是很懂江陵这么做的具体考量，她不图合阳工厂的股权，但觉得那是江陵辛苦得来的东西，放弃了很可惜。

隔天，温星陪江陵去谈事情。江陵约的其实不是什么生意伙伴，而是一位律师，她在咨询立遗嘱的相关事宜。

温星坐下来之后有些蒙，江陵倒很平静，和律师谈笑风生。江陵完全不避讳温星，和律师说："我要是有个三长两短，我所有的遗产都要给我女儿，前两天我已经把我名下的资产都列出来了，你帮我看看要怎么立遗嘱比较好。我个人的财产没有关系，涉及到公司股权和收益的，需要斟酌，避免以后有什么纠纷。我不想人走了，东西留下来还给她惹麻烦。"

律师说江陵心态很好，他们闲聊了会儿，律师在谈话里提起了梁岩："梁总那边也是建议您趁现在行情好，把合阳工厂的股权卖掉，收回来的钱给令千金做理财更稳妥。虽然听着有些可惜，但是合股这事要合人，我看您女儿不会接手您的公司，那股权留在手里会很被动。日后她既不参与经营管理，那边又没有可信赖的人，长久下去，可能会存在矛盾纷争，最终拿不到钱的可能性很大。梁总看事情的眼光长远，他对您这事也很上心，今早他出差前还和我通了电话。"

"是的，梁总很有心。旁观者清，当局者迷，这次梁总点醒了我。就算我多活两年，也没有心力和那边继续打交道，不如放手一些。我本来多少还抱有希望，没考虑到她以后免不了独自一人还得和那边打交道，太辛苦了。"江陵一边说一边爱怜地看向温星。

"我听说您丈夫是个好人，情感上您信任他很正常，但从理性上说，信任得给太多，对方却没有承接的能力，并不是什么好事。所以现在看起来吃亏些，对大家以后来说却是好事。"律师是个中年男人，脸庞瘦削精神，谈吐温和有力。

江陵点头表示赞同，她看到温星脸色有些泛白，知道温星听到立遗嘱的事情很难接受，但总归是要面对的。她的很多考虑都是为温星打算的，温星作为受益人最好了解她的立场，将来才可以更好地保护自己的利益。

温星的确受到了冲击，她的心情极其复杂，撑到他们聊完合阳工厂股权的事情似乎已是极限。好在中途江陵让她去买咖啡，她才得以松口气。

温星看似镇定地到柜台买咖啡，等待的时候，她忍不住红了眼眶。她在江陵身上看到爱的强大，也看到爱的痛苦心酸，她们都一样，深爱着对方而不敢在对方面前崩溃。

一杯咖啡，温星买了很久，等她拿着咖啡回到座位时，两人已经又在说闲话了。江陵就今天的咨询向律师道谢，律师笑说："别客气，您是梁总的朋友，遗嘱的事我肯定会尽心尽力。我和梁总有很多年交情，他一般不轻易开口让我帮忙，如果开口一定是很重要的事情。"

吴律师接过温星递来的咖啡道了声谢，又对江陵说道："梁总把你们当朋友，那你们也是我的朋友。"

江陵笑而不语，看了眼温星，后者没有什么反应，只是低头喝咖啡。

而温星现在对梁岩的感受只是从他身上看到了一个道理：人

真的有很多面，他是个复杂的人，眼光独到，处事有手段，远远提了些建议就解决了别人的一些顾虑。但也仅此而已。

转眼新的一周开始，不管发生什么事，所有人都按部就班，在自己的生活轨迹里往复。

温星这周做了一个决定：她报了本校的研究生，打算长久留在岳城。同时她从王楠那里得知，原来身边大部分人都知道江陵生病了，她可能是最后一个。对这事，温星觉得真的很有趣，总要瞒着最亲最爱的那一个，她不怪江陵，因为换作是她，她可能也会这么做。她和江陵很像，她甚至觉得她也会走向和母亲一样的生命轨迹。

温星这周把租的房子退了，她带着麦克搬回家住。为了麦克，母女俩把家里进行了改造，江陵找人把阳台封上了玻璃窗，每个窗户都加了纱窗；温星把客厅布局做了调整，移开了一边沙发放猫架，做成麦克的活动区。她们还给麦克买了很多玩具和衣服，给麦克举行了乔迁仪式。

梁岩这周在外出差，考察一个项目，谢朗和陈泽都随行。谢朗发现两兄弟没怎么说话，梁岩一向不爱主动说话，但陈泽不是，他以前跟在梁岩身边总是"哥"长"哥"短，想法很多。而这次除了谈工作以外，他一句调侃的玩笑都没开过。

他们在外待了四五天，周四坐飞机回岳城。飞机起飞前，梁岩收到黄采薇的一条信息，内容是：今天温星告诉我不考虑报考江外的研究生了，因为她妈妈得癌症了，她要留在岳城。

梁岩读完信息后就关了机。他和温星最后一次联系就是那条问她睡得好不好的信息，她没有回复，他便没有再联系她。梁岩终于明白，在温星讨厌他的时候，连他的关心都是打扰。

昨天是江陵第二次化疗，梁岩给江陵打过电话，了解到她的状态不错，没什么特别的反应，他便放了心。他还关心了江陵公司的情况，想看看有什么需要帮忙的，毕竟处理这些事情是他最擅长的。两人讲了十来分钟的电话，虽然一句话都没有提到温星，但江陵心里很清楚，梁岩这么殷勤是为了温星。

江陵不知道梁岩的热情能持续多久，她感激梁岩近期为她们母女考虑和做的一些事情，不过她并不认为他一定会是温星的良人，温星和他之间的差距实在太大，无论是年龄还是阅历。

另外，江陵前两天也接到了陈泽的电话，陈泽也关心了她的病情，还问了温星的近况，从陈泽的言语里，江陵听出了他对温星余情未了。作为一个病人，江陵万万没想到她病中的乐趣竟然是女儿和陈泽、梁岩两兄弟的"八卦"。江陵不知道温星对这两个男人做了什么，让两个人都不敢联系温星，只敢旁敲侧击。

那天在挂了梁岩的电话之后，温星刚好买饭走进病房，江陵便笑着问她："星星，你在外面是不是很厉害？"

温星有些不解，一边把饭从袋子里拿出来摆在餐桌上，一边问道："你指什么很厉害？"

"为人处世。"江陵说道。

"没有。"温星否认，她只往工作方面想。

"妈觉得你很厉害。"江陵笑说。

温星被逗笑："你干吗莫名其妙忽然夸我？"

"妈为你感到骄傲。"江陵说道。

温星难得不好意思地红了红脸，说道："等我考上研究生再读完博士，你再夸我喽。"

"你读博士，妈都不知道还在不在！"随着江陵的玩笑脱口而出，病房里的气氛骤然僵住。

尽管江陵以前也会说这样的玩笑话，可温星还是觉得难过，原来装作没事真的很难。最终温星打破尴尬，轻盈笑说："我很快会考上的。来，吃饭了，妈。"

这天晚上，江陵半夜起来吐了一次，把晚饭和吃进去的药都吐了出来。隔天一早，她看上去精神还不错，温星接到工作上的电话离开了医院，回出版社完成手头的工作。

下午的时候，杨恭忽然到访出版社，她来找王楠打算放弃画插画。

事发突然，王楠的脾气当场发作，她说杨恭这是毁约。杨恭却说自己会付违约金。

"这不是违约金的问题呀，学姐，我需要的是画呀！"王楠在会客室跳脚，"你不能毫无契约精神！"

"我画不出来了。"杨恭低着头说道。

王楠看出杨恭的低落，压住火气，尽量柔和关切地问道："学姐，你是不是发生什么事了？"

"是。"杨恭倒很坦诚。

"你说出来，我帮你想办法一起解决。"王楠拉过椅子，坐到杨恭面前说道。

杨恭摇摇头，异常坚决地说："我给你介绍一个朋友，他画得很好。我和他联系过了，他也蛮感兴趣的，你可以和他谈谈。你趁现在还有时间，换个画师来得及，反正我也什么都还没有画出来。"

王楠不可思议地看着杨恭，气得说不出话。

杨恭站了起来，她今天依旧穿着朴素宽大的衬衫和牛仔裤，化了淡妆，唯独红唇鲜艳，带着几分清冷和几分妖娆。

王楠的脾气也上来了，她冷哼一声，没有再挽留杨恭，等杨恭迈出会客室，才对着她的背影愤愤说道："学姐，你永远做事半途而废，不会坚持，我都替你感到羞耻。"

杨恭站住脚，回头徐徐说："随你怎么说，王楠，这次我有错在先，你怎么骂都可以。"

杨恭离开出版社前，特意走到温星办公桌前和她说："不好意思，温星，我一直在给你们添麻烦。"

温星此刻还不知道两人在会客室具体吵了什么，她不解地抬头看着杨恭，没说话。

杨恭只是苦涩地笑了笑，转身走了。

王楠从会客室愤愤地回来，她嘴里一直在骂杨恭不靠谱儿，内心里觉得杨恭把她仅存的一些美好想象都撕破了。这种感觉，王楠很难对他人言说，她做这本书的初衷是为了出版社，但在这个过程中，她重遇了梁岩，也重逢了杨恭，这对她来说是种奇妙的际遇，结果她记忆里美好的人都变了样。再加上近期家里的压力，王楠负气地趴在桌上说自己也不干了。

温星没有马上安慰王楠，等她平静了些才问发生了什么事。当听到杨恭毁约的事时，温星面露惊讶，问王楠："那我们怎么办？"

"合同就是狗屁，卑鄙是卑鄙者的通行证！能怎么办，难道和她打官司逼她画？人家有钱，愿意赔钱！"王楠气到不能呼吸，她把杨恭写在便签上的联系号码揉成团扔在地上，说道，"还说给我发什么她朋友的联系方式让我去谈新画师！我之前付出的心血是狗屁吗？她说得那么轻巧！反正我打死不去了！这书就这样吧！"

温星知道王楠在说气话，她安慰地拍拍对方的背，说道："新画师要谈谈看，杨恭姐那边也要再谈谈看。"

"我是对杨恭不抱希望了，太不靠谱儿了！"王楠骂道。

"嗯，的确是。如果不对她抱希望了，那新画师就要谈，不能让黄老师的书不完美。"温星说道。

王楠泄气又偏激地说道："可能有没有画都一样，反正爱看这种书的人没几个！"

温星由着王楠发泄情绪，弯身捡起地上的纸团，展开放在桌上，她拿出手机把号码存下，看到微信有推荐新的通讯录好友，她便加了那个画师。等王楠晚上消气冷静下来要找联系方式时，她已经和画师简单聊过情况。她把新画师推给王楠，把情况和资料总结给她，让王楠能更快地入手工作。

王楠对温星的工作效率真是无可挑剔，她想了想，对温星说："温星，你和梁总那边汇报下这个情况吧，他是赞助人，项目有变动应该通知他一声。"

"我们等有确定的解决方案了再和他说吧。"温星说道。

"你先和他说吧，如果他不同意换画师呢？之前都已经谈好了，基调也已经定了，他多半不会同意。人家出钱赞助又不是闹着玩的。"王楠蛮担心梁岩也发脾气。

温星知道王楠叫她去说就是因为王楠自己不想说，温星感觉王楠看似大胆随性，实际上挺怕和梁岩打交道的。在这点上她很能理解王楠，毕竟谁都不愿意去触梁岩的霉头。

温星并不认为梁岩说过喜欢她，她去沟通这事就有什么优势，她对梁岩不抱什么幻想。所以要怎么和他说这事，温星考虑了很久。

晚上八点多，温星给梁岩发了条信息：梁先生，今天杨恭姐来沟通退出项目的事情，事发突然，我们这边已经和她在协商解决，同时也在找新画师做备用方案。具体的解决方案，我们出版社这两天会确定下来，到时候再告知您。

梁岩刚下飞机收到温星的信息，他的心里先是雀跃了一下，随即看到信息内容，他脸色微沉，不着急回复了。梁岩取了行李坐上车才回复给温星，如王楠所料的一样，他不同意换画师，让出版社把杨恭搞定。

温星看到梁岩强硬的态度，想了想回复他：我们会努力的。

梁岩则回：有合同在，她必须得画。

对于梁岩的强势，温星没再多说什么，只回复：梁先生，我们一定尽量协调解决。

梁岩看出了温星话里话外为他们出版社进退留余地的话术，他便给温星打了电话，待温星接起来，他说道："温星，我了解杨恭，她做什么事情都是三分钟热度，你们只要合理给她施压，她一定会妥协。不管她发生什么事，这个合约她一定要履行，出这本书不是让她闹着玩的。一开始你们让我出赞助，给出的方案就是杨恭画插图，所以我不会同意换画师，我希望你们出版社要让她画完。"

梁岩这番话说得平缓严肃，没有给人留余地。

温星安静听罢，回复道："如果她是生什么病不能画了呢？梁先生，我能理解您希望这本书能以最好的方式呈现的心情，我们出版社也十分尊重您的意见，因为您是赞助人。所以请您相信我们，我们一定会把事情解决好。但前提是，就像我说的一样，要有个协商的余地。"

"你的意思是我在为难你们吗？"梁岩问温星。

温星被梁岩的犀利问话刺到，他老辣狠厉，别人心里的一丝想法情绪都能被他窥探到。她冷静片刻，回答道："我不是这个意思，现在给我们出难题的是杨恭，当然不是梁先生你。"

"既然你明白，那就摆正解决事情的态度。如果杨恭真的有什么病不能继续画，让她出具医院证明，我们也不是不讲人情的人。如果没有，不要纵容她。"梁岩说道。

温星一时无话可说，她真想说梁岩这么能干为什么他自己不直接去和杨恭说。虽然理智上，温星知道这是公事，本来就是他们出版社和杨恭之间要解决的事情。

梁岩见温星不说话，他想了想，尽量放软了些语气说道："温星，我是希望你能把我的意思传达给你们社里。如果你们出版社让你去和杨恭沟通，那我可以帮你去做这……"

不等梁岩说完，温星打断他："不用了，谢谢您，梁先生，我会把您的意思转达。其他的事情不需要您操心。"说罢，她挂了电话。

梁岩听着电话里的忙音，有些无奈。坐前排搭车回家的谢朗在这时缓缓转过头打量老板，不巧正对上老板的眼睛，那双眼睛依旧敏锐，而他问的话更是扎心："谢朗，你对这事怎么看？"

谢朗不知道梁岩问的是他对温星态度的看法还是对杨恭毁约这事的看法，于是他想了会儿才说道："其实温小姐和您的想法是一样的，但她不如您了解杨小姐，所以会留一些余地，想先沟通协商了之后再下定论。"

"你会认为我在为难她吗？"梁岩问道。

"站中间方做协商的人都会有为难之处，温小姐是明理的人，我相信她知道为难她的不是您，况且您都说了愿意帮她解决问题。"谢朗说道。

梁岩不再说话，他心里说不出地不舒服，他知道那是因为他的自我怀疑。他再一次看到他和温星之间的沟壑，好像不管他怎么做、怎么说，都无法和她良好地沟通。他想了解她，反而越来越不明白。

另一边的温星在挂了电话之后回到病房，她看到江陵坐在病床上在用平板电脑追剧，笑得像个小孩子。其实刚才梁岩说的那些话以及他处理事情的态度，温星非常熟悉，因为江陵也是这样的人。只是当江陵带给她矛盾和历练，她会想拼命成长，站到江陵的高度去理解对方，梁岩则让她觉得冷酷不近人情，只想骂他。这大概就是人的偏心。

想明白后，温星把梁岩的态度丢给王楠，告诉她："难上加难了。"

恢复冷静的王楠叹气："本来就很难，我来想办法吧。"

夜里，温星在医院陪床，她和江陵漫无边际地聊天，说了很多从前的事情，时不时笑出声。慢慢地，江陵先睡着了，温星有些失眠。辗转难眠之际，她收到梁岩的信息，他已经不是严厉的梁岩，而是"神经病"的那个，他给温星发了一个音乐链接，和她说：听白噪音有助于睡眠，你试试看。

温星在黑暗里翻了个白眼，本来想直接删除信息，一念之间想起刚才和江陵聊天时，说起过的夏天傍晚的雨，于是她戴上耳机，抱着试一试的态度点开了链接。

安静的落雨声笼罩着温星，她没有马上睡去，但心情慢慢平复了下来，她对自己说："有惊无险又一天，真好。"

王楠从昨晚开始给杨恭打了很多个电话，对方一直没有接。于是今天一大早，她就跑去了杨恭家。

温星照旧在办公室上班，临近中午的时候，她接到王楠的电话，听到了一个好消息：杨恭会重新考虑画插画的事情。

"那太好了，她愿意继续画是最好的。"温星说道。

"可不是，我去她家看过了，其实她都画好三四幅了！不知道她脑袋里在想什么，这么任性！"王楠还是有些生气。

温星闻言越发松了口气，她说："那她可能只是闹脾气。"

"千金大小姐真是不好伺候。"王楠吐槽。

"你伺候得很好啊。"温星笑道。

王楠气笑了，说："不是我伺候的。我早上过去的时候，她还不愿意给我开门，好不容易开了，我进去后也没谈成什么，她的态度很坚决，说自己画不了了。"

"那后来她怎么松口的？"温星好奇地问道。

王楠卖了个关子不说，在温星再三追问下，她才说："后来梁总来了，他们到画室里谈了一个多小时，搞定了。所以要说伺候，这次也是梁总伺候的。她有点儿矫情，想换个地方工作，还不让人打扰，这点梁总答应她了。"

温星想到梁岩昨晚强硬的态度，多少有些意外，她以为梁岩就算要出面也不会那么快，肯定要先端足架子。

王楠也是这么想的，说："我没想到梁总这么沉不住气，今天就火急火燎地来找学姐谈了。怎么也得让我们这些小兵先轮番上阵啊，他的谢朗都还没有上呢。你昨晚不是说他挺生气的吗？那他有对你说他要来找杨恭谈吗？"

"没具体说。"温星想了想，说道。

"不过想想也是，他钱已经出了，还是他外婆的书，嘴上这么说，心里肯定着急。"王楠自己解释道。

温星赞同，她不认为梁岩那么理智高傲的人，仅仅是为了她就去和杨恭低头说好话。

"做完这本书，我以后再也不会和杨恭打交道了。"王楠立誓道。

"需要我帮你记下来吗？"温星问道。

王楠思考了片刻，悲哀地说："算了，人始终会向才华低头的。"

温星笑叹一口气，挂了电话。

下午，王楠回来的时候给温星带了一大束明艳热烈的花，她说有人给她送花。温星一怔，以为是梁岩让王楠带的，她倏然涨红了脸，正在心里骂他神经病，却听到王楠说："里面好像有卡片，快看看谁送的。"

温星回神，从花里抽出卡片，打开一看，发现送花的人是陈泽。王楠只是在楼下遇到了跑腿小哥，顺便带上来了。

王楠瞥到了卡片上的落款名字，她问："你的前男友还在挽回你？"

"他认为的挽回是在把我推得越来越远。"温星转过卡片给王楠看，只见上面写着：星星，我终于明白到自己真的很爱你，对不起。

"你不感动吗？"王楠问道。

"你在说笑吗？"温星斜了眼王楠，反问。

"我在认真问你。"王楠望着温星。

温星面无表情地把卡片合起来丢进垃圾桶，她把花束拆开，准备一枝枝分给办公室里的同事做装饰。她先给王楠递了一朵向日葵，说道："人都很自私，希望别人照自己的要求和标准去做事，哪怕是喜欢也得按自己想要的方式才可以。我妈生病了，陈泽也知道，他如果真的喜欢我，能替我考虑，尊重我，他就会知道我现在根本没有任何心情和他谈过去的感情。他现在是醒悟了，但是关我什么事？"

王楠被温星透彻的狠绝震住了片刻，随即她理解了，问："温星，你是不是很难过？"

"是很难过，姐，其实我根本没心思上班也不想学习了。如果有人现在告诉我，哪里能求到治百病的药，能救我妈，我肯定立刻就去。但是没有，我什么都做不了。我只能按部就班，我也不知道还能撑多久。每天我都不想醒来，压力和焦虑让我很累，真的身心俱疲。"温星低声说着，又给王楠递了一朵花，表示搭配起来更好看，"还给我送这种花，我看是送笑话，我彻底看透他了。他或许是无心的，也是真心的，但是我们真的不合适，他这种做事方式，我以后一定会嫌弃他的。说句难听的，他天真到以为他的爱能拯救我的不开心吗？"

"如果你难受，你可以表现出来，温星。"王楠劝道。

"嗯，所以我和你说了呀。"温星笑了笑。

"你可以请假休息两天。"王楠关心地看着她说。

"我不请假是因为我妈，她今天下午出院也回公司去处理事情了，她和我说只要自己刚强一些，生活就拿我们没办法。"温星想到江陵说这话时故作天真的表情，忍不住笑了。

"你妈妈真的很坚强。"

"很坚强吗？没有，她会说她只是做到了一个人最基本的礼仪，尽量不给身边的人添麻烦。"温星说起江陵时，心里的担忧和恐惧慢慢消散，她看向王楠，彻底笑了，说道，"我可是把心里真正想的都和你说了，姐，你可别觉得我消极，然后工作也不敢叫我去做了。难受归难受，但我依旧要热爱工作和学习。"

王楠想了会儿，伸手拍了拍温星的肩膀，说道："我理解你说的了。工作肯定叫你，下次我也不特意问你了，你想说就找我说，不想说就算了，我尊重你。毕竟你真的说了，我也帮不上什么忙，反而有点儿不知所措。"

"是吧？"温星笑了声。

王楠点点头，她拿上花谢过温星，还夸张地给了她一个飞吻。

王楠没有花瓶，暂时把花插在办公桌的书架上，她坐在座位上看温星笑盈盈地给大家发花，心里在想：如果没有真正地尊重和理解，有些爱不传递也罢。王楠认为温星是个骄傲强悍的人，她本质上和梁岩很像。

周六是个明媚的好天气，温星约了黄采薇，她开车从地下车库出来时，看到小区里有户人家的阳台上长满了红艳艳的三角梅，艳丽的颜色让这个好天气更加美丽。

温星明明才和江陵道别从家里离开，又忽然很想念她，便掏出手机给她发了信息：妈妈，妈妈，我好爱你呀。

江陵收到信息，看温星像个小孩子一样，她笑着回：宝宝，宝宝，妈妈也好爱你。

温星把车停在路边，兴致勃勃地和江陵商量起去旅游的事情，她一分钟也不想耽搁，说：下个周末，我们去大罗湾海边吧，去住两个晚上。

江陵同意：好的好的。

温星开心地放下手机，继续开车。

温星对黄采薇家已经很熟悉了，今天院子的门开着，她便走了进去。有个客人比温星到得早，正坐在客厅沙发上，是个十分时尚漂亮的中年女人，在和黄采薇说话，以一种非常高傲的姿态。温星一进门就感觉到气氛不对。

黄采薇看到温星来了，站起身特意相迎，走到她面前对她笑，态度依旧和蔼，眼睛里却没有了往日的神采。

黄采薇让温星先去楼上工作间休息，还让保姆给温星泡茶。这些事情其实只要她开口就可以，可她一定要送温星到楼梯口，等保姆泡了茶端过来，看着保姆陪着温星上楼后，才回到客厅。温星感觉到黄采薇仿佛是想借机避开那个中年女人，不想和她交流。

于是到了工作间，温星忍不住问保姆："楼下那位客人是黄老师的学生吗？"

"不是不是。"保姆连连否认，低声说道，"她是黄教授的亲女儿，也就是梁先生的妈妈，梁太太，听说是个厉害的歌唱家。不过她们母女关系很不好，每次来都没有什么好事。"

温星闻言想起来，她来了好几次，黄采薇的亲人除了梁岩她就没见过其他人了。

"黄教授十年前就离婚了，两年前她前夫去世了。可不知道是什么原因，她女儿总觉得是黄教授害死了她爸爸。"保姆叹着气，把茶杯放下。

温星在沙发上坐下，伸手拿过茶，小心地抿了一口。温星很意外黄采薇身上有这样的事情发生着，毕竟她看上去就是个衣食无忧享受着天伦之乐的乐天派老太太。

保姆下去后半个小时，楼下传来摔杯子的声音，温星听得心惊，慌忙跑下楼看情况。只见摔破杯子的是黄采薇，看情况是不小心。保姆慌忙从厨房跑出来打扫，林雅容站了起来，冷声说："我永远不会认同你。你要搬去江州就搬去江州，只是你去了那边以后，我们就不要再联系了，哪怕你过世，我也不会去。"可见她们刚才的话题非常不愉快。

黄采薇缩回收拾碎片的手，没有说什么，她的神色平静，慢慢扶着沙发站了起来。

林雅容说罢，扫了眼忽然出现的温星，提着包走了。人走后，温星试探着叫了黄采薇一声，只见她抬起头对温星微微一笑，说："走，温星，我们上楼去。"她希望当作什么事都没有发生。

温星点点头，没敢多问情况。

梁岩早就知道黄采薇想搬去江州的打算，他也能想到林雅容知道这事后的反应。他下午接到林雅容的电话得知她去找过黄采薇，不放心便来看看。

梁岩敲工作间的门，给他开门的是温星，两个人看到对方都因为意外而怔住。梁岩先回过神，对温星点了点头，问了声好。温星也点头算作打了招呼，转身回到自己的位置上，也是在狭小的空间里给他让路。

但梁岩没有挤进工作间，他见温星在，也不好找黄采薇聊事情，便说："我去楼下等。"

黄采薇回头看到梁岩，勾下鼻梁上的眼镜，对他一笑说道："去吧。"

梁岩离开的时候轻轻带上门，温星看了一眼门，也看到梁岩的目光从她身上滑过。门关上后，黄采薇继续伏案，漫不经心地念叨："真是难为他了。"

温星沉默地翻着自己面前的资料，莫名感到有些沉重。

完成下午的校对工作，温星合上电脑。黄采薇听到响动，回头说自己还要一会儿，让温星先回去。

"晚上不留你吃饭了，我知道你想回家陪你妈妈一起吃。"黄采薇怜爱地对温星说道。

温星没有言语，只是微笑着点头。

"辛苦你了。"黄采薇又说道。

"不辛苦，黄老师。"温星安静地收拾着自己的东西。在她起身的时候，黄采薇从一本书里拿出一个平安符递给温星，说道：

"我知道你们很多年轻人不信这些，但还是想给你。"

"给我吗，黄老师？"温星有些惊喜和意外。

"嗯，我去庙里求的，保佑你呀，平安健康，快快乐乐。"黄采薇说道，"我给小岩也求了一个，他最讨厌这些东西了，但我今天非要给他。"

"我信的。"温星望着黄采薇，微微红了眼眶，"您去哪个寺庙求的？我想给我妈求一个。"

黄采薇把寺庙名字告诉了温星，就在岳城市区里，寺庙香火旺盛。

温星十分感动，起身拥抱了黄采薇，真挚地道了谢。

客厅里，梁岩坐在沙发上看着手机在等待，温星下楼的动静让他抬起头。温星见梁岩眼神里有疑惑，她解释说道："黄老师还有工作没有完成，大概还要一会儿。我先回家了。"

保姆闻声从厨房里出来，惊讶地问道："温小姐，你不留下来吃饭吗？"

温星笑着摇摇头说："我妈在家做饭了。"

梁岩对此没说什么，站起身说："我送你出去。"

"梁先生，不用客气。"温星拒绝了，她对梁岩依旧有很重的防备心理。

梁岩闻言站住了脚，没有勉强。

保姆看到温星手上拿着平安符，红色的绳子缠绕在她指间，便笑道："黄教授可把符送出去了，前两天我陪她去寺庙求的，大正午的差点儿中暑。还有梁先生，不要辜负了黄教授一片心意。"

"我也有？"梁岩下意识地皱了皱眉头。

温星看了眼梁岩，对保姆微微一笑说道："我改天也要给我妈去求一个。"

保姆呵呵笑，转而回答梁岩的问题："是啊，你也有，梁先生，和温小姐的一样。"

梁岩不置一词，侧开脸。在温星离开后，他坐回沙发上，神色沉默安静。

温星上了车，把平安符挂在车后视镜上，暗暗对自己说："都会好起来的。"

车厢里静悄悄的，手机里的世界却很热闹。张静这天去参加了何依依的婚礼，她在婚礼现场传来照片，热热闹闹，喜气洋洋，她说真是不可思议，竟然有个同学结婚要当妈妈了，明明毕业的事还像在昨天。张静还在何依依的婚礼上遇见了何冰婷，她说何冰婷好像变了个人，看上去老了很多。何冰婷不知道什么原因从原来学校离职了，放弃了自己的编制，而且很快她要再婚了。

开车回到家，温星进门就听到赵传雄在和江陵说何冰婷把另外五十万退回来了的事情，他很高兴，以此安慰江陵，让江陵放宽心，世间还是好人多，不要再多思多虑。

江陵则冷笑了声说道："你以为真是你打那么几个电话就把钱要回来了？要是梁岩没有给她施压，我看你还得先倒贴她钱，再求她退还你的钱。"

赵传雄很意外，问："梁岩还插手这事了？他不是应该帮何冰婷吗？如果是他帮了忙，那我们是不是得谢谢他？"

温星这时自然接话道："本来就是他惹出来的事情，还谢什么？"

赵传雄突然听到声音，被吓了一跳，回身说："星星回来了呀……"

江陵笑着看温星，唤了她一声"宝贝"，说欢迎她回家。

温星闻言抛开了其他情绪，快乐地跑过去，撒娇地抱住了江陵喊"妈妈"。

赵传雄一时被母女两人的腻歪逗笑，结束了话题，他感到最近大家都很幸福，很顺利，好像一切都会越来越好。

第十三章

    大罗湾海边，其实离岳城很近，开车过去也不过两三个小时。那里有一家度假酒店，允许带宠物，她们可以带上麦克一起旅游。

    现在是夏天，天亮得很早，五点多就可以从家里出发，八点前到达海边。那个时间外面还不热，在海边吹吹海风会让人神清气爽，然后再慢慢散步去路边小店吃早餐。

    海边有家看起来普通却有特色的早餐店，卖着简单的关东煮和茶叶蛋。一个冰柜里装着冷饮，西米露、绿豆汤、冰豆腐、水果罐头。一早上吃冰的不好，柜台上还有几个电饭煲里面有热的西米、红枣汤、绿豆汤、花生汤、黑米粥……可以将任意两种汤水混合在一起，比如西米和花生汤混在一起，不用再放糖，丢上两颗葡萄干，搭配店里唯一的小蛋糕虎皮卷，再吃个茶叶蛋，早餐吃得清爽舒服。

吃过早餐再去订好的酒店办入住，这个时间她们可能会感到有些疲惫了，不慌不忙在酒店睡个回笼觉。午饭可以吃得丰盛些，下午一直坐到将近傍晚时分，再起身去海边看日落。日落之后去吃晚餐，路边的烧烤弥漫着诱人香气，所有人看上去都很闲适，没有烦恼。温星希望她和江陵也能成为他们之中的一员。

然而原本约好去海边的这个周末下起了大雨，岳城和大罗湾都在下雨，温星和江陵只能待在家里看麦克爬猫架。两人都说下次再去没关系，到了下一周，江陵第三次化疗，她开始掉头发，回来后精神不太好，卧床了一周。

再等一周，江陵恢复了些，很快又要做第四次化疗了，之后她便一直住在医院里。去海边的计划最终彻底搁置了下来。

温星在江陵住院期间每天都在医院，她和这层楼的患者还有陪护家属几乎都熟悉了，有个小女孩儿处境和她差不多，也是妈妈病了。但和小女孩儿相比，温星又幸运很多，毕竟她已经成年了，未来已经初具雏形。

有一天，温星下班回到医院，看到江陵床头摆着一些新书，走近看是小孩子看的绘本。江陵说是送给温星的新朋友——那个小女孩儿的礼物，温星便很高兴地拿着书送了过去。等她回来，江陵才告诉她，同样的书，也给她买了一套寄回家去了。

"《开心小猪和大象哥哥》，保证你看了快乐得不得了。"江陵笑着对温星说。

温星很高兴，笑道："我刚才和灿灿看了两本了，真的太好笑了。"

江陵向温星伸手，说道："妈走了以后，你也要这么开心。"

温星握住江陵的手，答应她自己一定每天开心。

她们这段时间已经不再回避这个话题，江陵熬到了十月深秋的某一天，决定不再对死亡避而不谈，她和温星说要正视这件事情。她希望温星能早些做心理建设。

这对温星来说很残忍，她趴在江陵床头哭起来，这是她在得知江陵生病后，第一次在江陵面前崩溃，号啕大哭。

江陵慢慢开始交代一些后事，趁清醒把一件件事情交代下去。财产有关的事宜，她已经写进遗嘱，其他的一些事情虽然不在遗嘱里，也同样重要。

江陵在病中约见了黄如芳母女，她有很多年没有见过王楠了，最近一直听温星提起工作中的王楠有多好，说在王楠身上学到了很多东西。

江陵见到王楠很开心，说很多年前她和黄如芳是最好的搭档，希望两个孩子也能在工作上相扶相持。虽然过去的那些利益纷争存在过就不会消失，但也不再重要。

黄如芳看到江陵为掩病容化了妆，想到她那么强悍的一个人也在病魔手下屈服，忍不住悲伤地哭起来，不等江陵说，就和她保证以后把温星当自己女儿看。

江陵笑着道了谢。一旁的王楠也哭了，她很心疼温星，不敢想象如果江陵走了，温星要怎么面对。

江陵见状，转过头笑着对一旁的温星说："除了你妈不太争气，没能活久一些，你其实是个很幸运的人，星星，身边那么多人爱着你。"

温星知道江陵这是要收集身边所有的爱递到她手里。

除了黄如芳母女，江陵还见了许明蕊，温星身边多年的朋友，最近一直在帮温星照顾着猫。江陵早听说许明蕊很崇拜她，她曾经以为自己时间很多，会有机会在公司里教教这个女孩儿，结果她的时间竟那么少。

关于许明蕊的遭遇，江陵听温星说过，所以病床前见到这个女孩儿，江陵很是爱怜，鼓励她要好好生活。

许明蕊这两三个月瘦了不少，她低头坐在江陵病床前，显得有些局促，她耸肩忍着哭泣，也强忍着崩溃。她很反常，看上去竟比温星还痛苦。

江陵看出了许明蕊的异常，安慰她说："生活里再大的苦难都会过去的。"

这句话从将死之人口中说出来，有无限的悲悯，许明蕊一下痛哭失声，她趴在江陵病床上说："对不起，江阿姨，我觉得自己一天也不想活下去了……"她感到很羞愧，分明自己好好的没有生病，却在一个没办法活下去的人面前说想死。

"发生什么事了？"江陵问许明蕊。温星也大吃一惊，上前抱住许明蕊，安慰她不要气馁。

许明蕊在两人的关心之下，终于说出了她借网贷的事情。她的债务从最初的十万已经发展到八十多万，她已经无力偿还，每一天都在崩溃边缘，每时每刻担惊受怕，她感觉自己已经活得不像一个人了。

江陵听罢劝许明蕊回家和父母坦白，让家里帮忙偿还该还的债务，也要让她的父母知道，他们上一代的事情已经差点儿害死她，作为长辈也该低头认错了。江陵还让温星陪许明蕊一起回家。

在江陵的劝说下，许明蕊决定面对现实，她找到了一些勇气，准备回家面对父母。

而在许明蕊离开之后，江陵交代温星说："她父母如果说了伤害她的话，或者不愿意帮她偿还，你就帮她还了。"

温星点头，她看到的各色痛苦令她感到悲伤。

陪江陵治病的这大半年，温星感觉很漫长，也很短暂，有患者在医生说了期限之后，可以熬过去，出现奇迹，然而那种情况极少。温星一直希望江陵可以是那千万分之一，但江陵只是多熬了一个月，熬过了农历的新年。

江陵离开的那天，外面下着蒙蒙细雨，早上江陵醒来很有精神，让温星把窗户打开。温星怕她冷，只开了半扇窗。那几天温星的心情很好，因为江陵熬过了半年，现在除夕已过，辞旧迎新，她认为是个好兆头。

江陵出神地望着窗外，她看到雨丝自在地飘落着，忽觉这个世界的明亮和自由，她笑着看了很久。温星问她笑什么，她反问温星："你以后会结婚吗？"

"会啊，我以后肯定会遇到一个很好的人，然后结婚。"温星笑道。

"可以生个孩子，哪怕有一天你走了，你的孩子也会好好活着，依旧可以感受到这个世界的美好。这感觉很奇妙，人也不一定要全靠自己去看美丽的风景、经历美丽的事情。"江陵活了一辈子，最强的信念是做人要靠自己，此刻她说出这句话，显得异常温柔。

"嗯，不错的主意。"温星笑道。

江陵微笑注视着温星，说道："擦亮眼睛，结婚的对象好好挑。我相信你肯定会遇到一个很好的人。"

温星笑而不语。她这几个月就像和外面的世界断了联系一样，每天的生活只有工作学习，还有江陵，但她过得很充实，看江陵活一天，她就开心一天。后面的事情，她没有着急考虑过。

"黄老师的书就快要出版了，预计在四月份可以发行上市。这是我工作后参与的第一个项目，到时候买两本送给你看。"温星握着江陵的手，和她说道。

"四月份吗？那也快了，就一两个月了。"江陵笑着点头。

温星见江陵状态挺好的，今天是年后上班第一天，她便打算先去出版社报到。道别的时候，江陵和她说："路上小心，早点儿回来。"

温星给她比了一个心，笑着说："那你要听话哦。"

江陵被逗笑，半真半假说道："放心去吧，你不知道你每次走了以后，我都叫朋友来开派对，实在是太开心了。"

"给你牛的。"温星笑出声，开门出去了。

江陵看着门关上，笑意依旧挂在脸上，她一直想找机会告诉温星，这几个月梁岩经常来看她。他们都是在讨论公司的事情，对于江陵离开后她的贸易公司要怎么继续下去，梁岩给了不少意见，而他每次来都刻意避开温星，他不希望江陵告诉温星。江陵觉得这个男人不管爱不爱温星，都是一个有胸怀的好人，她希望温星能对他放下一些偏见。

外面的雨还在下，第一天上班有些清闲，午间休息的时候，同事们在闲聊说笑，温星也在笑。只是有一瞬间她忽然莫名失神，回神后，她去请了假，想回医院陪江陵。

就是那一天，温星回到医院后不久，江陵就闭上眼睛睡过去了。用她自己的话说就是与世长辞，长久地道别。

江陵生前已经把自己的葬礼事宜安排妥当，交由赵传雄去操持，她那边已经没有什么亲戚了，往来的朋友也都是生意伙伴居多，赵传雄基本都认识。整个葬礼简单平静，持续了一周，每天都有人来吊唁江陵。而温星也很平静，她几乎每天都在灵堂里坐着，回忆着江陵。

葬礼上，陈泽没有来，梁岩来了。但他来的那天没有看到温星，他只见到了赵传雄，后者很意外他的到来，连声道谢。当梁岩问起温星，赵传雄叹气说："她好几个晚上没有睡觉了，刚刚难得感觉到累，我让她回去休息了。"

梁岩点头，他待了半个小时后离开。他从王楠那里得知温星只和出版社请了一周的丧假，他想等丧期过去，她会慢慢走出来。

温星回到没有江陵的家，就像走入一个冰窖，她看到鞋柜上有个还没有拆的快递包装，上面收件人写的还是江陵，这个快递让温星觉得恍如隔世。

温星打开鞋柜，拿出拆快递的美工刀。江陵做事很有规矩，家里的东西该归置在哪里就一直在哪里，从来没有找不到东西的情况，在她的打理下这个家里总是井井有条。现在一切都好像没有改变过。

温星坐在地上拆开快递，她看到里面是一套《开心小猪和大象哥哥》，这让她忍不住笑出了声，随即红了眼眶。在这套书的底下还有一本儿童绘本，名为《等待》。

这本书温星没有看过，她拆了塑封，慢慢翻开读起来。故事讲的是一只小乌鸦从刚破壳睁不开眼到独立的过程。小乌鸦的父母在寻常的一天出去觅食后就再没有回来，它一直在等待，同时也在适应和摸索周围的世界，在等待父母期间，它不知不觉独立了。而父母不再回来也是未来永远的常态。

温星把书抱进房间，躺在床上大哭了一场，之后她沉沉睡了一觉。葬礼结束的那天，她向出版社多请了一周的假，去许明蕊那里接回了麦克，她收拾了简单的行李，独自开车带着猫去了大罗湾。

去大罗湾散心的事情，温星告知了身边的亲友，就像江陵说的那样，她身边有太多爱她的人，她要好好珍惜。她的冷静稳重让所有人都很放心她，那些关心的信息和电话两天后消停了下来。

　　冬天的海有些灰，空气很冰冷，温星在到了那里的第三天查到自己这次考研笔试没过的结果，这虽然在她意料之中，可仍然让她感到前所未有的挫败，仿佛她能预料到自己往后的人生都会伴随着失败。

　　七天很快就过去了，温星依旧没有找到回去的勇气，她想起要回去的家里没有江陵只有赵传雄，她便毫无回去的欲望。而江陵之前给她买的房子还没有交付，再去租房又让她感到自己很像在流浪。心里的不安定让她对工作也失去了热情，她想自己在哪里都一样，人生失去了动力，陷入迷茫。

　　于是，温星又一次向出版社提出请假，请假的信息发出去没多久，她又撤回，改成了辞职。王楠知道这事后，给温星打电话说要去大罗湾找她，但当王楠听到她在电话里语气平静依旧有说有笑，还把自己想休息和规划未来的想法说得很明白，便又放了心。

　　王楠也有很多事情，说实话她有些自顾不暇，便很快打消了去看温星的念头，只是每天给温星发信息。几乎所有人都认为温星这样的人一定会很坚强，能照顾好自己，温星却夜夜听着海浪声不想入睡。

　　辞职后的那天晚上，温星到凌晨三点都睡不着觉，于是她穿好衣服到酒店大堂闲逛。这个时间还有人来办入住，温星好奇是什么样的人，多管闲事地慢慢走过去看，结果她看到了一个认识的人——梁岩。只见他正低头在签字。

　　梁岩签完字把笔和纸递给前台，接过房卡道了声谢。当他转过身，不期然看到站在柜台边的温星时，难得惊慌地吓了一跳，脱口而出："你怎么没有睡觉？"

温星蒙了会儿才回神，问道："你怎么来了？"她和梁岩很久没有联系了，在江陵生病期间，梁岩给她发过几次信息，但她没有回复，他便不再发了。慢慢地，她都差点儿忘了梁岩和她表白过。此刻梁岩忽然出现在她面前，她才又一次想起了他那可笑的表白。

"失眠了？"梁岩又问，他恢复了镇定，认真望着温星。

在梁岩的目光里，温星读到了关切，这一瞬间她对他少了些戒备，同样认真回答了他的问题："是的，睡不着。"

"那去海边等日出吧。"梁岩说道。

温星想了会儿，点点头。

梁岩把行李寄存在前台，陪温星去沙滩等日出。沙滩上很冷，两个人默默吹着冷风，等着月亮落下，太阳再次从海的那端升起来。

谢朗睡了一觉，醒来发现老板凌晨给他发了条信息，让他推掉后面两天的行程。这是新的一天的礼物。

等到了公司，谢朗发现这个礼物是"套娃"，开得他一愣一愣的。原来他的老板不仅改了行程，人也干脆没来公司。于是谢朗给老板打了一个电话，想和他确认下要紧待处理的事情，顺便问他在哪里。

谁想梁岩接起电话，不等他开口就先发制人说："温星刚睡着，迟些回给你。"话落，电话被挂断，谢朗怀疑自己的耳朵出问题了。

在谢朗看来，梁岩这半年都没怎么提起温星，可能是热情和兴趣过去了，毕竟作为一个现实成熟的成年人，谁爱一直热脸贴冷屁股，更何况梁岩这种人。所以，谢朗是万万没想到，原来梁岩不提温星不是热情消退，而是因为耐心十足。不得不说，他很佩服自己的老板在感情上也能那么有城府，能够隐忍蓄势，为了一击即中。

梁岩挂了电话，有些出神地看着躺在病床上的温星。他们在海边看完日出回到酒店吃早饭，温星看上去心情不错，结果没吃两口早饭，她就跑出去吐了。

吐完的温星脸色苍白，梁岩摸摸她的额头发现她发烧了，便送她来了医院。

在医院折腾了好一会儿，温星才打上针，脸色渐渐恢复，有了些体力，慢慢睡着了。她睡前拜托梁岩给酒店打电话，让酒店的宠物服务去照顾下她的猫。梁岩刚替她打完电话，回头看到她已经睡着了，看起来毫无防备，无害又脆弱。梁岩心想温星这样的人，别人怎么可以说她坚强？

梁岩拉过凳子坐在温星床边陪着她，等点滴挂完，她都没有醒。护士来拔了针，和梁岩说他们可以回家了，梁岩道了声谢，说道："她太累了，让她再睡会儿，她醒了我们就回家。"

护士大姐闻言看了眼沉睡的温星，对梁岩说："你老婆挺虚的，平时肯定多思多虑，让她少想多吃，比看医生管用。别等人生病了才知道疼老婆。"

梁岩想了想，觉得护士大姐说的很有道理，他点点头表示受教，伸手抚摸温星的额头说道："不过，她暂时还不是我老婆。"

温星不知道自己睡了多久，醒来看到梁岩趴在她床边睡觉，她刚轻轻撑着手想坐起来，梁岩就醒了，条件反射一般握住了她的手。

四目相对，温星有些尴尬，梁岩倒很自若，他抬起另一只手摸了摸温星的额头，说道："好像还有点儿烧。"

温星抽回手说："好多了，没事了。"

"那我们走吧，回酒店吃点儿东西，你肯定饿了。"梁岩说道。

温星点头，她的确感到饿了，饿得有些心慌。她从病床上下来，套上羽绒外套，发现自己手抖得厉害，半天搭不上拉链，最后是梁岩过来帮她拉上了拉链。他帮她做这事的时候很自然，拉好拉链之后，他还拥过她的肩膀扶着她离开。

走到车边，梁岩拉开副驾驶的门让温星先坐进去，他把座椅往后移，探进身帮她系上了安全带，之后他绕过车子坐进驾驶座，发动车子。温星全程蒙了，等车子开出医院停车场缴费的时候，她才想到麻烦了他一整个早上，向他道了一声谢。

梁岩正降下车窗缴费，听到温星说的谢谢好像是随风吹来的，他回头看了她一眼，见她低着头，他柔声说了句："别客气。"

从医院拐出来就是红绿灯，等红灯的时候，梁岩从大衣口袋里掏出了几颗水果糖递给温星，说："先吃颗糖，你有低血糖，再饿下去要头晕。"

温星看着梁岩手里花花绿绿的糖，选了一颗草莓味的，问："你哪来的糖？"

"医院小超市买的。"梁岩把多余的糖装回口袋，手搭回了方向盘。

回酒店的路上，车厢里很安静。途中，梁岩接了一个电话，是谢朗打来询问他具体归期。他们在上一个电话里沟通了一些工作事宜，谢朗能处理的处理了，有些必须梁岩亲自处理的，谢朗需要个明确的时间去安排。照梁岩信息里说的是两天回，但在电话里他又改变了主意，一副不打算马上回的样子。谢朗不确定，便又打电话来确认。

梁岩果然是没有考虑好什么时候回去，他回答谢朗说："我迟些回复给你。"

谢朗觉得行程不定不像梁岩的作风，忽然开始有些担心"从此君王不早朝"，于是他试探着问："是因为温小姐吗？"

梁岩见谢朗问到这个程度了，才坦白告诉他有关温星的情况："她生病了，身体不太好，我迟些和她商量了再回复你。"

"原来温小姐生病了……"谢朗恍然大悟。

梁岩不再多说，挂了电话。温星持续发蒙，她想梁岩回不回去和她商量什么。而梁岩挂了电话并没有马上跟她商量什么，好像什么事情都没有发生过，自顾开着车。

温星不由侧过脸看梁岩，这时她才看到梁岩把黄采薇给他的平安符也挂在了车子后视镜上。

梁岩余光看到温星在看他的平安符，他抬手轻轻碰了碰，问道："你的是不是也挂车上了？"

温星点点头。梁岩笑了笑，问她："糖好吃吗？"

温星又是点头，随后她不自觉叹了口气，靠在椅背上，感到非常疲惫，身上没有一丝力气。

回到酒店，两人在餐厅吃了午饭。明明很饿的温星，只吃了一小碗面就吃不下了。梁岩陪她坐了会儿，看着她吃了药才送她回房间休息。温星准备关门时，梁岩和她说："什么都不要想，好好睡一觉。吃晚饭的时候，我来找你。"

"你不回去吗？"温星靠着门问梁岩。

"我们晚上再说这事。"梁岩说着往温星房间里看了眼，问道，"晚上我能看看麦克吗？"

温星很意外，过了几秒，她点了点头。

"好好休息。"梁岩往后退了半步，示意温星可以关门了。

温星缓缓关上门，还在想他说要看麦克，感觉很奇妙。

因为药效的关系，温星下午沉沉睡了一觉，醒来已经五点多了。她的脑子稍微清醒了些，看到麦克正站在猫架上看着她，梁岩那句想看看麦克的话提醒着她，从凌晨到现在发生的事情都是真的：梁岩跑来找她，照顾了她大半天。

"麦克。"温星招手让麦克下来，麦克轻盈跳到了床上，翻倒在她面前求爱抚。温星抚摸它一会儿，提起了一些精神，她下床从行李箱里找出麦克的小领结，准备给它打扮打扮。

晚餐还是在酒店的餐厅吃，温星把麦克放在它的透明"太空舱"里带出去。梁岩终于看到了温星的猫，评价说是只英俊的猫。

温星笑了笑，她让麦克和梁岩打个招呼。梁岩说道："我们也算认识了，通过电话了。"

温星看向梁岩，她怀疑他在说笑，但他的表情毫无玩笑的痕迹。

"你这两天不要吃酸和辣的食物，吃得清淡些。"梁岩一边翻开菜单点菜，一边嘱咐温星。

温星点了点头，竟没觉得他多管闲事。等上菜期间，温星像之前一样没有主动开口和梁岩说话，她逗逗麦克，看看手机，而梁岩一直在看她，也没有开口。两人对坐着，她不问他为什么来，他也不解释自己来的原因。

有人路过停下脚步，一开始温星以为那人是在看猫，最近她带着猫出行，总有人好奇驻足，所以她下意识抬起头，却看到一个中年男人，大腹便便。

"哟，梁总！怎么会这么巧，在这里遇到你！"那个中年男人是因为梁岩而停下了脚步，激动地上前打招呼。

梁岩闻声回头看到来人，站起身和他握手："袁总，好久不见。"

袁总高兴地握着梁岩的手不放，一个劲儿和他寒暄："上次投标项目真的很谢谢你能给我们机会！我一直想请你吃个饭，但都没约上。今天在这边遇上是缘分啊，今晚不管怎么说，你都要给我一个机会请你吃饭！"

梁岩淡定地听完对方说话，抽回手，说道："我今天有约会，袁总，不方便让你请客。"

袁总这时注意到温星这个年轻的小姑娘。他看到的她是面上脂粉未施，虽然五官秀美，但面色憔悴，说不上可人，于是不由眼神里流露出些许讶异，笑问："梁总，这位是？"

"朋友。"梁岩答道。

"你好你好。"袁总越过桌子向温星伸手。

温星犹豫了会儿慢慢站起来，握了握袁总的手，说："您好。"她的声音很轻，像是胆怯，实则疲惫。

"大家都认识了，要不晚上就一起吃饭吧，梁总？人多热闹，我今天是和家里人来玩，就是一起吃个便饭，您赏个脸？"袁总兴高采烈地劝说，他猜想梁岩和温星是普通朋友关系。

梁岩的目光从温星和袁总握着的手上收回，他看向袁总，再次说道："我想我说得很明白了，袁总，我晚上不想被人打扰。"

袁总终于感受到梁岩的不耐烦，他有些许尴尬，干笑了两声。

"我朋友不太舒服，她需要休息，所以我们不想被人打扰。"梁岩的语气冷酷，但也给了对方台阶下。

袁总忙顺势而下，道歉说："抱歉抱歉，实在抱歉。"后面四个字他是对着温星说的。

温星摇摇头表示没事，坐回了椅子上。

梁岩还站着，他说："谢谢，有心了，袁总，我们下次有机会再碰。"他处事的态度强硬也有礼，让人又惧又敬。

袁总再次道歉，但脸色恢复了，他高兴地向梁岩道谢之后离开了。

梁岩重新坐下，听到对面温星问："他是袁洪吧？"

"你认识他？"梁岩有些意外温星能连名带姓叫出袁洪的名字。

"不认识，听说过。他和赵叔叔是同行，我听我妈和赵叔叔提起过。"温星说道。

"嗯，上次就是他们家中标了。"梁岩简单说道。

温星没说什么，记忆回到了之前。那时候为了这个项目也折腾出不少事情，现在想想都变成过眼云烟了。

"你还想在这里待多久，温星？"梁岩没有继续冷场，问温星。

"回去好像也没有什么事情做。"温星回答。她有房有车，继承了一笔可观的遗产，下半辈子只要不大手大脚乱花钱，就算不工作也饿不到自己。

"研究生没有考上吗？"梁岩问到了重点。

温星低下了头，伸手进猫箱摸了摸麦克。

"胜不骄败不馁，明年再考。"梁岩说道。

"嗯。"温星应声。

"你是不是不想回岳城？"梁岩读懂了温星，问她。

温星沉默片刻，脑海里飞过很多复杂的心情和记忆，但她什么也说不出来，她发现在大罗湾独自待了两周，她好像已经失去了和人沟通的能力。好在梁岩够耐心。许久后，她才说道："不太想回去，考虑换个地方生活，想继续读书。"

"江州怎么样？"梁岩问道，他很快给出意见，显然早已经考虑过。

温星抬起头望着梁岩。

"要不要过去跟我外婆工作？她还在找助理，但她知道你的情况，不敢打扰你。张教授也想请你过去帮忙，你要不要考虑下？"梁岩循循善诱，他看到温星的眼神变得湿润。

温星没有回答，她充满了不安和不自信，理智上她不允许自己软弱，感情上她却想不管不顾地崩溃一次。

梁岩接着说道："温星，我知道你现在正经历着很大的创伤，但我们不能再这么继续下去，你那么聪明，一定知道人不能为难自己。我相信你靠自己肯定也能走出来，但如果你愿意，我们都可以帮你一把，让你更快走出阴影。"

"我怕给别人添麻烦。"温星终于开口，而她一开口眼泪就掉了下来。其实她依旧不愿意把脆弱的一面展示给别人看，那是她不愿意呈现的状态。她知道一旦她表现出脆弱，就像安全感的防线破了，对爱她的人来说只是多了些无用的担心，不爱她的人可能乐于见她崩溃，而那个从小教导她、陪她学忍痛的妈妈已经不在了。失去成长榜样的温星，也在努力开导自己，她长这么大第一次想对悲伤服软，她发现自己可能真的扛不过失去江陵的痛苦。事情真的发生以后，她只看到自己的脆弱无能，莫名的愧疚自责让她失去了对生活的信心和热情。她看到自己软弱阴暗的一面，这令她感到害怕和畏惧。

梁岩换了位置，坐到温星旁边，他抬手拍着她的背让她哭泣，同时安慰地说道："你不要这么想，温星，我们换个环境试试看，没有那么可怕。"

梁岩的声音沉稳，他心疼温星，却也很相信温星，言语里有着让人平静的力量。

温星忍不住趴在桌上哭起来，大庭广众下这么哭是她人生第一次，这把上菜的服务员吓了一跳。好在梁岩镇定指挥着，他让服务员先把菜摆远些，不要干扰温星。

温星哭缓了些，抬起头看到菜摆得远远的，她有点儿想笑，带着哭腔说："我们吃饭吧，等会儿菜凉了。"

"还知道吃饭，不错。"梁岩说道，他的语气里竟能让人品出几分欣赏的味道。

温星这下被梁岩气笑了，她不好意思地捂住脸，说不出一句话。

吃过晚饭，梁岩送温星回房间。这一次关门前，温星对他说："如果明天身体允许，我打算回岳城。"

梁岩点头说好，不惊不喜，好像只是一件平常的事情。夜里，他给温星发了两条信息：一条是之前发过的白噪音链接；一条他让温星勇敢去睡觉。

"神经病。"温星被逗笑，低声吐槽了一句。

这晚，可能还是因为药效，温星睡着了。

回到岳城，温星只待了四五天就离开了。这一次她决定暂别和江陵一起生活过的城市，开车带着麦克去了江州。

梁岩在温星出发前给她打了一个电话，问她昨晚有没有睡好。他现在最关心的就是温星的睡眠问题。

两人聊了一会儿，温星答应到了给他报平安。梁岩建议她途中在服务区多休息几次，正常从岳城到江州开车要三四个小时，她可以多开两个小时，反正不赶时间。

"你这是对车神的侮辱。"温星说道。

梁岩没接住温星的玩笑，说道："没有侮辱你的意思，你开车开得很稳。"

温星也没计较，心领了他的好意，说道："谢谢，我知道了，我会注意安全。"

"嗯，一路平安。"说罢，梁岩挂了电话，然后他给黄采薇打了一个电话，告知她温星出发了，让她不要担心，主要是让她不必在途中给温星打电话，免得温星在高速上分心。

谢朗在等梁岩批复文件。他进来的时候，梁岩正在喝咖啡，他汇报完工作便把文件递了过去。梁岩接过正准备签，看了看手表，放下笔先打了两通电话。这两通电话让谢朗忍不住面带微笑，待梁岩挂了电话，他说："睡眠不好还可以睡前泡脚试试看。"

梁岩看了谢朗一眼，低头看文件说道："谢谢你。"

"不用谢，我和温小姐也是朋友，看到她能振作起来，我也非常高兴。"谢朗说道。

"嗯，大家都多多关心她，她很快会走出来。"梁岩抬了抬眉，舒了口气说道。

谢朗见状，笑道："梁总，你真的很关心温小姐。"

"嗯。"梁岩应声承认，低头签着字。

谢朗拿着签好的文件离开，他心想梁岩疼起人来可真不得了。

温星到江州暂住在黄采薇那里，她一边找房子一边开始工作。张觉给温星介绍了一个翻译工作，翻译一本外国小说，温星暂时对报酬没有要求，接到工作便很开心，而当她重新开始工作，热情和快乐就慢慢回来了。到江州重新开始对温星来说是个很好的决定。

到江州的前两个月，温星过得很充实，她落实了租房，给自己安了个小家，翻译的工作紧锣密鼓地展开，身边还有两个老师悉心教导她。周末得了空，张觉做向导，温星开车，三人把江州市内的景区挨个游了一遍。

这段时间里，梁岩来了三趟。有一次，他在工作日就来了，因为温星那天要签租房合同。

那天，梁岩一早赶来江州陪温星去和房东签合同，一份租房合同给他看出了千万生意单的样子，他认真看了所有条款才放心让温星签字。签完合同，下午他又赶回了岳城。他对温星的爱护非常明显，温星打算重新认识他这个人。

那天梁岩回去后，温星便开始搬家，她的东西不多，一个下午就搬完了。家里安顿打扫好，温星看了看时间，估计梁岩应该快开到岳城了，便给他发了条信息。这是温星第一次主动关心梁岩。

梁岩那晚是赶回梁家赴宴，他在院子里停好车查阅了手机信息，温星的信息让他不自觉嘴角微扬。他回复温星：到了。你记得吃晚饭，工作时间要安排好，晚上不宜工作到太迟。

温星读完信息给梁岩回复了一个"好"字。隔了会儿，她就收到梁岩发来的微笑表情。和上一次不同，温星这下能体会到他这个表情的含义了，不是阴阳怪气，也不是嘲笑，就是真实的微笑。

梁岩回复完信息，把手机放回口袋，他隔着车窗往梁家房子看了眼，神色变得有些凝重。

梁家今晚的宴会是普通的家宴，但气氛让人很窒息。梁帆顺拈着一串佛珠沉着脸坐在沙发上，林雅容在着急等待梁岩回来，而另一侧沙发上坐着一位客人，他是杨恭的父亲杨怀宇，他也充满了焦虑和忧愁。

梁岩一进门，杨怀宇就站起身，林雅容则迎了上去说道："阿岩，你终于回来了。杨恭出事了，你知道吗？"

梁岩安抚地拍了拍林雅容的手臂，绕开了她，朝沙发走去，向杨怀宇问了一声好，然后坐下问道："杨恭现在情况怎么样？"

"你真的知道这事？"杨怀宇很震惊。

梁岩神色深沉，一旁的梁帆顺沉不住气骂道："荒唐！你知道这事为什么不拦着她？！现在孩子都快要出生了，你让杨家怎么办？！"

梁岩侧过脸，冷眼看向梁帆顺说道："孩子又不是我的，她想留，我有什么权利让她放弃？"

"你早知道这件事情，为什么不告诉你杨伯伯？！"梁帆顺觉得脸面下不来，换个理由指责梁岩。

"当事人都不愿意说，我一个外人多什么嘴？而且就算杨伯伯知道，她作为母亲要留下孩子，难不成还能逼她放弃？我说了有意义吗？"梁岩冷声说道。

"你为什么答应帮她瞒着？孩子父亲是谁，你是不是知道？你不是孩子父亲，她躲到南平去，你操什么心，出什么力？"梁帆顺质问梁岩，"这个孩子会成为私生子，是杨家的污点，你有责任！"

对梁帆顺的这一番话，梁岩没回应，他看向杨怀宇说道："杨伯伯，我并非有意瞒着您。杨恭提出让我帮她在南平找个地方落脚时，我并不知道她怀孕了，我帮她只是出于朋友立场。我得知她怀孕的消息是在几天前，也就比您早了几天，我甚至没有考虑好怎么和您说。至于孩子的父亲是谁，我也不清楚。不过我倒是可以尝试和她联系，劝她回来交代孩子的事情，当然您这边也得有个心理准备，孩子是你们杨家的孩子，不管怎么样您都要尝试去接纳。"

杨怀宇面色苍白，他说道："她怎么可以做出这么荒唐的事？她把我们家的脸都丢光了……"显然他已经相信了梁岩说的话。

梁帆顺却觉得事情没有那么简单，他很了解儿子，知道他不会无缘无故帮一个人，就算要帮肯定预测过风险。尤其他和杨恭的关系因为家里撮合婚事变得水火不相容，杨恭忽然向他提出要求帮忙，他不可能轻易答应。这里面肯定有其他原因。

"你真的前几天才知道杨恭怀孕的事？"梁帆顺语气里充满怀疑，沉声问道。

"你想我怎么证明？"梁岩问道。

"我要你坦白！"梁帆顺气道。

"抱歉，你要的坦白我给不了。"梁岩说道。

林雅容怕两父子又吵起来，她坐到梁岩身边，说道："既然这些事情都和你没有关系，为什么杨恭只跟你说？"

"也不算和我说。她当时在帮外婆的书画插画，事情已经进行到一半，她想退出，我不可能让她半途而废。我们谈判，她的条件就是换个地方工作和定居，我没有理由不答应她。我没想到她真实的原因是怀孕了，想避开这里的亲朋好友。我不是有意帮她瞒着，她要躲起来专心画画，不被人打扰，我认为合情合理，就没去深究原因。"梁岩说的话基本是事实，但杨恭怀孕的事情，他在她到南平后一个月就知道了。梁岩当时答应杨恭莫名其妙要换地方创作的条件，只是不想她给温星还有黄采薇的书添麻烦，而他心里也有些疑虑，便让南平的朋友帮忙盯了一阵才得知了她怀孕的事情。

知道杨恭怀孕之后，梁岩和她联系过，从她的话里话外猜到了孩子父亲是陈泽，至于他们是怎么在一起的，又发生了什么，梁岩不太想了解。从杨恭那里得知，陈泽并不知道她怀孕的事情，而杨恭抱着想自己承担的幼稚想法，还求梁岩帮她保密，她说梁岩当初也答应过她，不让人打扰她在南平的创作和生活。梁岩懒得和杨恭争这事，考虑了几天，暂时稳住杨恭，等她完成插画工作，才把她怀孕的事情旁敲侧击告诉给了陈泽。陈泽得知杨恭怀孕大为震惊，后来他去了远在千里之外的南平，回来说自己会承担责任，这原本就是他们两人的事情，梁岩便没有再管。只是陈泽这个承担责任至今没有个说法，他们依旧秘而不宣。

前一天凌晨，杨恭忽然在社交平台发了新书即将上市的宣传以及她自己怀孕的消息，梁岩心想这事迟早会有个了断。

这一晚自始至终让梁岩感到烦躁的都是梁帆顺。一回到梁家，梁岩就有股气，他对父亲的迷信感到厌恶，他认为信仰和迷信是两码事，什么事都要求神问佛不如不信。

林雅容在听了梁岩说的话之后，替他委屈抱不平，梁岩没有回来前，梁帆顺和杨怀宇都凭杨恭一句梁岩知道这事，就认为他和这事肯定有关系。现在看来梁岩也和他们一样不知道实情。

林雅容看了眼梁帆顺，脸色从焦虑变成不满，她原先是挺喜欢杨恭的，毕竟他们两家知根知底。但最近她听说了一些关于杨恭行为放荡的传言，便不太喜欢了，巴不得杨恭和梁岩的婚事彻底没戏。她脸上堆起笑对杨怀宇说："老杨，阿岩说的没有错，这本来就是杨恭自己的事情。我们阿岩也才知道，没有瞒着你的意思，我们刚才都误会他了，他是个做事有分寸的人。我看你还是早点儿去南平看看杨恭，再劝劝她。"

杨怀宇脸上挂不住，尴尬郁闷地又坐了会儿，连晚饭都没有吃就起身告辞了。

梁帆顺觉得林雅容刚才说的话，多少是在对杨家落井下石，他皱起眉头说："人家女儿出了这种事，我们就算不知道也要表示下关心，你刚才说的都是什么话？什么杨恭自己的事？他来找我们商量也是出于朋友间的信任。"

"不是杨恭自己的事，难不成是我们阿岩的事？他们两人的婚事，我看提也不要再提起了。"林雅容不耐烦地翻了翻眼睛。

梁岩站起身准备吃晚饭，梁帆顺叫住他："一年到头不回几次家，回来就摆臭脸，你到底眼里有没有我这个爸爸？"

梁岩知道父亲一直就有很强的控制欲，尤其当他的控制欲得不到满足的时候，他就会很暴躁。

"看来您不是很想看到我，为了不给您添堵，我这就走。"梁岩转身干脆往外走。

"你给我站住！"梁帆顺气得从沙发上站起来，呵斥梁岩。

对于父亲完全不会和他沟通，梁岩见怪不怪，他站住脚，缓缓转过身，神态傲慢地注视着他的父亲，言语客气地问道："您还有什么事想和我说？"

"你到底什么时候解决个人问题？你想让我们梁家断子绝孙吗？"梁帆顺气道。

对于这个问题，梁岩想了想说道："我在努力中。"

他的回答让怒发正要冲冠的梁帆顺一下吃了瘪，他以为梁岩会和从前一样让他不要多管闲事。

"你有对象了？"林雅容喜出望外。

"暂时还不是，在接触当中。"梁岩答道。

"她是谁？家里什么情况？"林雅容惊喜追问。

"您不要管她家里什么情况，我自己心里有数。"梁岩说道。

林雅容面上微笑着不敢顶撞梁岩，心里却蠢蠢欲动想去了解。

"如果是些不三不四的女人，就不要领回来。"梁帆顺哼了一声坐回沙发，他总要说些话表示自己看不惯梁岩以维护自己的权威。

"我们会有自己的家，也不需要领回来。"梁岩冷声道。

梁帆顺一下子又被激怒，他瞪着梁岩。而后者不等他再说什么就阔步离开了。林雅容见儿子走了，回头气呼呼瞪了丈夫一眼，追着出去送。

温星在新家的第一个晚上，给麦克拍了很多照片更新到领养群里，她也想发个朋友圈。她发圈的时候想起自己还屏蔽着梁岩，心想要不要把这个"新"朋友取消屏蔽。就在这时，她接到王楠的电话，那头用很震惊的语气和她说："温星，你知道吗？！杨恭怀孕了！"

温星也很意外："怀孕了？孩子爸爸是谁？她结婚了吗？"

王楠说道："你没有看到她在平台上最新的动态吗？应该是没有结婚，我有发信息问她，她没有回我。我就想八卦下，看你一点儿反应都没有。"

"我很长时间没有关注了。"温星说道。

"你说孩子会是谁的呀？"王楠很好奇。

温星想起之前在酒店碰到杨恭和陌生男人在一起的画面，一时很难猜。

"不会是梁总的吧？"王楠小心地猜测了一句。

"不可能。"温星下意识说道。

"你这么肯定？"王楠感到意外，她知道过去的半年温星和梁岩基本没有接触，之前听说的梁岩喜欢温星这事像是已经过去了。梁岩大概真是个飘浮不定、多情冷漠的人。

"直觉而已。"温星说道，面上不由微微发红，心里莫名有些不舒服。

"好吧。"王楠笑了声，扯开了话题，问起温星搬家后的情况。她已经让自己不要把任何心思放在梁岩身上，她的经历也让她成长了。

温星和王楠说着搬家第一天的情况，心里的不舒服感没有消失，她知道这种感觉是因为她一下对梁岩的印象又回到了最初，多少有些失望。

和王楠聊完电话，温星放下手机去洗澡。她在浴室里洗漱吹头发加洗衣服，折腾了将近一个小时，她出来看到半个小时前梁岩发来了信息，问她有没有听说杨恭怀孕的事情。

温星简单回复：听说了。

那头梁岩隔了几分钟回复过来：孩子是阿泽的，但现在还不能对外说。

温星看到陈泽的名字愣住神，这叫她恍如隔世，这个结果奇怪却也合理。好一会儿，温星才想到要回复梁岩，她无法百分百肯定梁岩和她说这事的原因，但她因此感受到了些许的朦胧暖昧，她不想八卦追问，也不想太冷漠，直接学了梁岩的微笑表情，后面写道：我不会说。

那头梁岩也发了一个微笑表情，表示相信温星的人品。

温星笑了笑没再回复，心里有些叹息和难以形容的哀伤。这一刻她忽然怀疑，新生活是不是真的就会是新生活？

第十四章

转眼到四月，黄采薇的书上市了，日子也临近清明节。温星买了几本黄采薇的书送同学朋友，也买了一本给江陵，所以四月的时候，她回了趟岳城。

温星回去没有开车，她把麦克寄养在黄采薇那里，轻装搭动车回去，到车站来接她的是王楠。

王楠去年年底刚搬进自己的新家，她盛情邀请温星住她家，虽然才八十平方米，但绝对温馨舒适。温星接受了王楠的邀请，高兴地住进了她家。

晚上，两人窝在沙发上看电视吃外卖，看累了就各躺一头沙发，各自玩着手机，有一句没一句聊着天。

王楠无聊起来，去勾温星的脚和她踩自行车。温星被逗得哈哈笑，王楠还说："我脚很臭的，你怕不怕？"

"你才没有。"温星笑道。

"你果然是我的好妹妹，对我的滤镜这么厚。"王楠慢悠悠踩着温星的脚，笑嘻嘻说道。

温星哼笑了声没搭理她，自顾看着手机。

"你在看什么？"王楠好奇地问温星。

"随便看看朋友圈。"温星答道，"现在朋友圈都刷不到有趣的事情了。"

王楠闻言没搭腔，也自己看着手机。没一会儿她听到温星叫了一声，她就大笑起来。

温星刷到王楠发了一条朋友圈，配图是温星盘腿坐在沙发上看电视，她手上原本什么都没有，王楠把自己的脚拼接在她手上。文字解说：我妹爱我爱得不得了，连我的脚都不嫌弃。我也好爱她。

温星跳起来打王楠，让她快删除照片，两人笑闹起来。最终王楠被温星按在地上，屈服于她的"暴力"，删除了照片。

王楠就是想逗温星，看她能闹能笑，被她揪乱了头发也觉得舒心，委屈说道："你自己说刷不到有意思的事情，所以我发一条给你看看嘛。"

"我可真是谢谢你。"温星气笑了，轻轻踹了王楠一脚，内心也得到了些许释放。

这天晚上，温星睡在陌生的床上，她戴着耳机听白噪音，努力酝酿睡意。梁岩的信息如约而至，他知道温星来了岳城，也知道她借住在王楠家，他发信息和她道晚安，同时发了一个音频给她。

温星回了一句"晚安"，随手点开了音频，发现是钢琴曲《卡农》。很缓很慢很动听。温星知道梁岩是在给她发催眠曲，便和他道了一声谢。

梁岩回复：不客气。陌生的床可能会比较难入睡，不要有心理负担，躺着闭目养神放松听歌也是休息。

温星读了一遍他的信息，眼眶不由微热，内心恐惧失眠的焦虑得到了些许安慰。

去墓园探望江陵，温星约了赵传雄一起去。赵传雄开车来接温星，他说起江陵就红了眼眶，说到动情处，他的眼泪真的掉了下来，温星连忙给他递纸巾。

"星星，你妈性格倔强，那时候叔叔同意把她的股权买了是出于无奈，想顺着她，让她安心养病。但事实上，叔叔一点儿也不想买她的股权。叔叔也知道她的担忧，经营权不比产权，以后要是叔叔走了，你和怀远合不来，你们再各自结婚以后，两个家庭肯定会在经营权上起冲突，这些问题叔叔也有考虑到。这几年我们的生意，你妈出力大，她是最辛苦的人，叔叔一直很感激她，打从心里佩服她、敬重她。对于你，叔叔不敢说真的像亲女儿一样，但你也是叔叔至亲的孩子，叔叔打算转移部分产权给你。你现在要去江州发展，租房不是长久之计，叔叔早年在江州投资了一套房子，长年出租给别人，现在打算收回来给你，你重新装修在江州安心安个家吧。"赵传雄把擦过眼泪的纸巾揉成团塞进大衣口袋里，以前江陵不喜欢他在车上乱塞东西。

温星听着赵传雄说的话，感动也无奈，她说道："赵叔叔，我现在挺好的，暂时不需要着急落户，也不需要任何产权，我妈希望您再婚，毕竟以后的日子还很长。您以后可能还会有您自己的孩子，而我已经长大能养活自己，得到的也已经够多了。属于您的东西，您应该留着自己养老。"

温星的话让赵传雄陷入沉默，许久，他说："要是怀远有你一半懂事就好了，星星……"

温星没接话，她知道很多感情用事的爱，最终的结果都是害。赵传雄对赵怀远的宠爱是，他要分她产权也是，是昙花一现的爱，最终都是害。

江陵的墓地前已经摆有鲜花，有人在温星他们到来之前送了花。花束上没有名字，但温星知道是许明蕊送的。许明蕊的网贷终于在上个月还清，有些需要报警处理的事宜还在处理当中，她搬回了多年未回的家中，在疲惫和困顿里努力重新出发。

许明蕊知道温星因为江陵去世也处在痛苦中，过去的半年她都不敢联系温星，反而都是温星主动联系她，关心她的情况。两人都跌跌撞撞熬过了这段时间，前两天，许明蕊给温星打电话问她清明什么时候回来看江陵。两人聊了一个多小时的电话，许明蕊是想告诉温星一件事："黄星棋的确不爱我了，他只是想利用我。我也不能继续喜欢他了。"

所有的事情都在江陵离开后渐渐告一段落。温星和许明蕊说："你想明白了就好。我给你介绍好的对象啊。"

"别逗了，你自己都没有对象，还出来当红娘，不让人笑话吗？"两人开起了玩笑。

温星把自己的花摆在许明蕊的花束旁边，黄采薇的新书摆在另一边，她在心里默默和江陵说："妈，大家都开始了新的生活，我也是。我们都比以前更坚强。"

赵传雄在江陵墓前又哭了一通，他要坚持自己的承诺，保证说温星嫁人前，他不会再娶，他也一定会帮温星找一个值得托付的对象。

赵传雄说到做到，这天晚上他带温星去吃饭就约了一个男生。而这个男生，温星其实很早以前就听说过。第一次见面是在江陵的葬礼上，匆匆一面，没有特殊印象。男生叫程益农，是赵传雄一个朋友的儿子，各方面经历和温星很像，年纪相仿，也是单亲家庭，是个小提琴手，今年刚考上研究生，是个努力上进的男生。

这一次见面，温星看清了程益农的模样，他白皙俊秀，是时下流行的干净帅哥。两个年轻人对大人的撮合都感到有些尴尬，温星觉得程益农是碍于情面才来赴宴的。吃饭期间，两人加了微信，这个斯文害羞的男生的微信头像是蜡笔小新。

温星以为吃过这顿饭就不会再联系了，但程益农回去当晚就联系了温星，约她明天一起吃饭。

温星准备后天回江州，她的明天已经答应给梁岩和他见面了，便婉拒了程益农。她和程益农说：明天已经约了朋友。

程益农试探地问道：你还没有男朋友吧？

他知道很多相亲是长辈一厢情愿，长辈可能都未必了解真实情况。

温星看到这句话，回复道：没有。

程益农说：太好了。

随即他发了一些可爱的表情包去欲盖弥彰，掩饰自己对温星的好感。

温星看懂了。

王楠晚上回来很迟，她九点多才到家，进门看到温星穿戴整齐地坐在沙发上看电视，问："怎么还不洗澡？等着我回来和我抢浴室吗？"

温星转过头看王楠，发现她手上提着一个精美的珠宝品牌袋子，她眯眼笑道："姐，你有情况吗？"

王楠举了举手里的袋子，笑道："哪有什么情况。我今天和谢朗吃饭，路过商场，给你买了条项链啊。傻子，这是我送你的礼物。我单身，这辈子不结婚了。"

温星很惊喜，问道："你干吗给我买礼物啊？"

王楠被温星这句话气笑了，说："我发现你这个人也很不解风情。给你买礼物，你高兴收了就好呗，还问人为什么给你买礼物。我看到这条项链觉得适合你，就买给你了呀。"

"那不行，无功不受禄。"温星逗王楠。

王楠走过来把袋子甩到温星怀里，说道："新书上市，你辛苦了，犒劳你行了吧？"

温星从袋子里掏出一个首饰盒，打开里面是一条银色星月项链。

"带钻的买不起，买了不带钻的。"王楠捏了捏温星的脸。

温星心里感动，抬起头笑道："姐，你在哄我开心是吗？"

王楠笑而不语，其实那天没去大罗湾看温星，她心里很难受，一直觉得愧疚，那段时间她父母又在闹离婚，她心有余而力不足。

"那你开心吗？"王楠问道。

温星跑进洗手间，迫不及待把项链戴起来，用行动表示自己的开心。

这样的温星让王楠放心，她哼着歌去洗澡了。但温星在快乐之后又有种不可名状的疲惫，她发现她越发习惯独处了，来岳城才两天不到，和某一个人亲密相处会让她感到有些累，她也说不清楚自己这样是怎么了。

夜里，温星照旧失眠了，她安静地躺在黑暗里，戴着耳机，直到天色开始放亮，她才睡去。她只睡了三个多小时，隔壁王楠起来准备去上班，她也跟着醒了。

今天是周一，梁岩早上在公司开完会后离开，他开车去接温星，时间大概是十点多。这段时间他和温星相处下来，能明显感受到温星对他已经放下戒心，他们越来越像朋友了。梁岩想往前再跨一步，但他很清楚温星还没有从江陵去世的痛苦里走出来，他怕心急会吓退温星。而现下比起和她在一起，她的失眠问题更让他担心。

温星没有想到，梁岩提早来接她是为了带她去买泡脚桶。他说是要送给黄采薇，给温星买只是顺便。对此，温星很蒙，一时

407

不知道要怎么拒绝，她看着梁岩买好泡脚桶用快递寄走，他认真填写地址的动作更是让她感到很迷惑，他的样子完全不像高傲的总裁，而只是个关心着家人健康的普通居家男人。温星想笑的同时，也感到了一些平实的温暖。

中午，温星吃得不多，外面的餐厅不管多好吃，吃多了都是一个味道。但她记忆里家的味道已经不会再有了，所以虽然胃口不好，她还是勉强把自己碗里的饭都吃完了。温星此刻最后悔的是江陵在的时候，没有和她学做菜。大概就是时不时的懊悔和思念，让温星总像是被装在一个封闭的套子里在生活。

梁岩看出温星胃口不好，他知道那是心情差导致的，他想了想，说道："下午我们去旁边的公园逛逛，怎么样？"

温星很意外，她问："你不忙吗？"她以为吃完饭就散了。

梁岩说道："我今天已经约了你。"

温星闻言低头喝了口汤，点了点头。

四月是放风筝的季节，公园里有不少人在放风筝，两人闲逛了一圈，之后坐在长椅上看别人休闲娱乐。梁岩去买了两杯奶茶，他递给温星的时候，温星诧异地看了他一眼，问道："你也喝奶茶？"

"我开始喝奶茶的时候，你都还没有上小学。"梁岩喝了口奶茶，看向公园里奔跑欢笑着的孩子们。这是他们第一次说起年龄这个事情。

温星意识到自己对梁岩主观性很强，年龄的差距让她认定他很古板，忘了他曾经也年轻过。

"我以为到了一定年纪，可能就不会喜欢这些不健康的饮料。"温星说道。

"有些东西，如果愿意的话，可以喜欢一辈子。"梁岩跟温星说。

"不知道我到了三十多岁会怎么样，可能很多观念都会转变，现在认为对的，以后就不一定了。"温星也喝了口奶茶，低头看着自己的鞋子说道。

"你愿意的话，可以一辈子这样。"梁岩依旧这么说道。

"但很多事情不是我愿意就可以，人会被迫改变的。"温星转过头看梁岩，只见梁岩脸上并没有什么表情地看着前面，很酷很傲。

但他的话却很柔和："我看到你的三十多岁是很开心的。"

"你从哪里看到的？"

"我就是你的十年后。你会有更强的能力、更广阔的胸怀、更坚定的决心。"梁岩也侧过头看温星，他的眼神很明亮。

温星忽然有些不太敢直视梁岩的眼睛，她转回头寻话掩饰道："我怀疑你是在夸奖你自己。"

"你不夸奖自己吗，温星？"梁岩的目光紧追着她。

温星被说中了痛处，现在的她在努力学习和工作，但她不相信自己能做好，对未来依旧感到迷茫，觉得充满了不确定性，甚至带有一丝丝的恐惧。

"你和这个世界接触得太少了。"梁岩说道。

温星略带疑惑地看向梁岩，她心想跟不上现在潮流的是梁岩才对吧，是谁连表情都用错，是谁连"舔狗"这个词都不懂。

但梁岩洋洋洒洒说道："改天我带你去冲浪滑雪。等你有空，我毛遂自荐当你的老师教你打高尔夫球。艺术方面，钢琴可以学，绘画也可以，哪怕学学口琴也好，你这么年轻，生活应该丰富多彩，学得越多，你就越自信。你要做翻译非常好，这会是你的事业，但也只是你人生的一部分，你不要困在里面，我们可以有更多有趣的创造。"

温星曾经以为她和梁岩没有话聊是因为他这个人很无聊，现在她才发觉其实是她自己很无聊，梁岩所说的东西没有一样她了解。而她不仅对他有很大的偏见，她还很傲慢，仗着自己年轻以为自己就是"时尚"。她没有看到梁岩之所以这么骄傲自信，之所以他身边的人都仰慕或者仰仗他，是因为他真的很优秀。大家都不是傻子，只有她才是傻子，小小的心胸，狭隘的思想。

梁岩见温星不说话，他想她是不是嫌他多管闲事，于是他又说道："温星，你真的很聪明，你不管学什么肯定都能学成。作为朋友，我希望看到你用这种能力让自己开心起来。"

温星第一次知道来自他人的鼓励可以这么重要，梁岩的话就像帮她打开了一扇窗户，让她想到了两个字：振作。

"谢谢你。"温星看着梁岩，真诚说道。

"谢什么，不客气。"梁岩说道。他其实很少主动帮助别人，他认为帮助也是一件双向的事情，有些人一辈子帮扶不起来。而他帮温星不仅仅是因为喜欢，也是看到了她的悟性和内省。

温星笑了笑，她意外发现和梁岩在一起很轻松。

梁岩见温星笑了,他也笑了。他放下奶茶,掏出手机和她说:"我又给你找了个新曲子。"

"还是钢琴曲吗?"

"嗯,你喜欢吗?"

"喜欢。"

"喜欢的话,我再给你多发一些。"梁岩一面给温星传曲子,一面说道。

温星原本可以自己去网上找,一搜一大把的催眠歌单,但这一刻她喜欢梁岩的关心,他的关心让她感到很温暖。四月的风从他们头顶吹拂过,愉悦又有生机。

回到江州,温星到黄采薇那里接回麦克,顺便告诉她梁岩给她买了泡脚桶。两人一起笑梁岩的养生做派,黄采薇问:"他有没有给自己买一个啊?"

这提醒了温星,她回去后发信息问梁岩要收件地址。梁岩问她要地址的原因,她说:给你回个礼。

梁岩不疑有他,发去了地址。没两天,他收到了泡脚桶,他拍照给温星问:这是你的回礼?

温星给他发了一个小丸子的表情包,上面写着:是的。

梁岩看了会儿可爱的表情,一本正经地和温星说:你和她很像。

温星诧异地问:你说小丸子?

梁岩回:对。

温星哭笑不得地给他发了微笑的表情，对方也回了微笑表情，仿佛两人在相视而笑。

梁岩嘱咐温星：好好泡脚。

温星：你也是。

在温星的感受里，梁岩的冷酷和傲慢已经变成了沉稳，可能不管她发什么，他都会面不改色，微笑以对。

他们是朋友了。

温星手上的小说翻译进行了三分之一，第一次独立做长篇翻译，她进行得不算顺利。到五月份的时候，她将前面的稿子进行了重修，那段时间，她晚上修稿，白天有时会去学校旁听张觉的课。温星已经拜张觉为师，他也答应收她做学生，会悉心教导她。

温星拜师那天请张觉和黄采薇吃饭，他们去吃了江州有名的脆皮鸭，坐了画舫游湖听戏。温星给两位老师拍了很多照片，三人有说有笑地出行，就像一家人。

大晴天，湖边有人卖油纸伞，上岸后，黄采薇买了三把，他们三人一人一把。她的是黄色的，温星选了蓝色，张觉则挑了紫色。每把伞上都写了诗，三人约定各自回去做伞上的诗词翻译，再互换一轮，每个人都会翻译三首诗，每首诗都会有三种翻译。等自己的伞回到各自手上，三人再挑一个晴天出游，找个地方聚会，互评讨论。

这个换伞的游戏看似简单，玩起来挺费工夫。黄采薇出了书后，市场反响不错，这是好事，可也让她增加了不少人际应酬，不少学校和文化组织找她去座谈或者演讲。五月中旬，黄采薇在外面逗留了两周，跑了两个地方，其中一个地方是岳城。月末回来的时候，她带回了一箩筐的荔枝和杨梅。

那天下着雨，温星知道黄采薇傍晚会到家，便买了菜到她家里提前准备晚饭。温星近期工作焦虑无法排解的时候就研究菜谱，得到了不少乐趣，自觉厨艺大长。

四点多，温星就开始和保姆一起备菜，听到门铃响，她以为是黄采薇到家了，便洗手跑出去迎接。谁知打开门，是林雅容打着伞站在门外，她身上有股袭人暗香，像她的眼神一样，有种无处不在的存在感。

温星看出来者不善，因为对方眼神冷漠，是和梁岩如出一辙的傲慢。

林雅容上下打量温星，对她有些许印象，冷冷开口问道："你是她学生吗？"这个"她"指的是黄采薇。

温星答："不是。"

"那你是谁？我记得在岳城见过你。"林雅容优雅地跨进门，慢慢收起伞，很自然地把伞递给了温星。

温星微怔，接过伞插在伞架里，回答道："我是张教授的学生。"

林雅容转身的动作顿住，她脸上的冷淡消失了，取而代之的是厌恶，她犀利地盯住温星，确认道："你是张觉的学生？"

温星迟疑片刻，微微点头。

"张觉现在住在这里？"林雅容提高了声音，神色一下变得愤怒。

温星完全没料到林雅容会问出这种问题，她皱眉说道："张教授当然不住这里。"

"那你为什么在这里？我不允许和他有关的一切出现在这个家里！"林雅容对着温星严厉高声道。她的声音撕破雨声，尖锐得就像碎了一地的花瓶碎片。

温星一惊，随即镇定下来，尝试着和她沟通，问道："您是黄老师的女儿是吗，阿姨？"

"谁允许你叫我阿姨？"林雅容呵斥温星。

温星彻底蒙了，她还是第一次遇到像林雅容这么不礼貌并且软硬不吃的人。

林雅容则对温星毫无好感，她克制着愤怒，咬牙切齿道："我不管你是谁、现在在这里干什么，我要你立刻、马上离开这里。"

"我觉得您没有权利赶我出去。"温星的火气也上来了，她板起脸，也冷眼看着林雅容，一字一顿说道。

"你这是想挑衅？"林雅容瞪着温星，她的眼睛很大，五官立体，发怒的样子很有威严。

"您不讲理，我为什么不能挑衅？我不知道您为什么这么讨厌张教授，但我并不是张教授，我只是他的学生，您不应该对我无礼。而且，我是黄老师的客人，除了黄老师能赶我走，您没资格。"温星气道。说罢，她转身要回厨房，完全不理会林雅容叫她站住。

"你叫什么名字？"林雅容见叫不住温星，怒问她的名字。

温星脚步没停，回头没好气地丢下自己的名字："温星。"

"我记住你了。"林雅容也很火大。她从小被父亲宠大，家境优渥，自身又优秀，是个歌唱家，结婚后有丈夫护着，人前人后都光鲜亮丽，习惯了别人都让着她。

而温星听到林雅容这句嚣张的话忍不住在心里骂了句"神经病"，她想到了梁岩，仿佛知道他"神经病"的基因源自哪里了。

林雅容没有追进厨房继续纠缠温星，倒是保姆一个劲儿地问："谁来了？"

温星心里有气又不好发作，她从柜子上拿出黄采薇的玫瑰花茶罐子，递给保姆说道："黄老师的女儿来了，阿姨，麻烦你给她泡杯茶。"

"哦哦哦。"这个江州保姆不比岳城的张婶机灵会看脸色，她接过茶罐忙去备茶，还说道，"现在黄老师不在家，客人来了我们该怎么接待？温小姐，要不你出去陪她聊聊天？"

温星转过身继续洗菜，说道："不用了，就让她一个人坐着吧。"

"这样好吗？"

"没什么不好，她是黄老师的女儿，是黄老师的自家人。我看她也完全没把自己当外人。"温星沉着脸说道。

保姆闻言觉得有道理，泡好茶便端出去了。不一会儿，她回来和温星咬耳朵："她看上去很生气，连正眼都不瞧我。"

温星没作声，片刻之后她想起了什么，慌忙擦干净手掏出手机给张觉打了一个电话。她认为张觉先不要过来比较好，至少要在黄采薇到家之后再来比较稳妥。

张觉接到温星的电话，收拾办公桌的手停了下来。当听到电话里温星问他和林雅容之间是不是有什么误会的时候，他笑了笑说道："没有什么误会，我不招她喜欢而已。"

温星从他的话里听出了些许苦涩，抱不平说道："虽然她是长辈，但她也没有尊重她的长辈。所以我必须要说，她那样的性格，恐怕没几个人能入她眼招她喜欢。"

张觉失笑，说道："温星，你不能和她计较，她怎么对我是我们之间的事情，你作为晚辈，待人一定要礼貌客气。"

"我真是咽不下这口气。"温星说道。

张觉呵呵笑，挂了电话之后，他长长叹了口气。他暂时不打算去黄采薇那边吃晚饭了，他慢慢收拾好办公桌，拿上雨伞，伛偻着背走出办公室带上门，几十年如一日行走在这个学校里。

黄采薇六点多回到家，雨已经停了。她不着急进屋会客，而是让老吴打开后备箱先开始分水果，她喊了温星拿来食盒和袋子，分装了杨梅和荔枝。装好的杨梅和荔枝，她让老吴第一时间送去给张觉。

做完这事，黄采薇和温星一人提杨梅一人提荔枝进了屋。黄采薇看到林雅容，对她笑道："你来啦，小容。"她打着招呼，把手上的杨梅递给了温星，让温星拿去厨房洗了装盘再端出来。

温星照做，留她们母女俩在客厅。

林雅容等了黄采薇一个多小时，她的状态从生气发火慢慢变回了冷漠和轻视。她今天不是特意来探望黄采薇的，她只是来江州参加一个音乐会，今天在彩排，结束后顺便过来看看。她甚至不知道黄采薇出差了，进门就被温星气到不想沟通，后来保姆端茶出来，她才听说黄采薇傍晚到家的事。于是她决定等一等黄采薇，有些话她始终不吐不快。

林雅容厌恶黄采薇是从她的少女时代开始，母亲原本应该是一个女儿的榜样，结果却成了耻辱。在她十五岁那年发现母亲对婚姻不忠，精神出轨张觉。而黄采薇不但不知错，还高唱着爱情和自由而向父亲提出离婚，要放弃他们的家庭。林雅容看到的母亲总是很自私，半点儿也不爱她和父亲，每一次听到母亲慈爱地叫她"小容"，她的内心都充满了煎熬和愤怒。

"我不是专程来看你的。"林雅容从沙发上站起来，冰冷注视着黄采薇。

"专程也好，路过也罢，既然来了就多坐一会儿。我买了新鲜的杨梅和荔枝，吃点儿水果，吃过晚饭再走。"黄采薇挽留。

"我怕是没有这种口福。"林雅容冷哼，她倨傲地望着母亲，鄙夷她已经鬓白了头发，竟还不肯放弃所谓的爱情。而她不会为母亲的行为感动，只会感到羞耻。

黄采薇没说话，无声叹了口气，说："如果你不愿意留下来吃饭，那我送你出去吧。对了，你有开车来吗？如果没有，你再等会儿，等老吴回来，我让他送你回酒店。你还要在这边待几天？老吴原计划明天回岳城，如果你不会耽误很久，让他再等你两天，到时候你可以坐他的车回去。"老太太絮絮叨叨，充满了关切。

林雅容听着只是一声冷笑，说："你是不是让老吴去给你那旧情人送荔枝和杨梅了？"

"什么情人不情人，他只是我的一位老友罢了。"黄采薇淡淡说道。

"以前你可不是这么说的，"林雅容嘲讽道，"你说他是你的真爱。"

"小容，过去的事情就不要再提了……"黄采薇闭目说道。

"如果不想人再提，你就不该搬来江州，你搬来这里就是为老不尊！我早就告诉过你，我看不起你的行为，你是婚内出轨！你和那个张觉在一起就让我感到龌龊，就是行苟且之事！"林雅容怒道。

温星正端着一盘荔枝从厨房里出来，没走两步她听到了林雅容的话，惊怔在原地，随即她很快回神，转身回到厨房，关上了门。

保姆奇怪地问："怎么了，温小姐？"

"我等杨梅浸泡好盐水，再一起端出去。"温星颤抖着手，把荔枝摆回案上。

"哦。"保姆开着水龙头在刷锅，准备开始炒菜。温星抬头看着窗外，心想怎么雨不继续下了。

这晚，温星回到家心情低落，她抱起迎接她的麦克，缓缓走到沙发边躺下，黄采薇和张觉的事对她震撼很大。林雅容走的时候，她还在厨房里，保姆说可以开始炒菜了，她走到灶台边心神不宁，一盘虾仁炒得又老又咸，还被油溅伤了手。

晚饭只有温星和黄采薇还有保姆三个人吃，她们都没怎么说话，黄采薇吃到一半说有些累了，起身上楼休息。离开餐桌前，黄采薇轻轻拍了拍温星的肩膀，嘱咐她回家开车慢一些。

温星抬起头对上黄采薇疲惫的双眼，她感到很心疼难受，却什么话也说不出口。

温星侧卧在沙发上，安静听着外面的雨声，外面如她所愿，又下雨了。手机在包里响起，她挣扎着坐起来掏包找手机，接起电话"喂"了一声，唤对方："赵叔叔。"

"星星，你在忙吗？方便说话吗？"赵传雄问道。

"不忙，您说。"温星抬手解掉脑后的发带，拿着手机低头听电话。

"是这样的，你不要嫌叔叔多事，但阿农真的是个很好的男孩子。叔叔是想，如果他有给你发信息，你有空就回复下，给个机会互相了解。"赵传雄说道。

"我一般都有回。"温星把手机从耳边拿开，开了免提，听这种事情放耳边太累了。她把散落的发别在耳后，望着一处，有些走神。

"他去了江州，想约你见面，但联系你给你发信息，你都没有回，所以打来问叔叔。他对你真的很有心。"赵传雄笑说。

"他有联系我吗？"温星一边疑惑一边点开了微信，十多分钟前，程益农给她发了信息说来江州参加音乐会，希望明天能约她见一面，送她音乐会的门票。

"他去参加音乐会了，这男孩儿真的很优秀，我们不要要求太高，给人家一个机会试试看。他是单亲家庭，情况和我们家差不多，这样以后大家好沟通，能互相体谅。"赵传雄的意思很委婉，把现实缓缓推到温星面前。这个社会，大概很少有健全家庭的长辈会接受一个父母双亡的女孩儿，大部分婚姻都是两个家庭的事情，而非两个人。

温星没说什么，她"嗯嗯"两声应付着赵传雄，手上打字回复程益农，和他解释没回信息是因为在开车，也答应了明天和他见面。温星的打算是当面拒绝程益农，好彻底断了他的念想。赵传雄不了解温星，不知道她是个极其骄傲的人，他越是这么劝她看清现实，她越要和现实抬杠。

梁岩这周非常忙碌，去年他考察的项目，合作方这两天派人来岳城考察，双方要进行新一轮的磋商。他应酬完对方老总，回到家已经是深夜，看到手机里有三个林雅容的未接电话，便回拨过去问她音乐会怎么样。他问完话之后就听着林雅容在说，他越听神色越凝重，最后皱起了眉头。

好不容易挂了林雅容的电话，梁岩看了眼时间，犹豫要不要给温星打个电话，又怕她睡眠质量不好，被人打扰后就再睡不着。

江州的音乐会，一般都会在江州具有代表性的江边大波浪剧院举行。这天晚上八点，大波浪剧院周边亮起了交错的灯光，热闹喧嚣，江边吹来的凉风带着丝丝冷静的孤独。

因为场合需要，温星穿上一袭白色连衣裙，化了妆，打扮得端庄漂亮。她随着人群入场，坐定后看着手里的票，心情复杂。

温星和程益农约的时间是在音乐会开场前一个小时，他们在剧院旁边的餐厅碰面，简单吃个晚饭。程益农把票给了温星，这是他们认识后第一次真正意义上的见面。

程益农有些腼腆，但举止很大方，他笑着告诉温星这是他第一次邀请朋友来看他演出。

"那我太荣幸了。"温星礼貌地微笑说道。

"我妈很早就去世了，我爸工作很忙，我从小比较胆小内向，一直没有什么朋友。"程益农说起过去的经历，显得轻描淡写。

"是吗？"温星依旧保持着笑容倾听。

程益农点头，有些不好意思地低头看自己的手，他也很早就听说过温星。他听到的她都是聪明漂亮，性格大方，是一个明朗的女孩儿，而在葬礼上第一次见到温星，他被她的坚强所折服。他看到瘦弱的温星没有被悲伤和痛苦打倒，她自如地接待着所有来吊唁的人，那种坚韧令人动容，甚至带给他莫名的安全感。说起来也荒唐，他在看到温星的那一刻，脑子里就冒出了一个奇怪的想法：和这样的人在一起，大概什么事都不用害怕。

程益农还不能确定自己是不是喜欢温星，但他希望能和她继续接触，互相了解。

"我觉得我们可以当朋友。"程益农说道。

温星听到他这么说，一时没办法直接拒绝什么，她笑了笑，低头喝面前的饮料。

吃过饭，时间还早，程益农要去后台做上场前最后的准备，他邀请温星一起去后台看看。

舞台的后台很繁忙，程益农给她介绍了几个朋友，带她走了一圈。到了一间休息间门口，程益农和温星说这是歌唱家林雅容的休息室。

外边话才落，里面打开了门，林雅容的助理走出来，对程益农礼貌一笑，想从两人中间借过。林雅容坐在休息室里刚化完妆，无意间抬头看到了门外的温星，她的脸色微沉，喊住助理："不用关门，然然，让小程进来，我和他说两句话。"

程益农挺意外林雅容会找他，她是业内的前辈，他们乐团和她有过几次合作，她很少主动和人攀谈，和大家都保持着一定的距离。他猜不到林雅容要和他说什么。

林雅容见程益农在外面有片刻踟蹰为难，显然是不想留温星一个人在外面，便说道："让你朋友一起进来。"

程益农闻言很欣喜，轻轻拍了拍温星的手臂，然后率先走进去。温星犹豫了会儿，迎着林雅容傲慢的审视目光走了进去。

林雅容昨晚给梁岩打电话顺嘴说起了温星。她说张觉和黄采薇来往亲密，他的学生都过来家里，这事让她气到头疼。说到这里，她提了一嘴张觉的学生如果叫人喜欢就算了，偏偏温星十分讨人厌，无礼自大，让她越发厌恶这事。

梁岩听完，问了她一句很奇怪的话："你有没有骂她？"

"我骂她？她哪里等我开口，先骂了我一通！简直是目无尊长。"林雅容愤愤说道。

"温星不是那样的人。"梁岩说道。

林雅容听到梁岩说这种话打了个激灵，问："你认识她？"

梁岩想了想说道："了解一些，我们是朋友。"

"只是朋友？但你在维护她。"林雅容追问。

"所有的事情都和她没有关系，她什么都不知道。我只是觉得应该对她公平一些。"

林雅容从梁岩的话里一时找不到破绽，她有些心虚，更多的还是生气，愤懑地嘀咕："伶牙俐齿，厉害得很，吃亏的是你妈我，你还想着对别人公平些。我说一句，她顶十句，句句让人难堪。你可千万不要找这样的对象，我看到她就讨厌。"最后一句是她出于女人的直觉而给梁岩打的预防针。

"你因为她是张教授的学生，有先入为主的偏见。"梁岩说道。

"你要这么说也行，反正和张觉相关的任何人和事都不能进我们家。"林雅容冷哼，丢开了心虚，大方承认。

"你今天也累了，早点儿休息。"梁岩没有和她较劲，避开她的气头，淡淡说道。

林雅容可以感觉到梁岩微妙的态度，可梁岩是个情绪平和的人，很少喜形于色，她思索良久，希望是自己过于敏感了。

当林雅容看到温星和程益农在一起，她心里莫名舒了一口气，所以她叫两人进来，是想确定两人的关系。

温星看到林雅容像变了一个人，和颜悦色地和他们寒暄，心里挺难受。温星已经猜到了林雅容对张觉态度恶劣的原因，虽不能百分百认同，但也很难对她彻底讨厌。温星想或许她并不完全是自己所认为的那种傲慢的人。

林雅容和程益农交流了两句音乐会的事，然后笑着问程益农："今晚邀请了女朋友来听音乐会吗？"说着话，她的目光落在温星身上。

"林老师，您误会了，温星不是我的女朋友，我们刚认识不久……"程益农话至一半，发觉这么说好像显得和温星的关系过于疏远，于是又补充道，"家里介绍我们认识，我们从朋友开始。"

"原来是相亲对象，那也算八字有一撇了。"林雅容笑说。

程益农羞涩一笑，偷瞄温星。温星半低着头，疏离在两人谈话之外。

林雅容对温星没有丝毫改观，斜眼看她，明知故问："温星是吗？你从事什么工作？"

温星抬头答："翻译，文学翻译。"

"这么说也是文艺工作者。难怪了，从事文艺工作都有股傲气，比较清高。"林雅容笑道。

"我个性慢热，不太擅长和人交际。"

"是吗？但我看你就是个伶牙俐齿的聪明人。"林雅容撩了撩耳畔的碎发，似笑非笑冷声说道。

"您过奖了。"温星微笑。

"不过我也只是凭第一感觉随便说说，大部分人都表里不一，有些人是看着聪明，但净做些糊涂事；有些文艺工作者，看着外表清高，私德却败坏。多得是。"林雅容的话锋一转，用一种轻快的聊天语调笑着说了嘲讽的话。

程益农感到气氛有些尴尬，但他只是认为林雅容不太会聊天。温星对此笑而不语，对程益农说："我们先走吧，不要打扰林老师休息。演出快开始了，你也该去做准备了。"

程益农仿佛被解了围，连忙笑着和林雅容道别。

两人出去关上门后，林雅容冷哼了一声，心想自己真是想太多了，就温星这样的女孩儿不可能得梁岩青睐，真是不要太可恶。而温星还在相亲，总不至于脚踏两条船那么荒唐。林雅容放下心来，对镜仔细看了看自己今晚的妆容，甚是满意。

音乐会开场，温星有些心不在焉，她从昨晚开始就在想要不要联系梁岩，可她发现自己的立场很尴尬。她和梁岩的联系里，大部分时间都是梁岩主动和她说一些情况，比如前两天他告知她这周他的工作会很忙，她回复了"好"，他也不会再展开聊自己忙什么。他们关系从之前的水火难容不知不觉修复到一种平缓舒适的朋友关系，温星对梁岩改观了很多，甚至她能从他身上感受到一种安心。而她刚从悲痛里恢复一些，对这种关系暂时不想前进，也不想破坏，但身边发生的事情都在无形中提醒着她要去面对和思考。

今晚音乐会的主题是"爱与希望"，散场的时候，温星才看到程益农给她的票背面写着一行小字：温星，希望你开心。这行字在右下角，小心翼翼地藏掖着，是别人羞怯的浪漫。

温星看到这行字沉思了片刻，她把票塞进包里，去了后台。

后台的人正在为这次演出的圆满结束进行庆祝，鲜花和蛋糕已经准备好，表演者们围聚在一起十分热闹。温星站在门边张望，程益农一下注意到她，忙过去想拉她进来一起庆祝，而温星只是对他说："恭喜你演出很成功。我去外面等你，一会儿我可以开车送你回酒店。"

程益农很惊喜，他问："会不会太麻烦你？"

温星摇头，说："不会。你请我看演出，我也想谢谢你。"

"你进来和我们一起切蛋糕吧，温星。"程益农开心地去拉温星的手，再次邀请她。

温星抬手避开，笑着拒绝，她转过身要走，却很意外地看到梁岩抱着一束花，不知道何时站在他们身后不远处。

梁岩在五六点钟开车从岳城出发赶往江州，他是来找温星的，不过从时间上看，他可以先找林雅容。他打算在她演出结束时送上一束花，让她开心之后再谈事情。

梁岩在后台入口就看到温星了，她今天特意打扮过，穿着漂亮的裙子，像一朵盛开的百合花，美丽可爱。他以为她陪黄采薇来听音乐会，结果看到她笑盈盈地和一个年轻男生站在一起。这场景对梁岩来说很扎眼，也很意外，他第一次感受到自己差点儿在一瞬间丧失了所有耐心和信心，所有不好的情绪几乎压过他的理智。要不是温星先走向他，开口和他说话，他也不知道下一秒自己会冲动地做些什么。

"你特意赶来看你妈妈演出吗？"温星发现看到梁岩，她内心的第一反应是惊喜。

梁岩冷静下来，低头看了看怀里的花，说道："没有赶上演出，只是给她送束花。"

温星笑了笑，说道："我有个朋友也在这里演出。"好像一种解释。

"我不知道你在江州还有朋友。"梁岩说道，是他一贯清冷的态度。

"他也是从岳城过来的，新认识的朋友。"温星说道。

梁岩点点头，难辨喜怒。

温星一时也没有话说，她想梁岩来江州是为了找林雅容，在这一刻，她忽然发现原来之前他们的关系可能比普通朋友更亲近一些，不然她也不会在这一刻从梁岩身上感受到莫名的疏离。

"我先去外面等。等会儿他们散场，我送我朋友回酒店。今天是他邀请我来听音乐会，还给了我票，我想谢谢他。"温星说道。

温星的言辞那么坦然真诚，梁岩让自己不要像个愣头青，动不动就嫉妒，他看了眼不远处的程益农，努力保持理智。但嫉妒按下去之后，他冲动的情绪变成了奇怪的占有欲，他注意到温星今晚戴了一条星月项链，衬得她的肩颈秀美，而她脖子上的那颗小痣在他眼里越发性感。他希望温星只是他的。

林雅容在休息室里卸妆，对于梁岩的忽然出现，她表现得很惊喜，起身一把拥抱了他，接过他的花，更是开心得像个小孩子。带梁岩到休息室的程益农看到这场景忍不住笑了，林雅容便很高兴地和他介绍："小程，我给你介绍下，这是我儿子梁岩，是不是一表人才？"

"我们刚才已经认识了，林老师，梁先生和温星也是朋友。原来大家都认识。"程益农说道。

林雅容听到温星的名字，眼里闪过一丝不耐烦，随即她笑着问程益农："对了，你怎么没有请温星来后台一起庆祝？"

"温星不好意思进来，在外面等我。所以我马上就要走了，林老师，我要搭温星的车先回酒店。"程益农笑说。

"哟，看来这八字很快就会有一撇了。"林雅容笑着接话，转而对梁岩说："他和温星在相亲呢，他们家里给介绍的，我看十有八九会成。你看人家相亲成功率都这么高，你得多学学。"

梁岩表面上看不出什么情绪，只见他脸色冷漠地在休息室的小沙发上缓缓坐下，姿态闲适地问道："你们相亲多久了？"

"有一个多月了。"程益农笑道。

梁岩闻言抬起头，目光深幽地注视着程益农说："哦，那挺久了。"

"还行吧。"程益农微笑。说罢，他就告辞离开了。

梁岩沉着脸，他滑开手机屏幕又锁上，林雅容问他怎么忽然来江州，他抬起头暂时按下了要和她谈的事情，徐徐说："专门来给你送花。"

林雅容好像信了，开心地说请他吃夜宵。梁岩没有拒绝。

温星在送程益农回酒店的路上，暗示明示和他说了自己暂时不会考虑感情的事情。程益农表示能理解，两人在车程中聊这些，因为没有很正式，也就不那么尴尬。聊完程益农下车，尴尬也得以缓冲。

送完程益农，温星回到家就换下裙子，穿上舒适的家居长衫长裤，躺倒在沙发上，她感到疲惫。疲惫感不知不觉已经成了温星最常感受到的，这让她对很多人和事的兴趣越来越淡。而此刻她却在等梁岩的信息。正常到十点半左右，梁岩就会提醒她睡觉，不过今天她预感他不会发消息来。

原来两个人之间的关系可以这么微妙，有些暧昧是在无声无息间产生的。

温星躺在沙发上抱着麦克睡着了，手机响起来时，她吓了一跳，一看来电是梁岩，时间已经将近十二点。

"喂。"

"喂。"

两人几乎同时出声，然后同时沉默。

停顿片刻，梁岩先说道："温星，我们能不能聊一下？"

"嗯，可以。"温星从沙发上坐起来，麦克也被惊醒了，低声叫了两声，跳下沙发往温星房间跑。

"我的车停在你的小区门口，你能不能下来和我见一面？"梁岩问道。

"你等我。"温星很快答应。她挂断电话，拿上钥匙就出门了。

深夜里的小区静悄悄的，夜风也带着凉意，温星感到有些害怕，脚步很快，当她远远看到梁岩站在小区门口，不由小跑过去。门禁刚打开，她就急着钻出去，脱口唤了一声："梁岩。"

梁岩的心一下子软了，再次体会到栽了的感觉。他沉默地走过去拉过温星的手，带着她往车边走。

梁岩拉开副驾驶的车门，让温星上车，俯身帮她系好安全带。温星乖乖坐着由着他照顾，有些出神地看着他近在咫尺的眉眼，他英俊又沉稳。她忽然明白了那些女孩儿爱他的原因。

梁岩关上门，绕过车头坐进驾驶座，他什么都没有说，发动了车子，驾车离开。

温星已经认得江州的路，在梁岩开出去五分钟后，她探头左右看看，问道："我们要去江边吗？"

"嗯。"梁岩应声，单个字节，语气却很柔软。

温星得到答案靠回椅背，她一手抓着安全带，转过头望着车窗外。

"你睡一会儿。"梁岩看了眼温星说道。

"我不困……"温星摇头，想叫他的名字，却莫名叫不出来，只是咬住了唇。

梁岩闻言，打开了音乐，轻缓的轻音乐响起，车厢里的气氛安静又温柔。

温星默默听着，依旧睡意全无。

半个多小时之后，车子开到了江边，时间已经跳到新一天的凌晨。

梁岩停好车，降下一半车窗熄了火。发动机的声音消失，周围变得非常安静，江边路灯的光洒在车窗上，温星看清前面挂着的平安符上面的字，她对这个符很熟悉。

梁岩见温星在看平安符，他抬手欲把符摘下来。温星见状忙制止他，按住了他的手，问："摘它干吗？"

"拿下来给你。"梁岩坚持取了下来递给温星。

"我自己也有。"温星嘀咕着，她拿着梁岩的平安符有些无所适从，隔了会儿，她抬手给挂了回去，"保你平安的，不要取下来了。"

梁岩的目光不离温星，他看着她。

温星收回手，低下头。他们似乎有很多话要说，却也无话可说。

梁岩松开安全带，调整了椅背略微往后靠，调整好之后，他叹了一口气，像是疲惫，也像舒了一口气。他的车是越野车，视野开阔，他望着夜色里的江水，一言不发。

温星也调整了椅背，但她没有解安全带，依旧习惯性地一手握着安全带，还是望着护身符，心情复杂。

许久，梁岩先开口说话，他问温星："程益农是赵传雄给你介绍的相亲对象？"

"对，是赵叔叔介绍的。"温星回答，还有半句"他也是单亲家庭"没有说出来。

"赵传雄倒是很关心你。"梁岩说。

"赵叔叔一直挺好的。"温星说道。

"所以，"梁岩侧过脸看温星，徐徐沉声问道，"他给你介绍的对象，你也觉得不错？"

温星没有马上回答，她思索了会儿，说："没有真正相处过，也不能确定好坏，从条件上看挺好的。晚上我送他回去，大概聊了下情况，委婉拒绝了他，他也表示理解。应该是个善解人意的人吧。"

温星的话让梁岩不舒服又没有道理，他没有明确的立场去干涉温星交友，她说已经拒绝了程益农，他不能再要求她做什么，更不能强迫她现在就接受他。这件事情，梁岩只能自己消化，用商业语言说就是他没有和温星谈判的资格，而温星在他面前一向是个谈判高手，无往不利。

甘于劣势的梁岩调整好自己的心态，暂时撇开了话题说起另一件事："你这两天见过我妈了，是吗？"

"你听你妈妈说的？"温星问道。

梁岩看着温星，说道："我妈是个很情绪化的人，可能说话做事会有失公正，如果她对你说了什么不太好听的话，我代她跟你道歉。"

温星望着梁岩，他的眼睛里有微亮的光，明亮闪烁。

"我知道情有可原。"温星的声音在车厢里响起，像轻柔的风吹皱江面。

"你都知道了？"这是梁岩没有想到的事情，他略微抬起头，显得很意外。

温星干脆坐直身体，侧过身认真看着梁岩点点头，诚实说道："那天你妈妈和黄老师也发生了争执，我无意听到了。不好意思。"

梁岩也坐起来，低垂下头。好一会儿他和温星说："没关系，温星，这些事情你早晚也会知道。"

"黄老师和张教授的事情是真的吗？"温星询问梁岩。

"嗯，真的。说起来就要怪旧时的父母包办婚姻，我外婆嫁给我外公一开始就是错误。但不管怎么说，我妈绝不会原谅外婆，对她来说无论出于任何原因，她都不会接受。"梁岩说道。

温星得到了确切的答案，心里有了底，她便不愿意过多评论黄采薇和张觉的事情，她看得到两人的人品，依旧尊重他们。

江风很凉，温星捂住鼻子打了个喷嚏，梁岩给她递了一张纸巾，探身从后座拿过自己的西装外套，把外套披在温星身上。温星很自然地接受了他的好意，拉了拉衣服，抬头望天说道："今天晚上看不到星星和月亮，明天会是个阴天吧？"

给温星披衣服的时候，梁岩看到她脖子上的项链半藏在衣领里，而星月的坠子挂在了背后。他轻握住那个星月坠子，见温星吓了一跳，他解释说："给你找星星月亮。"他顺着链子把坠子轻柔滑到温星胸前。

温星发觉自己戴歪了项链，不由红了脸。晚上她回家换下了裙子，项链忘了取，后来她躺在沙发上睡着，坠子就滑到了后面，下楼着急更想不起项链这事了。她见梁岩一直在看自己的项链，不好意思地抬手捂了捂坠子和他道谢，两人此刻靠得很近，她能闻到梁岩身上和外套上都有种温暖的木质香味。

梁岩收回目光前又看了眼温星脖子上的那颗小痣，那小小一点儿一直在轻轻搔动着他的神经，他轻声问她："你喜欢这些项链首饰吗？"

"喜欢，这是王楠姐送给我的。"温星垂眼，也不由放低声音说道。

"那我以后送你这些，你也会接受吗？"梁岩问道。

温星没有回答，她忽然感到有些紧张，握住了自己的双手。

梁岩也有些紧张，他下意识往后退了一寸，不想让温星感到有压力，他问："温星，你现在有没有对我改观一些？"

温星的脸红了，她不敢看梁岩，却又忍不住笑出了声，她低着头说："有。"

梁岩闻言，有些心花怒放，却不知道该怎么表达，只能充满爱意地看着温星。

温星见梁岩半天没说话，抬起眼偷看他，不想和他的眼神撞个正着。她有些害羞地想躲开视线又舍不得，可就这么看着他，她也还不知道要怎么回应他的热情。

而梁岩总是比温星更懂她的不安，认真看着她说道："温星，我知道你还需要时间去接受一份感情，我愿意再等等。但是你不要再相亲了，好不好？"

温星刚才还在笑，此刻却有些想哭，没有言语可以表达。

梁岩并不需要温星确定的回答，因为他的问题是幼稚的。最后，他抬手轻柔地摸了摸温星的头，靠回椅背。

温星也靠回了椅背，她将梁岩的外套转过来安心地盖在身上，安静享受着他们之间的宁静。两人又在车里坐了会儿，梁岩看看手表坐起身，发动车子送温星回家。

　　到家的时候，温星没有马上下车，她想起了一件事情，掏出了手机。

　　"怎么了？"梁岩问她。

　　温星笑而不语，摇了摇头，下车后敲下车窗才探头笑对他说："我把对你的朋友圈屏蔽取消了。不过我现在也没发什么动态，没什么事可分享的。"

　　梁岩闻言说道："我可以听你说任何事情，温星。"

　　"嗯。"温星微笑点头。

　　"好好睡觉。"梁岩嘱咐道。

第十五章

六月来临，天气越来越热。在这个月，梁岩的新项目已经谈妥落定，这对他来说虽不容易，却也是件平常的工作，他把好消息和温星分享。温星不懂生意上的事情，她一边开着车在去往江州外语大学的路上，一边和梁岩说着电话，她发现听梁岩说说他工作上的事情也挺有趣。温星好奇梁岩是怎么去判断一个项目好不好并确定自己的决定是正确的。

对此，梁岩说："没什么好不好，成王败寇而已。"他不会对项目以外的人谈论如何看好自己的项目，因为外面的人不需要为这件事情努力，他们最终只会以结果去论断，所有事件都是如此。

梁岩的话很简单，温星没经历过，却莫名懂了，她笑了笑，发现每次和梁岩聊天之后，她都感到视野开阔，心情坦荡。

温星今天来找张觉，她想把改后的翻译稿拿给他看看。她抱着自己的稿子走到张觉办公室门口，办公室门没关，而她刚到门口就听到了里面的说话声，还听到了自己的名字被提起。

张觉正在会客，今天来访的客人不是别人，是他的编辑朋友陈编辑。也是温星手上这本书的编辑，是个作风严谨、为人幽默的人，温星和他接触其实心里有些没底，因为她有时都搞不清楚陈编辑是在开玩笑还是想委婉提点她什么，他总爱引用典故，一句话里仿佛带着许多意思，弄得她不知所措。

这次，他和张觉说："这书还是由你翻译吧，老张，我看温星不行。她的行文畏手畏脚，好比画画完全拿捏不住自己的线条。"

张觉呵呵笑着说："那是你看不惯她的行文而已。"

"现在做翻译的年轻人普遍有一个问题，中文底子不扎实，没学好。"陈编辑摇头说。

"温星肯学，也有自己的想法，你要去理解她。我这边会全力帮她，书还是交给她去做吧。"张觉说道。

"你这是在看稚子弄冰。"陈编辑蹙眉冷哼说道。

张觉只是摆手让他放心。

《稚子弄冰》是杨万里的一首诗，原本是一首很雅趣的诗，但被陈编辑用来却十分讽刺，小孩子在凿冰，看着像模像样做出了些东西来，但冰块最终会融化不说，小孩子还把冰块砸碎在地上。陈编辑是在数落张觉过于放松的玩笑心态，也表达了对温星专业能力的质疑。温星听懂了陈编辑的意思，站在门口很尴尬，许久她转身离开。

温星回到车上冷静地调整自己的情绪，此刻她想到梁岩方才说的成王败寇，更能体会到他的不容易和强大，这句话背后所要付出的努力和坚韧不是一般人能承受的。比如她此刻既要正视自己的问题，又要让自己保持信心和耐力就十分困难。

十来分钟后，温星重新下车，她走到张觉办公室门口敲了敲门，笑着和两人打招呼。陈编辑对她微微一笑，瞄了眼她的稿子说道："你这可是给张教授派了个大工程，要万丈高楼平地起。"

"是的，陈编辑您说话真的很幽默。"温星笑说。

陈编辑笑道："是你聪明，你如果不聪明听不懂，我这幽默也没用。"

温星还是笑，仿佛真把这事当幽默。

陈编辑走之前和温星说："你可得加紧了，温星，别拖稿。"

温星笑着点头。

待陈编辑走后，张觉对温星说："慢慢来，欲速则不达。"

"您想和陈编辑对着干吗？"温星被逗笑了。

张觉笑了声，坐下来开始看温星的稿子。他把整个下午的时间都腾给了温星，认真阅读温星的翻译文，标注修改也给了指导意见。

傍晚时分，夕阳从窗外斜进来，张觉还打算继续审阅温星的稿子，温星起身要去买饭。张觉头也没抬，把自己的饭卡从脖子上取下扔在桌面上，那张饭卡装在一个塑料套子里，破旧又朴素。

温星拿着那张饭卡，心里感到难过也温暖，她问张觉："教授，您为什么要给我介绍这本书的翻译工作？"是同情吗？有时她也会怀疑。

但张觉抬起头，看向她微微一笑说道："因为我看到你很渴望做好，不管是做人还是做事。"

离开张觉的办公室，温星眼眶微热，天际有一团团火烧云，仿佛预示着这个夏天的热情。她兴致高昂地赶忙掏出手机拍了照片，想发给梁岩，却又瞬间低落地停住了手。她看着照片许久，最终还是发给了他，但只是十分平静地说：今天有火烧云。

两天后，温星收到了一份礼物，是梁岩为庆祝自己项目落实送给她的。他倒没有给她送首饰，而是一个漂亮的水晶玻璃杯，杯底闪耀着星芒，他的目的只是想让温星好好喝水，身体健康。

温星越来越发现梁岩是个出奇温柔的人，也开始看到他们之间的差距。

温星开始再次改稿，这次她有一周没有出门，每天在书房、厨房、卧室三个地方转。她在冰箱里塞满了菜，但一旦工作起来，她总是忘了吃饭。有天下午三点多，梁岩给她打电话问她在忙什么，她看了看时间，才回神发现午饭还没有吃。

温星起身去厨房找吃的，她打开冰箱，发现青菜已经不新鲜了，她叹了口气说自己好浪费粮食，荒废了之前练习的厨艺。

梁岩不急着数落温星根本不会照顾自己这件事，她是一个自律聪明的人，但她的良好品格都用在工作和关心他人上了，她和江陵一样，从来没有让自己放松过。梁岩已渐渐知道温星那些强悍的背后是安全感的缺失。

"改天我给你做饭，保证你不会忘记吃饭。"梁岩说道。

温星闻言很诧异，她很难想象梁岩做饭的样子。

"你这么忙还自己做饭？"温星光是忙着做翻译，很多时候都懒得动弹，更何况梁岩是肩负重任的决策者，只会更心累。

"忙不是不想吃饭的理由。"梁岩说道，"做饭难吃才是。"

"我感觉被冒犯到了。"温星失笑。

"我可以教你，你可以学。"梁岩鼓励温星，依旧是那么"自信傲慢"。

"你做什么菜系？"温星笑说，"你先说说看，不一定你想教，我就想学。"

梁岩便认真和温星说起来。他比较擅长西餐，而在西餐里，他最会做牛排，他把如何选材到火候控制都和她分享，他还告诉她，他经常花两三个小时为自己准备晚餐。

温星听得一愣一愣，半晌才找到一句话形容梁岩："你做事可真沉得下心。"她就完全相反，如果有工作，她的注意力就会被工作全部吸引，无法脱离，除非那事告一段落。

"不要着急，偶尔要慢下来。"梁岩说温星。

温星笑而不语。

梁岩见她不说话，又看不到她的表情，想了想换了话题问她："你的书翻译得怎么样了？"

"还行吧。"温星舍不得扔掉青菜，还是放在水盆里准备洗了，等下摘掉一层叶子。

"我能不能做你的第一个读者？"梁岩又问道。

温星被"读者"两个字逗笑了，她说："我只是做翻译，不是真正的作者，哪来的读者？"

"原来你是这么理解自己的工作的。"梁岩说道。

"你觉得不是吗？"温星听出了梁岩的不同意见。

梁岩回答："不是，你也是一个作者。"

"你认为翻译是重写？"

"从一种语言到另一种语言，跨越不同的文化和历史，译者这么重要的桥梁，如果不存在一定的创作和加工，很难让作品真正精彩。"

梁岩说的这个其实就是温星和陈编辑之间不能共通的一点，温星比较偏向遵守"勿增、勿删、勿改"的信条，她想起之前在书上看到一个比较典型简单的翻译案例，问梁岩："A soldier should be loyal to his country. 这句话你会怎么翻译？"

"军人应该忠于国家。你会怎么翻译？"梁岩反问。

温星笑了："我会把'一个'和'他的'都翻译出来，因为这种精准就是英文的特点，保留它是有必要的。"而陈编辑则认为温星这么遣词的根本原因是她没有学好中文，可见他们的翻译理念大不相同。

"隔行如隔山，我没有认真研究过翻译，不过我觉得你说的也有一定的道理。"梁岩在无关自己原则的问题上十分包容。

温星再次被逗笑，她近期从工作中获得一个很深的感触。她对梁岩说："我现在能理解为什么大家要'抱团取暖'，也明白了为什么艺术要分流派，因为不找到团体，找不到认同感，事情可能很难进行下去。有时候真没有对错好坏之分。"

"人的价值需要自我肯定，也需要一定的外界肯定，两者缺一不可。"梁岩说道，"看来你最近工作很辛苦，成长了不少。"

"还行吧。"温星笑道。

"不要给自己太大压力，你的事业才刚起步，这是长跑。"梁岩说道。

"我知道，身体很重要，现在正准备吃饭了。"温星应道。

"聪明。你先吃吧，晚些再联系。"梁岩说罢，等着温星挂了电话，他才放下手机，嘴角还挂着若有似无的笑意。

梁岩下午应林雅容的约陪她去了商场，打电话期间他正坐在车里等她。等他挂了电话，林雅容恰好拎着大袋小袋的名牌奢侈品上了车，发现他心情很好，便笑道："你到底还要藏多久？我跟你说，你要是再不告诉我，我就去逼问谢朗了。"

"如果想害他丢了工作，你就尽管去问。"梁岩不吃这一套，淡笑说道。

林雅容佯怒，举手打了梁岩的肩膀，说道："你怎么这么讨厌？告诉我怎么了？你喜欢的人，我肯定好好对她，也把她当宝贝疼。"

"你不会。"梁岩毫不讲情面地拆穿林雅容的花言巧语。

"她到底是谁呀？"林雅容无计可施，直接逼问，"我是真的很想认识她，你看我今天买了不少东西，有些就是想让你代我送给她的。我想留给她一个好印象，帮你拉拉票。"

"我和她还在接触阶段，还需要一些时间彼此了解，你太着急了。我看你这么着急不是因为想认识她，不过是怕我找的对象不合你的意。你根本不认识她，买东西都是按你自己的喜好，我猜你不过是想探探她的品味。"梁岩徐徐说道。

林雅容被说中心事，恼道："你讲话很不中听，好心当成驴肝肺。"

梁岩沉吟片刻说道："你买的那些，她如果喜欢，自己就会去买，不需要等别人送。"

林雅容闻言心里稍稍放松，听出了对方家境优渥的意思，急忙追问："那她喜欢什么？"

梁岩看了眼林雅容，没有回答，说："先不说这事。其实我今天也有事情和你说。"

"你还有事想找我说？"林雅容很意外，有些受宠若惊，随即她很快反应说，"如果是关于你外婆的事情，你就别说了。对这事，我最大的容忍就是你可以做你的乖外孙对她尽孝。"

"不全是这事，和这事只有点儿相关，是关于温星的。"梁岩说道。

"那个温星怎么了？你干吗那么关心她？"林雅容瞬间反感地皱起眉。

"她是个很努力的女孩子，工作和学习上都很下功夫，她现在不仅是张教授的学生，也跟在外婆身边帮忙做事。我想你以后肯定还有机会遇见她，我希望你对她能多些包容，她一个小姑娘，事业刚起步很不容易。我们对任何一个认真做事的年轻人都应该多一些理解和支持，你把对张教授的厌恶加在她身上真的不公平。"梁岩说道。

"我讨厌她不仅仅是因为她是张觉的学生，是她那个人就不讨喜，傲慢无礼。"林雅容冷哼说道。

"这也恰恰说明了她不会花言巧语。"梁岩说道，"总之，我是希望你没必要再激化和一个小姑娘之间的矛盾，她老师是她老师，她是她，她有追求事业的自由，不要对她太苛刻。"

"你到底为什么这么关心她？"林雅容十分不满。

"我对任何人追求自己热爱的事业都会报以尊重，因为我失去过这种机会。"梁岩看了眼林雅容，平静说道。

这话让林雅容沉默下来。

梁岩任由沉默在车厢里弥漫，隔了会儿，他才说道："如果你能放下对温星的偏见，我告诉你一件有关我喜欢的对象的事情。"

"幼稚不幼稚？"林雅容被气笑了，眼睛里却一扫郁闷，亮起了光。

"她爸爸很早就过世了，她妈妈独自一人把她抚养长大，她们母女很不容易，很辛苦。"梁岩说道。

"单亲家庭？她妈妈有没有再婚？"林雅容不免有几分世俗的嫌弃。

"她们母女两人能让自己富足地生活，都是独立坚强的女性。其他不重要，我以后再慢慢说。"梁岩点到为止。

林雅容见状，忙收起自己的偏见，她怕梁岩不再继续告诉她更多的信息，一时单亲家庭这事在她这里显得不那么重要了，她说："单亲家庭也很正常，她是父亲过世，不是父母离异，妈可以接受。听起来她妈妈应该很优秀，妈就喜欢这样的人。"

梁岩见林雅容走进他布下的谈话圈套里，并且慢慢照着他的思路去看事情，不由弯了弯嘴角，补充了一句："我就知道你是个明事理的人。"

林雅容闻言彻底心甘情愿掉到梁岩挖的坑里，笑道："我明什么事理，不过是想你幸福就好。"

"想买的都买了吧？我送你回去。"梁岩发动车子。

"你今天这么好，我都不知道要怎么感谢你了。"林雅容说道。

梁岩微笑不语，毕竟他来陪她也是有目的的。

温星原本要闭关一周潜心工作，打断她工作的有两件事，一件是有一天夜里张觉忽然发起高烧被送进了医院，温星半夜赶到医院去探望；另一件事情是她还在医院陪张觉的时候，赵怀远的妈妈杜升升给她打了个电话，莫名其妙和她吵了一架，对方觉得她用花言巧语从赵传雄那里骗了房产。

温星说了气话："我原本是不想要的，现在看您这么狗急跳墙的样子，我觉得蛮好玩的，我看我还是要了赵叔叔的房子吧。"

杜升升说："温星，你一个小姑娘不要那么贪心！"

"您才是不要那么贪心，您和赵叔叔早就离婚了，房子是赵叔叔的，他愿意给谁就给谁，您管东管西，事可真多。"温星冷哼了声，挂了电话。她越发体会到江陵当时听从梁岩的建议把合阳工厂股份变现落袋为安的决定有多明智。赵传雄的前妻那边没一个是省油的灯，而赵传雄目光短浅，心肠太软，想一出是一出，只会把事情越弄越糟。

杜升升没有善罢甘休，母子两人隔天跑来江州找她理论。他们的所作所为让温星再一次觉得股权卖得对，不然就他们母子的能力，这合阳的公司也没有长远发展的前景。

母子俩之前从赵传雄那里得知温星在江州的住处，因为温星把他们的号码都拉黑了，两人便闹到了她居住的小区门口，逼得物业给温星打电话回来处理事情。

温星接到电话匆匆离开医院，她花了一个多小时的时间暂时打发了杜升升母子，其间她还打电话通知了赵传雄，让他明天来一趟江州，她要当面把事情和他们"一家人"说清楚。

第二天下午，温星和这一家人约了见面，场面十分热闹。一开始是杜升升拉着温星吵，杜升升抓住一个点就再听不进其他的声音，不会换位思考，总之温星不管说什么都是掩饰自己想和赵怀远抢家产的企图，只有她是最聪明看透人心的那一个人。杜升升和温星吵到赵传雄听不下去，也让他感到憋闷，因为他发现自己半点儿自主权利都没有，他的自尊心在杜升升那里不断被碾压，后来他发火和杜升升吵了起来，为了维护自己的尊严，他表示一定会留财产给温星。

而赵怀远在赵传雄和杜升升开始吵架后，感到很委屈，他多年的不满爆发了，加入战局说赵传雄一直偏心温星，他就想不明白赵传雄为什么对没有血缘关系的温星这么好。

温星觉得自己像个没有感情的工具人，她和赵传雄说她不要他的房产，赵传雄说："你一定得要，星星，这事叔叔说了算。"

杜升升则叫温星不要装模作样了，说她肯定是因为合阳工厂的事耿耿于怀，盘算着房产。

温星听得头昏脑涨，内心悲凉，她的声音在这场战局里越来越小，因为无论她说什么都没有任何意义。赵传雄看似要给她东西是爱她，但她在赵传雄那得不到任何理解和保护，只是把她往火坑和是非里推。

温星决定离开，她站起身正要开始"离场致辞"，有人忽然出现在她背后，先开了口："温星不需要你们的任何东西。"

温星一惊，回头看到梁岩，惊讶道："你怎么来了？"

"外婆说你和人吵架去了，让我来帮忙。"梁岩说道。

温星恍然明白昨晚黄采薇一直问她在哪谈事情，她忍不住笑道："吵不出什么结果，我打算走了。"

梁岩却不认同，他越过温星走到桌前，目光犀利地看着坐在那里的三个人，对赵传雄说道："赵总，今天这么巧大家都在，那我就把话和你们说明白。以后你们要给温星什么，都要先经过我的同意，不要什么乱七八糟的东西都塞给她。当然，如果本来是温星的东西，你们有人想拿走，也要先考虑会不会得罪我。她妈妈是去世了，但她不是孤零零一个人，能由着你们折腾。"

赵传雄闻言慌忙站起来，想解释说："梁总，你误会了……"

"我没有误会。"梁岩打断赵传雄，冷眼去看杜升升。

杜升升觉得梁岩莫名其妙，她认为梁岩大概是温星的男朋友，来替她出头的，拍案而起道："你搞清楚，现在是她不要脸，想从我们这里抢东西！"

"就你们那点儿破东西一天到晚怕被人抢了，我看你该去看看脑科医生，有需要的话我推荐一位给你。"梁岩冷笑道。

"你是谁，讲话这么难听！"杜升升差点儿想上手打梁岩，一旁的赵怀远忙拉住她。

"我叫梁岩。以后温星的事情都先找我，你前夫和你儿子都认识我，要找我很容易。你们今天谈的事情，回头我会让助理联系你们解决。温星要什么不要什么，她自己说了算。"梁岩说道。

话毕，梁岩拉过温星的手要带她走，温星却停顿了下，梁岩问她怎么了，只见她一脸诚恳地说："你把那个脑科医生的微信先推给我，我再推给杜阿姨，我也很关心她的病情。我看你们都没有加微信，怕你只是随口说说。"

梁岩笑了，他说保证认真。温星出了口恶气，也忍不住笑了，她感觉她的心在一点点被梁岩融化，甚至渐渐开始有了种新的期待。

张觉得了肠胃炎，在医院里住了两周才出院。他住院的那两周，温星几乎每天都去陪他，在他病床边帮他做翻译记录，也做自己的翻译。缘分是件很奇妙的事情，温星和张觉没有任何血缘关系，但他们之间却越来越像亲人，病房里的人都以为温星是张觉的孙女。

有个病友和张觉开玩笑说他生病这么久就一个孙女来看他，肯定是他以前特别偏心这个孙女，造成家里其他人的不满，以致现在都没人愿意来探望他。

张觉呵呵笑说："对对对，我就是偏爱这个孙女。"

温星刚写完今天的翻译记录，合上笔记本，配合地笑着唤了张觉一声"爷爷"。医院里的阳光和外面一样明媚，陪护江陵的那段时间没有让温星恐惧医院，当时她想过哪怕江陵住一辈子的医院，只要江陵活着就好。她甚至觉得医院很亲切。

张觉出院那天，温星送他到疗养院，帮他做了简单的打扫。忙完，两人坐在小客厅里吹风扇看电视，温星吃着冰棍儿，看看电视看看手机，她最近经常收到谢朗的信息，因为他被梁岩派去解决她的"家事"了。

一开始，谢朗在解决这事的过程里都没联系过温星，因为他直接听从梁岩的安排，去劝服赵传雄打消给温星房产的念头。梁岩的态度很坚决，绝不让赵传雄给温星塞有的没的东西，给人留话柄。

谢朗按梁岩的要求去解决问题，他来来回回和赵传雄谈了好几次。他一开始非常支持梁岩爱护温星的想法，但在和赵传雄沟通的过程中，他意识到赵传雄是真的以对待女儿的心情想把自己的家产分给温星。赵传雄扮演的角色很可悲，他仿佛没有任何权利去安排自己的财产，儿子死盯着家产不放，前妻那边一副他的东西都归儿子的模样，他却越来越不想给，"女儿"死活不肯接受他的好意，把他往外推，不相信他对她的爱，让他无法安心。他一辈子拼搏来的东西到最后竟似无处安放，悲凉又无奈。

谢朗认为温星应该和赵传雄谈谈，他知道梁岩最终目的是想让温星幸福，但他的手腕过于强硬，其实不利于温星和赵传雄之间的关系。谢朗觉得温星是个心底柔软善良的女孩儿，如果等哪天赵传雄也离开了，他努力挣来的家产真的被不争气的赵怀远全部败光，她会不忍。与其到时后悔难过，不如现在就坐下来重新商量这些事。温星的心情要体谅，赵传雄的心情也应该被体谅。

所以，谢朗斗胆越过梁岩联系了温星，说了自己的想法。谢朗举出温星可以接受这些财产的两个原因：第一，赵传雄的确是因为疼爱温星才愿意分她财产；第二，如果温星不愿意接受，赵传雄的家产迟早会被赵怀远全部骗走，而赵怀远能保障赵传雄老年生活的可能性很低，不如放在温星那里代存。

谢朗还了解到一件事情，之前赵传雄按揭帮赵怀远买了一套别墅，原本贷款由杜升升承担一部分，现在那边开始以各种理由逼迫赵传雄想办法先把房子的贷款还清。最离谱的理由是赵怀远找了个对象，准备结婚，但前提是房子不能有房贷。谢朗就没见过愚蠢到用不结婚去逼自己父亲缴房款的。赵怀远十分爱母亲，他信赖母亲的理由是母亲一直没有再婚，他认为母亲才是全心全意只疼爱他的人，而父亲的钱如果不收回来用在他身上，迟早会被外人骗走。

这种"催人泪下"的家庭关系让谢朗心里的正义感炸开来，他同情赵传雄的难处，明白了他想把钱塞给温星的心情。

温星在电话里听谢朗说完，第一反应很惊讶，说："梁岩真叫你去解决这事啦？难怪了，最近那边都没找我……"

谢朗苦涩一笑，他真希望自己是温星，是被老板偏爱、保护的那一个。

"是梁岩让你来问我这事吗？他也认为我应该拿吗？"温星问道。

"没有，梁总不知道这事，是我个人这么想，温小姐。"谢朗说道。

温星能明白谢朗的良苦用心，她面上不愿意表现出很关心赵传雄，但心里的确如谢朗所说的有牵挂，尤其那天闹过之后，她也觉得赵传雄非常可怜。但当时她不愿意陷在令她厌烦的人事关系当中，回头冷静下来想一想，她一直于心不安，她见不惯心软的老实人被欺负，谢朗的话更动摇了她的想法。

"我需要想一下，谢先生，晚些回复给你。"

"可以，我等你的回复，温小姐。不过这事先不要告诉梁总。"

"我知道，谢谢你为我考虑这么周全。"

谢朗见温星聪慧，懂了他的用心，松了口气笑道："其实梁总考虑得也很周全，只是在他那里，你的意愿高过一切。谁要欺负你，他恨不得把他们皮扒了，所以根本不会去体谅别人，更别说协商了。"

温星倏然红了脸，她觉得谢朗说的梁岩不太像她印象里的梁岩。

"温小姐，这事你考虑清楚了，再由你亲自告诉梁总更合适。你可以假装找他商量，他肯定会帮你解决后续的问题。杜升升那边你根本不用担心，我会想办法解决。"谢朗给温星支招，

"如果你的想法没有改变，那你就不用找梁总了。你只需要告诉我一声，我就不再多管这事，只照之前的办法去磨你叔叔，让他改变主意。"

"嗯，好，我心里有数了。"温星说。

挂了电话，温星细想这事，感到好笑也感动，她发现一个人如果真的要关心你，可以把你所有烦心的事情都全权代理了。好笑的是她做的决定却要传达给梁岩去实施。

温星最终决定接受赵传雄的部分财产，她把自己内心的想法告诉梁岩，梁岩没劝她，更没有反驳她，只问她："这么做，能让你安心是吗？"她说"是"，梁岩便让谢朗去办了。

谢朗看到自己曲线"操控"了老板一次，差点儿激动落泪，他再次相信爱能改变一个人，毕竟连梁岩都能被人牵着鼻子走。谢朗在微信里给温星发了一个大拇指，温星问什么意思。

"肃然起敬。"谢朗发了个抹泪的表情。

温星哭笑不得发了个微笑的表情掩饰尴尬。

结果谢朗吓得忙道："您已经学到梁总精髓了。以后有什么小事，您尽管吩咐我，不需要劳动梁总。"

温星又发了个微笑表情，她觉得自己好像那只狐假虎威的小狐狸，却莫名在这件事情上感到了十足的安全感。

温星的冰棍儿是菠萝味的，她吃到一半，看到外面走进来一个人，身形高大。等她反应过来是梁岩的时候，他已经和张觉打了招呼，抬手轻拍了拍她的肩膀，说："少吃点儿冰。"

温星回神，想起谢朗说她的意愿在梁岩心里高过一切的话，不由红了脸，竟有些不自在。

梁岩见温星脸颊通红，风扇正转过来吹拂她的脸，她额角几根散落的发丝随风飘动，不由问："你是不是中暑了？"

温星看了眼一脸关切的梁岩，尴尬笑道："没有，刚和教授搬了东西，有点儿热。"

梁岩闻言放下心，在温星身边的位置坐下，然后他和温星同时开口说话。

"阿泽和杨恭的事已经公开了。"

"你怎么来了？"

说罢，他们互相看着对方，半晌后都默契地觉得没有再说话的必要。温星继续吃冰棍儿，梁岩安静地转向电视。

张觉打量着两人，站起身说："我进去休息会儿，你们要走记得帮我带上门。还有，看到你们黄老师让她不要上山，我担心她会中暑。我明天下山去看她。"

"嗯，好。"温星应道。

待张觉回房间后，梁岩看了眼温星道："杨恭和阿泽准备在年底结婚。"

温星笑了笑，说道："祝福他们。"

梁岩也笑了，点头赞同。

隔了会儿，梁岩见温星吃完了冰棍儿，问她要不要回去。温星点头说好，随他起身。她把包背在身上，他关了电视和风扇，让她先出门，最后顺手轻轻关上了门。

梁岩没有开车上山，他搭了疗养院的车，此刻下山他搭温星的车。一路行驶在山道上可以听到树林里的蝉噪，梁岩问了些关于温星工作上的事情，两人聊了会儿，车就到了山脚下，短短的一程却让人感到心情异常愉悦。

黄采薇这段时间也有些身体不适，天气忽然变热，她变得食欲不振，十分疲惫。她在楼上午睡，隐约听到梁岩的声音，撑着起身下楼，看到温星也在，便又回身上楼，让温星代她招呼客人梁岩。

温星被逗笑了，黄采薇又站住了脚，在楼梯上回身打趣她道："不对，他也不是客人了，一个月不知道要跑几趟江州，也不知道是放心不下什么。我想应该不是为了我这个老太婆，之前你没来的时候，我可没见他跑这么勤快。"

温星猝不及防再次红了脸，梁岩喜欢她的事情大家都已经知道了，虽然他没有多深情款款地表白诉说，但他做的事情一件件摆在那里，都在无声地说着喜欢她。似乎所有人都在等着温星的答案。

只有梁岩这个当事人依旧很耐心，除了上一次"幼稚"了一番，之后便再没有任何言语上的表白，甚至连试探都没有。他只是陪着她，等她一点点恢复。而温星对他的情感也一点点在变化，但她不知道自己会不会和他在一起，因为她没有看到自己对未来的决心，她仿佛在让他等到她想明白。

到了六月末，温星和梁岩在各自的工作领域中持续忙碌着。

温星把翻译的初稿交给了陈编辑。陈编辑给她提了意见，让她回去修改二稿。在此期间，陈编辑和温星谈了另一件事情，他有意想把张觉这几十年做研究和教学的手稿整理成册出版，他让温星和张觉谈谈这事。

温星第一次和陈编辑意见统一，隔天就找张觉聊了这事。张觉没太当一回事，看上去是不想做这件事情。温星追问他原因，他没有过多解释，只说自己年事已高，没有精力。

"我可以给您帮忙呀，无偿的。"温星笑道。

张觉还是摆手，说："把你的时间都用在你自己的翻译上，做你自己的研究。"

"这和帮您整理手稿不冲突，我还能学到更多。"

张觉还是拒绝。温星没强迫他，直到又过两天，张觉因为感冒感染了肺炎再次住院，她才下定决心，不管张觉愿不愿意，一定要把他多年的翻译经验和教学理念整理成册。

温星想起陪伴江陵的日子自己一直在写日记，如今她安静地开了一个公众号，专门记录整理张觉手稿的点滴。同时，她也上传一些自己或者张觉和黄采薇的翻译草稿，比如上次三把伞的同一首诗三种翻译，她收集过来整理成文章，把两位老师的观点和特点做了总结梳理，分享在公众号上。她给公众号取名叫"翻译岛"。

这一次，温星的第一分享对象是梁岩，他成了第一个关注这个公众号的人。梁岩欣赏温星做事的用心和毅力，所以每天不管多忙，阅读、点赞、留言都没落下。他们保持每天联系，虽然大部分的沟通交流都是关于工作上的事情，但双方都觉得是有趣的。

七月初的一天，温星在家工作，门铃响起，把她从精神世界里一把拉回来。一下跌落回现实的温星有片刻失神，好一会儿她才意识到有人在敲她的门，不由感到很诧异。她独居的这段时间，基本没有人会到家里找她，身边保持联系的朋友都会先发消息联系她，她实在想不出谁会这么隆重地登门拜访，最终她想到的是物业。

想着是物业，温星走到门口看了看"猫眼"，手都已经搭在门把手上准备开门了，却趴在"猫眼"边定住了神。门口站着的根本不是物业，而是打扮精致、神态倨傲的林雅容。她手上挂着一柄漂亮的遮阳伞，远道而来却不带仆仆风尘。

温星犹豫了会儿，在林雅容不耐烦地第三次按门铃的时候，温星缓缓推开了门。

林雅容后退一步站定，姿态高傲地开口道："我还以为你不在家，温小姐，怎么连门都不愿意开？"

"您好，您怎么来了？"温星答非所问。

"不欢迎吗？是不是做贼心虚？"林雅容冷眼看温星，直接越过她，强势跨进门，逼得温星不得不侧身让路。

"做贼心虚是什么意思？"温星看到林雅容在她鞋柜前皱眉，显然是想换拖鞋却发现只有一双男式拖鞋。

男式拖鞋是温星平时故意摆在玄关给人看的，只是不想让人知道家里只有女性独居。此刻她上前打开鞋柜把男式拖鞋收进去，随手丢了一双女式拖鞋到林雅容脚下。

林雅容面色铁青，低头嫌弃地看了拖鞋半晌，转身直接穿着高跟鞋就踩进温星的家。

温星大为震惊，急道："阿姨，您讲点儿礼貌！"

"礼貌？"林雅容回过身，仿佛听到了什么笑话，直视着温星冷哼道，"我和你可没有什么礼貌可讲。"

温星知道来者不善，沉下了脸，缓缓关上了门。

麦克站在客厅中央竖起尾巴，它很讨厌林雅容的高跟鞋声音，绿幽幽的眼睛犀利地盯着林雅容，让人有些毛骨悚然。

林雅容的气势在看到麦克的瞬间一落千丈，她怕猫。温星察觉到她的恐惧，面无表情地走上前抱起麦克面向她，努力心平气和问道："阿姨，您来找我什么事？"

"你把猫放下！"林雅容呵斥温星。

温星抬手安抚地摸了摸麦克的头，把它抱进房间掩上了门，她没想吓林雅容。

温星回到客厅，林雅容已经在沙发上坐下。她凝眉打量这个家的布局摆设，满脸挑剔，她见温星去厨房倒茶，冷声道："别忙，我不是什么客人，不需要你端水倒茶。"

温星心想她还挺有自知之明，便站住脚转过身道："那您来有什么事？"

"我来有什么事，你心里没数吗？"林雅容美目微瞪，强忍怒气，盯着温星给她施压。

温星冷笑道："我真不知道什么事，阿姨，烦请您直接告诉我。"

"阿姨"两个字让林雅容感到很刺耳，她倏地从沙发上站起来，说道："我上次告诉过你，你没有资格叫我阿姨。"

"您想多了，这只是一个普通称谓，我可没把您当我阿姨。在街上看到任何一个您这个年纪的女性，我都会叫阿姨。"

"你可真是伶牙俐齿，年纪不大，气焰倒很足。"林雅容怒极反笑。

"我向来人不犯我，我不犯人。反之亦然。"温星毫不示弱。

"好，很好，非常优秀！"林雅容气得踱了两步，瞪着温星咬牙问道，"你这么嚣张是谁给你撑腰？"

"您说这话的时候怎么不看看您自己的样子？"

"我在问你话，你好好回答！你这是和长辈说话的态度吗？你家里没有人教你什么是教养吗？"林雅容怒极。

这话戳到了温星的痛处，她瞪着林雅容，转身往玄关走，她一把推开了门，说："请你出去。"

"我的话还没说完，你着急什么？你是不是心虚？"林雅容冷笑着不走。

"你是不是有什么问题？我这个样子是生气，不是心虚。"

"像你这样的女孩儿，我根本不愿意花时间对付，也不想和你废话。我今天来只为了一件事情，你必须和我们家梁岩分手，我绝不允许你们在一起。"

温星心里"咯噔"一下，被这个误会逗笑了，也莫名有些难过。回神后，她努力冷静下来，关上门走回客厅，对愤怒的林雅容说道："我们没有在一起。"

"你以为我会相信你说的话？你那些小聪明和花言巧语在我这里没有用，你最好老实交代，你们发展到哪一步了？我劝你自爱，不要打着像杨恭那样未婚先孕的主意！"

"我没有，我说了我和梁岩没有在一起，我们只是朋友！你讲点儿道理，不要妄加揣测！"温星也被激怒了，不由提高了声音。

"朋友？像你这样的人对朋友是怎么定义的？搞暧昧不清，若即若离那一套是不是？！"

"我们就是普通、正常的朋友关系。我不知道你到底听说了什么，跑来我这里胡说八道！"

"我胡说八道？阿岩是不是喜欢你？你敢说你没有喜欢他？"

温星竟被质问得一时哑口无言。

林雅容前两天出于朋友情面和社交需要，去探望了杨恭的孩子。当时她已经知道杨恭的对象是陈泽了，这让她感到不太舒服。她讨厌陈泽是从他很小的时候开始，她眼里的陈泽调皮捣蛋没教养，偏黄采薇十分袒护他，连带着梁岩也对这个远亲弟弟十分爱护，后来在工作上给了他很多机会，但陈泽的言行举止始终让林雅容看不上。林雅容曾经蛮看好杨恭做儿媳妇的，没想到杨恭却和陈泽暗度陈仓，要不是梁岩对杨恭无意，她对这事会更硌硬。她觉得陈泽这算是背着梁岩挖墙脚，不懂感恩。

所以林雅容去看杨恭的那天心情极其复杂。一面她看到别人父母能抱孙子了很羡慕，一面对杨恭难免鄙夷。而杨恭的父母最终因为一个孩子就接受了这事，还高兴地接受了陈泽这样的女婿，林雅容面上恭喜着，心里却觉得他们这家人可真是搞笑。尤其当杨恭的妈妈问她梁岩的情况，让她多催催梁岩，有几分炫耀自己女儿成家了的时候，她心里可是白眼翻遍。她的梁岩那么优秀，只是他不愿意成家而已，如果他想成家肯定分分钟办到。

就是在这种优越感里，林雅容听见杨恭微笑着告诉她："梁岩有喜欢的人，阿姨，您可以问问他。"

"这事我知道，但他嘴巴很严不肯说，我也要尊重他。不过他透露过对方家境不错，是个有教养的女孩儿。"林雅容也微笑着问，"你认识她吗？"

"她叫温星，不知道您认不认识？她的确是个蛮好的女孩子，学翻译的。"杨恭说道。这事她是听陈泽说的，而她和陈泽之间的感情当时有了突破就是因为梁岩向陈泽坦白了心迹，这对陈泽打击很大。他们两人一开始是酒后乱性，有互相慰藉的成分，清醒后他们也挣扎过，兜兜转转看清自己的内心才在一起。此刻，杨恭挺希望梁岩和温星也能有机会在一起。

林雅容脑子里"嗡"一声炸开了，后半场她勉强维持着仪态，离开了杨恭家。而另一个冲击正等着她，司机老吴偶尔会帮梁岩接送林雅容，今天恰好是他。

林雅容想老吴经常跟在梁岩身边，说不定知道些温星和梁岩的情况，她便问老吴知不知道温星这个人。老吴想了想，露出一副不知道当讲不当讲的表情，最终忍不住说："您问的温星之前是陈先生的女朋友，后来他们分手了，这事梁先生杨小姐他们也都知道，我才敢和您说，前段时间我听说她妈妈去世了。温星这个小姑娘人很好，热心肠，不过怪可怜的，她爸爸很早就去世了，是她妈妈抚养她长大，现在妈妈也走了，感情上又不顺利。唉，是个命苦的小姑娘。"

林雅容没有觉得温星命苦，一瞬间她只觉得自己命苦。愤怒、郁闷、难过，所有不好的情绪都瞬间堆压在她心头。她想起温星就是那副可恶的面孔以及温星和程益农相亲的事，这些对她来说实在是太离谱了。于是她越想越气不过，非得要当面骂退温星，让温星不要对梁岩痴心妄想，她认为肯定是温星先撩拨梁岩的。

林雅容见温星不答话，继续逼问她："你敢不敢说你没有喜欢阿岩？你用了什么手段让阿岩对你另眼相看？这边和其他人相亲，那边和阿岩暧昧，这种见不得光的手段只有下流的人才做得出来！"

"我用手段？我和梁岩从来没有暧昧，你为什么要主观臆断，把人想得那么不堪？"

"没有暧昧为什么你不敢承认你不喜欢他？连话里都给自己留有余地！你想欲擒故纵吊着他的胃口是不是？这就是你的手段！"

"没有！我和他之间根本就不是你想的那样！我不管你相不相信，我曾经拒绝过他，我曾经很讨厌他，根本就没用什么手段！"

"现在呢？你的意思是现在喜欢他是不是？你是不是想和他

在一起？"林雅容气急败坏，她就知道温星没安好心，"我今天把话放这里，我绝对不会同意你和梁岩在一起，你休想进我们梁家！除非我死了！"

"什么死不死，你为什么要讲这么难听的话？"温星失去过亲人，她无法容忍一个人用死去威胁自己的亲人，"以死相逼是一个母亲该对儿子做的事情吗？！我和梁岩如果真的相爱非要在一起，他以死逼你或者我以死逼他，你是什么感受？这事会有结果吗？！你口口声声说我没教养，你学过怎么当人母亲吗？！"

"你这是在威胁我是不是？怎么，你要以死逼梁岩反抗我？你这个小姑娘心肠真是恶毒！"林雅容也已经被温星逼得下不了台，她没了理，只能拼命维护自己的尊严。

"难道不是你先恶毒的吗？！"温星怒道。

林雅容震惊于温星毫不服软的气势，她气到发抖，连声说"好"，抬起手指着温星道："你是不是不管闹到什么程度，都非要缠着阿岩？！"

温星没有回答，她紧紧咬着唇，也浑身颤抖。

"说话！"林雅容怒道。

"这是我们两个人之间的事情，就算你是他母亲，你也不能干涉我们！"温星开了口，十分强硬。

"你这种自私冷漠的态度真是像极了你那个老师！堂堂大学教授私德败坏，金玉其外，败絮其中！你不仅没有家教，连基本的品德都没有！"林雅容尖锐地怒斥。

"我谢谢你跑到我家里来提醒我没有家教这事，我已经和你无话可说！现在请你立刻、马上离开我家！"温星声音颤抖，强忍着受辱的委屈，再次快步走到玄关，推开了门。

"我还没有说完！"

"够了！你要是再不走，我就……"温星左右看看，有种想找东西赶林雅容的冲动，下一秒她就一个箭步冲回房间抱出了麦克，冲着林雅容，"你要是再不走，别怪我让猫咬你！"

林雅容惊恐地看着发威的温星，她相信温星完全做得出来，慌忙往外跑，极其愤怒，又觉得难堪。而她来不及跨出门就被温星一把推出门外，差点儿跟跄摔倒。温星一把摔上门的态度更是冷酷无情，让她感到前所未有的屈辱和狼狈。

"我们走着瞧，温星！我一定会让你为今天对我的所作所为付出代价！"林雅容在门外气得跺脚。

"你尽管放马过来！"温星在门内怒而反击。

隔壁有邻居听到动静开门探头看情况，林雅容终于转身离开，温星缓缓蹲下身抱膝埋下头，终于忍不住大哭起来。麦克焦急地在温星身边转圈，时不时舔舔她的手，它不懂主人的痛苦，却能体会到她的伤心。

不知道哭了多久，温星蹲麻了脚，扶着墙慢慢站起来，她把麦克抱起来安抚了一阵，然后去洗手间找拖把抹布准备打扫，她要把林雅容踩的脚印清理干净。

从里到外擦洗完，已经是傍晚，温星洗过澡，叫了外卖。吃完饭，一人一猫坐在沙发上看电影，她选的电影是《泰坦尼克号》，她第一次看这部电影是在初一时和江陵一起看的。很多人说她像江陵，但她知道她远远比不上自己的妈妈。

温星那时自己偷偷摸摸在看，正看到 Rose 和 Jack 亲热，江陵忽然下班回来了。她来不及关电视，涨红了脸挡住电视想解释什么。结果江陵笑说："《泰坦尼克号》呀，我也要看。"她放下包，上前拉过温星，重新坐回沙发上。

她们一起看了屏幕里的热吻缠绵，江陵像是漫不经心地嘱咐温星："以后如果谈恋爱可别太早尝试亲热，女孩子比较吃亏。大学以后才可以，但要避孕哦。"

温星满脸通红，小声说"嗯"，母女之间的小尴尬随着电影情节的发展慢慢消散。

电影结束的时候，温星问江陵："妈，为什么 Rose 还能和别人结婚？如果我是她，经历过沉船，Jack 把生的机会给了她，我肯定忘不了他，这辈子都无法再爱别人。"

"因为 Jack 希望她快乐生活下去啊，就像你爸爸希望我们要坚强快乐活地下去一样，你看我们不是好好的吗？"江陵笑道。当时她的事业已经慢慢有了起色，她总说会越来越好。

年幼的温星当时似懂非懂，只是跟着母亲笑，此刻她忽然懂了要快乐生活下去的意义，也真的要去做。

电影结束的时间已经是晚上十点多，温星给梁岩打了一个电话，约他明天在岳城见面。梁岩很意外，也很惊喜，不假思索地答应了。从梁岩的情绪里，温星猜测林雅容应该还没有把今天的事情告诉梁岩，她想那就由她先告诉他。

而另一头，梁岩挂了电话回到林雅容的房间，继续看她拿一块丝巾捂住哭泣的脸，痛诉温星的恶行。他听到林雅容一个劲儿说温星对他有企图，说她肯定喜欢他，梁岩的心情变得异常平和耐心。到最后，他安慰林雅容说："她没有说过喜欢我这种话，一直都是我在追她，这点你放心吧。"

林雅容闻言一把扯下丝巾，坐起来瞪着梁岩，竟一时气到说不出话来。

温星给梁岩打了电话之后，一鼓作气在网上买了隔天下午去岳城的动车票，不过她还没有想好要怎么和梁岩说。她给他打电话更多是出于冲动，期望被他理解，但冷静下来之后又多了些害怕，害怕是自己天真了。

温星正视了自己对梁岩的感情，她知道自己已经开始慢慢喜欢他，这种喜欢不是热烈、冲动的，它熨帖、温暖又酸涩。而她面对这份感情的勇气很少，因为怕失去就没有了。梁岩现在对她很好，但不代表他们之间没有差距，相反，他们之间的距离很遥远，隔着时间和空间。

林雅容的蛮横无理，几乎把她和梁岩之间好不容易建立起来的无形默契和安全关系都撞散了。

这一夜，温星想了很多，又陷入了失眠的状态。终于熬到天亮，越临近出发去岳城她越不安，一颗心完全无处安放。

也在这一天，温星收到了一封邮件，是一封正式的股东会议通知信，发件人是江陵亚岚贸易公司的财务总监蒋怡。这封信让温星恍如隔世，又一次提醒她江陵已经去世了。

关于江陵的亚岚贸易公司，温星从前知道得很少，陪护江陵的那段时间，她才了解一些。这个公司算上江陵共有五个股东，江陵一人占了百分之四十股份，其他四个人共百分之六十，第二大股东就是财务总监蒋怡。

江陵去世之后只给温星留了百分之十，其余的百分之三十分别转让给蒋怡百分之二十，让她成为公司最大股东，另外两人则各转让了百分之五。而她原本有的六成公司产权全数留给了温星，产权的另外四成则在赵传雄手上，当年江陵资金不够，和赵传雄合买了现在公司所在的大厦楼层，赵传雄这几年虽然在公司没有股份，但他一直有辅助江陵参与管理，在公司也有一定的影响力。

江陵当时将对公司股权分配的打算写在纸上给温星看，告诉她："做人不能太贪心，你志不在从商，在公司没有贡献却拿着最多的股份，让那些有能力的人为你打工，让你坐享其成，迟早会有祸端。"

温星也明白一个人拿不了太多东西，她什么都没有说，点头同意了江陵的做法。

江陵见状，微笑看着温星，许久才继续说："你看我股权这么分配是对谁最好？"

温星指了指纸上蒋怡的名字，说道："蒋怡阿姨吧。"她上大一时曾陪江陵参加公司团建，见过一直被江陵提起的蒋怡，她对蒋怡的印象是严肃，不苟言笑。

江陵听到温星的答案不由笑了声，笑着笑着，她眼里有很浅的泪光，她说道："她帮妈妈很多年了，她说自己永远是二把手，她这辈子给自己的职场定位就是二把手。"

"那现在是要让她做一把手吗？"温星不太明白。

江陵没有马上解答温星的问题，只是告诉她："蒋怡阿姨是个很公正的人，对公司很忠诚，她可以信赖。"温星心想，这就是让她当家的意思。在温星的认知里，江陵的亚岚贸易公司已经有人接管，算是平稳度过了交替期。

而在江陵去世后，蒋怡就和温星保持着一定的联系。她之前听说温星在江州找到了工作，她表示关心和祝贺，关于亚岚的事情她只提了一嘴，说不会辜负江陵的临终信任，会把公司照五年计划发展下去，也希望温星能信任她。

温星当时心情沉重，完全承接不上蒋怡这么慎重的表态，懵懵懂懂道了谢，心里在想江陵已经把公司交给了蒋怡，她就会尊重江陵的决定，也会遵照江陵的意愿不去干涉公司事务，尊重蒋怡。

邮件里有股东会议的时间以及议程，其中有一项是决定公司执行总监人选。温星想这是要正式任命了。会议时间在两天后，她回复了邮件，表示会准时参加。

黄采薇刚吃完午饭准备上楼休息，午睡之后，她要去山上探望张觉。这时门铃响了，保姆还在厨房收拾碗筷，她便自己走到院子里开了门，只见温星提着麦克站在门口。

"这么热，你怎么大中午跑来了？"黄采薇一眼就发现温星脸色不太好，"发生什么事了？"

"黄老师，麻烦你帮我照顾麦克两天，我得去趟岳城。"温星跨进门，将麦克放在地上，回身去车上拿猫粮。

黄采薇见状没急着追问她去岳城的因由，帮忙先把麦克提进了屋。没一会儿，温星拿着猫粮进来了，她脸颊热得发红，是一种力竭后不健康的红润。

"喝杯茶，坐一会儿。你急匆匆要去岳城，发生什么事了吗？"黄采薇拉温星在沙发上坐下，抬头喊了保姆帮忙泡茶。

温星没说话，她低了低头，弯腰打开麦克的笼子放它出来。麦克对黄采薇家也很熟悉，它叫了一声，跳上沙发挤坐在两人中间。

"哎哟，你最近是不是又胖了？"黄采薇笑着问麦克。

麦克"喵喵"叫唤，好像是承认自己胖了。

"温星瘦了，肯定是胖你身上去了。"

"喵喵。"

"这样可不行，你要照顾好温星。"

"喵。"麦克仿佛会聊天。

温星被逗笑了，她知道黄采薇是想开导她。

"你要去岳城，小岩知道吗？"黄采薇见温星笑了，便继续问道。

对这个问题，温星不自觉垂眼，大家都知道梁岩一直在照顾她，现在她的事情仿佛都和他有关。林雅容说她和梁岩搞暧昧，不是没有道理。

温星忍不住苦涩地笑了笑，说道："知道，我今天就是去找他，一直以来都很麻烦他，却没有好好谢过他。"

"你们吵架了？为什么忽然说这样的话？朋友之间互相帮助是应该的。"

温星整夜没有睡，过度思考，听到黄采薇这话更加混乱，瞬间她甚至想退票了。如果她这么混乱，搞不清楚自己要什么，去找梁岩就说不出一个结果，那去了也没有意义，不如不去给他添烦恼。

黄采薇见温星脸色发白，神情无助，忙起身给她倒水，她感觉温星真遇到困难了。温星接过水喝了两口，感到胃里有些不适，起身跑到洗手间，把中午吃的饭都吐了出来。

黄采薇在外面听到声响，急问："温星，你是不是吐了？"

温星吐完缓不过劲，好半天才从洗手间里出来，却感到头昏眼花，她开始有些害怕自己会晕倒，便说："黄老师，我想躺一下。"

黄采薇急呼保姆来帮忙，她看到的温星的样子比温星自己所想象的还可怕，她疲惫不堪，摇摇欲坠，脸上毫无血色。

温星被保姆和黄采薇搀扶着上楼躺到床上，她身体的实际情况最终压垮了她的理智，她一直想从丧母的痛苦里振作起来，但原来一切都是假象。

温星没有昏迷，却闭着眼睛不想再睁开，她不想逼迫自己继续去伪装坚强，现在放弃乐观是最舒服的方式。她不想继续新的生活，只想永远沉浸在失去江陵的痛苦里，她不去找任何人，也不需要任何人的帮助。

黄采薇一直在温星床边走动，一会儿给她量体温，一会儿给她额头贴退热贴，一会儿给她盖被子，还劝她："你这个样子下午不要去岳城了，赶紧把票退了。有什么事非要今天说明白，就让小岩过来。"

温星下意识摇了摇头。

"前段时间我就说你要注意休息，老张在医院有陪护，你没必要那么辛苦，我们都知道你是个好孩子。你有什么想不明白的，不要放自己心里憋着，跟我多讲讲，我不是你亲奶奶，可愿意当你亲奶奶……"黄采薇心疼极了，不由碎碎念。但温星侧过身背对她，她就闭了嘴。

温星眼角有颗热泪缓缓流下，许久她才小心地抬手擦了眼泪，睁开眼转过身对黄采薇说："黄老师，我一会儿就把票退了，和梁岩再另约时间。我没事了，昨晚没睡好，所以状态不太好。不好意思，让您担心了。"

黄采薇听温星说这些，无奈地叹了口气，她想温星要是愿意在她怀里任性地哭闹一番就好了。面上她没再说什么，伸手摸了摸温星的额头，起身说："我去给你找退烧药，中午多余的饭我让小王给你熬粥了，一会儿吃点儿粥，把药吃了。下午在这里好好休息，麦克都带来了，你就安心点儿吧。"

温星点头，脑子里在想失约于梁岩的事情。她第一次犯上了拖延症，一条失约道歉的信息怎么也发不出去，直到下午三点多，梁岩发来信息问她是不是已经上车了，她才回复说：没有，我把票退了。

梁岩：怎么了？

温星：人不舒服，发烧了。

梁岩：看医生吃药了吗？还是一个人在家？

温星：吃过药了，在黄老师这里。不好意思，我改天再去找你。

梁岩：没事。

梁岩等了会儿，见温星没有回复，放下了手机。这几分钟里，他的情绪很复杂，但他还没有想清楚，人就已经起身离开了办公室。

昨晚梁岩让林雅容哑口无言，却和梁帆顺闹翻了。

梁帆顺从他好友童半仙那儿回来，进门就听司机说林雅容去了趟江州，回来在车上一路生气哭着回来的事情。他很心疼着急，忙上楼问老婆发生了什么事，结果看到梁岩也在。一问得知梁岩找了个不太好的女孩儿让林雅容生气，再听那女孩儿还把林雅容骂得狗血淋头，他便怒了。但梁顺帆没有像平时一样立马怒斥梁岩，真正发生事情的时候，他是个极其有城府的人，他目光锐利地扫向梁岩，一言不发去了书房，留下一室的威严和压迫感。林雅容感到气氛不对，哭都忘了，她忙劝梁岩："你爸真生气了，你和那个温星的事情赶紧不要再提了，我迟点儿和他说你们已经分手了，这样就算了。"

"这事迟早要谈，他回来正好。"梁岩却说道。说罢，他也离开房间去了梁帆顺的书房。

在梁岩的记忆里，父亲有两种形象：在他十四岁之前，梁帆顺是个很睿智的父亲，豪爽大方，他敬重父亲；而在他十四岁之后，梁帆顺身边遭遇变故，开始疑神疑鬼，信了鬼神之说以后，父亲就完全变成了另一个人，他们开始吵架，梁岩用愚昧无知形容梁帆顺，梁帆顺则认为这个儿子无法无天，大逆不道。

书房里，梁帆顺在给金鱼喂食，他有一个很大的鱼缸，里面养了很多金鱼。鱼缸摆放的位置很奇特，不是正着摆，而是微微斜着朝某一个方向，梁帆顺对这个位置要求很高，不允许任何人移动，他还很宝贝自己的金鱼，到时间总要赶回来亲自投喂。对梁帆顺来说，鱼和鱼缸都有讲究，有了这个鱼缸，他就不会再被恐惧的事物困扰。

梁帆顺没有正眼看走进来的梁岩，他抬抬眼皮，往鱼缸里多投了几颗鱼食，冷声说道："那个叫温星的女孩儿，你非要和她在一起，就把她的生辰八字告诉我。我请董先生算算，如果合适，她对你有利，我绝不拦你。"

"你说出这种话的时候在想什么？难道认为你自己很开明，很理智？"梁岩额头青筋突突跳，双手插进口袋里。

"我不管你怎么想，这事没得商量。"

"我没有打算和你商量，只是来提醒你，不要拿你那套东西出来恶心人，我嫌丢人。"

梁帆顺闻言一下捏紧手心里的鱼食，许久，他压着火气说道："我和你说过很多次，这么多年你顺风顺水，你以为仅仅靠你自己个人能力就能达成？你要结婚娶妻，如果娶的是个对我们梁家不利的人，你也没资格当梁氏的家。"

"我就一句话，我妈去找温星已经够了，如果你敢动什么歪心思伤害她，最终结果只能是两败俱伤。"梁岩说道。

梁帆顺的眼皮不住在跳，他看着梁岩，愤怒说道："我看你已经鬼迷心窍了。"

"这句话应该用来说你自己。"梁岩一字一顿反击。

父子俩瞪着对方，互不相让，最终梁岩转身先走了，他拉开门，离去的脚步非常快，当他走出梁家，回头再看梁帆顺的书房，脸上的鄙夷愤怒已经转变成了冰冷的悲哀。三十多岁的梁岩回头想年少时，依旧记得看到父亲发生翻天覆地变化时的震惊，他第一次发现人的精神可以这么脆弱。

梁帆顺因为内疚在游泳意外中没有救下自己的表弟而精神崩溃，有段时间他总说自己看到不太干净的东西，梦里也都是那个死去的表弟，且诸事不顺。家里所有人都安慰不了他，直到他信了鬼神之说，信了因果轮回，信了童半仙。他给自己打造了一个自圆其说的套子，不再惶恐害怕，人也彻底变了。这是梁岩难以启齿的家事，他的成长过程中也伴随着剧痛和质疑。

昨晚，梁岩内心很抱歉林雅容对温星的伤害，他能想象到温星被一些激烈言辞拖进自我否定泥沼里的痛苦，但同时他也从这件事里察觉了温星对他情感的变化。他知道照温星的个性，如果不喜欢他，一定会直接和林雅容坦白，可她没有，甚至主动打电话约他见面，她的坚强勇敢给了他很大的希望和信心。

　　所以当温星说不来了，梁岩感到前所未有的失落。他有片刻怀疑她在退缩，这个想法让他几乎失去耐心，想强拉她一把。很快，他又想或许她真的只是对他有所改观，当他是普通朋友，不想说得太直接而已，她来找他是希望划清界限，不想被他的家人困扰，这个想法让他丧失自信。最终这些猜测，都因为她生病而变得不重要了。他冷静下来之后，只想去看看她。

第十六章

温星这晚留宿黄采薇家，她发着烧持续昏昏沉沉，脑子里虚无缥缈地转过很多事情。她在床上躺躺，起来在房间里走走，一时变成了无所事事的人。她想给自己找点儿事情做，用手机打开翻译文稿，一看头更疼了，她想到陈编辑对她的评价，对自己反复修改的文稿越发没有信心。她丢开手机，趴在床上感受着时间的缓慢流逝。

到了九点多，手机响起来，温星抓起手机又失望地放下，她等了会儿才接起陌生号码来电，心想是什么广告电话，接起来才发现对方是赵怀远。

赵怀远在电话那头一开口就说："温星，这是我的新号码，之前我们闹得那么不愉快，真的很对不起，我想改天去江州替我妈向你和梁总赔礼道歉。"

温星听完这句话，下一秒就挂了电话，她此时根本没有心情应付赵怀远。

但赵怀远的电话很快又打了过来。

温星冷静思考了片刻，坐起身再次接起来，说道："你最好的赔礼道歉方式就是不要再联系我。"

谁想赵怀远却说："我已经在去江州的路上了，现在在开车。你明天早上有空吗？我有重要的事情要和你谈。"

"你直接在电话里说吧，我明天没有空。"

"你是不是还在生我们的气，温星？我这次是真心实意想要跟你和解。我爸想给你江州的房子，我没有意见，那是他的财产，他想给谁就给谁，只要他高兴就好。"

"那就行了，我们的想法已经达成一致，不用再见面聊了。"

"我们还是见一面吧，温星，我跟你以后肯定免不了还要打交道，没必要把关系弄得那么僵。我妈之前说你的那些话重了些，她也不是有心的，你想想，我爸忽然说要给你房子和钱，她肯定一下接受不了。现在她了解了你的为人，也不会那么想了。"赵怀远的讲话水平忽然提高不少，耐心十足，姿态也够低。

"她从哪里了解到我的为人了？"温星头疼欲裂，冷笑着说。

"大家都说你好，公司里每个人都敬佩你妈妈，这是实打实的，久了她自然就会知道。"赵怀远见招拆招。

"以前怎么不知道，偏偏现在忽然知道了？"温星猜想赵怀远改变这么大，是因为梁岩。

"她就是忽然开悟了。"

"你的道歉我已经收到了，其他没有什么好说的，我先挂了。"温星没有力气继续挖苦他，对赵怀远的说辞也无力吐槽。

"温星，我真的有很重要的事情要和你谈，你妈妈的亚岚贸易你不是还有股份吗？听说新找了个 CEO，你知道这事吗？"赵怀远急道。

"那是我妈公司的事情，和你没有关系。"温星心里却"咯噔"一下，她原本以为 CEO 是蒋怡。

"不是啊，这个 CEO 人选刚好是叶老师以前的学生，有些事情你们可能不清楚，我觉得应该告诉你。你总不想你妈妈的股份落到别人手里吧？"赵怀远说道，语气有几分焦急，听起来很诚恳。

"那你在电话里说吧。"温星内心抗拒，又不得不听。

"见面说吧，我介绍叶老师给你认识，他老早就想认识你了。而且有些事情电话里不好说。我们真的很有诚意，叶老师现在也在车上，他和我一起去江州。我先提醒你一句，那蒋怡不是什么好人，自私得很，你妈信错人了。"

温星陷入沉默。

"就这么决定了，温星，我明天早上十点过去找你。"赵怀远说罢，挂了电话。

温星听着忙音走了神，身后传来敲门声，她一惊，回头看着房门忘了说请进，但门还是缓缓打开了，梁岩正站在门外。

"你怎么来了？"温星很意外，站起来问道。

梁岩反问："我能进去吗？"

温星点头，随即她便后悔了，因为客房里没有可以坐谈的地方，除了床。于是她说："这里没地方坐，我们去楼下吧。"

梁岩关上门，回身说："你躺着好好休息，我看看你就走。"

温星闻言迟疑了片刻，缓缓坐回床上，拉开被子躺靠着床头，她偷偷打量梁岩，猜测他是否知道林雅容来找她的事情。

梁岩搬过房间里的梳妆凳坐到床边，见温星脸色憔悴、眼神闪躲，思量片刻问道："发烧好一些了吗？"

"嗯，好多了。"温星低下头，无意识地捏了捏拳，头疼让她思绪混乱。

"你的脸色很差，一定要好好休息。"梁岩语气里有着心疼。

"我知道。"温星抬起头，她忽然很难接受梁岩的关心，她感到特别愧疚不安，"不好意思又让你跑一趟，其实没什么关系。"

这句话很微妙地拉开了两人不久前友好亲密的关系，让梁岩感到有些难受憋闷。

梁岩沉吟片刻，问道："你今天找我原本是想谈什么，温星？"

这个问题让温星抬起头，她说："我想谢谢你，忽然发现一直没有好好谢过你。"

"那需要我说一句'不用谢'吗？"

温星侧开头，她听出了梁岩话里的嘲弄。很突然，却也不意外。

"为什么忽然要和我说谢谢，因为我妈？她说了什么让你这么想和我划清界限？"梁岩的语气十分无奈，有几分自嘲的味道。

"你都知道了？"温星惊讶地转回脸看着梁岩。

"对不起，温星。我代我妈向你道歉。"

"不用，你不用道歉……"温星没来由地慌张，她不想听到梁岩道歉。

"那我们之间也不用说谢谢，你知道我心甘情愿为你做所有的事情，我愿意付出，你愿意接受，其他人怎么说都无所谓，这是我们两个人之间的事。除非你想往前再进一步或者退一步。那你这句谢谢是想走哪一步？"梁岩问道。

梁岩的直白让温星哑口无言，她转过脸看着他。

"能不能告诉我答案，温星，你喜欢我吗？"梁岩注视着温星，目光热切。他在来的路上想了很多，想到最后还是感情赢了所有的理性，他想和她在一起，渴望她，也爱他。

温星的眼睛在看梁岩，脑袋里却一片空白。下一秒，她避开了他的视线，脑海里却都是他的样子。但她没有开口说话的勇气和力气，咬着唇一言不发，有一块十分沉重的大石头压在她心上。

沉默在房间里散开，像温暖毛毯上的尘埃被一双手用力抖起，飘飘扬扬飞起，无声轻轻落下。不被人重视的情感原本也只如尘埃。

梁岩明白了温星的答案。他再次体会到自己原来真的三十多岁了，激情在退化，笨拙而僵硬。他遇到温星，在付出的过程中不知不觉体会到爱，把她当成了唯一，希望她开心幸福。他可以看到自己以后如果有她会很好，他将会因为她成为一个更好、更有责任感的人，但她还看不到，她对他依旧充满未知的不安。而他能理解她，因为她很年轻，还会有很多选择，年轻是热情的资本。他的理智和情感还有自尊都在她面前屈服过，而他的耐心和爱却慢慢成了她无形的负担，所以她说谢谢。他开始理智地意识到缩短他们之间的距离很难。她可能都不知道自己在害怕什么，她害怕被他推着往前走，有一天他走了，她又会再一次失去。她很坚强，但这么多年里，她都只是在为自己爱的人活着而已。人要真正独立并且学会去爱是一件很难的事情，他在她身上看到自己曾经奋力要独立的影子，很多年了，他第一次在另一个人身上看到这么深刻的努力，这或许就是他爱她、被她吸引的原因。

梁岩缓缓起身，帮温星掖了掖被角，说道："你好好休息，温星，我走了。"好像刚才的事情完全没有发生过，他真的只是看看她就走。

温星看到梁岩要走，眼眶红了，发烧让她体温偏高，眼泪都显得很凉。她在他要开门之时，掀开被子下床喊住了他："梁岩！"

梁岩停住手，回头看着她，只见她远远站在床边没有再动，弱不禁风，倔强又不安。

"梁岩，我妈走了以后，身边很多人关心我，但真正陪在我身边鼓励我的只有你。大罗湾离岳城很近，真的到大罗湾看我的也只有你。要是没有你，我可能不会这么快就在江州有新的生活。我最近才发现原来自己是个特别难相处的人，失去了唯一的亲人明明很难过，又不想认输。一边希望别人能懂我的痛苦，一边又不想给人添麻烦，王楠姐明明对我很好，我内心却觉得和她相处非常累。"温星不知道自己说这些的原因是什么，她一边说一边忍不住哭了，她只想留住此刻的梁岩，但留住他之后要怎么做，她不知道，她心里有很多说不清楚的恐惧，"我很努力想把翻译工作做好，但事实上我做不做无所谓，我不需要这样一份工作，这份工作也不需要我。我想考研，但我考不考又有什么意义？我想快乐起来，但快乐起来也没有任何意义。我可以什么都做，也可以什么都不做，我真的不知道现在继续学习和生活是为了什么，我更不知道自己现在在做什么、说什么。或许，梁岩，或许在大部分时间里，我觉得自己是好不起来了……"

她说了很多，哭红了眼睛，最后的声音轻轻飘飘，带着不自觉的脆弱和哀求。而梁岩远远站着听完，只说了一句："我懂，温星。"礼貌又克制。

温星忘了哭，她望着他的"冷漠"有些傻了，她还不明白，他说的懂是真的懂。

"我还是你的朋友，如果你需要帮忙，我随时都在。"梁岩离去前说了这句话，缓缓关上了门。

温星呆站在原地，门被关上的瞬间，她如释重负，也异常痛苦。她爬回床上，把自己蒙在被子里，像一只乌龟缩在壳里，闷闷的哭声从被子里传出来，像夏夜里安静下着的雨，沉重而悲伤。许久她才钻出被子，是哭累了，也是因为手机一直在振动。她擦了擦眼泪，拿过手机看信息。

谢朗给温星打了一个电话，她没有接，便改发了几条信息，看来很着急。这些信息里有两条是表情包，第一个是表情搞笑做着暧昧神态的小女孩儿，透过屏幕可爱地看着温星，后面他说：温小姐，晚上打扰了。梁总是不是去找你了？你能不能让他明天早上一定要回来参加董事会议？

隔了会儿，可能见温星没有反应，谢朗又卑微地说：不然下午也行，我只能拖到下午，能力有限。求温小姐帮忙。

之后，他发了个坐地上大哭求帮忙的卖萌表情。

温星这回没被谢朗逗笑，反而又哭了。她边哭边想回信息，却不知道该怎么说。她拿着手机半天打不出字，直到谢朗那边又发来信息，他很愉悦地说：梁总回我了，他说明早会赶回来。谢谢温小姐，你的大恩大德铭记在心。

他还发了一个大笑脸。温星复制了他的笑脸发回去，趴在床上再次哭起来。她哭得满头大汗，坚强如她，没有哭伤，倒退了烧。

梁岩连夜回了岳城，到家已经是凌晨两点多。他洗了澡，坐在钢琴前缓缓打开琴盖，他把手放在琴键上却没有弹，许久才弹起了 *Childhood Memories*。他的钢琴上有个录音设备，专门用来录制钢琴曲，而他发给温星的曲子都是他自己录的。

晚上的曲子录好，梁岩盖上琴盖看了看时间，睡意全无。他开始反复听自己录好的曲子，年少的时候，他想弹一辈子钢琴，直到有一次，他和梁帆顺吵架，被砸了钢琴。当时梁帆顺说梁岩拥有的一切都是他给的，没有资格质疑他。年少的梁岩很愤怒也很受伤，他发现父母的爱也有强权，换作他一定不会对自己的孩子说出这种话，孩子的一切是父母给的没有错，但不代表孩子就低父母一等。孩子没有成年，不具备独立的能力，父母和家庭有责任教导和帮扶，而不是统治。

年少的梁岩从此对梁帆顺充满愤恨，他几度挣扎后，放弃了艺术这条他更喜欢的路而转向商路，慢慢地，他离最初的理想越来越远，弹琴成了业余爱好。这段时间，他为温星录曲子，弹琴因为她又有了新的意义。

录好的曲子，梁岩像往常一样在五点多天亮的时候发给温星，道了声"早安"。

温星刚醒，她躺在床上点开曲子听了半天，她想梁岩肯定是早起赶回岳城去了。

上午九点多，赵怀远打电话给温星，约了见面的地点，温星想了想，和他们约在了大学城附近的咖啡厅。

十点钟，温星准时到达咖啡厅，她见到了叶道，初次见面便不太喜欢他过于圆滑的眼神，他总在打量人，眼神里有很多说不清道不明的意味，似客套似嘲笑似试探。

温星早上又有些低烧，浑身骨头疼，她的脸色不太好，连妆都盖不住疲惫。赵怀远一看到她，便关心地问她是不是生病了，还说："一个人没人照顾真不行。你应该找个对象了，温星，我爸上次不是给你介绍了一个男的吗？听说他挺喜欢你的，你怎么没有和他谈谈看？"

温星看着赵怀远说道："你不要那么多管闲事。"

"我这是关心你，你不喜欢我爸介绍的对象，是不是因为你已经有对象了？"这才是赵怀远要问的真正问题，他想知道温星和梁岩的真实关系。

"你说呢？"温星笑了笑，反问。

"不会就是梁岩吧？"赵怀远笑眯眯地问。

温星挑了挑眉，微微一笑，因为她知道赵怀远的真实想法。

赵怀远愣了愣，一时不敢下结论，下意识看向叶道。

叶道老辣，在温星这几句话里听出了些她的门道，他看到她年纪小处事却十足狡猾，她已经知道他们和她修好多少是冲着梁岩，便在两人的关系上放了烟幕弹，是保护自己也是考验他们。

叶道开口圆场："最近梁总的助理，那位谢先生，一直和我们有交涉，看得出来他对你的事情很上心，所以怀远有些好奇，随口问问。"

"是吗？我对这事也不是很清楚。"温星脸不红心不跳地撒谎。

叶道不再纠结这个话题，他几乎能肯定温星和梁岩的关系不一般了，而她也开始拿着这张牌作为谈判资本了。只听温星开门见山问道："你们说的 CEO 人选怎么了？"

"这事不着急，我们一边吃一边谈。"叶道扫了眼温星，笑道，"你好像什么都还不知道。"

"是的，我什么都不知道。"温星这时很干脆地说了句真话。

叶道正眼打量温星片刻，在想她话里的真假，说："其实也没有什么事，他们找的人叫杨静茹，刚好曾经是我的学生。能力行，人品嘛……"

"人品不行吗？怎么不行？"温星立马接话，故意摆出一副容易被挑拨离间的模样。

"我不喜欢评论他人，但她的确是个唯利是图的人。"叶道说道。

"还有呢？"

"她和你们的蒋总监是很好的朋友。"叶道说道。

"是朋友有什么不好？"

"知道'二桃杀三士'的故事吗？"叶道微笑说道。他看到温星脸色开始变得深沉。

温星停顿片刻，徐徐说道："叶老师和蒋总监都是财务总监，合阳公司和亚岚来往密切，你一定和蒋总监接触不少吧？我对蒋总监也不了解，不知道她是个什么样的人。"

"既然你还没有接触过蒋总监，我不太好说她是什么样的人，免得你对她有先入为主的看法，以后亚岚还得靠她。"叶道笑着说。

一直以来，叶道看不惯江陵对合阳工厂的霸道，她通过赵传雄入股合阳公司，却不让合阳工厂里的人碰一分贸易公司的利益，甚至有时候亚岚还要管控合阳的财务。而叶道一直有很大的抱负，他想把赵氏所有产业整合上市，他劝说赵传雄想办法收购贸易公司而不是处在被动配合的位置，奈何赵传雄根本不是江陵的对手，被她吃得死死的。另一边，江陵和蒋怡也有把亚岚做上市的计划，而她们两人绝不会让他人去支配亚岚。上市这事，这两年江陵给赵传雄洗了不少脑，要让亚岚主导，现在她的忽然离去让这事受到了阻碍，一方变得群龙无首，一方却看到了转机。叶道想把蒋怡从亚岚挤出去，他知道江陵把股份转给了蒋怡，没给温星留多少，但温星对亚岚来说还是很重要的一个股东，她对蒋怡的看法会影响蒋怡的地位，江陵给她的股份如果温星不认可，蒋怡要拿稳很难。江陵这一招不知道到底是害蒋怡还是爱蒋怡。

温星不必知道两家公司之间太多弯弯绕绕的过节，就已经不喜欢叶道了，但她细细思量他说的话，心里感到有些不安，再加上她对蒋怡的为人完全不了解，很难不产生疑虑。温星故作镇定，这时再想明天的股东会，想必没有她想象中那么简单。

这次面谈，叶道没有正面说起蒋怡，但他说了许多杨静茹不太好的事情：她出身贫寒，成才后没有回馈自己的父母，还将父母和弟弟视作负担，家里亲戚借五千块都不肯借。最后他还善意提醒温星：“用人一定要谨慎，人品是第一位。”而温星只是听，一直没有表态。

待温星走后，赵怀远再忍不住，在背后说她：“不知道她在装什么，每次对我都是一副臭脸！不知好歹。”

“年轻气盛很正常。你不要总是背后论人长短，她比你有城府，以后你和她说话都要小心些，多点儿考量。她妈没有让她接管公司，还蛮可惜的。”叶道说道。

“我看她还嫩得很。”赵怀远不服气。

“她能把梁岩拿住，你说她嫩？”

赵怀远听到这话气更不打一处来，他愤愤地说：“我爸还天天说她单纯可怜！都是被她蒙蔽了！”

“你爸眼里每个人都有可取之处，他是个宅心仁厚的人。你爸有些方面你可以学习，有些方面不要学。”叶道点拨赵怀远，好为人师。

赵怀远受教，他想了想问：“叶老师，你说温星会怎么做？”

“她怎么做倒无所谓，股份已经在蒋怡手上了，要看蒋怡这个人有多狠心。”叶道微笑说道，“据我对蒋怡的了解，她没有江陵的魄力。”

“温星会觉得我们在帮她吗？”

“你不要在乎别人的看法，你以后要平衡的是利益，而不是某一个人的想法。她现在就百分之十的股份，以后你能给她比这百分之十多的利益，她自然就会和你成为亲人。”叶道说道。

赵怀远闻言，虽然还没有分给温星什么，心里已经有些舍不得了，但他面上没有反驳叶道，只是一笑而过。

温星从咖啡店回来的路上就买了下午去岳城的动车票，昨天收拾的行李还是用上了。温星还给许明蕊打了电话，约她晚上一起吃饭。

许明蕊很惊喜，说晚上必须她请客。温星拗不过她，答应了，听到许明蕊在电话里兴奋地商量去哪里吃饭，一瞬间仿佛回到了读书时的无忧无虑。

黄采薇见温星今天还要去岳城，问她发生了什么事。她心里期望温星是去找梁岩和好。昨晚黄采薇看到梁岩从温星房间离开，神态落寞。她问他怎么了，他没说什么，只是让她好好照顾温星。黄采薇猜出两人闹得不愉快了，她劝梁岩说："她比你小那么多，你又是个大丈夫，很多事情要让着她，包容她，不要逞一时意气。你要是错过了她可能就是一辈子了，往后再想遇到一个那么喜欢的人，没那么容易了。"

皎洁的月光下，梁岩低声说："我知道，外婆。"随后，他就上车离开了。

黄采薇能感受到梁岩有些受伤，感情就像一根皮筋儿拉两头，一方紧紧不放，一方先放，那种疼可不好受。她虽然劝梁岩要大度，但她知道温星也得不放手才行。

温星告诉黄采薇要去参加股东会议，没有提起梁岩。黄采薇思索片刻，说道："这样啊，公司的事都不简单，如果你有什么不明白的地方，最好问问小岩。"

温星点头说好，她看出黄采薇替他们担忧的心情，但不知道该怎么宽慰她。温星知道梁岩昨晚对自己感到失望，而她对自己也有这样的心情。

动车准点到达岳城，温星这次来没有告诉王楠，她订了酒店，放好行李，打车去和许明蕊碰面。

许明蕊这段时间在工作上有很大的进步，她订了一家好餐厅请温星，很正式。这家餐厅新开不久，温星从来没有去过，她到的时候看到装修格调，猜想这顿饭不便宜。

许明蕊很久没有见到温星了，她不是故意不见、不关心，她也是到了这段时间才有勇气见温星。一看到温星，许明蕊就紧紧拥抱住她，红了眼眶低声说："我真的很想你，温星。"

温星也抱住许明蕊，此刻她们都很需要对方的拥抱。两人抱了好一会儿，松开后含泪相视而笑，多年的默契让她们能理解彼此尽在不言中的痛苦。许明蕊能懂温星坚强背后不愿被人触碰的脆弱；温星懂许明蕊的自尊心，当翻开菜单看到过于昂贵的菜品，她没有替许明蕊担心太贵，如常点了自己想吃的菜，对方则因此在对面笑得很开心。

吃饭的时候，许明蕊听温星问起蒋怡，她说了一件事："蒋总监最近很少来公司，一般只在月末来看账。"

"我妈在的时候，她也这样吗？"

"没有，江阿姨那时候几乎每天都来公司，蒋总监也每天都来。"许明蕊说道。

温星闻言没说话。

许明蕊看到温星脸色苍白，有些担心地问道："你怎么了，温星？"

"没事，我今天有些低烧而已。"

"以后公司是蒋总监负责吗？"许明蕊望着温星问道。

"现在不是一切都正常运作着吗？"温星说道。

"正常是正常，但……"许明蕊迟疑片刻，露出难过的表情说道，"总感觉少了向心力。我们组长不喜欢蒋总监。"

"为什么不喜欢她？"

"觉得她自以为是，脾气暴躁。理论一套套的，做事死板。"

许明蕊低头叹了口气。

温星无话可说，她第一次遇到一件事情，好像说什么话、做什么判断都无济于事，因为她看不清这件事情的发展方向和存在的影响因素。这完完全全是她的盲点。

温星一时有些难过，她起身去了趟洗手间，回来的路上她没留神，差点儿撞上一个人。温星惊慌地抬起头道歉，发现面前的男人很眼熟，而她还没有想起对方是谁，对方先喊了她的名字，还礼貌地自报家门以免她尴尬："我是吴晗，是名律师，是梁总的朋友。之前我们见过一面，你还请我喝过一杯咖啡。"

温星立马记起了吴晗，她曾陪江陵向他咨询过遗嘱的事情。

"吴律师，您好，好久不见。"温星忙说道。

吴晗和颜悦色地笑着打招呼，他应该有四十来岁，举止得体周全。

"温小姐一个人吗？"

"没有，和朋友一起。"

"我晚上和梁总一起吃饭，还有另外一位朋友。不想这么巧在这里碰到温小姐。"

温星听到梁岩的名字，她思索片刻，问："梁岩也在吗？"

"没错。温小姐要过去和梁总打招呼吗？"

温星点头，跟着吴晗往一间包厢去。

包厢的门虚掩着，吴晗推门而入，温星看到梁岩在里面，他身边坐着一个打扮休闲的男人，年纪看上去和梁岩相仿。两人正在说话，看样子相谈甚欢，梁岩脸上有愉悦的笑意。

梁岩抬头看到温星很意外，不由站起身。身边的男人面露诧异，随即为表礼貌，也跟着站起来看着温星，微笑问："这位是？"

"这位是温小姐，是我客户，也是梁总的朋友，刚巧碰见，来和梁总打个招呼。"吴晗笑着介绍："温小姐，这位是陆将陆先生，他原先是晨园集团的 CEO，不知道你有没有听说过？"

温星有些尴尬，她不知道晨园集团，只能对陆将笑了笑，问了声好。

"你和谁一起吃饭？"问这话的是梁岩，他的语调微扬，是少有的开怀，丝毫不见昨晚的沉重，这大概是他和朋友在一起时的状态。

"和我朋友许明蕊。"温星看着梁岩答道。

"方便过去认识下吗？"梁岩问道。

相比梁岩的大方坦荡，温星显得有些局促。她想起之前她曾把梁岩"备案"到许明蕊那里，还把他骂了个狗血淋头，不由微微红了脸说道："我们马上就要走了，下次吧。"

"嗯，下次。你们怎么回去？"梁岩又问。

"小蕊开车来的。"

"那回去路上小心。"梁岩微笑着说。

温星点头，她融不进这个包厢里的氛围，又站了两秒同他们道了别。梁岩走了两步到包厢门口便停住了，待人走远，他关上门回到座位上。

陆将笑问："她是谁？"

"亚岚已故江总的女儿。"吴晗答道。

陆将闻言挑了挑眉，笑道："这么说有可能是我未来的少东家。梁岩，你这是在帮忙照顾遗孤？"

梁岩看了眼陆将说道："她很独立，不需要任何人刻意照顾。"

"你是先认识她还是先认识她妈？"陆将笑问了个犀利的问题。

"重要吗？"梁岩笑了笑。

"当然重要。如果你是先认识她，那你一直找我谈去亚岚的出发点就不一样。你如果只是为了讨一个小姑娘欢心，我跟你谈这么久，谈了个寂寞。"陆将笑道。

"一直是亚岚在跟你谈，并不是我，我充其量是介绍人。晚上请你吃饭也不是谈这事。"梁岩说道。

陆将见梁岩说着话，漫不经心低头看手机，开始有些心不在焉，他笑而不语，好似看戏。

从餐厅回到酒店，温星给自己量了体温，低烧已经变高烧，还开始咳嗽。于是，她简单洗漱完吃了药设了闹钟，就爬上床睡觉。

半夜，温星惊醒了一次，她猛然坐起来，不知道自己在哪里，只担心股东会议迟到。当看到床头的夜灯亮着，时间显示才过零点，她松了口气倒回枕头上，擦了擦脖子上的冷汗，脑子里浮现出前天晚上她自己和梁岩说的那句："我觉得自己是好不起来了……"

片刻后她清醒过来，再次坐起身拿过手机，她看到十点多梁岩给她发了信息，问她：烧退了吗？

温星静坐半晌，却回复道：对不起，梁岩。

之后，她锁了屏幕，不敢再看手机，她又多吃了半颗退烧药好让自己能重新入睡。这次药效让温星睡到了七点半闹钟响起。

被闹钟叫醒的混乱让温星忘了紧张和担忧，她匆匆洗了澡，收拾好自己，在酒店简单吃了早饭，怕影响早上的状态没敢吃药，急匆匆出了门。

亚岚的会议室里，该参与这次会议的股东都来了，还有一个比较特殊的人是赵传雄，而温星是最后一个走进会议室的，因为她有些紧张，先去洗手间补了妆。

当温星推门进来时，蒋怡专门起身带她在赵传雄旁边入座，给她倒了水，还在她耳边低声说："辛苦了，温星。"

温星摇摇头，她抬起头，看到蒋怡的表情平静，眼神却很爱怜。

蒋怡主持会议前先向赵传雄询问了意见："赵总，那我们开始了？"

赵传雄颔首。

会议上，温星第一次知道了江陵的五年上市计划，她知道江陵从不得不工作到热爱她自己的工作走了很长的路，创业吃过的苦、承受过的压力，除了她自己没有人能和她感同身受。她离世前虽然很乐观，总是说这一生的努力很值得，但她心里肯定也充满了遗憾。

这场会议的内容不多，但每一个环节都很难消化，最难的是蒋怡提出选用新的 CEO 代替江陵的空缺。为了找到合适的人选，蒋怡已经准备了大半年，全场除了温星以外，其他人都心里有数。他们沉默、沉重，但不低落，安静等待蒋怡说出新 CEO 的人选。

温星在这时抬起头看向蒋怡，等她说出"杨静茹"的名字，结果她却说了另一个名字——"陆将"。

温星一时没有把这个名字和昨晚听到的名字联系在一起，而她还没有表现出惊讶，身侧的赵传雄已经站起来强烈反对："蒋怡，我们之前已经谈好，这个人选必须得是杨静茹。"

"赵总，陆总是更合适的人选。"蒋怡语气平和地宽慰赵传雄。

赵传雄依旧很激动，他瞪着蒋怡半晌，说道："老江已经把公司完全交付给你，你绝对不能走！"

"一个公司除了老板没有谁不能走。"蒋怡冷静地说，她环顾所有人，最后目光落在温星脸上，她看到温星充满震惊和不解。

最后，蒋怡微笑说："陆总很有才干，他一定会让公司再上一个台阶。"

"那你也不能走。"有个股东也皱眉发话了。

蒋怡回答说："再往下发展，我已经力所不能及。"她的语气像飘落的秋叶，颓然而黯淡。

温星彻底糊涂了，她不知道为什么忽然变成蒋怡要离职，蒋怡明明已经是公司最大的股东。

赵传雄有些恼火，他忽然转过头对温星说："这事你绝对不能同意，星星！你和蒋总监说不允许她走！"

所有人都在看温星，无形的压力让她紧张得难以思考，好一会儿她才问出一句话："为什么那个陆总来你就要走，蒋阿姨？"

"陆总有财务团队，他们会更正规、更专业，公司要上市，现在就要开始规划了。另外，就我个人而言，一身不事二主。"蒋怡对温星说话的语气极其温和，因为温星喊她"阿姨"。

温星闻言所能想到的原因是蒋怡与陆将不和，而她不知道蒋怡走了公司会怎么样，也不知道陆将来了公司会怎么样。这事让她无从判断起，但她知道要镇定："蒋阿姨，决定 CEO 的事情需要大家投票表决，这是我第一次参加股东会议，对公司情况也不是很了解，因此我肯定不会马上投票。我的个人建议是放在下次股东大会再议，这种事情宜缓不宜急。"

蒋怡望着温星许久，最后在众人都附和温星的提议之后，问道："你需要多久的时间才能做出判断，温星？"

温星一慌，脱口而出道："下个月的这个时候吧。"

"也就是八月九号。"蒋怡向她确认时间。

温星点点头。

"好，那到时候我们再开一次会。"蒋怡也同意了温星的提议。

会议结束后，其他人都回到自己的工作岗位上，赵传雄和温星还坐着，两人没有说话，各自都有复杂的心情。

赵传雄叹了口气，先开口关切地问温星是不是生病了，刚才开会期间便听到她时不时在咳嗽。

温星点点头，感到这两天十分漫长，她看着自己面前空白的笔记本，问道："赵叔叔，陆将和杨静茹都是谁？为什么你坚持一定要是杨静茹？"

"你妈说过公司离不开蒋总监，而新的 CEO，蒋总监只认可杨静茹，她们曾经共事，是好友。你看陆将要来，她就要走。所以，蒋总监今天的真实想法是要我们否决陆将。"赵传雄推测蒋怡是以退为进。

温星想了会儿，打量着赵传雄，认真问出了她的疑惑："赵叔叔，我一直有个疑惑，为什么我妈不把公司交给你去管理？"

赵传雄一听，看着温星，神情复杂，他有些激动地说："谢谢你认可叔叔，星星，但叔叔没有这个能力，你妈也知道叔叔没有这个能力，她怕叔叔守不住亚岚。其实，星星，最该接手的那个人应该是你。"

这话让温星心惊，虽然江陵从来没有说过这样的话，她也从来没有想过这样的事情，但似乎子承父业或是女承母业是自然而然的事情，只是她和江陵之间有默契才不提这种"道德绑架"而已。此刻赵传雄说破了温星内心最深处的愧疚，她心里对江陵创办的公司又敬又怕，怕面对，也怕自己的无能会让母亲的心血付之东流。

"陆将是谁？"最终，温星没有接赵传雄的那句话，她刚才只是想试探赵传雄是不是和赵怀远一路。

"他曾是晨园集团的 CEO，前两年他把晨园集团做上市，的确是个很有能力的人。你妈去年就开始留意 CEO 人选，有人介绍了陆将。"

温星这时猛然想起昨晚自己可能见过陆将，她问："谁介绍的？"

"猎头公司吧。"赵传雄说道。

温星却想到了梁岩，她打开手机看信息，发现昨晚自己说对不起的那条信息并没有发送出去，最后一条信息还是梁岩问她身体情况的那条。

温星删除了之前的信息，回复梁岩：已经退烧了，不好意思才看到消息。

隔了会儿，梁岩问：在忙什么？

温星想了想，直接问他：有件事情想向你了解下，昨晚和你一起吃饭的陆先生是你的朋友吗？

梁岩：是，他曾经是我读 MBA 的同学。

温星读了信息，开始思考接下来要了解什么，很多需要她去了解的事情，却不知道该从何了解起。

赵传雄见温星聊着天忽然低头一直在看手机，便想小姑娘爱玩，还不懂事，他不想太过为难她，起身拍了拍她的肩膀说道："蒋总监的事情你也不要太担心了，我会和她再谈谈，想办法把她留下来。中午你有没有事？没事的话，再等会儿，叔叔带你去吃饭。"

"不了，赵叔叔，我得回江州了。"温星抬起头说。

"这么着急？"

"嗯，马上要截稿了。"

"你现在工作做得开心吗？"

温星点点头。

赵传雄无声叹了口气，说："叔叔送你去动车站。"

"不用麻烦了，赵叔叔，我自己过去就可以了。"

"星星，你不要和叔叔这么见外。"

"没有见外，我妈在的时候，我也是这样，我不喜欢麻烦别人。我还没有好好谢谢你，赵叔叔，你永远都是我的家人。"温星微笑说道。

听到温星的道谢，赵传雄想起梁岩替温星撑腰的事情，便问她："星星，你和梁总是什么关系？"

"朋友关系。"

赵传雄闻言欲言又止，之后他说："只是朋友就好，我们和他有很大的差距，感情最好是门当户对。"说罢，他见温星垂着头没说话，他再次拍拍她的肩膀，叹了口气离开了会议室。

温星低下头继续看手机，梁岩问她为什么忽然问起陆将的事。温星答：他是亚岚新 CEO 人选之一。

梁岩：你今天去参加股东会参与投票了？

温星无心把情况如实告知：没有，我让会议延迟了。

对此，那头梁岩发来犀利的问句：为什么你让会议延迟了？你现在是亚岚决策人？

温星一惊，她意识到错误的同时也感到被梁岩质问了，她颇有情绪地回了两个字：不是。

梁岩：既然你不是决策人，只是一个小股东，你为什么要去揽这个责任？有人选给你做选择，你只需要投票就可以了。

梁岩在公事上很较真：还是你有心想接管公司？

温星顿时被问得哑口无言。

梁岩还补充了一句：自身定位要清楚。

温星彻底说不出话来，梁岩没骂她，但她混沌的思路被狠狠点醒了。她发现从赵怀远和叶道到江州找她那一刻开始，她已经被自己的责任感捆绑住，明知自己不喜欢管理公司，也明知道江陵已经把公司交给他人，却依旧被人推着往里面迈。她没有做到相信和尊重江陵的决定。

温星：我只是担心我妈的公司会垮。

温星的这句话有些为自己辩解的委屈。

梁岩：如果有一天我不在了，我把公司交给任何人都会存在成功和失败两种可能。而公司哪怕一直在我手里，也会存在失败垮台的可能。你现在要守的只是你自己占股那百分之十的利益，不管公司谁来接管，那人都要对你们这些股东负责任。你妈妈没有把股份都给你，说明她认为这不是冠了江姓的公司，是有能者得的公司，你不用觉得愧对她。

他感觉到温星又把自己困在一个无形的枷锁里，忍不住直言。当然，如果温星想清楚要接管江陵的公司，他就会换种方式帮她。

温星：哦，好。

温星读了这段话很多遍，她懂了，思维里的纠结通了，却不想和点拨她的人道谢。因为她在情绪上感到一种复杂的难过，她一方面想骂梁岩冷酷不懂风情，一方面再次深刻认识到她和梁岩之间眼界格局的差距，她越发欣赏他，也越发害怕。

另一头梁岩从这两个字里读出温星生气了，但他不知道她具体因为什么生气，只能先转移话题问她：你还要在这边待几天？

温星：下午就回江州。

梁岩：我送你去动车站。

温星：不用。

梁岩似乎也有点儿情绪：那你路上小心。

温星的难过彻底变成了生气，她站起来离开了会议室。可才走出门口，她就反省自己的"作"，一时自己把自己气到红了脸，甚至有点儿想哭。她从来不知道自己内在有这么矫情的一面，当初她要和陈泽在一起多干脆，甚至是她追的阿泽，后来分手也很利索，难受了一阵便不带一点儿留恋。现在对着梁岩，她忽然觉得自己一无所有，他对她再好都给不了她安全感。

许明蕊见温星半天没有出会议室，她假装去洗手间跑来看看，却看到温星枯站在门口出神。她问温星怎么了，温星摇摇头说："小蕊，我之前和你说的那个姓梁的男人……"

"你说'神经病'的那个？"许明蕊反应很快。

"他不是'神经病'。"温星苦笑了声，不知道为什么，此刻她很想在许明蕊面前澄清梁岩的为人。

"怎么忽然说起他？你怎么了，开会不顺利？"许明蕊小心问道，她已经听到风声说蒋怡要离开公司。

"还行吧，挺顺利。"

"他们都在说蒋总监要离开，是吗？"

"没有这事。"

"那就好，不然就要人心惶惶了，肯定还会有人要离开。"许明蕊不希望江陵的公司再有太大的变动，作为普通员工，她担心如果因为变动很多人要离职，那公司就垮了。

温星闻言想起蒋怡在会上说过的话：一个公司除了老板谁都可以走。可能蒋怡的意思很明白，她的责任是找到能把江陵的理念和计划做下去的人，她的去留的确不重要，事情并没有那么复杂。

下午，温星去动车站最终还是梁岩送的，一个心里惦记又提了一次去送，一个反省了自己同意他来送。

在去动车站的路上，梁岩和温星说，如果她想认识陆将，他可以找个时间让他们先见面。但温星没有马上回答她是想认识还是不想认识，只是先道了一声谢。

梁岩点头，他猜想以温星的聪明和悟性，已经在重新思考她在亚岚的定位了。昨晚陆将打趣他说温星看着很年轻，问他是不是一时兴起图新鲜。陆将还取笑："就你和她这个年龄差距，你为她做再多，可能只会惹她讨厌，她不会懂你的用心良苦。你站在山顶和她说前面有什么，但她还在爬山，没时间看风景，所以她会让你少说教。"

梁岩没有和陆将争辩温星是什么样的人，点头表示赞同陆将的观点，也用他的观点回复："嗯，你少说教。"而梁岩心里真实的想法是他怕有一天温星成长得比他还要快。温星很年轻，而她这一代有更多的优势，学习的渠道和机会更多，她的学习能力不会比他差。最重要的一点是温星有个爱她的妈妈，尊重她的梦想，即便离开了也为她的未来保驾护航。所以温星假以时日肯定会如鱼得水，而他才是真正困在原地很难改变的人。

一路上，两人因为话题开得不好很少说话。快到车站的时候，温星接到赵怀远的电话，他也关心温星今天是不是还在岳城，他说晚上和叶道请她吃饭。

温星干脆地拒绝，挂了电话。

梁岩听到这通电话皱了皱眉，他问温星："你知道你赵叔叔身边有个人叫叶道吗？"

"知道。"

"离那个人远点儿。"

"为什么？你认识他？"

"他以前是个老师，因为师德问题被人举报受了处分，这才离开学校转了行。"

温星闻言一下想到王楠和她说过类似的事情，她不由问："他以前是哪个学校的老师？"

当听到梁岩说出王楠初中学校的名字，她又问："你怎么知道得这么清楚？你专门查过赵叔叔身边的人，还是你就是那个举报他的人？"

"对，我就是那个举报人。"梁岩觉得温星异常聪明。

温星则没来由地笑了笑，她低头看着手，忍不住咳嗽起来。

梁岩一路听着温星时不时咳嗽，就像有人在他心头打铁一样揪心，此刻她咳得越发厉害，这让他感到天气异常闷热。

温星不知道她有时候会磨得梁岩也在自我怀疑，他最近开始怀疑自己一直以来的一个观念：爱情应该以尊重对方为前提。对此，梁岩以前深信不疑，现在他只感到无休止的尊重很"反人类"。

车子一路开到动车站，快到的时候，温星和梁岩说到下客区放她下去就可以。梁岩应声把车开到下客区，可当温星解开安全带要下车，他又把车门反锁了。

"门锁了。"温星以为梁岩按错了，提醒了他一句，同时她伸手按了副驾驶座的解锁键。而她这边才解锁，梁岩那边又把门锁上了，这下温星知道他是故意按了反锁键。

温星转过头看梁岩，问："你干吗？"

梁岩说："再坐一会儿，反正时间还早。"态度听起来有些冷。

温星感觉到梁岩这一路上心情不太好，而她也是心情不太好，若有似无的尴尬气氛在他们之间弥漫。她想起那晚他问她喜不喜欢他，她一时不敢答，他便失去耐心对她失望走了，留她一个人哭。但隔天一早他又给她发了助眠的曲子，和朋友在一起吃饭很开心，而她来岳城遇到事情问他，他依旧帮助她关心她，她却完全融不进他的生活环境里。她在心里揣测他怎么想，他到底是喜欢她，还是因为人好富有同情心而习惯了帮她。

"也不早了，进站再等半个小时就检票了。"温星闷声说道。

"这么想走吗？"梁岩斜了眼温星，他不想看到她生病，不想听到她咳嗽，也不去想她一个人去参加股东会傻乎乎的样子。当然她肯定不会觉得自己傻，毕竟她可能连怎么被人吃了都不知道。这么想着，他感到胸口有些闷。

"我说实际情况而已。"温星听到后面有车按喇叭，又道，"挡道了。我走了。"她再次去按解锁键。

梁岩又把门锁上，然后他把车开离了下客区，说道："我开到停车场去。"

"你让我下车就可以了。"温星的脾气有些上来了，她被梁岩的行为搞得烦躁，她现在脑子里都是他站在门边冷漠地看着她哭，她当时话里话外都是想和他表白，而他却走了的场景。她这两天生病身体不舒服，脑子仿佛也没有清醒过，全靠傲气撑着。她对他的感激里开始掺杂着说不清道不明的不满，甚至莫名开始埋怨他对她好了那么久，却在她最难受的时候离开。

"不行。"梁岩冷着脸拒绝了温星。他看到了自己的矛盾，理智被压到临界点。

"为什么不行？"温星气得反问。

"就是不行。"梁岩无理回答，他拐进停车场，找到车位，皱着眉一脸不耐地打着方向盘快速停车。此刻，他的油门和刹车都踩得有点儿重，温星似乎因此对他越来越不满，也皱起眉头。

两人一直以来的互相体谅和小心翼翼试探的背后都是渴望对方回应，希望和失望不断交替让他们的自我矛盾爆发，也让彼此间"礼"的界线模糊。

"我要是赶不上车，你赔吗？"温星等车停稳后，冷声先开了口。

"你这么着急回江州做什么？"

"赶稿啊。"

"不差这一天。"

"差啊，你又不是我，你怎么知道不差这一天？"

"如果你赶不上车，我开车送你回江州。"

"神经病，你时间这么多这么无聊吗？"

"温星，你觉得我做这些事情是因为我很闲很无聊？"梁岩沉声说，顿时态度冷若冰霜，这是他发火的前奏。

但温星比他还早一步发火，她侧过头看着梁岩，生气地问道："梁岩，你是不是一直在生我的气？如果是，你就直接说。"

梁岩没料到温星会这么指责他，他措手不及，感到有口难辩，好一会儿才说："我还没有开始生气。"

"你有。"温星步步紧逼，她瞪着他。

梁岩也看着温星，他一下不知道她在想什么了，更不知道她为什么说他一直在生她的气。下一秒，他说："我没有生你的气，温星。"话落，他发觉自己的气势不自觉落了一大截。

而温星越说越来劲："你有，如果不是生气，那就是失望，反正你就是在生气。"

"好，温星，你说我生气，那我生什么气？"梁岩皱眉，加重了语气，和人较劲的脾气上来了。

"我怎么知道，你自己生什么气，只有你自己心里清楚。"温星利索地反击。

梁岩被说得真的开始只有生气的份儿。

温星看到梁岩脸色黑沉，眼神深幽，在他眼睛的最深处有一团火在跳跃，他的确对她很生气。于是，她也越来越气。

"梁岩，你要是不喜欢我了，就不要再对我这么好。你对待我的方式很有修养，有同情心，也很容易让我继续误会你还喜欢我。做朋友就做朋友，你不要太关心我。"温星越说越生气，越气越委屈，"我现在这种状态很容易对别人产生幻想和依赖，我喜欢你，但我不知道该拿什么去喜欢你。我现在能和别人说的就只有痛苦，因为我一件事情都没有做成，而我说了一堆，你说你懂，是懂了还是吓跑了？你再继续用这种方式对待我，我会崩溃，我知道你想帮我，但我们最好连朋友都不要做！鬼稀罕你永远是我朋友！你现在给我解锁开门！我们以后别联系！祝你找到一个和你门当户对、才能匹配、身心健康的女孩儿！"

梁岩从温星说第一句话开始，他的生气就变成了惊愕，越听她说越心惊，也越来越难堪。有弄巧成拙的狼狈，也充满了不安无措的心疼。原来他对处理感情毫无经验，连疼爱一个人都做不好。温星最后一句话尤其刺疼了他的心，他真气她怎么说话可以这么狠，一点儿余地都不留。

温星又去按解锁键，再被锁回去，她开始抓狂了，回头吼道："梁岩，你听不懂人话吗？！"她听到梁岩冷酷地回她说"听得懂"，同时他抓住她的手臂一把拽过她。

温星被弄疼了，低呼一声，还没来得及骂人，梁岩欺身过来吻住她的嘴。

这种情况下的吻，两个人都不享受。温星在拒绝，梁岩在勉强，她试图推开他，他隔着中控企图把她锁住。他用力吻她的唇，她紧闭着牙关，任他怎么舔咬都不松。最后让温星松口的是咳嗽。

温星的愤懑堵在喉咙里，让她忍不住喉咙发紧咳出声。而梁岩没躲，只是稍稍离开了她的唇，说道："想咳嗽别憋着。"

温星闻言气得一把推开梁岩，想骂他"神经病"却捂着嘴巴剧烈咳嗽起来。梁岩把她搂过来拍背，她捏起拳打他的肩。好一会儿才缓过劲，她还是挣不开他的桎梏，便红着眼抬起头瞪他，而他也看着她，徐徐低头，额头小心地贴靠在她的额头上，难过地说道："温星，就算我有不对的地方，你刚才说的那些话也太伤人了。"

这话让温星莫名平静下来，她跟着难过起来，最后她一言不发埋进了梁岩怀里。

长久沉默的拥抱之后，梁岩叹了口气说："我怎么会不喜欢你，温星，我就是太喜欢你了才压抑着自己。"

温星听到这话仰脸启唇，又快又重地吻上梁岩的唇。这个吻缠绵湿润，他们像在品尝着对方，难舍难分。

在长吻之后，梁岩捧着温星泛红的脸，问她："温星，你要不要做我女朋友？"

温星眨眼点点头，她终于笑了，好像一根紧绷着的弦终于松了，她还玩笑着说可能作为女朋友，她送他的第一份礼物是传染给他一场咳嗽。梁岩在这时忽然低头吻温星的脖子，她很意外，身子惊颤，问他干吗。他吻舔了她脖子上那颗让他朝思暮想的小痣，哑声问："你今天真的非要回江州吗？"

男色当前，温星犹豫了，好一会儿才说："陈编辑说找我有事商量，我约了明天去出版社找他。"

梁岩闻言又吻了吻那颗小痣，说："那我开车送你回去。"

"我改一个班次就好了，好吗？你明天又不是没事忙，别来回开车了，等你有空了再安安心心来找我。"温星忍不住抬手摸了摸梁岩英挺的鼻子，感觉他成了自己男朋友之后越发好看了，她也越发心疼他。

"我下周要出差了，项目正式开始了，得去看看。"梁岩说道。

"去多久？"

"快的话三四天，慢的话要一周。"

温星抿了抿唇，依依不舍。

梁岩也不舍，他想了想，柔声问温星："你要不要考虑回岳城，温星？我们可以一起生活。"

"一起生活"四个字让温星心动不已，仿佛能一扫她生命里的孤寂。于是，她思考了片刻，答应说："好，等我把手头上的工作完成就回来。"

梁岩笑了，喜形于色，搂过温星狠狠亲了亲她的脸。一时间，他们好像都获得了新生，曾经的等待和痛苦也都换上了新衣，焕然一新，成了某种幸福。

温星改了下一个班次的动车票，梁岩陪她在车上等，两人在一起的分秒都变得珍贵美好。

回到江州第二天一早，温星去见了陈编辑。她原本以为这次陈编辑约她还是要谈稿子的事情，结果他找她是为了一件私事。

陈编辑最近对温星改观不少，因为他渐渐从温星身上看到了一些良好的品质：张觉帮她改稿，教她短短数月，她就能对自己的行文方式做出调整，新改的稿子已经慢慢顺畅，开始得心应手，这说明她很有悟性；作为学生，在张觉生病住院期间，温星尽心尽力地照顾，说明她懂得感恩；而在帮张觉整理手稿的过程中，陈编辑和温星之间也有了其他的交流，她在公众号上更新的文章他也看，他发现这个小姑娘不仅有想法，也很果敢，有执行力，有她推着张觉去梳理手稿，张觉的思路清晰了不少。

所以陈编辑认为温星是张觉身边可以信赖的人，他把她叫来是告知她张觉近期视力急剧下降，眼睛近乎半失明的事情。而张觉本人对这事不仅没有重视，还打算瞒着温星和黄采薇。陈编辑让温星一定要找时间带张觉去检查眼睛。

和陈编辑谈完，温星就先斩后奏，在手机上给张觉预约了医院检查。

温星离开出版社到停车场取车，一辆豪车刚好停在旁边车位，因为和她的车同样是岳城车牌，她不由多看了两眼。

这时车里下来一个中年男人，他的目光无意扫过温星，神态不怒自威。男人手上戴着一串佛珠，抬头看了看四周，最后往出版社的方向走去。

温星没多想，上车去了黄采薇家。在路上，温星给梁岩打了一个电话，告诉他和陈编辑的谈话情况，陈编辑难得夸了她，但她来不及开心也来不及难过，只十分担心张觉。

梁岩宽慰着温星，让她内心的不安渐渐平复下来。

七月中旬，张觉被拉去体检的结果不是很好，他的视力下降有部分原因是糖尿病的并发症，而前段时间他贪嘴吃多了荔枝，可能是个很大的诱因。医生建议张觉先住院调养，控制住血糖再做眼睛治疗。

张觉再次住院，温星跟着变忙碌，一周时间转瞬即逝，而她和梁岩约好的见面因为梁岩公事有变又多错开了将近一周的时间。这段时间，温星和梁岩的沟通方式是电话和视频，有时晚上他们通着电话各自工作，偶尔随意说上两句话。

温星很想把稿子改好，完整做好一件事情，并未留意到梁岩总在电话和视频之后还要拉着她发信息聊会儿天的意图。在温星的认知里，梁岩根本就不擅长发信息聊天，他们恋爱后，他的笑脸更是发个不停。对此，温星哭笑不得，好几次想和他说笑脸表情的事情，却没有很合适的机会，不是他要去忙就是她要忙。

也是七月份的一天下午，温星陪张觉做完检查出来，收到梁岩的一条信息：你很久没有给我回信息了。

温星不知道梁岩是在什么样的情况下给她发了这么一条信息，但她忍不住被逗笑了。她看到他们上一次的聊天就是在昨晚，最后一句话是梁岩发的"晚安"和拥抱还有笑脸，而她挂了视频就睡了。这天一早，她又去医院陪张觉做检查，说起来她只是半天多没有联系他而已。

温星想着要给这个"幼稚"的梁岩回些什么，结果他这一秒信息在"抱怨"，下一秒电话又打来，还给了她一个惊喜：他人已经在江州机场，刚下飞机。

温星又惊又喜，问："你昨晚不是说还要两天才能忙完吗？"

他低声笑说："太想你了就来了。"

"我去机场接你！"温星很兴奋，说着电话就往外跑。

"傻瓜，我马上就拦到车，我过去找你肯定比你来接我快。你待在原地别动就好。"梁岩笑道。

"好，我肯定待在原地一动不动等你。"温星也笑了，她站住了脚，心里开出了一朵朵生机盎然的花。此刻，她真切感受到生活很美好。

另一头梁岩挂了电话，低头又看了看自己刚发的信息，不由自嘲。他对温星的信息总有种莫名的期待，可能是因为刚开始联系那会儿，他的信息就一直被她忽视，所以他想过很多次，要是她能每条信息都回复他就好了，因为这会让他有种拥有着她的错觉。今天他坐了三个多小时的飞机，在这么长的时间里，他总是想起温星，于是一下飞机就迫不及待开机，他想她会不会给他发了什么信息。结果，他什么都没有收到，他有些许失落，便向她索要。可他才发完信息，等不及她的回复，又忍不住打电话给她送惊喜。

　　等梁岩到医院真的见到温星，看到她开心地向自己飞奔而来的时候，他觉得人生彻底不一样了。他一把抱住温星，太高兴了还把她抱举起来，紧紧拥抱她，再次怀疑自己以前到底是怎么能忍住不去抱她的，他甚至觉得那样的自己都不真实。

第十七章

谢朗这次出差，出发时和梁岩一起，回来却孤零零没车可蹭。于是，他给自己预约了接机，司机是王楠。

王楠不是一个合格的司机，她嫌麻烦不想把车停进停车场，又怕到早了停在门口被罚款，所以思来想去，她决定让谢朗等她。她故意迟到一会儿，确定谢朗已经取了行李在门口等，她才开到机场。

谢朗等了王楠将近半个小时，一上车他就说："我真是服了你了，王哥，等你的工夫，我打车都到家了。"

"你说的可真有道理，小谢。"王楠立马赞同他，"那你为什么这么蠢要让我来接你？"

对这个问题，谢朗微微一笑，隔了会儿他才一本正经地说道："你不要骂我蠢，因为我是交了你这个朋友之后才变蠢的。我以前可不会这样，叫个没品的司机来接机。"

"我们是朋友吗？"王楠刀枪不入，故作惊讶地反问。

"不是朋友难道是冤家夫妻吗？"谢朗语出惊人。

王楠被气笑，说道："这么听起来，我们的确是朋友了。"

"所以我就说你这人总是搞不清楚状况，非要人给你说得那么明白。"谢朗说道。

王楠笑起来，她大笑的声音很搞笑，像母鸡叫，能把别人也逗开心。

谢朗打量王楠，发现她没化妆，脸色有些憔悴，尤其眼下黑眼圈很重，他问："你最近很忙吗？在搞什么？"

"上班，下班听我妈骂我爸。"王楠像唱歌一样把烦心事唱出来。她家现在因为她爸而负债不少，于是她爸每天被人催债，她妈就每天骂人。王楠虽然搬出去住了，但不放心奶奶，免不了卷入这些事里。

"你爸妈为什么闹离婚？"谢朗隐约知道王楠父母不和的事情，但不知道具体原因。

"'夫妻本是同林鸟，大难临头各自飞'呗。"

"你家发生什么事了？"

"欠债啊，还能有什么事？"

"欠了多少？"

"不要问这么仔细了，你又不是要认领份额帮我还钱。"

"我给你钱，你敢要？"谢朗看透王楠外强中干，似笑非笑说道。

王楠吃瘪，翻了个白眼说道："我们都是打工人，就不要互相伤害了。"

谢朗笑眯眯的。

"我以为你和梁总一起回来会蹭车，这次是终于被他发现你爱占小便宜，把你赶下车了吗？"王楠逗谢朗。

谢朗笑出声，说道："这种事情也就你这脑袋瓜子想得出来。我不允许你这么侮辱我的老板。"

王楠也笑了，她说："我看梁总很像这样的人。"

"不是，梁总以前可能会做这样的事，但最近人逢喜事，肯定不会。"

"是温星感化了他吗？"王楠微笑问道。

"你知道这事了？"谢朗不意外，但还是多问了一句。

"那当然，温星什么事都会告诉我。他们在一起那天，温星就和我分享了。"王楠看着前面的路，笑说。

谢朗打量着王楠，只见她的眉眼里有温柔的笑意，他笑着说道："我这次没蹭到车的原因，是梁总昨天先去江州找温小姐了。"

"可真是腻歪，看不出你们梁总这么黏人。"王楠吐槽。

"大猫变小猫，很合理。"谢朗微微一笑。

"我打算和温星绝交了，为了避免以后被喂狗粮。"

"我不敢和梁总绝交，打算买个大点儿的狗盆接着粮。"谢朗认真思考，顺着王楠的思路说。

王楠再次被逗笑，忍不住说道："小谢，我发现你这个人真的是个人才，就没有能让你尴尬难过的事情是吧？"

"怎么开心怎么来。"谢朗淡淡一笑。

"这话说着简单，做起来很难。"王楠敛了笑意，抬眉说得有几分苦涩。

谢朗再次打量王楠，微笑着徐徐问道："梁总和温小姐的事让你难过了？"

王楠一惊，差点儿踩急刹。她惊魂未定，有些狼狈道："你这话什么意思呀？"

"你吓死我了。"谢朗埋怨。

"你吓我还是我吓你？！"

"你吓我呀，王哥。"谢朗嗔怪，他娇滴滴的语气让王楠抓狂。

"我等会儿下车就打死你。"王楠气笑了，咬牙切齿地说道。

"是要杀人灭口吗？"谢朗笑道。

王楠被逗到没脾气，她尴尬了片刻，随即释然，放弃掩饰，正面回答了谢朗的问题："没难过啦，我替温星感到高兴，他们很般配。"

"你喜欢过梁总，对吗？"

"你是不是要问得这么清楚？"王楠没回头，抬手对谢朗比了一个手枪的手势。

谢朗大笑着说道："我只是想确定自己的猜测对不对。"

"别再提这事了。"王楠说道。

"成，过去了。"谢朗说道。

王楠揣测谢朗说这事的原因，笑道："谢朗，你不会是很看得起我，怕我破坏你老板的感情，所以来试探我吧？"

"没有，我只是很奇怪你为什么一直不和梁总表白。"谢朗笑道。

王楠闻言看了眼谢朗，问："你什么时候发现我喜欢梁总的？"

"第一次你带毕业照非要等梁总，我就察觉了。那次我告诉你梁总在追温小姐，你忽然不回信息不说，后来甚至直接避过这个话题，半点儿都不像平时八卦的你。"

谢朗头头是道地分析，又一次问道："为什么不表白？"

"咳，"王楠尴尬地红了脸，心里也有些惆怅和难过，"不敢，怕表白失败尴尬。"

"这么没自信吗？"

"这叫有自知之明。"王楠纠正谢朗的用词。

"你很好，不要没有自信。"谢朗坚持自己的判断。

王楠闻言心情很复杂，她放弃暗恋梁岩的时候有失去浪漫的伤感。偷偷的暗恋与其说是喜欢，不如说是她为自己平平无奇人生找的一朵花，点缀在自己胸口，假装自己拥有浪漫。从温星那里得知原来梁岩在江陵去世后一直陪伴着温星，王楠才忽然明白了一件事情：她对梁岩的喜欢不仅仅是对他这个人，她更是想成为他那样的人，勇敢又有耐心。她需要改变。感情这事要争取，要有谋略，她做不到，曾经希望他幸福不过是她一厢情愿，行动上却迟缓笨拙，不过一场自我感动。回到现实里，花便消失了，魔法再动人只是假象，有时效，午夜钟声之后，如同什么都没有发生过。反而旁观者谢朗的话更真实，让她虚无缥缈的暗恋有了更真实的确认。

"感谢鼓励，兄弟。"王楠认真向谢朗说道。

谢朗粲然一笑："礼尚往来，你应该也夸我，说我也不错。感谢什么的太虚了。"

王楠再次被逗笑，但她顺着谢朗的话仔细一想，发现人家是真的不错。于是她说："你真不错，你真不错，你是真的真的很不错。行了吧？再拜托优秀的你一件事，这事不要告诉梁总，更不能让温星知道，我怕她心里会不舒服。"

谢朗微笑着说："你很会为别人着想。"

"嗯，你再夸也还是要付车钱的。"王楠正经说道，但她的脸微微红了，谢朗看到了她的优点，这让她莫名感到难为情。

而谢朗还十分大方地说："付多少都可以。"

梁岩到江州的那天下午，张觉的体检结果就出来了，还是不太理想，医生建议再等一周看情况。

这周不用手术，黄采薇让温星和梁岩去谈恋爱，由她照顾张觉，给他念书。但两个年轻人也没闲着，在江州待了一晚，隔天便带着麦克回了岳城，因为温星打算在岳城待一周。

温星在梁岩给她惊喜前，也想着去岳城等他回来给他惊喜，便约了蒋怡也在这段时间见面。

在江州的一晚，梁岩住在温星家里，他们回家进门来不及换鞋就开始拥抱亲热，还没来得及深入，麦克从屋里蹿出来，跳起来挠了梁岩的手臂。

温星吓了一跳，她第一次骂了麦克，问它为什么这么暴躁。后来打开灯，她才发现客厅的天花板渗水了，好像是楼上的水管破了，屋里很潮湿，让麦克感到十分不舒服。

梁岩手臂的抓伤破了皮，温星帮他清理了伤口，还是不放心，拖他去医院打针。折腾完回来，他们去找楼上的住户，处理天花板漏水的事情。

楼上住着一家四口，妈妈开了门，看到一对俊男美女站在门口很意外，得知他们住楼下，忙就家里浴室漏水的事情和两人道歉，说已经叫物业明天来修理了。为了表达歉意，她还热情地请他们进去坐坐。

梁岩和温星婉拒了。屋里的爸爸见门一直开着，便抱着一个孩子牵着一个孩子出来看情况。两个孩子一个三岁多一个一岁多，长得都十分可爱，大点儿的孩子会说话，在父母的引导下和温星梁岩问了好，小男孩儿许是和温星投缘，见她对他笑，害羞地跑回屋里。没一会儿，他又跑出来，拿着一只霸王龙模型送给温星，这个举动逗得所有人都开心地笑了。

两人回到家里，梁岩给房东打了电话，说明天花板漏水这事，温星则把他的行李拖进了房间，同时她还抱了麦克进去，打算和它"长谈"，让它要接受梁岩。

梁岩挂了电话，走到房间门口，看到温星从柜子里找出一条新浴巾，还对麦克说："他上次夸你很俊，你忘了吗？在大罗湾的时候。我们还一起吃饭，你不挺喜欢他吗？"

麦克坐在地上瞅着温星，安静地听她说教，显得极其乖巧温顺。

梁岩笑着走进去，蹲在地上摸摸麦克，低头对它说道："我和你一样喜欢温星，肯定不会欺负她。"

"你觉得它听得懂我们说的吗？"温星笑道。

"听得懂。"梁岩又摸了摸麦克，麦克起身离开了房间，好像用行动证明自己听得懂，给两人留了空间。梁岩抬起头看温星，她笑着给他递了浴巾让他去洗澡，他们自然得好像一直以来就是如此。

洗完澡，梁岩从浴室出来，看到温星在整理她自己的行李，便问她做什么。温星说了她原本准备的惊喜和去岳城要办的事，末了，她还补充了一句："主要是去和你一起生活呀。"

梁岩闻言很动情，过去亲吻温星，她则温柔地拉他坐在床边，把他包裹着的伤口拆开查看情况。此刻的温星对梁岩来说真是一个会磨人的小妖精，一面天真娇柔地帮他吹伤口，一面若无其事地说直白露骨的话："晚上我们不能做爱，梁岩，我这次月经还没有结束。"说罢，她还笑着亲了亲他，说"明天吧"。

梁岩被气笑了，他先怀疑温星骗他，按着她亲吻了半天，后来发现她没骗人，他不由问她："温星，你是不是天生就是来治我的？"

温星哭笑不得，委屈地说："你要相信我，我可比你还想。你在机场打电话给我的时候，我就在苦恼这事了。"

梁岩听到温星说这话忙起身，他怕再让她撩拨下去会失控。

温星看到梁岩又去浴室，越发想逗他，故意在他身后问："要不要我帮你呀？"

"温星，适可而止，不然你会后悔的。"梁岩头也没回，甩上了浴室的门。

温星趴在床上独自又乐了会儿，爬起来继续收拾行李，她去书房抱了几本书放进行李箱里。她决定在岳城完成收尾工作。

温星的书桌上摆着一张和江陵的合影，她看了好一会儿，内心变得无比平静。这次她决定不带走合影，因为她的心里已经充满安全感。

趁着梁岩还在浴室，时间也已经到了新一天的凌晨，温星坐在电脑前更新了新一天的公众号文章。这段时间，温星重新思考了公众号的定位，她想做成一个真正的学习平台，让对文学翻译有兴趣的人有更多途径去学习，这是黄采薇和张觉还有她的初衷。于是她通过黄采薇联系了一些翻译协会的其他成员，开始找能合作的人。

梁岩收拾完到书房找温星，见她在忙着发公众号文章，便没有打扰，回了房间等她。他慢慢等睡着了，温星轻手轻脚摸进浴室洗了澡，之后躺进被窝钻进他怀里，和他说："梁岩，你看楼上那一家四口有没有觉得很温馨？我们以后也生两个孩子，陪着他们长大，简简单单一辈子。"

梁岩半睡半醒，嘴角微扬，在黑暗里轻轻拍抚温星的背，长长叹了口气说道："温星，你真的太会折磨人了。"

温星笑而不语，这次她真是无心的，但她也更加发现梁岩骨子里是个十分正派的人。

　　隔天一早，窗外下起了蒙蒙细雨，两人起来收拾准备午后回岳城。梁岩临走前又和房东通了电话，提醒他来处理天花板漏水的事。温星坐在自己车里的副驾驶位找音乐，回头和麦克说话，她很高兴，显得无忧无虑。

　　傍晚的岳城也在下雨，高架上十分拥堵，车载地图上满城红色。温星问开车的梁岩累不累，和他讨论晚上吃什么。梁岩看了看周围喧闹的环境，说道："回家吃吧。"

　　"你要给我做饭吗？"温星笑嘻嘻地问。

　　梁岩笑了笑，伸手摸温星的头。

　　"我怕你会很累啊。"

　　"不会。"

　　"算了，还是出去吃吧。"

　　梁岩看了眼推却的温星，似笑非笑地问道："怎么，现在知道怕了？怕我回去就先把你吃了？"

　　温星低着头没说话，仿佛是在害羞，但没一会儿，她侧过脸看梁岩，微笑挑衅道："怕什么？谁吃谁还不一定呢。"

　　梁岩对这样的温星又爱又恨，他没做口舌之争，继续开着车，喉结微微滚动。

　　梁岩家里的黑色钢琴，温星从进门就看到了，她径直走过去，站在钢琴边回头笑着要梁岩弹《卡农》给她听。梁岩想把行李抬到楼上，依旧站在电梯里，好脾气地说道："已经弹给你听过了，不急这么一会儿。我先去楼上放行李，你在楼下逛逛，迟点儿上楼洗澡，我去做饭。"

温星闻言跑过去按住电梯，追问："哪有弹过了？你之前在黄老师家弹的又不是《卡农》。"

梁岩嘴角有很浅的笑意，没说话。温星看着他的笑，忽然明白了什么，她钻进电梯里，靠在梁岩身上问道："你发我的钢琴曲都是你自己录的吗？"

"才知道。"梁岩垂眼打量主动亲近的温星，发现她这样虽然孩子气，却也有一丝妩媚。

温星心里感动，她越看梁岩越顺眼，心里也越发喜欢。这种喜欢就是男女之情，带着蠢蠢欲动的渴望和欲望，她踮起脚吻了吻梁岩的脸颊，说："梁岩，你真好。"

梁岩微怔，随即低头吻了吻她的额头，笑道："我还可以更好，一会儿给你做牛排。"

温星眨眼抿嘴，又摇摇头，表示她现在不想他做饭。但他仿佛看不懂她的意思，到了房间放好行李就推着她去洗澡。温星不禁有些生气，嫌弃他太正经，不解风情。梁岩看温星气鼓鼓地抱着衣服进了浴室，扬了扬嘴角。温星毕竟太年轻，不知道他对她的正经是以退为进，也是静待时机，有这种耐力的人不能惹。

温星在主卧浴室里洗完澡吹完头发，换上家居服，她在镜子前看了看自己，觉得穿得太保守了，便动了脑筋，出去在梁岩衣柜里找了件黑色短袖换上。然后她抱着衣服高兴地去找梁岩问洗衣机在哪里。

梁岩在另一个房间洗好澡换了衣服，准备下楼去做晚饭。他打开门发现温星笑盈盈地站在门口，顾盼生辉，还说什么不好意思借了他的衣服。对此，梁岩只是扫了眼温星说"没事"，还问她："要用洗衣机吗？"

温星没有掩饰脸上的失落，鼓了鼓脸颊，不情愿地说："对。"

"在楼下，我带你去。"梁岩伸手搂过温星的肩膀，拥着她下楼。

他这个举动让温星又开心起来，她也伸手搂住他的腰，撒娇说："梁岩，你真好。"

后者还是镇定地笑而不语，余光扫了眼她此刻的模样：他的衣服在她身上是小裙子，松松垮垮将她包裹住，显得她很娇小，而她在沐浴后如清水芙蓉，模样干净也稚气。他想到她在车上说的话，觉得她人虽小，却嚣张得可爱，此刻极力又笨拙想撩拨的样子更是有趣，让他忍不住想故作正经再逗逗她。

温星跟着梁岩下楼到洗衣间，他蹲下身把她的衣服放进洗衣机，一边启动一边教她怎么用。她微微弯腰听着，学会后高兴地伸手摸了摸他的头发，好像摸麦克一样。

梁岩抓住那只手，抬起头看手的主人，说道："我还要先给你做饭，温星。"

温星闻言笑得越发开心，她光着腿不好蹲，用跪坐的方式坐到地板上，拉了拉梁岩的手，柔声问道："梁岩，你都是自己做家务吗？"

梁岩看着靠近的温星，用力捏了捏她的手，扫了眼她衣服没盖住的半截小腿，问道："你是不是不想吃饭了？"

温星被捏疼了手，想抽出来没成功，她嗔怪地看着梁岩，委屈说道："很疼的。"

梁岩松开温星的手，改握她的手臂，拽她到怀里，低头吻住了她的唇。温星抿着嘴笑，故意躲着他，等他失去耐心，她才启唇回吻他，抬手环抱住他的脖子。

梁岩不知道现在是温星在逗他还是他逗温星，因为失去理智，变得冲动暴躁，只在一瞬间。

洗衣间的滚筒洗衣机在来回滚动洗衣，有节奏有规律的响动仿佛无休无止。衣服洗完，水位慢慢降下，就像外面渐渐停下的雨，洗衣机里仿佛干涸了，但下一秒它又开始脱水疯狂滚动，把衣服里仅剩的那些水分都要飞甩出去。

楼上房间里。温星第一次感受到自己的极限，她快喘不上气，浑身发抖，这让她想离开梁岩又离不开，她哑声和他说："我有点儿吃不消了……"

梁岩看出了温星的异常，这一次他草草收了尾。他判断温星没吃晚饭又剧烈运动所以低血糖了。

梁岩把温星抱到枕头上躺好，简单替她和自己都清理了一番，然后他拉过被揉得凌乱的被子，暂时给她盖上。做这些事的时候梁岩安慰她："没事，温星，你是饿了，我去给你煮点儿东西吃。"

温星感到很不好意思，拉起被子遮住半张脸不敢看梁岩，身子不受控制还一直在发抖。

梁岩从地上捡起衣服套上，很快就出去了。不一会儿他又回来，在床边俯身亲吻温星的唇，温星因为不太舒服，略有不满地正要推开他，但一颗圆滚滚的水果糖滑进她的口腔里，甜甜的滋味让她失了神。

"先吃颗糖。快九点了，我就不煎牛排了，怕你吃了不消化睡不着觉，我们煮点儿面。我很快就回来，你再忍忍。"梁岩笑着摸了摸温星的脸柔声说道，他的声音里还有欢爱时的暗哑，听得人心头痒痒的。

"嗯，你快点儿哦，不要慢吞吞的。"温星"蹬鼻子上脸"催促他，意有所指。

"下次要不要先吃晚饭？"梁岩也没放过她。

温星拉上被子不再搭理，梁岩轻笑了声直起身。梁岩离开房间之后，温星一个人躲在被窝里吃着糖，贪婪地吮着那颗糖。被窝里都是他们做爱时留下的旖旎气息。

九点半，温星一半自己吃的，一半梁岩喂的，吃完了一大碗面，连汤都喝了。梁岩问她好吃吗，她想了想，笑说："比你好吃。"

梁岩见她用天真的样子讲荤话，有些好笑又有些气，说："像你这么伶牙俐齿的人一般都是欠收拾。"

温星假装自己困了，打了个哈欠倒回枕头上，翻身背对梁岩。

"去刷了牙再睡。"梁岩拍了拍温星的屁股。

"一会儿就去呢。"温星低声说，好像真的困得不得了。

梁岩见状端着空碗起身，等他把碗筷送进厨房洗碗机再回来，温星已经真的睡着了。

他们的床铺乱七八糟，照正常情况梁岩无法睡在这样的床上，但他愿意睡在温星旁边。他把温星搂在怀里，看了看她身上同样凌乱的吻痕，感觉连洁癖都治好了。他抱着她，还抬脚把她的脚圈住，夜慢慢深去，他也安心且满足地熟睡。

凌晨三点多，温星自然醒了，她翻身看了会儿梁岩，见他没有醒的迹象，便悄悄从他怀里钻出来，下床溜进浴室里洗澡。洗完澡，温星越发清醒，她到衣帽间找衣服穿，她行李箱里的衣服已经被梁岩整齐地挂了起来，但她不想穿自己的衣服，还是从梁岩的衣服里找了件短袖套上。离开房间前，她在梁岩床头发现两本书，一本是《鲁滨逊漂流记》，一本是《蓝色星球》，她把两本书都抱走了。

温星抱着书下了楼，她打开客厅的落地灯，窝在沙发里看书。外面又开始下雨，这个家黑色与木色结合，宽敞舒适也很温馨，她安静地读着海洋，看到世界的辽阔。

六点多，梁岩从楼上下来找温星，他的脚步声惊扰了她，温星合上书伸手要他拥抱赔偿。梁岩抱着温星也在沙发上坐下，见她懒懒地靠在他怀里打哈欠，问道："几点醒的？"

"三点多。"温星笑着说道，她的声音有些嘶哑。

"我抱你上去再睡一会儿。"

"床单换了吗？"

"你在使唤我干活？"

"今天你换，下次我换，我很累，腰疼。"温星笑嘻嘻地说。

"床单换了就上去再睡会儿吗？"梁岩被气笑了。

温星又犹豫，她笑倒在沙发上说道："在这儿睡嘛。"

梁岩依了她，拥着她躺在沙发上。他们手脚交缠卧着，靠着额头低声聊天。

"你平时几点钟出门去上班？"在温星印象里，梁岩有时候六点多就给她发信息了。

"如果没有早会，我一般九点才出门去公司，有会议会早一些，下班的时间就不固定了，每周工作五天。我会做家务，但做得也不多，只是有些私人的事情我喜欢自己做。每周都有家政阿姨来打扫，一般都在周末，以后你喜欢在哪天就换到哪天。"

"你为什么那么早起床？"

"和你一样，跑步锻炼。"

"我很久没有跑了。"

"可以重新跑起来。"

温星笑了笑，凑过去吻了吻梁岩的唇，霸道地说："我可以偷懒一段时间，你不可以，要好好锻炼身体，不能走得比我早。"

"嫌弃我年纪比你大？"梁岩在温星的腰侧掐了一把。

温星笑着躲开，四两拨千斤地把话圆了回来："我应该很早就喜欢你了，那次我们在公园聊天，回去我莫名其妙想过我六十多你七十多，我七十多你八十多，你可能会比我早走的事情，那我得多难受。这事太可怕了，不敢深想。"

梁岩抱紧温星，过了许久和她说："我肯定不会丢下你一个人，温星。"

"嗯。"温星应声，安静靠在梁岩怀里。

隔了会儿，梁岩感到怀里的温星气息平稳，他以为她睡着了，低头一看，发现她还睁着大眼睛在发呆。

"在想什么？"梁岩问道。

"什么都没有想，就是发呆，好舒服。"温星笑道。

梁岩闻言再次搂紧温星让她继续发呆，他向公司请了一周的假，想和她好好待在一起，就这样陪她发呆都很好。

九点多，两个人还躺在沙发上，温星又睡着了，梁岩很清醒。他小心地从口袋里掏出振动着的手机，是梁帆顺给他打了电话。

梁岩按掉电话，信息回复：迟些打给你。

放下手机前，他看到谢朗给他发了一条信息：梁总，我昨天刚回来，董事长就找我了。他让我通知您这次要召开股东大会，他有意向收购亚岚。

梁岩看了信息，简单回复谢朗：会议时间。

谢朗：您休假回来后就开。

梁岩：好。

谢朗揣测梁岩的想法，补充了一条信息：董事长已经和亚岚的人在接触。

梁岩：没事。

梁岩发完这条信息把手机塞回口袋，继续抱着温星。

十点多，温星醒了，她坐起来看了看自己的手机，看到外面还在下雨，问梁岩："我们今天干吗？"

梁岩还躺着，挑眉反问："你想做什么？"

温星笑着趴到他身上，说道："我想像麦克一样每天无所事事。"

梁岩笑了声，抚摸着温星的脑袋，然后他说："温星，我们结婚吧，在家里你想干什么就干什么，所有事情都不用担心。"

"嗯，"温星应声，抬起头认真看着梁岩，说道，"梁岩，我这几天回头想之前的自己，发现很病态，我心里生病了，有很多痛苦，很多时候想到我没有妈妈了就觉得人生也走不下去了。偶尔好像明白了，乐观起来了，但很快又会陷入痛苦里，反反复复，我自己都要失去信心了。还好你陪我走出来了。我一直理解错了鲁滨逊，他虽然是一个人在孤岛上，但是他从来没有觉得自己孤独，他很积极在生活，为发现麦子感到高兴、规划圈地养羊、搭建自己的别墅、晒葡萄干，他还是个有活力的人，不需要借助任何外力就能生活下去。这才是这本书的意义。"

温星笑了起来，又甜又美，充满快乐。梁岩看着她的笑，心里最坚硬的那块石头也在软化，他伸手捧住她的脸，问："温星，你相信神明吗？"

温星闻言紧紧搂住梁岩的腰，趴在他的胸口听他的心跳，说道："梁岩，我爱你这件事情就是一个神的具象。"

梁岩被温星逗笑，说道："我也爱你，温星，我心里也有个神了。"说完这话，梁岩有种说不清道不明的感觉，他的人生不断在被温星改变，"明天中午你去见蒋怡，晚上我们去梁家一趟，把我们要结婚的事情通知我父母一声。"

"嗯，我大概有两件事情想和蒋怡阿姨确认，迟点儿我想好了写下来，你帮我看看。"温星点头。

"去我家你不怕吗？"梁岩点点头，又问她。

"你还是担心担心你爸妈吧。"温星开了个玩笑。

梁岩笑了笑，说道："我保证明天是第一次，也会是最后一次谈，如果谈不拢，我们也不需要再去谈。"

"没事，梁岩。"温星安抚地拍了拍梁岩的肩膀。

梁岩则吻了吻她的头顶，问她："饿了没有？快中午了，我们该吃饭了。"

"好。"温星笑着应声。

外面一整天都在下雨，温星和梁岩没有出门，下午，两人待在书房里消磨时间。

梁岩请了假便不关心工作的事情，但温星的工作没有假期，所以她霸占着书桌开着电脑在工作，梁岩则坐在沙发上看书。温星的稿子已经到了收尾阶段，这天下午她发给了陈编辑，发送后，她有些出神，枯坐了会儿才开始下一项工作。

温星从包里找出笔记本，她一直有做工作和学习计划的习惯，前两天她就在笔记本上写了明天和蒋怡见面的事情，还列出了要谈的内容。今天她在新的一页重新梳理了内容，然后拿着笔记本到梁岩身边问他："我上次和蒋怡阿姨联系，她说希望我进公司。蒋怡阿姨为什么会想让我进公司？你觉得是什么原因？她都要走了，为什么让我进公司？是不是我进公司，就不用找陆将了，她就不走了？可我一点儿也不懂怎么运营公司。"

"可以找陆将，让他帮你。"梁岩从书里抬起头，听温星连串说完，笑了笑说道。

"陆将为什么会帮我？"蒋怡和江陵情谊深，她有爱屋及乌搞"世袭"的想法可以理解。陆将却没有理由。

梁岩没有马上回答，他放下书，把温星拉过来坐在身边，搂着她问道："忙完了？"

"嗯，稿子发给陈编辑了，等他回复。"温星低头翻了翻笔记本。这本笔记本已经写了三分之二，前面大部分是她去年年底陪护江陵时做日记本用了。

梁岩看了眼温星的笔记本，看到她正翻到的那页有行红色的字，写着：学习自媒体运营。他伸手按住了她翻页的手，问道："你对经营公司没有一点儿兴趣吗？"

"嗯，"温星点头，思索片刻后告诉梁岩内心隐秘的心事，"陪我妈的那段时间，其实我很多时候觉得自己很自私，我一直在等我妈交代亚岚的事情，我希望她交代完之后能够安心，可又怕她提起。后来她终于提起了，但她说已经安排好让蒋怡阿姨接手，我松了一口气。我当时很矛盾，知道我妈会离开，又天真地觉得她会熬过去，只要公司的事放不下，她一定会熬过去。从小到大，天大的事她都会熬过去。"

梁岩低头亲了亲温星的头发，把她抱得更紧，给她安慰。

"我妈不希望蒋怡阿姨离开公司，所以我也希望能留住她。"温星说道。

"明天你先和蒋怡谈。有时候有些人的离开是为了公司能发展得更好,或许她的最终目的是让公司能更上一层楼,这对她来说也未必不是一个好的选择。"梁岩说道。

"我问你一件事,梁岩,你说蒋怡阿姨提出要离职是不是以退为进?她提名陆将,但事实上她根本不想陆将来担任 CEO,是吗?你觉得这种可能性大吗?"

梁岩打量温星,他知道她不了解公司情况,很难有正确的判断,也容易受别人影响。他柔声问:"你妈妈怎么评价蒋怡?"

温星想了想说道:"她说蒋怡阿姨大公无私,值得信赖。"

"嗯。"梁岩应声。

温星又自己思索了片刻,也没有再说话,好一会儿之后,她笑着对梁岩说道:"梁岩,你真好。"

"我好什么?"梁岩抬了抬温星的下巴,笑着问道。

温星笑而不语。

"是你聪明。"梁岩低头吻了吻温星的唇,笑道,"陆将和蒋怡据我所知没有什么过节,蒋怡要走不会是因为不想和陆将共事,她应该不是意气用事的人。"

"那她为什么要走?"

"我不了解蒋怡,不知道她具体的想法。不过我经历过类似的事情,我刚接手公司的时候,我小叔身边的 CFO 非常优秀,人品能力都很可靠。我一心想把他留下为自己所用,但在我小叔不做 CEO 之后,他也离职了,哪怕我给他的待遇更优。有能力又有品性的人,的确有自我追求,公司的发展离不开任何人,也离得开任何一个人，他走了我感到可惜，但不会影响大局。蒋怡也是，她选择走，很有可能就是这个舞台不适合她了。"梁岩说道。

"就这么简单？"

"嗯，任何一个人要离职，公司只要做好风险把控，做到防人之心不可无就好。蒋怡还是大股东，她比任何人都想要公司好，她持股离开，不参与公司管理也合情合理。"

"你怎么知道蒋怡阿姨是亚岚大股东了？"温星敏锐问道，"我好像只告诉过你我妈没有把股份都给我，我只有百分之十。是陆将告诉你的？"

梁岩自知失言，摇了摇头，平静圆场："我猜的。别人不知道你作为女儿持股多少，可能都会想你妈妈把股份都给你了，但我知道情况，再加上你提过上次会议内容，明天你要见的又是蒋怡，就能猜出八九分了。"

温星羡慕梁岩总是胸有成竹的样子，也很可惜她之前对他成见很大，不然他们或许早就在一起了，那江陵也就能看到她身边有个亦师亦友的伴侣，而感到更放心。于是，她不由感慨道："要是我们很早就在一起，你和我妈肯定会很有话聊。说不定那时候关于公司的事情你能给她一些意见，我什么都不会，让她一个人劳心去想要怎么安排。"

"我和你妈妈也算是朋友。"梁岩说道。

温星闻言笑了笑，说道："你这个辈分好像乱了，你是我妈的朋友，我得叫你梁叔叔。"

梁岩的拇指指腹摩挲过温星的唇，笑着说她"话多"。温星张嘴咬住他的手指，瞅着他笑，还伸出舌头舔了舔他的指头。梁岩抽出手，捧过她的脸亲吻。他们乐此不疲。

隔天，梁岩送温星去赴蒋怡的约。蒋怡比温星到得早，她透过咖啡厅的玻璃窗看到温星从别人车上下来，她不知道是谁，直觉温星交了男朋友。这一刻，蒋怡心情很复杂。当温星进来在她对面落座，向她问候，她只是淡淡一笑，看着温星问："你这次来岳城住在哪里？你妈妈给你买的房子是不是还没有交付？"

"我住男朋友家里。房子到九月份才会交付。"温星微笑着答道。

蒋怡听到了她最不想听到的答案，她微微皱眉，脸上流露出些许质疑，问："温星，你和男朋友认识和交往多久了？"

"认识蛮久了，交往的话还不到一个月。"温星还是微笑着，她感到蒋怡在以长辈的态度关心她。

"刚才是他送你过来的？看样子他的家境很好，他和你同龄吗？不知道你们交往的事情，他告诉他的父母了没有？这么年轻开三四百万的车，希望他是靠自己的本事，而不是依靠家里。"蒋怡变得很严肃。

"蒋怡阿姨，你可能认识他，他叫梁岩。"温星说道，"他和陆将也是朋友。"

蒋怡闻言显得很意外，她的神色越发凝重，问："温星，你知道自己现在在做什么吗？"

"蒋怡阿姨，你是不是在担心我？"温星反问。

"你可能觉得阿姨多管闲事，温星，但你还很年轻，感情的事情没有你想的那么简单。"蒋怡皱眉，但她也只是点到为止，随即马上进入了正题，"说实话，我一直很希望你能进公司，哪怕你妈妈说你志不在此，但你妈妈的产业就摆在那里，你应该接手。只要你用点儿心，肯定能学起来，而我很愿意辅助你，把我毕生所学都教给你。"

"谢谢你，蒋怡阿姨。"温星神色有些为难，但依旧保持着微笑。

蒋怡看着温星，恍惚间仿佛又看到几分钟前，温星走进咖啡厅笑容灿烂地向她招手时的场景，她忽然明白，她们的时代随着江陵的离开已经彻底过去。温星不可能是江陵。

"你一点儿也没有想过接手公司吗？"蒋怡问温星。

"嗯。"温星点头。

"为什么？谁都靠不住，只有自己的事业可以依靠。"蒋怡忧心忡忡。

"进公司不是我想做的事业，蒋怡阿姨。"

"你要让你妈妈的心血都付之一炬吗？"

"蒋怡阿姨，我妈把公司交给你了。"

蒋怡对温星的这句话苦涩一笑，她说道："我只是替你看管，温星，等到你成熟一些，我自然会把公司还给你……"

温星忙打断蒋怡："我不是这个意思，阿姨，我很尊重我妈的决定，我相信她这么做的出发点肯定是为了公司好。"

蒋怡的眉头蹙得越发紧，许久她说："不知道为什么，你妈妈很信任陆将，其实用陆将是她的决定，我只是在执行而已。"

"我妈肯定也不希望你走。"

"她用陆将就知道我会走，我宁愿不要股份，也想参与公司的管理，可惜我只能辅助，我没有能力去做真正的决策。"

蒋怡说这话的时候，温星真正明白了她的无力。江陵也曾是她的主心骨，江陵做决策，蒋怡做预算把控风险，现在做决策的人走了，她有再多的本事都无处施展。

"如果换成杨静茹，你会留下继续参与公司管理吗，蒋怡阿姨？"

"我从来没有想过让静茹来做我们公司的 CEO，她不合适。找静茹是赵总想留住我想的办法而已。赵总并不知道我们公司不缺财务总监，缺的只是 CEO。赵总留我不过是怕公司变动太大，人心会散。如果全部重组改制会让公司发展得更好，现在人心散了又有什么关系？赵总太感情用事了。"

温星闻言沉默下来，蒋怡也半晌没再言语。

两人安静对坐着，直到蒋怡又开口说："温星，我很希望你能进公司。虽然你妈妈一直交代我不要让你参与公司的事情，但她这么做不是她认为你不行，温星，相反，她和我说过要是你有这个意愿就好了，她只是太爱你了。她那时候叫我去医院谈事情甚至都有意避开你，怕你担心，怕你因为她改变人生目标。陆将或许很好，但他一旦接管公司，可能属于你妈妈的时代就过去了。"

温星没作声，她低下了头。

蒋怡观察温星，她眼里的温星是个小姑娘，她能想象到温星此刻内心的矛盾和无助，在蒋怡看来，江陵把温星保护得太好了，以致温星毫无头绪。

"你男朋友是不是不希望你回来管理公司？大部分男人都希望自己的另一半不要太能干，简单点儿就好，尤其他还是梁氏的总裁。"蒋怡苦涩一笑，她对年轻的小姑娘和像梁岩这样事业有成男人都有刻板印象。

"梁岩不是那样的人，我也没有那么想，阿姨。"温星暗自叹了口气，感到无奈。

蒋怡内心则说不出地失望。谁也不知道当江陵把大部分股份转让给她的时候，她心里有多痛苦。她看到江陵最终选择保护自己的女儿，而她们曾经共同创下的事业却能拱手让人，这让她心如刀割。蒋怡不在乎股份能否让她坐享其成，她在乎的是她这只良禽在职场上无树可栖了，也再没人能理解她的心胸和品格，她的才华和抱负更是在亚岚得不到施展。

蒋怡今天来找温星原本抱了最后一丝希望，她想劝说温星奋起将江陵的事业继续下去，那她就能继续尽忠职守，可是她在温星身上看不到半点儿火花，就连那天温星在会议上的那点儿迷茫和矛盾都消失了。不过她也能理解温星，温星已经从江陵那继承了足够多的财产，不用像从前的江陵那样吃苦奋斗，温星的生活实在太安逸了。

蒋怡先起身离开了咖啡厅，临走前，她再次对温星说："选陆将是你妈妈的决定，下次会议你可以放心投票。"

温星笑了笑，她拿过桌面上的果汁喝了一大口，来掩饰心里的难过。

梁岩在送温星到了咖啡厅后就到附近商场闲逛，买一些礼物，晚上温星第一次和他去梁家，礼节还是要照顾到。他预计温星和蒋怡不会谈很久，结果两人谈话的时间比他预计的还短，可见蒋怡的骄傲和忠直。

梁岩接到温星的电话，付了款就去接她，这个时间去梁家还早，两人便去给麦克买了些生活用品。之后两人回了家，梁岩在家里的客厅给麦克搭了猫爬架，之后他应温星的要求坐到钢琴前给她弹琴。

温星抱着麦克坐在沙发上看梁岩弹琴，玩笑说："梁岩，你怎么没去当钢琴家？"

"哦，那是我以前的梦想。"梁岩轻描淡写地说道。

温星很惊讶，她摸着麦克的头问："那你后来为什么没有成为一名钢琴家？"

"外因是我爸不支持，内因是我放弃了。"梁岩笑说。

"你爸为什么不支持？他逼你回来继承家业吗？"

"多少有这个原因，不过我爸的想法不是常人能理解的。"梁岩嘲弄地笑了笑，想到晚上温星就要见到奇葩的梁帆顺，他心里竟然有些忐忑。

"你爸是个什么样的人？"温星好奇，她想林雅容那么难缠，梁帆顺肯定也有两把刷子。

"迷信，无知，还自大。"梁岩想了想说道，"所以不管他说什么，你都不用太在意。"

　　温星闻言望着梁岩，他还在弹琴，看上去优雅自若，可她隐隐感到他的言辞里有不安。

　　温星和梁岩去梁家，她进门听到梁帆顺说的第一句话是："天气预报说这雨还要下一周。"他这话是对坐在沙发上的林雅容说的。后者因为温星要来，处在一种很焦躁的状态下，皱着眉坐在沙发上，两人进门的响动惊得她站起身，脸色越发难看。

　　相比林雅容的焦躁，梁帆顺显得很和气，他见林雅容瞪着温星，还提醒她待客要礼貌，他上前主动和温星打招呼，说："欢迎你，温小姐。"

　　"梁叔叔，您好，您叫我温星就好。"温星微笑着说道。

　　"温星是个好名字，你家人一定希望你灿若星辰，而你的样子也像颗明亮的星星。"梁帆顺笑着注视温星。

　　"谢谢您。"温星感到意外，有些受宠若惊。她感觉梁帆顺本人和梁岩形容的并不像。而温星越看梁帆顺越眼熟，却一时想不起在哪里见过他。

　　梁岩抬手搂了搂温星，带她往里走，也避开了梁帆顺，他向林雅容问候："妈，温星买了礼物送给您。"

　　林雅容无法心平气和地对待温星，又不想让梁岩太难堪，她坐回沙发上，撇开头，神色痛苦不安。她没接温星递过来的盒子，只示意她摆在旁边就可以。盒子里装的是一枚胸针，她对温星的品味不抱希望，而她也不缺任何首饰，除非特别喜欢送东西的那个人，否则别人送的东西她大概率都不会用，这对她来说就是废品。她何必花时间看一个废品。

温星没有将盒子摆放在茶几上，因为梁帆顺上前接过了她手上的丝绒盒子，兴致勃勃地打开，连声赞叹胸针漂亮，说适合林雅容。温星看到梁帆顺将秋叶形状的胸针取出来，让林雅容看，林雅容只扫了一眼便很生气地推开说："这是什么叶子？是秋叶吗？为什么要给我送这种枯萎的叶子，是不是想讽刺我年老色驰？"

温星闻言看了梁岩一眼，对林雅容幼稚挑刺的行为哭笑不得，她想林雅容要是知道这个胸针是梁岩挑的，应该不会说出这样的话。

梁岩上前从梁帆顺手上夺过胸针和盒子，说道："妈现在没有心情看，你不要多事。"

梁帆顺则说："温星这么有心，你妈却太任性了，她不应该让客人下不了台。"

"我们谢谢你的好心。"梁岩似笑非笑地说。

"怎么，我好心办坏事反倒让你不开心了？"梁帆顺笑着问道。

林雅容在这个时候站起来一把接过梁岩手上的胸针，不耐烦地对梁帆顺说道："行了，别说了，阿岩没有这么说你。"

梁帆顺宽容一笑，对温星道："我们这个家里，他们母子俩向来一条心，反正我做什么都会被他们嫌弃，我就是个外人。"

对此，温星笑了笑没说话，她看到梁岩的脸色更差了。

林雅容对于梁帆顺说的这句话感到蛮舒心，她冷眼扫了眼温星，那表情在说温星才是外人。

晚餐时，温星觉得梁帆顺的表现一直都很正常，哪怕梁岩在餐桌上和他们宣布要和温星结婚的事情，他也只是云淡风轻地笑了笑。林雅容则气得站起来离桌，梁帆顺还向温星道歉说："她的脾气就是这样，从来不顾及别人的感受，你别介意。"

温星不知道梁帆顺这样是不是接受了她，他居然还主动提出要请温星的继父赵传雄吃饭："他算是你的长辈，你们要结婚，肯定要得到他的首肯。"

"温星的事情她自己可以决定，不需要经过她继父同意。"梁岩不等温星开口，打断了梁帆顺。

"你这是爱她还是害她？你要让她的婚礼上没有一个亲朋好友吗？"梁帆顺徐徐说道，他的目光落在温星脸上。

"如果您真的要和我叔叔一起吃饭，我可以通知他一声。不过我结婚的确不需要他的同意。"温星迎着梁帆顺的目光说道。

梁帆顺闻言微微颔首，他看人的目光好像充满了欣赏，又像审视，他问温星："我听说你去年才大学毕业，你具体是哪一年生？我年纪大了，这些都记不清楚。"

温星说了出生的年份和日期，梁帆顺频频点头，问了另一个问题："什么时辰？"

温星微怔，感到有些奇怪，便没有明确回答，只是说道："这个不清楚。"

"应该是夜里或者是凌晨，我从你的名字里判断。"梁帆顺说道。

梁岩在这时放下了筷子，严肃地说："我们结婚的事不需要你操心，今天来只是通知你们。"

梁帆顺淡然一笑，并不介意被顶撞，如慈父般包容地看着梁岩，换了话题说道："你在公司请了一周的假，是打算和温星去哪里旅游吗？温星现在从事什么工作？也请假了？"他又笑着看向温星。

这是很普通的聊天，温星却有些不自在，答道："我从事翻译工作。"

"那看来以后是个翻译家了。有什么作品吗？"

"暂时还没有。"温星答道。

"你对以后的人生有什么规划？"

温星觉得这个问题太大了，她便简单说道："始终以学习为主。"

"那就是没有规划了。"梁帆顺微笑着说。

梁岩在这时站起身，他对温星说："我们得走了，温星。"

温星很惊讶，不过她也松了口气，放下筷子随之起身。

"饭都没有吃完就要走？一桌菜都浪费了，太可惜了。"梁帆顺也站起身，极其平和地劝说。

"浪费记在我们头上，你大可以放心。"梁岩冷笑着说了句奇怪的话，然后他拉着温星就走。

而梁帆顺看着两人离开餐桌，忽然冷声说道："梁岩，你对温星没有信心吗？连让她和我聊两句，你都担心？"

梁岩顿了下脚步，脸色铁青，他看了眼面色尴尬的温星，最终什么话都没有说，带着她离开。

梁帆顺在两人走后，一直和气的神情骤然变得冷酷，他让保姆把饭菜先撤了，人也离开了餐厅往楼上去。他走进房间，见林雅容坐在椅子上抹泪，过去安慰说："他们还没有结婚，你怎么就先哭了？"

"你又不是不了解阿岩，他说要结婚肯定势在必行。"林雅容有清醒的认识，她自知拗不过儿子。

"这边劝不通，可以劝退另外一边。"梁帆顺说道。

林雅容一听这话，难过变成了生气，说道："你以为劝退温星那么容易？她脸皮比城墙厚，我又不是没有找过她！"

"你方法不对。"

"你有什么办法？"林雅容疑惑地看着丈夫。

梁帆顺沉吟片刻，想起了什么，说道："我先问问董先生吧。"

林雅容神色微变，翻了个白眼，气道："如果董先生说温星和阿岩合，你就同意他们结婚？"

"我估摸合不了，温星父母双亡，命硬。"梁帆顺皱眉。

林雅容对这种事情半信半疑，但她一向信坏的比较多，一听梁帆顺这话就吓到了，她痛苦地抬手捂着脸。

过去的几个月，梁岩在温星面前一直很沉稳，现在看到他难过，温星觉得特别心疼。她心想早知道梁岩对梁帆顺这么讨厌，她就不用太客气了，毕竟第一次见面，她还是有些拘谨了。

梁岩回到家就进厨房打算做饭，他知道温星没有吃饱。温星跟进去抱住他，问道："你是不是在难过？"

"没有。"梁岩不承认，他握住温星的手。

"那是在担心吗？怕我和你爸会吵架吗？"

"不是，温星，"梁岩有些哭笑不得，"我不怕你和我爸吵架，相反……"他吞下了后半句话。

"怕我不敢和他吵？"温星替他说道。

"嗯，诛心是我爸最擅长的事，他很容易让一个人对自己产生怀疑。"梁岩冷声说道，他垂眼看温星环抱在他腰上的手，手腕纤细得让人怜爱。

温星闻言松开手，拉着梁岩转过身，心疼地看着他问道："你爸在你小时候是不是经常打击你，不会鼓励你？你小时候是不是过得很不开心？"温星也没有快乐的童年，她很早慧，很早就体会到了孤独。

梁岩笑了笑说道："倒不全是这样，我十四岁之前过得还挺幸福。"

"和我说说为什么。"温星又一次抱住梁岩的腰，这次她贴得更近，抬着头深情地望着他。

梁岩失笑，低头吻了吻温星的脸，说道："先吃饭，我慢慢和你说。"

温星这才松开他。

"这次听话了。"梁岩笑道。温星见他开玩笑，非常开心，再次伸手抱住他，学麦克蹭了蹭他。

两个人吃不了多少东西，他们一起在厨房忙活，很快做出了两菜一汤，电饭锅里的饭都还没有煮熟。温星提议喝酒，她从冰箱里拿出啤酒，摆好杯子。酒才倒半杯，她就迫不及待端起来先喝了一口，觉得很舒畅。

"慢点儿喝，我担心你喝醉了。"梁岩说道。

"喝啤酒，不会，"温星给自己倒满，也给梁岩满上，然后她端着酒杯坐到梁岩怀里，问他，"梁总要赏脸和我喝一杯吗？"

"干吗阴阳怪气？"梁岩搂了搂温星的腰，端过自己的酒杯笑问。

温星抬眉："你忘了吗？我妈和赵叔叔那次请你吃饭，问你喝什么酒，你摆架子说今天不喝酒，还要人给你圆场。我想梁总肯定不是谁的酒都喝。"

"你那时候在心里骂我了吗？"梁岩问道。

温星抿嘴笑，碰了碰他的杯子，答案不言而喻。

"我已经忘了那天自己说过什么话，只记得你和阿泽提分手。"梁岩喝了杯子里的酒，却拦着温星不让她喝完。

温星喝了半杯酒把酒杯放下，转过身抱住梁岩的脖子笑道："你那些前女友都缠着你不放，是不是因为在一起的时候，你对她们都太好了？"

"说实话，我以前都不知道怎么对人好，温星。"

"你只对我好吗？"

"为你做的那些事情好像是本能，如果你觉得好，那就是好。"梁岩抬手摸了摸温星脖子上那颗痣。

温星不解其意，也抬手摸摸自己的脖子，问："有脏东西吗？"

梁岩笑了笑，捧住温星的脸，他从来没有想过依赖谁，现在却忽然很想从她那里得到一些肯定，他说："温星，你说我对你好吗？"

"好而不自知，我怀疑你在勾引我。"温星回捧住梁岩的脸，笑说。

梁岩把额头贴靠上温星的额头，没说话，他很享受和她的亲近，这也带给他一种安全感。

温星抚摸着梁岩的脖子，她知道他有心事，说："梁岩，和我说说你爸的事。"

"嗯。"梁岩应声，隔了好一会儿才开始说起梁帆顺的事，说他以前是个明理的人，后来变得神神道道，"我和杨恭其实早分手了，只是我爸迷信，说我们合适，家里一直在撮合，这让杨恭抱有很大的希望，过去几年都在蹉跎。"

"还能这样？"

"嗯，荒唐到让人难以启齿。"

"你爸今天是想问我的生辰八字去算吧？"

"是的。"

"唉，我要知道是这样，可能不会对他那么客气。"温星叹气。

"如果他说我们不合适你会信吗？或者说心里会不舒服吗，温星？"梁岩用从未有过的小心语气问出这个问题，他感到很伤自尊，又不得不担心。

温星感觉到了梁岩内心深处隐蔽的脆弱，这激发了她的勇敢，她说："不会。我们合适不合适不用任何人说，你爸如果要算我们的事就当着我的面说，我看看他们要怎么扯。"

"我爸有段时间处在崩溃的精神状态里，茶饭不思，整夜睡不着，结果那'童半仙'来了，他忽然就好了。"这事是梁岩年少时心里的一个结，他终于可以对一个人倾诉，慢慢放下了和自己的较劲，将这些说出口。

"嗯，既然你爸信这个，那这事就交给他去办了，我们等着就好了，幸福美满的一生就靠他了。"温星讽刺道。

梁岩愣了下，随即开怀地笑了，他这么多年抵触厌恶这事，还从来没想过可以这么回击。

温星见梁岩笑了，也跟着笑了。梁岩因为年少的经历而在意和紧张的事情在温星看来其实很简单，除了荒唐之外并不可怕。而之前温星的痛苦，可能对梁岩来说是很容易就能跨过去的坎。但因为爱，他们都愿意把对方的伤痛当回事去治愈。温星明白这是在一起的意义。

米饭煮好了，温星从梁岩怀里下来，跑进厨房盛饭。梁岩也起身跟进厨房，他的目光追随着温星，只是看她拿碗盛饭都能感受到她的可亲可爱。

第十八章

　　梁岩休假的第四天和温星睡到自然醒。温星这天依旧在凌晨三四点就醒了，但她没有失眠，醒过来想了一圈发现自己起床也没有事情可做，也没有事需要太过担忧，便翻个身又睡着了。

　　梁岩醒来的时候发现时间已经八点多，而怀里的温星还在熟睡，他很惊喜，不敢动。等温星醒来，他就迫不及待地问她："昨晚睡得怎么样？"

　　"嗯，睡得很舒服。"温星回答，下一秒梁岩的吻重重落在她脸上。

　　"我太高兴了。"梁岩喜形于色，表达自己的快乐。

　　"高兴什么？"温星好笑道。

　　"你睡得好，我就高兴。"梁岩笑着认真说道。

　　温星微微红了脸，她很享受好好睡了一觉后的舒畅，但想起前段时间自己困在痛苦里的样子，还是有些难为情。

"以后每天都要好好睡觉。"梁岩撩开温星脸上的乱发哄她。

温星失笑，没有回答，钻进梁岩怀里抱着他。

梁岩则笑而不语，抱着温星，他心里的一块石头落了地，和温星一起享受着赖床的舒适时间。

这天，两人待在家里虚度光阴，他弹琴，她逗猫，在厨房里准备三餐，在床笫之间培育爱。

温星终于发现梁岩很爱亲吻她的脖子，她问为什么。梁岩便把她抱到浴室镜子前，让她看看自己脖子上那颗痣有多可爱。温星笑得满脸通红，她揉乱梁岩的头发，奇怪地问道："你怎么会注意到这颗痣呀？"

"不知道。看到它，我就只想发疯。"梁岩笑着又吻了吻温星的痣。

温星低头看梁岩，他这两天笑得特别多，甚至变得很爱笑，对她说话总是眼睛里盛满笑意。她很喜欢他笑，伸手抚摸他脸上的笑纹，说道："你这么说，我也要疯了。"

她这话让他真的把持不住，午后的时光还很漫长，他们缠绵到床上的时候，温星感觉他们在白日造梦，却觉得很真实。

事后温星睡得很沉，快到傍晚都没有醒的迹象，梁岩趴在床边看她的睡颜，陷入纠结。他一面希望她多睡觉，一面担心她下午睡久了，晚上睡不着。就这么一件小事让果断的梁岩变得优柔，他有点儿幼稚地捣乱，时不时扯扯她的手，抬抬她的脚，见她还没有醒，又捏她的脸。最后，他干脆把她推着滚到床的另一侧，她终于醒了，听到他说："不要一直侧压一边，小心手麻。"

温星觉得他想得可真周到，清醒过来问他时间。

"马上要六点钟了，我们该吃饭了，你晚上再睡好不好？"梁岩赶紧说道。

"嗯。"温星半睡半醒地同意了，配合他翻身，却又没了动静。梁岩紧张地探头又说："温星，起来吃饭了。"

温星闭着眼笑说："好舒服，我想一直睡到明天早上。"

"吃了晚饭再睡。"梁岩伸手探进被子里，捏温星的腰想把她弄清醒。

温星感到有些痒，彻底醒了，她笑着转过身，抬脚踢了踢梁岩不让他挠痒。梁岩笑着抓住温星的脚踝说："要么不睡觉，要么睡了不起来，这样不行。"

温星瞅着被梁岩抓住的脚，安逸地躺着只是笑，好一会儿她蹦出一句："那句诗说得真对，'若无闲事挂心头，便是人间好时节'。"

"交完稿就看你轻松不少。"梁岩见温星彻底醒了，松开她的脚，把她从床上拉坐起来。

温星像没有骨头似的，坐起身顺势靠在梁岩怀里傻笑，说："嗯，太轻松了。不过陈编辑还没有回复我。"

梁岩抱抱温星，把她从床上拖起来。

温星笑说："你好像在拔萝卜。哎呀，男人真善变，早上让人好好睡觉，下午就把人从床上拖起来。"她一边说一边借力趴到梁岩背上要他背。

梁岩背着温星下楼，她撒娇说自己还要睡觉，又埋怨天气不好，一直下雨。梁岩哄她说："不要睡了，我弹琴唱歌给你听。"

"你会唱歌吗？"温星趴在梁岩背上看他一步步下楼梯，怀疑地问。

"会。"梁岩笑答。

"那先唱歌再吃饭，好不好？"温星高兴提议。

"好，都依你。"

梁岩把温星背到钢琴边放下，他拉她一起在钢琴前坐下，打开钢琴盖，开始为她弹琴。

他弹了一首轻快的儿歌，唱道："Rain,Rain,go away, come again another day, little star wants to play. Rain, Rain, go away……"

温星听到梁岩唱歌感觉十分惊艳，他唱歌时的样子和平时很不一样，情感饱满且愉悦，有种少年的张扬，而他的嗓音又低沉动人，使得她失了神。好一会儿，等他转过头对她笑，她才回神笑起来。

这首儿歌梁岩唱了两遍，他侧过脸看着温星，在她眼里看到欢喜，他弹的曲子也越发温柔。他轻轻用下巴碰了碰温星靠过来的脑袋，转回头弹起新的曲子，唱起了另一首歌。这首歌更适合他的嗓音，仿佛是冬末春初枝头悄无声息冒出来的绿芽，带着生命的柔软和深沉。

温星也会唱这首歌，梁岩唱了两句之后，她不由低声跟着他唱，但她唱得很轻，他们唱得就像孩子在依着大人的衣角慢慢走路。

他们唱的歌是 *Into My Arms*，温星有片刻红了眼眶，因为她心里感到太多的温暖，麦克跳上她的膝盖依偎到她怀里，她则轻轻靠着梁岩。

一曲罢，家里很安静，梁岩抬手搂过温星，两人都没有说话，只有情意在流淌。直到麦克从温星腿上趴到梁岩腿上，温星才笑着开口打破了沉默："它在求爱抚。"

梁岩抬手摸了摸麦克的脑袋，说："我和它已经是朋友了。"

诚如梁岩所料，下午睡饱的温星晚上睡不着觉，在书房里看书研究公众号，后来又开始整理张觉的手稿，梁岩则看书陪她到半夜。

十二点多，温星在电脑后面一抬头，看到梁岩靠着沙发睡着了，她起身过去想叫他起来回房间睡，结果他忽然睁开眼睛，一把搂住她的腰拽她到怀里。

"你装睡！"温星吓了一跳，随即笑道。

"真的困了，你陪我去睡觉吧，温星。不是很紧要的工作，我们明天再忙。"梁岩笑着说。

"可是我不困。"

"你昨天才睡得正常些，不要再熬夜了。你要是再这样晚上不睡觉，以后下午睡觉不能超过三点。"

"下午是你把我弄累了。"温星笑盈盈地说。

"那我现在也把你弄累。"梁岩发现温星很爱撩他，重重捏了捏她的下巴。

"哪有人一天好几次的？我吃不消。"温星失笑。

梁岩掐着温星的腰，低头吻了吻她的脖子，换了种无奈的语气说道："怕吃不消就陪我去睡觉吧，星宝。"

"你叫我什么？"温星很惊讶。

梁岩抬起头看着温星，目光明亮且深情，又重复一次："星宝。"

"你哪里想出来的？"温星哭笑不得，她很难想象梁岩怎么会想出这么肉麻的昵称。

"就是想这么叫你。"梁岩一本正经，认真地又叫了一遍，"星宝。"

温星微红了脸，靠在梁岩怀里说："你这是撒娇。"

"陪我去睡觉？"梁岩又问了一遍，抬手抚摸温星的头发。

"好吧。"

温星话音才落，就被梁岩打横抱起来，他们回到房间拥着彼此躺在床上。然后，温星比梁岩先睡着了，她趴在他的胸口，因为姿势不太对还微微打鼾。他把她轻轻移回枕头上，鼾声就止住了，她的呼吸变得十分平稳。

梁岩单手撑着脸看了会儿温星，笑着摸了摸她的脸，低声自语："还说不困，真是个贪玩的孩子。"十多分钟后，他看够了温星才满意睡觉。

隔天早上，雨停了，隐隐有放晴的迹象。

新的一天，温星和梁岩趁着没雨，在后院倒腾水缸种藕。藕段是温星早上在菜市场买菜时捡的，她见藕段带泥还新鲜着，就突发奇想说要种。梁岩想起他外公家有一口水缸，以前曾种过荷花，便找人去抬水缸。

水缸在下午抬进院子后，两人就开始忙活，挖泥，埋藕，倒水。忙完这里，梁岩顺便把院子里的草坪修了修，温星则一直弯身在看水缸，期盼明天就长出荷花。

"能不能养活还不一定，不要抱太大希望。"梁岩修草坪修到水缸边，对温星说道。

"你外公以前怎么养活荷花的？"温星好奇地问道。

"这个我不擅长。以前没太关注，没有和外公学过。"梁岩关了除草机，略加思索说道，"我外公是园艺高手，他的院子里什么花花草草都有，好像没有他养不活的植物，他可能天生适合养花弄草，花草也愿意为他盛开。"

"梁岩，你这么说很浪漫。"温星惊喜地说。

梁岩微微一笑，说："我外公真有这种能力。他知道外婆喜欢玫瑰花，曾经种了满院子的玫瑰，各色各样。他种的玫瑰都特别漂亮。"

温星听到这事有些诧异，她第一次听梁岩说起他外公，她以为梁岩的外公和黄采薇的关系会很紧张。

梁岩读懂了温星的表情，说："我外公对我外婆很好，但感情的事情没那么简单。"

"他们不是包办婚姻吗？"

"对外婆来说包办婚姻是不幸，对外公来说不是。"

"那……你外公后来是不是像你妈一样对黄老师很生气，甚至有些恨？"

"为什么你会这么想？"梁岩微笑，"恰恰相反，我外公总是叫我们体谅外婆，我小时候也曾和外婆不和，认为她伤害了外公。但是外公教我要原谅外婆，而我妈对外婆态度那么激烈，并不是因为我外公恨外婆才把她教成那样，更多的是因为外公太好，我妈才越发替他抱不平。同样的教育在不同的人身上会有不同的效果，我和我妈就是例子。"

温星闻言陷入沉思，许久她释然地笑了笑，说道："因为都没有听你提起你外公，所以会想你妈妈身上有没有你外公的影子。"

"我从小到大最崇拜的人就是外公。很多人以为我喜欢玫瑰是因为某个女孩儿或者哪段感情经历，其实不是，仅仅是因为我外公种玫瑰。"

温星没有想到梁岩会无意提起这个话题，她笑道："你不说这事，我差点儿忘了，其实我之前看到杨恭姐手上纹了红玫瑰，以为你喜欢红玫瑰是因为你们两个之间有什么玫瑰花的故事。我就是你说的很多人之一。现在想想黄老师的确喜欢玫瑰花。"

"你那么想很正常。"梁岩笑道。

温星失笑，她想了会儿感叹说："了解一个人真不简单。"

"是不简单。所以我很感恩你最终愿意爱上我。"梁岩随口说，又打开了除草机，继续清理草坪。

温星却怔在原地没有回神，她望着梁岩在院子里劳作，她的世界还是那个世界，但也不是曾经的世界了，因为她感到从未有过的心平气和，周围的一切都变得更美好。

其实每个人都知道很多事没有那么简单，但那些事情没有发生在自己身上的时候，人更愿意困于自己的认知而去武断地判断一件事情，说到底人都喜欢给别人贴标签，做一个刻板的画像去满足自己对世界认知构建的需要。温星以前对梁岩有过，可能以后对其他人和事也依旧会走一遍这样的过程，但此刻她决定要更温柔一些。

温星回屋去准备饮料，他们早上去了菜市场，也去了超市，买了不少食物。满满的食材让温星干劲十足，想调制出最漂亮的夏日冰饮，她选了半天的视频，找到最喜欢的那个跟着做。

梁岩忙完进来，看到温星做了两杯漂亮的西瓜冰饮，他上手就端了一杯，正在洗榨汁机的温星回头就叫起来："你等下，我还没有拍照！"

"我很渴。"梁岩委屈地说。

"反正已经渴了，你再等下。要不你去喝水嘛。"刚才还因为爱想变得温柔的温星，这会儿仿佛爱已经消失了。

梁岩默默放下杯子，到冰箱里拿了矿泉水出来喝。他喝着水，看温星认真给饮料拍照，心里有点儿不是滋味，因为她都没有这么给他拍过照片。不过当他看到温星发朋友圈兴奋地分享她自己做的饮料，他就开心了。他希望她明媚快乐，始终保持她的分享欲。同时他发现温星原本空空的签名栏多了一行字：我不再是一颗寂寞的星星。

温星发朋友圈的时候是盘腿坐在沙发上的，麦克趴在她身边，梁岩坐在沙发另一边，也在看自己的手机。温星忽然对他说了一句没头没脑的话："梁岩，你是月亮吧？陪星星的月亮。"

"什么？"梁岩没有反应过来。

温星又笑着解释："'岩'不就是石头吗？会发光的石头不就是月亮吗？"

梁岩笑了笑，心想小姑娘的想法真是多，充满了浪漫。

温星发完朋友圈又跑去院子里看她的藕，太阳不知不觉从乌云后面出来，当阳光洒在水里，专注望着水缸的人如梦初醒般惊喜地欢呼起来："放晴了！"随即她抬起头看天空，发现天空仿佛变得稀薄透彻，真的要放晴了。

温星把放晴的好消息告诉梁岩，她兴奋地跑进屋里，大惊小怪地喊："梁岩，梁岩，你快来看！"

"看什么？"梁岩从手机里抬头。

"放晴啊。"温星开心地说出这件小事。

梁岩脸上也闪过惊喜，站起了身。已经傍晚时分，太阳出来没多久又要落下，但温星觉得这是个好预兆，预示着她的藕一定会种成功。

夜晚，温星和梁岩饭后搬了椅子坐在院子里纳凉，他们聊了很多无关紧要的事情，话题甚至发散到八月十五要在家里做月饼。他们在一起聊天时都顾不上看手机，等回屋温星才看到，半个小时前赵传雄给她发了信息，问她是不是和梁岩在一起了，让她有空回电话。同时赵传雄还说不要让陆将做公司的 CEO，关于这事，他也有重要的话要和她说。

温星在给赵传雄回电话的时候，麦克跳上了钢琴，她捂住电话瞪眼指着麦克，示意它下来。麦克站在钢琴盖上，绿油油的眼睛无辜又懵懂地回望温星。

梁岩关上院子门，回身见一人一猫在对峙，温星还对着麦克摇了摇拳头，表示它不下来就要打它屁股，他替麦克解围把它抱下来，还笑和它解释说："你妈妈生气了，她最近比较爱我，想替我保护钢琴。"

麦克不知道是不是听懂了，"喵喵"叫唤了两声，乖巧地由着梁岩把它放进窝里，梁岩蹲下身，伸手抚摸它。麦克感觉得到梁岩喜欢它，便把头依在他的手心蹭着。

温星听着电话，看了看梁岩和麦克，转身往外走，她推开梁岩刚关上的门，走到院子里。

赵传雄确定梁岩不在温星身边后，才放心下来，告诉温星："梁岩的父亲梁帆顺今天联系我，他很客气地约我吃饭，我没想到他这么平易近人。"

"嗯，他请你吃饭是因为我和梁岩的事？"

"不仅仅是这件事情，还有件事是他说我们两家亲上加亲，因为前不久陆将找他谈梁氏收购亚岚的项目。这事我们绝对不能同意，亚岚是你妈的心血，不管发展得怎么样，也不能卖给别人。更何况我们发展得很好。这个陆将还没有当上亚岚的 CEO，就着急用这种方式让亚岚上市？这就是他的本事？让亚岚彻底易主？！"赵传雄最后几句话提高了声音，控制不住地愤怒。

温星听到这事很意外，她没有急着开口说话，而是陷入了沉思。

"温星，你在听吗？"

"在听。蒋怡阿姨知道这事了吗？她什么态度？"温星思索后问道。

"这是我生气的另外一个原因，我刚给蒋怡打过电话，她竟然说不会改变决定。"赵传雄很是气愤。

温星迟疑片刻，说道："赵叔叔，如果蒋怡阿姨不改变决定，还是选择陆将做 CEO，那我也不会反对。"

赵传雄听到温星这话很震惊："你们这是怎么了？！都不打算管亚岚了是不是？！你妈离开才多久！"

赵传雄气急，说的话很重，他说完意识到自己失言，却不想改口，便又继续说："你妈从来没有想过把亚岚卖给其他人！"

温星倒在赵传雄的气急败坏之下愈加冷静，她说道："赵叔叔，现在亚岚最能信任的人是蒋怡阿姨，她这么决定肯定有她的原因。而且我都没有听梁岩说起梁氏要收购亚岚的事情，你只是听他爸爸这么说而已。但你不要忘了，现在梁氏主事的是梁岩，你没必要现在就那么着急。退一步来说，陆将就算成了我们的 CEO，他真的打算要卖亚岚，到时候也得经过股东会同意，而如果这件事情得到大部分人的认可，认为利大于弊，那也没有什么不可行。"

赵传雄彻底火了，他忽然明白了"女大不中留"，他怀疑温星谈了恋爱就盲目了，不由再次说道："温星，对员工来说亚岚只是一个提供工作的地方，他们离开可以在其他公司再找到一份工作，但你不一样，这是你妈妈的心血！股东认为能卖，你也不能同意卖！你卖了就是不孝！叔叔这是为了你好，不想你做错事后悔！"

但温星不为所动，她沉默片刻，还是说道："赵叔叔，我尊重股东会的决定。"

"你这么做是不是因为梁岩？梁氏如果真的有意向收购亚岚，你一定会听梁岩的是不是？"赵传雄怒其不争，"你和梁岩根本不合适！他跟你在一起可能只是为了方便收购亚岚！蒋怡是不是也知道你们在一起的事？"

"赵叔叔，你觉得梁氏为什么一定要收购亚岚？亚岚有什么值得他们非要去收购？我已经和你说了，梁岩可能还不知道这件事，他最近一直在休假。如果真的是一个收购方案，在这件事情连一点儿眉目都没有的时候，梁帆顺作为梁氏的董事长，把他们公司内部的计划随便告诉你合适吗？"温星反问。

"温星，梁岩他爸爸说话很客气，他虽然没有直接说，但叔叔听出来了，他说亚岚被梁氏收购后会上一个台阶，话里话外的意思是看不上现在的亚岚，他也看不上你，他认为是我们在求他们收购。你如果真的和梁岩在一起，他父母肯定不会同意。"赵传雄听不进温星说的话，就像他觉得温星被爱情冲昏了头脑听不懂他说的话那样。

"这事我知道，赵叔叔。"

"你知道还和梁岩在一起？！你有没有想过以后要怎么办？他如果哪一天不要你了，你要怎么办？"

温星实在和赵传雄聊不下去了，他们对事情的看法完全不一样。在江陵去世后，温星周围一直有很多种声音，他们企图安慰她、帮助她，到最后都变成了他们想拽着她去走他们认为正确的路。赵传雄或许爱温星，但他不会像江陵一样关心她到底想过什么样的人生，他更怕自己对不起他记忆中的江陵。

最后，温星说："赵叔叔，你在亚岚没有股份，这事你就不要管了。"她挂断了电话。

温星回到屋里，身后梁岩问："你赵叔叔给你打电话，是我爸约他吃饭了吗？"

"猜对了一半。"温星回头笑道。

"还有一半是什么？"梁岩摸了摸麦克，站起身。

"你爸和他说梁氏有收购亚岚的意向，他吓得好像亚岚已经被卖了。对了，收购的事是陆将找你爸谈的，你知道吗？"温星问道。

"听说了，等我休假结束，公司会开股东会。"梁岩说。

"亚岚都还没有正式任命陆将为 CEO，他就着急做得罪亚岚的事情，感觉很奇怪。"温星也走到麦克旁边，蹲下身摸了摸它，说道。

"这事陆将可能要一厢情愿了。"梁岩双手插在口袋里，低头注视着温星逗猫。

"那天是他请你吃饭吗？我一直以为是你请他吃饭。"温星捧着麦克的脸，逗它。

"我为什么要请他吃饭？"梁岩好笑道。

"关心我呗，我还猜过陆将是你介绍给我妈的。"温星失笑，微微红了脸，"虽然那时候我很讨厌你，但你应该没有那么记仇，说不定还去探望过我妈，不然后来你也不会到大罗湾来找我了。"

"你好像越来越了解我了。"梁岩笑道。

温星不好意思地回头白了梁岩一眼，没好气地说道："难道不是这样吗？原来你没有我想象中爱我。"

"我很爱你，温星。"梁岩弯身看着温星。

"但如果是陆将请你吃饭，这事就不一样了。"温星转过身，抬手勾住梁岩的脖子，使得他再次蹲下来。

梁岩想了片刻，说道："温星，你妈妈生病期间，我的确去看过她，陆将是我推荐给她的。那天也是我请陆将吃饭。"

温星闻言，刚才捧过麦克的手又去捧梁岩的脸，问道："你为什么不早点儿告诉我？"

"你刚才怎么回复赵传雄的？"梁岩没有马上回答，先问温星。

"他在亚岚没有股份，我让他不要管这事了。"温星松开手，叹了口气说道。

梁岩闻言注视着温星，他眼里有淡淡的明亮的光彩。

"你这么看我干吗？"温星不解。

"你是个很有决断力的人，温星。"梁岩笑了笑，这才回答温星的问题，"是我叫陆将去找我爸谈亚岚收购的事情，但这只是烟幕弹，目的不是让梁氏收购亚岚，而是让亚岚并购合阳工厂。上次我看你对赵传雄心软，接受了他的财产馈赠，说实话我有点儿担心这个计划让你知道，你会认为我在设计赵传雄，你会不同意。所以一直在考虑要怎么和你说。"

温星没有表现出特别惊讶，她神态平静，眉目带笑，思索了会儿笑道："还好你现在才和我说，不然如果之前和我说，我身边又会增加一些声音。"

"合阳那边听说梁氏要收购亚岚，还有我和你在一起的事情，赵怀远和叶道绷不住了，他们多半已经信了。他们现在想和亚岚谈并购的事了。"梁岩说道。

"蒋怡阿姨也知道这事是吗？"

"陆将肯定让她知道了。"

温星慢慢坐到地板上，她想了会儿梁岩的布局，笑说："你爸要是知道你设计他，非得气死不可。"

"梁氏收购亚岚，也不是不可能。不过这事如果我先提出来，他肯定不同意，百般阻挠。现在他先提出来，以后我也好做事。"梁岩神色自若地说。

温星安静听着，好一会儿之后，她伸手拽了拽梁岩的衣袖，说道："梁岩，你去看我妈的时候，她有和你说什么吗？"

梁岩看着温星，脸上难得有一丝不自在，甚至微微红了脸，说："我们都是在谈公事。"

"没有谈其他的事情吗？蒋怡阿姨说我妈曾希望我能进公司。"

"这点她没有和我说过，她希望你拥有和她不一样的人生。"梁岩说道。

"那就是有说了，还说了什么？"温星笑问。

梁岩自知被温星套了话，犹豫片刻才说道："你妈那时候曾说过要给我和你说亲，不过是开玩笑的，她知道你当时很讨厌我。"他会为自己以前的一些行为感到难为情。

温星被逗笑了，下一秒她又感动地红了眼眶，她探过身，用力抱住梁岩，说道："我真的没有其他所求，梁岩，我觉得自己很幸运，很幸福，只希望你能健康长寿，一直陪着我。"

梁岩沉声答应温星，也拥抱住她。

温星这一次感到自己的心彻底复原了，甚至比以前更强健。

晚上，温星在书房整理张觉的手稿，其间她给陈编辑发了信息汇报最近的工作进程。没一会儿，陈编辑就给她回了信息，不是往常高冷的"好的"，而是一句话：张教授的书暂时搁置不出了。

温星很快回复：为什么？

——没有什么原因。

陈编辑的态度让温星暂时没有再追问原因，她皱眉放下手机，继续整理张觉的手稿。

梁岩到时间进来催温星睡觉，见她恋恋不舍地合上电脑，说道："我敢说你平时一个人在家，工作起来肯定没日没夜。"

"你敢说我敢做，我们真是天生一对呀。"温星笑答。

梁岩胸口一闷，在开玩笑逗趣这方面他远不是温星的对手。温星见梁岩词穷便很得意，以逗他为乐。

从书房到主卧没有多少路，两人却要牵着手。梁岩的假期马上要结束，而温星也要回江州。张觉经过又一周的调理，状态还不是很理想，温星怀疑他没管住嘴偷吃了，她还怀疑黄采薇"助纣为虐"，便打算自己回去看看情况。晚上陈编辑忽然要暂停张觉的书，她回去又多了一件事情要处理。

假期的第六天，梁岩一早起来跑步，之后去菜市场买菜，他回来已经八点多了，温星才睡醒下楼。她看到梁岩买了新鲜的瓜果，这个早晨因此变得充满香气和温暖。

梁岩出门前煮了粥，这时候已经煮好，两人对坐着喝粥。梁岩看着温星往白粥里舀糖，又拿起筷子吃碟子里的咸味小菜，手上还拿着半根油条吃得津津有味，忍不住笑了。他第一次知道温星吃粥喜欢又甜又咸。

温星抬起头问他笑什么，他说："你很可爱。"

温星嘿嘿笑。

梁岩把切好的香瓜推到温星面前让她尝尝，说道："下个月你生日，我想把你的旧车卖了，给你换辆新的，怎么样？"

"怎么了，我的车驾驶体验不好吗？"温星笑道。

"的确不太好。"梁岩直接道。

"那我们今天就去看车吧，我先挑一辆。"温星说道。

"好。"

梁岩原本每天都有计划，这几天和温星在一起却变得很随性。今天早上他起来，看到身边熟睡的温星就想去买菜给她做饭，整天的时间都安排给她，她兴起想去看车他就陪她去看车，倒十分自在。

这样的假期，让梁岩舍不得结束，他甚至在起床要去上班的早晨感到不习惯，他终于体会到普通员工不想上班的痛苦。况且天气又从晴转阴到雨，更让人提不起劲。他慢悠悠扣着衬衫扣子，在镜子里看到床上的温星翻了个身从被子里伸出半截雪白光溜溜的小腿。他不由看着那段小腿人神交战许久，好在手机响了，而温星也恰好缩回了脚，他才回神，思绪变得清晰。

梁岩离开房间接电话，温星跟着惊醒，她的手机也在床头振动起来。她摸过手机，半睁着眼睛见是陌生号码，接起来没有先开口，她想听听是什么广告电话八点多就打来骚扰。结果电话那头传来威严的男声："你好，我是梁帆顺。"

梁岩接完谢朗的电话回到房间，温星已经坐起来在看手机，她抬起头对他微笑，元气满满地说："早上好呀，梁岩。"

梁岩不由笑了，柔声回道："早上好，星宝。"

温星抬手对他比了一个心。

"今天下雨，不要开车回江州。"梁岩说道。

"天气预报说明天也下雨呢。"

"哦，那明天也不好开车回去。"

"昨天看车的时候，你说以后要是觉得开车累可以让吴叔叔送我。那麻烦吴叔叔帮我开回去，行吗？"

"看看明天天气再说，说不定后天就晴了。"梁岩婉拒。

温星被逗笑，她爬出被窝，舒服地趴在被面上说道："我今天不回去了。"

梁岩对她忽然改变主意感到意外。

"你爸刚才打电话约我中午吃饭，我打算会会他。"温星趴着抬起头，像只海豹一样，望着梁岩。

梁岩怔了片刻，随即说道："约在哪里？我过去陪你。"

"地址还没有发来，他让我不要告诉你。"温星跪坐起来，笑着说。

梁岩沉下了脸色，微微皱眉。

"迟早要碰面，你别担心，去上班吧，我一会儿发地址给你。不过中午你不用急着过来，我先和他谈谈再说。"温星在接到梁帆顺电话的时候忽然记起在哪见过他，她也记起了他的车牌，那天在出版社门口，那辆来自岳城的车就是梁帆顺的。刚才在电话里，梁帆顺有几分威胁温星的意思，他突兀地问温星张觉是不是她的老师。温星感到他提起张觉肯定有原因，细想觉得反感至极，便打算中午过去看看他葫芦里卖什么药。

梁岩没有动，说："温星，我爸可能会对你说一些很难听很荒唐的话……"

"什么话？"

梁岩没有回答，有些难以启齿。

"照他迷信的思路应该是要说我命硬，克死我父母这样的话吧？可能还要说我会克你。"温星心里有数，笑着说道，"类似的话，我小时候听别人对我妈也说过。"

"你还要去见我爸？"

"你放心去上班，我知道怎么做。"

梁岩闻言弯身搂过温星，吻了吻她的头顶。

　　梁帆顺约见温星的餐厅，是温星很熟悉的老餐厅，然而她上一次来得知了江陵生病，让她对这家餐厅的印象变差了。今天，她跨入餐厅，经理热情地笑脸迎她说："你很久没有来了，你妈妈最近好吗？"

　　温星答道："我妈去世了。"

　　经理一怔，随即忙问道："什么时候去世了？怎么会这么突然？"

　　"去世大半年了。癌症。"温星脸上挂着浅浅的笑。

　　"天哪！你妈妈那么好的人，真的太可惜了！"经理看起来好像要哭了，因为感到意外和难受而显得有些失礼。

　　温星这时礼貌打断她，明知故问某一个包厢的位置。

　　经理回神，赶忙带温星过去。

　　梁帆顺已经在包厢里，他单独会见温星的态度和之前完全不同，神态冷若冰霜。

　　温星也不同于之前的态度，她进入包厢就笑靥如花，问候："梁叔叔好。"声音高昂，充满活力。

　　梁帆顺皱了皱眉，看着温星轻巧落座。温星开口就问："你点菜了吗，梁叔叔？今天让我请客，这家店我以前常来。"

　　"你点吧。"梁帆顺冷声说道。

　　"那我先点菜，我们一会儿边吃边聊。"温星笑道。

　　梁帆顺打量温星，在想她是真傻还是在装傻。

　　"我约你吃饭的事情，你有没有告诉梁岩？"梁帆顺试探着问温星。

"没有啊，我怕他生气。"温星抬了抬头，随意答道，"我看得出来你们关系不太好。"

"你看得出来我们关系不太好？"梁帆顺重复温星的话，有些嘲讽。

温星听他这么说话，低头笑了笑，然后徐徐抬起头说道："梁叔叔，你不要和梁岩计较，他的思想比较固化，你想一下子改变他是不可能的。"

"什么意思？"梁帆顺眯眼，严厉审视温星。

"他想的比较多，因为不懂和不信一些事情，所以把您想得有点儿不讲理，他一直在担心您会因为一些迷信的事反对我和他的婚事。"温星的样子看上去天真真诚。

"什么叫迷信，都是有理有据的演算。"梁帆顺一下被温星摸到逆鳞，有些不设防，气愤说道。

"是啊，我也和他这么说。我妈以前也给我算过命，命很好啊，根本没有什么问题。而且就算有什么事情，大师也可以破。反正人各有命，信也好不信也好，就是有命。"温星很入戏，一本正经地胡扯着，后面还绕来绕去诌了些似是而非的话。

"命里不合适"这是梁帆顺找温星"麻烦"最大的支撑，可温星一开场就把这点给搅了，甚至还击到了他在意的点，她过分自信倒显得他像在自我挖坑。

温星见梁帆顺没有说话，脸色有些不好看，她点到为止，开始和他讨论菜单，之后她按了服务铃下单。

上菜之后，温星又主动出击，她问："梁叔叔，您也认识张教授吗？您早上在电话里说起过。"

梁帆顺有些摸透了温星的路数，她今天不是毫无准备来赴约的，相反她方方面面都考虑全了，并且做好了软硬不吃、好坏不怕的准备。

"张教授是位很好的老师，我最近正在帮他整理研究手稿，准备出版，前两天出版社忽然变卦了。不过没有关系，本来出版这书张教授也不愿意，都是我们逼他的。"温星始终保持着微笑，说着这件事。

梁帆顺就像被人拿暗针戳着，不是很疼，但是时不时这里扎一下，那里扎一下，让人感到烦躁不爽，更重要的是这些针原本是他准备扎别人的。

"你想说什么？"梁帆顺冷眼看温星。

"我只是在跟您聊天。"温星收起笑，故作不安，随即又坦然道，"张教授最近身体不好，在住院，黄老师一直在陪他，我明后天回去换黄老师。"

梁帆顺越听脸色越沉。

温星见状也越发心知肚明，她细想梁帆顺要拿捏她，无非就是两个点，会想尽办法让她难受。他阻挠张觉的手稿出版是其一，更让人不齿的可能就是他要让张觉晚节不保。有些事情，温星没有问，但也能想明白，黄采薇当时离开在江州任教的大学，肯定是为了保全张觉的前途和名声。梁帆顺不会不懂这个道理，他想温星肯定也会在乎张觉的名声。而温星的确在乎，但她会抗争。

温星希望梁帆顺不要那么恶毒，走到两败俱伤的地步，于是她先告诉他，他们坦荡荡不畏强权的态度，希望能震慑住他。

而梁帆顺在这时想起林雅容说的话，劝退温星不容易。他以为从张觉和亚岚出发能给她下马威，结果她却威风起来，威风得让他在自己挖的坑里出不来。

梁岩在餐厅附近的咖啡厅里等温星信息，但她一直没有发来，他有些焦急，便给她打电话。温星很快接了电话，不等他开口就在那头自说自话："梁岩。嗯，你问我在哪儿？我在和梁叔叔一起吃饭。嗯嗯，没什么事，我们凑巧碰上，梁叔叔很客气，非要请我吃饭。行行行，我知道，吃完给你打电话，你不用过来了，我们都快吃完了。"

梁岩理解了下，大概是温星掌控了"战局"。于是，他补了一句："你提醒我爸一句，下午股东会不要迟到了。"

温星应声，但挂了电话她没有转达给梁帆顺，而是说："梁叔叔，其实梁岩蛮关心您的，您稍微体谅他一下，你们的关系不会走到不能调解的地步。"

梁帆顺冷眼扫过温星，她这又是在告诫他，炫耀她手上拿了多少牌。

"您今天为什么特意选这家餐厅？我妈去世前，我们经常来这里吃饭，她离开后，我还是第一次到这里吃饭。真好，我又能回到这里，谢谢您。"温星笑着说道。

梁帆顺彻底输了，他选这家餐厅原因不过是想遏制温星。谈判时的心态很重要，他从赵传雄那里了解到温星母女对这家餐厅有特殊情怀，他便打算让温星睹物思人，心态崩溃。温星完全知道他的想法，全方位反击他。

这顿饭，梁帆顺没有吃完就起身离开了，温星则吃了两碗饭，心满意足。

这一周，温星最终没有回江州，她已经知道了陈编辑打退堂鼓的原因，要么是梁帆顺能影响他个人利益，要么就是他也知道了张觉和黄采薇的过往，对张觉的看法有些改变。总之不管哪一个原因，温星不会再去找陈编辑多问，也不会寄希望于他改变主意。她留在岳城找王楠谈了张觉的书。

王楠这次见到温星，发现她的精神面貌和之前完全不一样，变得神采奕奕，比从前更快乐豁达。王楠不由感叹，爱情真的有魔力。

温星闻言说道："我是因祸得福吧。姐，我现在想开了，以后不管境遇好坏、有钱没钱，两个人在一起都要开心。梁岩身体健康，我也身体健康就好。"

"你们会没钱？"王楠挑起眉笑道。

"还让不让人说话了？"温星无奈撇嘴一笑。

"逗你玩。看到你气色这么好，我很高兴。"王楠握了握温星的手。

"谢谢你，姐，我希望你也能找到适合你的那个人。"温星由衷地说道。

"肯定会的。"王楠被温星的幸福感染，第一次有了自己也能幸福的想法。这想法在她脑海里飞快掠过，片刻激起了她热爱生活的欲望。

她们聊了一个下午，原本打算在外面吃饭，但梁岩打来电话，让温星邀请王楠去家里吃饭，他还请了谢朗，人多热闹。

温星和王楠到家，梁岩已经准备好食材在厨房里忙碌，谢朗则一个人坐在客厅里，如坐针毡，惶惶不安。他看到温星回来，赶忙站起来，不可思议地说："梁总竟然亲手给我做饭吃，我以为他请我来家里吃饭，是有人做饭或者叫外卖。这一进门他说自己去做饭，这谁顶得住，给我吓得'花容失色'。"

"他一直会做饭，你不知道吗？"温星给王楠拿了一双拖鞋，笑说，"你怎么这么不了解自己的老板？"

"惭愧惭愧，因为我不会做饭，所以完全没想到梁总有这种兴趣爱好，不然我平时就让他帮我带饭盒了。"谢朗说道。

"你这脑回路绝了。"王楠笑骂。

"我这叫投其所好。"谢朗笑道。

温星笑着说："我也会做饭，我去给他帮忙，你们两个客人在这儿坐下。"说罢，她上楼换衣服。

王楠和谢朗大眼瞪小眼地互相看了会儿，感到气氛有些诡异。然后王楠开口问谢朗："你老板干吗忽然请你到家里吃饭？"

谢朗摊手。

王楠摇摇头，表情有几分嫌弃，好像在说他"狗腿"。

"真是他主动请我来的。"谢朗辩解。

王楠往里走，坐到沙发上环顾四周，这个家里除了在猫的活动区域摆放的物件有些俏皮跳脱，其他的摆设和整体色调都很简洁。温星跑着下楼的"咚咚"声为安静的家里带来了热闹气息。

"天哪，梁岩怎么连水都没有倒给你？我去给你们做饮料。"温星一边扎头发准备进厨房，一边吐槽梁岩不会待客，"看电视吗？我给你们开电视，你们看会儿电视。"

温星不等两人回答，就拿过遥控器打开电视，她还把遥控器丢给王楠，让她挑节目给谢朗看。麦克听到温星的声音，从窝里钻出来，它跑过去围着温星叫，这让温星冲着厨房喊了声："梁岩，你喂过麦克了吗？"

没人回答，温星便去厨房问，麦克尾随而去。她不允许麦克进厨房，推开厨房门，在门口和它斗了半天，才把它轻轻踢出来，关上了门。

梁岩围着围裙在认真煎牛排，回头看了眼温星说道："你回来了。"

温星过去搂住他的腰，踮脚亲了亲他的脸颊，笑道："你怎么连水都没有给谢朗倒，哪有这样对客人的？"

梁岩闻言抬了抬眉，笑道："没有想到。"

"麦克喂了吗？"温星走去开冰箱准备做饮料，她最近沉迷于做各种各样的饮料，甚至还要学调鸡尾酒。

"喂了，回来就喂了。"梁岩答道。

"真棒。"温星夸奖道。

梁岩笑而不语。

"给他们做什么饮料呢？"温星看着冰箱里塞满的食材，嘀咕着。

"喝了想恋爱的那种吧。"梁岩漫不经心回答道。

温星闻言懂了，选了甜蜜的桃子作为饮料的主味。晚上梁岩和她说请了谢朗回家吃饭的时候，她便感到有些奇怪了。

厨房里飘荡着黄油和肉的香气，温星调好的饮料先给梁岩尝。他尝过说好喝，又探过头去吻了她，问她："是不是很香甜？"

温星笑着点头，然后才把饮料端出去。放下饮料，她又回了厨房。

王楠和谢朗享受地喝着温星调的饮料，安逸地看着电视，等着梁岩的晚餐，再度感到不可思议。王楠又问谢朗："你们梁总到底为什么请你回家吃饭？这爱情的力量绝了，难道他只是想和我们分享这种幸福感？"

谢朗这次低头笑了笑，而后他看着王楠笑说："事情是这样的。梁总最近心情都不错，我们今天聊天说起结婚的事情，他问我有没有对象。我说没有。他便关心我身边有没有合适的人……"

"你们聊天也这么八卦的吗？"王楠听笑了，忍不住打断了谢朗。

谢朗笑了声，有些无奈又包容地看着王楠，先回答她的问题："是啊，大家都一样嘛。不过这也不算八卦，就是互相关心下。"

"哈哈哈，梁总好像你的老父亲。"

"呃，更像兄长。"

王楠自己脑补又笑了会儿，才想到问："然后呢？你说没有合适的对象，可能要孤独一生了，梁总就让你过来吃饭安慰你？"

谢朗看了眼王楠，无奈又增加了几分，说道："不是，我说有。"

"啊，你身边有合适的人？谁？我认识吗？"王楠震惊了，她和谢朗每天聊天，嘻嘻哈哈，完全想不到他原来和她不一样，没想过单身一辈子。

"认识。我告诉梁总是谁了，梁总说今天很凑巧，她刚好和温小姐在一起，就请来一起到家里吃饭吧。"谢朗说罢喝了口饮料，有些恨铁不成钢。

王楠领会了下，笑意不由渐微，随即又忍不住嘴角上扬，然后她红了脸，忍不住爆了句粗，之后说："真尴尬。"

"你也会尴尬？"谢朗反问。

"我叨咕出来了？"王楠瞪着谢朗，好像是怪他。

"我的错，当我没说过。你想做朋友就做朋友。"谢朗立马认了错。

这倒让王楠更不好意思，她没说话，红了脸，心里莫名有些温暖，也有些紧张不安。

谢朗也有些紧张，他虽然理解王楠的反应，但也很想知道她对自己的看法，难得话说到这个份儿上，便又补了一句："不过，你真的对我半点儿感觉都没有？"

"闭嘴。"王楠慌道。

谢朗怔住，理解了片刻，才了解到王楠是害羞，他抿嘴笑了笑，没再说话。谢朗觉得王楠很简单纯粹，会成全他人，她骨子里是个很温柔充满善意的人，而她大大咧咧的外向性格和内在的害羞又反差得有趣，让他觉得很可爱。

温星等梁岩煎完牛排便开始摆盘，晚餐上桌后，梁岩回楼上换衣服，温星招呼客人落座，和他们说起花园里要种菜的计划。

上一次四个人吃饭的场景还历历在目，温星想到了一件事情，笑着对王楠道："上次我们不是要请梁岩唱歌没成吗？今天可以去唱歌。"

"啊？！"王楠很不好意思，看了谢朗一眼。

"谢先生肯定会唱歌吧？"温星也看着谢朗笑问。

谢朗频频点头。

"那饭后让梁岩弹琴，我们唱歌。"温星替大家安排得明明白白，她看了眼梁岩，后者点点头。

唱歌的三个人没有一个人是专业的，歌声不会绕梁三日，但很快乐。梁岩弹着一些自己原本不会演奏的流行歌曲，却也很自在，他希望他和温星的家里能热闹，今天有朋友，明天还要有更多的家人。

张觉这周的检查各项指标终于正常了，手术定在八月五号，也就是下周。得知这个消息，黄采薇很高兴。

张觉知道自己这个年纪手术后也恢复不到以前的状态了，怕黄采薇希望越大失望越大，和她说："我都这个年纪了，眼睛不好也没有关系，是正常情况。手术做不做都一样。"

"做了肯定会好一些，你要有信心。等你眼睛好了，得陪我去旅游，看看风景。"黄采薇说道。

张觉听到这事，呵呵笑起来。

"我不想跟团，也不想让年轻人带，你得带我去。"黄采薇有些任性地说道。

"名不正言不顺，我们一起出去玩，别人说我们老不正经。"张觉笑道。

"那我们结婚吧。"黄采薇说道。

张觉惊怔住，他此刻看到的黄采薇很模糊，只能隐约看到她的满头银发，但他记忆里神采飞扬的她一直很鲜活。回过神的张觉忙低下头，颤巍巍地抬手擦眼泪。黄采薇见状，笑话他没出息，眼眶却也红了。

这天晚上，梁岩和温星打来电话，问张觉的检查结果和手术时间，黄采薇顺便把她打算和张觉结婚的事告诉两人。

温星一时很惊讶，梁岩倒很镇定，他搂了搂温星的肩膀，问："外婆，你们打算什么时候结婚？"

"明天就从医院里偷跑出去领证啊。"黄采薇笑说，"我们这个年纪，什么仪式都不用了，等他动完手术恢复好，我们就要去旅行了。"

"张教授的工作怎么办？"

"都这么大年纪了，该退休了。"

"最近我妈有联系过您吗？"梁岩问道。

"没有。不用联系了，我要结婚的事，你帮我告诉她吧。"黄采薇虽然还在笑，语气里却难免有几分黯然，"我和她没什么母女缘分。"

"恭喜你，外婆。"梁岩说罢，把手机拿到温星面前。

"恭喜你，黄老师，我们为你们感到开心。我和梁岩要给你们送一份新婚大礼。"温星柔声说。

"谢谢你们，谢谢你们。大礼就不用了，给我买两条丝巾，我到时候旅游要拍照。"黄采薇笑道。

温星被逗笑了，她抬起头和梁岩说："我们以后也旅行结婚吧。"

梁岩微笑着摸了摸温星的头。

"我想，结了婚照顾他就名正言顺了。"黄采薇在电话里叹息着吐槽，"在医院天天和我说谢谢，听到烦。"

"结婚了也应该继续说谢谢。"梁岩笑道。

"说吧，但也不一样了。"

梁岩但笑不语。

黄采薇在电话里沉默了片刻，开口说道："你什么时候有空去看看你外公，替我谢谢他，再把我结婚的事告诉他。"

"他肯定也会祝福您。"梁岩说道。

"嗯。"黄采薇应声，挂了电话。

温星看着暗掉的手机屏幕，有些感慨地说："他们要结婚了。"

"我知道了。"梁岩捏了捏温星的下巴。

"我不是告诉你，我是在感叹。"温星嘟嘴。

"感叹什么？"

"就……"温星难以形容。

梁岩笑看温星词穷，低头吻住她。

夜里，温星醒来发现梁岩不在床上，爬起来找人，找到书房看到他在翻相册。

梁岩听到响动抬起头，只见温星睡眼惺忪地站在门边，他放下相册起身去抱她，两人拥坐在沙发上一起看相册。

梁岩给温星看他的外公，一个英俊的男人。和文气的张觉相比，这个男人气宇轩昂，阳刚坚强。林雅容和梁岩都像他。

温星仔细看着，轻声说："完全看不出你外公会是个园艺大师。"

"不是天生就是，他以前当过兵，手上没个轻重，递来一块糖都会捏碎。后来才开始种花。"梁岩说道。

温星闻言转头问梁岩："什么糖？"

梁岩微怔，然后他也笑了。

"我真想知道你小时候吃什么糖。"温星撒娇笑道。

"之前在大罗湾给你买的那种水果糖。"梁岩摸了摸温星的手，轻轻抬开，翻过下一页。

温星依在梁岩怀里看了会儿相册，听他又说了些他外公的事情，犹豫许久问道："黄老师为什么不喜欢你外公？"

"我听我妈说过一件事情。外婆以前养过一只小狗，外公不喜欢这种宠物狗，不过一开始默许了。有段时间外婆精神状态不好，长期处在焦虑失眠当中，经常工作到深夜，每天凌晨才会睡下。而这狗不太懂事，平时很闹腾，又爱叫，还喜欢一大早扒外婆房间的门，通常外婆才睡下就被它吵醒。有一天早上外公看到它又在扒门打扰外婆，一狠心把它送走了。外婆睡醒发现狗不见了，和外公吵了一架，让他把狗找回来，外公坚决不肯。我妈认为外公这么做是为了外婆好，她也不喜欢那只总是打扰外婆睡觉的狗。而对我外婆来说，那只狗陪她度过很多个失眠和难过的夜晚。"梁岩把相册翻到后面，找到了一张黄采薇和小狗的合影。照片里的黄采薇三十多岁，年轻漂亮，蓬松的长发随意披散在肩上，气质慵懒。她盘腿坐在藤椅上，穿着短袖和牛仔裤，脖子上系着一条丝巾，面无表情地注视着镜头，狗趴在地上吐着舌头，又蒙又傻。

温星看着这张发黄的照片，内心有些难过，她也曾有很多个难熬的夜晚，抑郁的痛苦很难和别人言说，自己给自己的无形牢笼和枷锁，反反复复折磨着身心。一旦走出来，会发现原来痛苦是假象，但走不出来就是走不出来。世间不乏爱，爱你又懂你的爱却很难遇到。

"黄老师不容易，你外公也不容易。"温星说道。

梁岩没接话，只是低头亲了亲温星的头顶。

半个多小时后，温星靠在梁岩怀里又睡着了，梁岩合上相册，抱她回房间睡觉。回到床上，温星有些意识，握住梁岩的手，呢喃着说："我爱你，梁岩。"

"我也爱你，温星。"梁岩关了夜灯。

黑暗里，梁岩听着温星的呼吸声感到安心，他回想起自己的过去，觉得自己好像变了一个人，又好像从来没有变过，他和自己过去有过的愚蠢荒唐再次和解，而他内心一直以来最渴望的就是自己此刻的状态，会爱人，被人爱。他现在知道爱情是一场无私无畏的互相帮扶，包容和理解让双方都成为更豁达的人。

两周的相处时间却让温星和梁岩好像生活在一起很多年了。温星在这周依旧会被一些事情缠上，亚岚的事毕竟不是一天能解决的，赵怀远打着自己的算盘一直在联系她。温星和梁岩默契地做了分工，她有次把梁岩的号码发给了赵怀远，和他说："你要想知道梁氏到底会不会收购亚岚，你就自己打电话问梁岩，我和他打过招呼了，他也让你直接问他就好。我完全不懂这些事，你不要追着我打探消息。"

这倒让赵怀远不敢作声了，后来他让叶道给温星打电话。温星对叶道也是一样的说辞，关于公司的事情，在股东会之前，她除了和蒋怡沟通过，没再对任何人发表意见。

林雅容和梁帆顺得知黄采薇和张觉结婚的事，两人有着不同的愤怒，林雅容是怒黄采薇再次践踏了父亲对她的感情，梁帆顺则认为这是一种反击，他们在告诉他，他们没人在意所谓的名声。

张觉动手术那天，温星独自去了江州陪黄采薇，她前脚到医院病房，林雅容后脚到，一时病房里的气氛很尴尬。

林雅容心里很清楚她无法改变黄采薇和张觉结婚的事，也知道她无法动摇黄采薇的意志，这么多年，她吵过、闹过，没有任何用，只让她们母女之间的关系越来越远。所以，她一时意气用事跑来江州还想找母亲理论，可真的见到又词穷了，堆积在胸口的愤怒在看到温星时有了出口。

林雅容冷着脸把温星叫出病房："我有话和你说。"

温星跟着林雅容出去，两人走到楼梯间。林雅容先发制人，开门见山地问温星："我实在没心情和你再斗下去，你直接告诉我，你要怎么样才会离开梁岩？"

温星听到这话，不由笑了声，说道："阿姨，除非梁岩不爱我了，不然我怎么样都不会离开他。"

"你是不是想害死他？你知不知道你会害死他？"林雅容很愤怒。

"我怎么会害死他？你是听梁叔叔说的？我已经告诉过他不要信了。您最好也不要信。除了这点之外，您有什么理由反对我和他在一起？"

"我讨厌你。"林雅容说道。

"您讨厌我有什么关系，我又不嫁给您。"温星气笑。

"你就是一个不幸的存在。我一想到你，就像一把刀悬在我头上！"林雅容怒极了。

"都什么年代了，您还说这些？"温星冷声说道，看着林雅容的神情有些悲凉。

"你没有一个好的家庭背景，不是一个优秀的人，平平无奇，根本配不上梁岩！你妈给你留的那几千万，在我们梁家根本就算不上什么……"林雅容终于说了点儿实际的指责。

但温星不会再介意她这么说，她说："我觉得自己很优秀，阿姨，梁岩也这么觉得。"

温星平和的态度让林雅容更生气，说："你自私自利，口口声声说爱梁岩，却根本不考虑他家人的感受，也没有替他的前途考虑过！他上次在股东会上为了你要辞职，你凭什么让他为你放弃这么多？！"

梁岩说要辞职的事情，在梁氏开完股东会的那天温星就知道了。那不过是梁岩以退为进，表示自己不会配合梁帆顺提出的收购计划而已，也顺便吓唬那些左右摇摆的股东。不过两人当时也讨论过，如果梁岩真的从梁氏辞职，他们可以过得更自由，完全可以走出舒适圈，换个城市，换个环境，去挑战全新的生活。当时这个话题他们聊得很开心，一拍即合，对自己身上的责任和抱负都做了重新的定义。聊完之后，梁岩脸上有从未有过的兴奋，他和温星说："温星，这个世界上除了你以外，可能再没有人能和我共情，体会到我想离开梁氏的快乐了。毕竟当年我野心勃勃，为了在梁氏'上位'，把我亲叔叔都赶出去了，到现在我叔叔家和我们都不往来。"

温星注视着林雅容，说道："我从来没有让梁岩为我放弃什么，他会做这样的选择，肯定有他的理由。所以，阿姨，你应该去了解他真实的想法，而不是质问我。"

林雅容见温星毫不愧疚，又吼出其他的愤怒："我妈和那个姓张的结婚是不是你怂恿的？哦，那个姓张的眼睛要瞎，也是因为你！你就是个到处给人带来厄运的人！"

林雅容这句话才落，有人大力推开楼梯间的门闯进来，下一秒，一个重重的耳光甩在了林雅容脸上。

温星大惊，回头看到了怒火中烧眼含泪水的黄采薇。

"小容，你说的话像什么样子？！你怎么可以对温星说出这种话！你要怪就怪妈，为什么要让无端的怒火把你自己变成这种无理取闹的可怕样子？妈有错，曾经对不起你，但你受过良好的教育，是个体面的人，就算不接受、不理解一个人，也要给对方尊重！温星失去父母，这是她的伤痛，你不仅往她伤口上撒盐，还要无端端给她冠上罪名，你像话吗？！你爸要是看到你这么糊涂，他也会骂你！"黄采薇怒骂林雅容，自林雅容懂事之后，黄采薇就没有骂过她，不管她曾经多无礼，都会原谅包容她。但林雅容骂温星让黄采薇感到痛心疾首，她再次看到自己为人母的失职。

"你不准提我爸！你有什么资格提我爸？！你从我小时候开始就没有爱过我，因为你根本也不爱爸！你觉得我是你的累赘！要是没有我，你肯定早就离开了！我是受过良好的教育，但我都没有个好妈妈，我为什么要体谅别人？！"林雅容捂着火辣辣的脸颊，从惊愕中回神，瞪着黄采薇，像浑身受了伤的小孩子。话落，她转身跑下楼。

温星扶住落泪的黄采薇，说道："黄老师，您先回病房吧，我跟过去看看阿姨，您别担心。"

黄采薇力竭，她的手心还在麻疼，眼泪一直流。

"张教授马上要进手术室了，您赶紧过去陪陪他。我马上回来。"温星下楼，不放心地又回头嘱咐道。

黄采薇勉力点点头，摆手让温星赶紧去看看林雅容。

温星跑下楼梯，她没有喊住林雅容，只是远远跟着她一路到停车场，看她上了车才放心。等车子开走，温星一边回病房，一边给梁岩打电话告诉他发生的事情。

梁岩听说黄采薇打了林雅容，叹了口气说道："可怜也可怜，该打是真该打。"

温星闻言哭笑不得："不过你如果再说你妈不对，我感觉只会让她越来越讨厌我，你还是得先安慰她。"

梁岩沉默。

"长远来看，虽然我们可以自己过日子，但把关系彻底弄僵，完全不往来也不现实。既然还得相处，还是找个平衡点。你就是那个平衡点。"温星说道。

"让我太过殷勤地安慰她，强人所难了。"

"你要有两种态度，黄老师打她没错，但我和她顶嘴的态度不太礼貌，你告诉她回来会教育我。我相信你说的话她肯定听，她其实很在乎你们母子的感情，她怕我的存在会让你远离她。"温星想了想，分析道。

梁岩思考了会儿温星的话，沉声应："嗯。"

"不说了，我挂了，张教授应该进手术室了，我去看看黄老师。"

"温星，我很想你。"梁岩忽然说道，他对她也有依赖和依恋。

"我也想你了。"温星笑道,"如果今天张教授手术顺利,我明天一早就回去了。"

温星回到病房,张觉已经进了手术室。温星来到手术室门口,默默坐在黄采薇身边,伸手挽住她,靠在她肩头说道:"林阿姨已经回去了。"

黄采薇点点头,抬手摸了摸温星的头,疲惫地说道:"谢谢你不和她计较,温星,她会这样不全是她的错,我这个当母亲的有责任。"

"我觉得您没有责任,林阿姨性格使然。"温星抬起头说道。她认为林雅容哪怕从小幸福,也会是这样的脾气。

黄采薇脸上有若有似无苦涩的笑,她抬头看着门上方亮着的"手术中"三个字,感觉自己的人生也是一场漫长的矫正手术。

温星在等待的时候,翻看着手机,她点开了和梁岩的对话框。她点开发现,前两周他们天天在一起,都没有发过信息,信息还停在七月份,最后一条信息是梁岩的"埋怨"。

这一刻,温星忽然理解了梁岩之前爱和她发信息的行为,比起说话,文字有时候更能沉淀爱意,记录时光。

温星往前翻看着她和梁岩发过的信息,回顾了一遍他们走到今天的过程,她看到自己曾经的自我困顿,看到梁岩的爱和包容。

内心柔软的温星给梁岩很久前的信息做了回复:我希望有好的事情再和你分享,但是没有。

她一直以来都渴望自己能给爱的人带去快乐和幸福,却因此困住自己，忘了对方也有着这样的渴望。

——没事。好的坏的都可以。

收到温星信息的梁岩秒回，给了她一个大拥抱。他这一刻刚好需要她更多的回应。

——嗯，现在我懂了，好的坏的我们都要互相分享。

温星发了一个大笑脸。

——分享全部。

梁岩发了个微笑。

温星看着微笑的表情，再没有想纠正他的想法。她觉得这个微笑很真诚，没有任何不好，更不需要跟着潮流去误解一个表情，关键是发表情的那个人很重要。

——忘了，其实有好消息，我快要结婚了，新郎是你。

温星打着字，嘴角不由扬起笑。

——荣幸至极。

梁岩的嘴角也扬起了笑，还给温星发送了一朵玫瑰花。

温星看到玫瑰感到十分愉悦，不由轻笑出声。一旁的黄采薇问她笑什么，她便给黄采薇发送了一朵玫瑰花，说："忽然发现玫瑰花很漂亮，一点儿也不俗气。"

黄采薇打开手机看玫瑰花也呵呵笑，说："现在这些聊天软件越来越厉害了，表情都做得很精致啊。送花都不费劲了。"

温星笑着点头应是，心里真的有玫瑰的人，到处都能看到真实的玫瑰花。

尾　声

　　张觉的手术很顺利，他一清醒就摸索着握住黄采薇的手，紧张地问："我们是不是真的结婚了？"

　　"真的。"黄采薇笑道。

　　张觉闻言松了口气，呵呵笑着说："哎呀，这事梦了太久，忽然变成现实，真担心是梦里梦。"

　　温星失笑，找了个借口离开病房，让两人独处。

　　隔天，她收拾了更多的行李，搭了最早的那班动车回了岳城。

　　梁岩到车站接温星，不过分离一晚，却好像久别重逢，他们迫不及待拥抱在一起，许久没有松开。

　　八月九号，亚岚股东会。温星出席参与投票，陆将成为亚岚的 CEO。

　　同一天，梁岩从之前被他派去梁帆顺身边的助理小董那里得知，"大师"出关了，梁帆顺连夜去找他，两人密谈了一晚。

早上，梁帆顺回来和颜悦色，他看到林雅容快快不乐，主动提出陪她去逛商场。在商场里，他给林雅容买了一堆东西，还宽慰她说："儿孙自有儿孙福。"

梁岩听闻这事，心里已经明白大半，"大师"肯定说他和温星八字很合。这种荒唐事，荒唐开始，荒唐结束。

到了下午，梁帆顺给梁岩打了一个电话，当时梁岩刚到亚岚接温星回家。车厢里响起梁帆顺煞有介事装模作样的声音："虽然说你们八字很合，但你们两个人都是硬脾气，以后难免会吵架争执，吵太多对你们两个身体都不好，脾气一定要改。"

梁岩不耐烦，但见温星在偷笑，她把这当趣事，他也忍不住跟着想笑，于是他带有一丝丝笑意，却冷酷地说道："嗯，知道了，我变温柔就是了。"

"你改脾气对你自己有好处。"梁帆顺补充说道。

"知道了，在开车。"说罢，梁岩挂了电话。

温星终于能笑出声，她说："我感觉我比'大师'还厉害。"

"你当然比他厉害。"

"等我学完调酒就去琢磨琢磨，专门赚你爸的钱。"

梁岩看了眼温星，说道："以后就由你当家。"

"嗯，拿捏了。"温星笑道。

到了九月末，江陵给温星买的房子交付了。那天，梁岩陪温星去办手续，江陵的房产销售朋友朱珠接待了两人。

朱珠看到温星，想到江陵有些难过，还抹了眼泪。当她听说温星要结婚了，惊讶又高兴。她上下打量梁岩，趁着他走开的一会儿，偷偷问温星："你们认识多久了？"

"很久了。"温星说道。

"你妈妈以前也认识他吗？"

"认识。"温星点头。

朱珠想了会儿，笑道："难怪，我之前去医院看你妈妈，好像见过他。记不清是不是他了，看个子有点儿像，我进病房的时候，他正走出来，就打了个照面。我问过你妈妈他是谁，你妈妈那时候说是你未来男朋友，后来她又说开玩笑的，我也没当真，你妈妈一直爱说笑。原来是真的。"

温星笑而不语。

梁岩回来看到朱珠用一种很奇妙的眼神看他，他不解地看了眼温星，只见她笑得更灿烂。

办完手续，梁岩送温星去见她大学的室友张静。

张静毕业后就在一所私立小学教英语，前段时间她看了温星经营的公众号，和温星聊到教育问题。他们学校里学生每天都要做英语阅读打卡，浪费时间也形式化，她觉得并不能帮助到学生学习。她自己每天通过阅读温星公众号里的文章分享，倒重拾了之前学语言的兴趣，想起了初衷。她想把这种兴趣传达给她的学生。

两人见面更多的是聊天，聊工作，聊生活，张静从前就是个温和的人，在宿舍里不起眼却从不自卑。这一次，温星发现她内心里其实有个非常辽阔、充满善意的世界，她全身心投入工作，为自己的学生着想，用积极和正面的态度看待每一件发生的事情。温星最近一边在没人约稿的情况下做自己的新翻译，一边在了解和学习自媒体，她遇到了一些困惑，没想到在和张静的聊天中得到了部分解答。

温星向张静提出帮她做自媒体的邀请，把张静内心好的想法呈现出来。张静听到的第一反应是惶恐不解，她不觉得自己身上有什么闪光点值得去开发。温星却坚信她们之间肯定有可以合作的点，只是现在时机还没有成熟。

晚上回到家吃过饭之后，梁岩有公事要处理，上楼进了书房，温星抱着麦克到院子里看水缸里种下的藕。今天是农历十五，天上的月亮又大又圆，月亮倒映在浅浅的水里，温柔美丽，温星看了许久，舍不得离开，直到手机振动传来消息。

温星掏出手机，发现是梁岩在楼上书房给她发消息。信息是一张明月挂在天上的照片，他在二楼书房窗口拍到的。温星礼尚往来，给他拍了一张倒映在水里的月亮。

发完这条消息，温星的手机里又进来一条消息提醒，提醒她有一封新邮件。温星现在邮箱用得少，她以为是什么广告邮件，点开之后，她不敢相信自己的眼睛，因为她看到了江陵的来信。江陵用邮箱给她发送了一封定时邮件。

温星激动又紧张地点开邮件，席地坐在水缸边读起江陵的来信。这封信不是很长，朴实有力，是江陵一贯的生活态度。

星星:

你能读到这封信，说明妈已经去世了，因为如果我还活着，我就会取消掉定时发送。至于去世多久了，我不知道。我希望不管多久，你都要接受这个现实，坚强乐观地活下去。

今天朱珠阿姨来看我，和我说房子会在明年九月二十八号交付，这么精准的日期，希望她没有骗我，或者她只是想给我一个念想让我再多熬一年，能亲手把房子交给你，让你有个属于自己的家。

妈其实对于死亡已经没有那么恐惧，因为我对这个世界充满信任，相信美好和善意远多于痛苦和困难，我离开后，你依旧会在这个世界上遇到美好的事情。你的身边会有朋友，会有亲人，会有爱人。

这段时间，妈一直想给你介绍一个人，就是梁岩。今天我还和朱珠阿姨开玩笑，说要把你许配给他。你看到这个名字是不是先生气了？哈哈，不要生气，你不要被自己的偏见困住，而错失了了解一个人的机会。

梁岩是个不错的人，在妈住院之后，他一直有来探望，每次来都避开你。但他为什么这么关心妈，我敢说肯定是因为你，虽然他不承认。我曾说要帮他在你面前说些好话，他拒绝了，因为他能考虑到你的处境，体谅到你处在痛苦之中，外界增加的任何声音对你来说都是负担，你需要安静，他愿意默默为你付出。你如果愿意去了解他，你会发现这个人为你思虑周全，如果你不愿意去了解，也没有关系，妈不勉强。就像他自己说的那样，有些偏见一辈子也消除不了，如他外婆，也是你的黄老师，这一辈子都没有改变对他外公的看法，而他外公却爱了她一辈子。

撇开梁岩不说，妈写这封信给你，就是希望你能敞开心胸过日子，打破偏见。妈走后，遗嘱里写明的事情只是千分之一，你将要面对的人和事会比遗嘱里能说清楚的事情复杂很多倍，我活在每个人的记忆里，有很多种印象，渐渐就会成为一种种偏见。所以妈希望你不要活在我对你的期待里，即便我对你有期待，也都是片面的，你勇敢活出你自己就好。

生离是再见，死别也只是一种再见。妈想告诉你，星星，千万记住一件事：莫愁前路无知己，天下谁人不识君。现在你是一个人也好，一群人也好，都要开怀，笑对人生。

温星读完信，哭了也笑了，她抬手擦了擦眼泪，安静地靠着水缸，享受着内心的平静美好。

第二年，温星和梁岩结婚，她也在这一年考上了研究生。在他们婚后第二年，两人有了小宝宝。第三年，宝宝出世，是个男孩儿。两人给孩子起名，原本是叫梁亦温，但发现温星的姓作为后缀不好念，不如温亦梁响亮，孩子便随了母姓。

孩子出生后，梁岩为了炫耀自己的孩子，特意拉了一个群，他很大度地让梁帆顺也进了群，但他的大度有时候很短暂。当他在群里和大家公布了孩子的名字，梁帆顺愤怒地发语音说不行，要等排了孩子的八字再取名，梁岩二话没说直接把他踢出了群。直到孩子满了一百二十天，温星让他把梁帆顺重新加回来，他才把人再次拉进来。但梁帆顺没有马上学乖，他坚持自己的想法，于是被梁岩反反复复踢出群。

孩子会爬之后，在家工作的温星就经常带着孩子在院子里玩，有时也去附近逛公园。梁帆顺看到视频又要发言：天黑了不要让这么小的孩子在外面逛，会受到惊吓。

他的信息才发出去，下一秒又被梁岩踢出了群。

群里的其他人，像林雅容、赵传雄和一些长辈朋友，对梁岩踢梁帆顺的行为都不敢作声，因为怕自己也会被踢出去。只有温星有时会伸张正义，批评梁岩：你不要动不动就踢爸出群，加回来，他有些话也有道理。

温星开口，梁岩照办，群里大家的关系慢慢融洽起来，大家都习惯了在养孩子这事上，妈妈最大，而梁岩家里本来就是温星说了算。

林雅容很少在群里说话，一副很高傲的样子，但她很喜欢看孩子的视频。而她经常会受到温星的优待，私下里她会收到邀请，请她去看宝宝，这是梁帆顺没有过的殊荣。慢慢地，林雅容不再对温星恶语相向，她偶尔来家里看孩子，和温星一起吃饭，渐渐变得融洽。

温星这两年的大部分精力都在孩子和学习上，碎片时间用于做翻译。而在温星的鼓励下，张静在这两年接管了公众号。今年张静更是辞去了私立学校压力过大的工作，在家里做起线上教学，贯彻自己的教育理念和热爱。她和温星一起把原来分享型的公众号做成了英语学习公众号，有了一定的知名度。温星的下一步则是要做真正的线上学习平台，她利用资源布局定位，张静则是最好的执行者，他们的团队也慢慢成型。

温星大部分时间都在家里完成自己的工作，有时她不得不出门，比如去参加亚岚一年一度的股东大会，梁岩就会和保姆一起带孩子。

亚岚这几年在陆将手里越来越好，许明蕊在亚岚也越来越亮眼，她的工作表现优异，已经是一个小组组长，她很有潜力，说不定能成为下一个分公司的经理。但"好"是一件很难形容的事情，每个人标准不一样，温星开完股东会，出来见到许明蕊在等她，两人一起去了楼下的咖啡厅。

许明蕊找温星是想告诉她："我想离开亚岚。"

"为什么？"温星问道。

许明蕊想了想，低头说道："理念不合，陆总能力很强，他来了以后公司上了一个台阶，大家薪资水平也提高不少，但也完全不一样了。他灌输的企业文化和江总很不一样，江总虽然严厉但一直重视民主，陆总则完全利益为先，他严格要求每个人都必须符合公司要求，很多制度都近乎严苛。这两三年很多老员工都离职了，工作没有以前开心。"

"一朝天子一朝臣，每个制度都有优势和弊端。"温星说道。

"分公司如果要遵从总公司的制度，我觉得我管不下去，也发展不下去，所以打算离开。说实话也有人挖我。"许明蕊笑了笑，有些苦涩。

"你说要离开，失去一个人才，我替公司感到可惜，但是作为朋友，你如果有更好的规划，我很替你高兴。"温星笑道。

"嗯。"许明蕊再次低下头，伤感地说道，"我就是觉得很对不起你和江总，你们帮了我很多，亚岚也培养了我，我以前想过要在亚岚做一辈子，成为像江总那样的人。"

"你不要被这样的想法困住，如果你有新的目标，想做新的尝试，你放手去做就好了，小蕊。"

"其实我也不知道自己的选择对不对。我要离开，大家都觉得我很傻，亚岚再过两三年肯定能上市，公司前途大好，我还要离开，从零开始……"

"成王败寇。"温星笑道。

许明蕊抬起头，惊讶地望着温星。

"成功和优秀都是多样化的。"温星继续笑道。

许明蕊闻言慢慢也笑了，她下意识转动小勺，搅了搅杯里的咖啡，长长舒了一口气。

温星在午后回到家，她进门就看到梁岩和孩子一起躺在围栏里，走近发现两人都睡着了，于是她放下包，也跨进围栏。

梁岩被惊醒，他睁眼第一反应是先看了看身边依旧熟睡的孩子，而后回头看到来人是温星，他松了口气，犀利的眼神变得温柔。

温星笑着躺到梁岩身边，轻声道："干吗，你还怕有人入室抢你孩子啊？"

梁岩原本侧身护着孩子睡觉，现在他转过身，背对孩子抱住温星，不满地说道："你不要说这么可怕的事情。"

"哪里可怕了？"温星好笑地逗梁岩。

"就是很可怕。我从来不敢想象你和宝宝有事的情况。"梁岩皱眉嘟囔。

"对不起嘛。"温星道歉。

"嘘，别说话，睡觉。"梁岩嘴角微扬，低头吻了吻温星的头顶，把她抱得更紧，搂在胸口。

"我要和你说话。院子里的荷花今年又开了，这藕还真被我养活了。"温星柔声笑着。

"嗯。"梁岩闭眼应声，困倦慵懒。

"你们中午吃了什么？"温星又问道。

"宝宝吃了米糊，里面加了菠菜，饭后吃了点儿苹果。"

"你吃了什么？"

"菠菜、鱼汤、牛肉……"

"明天你记得买点儿胡萝卜、橙子、西瓜、薄荷，再买点儿绿豆。"

"嗯……"梁岩应完便没有了声音。

温星则躺在梁岩怀里，清醒地听着院子里传来的知了声，夏季总是很浓烈，又热又清亮，聒噪也安静。

　　这样的午后，和温星一样没有睡的是麦克，它绕着围栏走了一圈，像在守卫自己的主人。它在围栏缝隙间看到温星顽皮地冲它眨眼做鬼脸，它和她对视了会儿，转身向院子走去。它黑色的小身影优雅温柔，当它沉静地坐在院子里，仿佛在聆听着这个世界。

番　外

"我知道以后的每一天都会很平淡。"

麦克是温星的猫，它有自己的房子和院子，它每天睡到自然醒，吃完梁岩准备好的早餐，然后到院子里散步。它最爱做的事是跳上水缸沿着边缘散步，时不时低头欣赏养在水缸里的荷花，偶尔它也会出神看着自己在水里的倒影。它可以一天无所事事，却十分充实安逸。而在它有限的猫生里，它最爱的人是温星，在它眼里的温星是个会发光的女人，尤其当她笑的时候。

不过曾经有一段时间，麦克几乎看不到温星笑，她总是一个人待在房间里，沉默安静，忽然流泪。深夜里，她不睡觉躺在床上翻来覆去，然后惊坐起来一动不动。那时候，麦克就会跳到她怀里求抚摸，猫爱人的方式就是索取，希望它们爱的人能感受到自己是被需要的。

在麦克的记忆里，那段时间的颜色是灰色的，因为温星总是拉着窗帘，小房间里很昏暗。而当时的温星行动迟缓，没有活力，和现在的敞亮轻盈完全不一样。

现在每天早上，麦克都会听到温星的笑声和她欢快下楼的脚步声，而每天她起床的时候，都已经将近中午，她能睡很久，睡到家里没有人，梁岩上班，孩子上幼儿园。她经常一个人吃早饭，吃完之后，随意在家里做任何想做的事情，下午，她会在书房里工作。到傍晚时分，她有时会出门接孩子，有时则只是在家准备晚饭，等着梁岩接了孩子回家。

梁岩是温星的丈夫，一个起得比猫早的男人。他原本就起得很早，在孩子温亦梁出生后，更是每天早起，而温星在孩子小的时候，也早起过一段时间，后来孩子大了，她就开始睡懒觉，所以早上买菜、做早餐、送孩子都是梁岩在做。在麦克眼里，梁岩还是个合格的铲屎官，但他很奇怪，他很少笑，眼睛里却总有很柔和的情绪，看着就好像在笑。他高大威严，每次他蹲下身给它换猫砂或是准备食物的时候，它才会看到他的眼睛，然后它就会大胆地跳到他的肩膀上，看他慢条斯理地给它的窝做打扫。麦克觉得这种清洁的事情，梁岩做得很好。

温星看到麦克跳到梁岩肩头，在院子里踩过泥的爪子把梁岩的衣服蹭脏了，她会过去把它抱下来，弯身和梁岩说："辛苦啦，梁先生。"

梁岩则回头笑着说："不客气，梁太太。"不知道从什么时候开始，他们经常会这么互相戏称对方。

温星弯身看梁岩换猫砂，准备起身的时候，她的余光扫到梁岩头上有白发，她不由伸手去拔。他的头发又粗又硬，她抓住那根白头发，用力拔的时候揪住了旁边的头发，白头发是拔下来了，黑头发也被揪下来了。

梁岩毫无防备头皮一疼，回头看温星，问道："你怎么揪我头发？"

"你有一根白头发。"温星把白头发放在自己的手心让梁岩看，显得很惊讶。

梁岩闻言失笑，说道："什么我有一根白头发，我是有很多白头发。"

"怎么会？我只看到这一根。"温星眨眼。

"那是你没有注意，我都老了。"梁岩一副不以为意的样子，回过头继续手上的活。

温星听到梁岩说"老"字，忽然有些伤感，她从后面抱住他的脖子，趴在他的背上霸道地说道："你不老，你也不许老。"

梁岩笑而不语。转眼他和温星结婚有五六年了，他已经很了解她的脾气，她大部分时候都很温柔可人，但骨子里是个稚气爱撒娇的人。她总会说些幼稚的傻话，比如现在的"不许老"，平时的"不许生病"。

温星见梁岩不说话，摸了摸他的下巴，说道："梁岩，我在和你说话呢，你快答应我。"

梁岩则笑着用粘了猫砂的手拍了拍温星的手，依旧不回答她。

温星不介意，也不再胡闹，她紧了紧手臂，侧过脸亲了亲梁岩的脸颊，说了一句"我爱你"。

麦克每次看到梁岩和温星抱在一起，它都会自然走开，它是猫，说不出为什么，只是觉得他们在一起的时候，就没有多余的地方给它站。于是，它走到客厅跳上了沙发，温亦梁正在看电视，它走过去靠在他温软的身子边。

温亦梁今年四岁了，是个活泼开朗的男孩子，每天精力旺盛，他难得安静下来就是在看电视和看书的时候。他感受到麦克靠在旁边，滑下身，干脆躺在沙发上和麦克靠着头看电视。

梁岩换完猫砂和温星一起洗完手，出来看到这副场景，把儿子揪起来说道："坐端正，好好看电视。"

温星则坐到沙发上，忍不住搂过儿子亲了两口。温亦梁认真看着电视，被爸爸纠正、被妈妈亲都无动于衷，反倒是麦克见温星忘了亲它，跳到温星怀里求抚摸。于是，温星笑着把麦克抱起来，也亲了好几下。

两人一猫在沙发上看了十来分钟的动画片，结束之后，温亦梁揉揉眼睛，靠到温星怀里，叫了一声"妈妈"。

"哎，宝宝，什么事？"温星笑着抚摸儿子的头发，他的发质也是又黑又硬，像梁岩。

温亦梁只是想喊妈妈，没有任何事，他没有回答，在温星怀里靠了会儿，爬下沙发自顾自玩去了。温星拿起电视遥控器，转台到自己想看的节目。

梁岩看了看时间，回楼上书房开一个视频会议，他独自一个人在书房待了一个多小时。等他会议结束，楼下静悄悄的，温星已经带着儿子进房间洗澡准备睡觉了。

孩子房间的门虚掩着，屋里透着光，温星靠在床头，给温亦梁念《开心小猪和大象哥哥》，两个人总是笑成一团。念完故事，温星让温亦梁躺好，她也躺在旁边陪他说会儿话。今晚他们聊到了婚礼，因为温亦梁说今天在幼儿园里碰到了谢瑜——谢朗和王楠的女儿，小姑娘脖子上挂着一个小吊坠，打开里面是她父母的婚纱照。

谢瑜向温亦梁炫耀自己的妈妈穿着婚纱像仙女，她还好奇地问温亦梁："你妈妈有婚纱照吗？"

温亦梁想了想摇摇头，他从来没有在家里看到温星的婚纱照。

"妈妈，你和爸爸有没有结婚？"温亦梁开始是这么问温星的。

"你为什么问这个？"温星失笑。

"因为我没有看到你的婚纱照。"

"我和你爸爸当然结婚了，只是我们没有办很正式的婚宴，妈妈也没有穿婚纱拍照而已。"温星笑道。

"为什么？"温亦梁不解。

"因为当时我们不想办婚宴，而且结婚不仅只有一种形式，可以有很多种。我和你爸爸是旅行结婚，我们俩一起开车去了很多地方。第一站是大罗湾，我们在海边看了日出，潜了水，还玩了冲浪。冲浪妈妈怎么都学不会，你爸爸很厉害。"温星现在说起举行婚礼的那年，脑子里都是美好的回忆。而之前不办婚宴的原因，多少也有着他们身边的家人和朋友没有很支持的因素在。婚宴这种同乐的形式对他们来说便不重要了。

"哇，我想看照片。"温亦梁充满期待。

"都在你爸爸的电脑里，明天让他给你看，现在得睡觉了。"温星探过头，亲了亲温亦梁的脸。

温亦梁点点头，听话地闭上了眼睛。

等孩子睡着，温星关了灯离开。她回到房间，梁岩刚洗完澡，擦着头发走出浴室。温星见状，飞快地钻进了浴室。

梁岩有些不解，回头问："怎么了？"

温星从抽屉里拿出吹风机，说道："我要帮你吹头发，顺便找找你的白头发。"

梁岩被逗笑，问道："找到之后呢？"

"不怎么样啊，就是心里有数了，然后和它们说说好话，希望它们不要再长了，让你永远不要老。"温星一面笑说一面推梁岩到床上坐好。

梁岩坐着，低着头让温星吹头发，他感受到她指尖很温柔地在撩拨他的头发，他的心也跟着荡漾。

吹完头发，温星又帮梁岩拔了几根白头发下来，然后她忽然问道："梁岩，我们要不要补办一场婚宴？"

梁岩抬起头，眼里有笑意和几分意外，问："你想办吗？"

"小梁刚才问我要婚纱照看，我想想光补拍婚纱照没什么意思，不如连婚宴也一起办了。"

梁岩闻言，伸手环住温星的腰，仰视着她说道："我一直想给你办场婚礼，现在你也想了，那我们就操办起来。"

"嗯。"温星很高兴地点头，她捧着梁岩的脸，说道，"你看我们要办婚礼了，还年轻得很。我不许你老。"

梁岩再次微笑不语，点了点头。

温星看着梁岩这种笑容，想起他们刚认识那会儿，他总是喜欢给她发微笑表情，她当时好烦他，觉得他阴阳怪气的，现在却越来越喜欢。

温星低下头，额头贴着梁岩的额头，听见梁岩认真问："星宝，明天早餐你想吃什么？"

"梁总，你有没有觉得自己过分贤惠了？"温星轻轻撞了撞梁岩的脑袋，笑道。

梁岩在想温星是不是在说他无趣，他轻拽她坐在怀里，低头吻了吻她脖子上的那颗痣，说道："我只是想照顾好你。"

"我知道。"温星笑着抬手搂住梁岩的脖子，她能在梁岩眼眸里看到自己的模样，他眼里仿佛有星光。

"你想要什么样的婚礼都可以，我们慢慢来计划，但你明天早餐的问题要马上解决。不然，一会儿我会忘了问你。"梁岩抬手捏了捏温星的下巴。

温星则闭眼吻上了梁岩的唇，她知道梁岩每天早上都不忍心吵醒她，总要在晚上确定好她第二天想吃什么。

夜深之后，麦克也回到自己的窝里睡觉。这是家里很平常的一天，第二天它又会睡到自然醒，然后见到梁岩，见到温亦梁，见到温星。

温星有时会抱着它坐在院子里，和它说说话。有一次她和它说："我知道以后的每一天都会很平淡。"

停顿片刻，她又感叹："我好希望一直都这样。"